TODOS LOS SUEÑOS
DEL MUNDO

JAVIER REVERTE

TODOS LOS SUEÑOS DEL MUNDO

ALFAGUARA

ALFAGUARA

1999, Grupo Santillana de Ediciones, S. A.
Torrelaguna, 60. 28043 Madrid
Teléfono 91 744 90 60
Telefax 91 744 92 24
www.alfaguara.com

• Aguilar, Altea, Taurus, Alfaguara S. A.
Beazley 3860. 1437 Buenos Aires
• Aguilar, Altea, Taurus, Alfaguara S. A. de C. V.
Avda. Universidad, 767, Col. del Valle,
México, D.F. C. P. 03100
• Distribuidora y Editora Aguilar, Altea,
Taurus, Alfaguara, S. A.
Calle 80 Nº 10-23
Santafé de Bogotá, Colombia

ISBN: 84-204-4187-2
Depósito legal: M. 7.946-1999
Impreso en España - Printed in Spain

A Chelo, la compañera de mi vida,
y a nuestros queridos hijos
Ismael y Álvaro.

«No soy nada,
nunca he sido nada,
no puedo pretender ser nada.
Aparte de eso, guardo en mí
todos los sueños del mundo.»

FERNANDO PESSOA, *Tabaquería*

Capítulo I

> «Aquí se intenta nada menos que la clasificación de los ingredientes de un caos.»
>
> HERMAN MELVILLE, *Moby Dick*

Dios y el caracol no viven tan alejados como podrían suponer las mentes poco observadoras. Existe un ser en la Tierra que hace de puente entre ellos, a medio camino entre el uno y el otro. Le llaman hombre y es una especie ambigua que, al igual que los caracoles, se arrastra sobre su propia baba con fatiga, y a imitación de Dios, cree ser eterno. Individuo de una especie condenada, como cualquier otra, a la extinción, el bicho humano sobrevive en su fragilidad mientras sueña con ser todo aquello que no alcanzará a ser nunca. Es un caso perdido, pues se siente emparentado con lo divino en tanto se arrastra acorazado por el desconcierto y huérfano de lógica. Dice oficiar de santo por el día y burla al Cielo reverenciando al diablo por la noche; es ingeniero de locuras al tiempo que torpe y voraz administrador de su propia hacienda; oficia a ratos de crápula tarambana para transmutarse luego en locuaz predicador de la virtud, y sobrevive a la postre como un ser imprudente que alardea de honesto. Asesino los domingos y contrito los lunes, víctima de un extraño mal que le conduce al vértigo desde que amanece, se ilusiona a diario en el empeño de abandonar su concha y emprender vuelo, a semejanza de los ángeles, al encuentro de Dios y escapando de su calidad de molusco mezquino. Es el mayor demente de cuantos seres pueblan la Tierra, el majestuoso adversario de su propia naturaleza desventurada: un pobre ser arrogante que mueve a la risa, al asombro y a la lágrima, y siempre digno protagonista de las más ambiciosas novelas.

Era una noche de primavera, próxima al fin del milenio. Sobre la calle empapada por el lluvioso abril, el viento empujaba, desde el parque cercano, aromas de yerbas preñadas, de flores en gestación y de hembras vegetales. Las tormentas de los últimos días habían echado en los hombros de la ciudad un aluvión de brisas lozanas. Y de regreso a casa, bajo el desamparo de la madrugada, Jaime Arbal caminaba mohíno, con bastantes copas de más bailando en su cerebro, inmerso en ásperas sensaciones de humillación, más próximo a su naturaleza de gasterópodo que a la de un ser emparentado con los dioses. A su lado, Carmen marchaba con pasos dudosos, presa de una estupenda borrachera, manteniendo el equilibrio a duras penas sobre los altos tacones de sus zapatos. La imagen de aquel matrimonio, que avanzaba desmañado sobre el asfalto empapado de lluvia reciente, se pintaba como un brochazo de desolación. El rostro de ella, malamente visible entre las solapas del impermeable amarillo, desfallecía en una palidez enfermiza, en tanto que las facciones del hombre, lobunas y ocultas bajo las solapas de la gabardina blanca, dibujaban un perfil adusto a la luz de las farolas. A veces, el desacompasado taconeo del caminar de Carmen se convertía en un súbito traspié. Dejaba escapar entonces una risita fofa, mientras intentaba recomponer la dignidad de su paso. Jaime la miraba de reojo, conteniéndose en la leve tentación de ayudar, con un empellón, a consumar el batacazo.

Nadie se cruzaba con ellos en la calle deshabitada. Sobre las luces acarameladas que alumbraban la ciudad, el cielo tendía una masa entristecida de nubarrones apenas visibles. El asfalto disparaba destellos de plata sucia y, en la esquina, el semáforo pellizcaba el aire con guiños ambarinos. Una soledad abrumadora envolvía la urbe. Pero el olor a microbios reventados que despedía un cercano contenedor de basuras daba fe de que Madrid, como de costumbre, continuaba empeñado en pudrirse pase lo que pase y caiga quien caiga.

—Huele a mierda —dijo Carmen.

—Es tu aliento de borracha —respondió Jaime.

—Puede que sea tu alma —remató ella.

Se acercaban al portal de su casa. Jaime se ajustó la gabardina y buscó en los bolsillos de su chaqueta el manojo de llaves.

Carmen se echó a un lado de la puerta del edificio. Él abrió el portón y caminó rumbo al ascensor. Pulsó el botón de llamada, oyó un chasquido arriba y luego el ruido quejumbroso del cascajo al moverse.

La vetusta caja de metal y madera se posó con estrépito de crujidos. Jaime tiró de las puertas del elevador y vio su figura en el turbio espejo, cercada por la oscuridad del vestíbulo. Se volvió un instante después y miró hacia el portal. Una débil luminosidad cobriza entraba desde la calle. Y allí no estaba Carmen.

Dudó. Tal vez debería acudir en su ayuda, pero su cerebro continuaba destilando mala hostia. Así que entró en el ascensor y apretó el botón del cuarto piso.

Se recostó a un lado, apoyándose sobre su hombro derecho, y se contempló en el espejo. ¿Cómo reconocer su propio ser en aquel rostro magro y huesudo, de ojos asombrados, barbilla cuchillera, esmirriada nariz y pelo tejido en pálidas hebras desfallecidas? Pensó que los hombres primitivos debieron de ser más dichosos antes del infeliz invento del espejo, ajenos a su propio retrato y quizás incapaces de establecer un canon de belleza. No era capaz de entender, viendo su retrato, cómo, con aquella cara, había gustado siempre tanto a las mujeres. Quizás les daba lástima.

El elevador se movió, al detenerse en su piso, como un barco que encalla entre las rocas. Jaime saltó al rellano. Pensaba otra vez en Carmen. Tal vez se había desmayado. «Así la parta un rayo», dijo a media voz. Hurgó otra vez en la gabardina, y luego en la chaqueta, buscando el manojo de llaves. Nunca recordaba dónde las había echado. Se preguntó por qué un hombre que apenas posee nada en el mundo debe cargar tantas llaves en los bolsillos de sus ropas.

Dio con la del piso, pasó adentro, cerró la puerta con violencia, encendió la lámpara del salón, echó a un lado los zapatos, se despojó de chaqueta y gabardina y caminó por el pasillo en penumbra hasta el cuarto de baño. Y se regodeó en el placer de orinar, con el brazo izquierdo sosteniendo el peso del cuerpo contra la pared e intentando apuntar el chorro en derechura. Acertaba de pleno. Hoy no habría bronca de Carmen, como siempre al descubrir que se había meado fuera y limpiado sólo a medias las baldosas.

Volvió al salón y se derrumbó en el sofá. Puso los pies sobre la mesa de cristal y prendió un cigarrillo. La primera bocanada provocó un afilado brinco de navajas en su garganta. Con la segunda, logró que estallara en plenitud ese tipo de tos que libera del esputo. Lo tragó y calmó el escozor. Miró su reloj: las tres y veinte. Pensó que en unos minutos volvería a moverse el ascensor y el olor a perfume y alcohol de su mujer entraría en la estancia como un vendaval de vida loca.

Pero un rato después, había apagado el cigarrillo en uno de los costosos ceniceros de plata que poblaban la mesa y, sentado en el borde del sofá, con la espalda inclinada hacia adelante, clavaba los ojos en la puerta. A sus oídos atentos no llegaba ningún sonido que delatara el movimiento del ascensor.

Quizás Carmen yacía desmayada en el portal, noqueada por la mezcla de alcohol, marihuana y cocaína. Puede que no fuera capaz de dar un paso. Jaime pensó que aquellas noches de la turbia noche madrileña eran peligrosas. Pero, de inmediato, decidió que no iría a buscarla. Si su esposa deseaba su propia ruina, al diablo con ella.

Se levantó y caminó en círculos, la barbilla levantada, las manos en los bolsillos del pantalón, el porte de un ser indiferente a cuanto sucede en esta puñetera tierra. Aquélla era su guarida, su casa, su refugio contra la aspereza de la ciudad, caviló. Y no obstante, ahora se daba cuenta de que el lugar le resultaba tan ajeno como si se tratase de la madriguera de algún otro bicho. En realidad, la casa era la gatera de su esposa, no la suya. Por más que hiciese memoria, no recordaba que él hubiera elegido ni uno solo de los objetos que adornaban la sala.

Carmen no venía. Tal vez estaba realmente enferma. O había sido sorprendida por un violador con suerte que no esperaba un regalo así en la noche solitaria. Buscó los zapatos y se los calzó con urgencia. Se echó la gabardina encima de la camisa. A paso raudo, ganó la puerta y echó a correr escaleras abajo.

El vestíbulo continuaba a oscuras y el portal seguía abierto. No veía a Carmen. Continuó su carrera hacia la calle y, empujado por el impulso de su marcha, se encontró en pocos segundos en mitad de la acera.

Ni estaba agonizando ni parecía haber sido sorprendida por un violador. Carmen se sentaba sobre una maleta, junto al contenedor de basura repleto de los desechos del día, envuelta por un perfume dulzón de cementerios de verano empapados por las lluvias. Delante de ella, se abría otra maleta, a primera vista llena de papeles en desorden que Carmen inspeccionaba con avidez. Ella alzó los ojos al verle, mostrando su sonrisa bobalicona y fatigada.

—Cuánto has tardado —dijo. Y miró la maleta abierta—. Esto es fascinante.

Jaime tardó en reaccionar:

—¿Qué es lo fascinante?

Ella levantó la cabeza:

—La maleta, bobo. Dentro hay toda una vida, la vida de un muerto.

—¿De dónde la has sacado? —insistió Jaime.

—Estaba aquí mismo cuando llegamos. Me llevaría meses ver todo lo que hay dentro —añadió—. Fotos, libros, cartas... Pobre hombre muerto.

Jaime se acercó hasta Carmen, la tomó del brazo y tiró de ella.

—¿Qué haces? —protestó ella.

—Tienes que dormir.

—No me pongas la mano encima, nunca lo hagas sin mi consentimiento —dijo Carmen soltándose.

Jaime miró a su mujer: sentada sobre la maleta y con la falda alzada, sus piernas mostraban los carnosos muslos, cercados por un bonito liguero que sujetaba las medias.

—Prefieres que te toquen otros.

—No digas gilipolleces.

—¿Crees que no me di cuenta? Estaba borracho, pero no soy ciego: alrededor de la una te vi desaparecer con ese abogado amigo tuyo, Emilio Aznar.

—Me invitó a una raya.

—¿Estuvisteis esnifando coca durante media hora?

—¿Te cronometras los cuernos?

—Cronometro tu putería.

—No me acosté con él.

—Me importa un bledo lo que hicieras.

—No he notado tu indiferencia.

Quedaron en silencio. Sonaba el ulular de una sirena en la distancia. Jaime no se movía y sus ojos enrojecidos se mantenían clavados en su mujer. Ella le miró con gesto de cansancio.

—Carmen, es ridículo estar aquí.

—Quiero la maleta.

—Pues carga tú con ella.

Jaime se dio la vuelta y avanzó dos pasos hacia el portal. Le detuvo la voz de ella:

—No me acosté con Emilio. Anda, ayúdame a subirla —insistió Carmen.

Y él cedió.

Arrastraron la pesada maleta hacia el ascensor. Mientras el trasto subía, se contemplaron el uno al otro en el espejo.

—Ya no te odio —dijo ella.

—¿Y por qué me odiabas?

—Porque me odiabas tú.

—No te odiaba.

—Me odiabas y ahora ya no me odias. Cuando tú sientes algo, yo lo respiro.

El ascensor alcanzó la cuarta planta. Arrimaron la maleta a la puerta de su vivienda. Carmen se apoyó en la pared mientras Jaime buscaba el juego de llaves en los bolsillos de sus pantalones, primero, y luego en los de la gabardina.

—¡Mierda! —exclamó al poco.

Ella le miró con gesto adormilado.

—Me he dejado las llaves dentro —dijo Jaime—. ¿Tienes ahí las tuyas?

Carmen se escurrió hasta quedar sentada sobre la maleta. Comenzó a reír con suavidad.

—No hagas ruido, hay vecinos. ¿Tienes las llaves?

Ella negaba con la cabeza, intentando contener su risa.

—El portero no llega hasta las ocho y son las cuatro menos cuarto —dijo él con voz pausada. Se sentó en el suelo, cerca de Carmen. Desde allí veía sus muslos redondos.

Ella movió la mano en el aire, como si espantara un insecto imaginario:

—Mañana no voy al bufete y me quedo durmiendo —dijo.

—Yo tengo que estar en mi trabajo a las nueve...

—Siempre te he dicho que es mejor trabajar por libre, sin jefes y sin horarios.

—Tú no tienes jefes ni horarios porque yo tengo un sueldo fijo.

—Tu sueldo fijo no alcanza para nada.

—¡Mierda!, también me he dejado dentro el tabaco —bramó Jaime.

Ella le tendió el bolso.

—Sírvete.

Jaime encendió un cigarrillo. Sintió una pequeña náusea, ardió su estómago. Pero volvió a aspirar con fuerza una nueva bocanada. Miró otra vez las piernas de su mujer. Alcanzaba a verlas ceñidas por el liguero negro.

—¿Llevas también las bragas negras? —preguntó señalando la entrepierna de su mujer.

Ella le miró a los ojos.

—No me acuerdo —respondió.

Luego, se alzó la falda hasta el vientre.

—¿Son negras?

—Negras. ¿Le gusta tu lencería a Emilio Aznar?

Carmen cerró las piernas con lentitud y se bajó la falda.

—No sabes lo que pueden llegar a aburrirme tus celos.

Saltó el mecanismo automático de la luz de la escalera y sus figuras se esfumaron en la oscuridad. Ninguno hizo intención de levantarse y buscar el interruptor.

Unos instantes después, se oyeron ruidos abajo y la luz se encendió. El ascensor, que había permanecido detenido delante de ellos, comenzó a moverse, descendió, y se hundió poco a poco ante sus ojos como si lo tragase una ciénaga.

Carmen y Jaime permanecieron quietos hasta que escucharon de nuevo cómo el elevador llegaba abajo, y tras un estrépito de metales y maderas, regresaba hacia arriba. Un «clac» sonoro en el primer piso, otro más en el segundo..., el vetusto armario se detuvo en el tercero, debajo de ellos.

Volvió el silencio y Carmen lo rompió, riendo en tono muy bajo. Casi en susurros, le dijo:

—¿Tenías miedo?

—No sé lo que tenía. Me preocupaba la maleta, no es nuestra.

—No es de nadie.

Ahora, le llegaba fuerte el olor de Carmen, una mezcla de alcohol, tabaco, perfume, sudor, un potente hedor de sexo y carne borracha. En la proximidad, sentía la respiración de ella, era como un leve jadeo que seguía el ritmo de su pecho al moverse hacia arriba. Jaime se acordó de sus piernas, del liguero, de las bragas negras.

La abrazó con brusquedad. Buscó la boca de Carmen e intentó encontrar su lengua. Ella retiró los labios y trató de librarse del abrazo.

—Déjame, animal —dijo.

Consiguió apartarse. Jaime posó la mano en uno de sus pechos, y Carmen le empujó hacia atrás.

—Si vuelves a tocarme, grito. No me apetece, ¿vale?

Ella tomó el impermeable y lo acomodó sobre sus hombros. Se sentó de nuevo sobre la maleta. Cerró las piernas y estiró la falda cuanto daba de sí.

Jaime buscaba otro cigarrillo.

—¿Te has encoñado con Emilio? Sé sincera, por favor —dijo.

—Vete al cuerno.

—Me temo que estoy en ello. Y no me gusta.

La luz de la escalera se apagó otra vez y la oscuridad los convocó al silencio. Jaime arrojaba el humo del pitillo contra la brasa, avivando el fuego entre las sombras.

Un rato después, oyó la voz de ella:

—¿Puedes ver la hora?

Encendió una cerrilla y la aproximó a la esfera de su reloj.

—Pasan unos minutos de las cuatro.

—Parece que llevásemos aquí mucho más tiempo.

—O toda una existencia.

—Me hubiera gustado vivir otra vida —dijo Carmen—. Quisiera haber viajado siempre, una vida así como de aventura. ¿Y tú?

—¿Yo?... No sé, creo que me conformaría con una existencia tranquila.

—Nos ha vencido la cobardía... —Carmen hizo una pausa—. No sucedió nada con Emilio, de veras.

Se escuchaban ruidos leves que subían del sótano.

—¿Oyes? —dijo Jaime—. Son las ratas.

—En esta casa todo es viejo..., y nosotros nos hacemos viejos con ella. Me gustaría tumbarme en una cama y descansar durante un siglo.

—¿Por qué no tratas de dormir? —dijo Jaime.

—¿En el suelo?

—Vamos a intentarlo.

Carmen se echó a un lado mientras él daba forma de almohada al impermeable. Luego, ella se recostó y él cubrió su cuerpo con la gabardina. Durante las horas que siguieron, Jaime fumó una decena de cigarrillos, escuchó las carreras de las ratas, reflexionó sobre su humillada existencia y, en una ocasión, encendió la luz y contempló a su mujer. Dormía. Fue recorriendo con la mirada su pelo rubio, y luego los redondos pómulos, los hoyuelos de las mejillas, la boca gruesa, el nacimiento del pecho que apenas lograba tapar la gabardina. Pensó que la quería. Pero también se sintió capaz de dejar de amarla en unos pocos minutos. A ciertas horas, y con la borrachera gravitando encima del cansancio, no hay nada imprescindible.

El portero llegó poco después de las ocho. Jaime bajó a recoger la llave. Carmen atravesó el salón con pasos torpes. Le dijo somnolienta: «¿Por qué no usas los ceniceros de cerámica en lugar de los de plata?». Se fue enseguida al dormitorio y cayó vestida en la cama. Jaime empujó la maleta hasta el salón, tomó una ducha de agua casi hirviente, bebió un apresurado café recalentado en el microondas y corrió hacia la calle. Encontró una urbe enfurecida en el inmenso caos del tráfico de todas las alboradas, miles de automóviles que bufaban apresados bajo el cielo cuajado de nubes herrumbrosas, un cielo rencoroso que amenazaba con echar su lluvia puerca sobre la fétida babel, la ciudad ignorante de la azul primavera.

Capítulo II

«Ciudad que bajo el canto de la azul primavera es hostil y cansada como un día cualquiera.»

PABLO NERUDA, *Cuadernos de Temuco*

La humana es una raza fácil presa de sus fascinaciones, proclive a ser hechizada antes que ejercer de bruja, más cautiva que cautivadora y dada a entontecerse en la contemplación turulata de la luna. Desde siglos, le asombró al hombre la laboriosa inteligencia de especies como la hormiga y la abeja. Vio en ellas disciplina e ingenio, talento y brío, jerarquía y sentido comunal. Siempre admiró hormiguero y colmena, arduas obras de ingeniería zoológica que evocaban una cultura superior a la de otras tribus de la fauna terrícola. Y decidió emular a tan estúpidos animales.

Tal vez no fuera otro el origen del invento de la *civitas,* de la altiva ciudad humana, que al poco de nacer mudó en hogar mezquino para millones de seres estultos empeñados en vivir apelotonados los unos con los otros. Ahora, la ciudad es el paisaje de un gran destierro, un círculo colosal de soledades, campo de batalla donde los hombres evitan a los hombres por más que se revuelquen todos en el mismo charco. Hay rumores de selva en sus aceras, griterío de bárbaros en sus avenidas, lamentos de desolación en sus azoteas y un basurero de esperanzas derrotadas en cada dormitorio.

Con el cuerpo envuelto por una fina película húmeda y pegajosa que ni siquiera la ducha de agua caliente había logrado limpiar, Jaime Arbal caminó hasta la siguiente esquina e introdujo su tarjeta bancaria en la ranura de un cajero automático. Pidió dos mil duros y el saldo de su cuenta corriente. Le quedaban tres mil trescientas sesenta y cuatro pesetas para alcanzar el abismo de los números rojos.

Recorrió luego la distancia que le separaba del coche, subió a bordo del destartalado Renault 5 y trató de ponerlo en marcha. Hubo de hacer tres intentos antes de encontrar respuesta en el motor. Pisó una y otra vez el pedal del acelerador hasta sentir que el ritmo de los ruidos se hacía firme y regular. Mientras, prendió un cigarrillo y caviló sobre la dirección que debería tomar para eludir, en lo posible, el voluminoso atasco de tráfico de cada día. Pero en su sesera no asomó ninguna idea salvadora, así que resolvió tomar el camino de siempre.

Unos minutos más tarde, se encontraba prisionero, sin remedio, en el corazón del caos, prendido en la tela de la araña, pillado en la marea de millares de automóviles que barritaban incapaces de cambiar su perra suerte. «Levántate y ve a Nínive, la gran ciudad, y predica contra ella, pues su maldad ha subido hasta mí», dijo Yahvé Dios a Jonás en tiempos bíblicos, poco antes de que se lo tragara la ballena. Y tal cual: allí, en el fastuoso corazón de la jodida Nínive, una vez más el nuevo Jonás no podía escapar de la barriga del leviatán. Visto desde la terraza de un alto edificio, Jaime Arbal podría parecer ahora un mejillón oculto en la coraza de su automóvil, rodeado por miles de moluscos semejantes a él, un habitante más de la gran mejillonera, incapaz de prédica alguna, si es que alguna vez había tenido intención de predicar algo.

Caía una lluvia lánguida, un mustio calabobos, y el aire tomaba a su alrededor un afligido tono pardo. Clamaban las bocinas de los automóviles mientras el agua se escurría por el parabrisas. Encendió la radio. Sonaba acelerada la voz de una locutora: «En Londres se ha constituido la primera asociación de maridos mantenidos. La dirección del nuevo club, ante la avalancha de solicitudes, insiste en señalar que sólo pueden ser miembros de la asociación aquellos hombres que ostenten en la actualidad la condición de mantenidos, y no aquellos que pretenden llegar a serlo recabando la ayuda del club». Jaime cambió de banda y dejó en el aire un tema musical de ritmo desmayado.

Los vehículos delanteros avanzaban. Metió primera y movió su automóvil. Cubrió cosa de veinte metros antes de una nueva detención. Conectó el limpiaparabrisas, pero lo paró después del primer envite y gritó «¡mierda!», mientras se sentía inerme ante la película de barrillo sucio que enturbiaba su visión y que le ofrecía un paisaje de la realidad parecido al que distingue un miope privado de sus lentes. Pensaba ahora que le gustaría ser un marido mantenido, sin verse obligado cada mañana a caer en el arañil barullo del caos urbano.

Cuando Dios decide ahogar, ahoga con regocijo y sin contemplaciones, reflexionó al tiempo que en su mente se instalaba una duda: ¿tendría suficiente gasolina en el depósito del coche? El marcador no funcionaba desde meses atrás y ya no recordaba cuándo había repostado por última vez. Decidió olvidarlo.

Otra vez se movían los automóviles. Se irguió en el asiento, miró por encima de los trazos enfangados de su parabrisas, tratando de ver los vehículos que se apretaban un par de centenares de metros más adelante. Parecían marchar. Quizás alcanzase la próxima luz de tráfico antes que saltara a rojo.

Pero el ámbar brilló en el semáforo y, un poco después, el rojo. Ahora, los automóviles de la calle transversal salían desde la derecha y desde la izquierda, tomaban su misma dirección y se enredaban en el atasco.

El cielo se abatía en un agrio color mohoso detrás de la cortina de suciedad del parabrisas. Olía a campos de petróleo en llamas. Miró hacia la fila de automóviles de su izquierda. En el coche de al lado, un tipo grueso, dotado de un imponente mostacho y una llamativa papada, hundía con pericia el dedo meñique de su mano derecha en el agujero izquierdo de su nariz. Seguía cayendo la lluvia con mansedumbre.

La fila de la izquierda se movió y el pescamocos ganó una veintena de metros. Instantes después, Jaime pudo avanzar, aunque con irritante lentitud. Miraba con fijeza la luz verde instalada en el semáforo. El coche del cochino lo atravesaba ahora. Vamos, se animó, un poco más y paso yo también.

Llegaba, no llegaba. Ámbar..., y rojo. Suspiró. Ahora había quedado el primero ante el paso de peatones. Pero otros coches surgieron desde la izquierda y la derecha, rivalizando por ocupar el mejor puesto de salida en el semáforo. Dos tipos se enzarzaron en una agria disputa de coche a coche, a ventanilla bajada. Uno de ellos berreaba insultos cuyo significado podía leerse en el movimiento de sus labios.

Su cabeza comenzó a recitar sin tino una lista de minerales que aprendió de memoria en sus días de estudiante de Ciencias Físicas y que quedó grabada en su cerebro como el hierro en las pieles del ganado: «Acantita, acilonita, adamina, ágata, almandino, amatista...». Aquella cantinela le asaltaba con frecuencia en su vida y pensaba a veces que, si hubiera tenido un hijo, le habría dado nombre de mineral: Crisotilo, por ejemplo, si era chico; y Nefelina, si era niña. «Analcima, andalucita, andesita, andradita, anfíboles...» Pensó en su carrera perdida de estudiante, en su gran memoria para aprender gilipolleces y su incapacidad para resolver problemas de razonamiento lógico. A él le había fallado el talento, no el tesón. «Anfibolita, anglesita, anhidrita, antigorita...»

Miró a su izquierda. Una hermosa mujer rubia ocupaba el nuevo automóvil. Hablaba sola, con un gesto de cierta contrariedad, como si reprendiera a un invisible interlocutor. Se vio observada y se aferró al volante con las dos manos, fijando la vista al frente.

Un atronador vocerío de cláxones brotó desde sus espaldas y cubrió la música de un concierto para violín de Beethoven que ahora sonaba en su radio. El semáforo había saltado a verde, pero los coches que atascaban el cruce no se movían. El iracundo conductor había bajado otra vez la ventanilla y gritaba al de su lado. La rubia apretaba con furor la bocina. Se unió al coro con su propio claxon. Nínive se rebelaba contra Beethoven, bramaba el mundo en agónica desesperación. Jaime sintió que sus oídos podían estallar en cualquier momento, pero siguió haciendo sonar su bocina y luego comenzó a gritar:

—¡Antimonita, antracita, apatito, aragonito, arcilla!

Los vehículos que obstruían el cruce volvieron a moverse y los bocinazos callaron. Beethoven recobró su soberanía. Jaime logró cruzar el semáforo y, durante unos instantes, rodó camino del siguiente. Iba ahora más aprisa que los coches de su izquierda. Dejó atrás a la parlanchina rubia, adelantó también al pescador de mocos, que ahora conducía con el dedo índice de su mano derecha enterrado en la oreja. Pero la luz del semáforo cambió a rojo y quedó detenido tres coches más atrás del cruce.

El tráfico se tornó más fluido cuando alcanzó la ancha calle de Alcalá. El violín de Beethoven sonaba en compases alegres. A su izquierda, los altos árboles del parque del Retiro asomaban sobre las verjas, con sus ramas oscurecidas y las tempranas hojas primaverales acongojadas bajo la lluvia. Olía a tierra herida por los chaparrones de madrugada. Jaime se hundió luego en un túnel subterráneo. Allí le atrapó de nuevo el atasco, mientras se asustaba pensando que el olor de la gasolina quemada podría llegar a ahogarle.

Cuando salió del pasadizo, continuó en dirección a Cibeles. Mugían ariscas las motocicletas, sorteando con pericia a los automóviles. Una ardilla parda saltaba de coche en coche y de capó en capó, camino del parque. La envidió. Los cláxones pitaban en conciertos ocasionales. Beethoven, aburrido, había dejado de tocar el violín y ahora comenzaba a sonar un aria del chulo Wagner. Unos metros más adelante Jaime reconoció a los dos conductores iracundos. Habían bajado de sus vehículos y se zarandeaban el uno al otro mientras discutían pegando voces. Pasó junto a ellos. Los coches detenidos por su causa hacían sonar con furia sus bocinas. Por el retrovisor pudo ver que comenzaban a lanzarse puñetazos, en una ridícula pelea de golpes perdidos en el aire.

Giró en la plaza, dejando a su izquierda la infame Puerta de Alcalá, y dudó entre seguir por la avenida o tomar una pequeña calle que se abría a la derecha. Optó por la segunda alternativa. Y se encontró de pronto atrapado en un atasco sin salida, con coches detenidos delante y nuevos automóviles que se habían situado a sus espaldas. No tenía posibilidad de escapar por ningún lado. Se sintió como un desdichado atún cogido en el interior de una almadraba y pensó en bajarse del coche, abandonarlo para siempre y marcharse andando en busca de la estación de metro más próxima. Pero respiró resignado, subió el volumen de la radio y cruzó los brazos sobre el volante. Las altivas voces wagnerianas encontraban a su alrededor un fatigado coro de bocinas.

Tardó casi tres cuartos de hora en llegar a la calle de Alberto Alcocer y, una vez allí, dio varias vueltas inútiles en busca de un aparcamiento cercano a su oficina. Fastidiado, dejó al fin el auto en una esquina, cubriendo la mitad de un paso de cebra.

Había cesado de lloviznar y parecía que el cielo quisiera abrirse, pintando un terso azul entre las turbias nubes. Eran las diez menos diez, lo que significaba que llegaba casi una hora tarde al trabajo. Su piel seguía pegajosa y notaba su cerebro flotar dentro del cráneo como la presencia de una carne húmeda y blanda, semejante a los redondos de ternera que exhiben en las carnicerías, atados y listos para meter en el horno. Llegó a la altura del edificio donde se encontraba su empresa, pasó de largo y entró en el bar de al lado.

Comía allí casi todos los días, con los vales que su compañía donaba graciosamente a los empleados de plena jornada. Era un buen bar. Jaime pensaba con frecuencia que, en la vida, uno puede llegar a prescindir de muchas cosas, incluso de la propia mujer, pero no de un buen bar donde es cliente desde años atrás. El bar, creía él, era el mejor refugio para la naturaleza adversa de la ciudad, una especie de núcleo familiar sin ataduras, un sutil entramado de relaciones donde crece el calor humano con más intensidad que en el interior de la mayoría de los hogares. Pensó que los bares amables, como Paradiso, habrían de ser las iglesias del nuevo milenio.

Pepe pertenecía a esa clase de camareros que le hacen a uno desear de inmediato contarle la propia vida. Si hubiese elegido el sacerdocio, habría tenido siempre cola ante su confesionario.

—¿Qué le pongo, don Jaime? —dijo Pepe con sonrisa de ángel redentor, la camisa inmaculada, el chaleco negro bien planchado, la impecable pajarita tiñendo con un llameante golpe de rojo su discreto porte.

—Un café doble, Pepe.

—¿Hubo buena juerga anoche, don Jaime? —preguntó el camarero.

—Hubo horribles pesadillas.

El camarero se retiró hacia la máquina de café y Jaime, sentado sobre el taburete, se acodó en la barra. Un sacerdote ataviado con una larga sotana, y ya entrado en años, jugaba en la tragaperras, aliviando sus fracasos con furiosos meneos al ingenio. «No me la sacuda, padre, que es de alquiler», advirtió Pepe al tercer o cuarto golpe del cura. «Hija de Satanás», bufó el ministro del Señor mientras seguía echando monedas al trasto.

Jaime vio entrar al limpiabotas, vestido con una camisa negra y un pantalón también negro. Era cojitranco, feo, con el brazo izquierdo de menor tamaño que el derecho y la mano torcida hacia adelante. Su cuerpo se inclinaba bajo el peso de una prominente joroba. En el bar le apodaban «Capricho» y a él no parecía molestarle. Jaime le hizo una seña.

—¿Te queda lotería, Capricho?

—He comprado una tira de cupones de los ciegos, si quiere uno..., son ciento cincuenta y la voluntad.

Jaime tomó un cupón.

—Los ciegos sólo les tocan a los ciegos, yo nunca he dado un premio —dijo Capricho—. ¿Le limpio, don Jaime?

Se miró los pies. Había restos de barro sobre su calzado.

—Hazlo deprisa, que ya voy tarde.

Jaime le contempló desde arriba. La giba despuntaba del pequeño cuerpo como un negro otero.

—¿De verdad crees que hay truco en la lotería de los ciegos?

—Naturaca, don Jaime. ¿No sabe que el sorteo es digital? Los ciegos manejan los dedos como nadie, son sus ojos. No sé por qué se empeñan ustedes en comprar.

—Tiras piedras contra tu negocio, Capricho.

—Si quiere, me pasa el cupón por la chepa, dicen que trae suerte. Pero le aseguro que ni con ésas, don Jaime.

De regreso a la calle, se detuvo un momento y recorrió con la mirada la fachada del alto edificio de la compañía La Gran Felicidad, S. A., donde trabajaba empleado desde quince años atrás. Sonrió al ocurrírsele, de pronto, que estaba en la nómina de una empresa con nombre de restaurante chino.

No obstante, apenas un par de segundos después, su sonrisa se esfumó y el edificio se le antojó demasiado pesado para su fragilidad de ser humano abrumado por una vida antipática. Los ocho pisos gravitaban encima de su frente como si ahora quisiera desplomarse sobre él toda la infinita amargura del mundo. Deseó huir de allí a la carrera. Pero sus hábitos de sumisión poseían más energía que sus instintos dormidos de rebelde. Consintió entonces que el desconsuelo se posara sobre sus hombros, inclinó la cabeza y entró en el edificio, llevando a cuestas el peso de estos tiempos tan tristes.

Detrás de aquel absurdo nombre de La Gran Felicidad, S. A, a la que sus empleados habían rebautizado como La Gran Infelicidad, S. S., se escondía una de las mayores empresas de seguros del país, fundada casi un siglo atrás por una rica familia de Valencia y vendida hacía tres años a una multinacional alemana. Los nuevos dueños habían trasladado la sede de la compañía, desde un vetusto caserón del centro urbano, al moderno edificio del norte de la ciudad. Era un caserón de fachada acristalada en tonos azules.

Jaime colocó su ficha de entrada en la ranura de control, saludó con un gesto a los vigilantes y al recepcionista, y se dirigió al ascensor. De reojo, miró el reloj: más de una hora de retraso. Tendría una amonestación a fin de mes.

Dio al botón que marcaba el número cinco. Volvió la espalda a su imagen en el espejo. En el hilo musical del ascensor sonaba una melodía de los Beatles y olía a agua de rosas.

Víctor Ramos, el jefe de la Sección de Inspección, pasaba junto al elevador cuando Jaime asomó en el descansillo. Era uno de los más antiguos empleados de la empresa y los alemanes le habían mantenido en su puesto cuando se hicieron con la mayoría de las acciones. Jaime y él tenían una buena relación, aunque la jovialidad de Ramos escondía el alma de un jefe intransigente. Ramos miró sin disimulo el reloj de la pared.

—Te dormiste, ¿eh? —le pasó el brazo sobre el hombro—. Ven conmigo.

A un lado y a otro del largo pasillo, detrás de las mamparas acristaladas, decenas de empleados y empleadas se afanaban en ignoradas tareas ante los ordenadores. La galería, flanqueada de despachos, tenía un aire pulcro, la pureza blanca de la carne de una cebolla cruda.

Sin soltarle el hombro, Ramos llevó a Jaime hasta su despacho.

—¿Quieres un café? —preguntó mientras se dejaba caer en un sofá.

—No, gracias, tengo miedo de despertarme demasiado y comprender mejor el mundo —respondió Jaime sentándose en el sillón que daba frente a Ramos.

—¿Sigues en el archivo?

—Fuiste tú quien me ha enviado a esa puñetera tarea de meter en el ordenador toda la historia de esta enloquecida empresa. Me paso el día recordando las mamarrachadas que he hecho durante años para ganarme la vida. Quince años y un día, para ser exactos.

—Pensé que llevabas más tiempo en la compañía —dijo Ramos.

—Todavía me queda una larga condena por cumplir. Alguien me echó al nacer la perpetua.

—No te quejes. En estos tiempos, es una suerte el trabajo fijo... Pero al grano, que tengo poco tiempo. Hay un asunto que encargarte: un travestí. Se operó y se puso unas tetas de silicona. Y las aseguró contra accidentes por cinco millones. Hace dos días se las ha quemado. Está en la UVI del hospital de La Victoria. Tiene unas heridas del demonio. Así que ponte a la tarea de averiguar si fue accidente o no.

—¿No tienes un asunto que huela mejor? La carne quemada atufa.

—Déjate de rollos y al tajo.

Ramos se recostó en su sillón.

—Es un seguro de los antiguos, de hace cosa de cuatro años. La jefa está todavía recuperándose de la sorpresa. Pero ya sabes los seguros que hacían antes los valencianos y los follones en que nos metíamos.

—¿No te acuerdas de lo del zoo de Valencia? —preguntó Jaime—. El otro día estuve archivando el caso. La compañía había asegurado una partida de ocas malayas, unas cincuenta, a doscientas mil pesetas por oca. Y unos meses después empezaron a aparecer degolladas. Te empeñaste en que yo llevara el asunto.

—Es que eres nuestro inspector más detectivesco —dijo Ramos.

—Sí, el inspector Clouseau... Así es que una noche me tuve que apostar cerca del corral de las ocas para ver si descubría el tinglado —siguió Jaime—. ¿No te acuerdas? Varias horas escondido al lado de aquel corral lleno de pajarracos para descubrir a un chiflado. Y no era un chiflado, sino un grupo de cuatro o cinco, todos ellos guardianes del zoo. El asunto es que las degollaban mientras las violaban, parece que los estertores de los bichos les daban más gusto. Si lo lees en un libro, no te lo crees. Y nadie me dio gratificación ninguna. Supongo que lo del travestí tampoco tiene gratificación...

—Te levantaré la amonestación de hoy, Clouseau... Y te vas esta tarde al hospital y fisgas a ver si el maricón ese se quemó las tetas a propósito. Mi secretaria te dará el dossier.

Jaime salió del despacho y caminó hacia el otro extremo de la galería. En la espaciosa sala del archivo sólo estaba Marisa, una muchacha morena, de rostro grosezuelo y busto airoso. Lucía un vestido minifaldero, con un leve escote que dejaba ver el nacimiento del pecho. Su aspecto provocaba simpatía, quizás por sus ojos vivarachos y su nariz respingona. Ramos decía de ella que era una chica pizpireta.

—¿Qué tal vas? —preguntó Jaime mientras se sentaba y ponía en marcha su ordenador.

—Normal —respondió ella volviendo el rostro desde su pantalla—. O sea: un coñazo.

Siempre le había gustado Marisa y pensaba que era una mujer que ni pintada para un romance urgente y apasionado. Pero su lenguaje bronco y soez frenaba sus impulsos de intentarlo.

—Casi todo en la vida es un coñazo muy normal —repuso Jaime.

—Hombre, casi todo no. ¿Siempre eres tan triste?

Jaime pulsaba su teclado y seguía sin mucho interés los asuntos que viajaban en la pantalla. Ante sus ojos, cruzaron a toda velocidad las ocas y los violadores valencianos.

—¿Te conté aquello del zoo de Valencia, lo de las ocas? —preguntó a Marisa.

—Sí, es muy fuerte.

—Lo que más me impresionaba eran los rugidos de los cocodrilos australianos. Estaban en un estanque próximo y se ve que les daban hambre las ocas. ¿Sabías que los cocodrilos australianos rugen como los leones?

—He vivido muchos años sin saber nada sobre cocodrilos australianos.

Jaime siguió machacando teclas. Le relajaba aquella sutil venganza: maltratar los ordenadores de la empresa.

A eso de la una, le dolía la cabeza y las acometidas del sueño echaban plomo sobre sus párpados. Resolvió darse un respiro.

Telefoneó a su casa. Dejó sonar seis o siete veces el timbre sin obtener respuesta. Marcó luego el número del bufete de Carmen. La adusta secretaria respondió que no estaba. Jaime, desde años atrás, odiaba la voz de aquella tía.

—Tienes mala cara —dijo Marisa volviéndose hacia él.

—No he dormido en toda la noche. Me dejé las llaves dentro de casa y tuve que esperar hasta las ocho sentado en la puerta. Mi mujer no tenía tampoco llaves.

Marisa rió.

—Esas situaciones unen mucho —dijo.

—Mi mujer y yo nos llevamos como los cocodrilos australianos con las ocas malayas.

—Lo mismo le pasa a casi todos los matrimonios, consuélate. En este jodido mundo, el amor se va siempre a tomar por culo.

—¿No te gusta tu marido?

Marisa se encogió de hombros.

—Menos que un cocodrilo australiano.

A la una y media bajó a almorzar. Lucía un sol rubicundo sobre el cielo acerado. Y olía a lluvia vieja, a polvareda de óxido y nubes apolilladas.

—Ponme una cerveza, Pepe —dijo al camarero mientras se acomodaba junto al mostrador del Paradiso. Pidió el menú del día y comió en el mostrador, sin mucho apetito. Cuando tomaba el café, apareció Luis Machuca. Arrimó un taburete a su lado después de saludarle con un golpe afectuoso en el hombro.

—¿Qué hay para comer? —preguntó Machuca.

—Lentejas y pollo, lo mismo que todos los viernes —respondió Jaime.

—Eso de comer lentejas los viernes es una antigua tradición judía que heredó el mundo cristiano. ¿Lo sabías?

—Ignoro casi todo sobre las lentejas en viernes y los cocodrilos australianos, pero es muy instructivo.

Machuca era un periodista del diario *La Nación*. Alto, grueso, de pelo castaño desvaído, exhibía una gran papada y bolsas de piel bajo los ojos y las orejas. Usaba gafas de miope y vestía con cierto desaliño, aunque nunca prescindía de la corbata, que invariablemente se anudaba torcida y arrugada bajo el gañote, como si fuera un lazo dispuesto para el ahorcamiento y no una prenda destinada a dar un toque de elegancia a su apariencia. Jaime le conocía desde un par de años antes, cuando comenzaron a jugar al mus en Paradiso después de los almuerzos. Ahora formaban pareja ocasional en las partidas de cartas. Y bebían juntos en los atardeceres solitarios.

—¿Hay gente para jugar? —preguntó el periodista.

—Allí, en una mesa del fondo, están los del Banco de Bilbao —respondió Jaime—. De todas formas, no puedo: ando con el tiempo algo justo. Tengo que salir zumbando a eso de las tres y media, al hospital, a ver a un travestí que se ha quemado las tetas.

—Joder, tienes un oficio apasionante.

—Te lo cambio sin mirar.

—No te gustaría. Me paso la vida manipulando la verdad —repuso el periodista.

—Yo me paso la vida con la verdad jodiéndome hora tras hora. Me gustaría manipularla alguna que otra vez.

Machuca le convenció para que jugara una partida. Antes de sentarse a la mesa con los empleados del banco, Jaime llamó otra vez a su casa. No halló respuesta. Un alfilerazo de celos le pellizcó el alma.

Se unió a los otros y pidió un café y una copa de coñac. Jaime y Machuca ganaron la primera partida. Hubo revancha y perdieron la segunda.

—¿Va la buena? —propuso Machuca.

—No tengo tiempo —dijo Jaime mirando su reloj.

—No jodas y echa la buena, nos dejas colgados.

Aceptó. Se preguntó por qué tantas veces durante tantos días y al cabo de tantos años seguía siendo incapaz de decir no. La partida transcurría igualada. A las cuatro menos veinte le llamaron del despacho de Ramos.

—Diles que voy de camino, Pepe —ordenó al camarero.

Y echó un órdago a la chica en la siguiente mano y perdió la partida. Machuca, enrabietado, tiró las cartas sobre la mesa.

—¿Estás tonto? Mira, mira mis cartas... Nos salíamos con ellas. ¿No has visto mi seña?

Jaime se levantó para marcharse.

—Paga tú; luego te doy mi parte —dijo a Machuca.

La secretaria de Ramos le entregó la documentación sobre el transexual. Fue a su despacho e hizo nuevas llamadas infructuosas a su casa y al bufete de Carmen. En la calle otra vez flotaban nubes opacas sobre la ciudad y olía a viento enmohecido y a orín de felinos.

Consiguió un taxi en la esquina.

—Lléveme a Urgencias del hospital de La Victoria —ordenó al chófer.

—¿Algún problema familiar?

—Ahora mismo, ninguno. ¿Y usted? —respondió mientras abría la carpeta con la documentación del transexual quemado.

El espacio se ensanchaba en el horizonte del norte de la ciudad y nubarrones de apagados tonos violeta y amarillos cabalgaban sobre las montañas invisibles. El hospital de La Victoria alzaba su vanidosa torre sobre una gran explanada en la que otros edificios de porte más enano se desparramaban hasta formar casi una pequeña urbe. Millares de enfermos habitaban aquella colmena colosal, servidos por una populosa tropa de médicos y enfermeras, celadores, secretarias, camareros, porteros, empleadas de limpieza, camilleros, conductores de ambulancias, guardias de seguridad, transportistas, albañiles, fontaneros y electricistas, a los que se sumaban cientos de familiares que formaban un itinerante hormiguero en las avenidas y callejuelas de aquel poblachón construido para remediar el dolor humano y combatir contra la desolación de la muerte. Cientos de coches se agazapaban en los lugares más insólitos, subidos en las aceras, entre los árboles, arrimados a los contenedores de basuras, mientras muchos otros daban vueltas de un lado a otro, intentando lograr un hueco. El ruido y el agobio pululaban en aquella babel sanitaria, negando cualquier suerte de victoria en la Tierra a los hombres infelices. A Jaime le pareció que la altanera torre cilíndrica tenía el aspecto de una nave marciana. Y se sentía como un kafkiano insecto mientras se aproximaba al servicio de Urgencias.

El trajín era intenso en aquella hora. Un paralítico que conducía una silla de ruedas a motor se detuvo ante Jaime y le mostró una tira de billetes de lotería:

—Llevo el gordo, pibe; no perdás la ocasión de salir de la ruina, che —le dijo con acento argentino.

Jaime le esquivó, pero quedó atrapado entre dos marroquíes que le ofrecían un cajón repleto de chucherías y una alfombra de gruesa lana tejida con toda la gama posible de marrones.

—Compra, paisa, barato, barato —decía uno poniéndole la alfombra delante de las narices. Olía a camello putrefacto.

Pudo cruzar la puerta. Le detuvo un celador, alto y sólido cual torreón medieval.

—¿Dónde va?

—Busco a un accidentado.

—Pregunte en recepción. Pero no se haga el listo y no trate de ir pa dentro, que no voy a quitarle ojo.

Se incorporó a la cola que esperaba turno ante la ventanilla. La gente se movía de un lado a otro como en el interior de un hormiguero desvariado: entraban unos desde la calle y se cruzaban con los que salían de los pasillos interiores; otros se arremolinaban ante los teléfonos de un esquinazo de la galería; algunos paseaban nerviosos en círculos mareantes y un buen número abarrotaba la sala de espera. De acá para allá, trotaban celadores, enfermeros y enfermeras, abriéndose paso a duras penas entre la multitud; al lado de la puerta, en el exterior, se agolpaban fumadores, comiéndole tiempo al cáncer de pulmón; en el pasillo que se abría camino de los intestinos del hospital, se alineaban camillas con enfermos que esperaban habitación, las bolsas de suero sostenidas en lo alto de sus camillas y las cabezas vueltas hacia el techo, miradas perdidas en el vacío blanco, gentes anhelantes del consuelo ocasional de un familiar que acariciase sus frentes. Olía a sudor de raza ibera y a mejunje de curandero moro. Una empleada de la limpieza barría el suelo con una mopa, dando golpes sin contemplaciones a cualquier pierna que se le pusiera por delante.

—Ésa es la que despeja el patio de las tripas que sobran —dijo, riendo de su propia broma, un viejo desdentado que ocupaba el puesto anterior a Jaime en la larga cola.

La marea de gente, que entraba y salía con prisas, no reparaba en obstáculos. Jaime recibió un par de empellones. El anciano se volvía de cuando en cuando hacia él:

—Parece que regalaran la salud —dijo—, pero lo que de verdad pasa es que la gente se aburre. Cuando ponen en la tele un partido de fútbol, esto se vacía.

—No sé si prefiero un entierro a un partido de fútbol —dijo Jaime.

—No joda, hombre, que lo peor es la muerte.

—Nada es más feo que un hospital.

—Usted no tiene ni idea, joven. Yo soy jubilado, y a mi edad hay que buscarse aficiones. Y le digo que no hay nada como un hospital para matar la tarde. Pero, no crea, que también padezco mis problemas: ando siempre suelto de tripas y todo el día haciendo de vientre, con perdón, así como líquido.

—No parece incurable lo suyo.

—Pues no se crea, que ya no puedo disfrutar mucho de la vida social, porque me suelto cada media hora. Debe ser cosa del intestino grueso, que es por donde se evacua la caca, con perdón. El delgado, el de orinar, lo tengo en su punto, como un reloj, y meo limpio y en cantidad. Ya sabe usted: mear claro y cagar duro hacen al cuerpo sano y seguro. Pero a mí me falla el cagar. Y eso que la sangre la tengo muy bien. Es lo importante: si tienes buena sangre, todo lo demás es susceptible.

Jaime sintió que le tocaban el hombro:

—Coño, Arbal, si eres Jaime Arbal.

Se volvió. Reconoció de inmediato a Justo López, un compañero del servicio militar a quien no veía desde que los licenciaron. Lucía menos pelo y soportaba un cuerpo más encorvado. Pero su abultada nariz y su cabeza de pepino seguían en su sitio, indemnes a los estragos del tiempo. Vestía una bata blanca.

Se abrazaron.

—Coño, coño —repetía Justo—, ésta sí que es buena. Va para veinte años que no te veía. ¿O son treinta?

—Por ahí, más o menos —respondió Jaime.

—Deja que te vea... —se apartó un par de pasos—. Joder, qué viejo estás.

—Tú sigues igual de feo.

—Es que los feos no perdemos. En cambio tú..., con lo guapito que eras, coño, estás hecho una pena. Es lo que os pasa a los guapos, que sólo tenéis un hervor.

Volvió a abrazarle con energía.

—¿Y qué haces aquí? —preguntó Justo.

—Busco a un enfermo, a un accidentado.

—Venga, sal de la cola.

Tiró del brazo de Jaime. El viejo desdentado les lanzó un corte de mangas.

—De modo que eres médico —dijo Jaime mientras recorrían la galería.

—Ya me gustaría, pero no pude terminar la carrera y me quedé en enfermero. Por las mañanas pongo inyecciones a domicilio, chapuzas. ¿Y tú, qué pasó con la Física?

—Tampoco terminé.

—Ya..., déjame los datos del accidentado.

Jaime le tendió el informe. Entraron en un pequeño despacho.

—Vanessa Rodríguez Anciones... —leyó Justo.

—Es un travestí, se ha quemado las tetas. Las tenía de silicona.

—Ah, coño, el de las tetas —rió Justo—. Supongo que estará en la UVI de quemados... No me digas que es familiar tuyo.

—Es cosa de trabajo. Tengo que averiguar si se las quemó a propósito para cobrar el seguro.

—Coño, ¿se aseguró las tetas?

—Por cinco millones de pesetas.

—A dos kilos y medio por teta..., buen negocio. Oye, ¿no puedo yo asegurarme los cojones?

—Los jefes de ahora son alemanes y no creo que aseguren huevos.

—Espérame aquí. Hago una gestión con un colega y, si se puede, vamos a la UVI... Hay que joderse con la Vanessa.

Diez minutos más tarde Jaime seguía a su amigo, a paso rápido, por el laberinto de pasillos del hospital. Una curva, otra larga galería, nueva curva, dos pisos de ascensor, pasillo, sala de paso, rellano de escalera, giro a la izquierda, sección de cáncer, giro a la derecha, sección de pulmón, otra curva, enfermeras al galope, un lacrimoso grupo de familiares de algún enfermo incurable, celadores de acá para allá, pacientes holgazaneando junto a las escaleras y echando un pitillo, sección de incurables, un carro con varios pisos de bandejas conducido a la carrera por un camarero vestido con chaleco negro y camisa blanca, carteles de prohibido fumar y una nube de humo saliendo desde la puerta de un cuarto de médicos.

Le hicieron vestirse con una bata blanca y le colocaron una mascarilla. Justo decidió esperar afuera mientras la amable enfermera de cabellos teñidos de rubio acompañaba a Jaime Arbal al interior de la sala de cuidados intensivos para quemados. Una vez más se dejaba arrastrar hacia un mundo que detestaba y al encuentro de una situación que imaginaba insufrible. Intuía lo que iba a ver mientras anhelaba, como siempre anheló en su vida, lograr la fuerza suficiente para volverse atrás y dibujar para sí una existencia carente de cualquier azar. Y pensó en Carmen, pintó en su mente una esposa dulce y tranquila, una mujer capaz de consolar sus pequeñas penas de hombre vacío de ambiciones y de admirar su pavor hacia los sobresaltos. Pero el mundo le empujaba de nuevo hacia sus alcantarillas y la celulosa que tapaba sus narices no impedía que llegara hasta su olfato el fuerte olor de la aventura, convertido esta vez en un aroma a chuleta de ternera frita, vuelta y vuelta.

Capítulo III

«La sordidez tiene su misteriosa majestuosidad.»
CLAUDIO MAGRIS, *El Danubio*

Presume el hombre de ser sabia criatura, en tanto que resulta un clamoroso memo si se tiene en cuenta que gasta una buena parte de su vida cavilando sobre lo evidente y calentándose la mollera con naderías. Cabe señalar, por ejemplo, que hay misterios con los que no ha sido capaz de enfrentarse. Pongamos un caso: no ha intentado cavilar aún sobre una cuestión tan importante como es saber si el cerdo, al que se supone el más inteligente de los animales, es más ignorante o más docto que el hombre. Cierto es que, a primera vista, parece un mentecato, puesto que se deja engordar y matar por el hombre. Pero en su favor vale decir que sus grandes prioridades en la vida son comer y fornicar, nobles y placenteras artes, y que no se conoce un solo guarro que se ocupe en devanarse los sesos sobre lo irresoluble.

Además, no se tiene noticia de ningún cerdo que haya intentado suicidarse. Tampoco de ninguna cerda que se quemara las tetas por decisión propia. Y lo que son las cosas: aquel viernes de cielo encapotado por nubes rancias, Jaime Arbal debía averiguar si un transexual llamado Vanessa Rodríguez Anciones había tratado de hacer algo parecido. Si eso le hubiese sucedido a una cochina, nadie la hubiera forzado a la tarea de investigar el caso y cualquiera habría acordado que se trataba de un accidente. Pero es tal la locura del hombre y tan voluble su necedad que, si los protagonistas son humanos cuando acontecen estas peripecias, uno siempre tiene que ponerse en lo peor.

La sala de vigilancia intensiva para quemados era espaciosa, de forma rectangular, y a duras penas se alumbraba por unas cuantas luces canijonas. Las camas formaban hileras a los dos lados de la estancia, separadas por cortinas de tela de lona, y dejaban un ancho pasillo en medio por el que ahora avanzaba Jaime, siguiendo a la enfermera y envuelto por un aroma de matanza de gorrinos. El silencio parecía poseer un volumen pesado. Algún lamento lo interrumpía en ocasiones, llegando desde los lechos. Jaime recitaba en su atribulada mente la letanía mineral: «Arcosa, argentita, arsenopirita, augita, autinita...».

Llegaron al fondo de la sala. La sanitaria se detuvo y se retiró a un lado, señalando el lecho.

—Aquí la tiene; o le tiene, como quiera que sea. Está sedado. Y ya lo ve, parece una momia egipcia.

Jaime se acercó. La figura de Vanessa se tendía desnuda sobre la sábana, en la que se observaban algunas manchas oscuras, quizás restos de piel quemada desprendidos del cuerpo. Una ancha venda cubría el torso del transexual, desde el ombligo hasta el cuello. Bajo el vendaje se marcaban numerosos bultos irregulares. Entre los muslos escurridos de Vanessa reposaba, derrotado, un pene de punta color violeta. Jaime contempló el rostro de aquella ruina: la cara delgada, los párpados azules, una lágrima escurriéndose desde un ojo, la boca entreabierta que dejaba escapar un leve hilo de baba; y los cabellos largos, sucios y en desorden; y la barba de varios días punteando las mejillas. Olía a madriguera de mofetas.

—Ya vale —dijo a la enfermera.

Justo le esperaba en el pasillo.

—¿Te ha sido útil? —preguntó.

—Para creer un poco menos en Dios.

—Me han dicho que va a palmarla si no hay milagrito.

—¿Sabes si fue accidente?

—Parece que estaba cocinando y le saltó aceite ardiendo a la blusa. Era de tela acrílica. Y el sostén también era acrílico. Y con las tetas de silicona, pues imagina: tan rápido como si le echas una cerilla a un reguero de gasolina. Si sale de ésta, deberán ingresarle en cirugía plástica y buscarle unos pezones de mona, digo yo... Por cierto, que su familia está en una sala de espera, ahí al lado.

—Debería verlos.

Justo le tomó del brazo.

—Antes nos vamos a tomar una copichuela en la cafetería.

—Ando apurado de tiempo, Justo.

—¡Una leche! Vamos a la cafetería, hace más de veinte años que no nos vemos.

Cedió. Salieron a la calle y cruzaron en dirección a un edificio alargado con aire de galpón de aeropuerto militar. Un tufo de aceite en edad de jubilarse, cebollas cabreadas y ajos de barrizal golpeó en su nariz cuando entró en la cafetería, con Justo aferrado a su hombro. El interior parecía un barracón de feria en plena resaca de fiestas patronales, el suelo tapizado de servilletas arrugadas, colillas, restos de patatas fritas, latas de cerveza, moldes de magdalenas, huesos secos de pollo y manchurrones de sopa. La clientela se apretaba en el mostrador y llenaba las mesas. Junto a la puerta, dos gitanas vendían lotería, y un moro ofrecía a bajo precio cartones de tabaco americano de contrabando. El humo de varios millones de cigarrillos pigmentaba el techo y las paredes con un turbio color mostaza de Dijon. Y el vocerío de los parroquianos se alzaba como un clamor selvático que hería los oídos.

Justo y Jaime se abrieron hueco en la barra, al lado de un grupo de médicos que, vestidos con pijamas verdes y calzados con zuecos, se jugaban las copas de coñac a los chinos.

—¡Dieciséis, son dieciséis! —gritaba uno de los galenos mirando las manos abiertas de toda la compaña—. ¿Quién dijo dieciséis?

—¡El tuerto, el tuerto! —exclamó otro de aquellos discípulos de Hipócrates, mientras se señalaba a sí mismo con una mano y con la otra se tapaba un ojo.

Justo pidió dos copas de coñac y se enredó en un infinito parlamento a propósito de su vida y los años transcurridos desde que habían dejado de verse. A duras penas, Jaime seguía el discurso de su amigo. Asentía con gestos vehementes en cada ocasión que suponía que debía ofrecer una respuesta cálida a las preguntas de Justo. No miraba su reloj de su pulsera, sino el del otro, aprovechando los momentos en que Justo agitaba las manos en el aire en la euforia de su soliloquio. El vocerío agreste que le rodeaba iba arrojando sobre sus párpados una profunda somnolencia. Temía que le llegara de pronto un bostezo y no poder contenerlo. La noche en vela se le venía encima.

—... Y ya ves, muchacho —Justo parecía concluir—, aquí me tienes, ganándome la vida de mala manera. Pero da gusto poder hablar contigo otra vez, las amistades del pasado nunca mueren y te traen de nuevo el viento de la juventud —bajó los ojos y su voz pareció desmayarse—. Ha sido estupendo encontrarte.

Le conmovía la mirada acuosa de Justo, que ahora se posaba liviana sobre sus ojos.

Regresaron a la zona de quemados. En la espaciosa sala de espera tan sólo se encontraban cuatro personas. Formaban dos parejas, dos irreconciliables grupos separados por cuanta distancia permitía la habitación: arrimado a una esquina del fondo, se acurrucaba un anciano de magras carnes y rostro hirsuto junto a una mujerona que luchaba por sostener el tipo con su mirada aviesa y sus carnes generosas; próximas a la puerta, un par de estupendas hembras, la una morena y la otra rubia platino, exhibían sus muslos bajo las livianas minifaldas.

Jaime se dirigió a paso rápido hacia el rincón donde se sentaban los dos viejos.

—Soy de la compañía de seguros de Vanessa —dijo.

El hombre tendió su mano. Pero fue la mujer quien habló primero:

—De Vanessa, nada. Querrá usted decir José Antonio.

—Pobre Pepito —musitó el padre.

—Señora —siguió Jaime—, a mí me da lo mismo cómo se llame su hijo, pero en estos papeles dice Vanessa.

—Hay que joderse —añadió la madre—. ¿Y cuándo se cobra?

—En el momento en que haga mi informe. De todas formas, sólo cobrarán ustedes si se muere. Y, en fin, tengo que hacerles un par de preguntas. ¿Creen que su hijo pudo intentar suicidarse?

—Llevaba una vida muy perra... —comenzó a decir el padre.

—Tú calla, desgraciao —cortó la madre—. De suicidio, nada. ¿Piensa que se van a ahorrar las perras con ese cuento?

—¿Creen que alguien pudo intentar asesinarle? —añadió Jaime.

—Usted ve mucho la tele, señor —repuso la madre—. Si se quiere matar a alguien, no hay que quemarle las tetas. Para eso están inventadas las pistolas.

—Pobre Pepito —suspiró el marido.

Jaime se levantó.

—¿Quién encontró a su hijo después del accidente?

—Uno de esos maricones —dijo la madre señalando en dirección a las dos mujeres.

La morena, que en la distancia no parecía un transexual, sacaba la lengua a la madre de Vanessa.

Jaime se despidió de los ancianos.

—Espero que su hijo se recupere, señores —dijo.

Recorrió la distancia que le separaba de los transexuales. Mientras avanzaba, la morena le miró de arriba abajo, de abajo arriba, descarada y provocadora.

—Soy el del seguro... —dijo deteniéndose ante ellos—, me han dicho que una de ustedes vio a Vanessa tras el accidente.

La morena se levantó. Era muy alta, alzada ahora sobre los elevados y finos tacones de sus zapatos. Su ronca voz golpeó como una pedrada en los oídos de Jaime.

—Yo encontré a Vanessa —dijo rotunda—. Fue una suerte que llegara a tiempo. Ya no ardía cuando llegué, pero todo estaba lleno de humo y olía horriblemente... —se tapó los ojos con las manos y su voz se atipló—, fue espantoso, espantoso.

—Verá, tengo que hacer el informe porque los pechos de su amiga estaban asegurados por cinco millones de pesetas. ¿Cree que fue un accidente?

La morena tomó con energía el brazo de Jaime y le empujó hacia la puerta:

—Vente fuera, guapo, no quiero que me oigan ese par de ruinas —dijo señalando con la barbilla hacia los padres de Vanessa.

Salió a la galería con el transexual tirando de su brazo.

—Te voy a dejar choqueado, monada —añadió la morena—. No fue un accidente.

Le soltó, abrió las piernas y puso los brazos en jarras.

—¿Cómo dice? —acertó a decir Jaime.

—Lo que he dicho, que la quemaron para darle un escarmiento. Así, en plan salvaje, con aceite... Cosa de drogas, Perry Meison.

—¿No se lo ha dicho a la policía?

—Yo no quiero nada con la poli, no les tengo ninguna ley. Y tú verás, encanto: si quieres datos y ahorrarle unos millones a tu empresa, pues me llamas.

Le tendió una tarjeta. «Pamela Quiñones», leyó Jaime en la cartulina.

—Y si necesitas otro servicio, a tu disposición: hago maravillas en el catre —añadió el transexual.

Cuando dejó el hospital, su reloj marcaba las seis de la tarde. Por encima del vaho pringoso que flotaba sobre el aire teñido de azufre, el cielo se tendía hacia el infinito, limpio ahora de nubes. Un avión cruzaba en la alta lejanía, dejando detrás un delgado brochazo de humo. Alrededor de Jaime crecía un aroma de bueyes en celo, que se mezclaba en su olfato con el persistente olor de la carne achicharrada. Una punzante sensación de asco se abría paso en sus tripas. Encendió un cigarrillo y el tabaco entró en sus pulmones con el sabor de un trago de gasolina. Lo tiró al ver un taxi libre descender en su dirección. Agitó los brazos como un molino de viento, ansioso por escapar del presente y camino de ninguna parte.

Cumplido su horario de trabajo, apenas quedaban empleados en el interior de La Gran Felicidad, S. A. Jaime se encerró en su despacho, ávido de soledad, y telefoneó a su casa. Dejó sonar cinco o seis veces el timbre sin lograr respuesta. Marcó luego el número del bufete de su mujer, para escuchar tan sólo la ruda voz de la secretaria en el disco del contestador automático: «Habla con el despacho de las abogadas Carmen Ruiz y Nuria Esteban. Deje su mensaje, por favor, después de oír la señal. Pi, pi, piiiiiiiiiii». Colgó sin atender la petición.

Escribió en el ordenador el informe sobre Vanessa. Como un telegrama: «Interrogados padres. Visto informe médico. Interrogados dos transexuales amigos de la accidentada. Visto el asegurado en la unidad de quemados del hospital de La Victoria. Todo indica que fue un accidente». Luego dudó. Puso una coma detrás de la última palabra y añadió, «pese a que uno de los transexuales, llamado Pamela Quiñones, asegura que se trató de una agresión. El transexual afirma contar con más información, pero es probable que quiera dinero a cambio». Editó la hoja, la metió en un sobre y escribió encima, a bolígrafo, el nombre de Ramos.

Se recostó en la silla y reparó en que su despacho olía a cerezas marchitas. El cansancio de la noche sin dormir se derrumbaba de nuevo sobre su alma, pero su cuerpo había logrado alcanzar ese grado de ingravidez que le permite a uno mantenerse en pie al límite de lo imaginable e, incluso, de lo inimaginable.

Pensó en las opciones que se ofrecen a un hombre para elegir un lugar adonde ir cuando no hay adónde ir, en los amigos a los que se puede llamar cuando apenas se tienen amigos, y en las posibilidades de divertirse cuando la imaginación no da mucho de sí. Siempre cabe suicidarse en estos casos, se dijo Jaime. Por el momento, no obstante, decidió bajar a la calle y tomarse una copa en Paradiso. Para el apocalipsis siempre hay ocasión, se dijo, y nada hay en el mundo como un buen bar cuando se está solo, cuando los celos atenazan el corazón, los amigos escasean y el mundo sugiere que te mueras. Los hombres deberían vivir yendo de bar en bar, incluso dormir en uno de ellos, concluyó con fe.

Pepe le saludó desde el otro lado del mostrador. Después de casi doce horas en el mismo sitio, su sonrisa se mantenía impecable, la pajarita roja sin moverse un milímetro de su justo lugar en el gañote y el cuello de la camisa tan aseado como a primeras horas de la mañana. Una vez más, Jaime sintió deseos de acodarse en la barra, inclinarse delante de la copa y contarle su vida entera a aquel cálido camarero.

Quizás iba a hacerlo, con la sumisión de quien se acerca a un confesionario o a la consulta de un psicólogo, cuando al fondo del salón vio alzarse un brazo sobre las mesas. Distinguió a Luis Machuca, que le llamaba desde un velador donde se sentaba junto a un par de hombres. Respondió levantando su propio brazo y, aliviado, con el corazón humedecido de pronto por una sensación de tibieza consoladora, se abrió camino al encuentro del periodista. El bar estaba repleto de clientes en aquella hora, apenas cabía uno más, y el humazo denso de los cigarrillos flotaba en el aire, mientras un trasiego incesante de vinos y licores iba repartiendo puñaladas en los hígados.

Encontró la única silla vacía que parecía quedar en el salón, y se hizo hueco a la izquierda de Machuca. Conocía a los otros dos hombres, había jugado con ellos partidas ocasionales de mus. El que se sentaba al otro lado del periodista era un tipo corpulento y sólido, de pelo rojo butano y cara ancha picoteada por una viruela infantil. Había olvidado su nombre, pero recordaba que era el administrador de los apartamentos de un edificio próximo a Paradiso. El de su izquierda era un empresario gallego dedicado a la venta de objetos de piel que se llamaba Celso Pires. Tenía un rostro enfermizo y cabellos oscuros que caían entristecidos sobre su frente pequeña y sus orejas de murciélago. Les estrechó la mano. Delante de ellos se alineaban varios vasos vacíos y un platillo con unas cuantas avellanas.

—Me debes seiscientas pesetas del mus del mediodía —dijo Machuca extendiendo ante él la palma de la mano—. Las deudas del juego se pagan, y estoy por cobrarte el total de la consumición, por tu torpeza.

Jaime le tendió las monedas. Pidió un cubalibre de coñac.

—Están hablando de sexo —dijo el periodista señalando a los otros.

—Éste dice que se ha inventado un aparato que es definitivo —apuntó el pelirrojo mirando al gallego.

—Es un maletín —corrigió Celso—, el no va más, lo último para el hombre de hoy. Dentro va todo lo necesario para excitar a una mujer: las bolitas vaginales japonesas, consoladores de diversos tamaños para vagina y ano, excitadores a pilas para pezones y clítoris, y vídeos porno.

—No veo su utilidad —dijo el pelirrojo.

—Carayo, es que no tienes imaginación. ¿Cuál es el problema de los hombres de hoy? Pues que no tenemos tiempo para nada, ni para follar siquiera. Así que, cuando estás con una tía, le colocas las bolas japonesas en la vagina y un consolador en el culo, le aplicas los excitadores en los pezones y pones en el vídeo una orgía. Tú te dedicas a hacer las llamadas en el móvil y ella, entretanto, se va calentando. Cuando ya está a punto, te bajas los pantalones y liquidas en un santiamén. Ni te piden que te quites los calcetines, y mira que les jode a casi todas que follemos con los calcetines puestos.

—A mí lo que me gustaría es hacer el trabajo del maletín —dijo el pelirrojo con aire nostálgico—. Si alguna vez te hago falta, me avisas y yo te caliento la hembra mientras tú hablas por el móvil. Para algo están los amigos.

Tomaron otras tres rondas de copas en la hora siguiente. Jaime se levantó a telefonear a su casa en dos ocasiones. Carmen no respondía. Pero sus celos se iban disolviendo en el alcohol. Decidieron jugarse al mus unos bocadillos y una botella de vino. Machuca y él ganaron al pelirrojo y a Celso. Después de la partida, acordaron cambiar de bar.

La borrachera avanzaba en el cerebro de Jaime y embotaba sus sentimientos. Se notaba muy cansado. Pero la idea de regresar a casa le agobiaba. La noche estaba dibujada para acabarla estupendamente ebrio y a las tantas.

Quedaba poca clientela en Paradiso cuando se levantaron, y los rodeaba una peste a sudor de jauría, pedos de jabalí y sobaco de cazadores. Al otro lado del mostrador, lozano, paternal y cortés, Pepe los despidió sonriente.

Ya en la calle, Jaime sintió que sus pasos se hacían inseguros y su cerebro se agitaba como una coctelera en las manos de un rudo camarero.

—Me parece que me voy a marchar —dijo a Machuca.

—No seas cenizo; me tienes que llevar a casa, no he traído el coche.

—Anoche no pegué ojo.

—Mañana es sábado, carayo —intervino Celso.

Se encogió de hombros y, una vez más, su voluntad se plegó a la ajena. Recordó que su padre siempre le reprochaba su falta de carácter. «Si un día te dice alguien que te tires por un precipicio, te tiras seguro», solía decirle.

Ahora el aire venía fresco, dulce, primaveral y con regusto de vida. La luna creciente acomodaba su mutilada redondez sobre las azoteas de los edificios: un rostro chato de hembra decrépita, una fealdad adusta de caricatura.

Y allá que iban aquellos cuatro orgullosos representantes de la más noble raza que ha poblado la Tierra, cuatro dignos individuos de la especie elegida por Dios, tambaleándose en pos de una felicidad imposible, con pasos titubeantes, repitiendo la épica tarea de un día tras otro, de noche tras noche y de alborada en alborada, embotados por el espejismo de alcanzar alguna suerte de fortuna imprecisa. Daba pena verlos.

El pelirrojo se había apoyado en un árbol y trataba de vomitar entre arcadas y eructos. El gallego pretendía ayudarle, aconsejando con aplomo que lo propio era meterse los dedos hasta el esófago. El periodista se había sentado en la acera y contemplaba la escena con gesto de fatalidad. Y Jaime, fatigado, con la voluntad perdida y el alma desarbolada, dudaba entre ayudar o sentarse.

—Mete los dedos más hondo, carayo, hasta llegar al culo si es preciso —le decía Celso al pelirrojo.

Jaime se acercó a Machuca.

—¿Y ahora qué hacemos?

—Podemos ir ahí al lado, al Gipsy's, ¿lo conoces? —dijo el periodista—. Es un sitio lleno de tías sueltas, cuarentonas y calentorras. Llegar, mirar y follar.

—No tengo interés en follar. Con que haya copas me vale.

—Copas hay en todas partes.

El pelirrojo vomitaba con estruendo. Hasta ellos llegó un tufo abrumador de azufre quemado.

—¡Qué peste! —dijo Machuca al tiempo que se levantaba y se alejaba unos pasos.

—Madre mía —acertó a decir al fin el pelirrojo, entre arcadas lastimeras.

—Ahí dejaste la cena, hermano —señaló Celso.

—¿Qué, nos vamos o nos quedamos aquí hasta que amanezca? —preguntaba Machuca.

La ebria tropa siguió su camino calle adelante. Algún ocasional automóvil cruzaba a toda velocidad junto a ellos, alzando un eco de roncos bramidos. Un gato negro saltó del interior de un contenedor de basuras y corrió asustado hacia la esquina, perdiéndose de vista.

Tres manzanas más adelante, alcanzaron el destino propuesto por Machuca. Sobre el portón de madera antigua rematado en un marco de piedras de sillería, ardía un cartel de neón naranja con el nombre de Gipsy's. Vestido de etiqueta, el portero les cedió paso, mostrando su sonrisa repleta de dientes puntiagudos y marmóreos.

—Buenas noches, Drácula —saludó Celso mientras dejaba una propina en la mano del empleado.

El aprendiz de mutante inclinó el cuerpo. Y sus dientes parecieron afilarse.

Blancas telas de encaje colgaban, a modo de cortinas, de las falsas ventanas; y cubrían los sofás tapizados de satén rojo, adornaban los redondos veladores, languidecían en los biombos chinos, engalanaban los respaldos de las sillas. Los encajes bailaban también en los escotes y las mangas de las camareras que deambulaban entre las mesas colmadas de gente. Jaime imaginó que los encajes estarían también en la oculta lencería de las decenas de mujeres que poblaban las mesas y que buscaban sin disimulo la mirada de las decenas de hombres que se apretaban en los mostradores.

La tibia luz se transformaba en los rincones, era aquí roja o azul, y allá rosada o de tonos verdosos. En las lámparas del centro de la sala lloraban lágrimas de pulido cristal. Las miradas cruzaban por toda la estancia como si fuesen seres vivos, desde los ojos cálidos de las mujeres hasta alcanzar el anhelante babeo de los hombres. Cuarentones y cuarentonas cumplían como un rito el galanteo, en un ir y venir de hombres camino de las mesas, en una exhibición impúdica de escotes y de muslos de las hembras que ardían en sus asientos. Olía a tumulto de sexos urgentes, a torrentera de perfumes, a temporal de vaginas en pie de guerra y a estampida de vergas en praderas del oeste americano.

La tropa se arrimó a uno de los mostradores y se abrió hueco casi a codazos, exigiendo bebida. Celso y Machuca pugnaron por pagar la ronda. Ganó el gallego a fuerza de empellones y apelando a su condición de cliente conocido. Alguien brindó por algo que ninguno alcanzó a entender.

—Carayo, el material de aquí va camino del medio siglo —dijo Celso paseando la vista por los escotes y los muslos de las mujeres más próximas.

—También nosotros andamos rondando el medio siglo —añadió Machuca.

—Yo lo pasé de lejos —señaló melancólico el pelirrojo.

—No estoy para mujeres —intervino Jaime—. Anoche me empaché de mujer.

—¿Follaste, hermano? —preguntó el gallego.

—Más bien me follaron... Y hoy vengo sin gana.

—Estás acabado, compadre —siguió Celso—. Cuando se sale a cazar de noche, hay que ir dispuesto a echar al morral cualquier clase de pieza.

—Algo así dijo en una ocasión Falstaff —agregó Machuca.

—¿Quién es ése? —preguntó Celso.

—Un inglés amigo mío —respondió el periodista.

—A mí me dejó mi mujer por un contratista de obras —se lamentó el pelirrojo—, y eso que yo había estudiado contabilidad.

—Perdona —le preguntó Jaime—, ¿cómo te llamas?, es que se me ha borrado tu nombre.

—Fernando Batalla —respondió el pelirrojo.

Jaime le tendió la mano. Le caía simpático aquel hombretón de cabellos llameantes.

—Jaime Arbal —se presentó—. Eso de tu mujer..., te comprendo.

—¿También te ha dejado la tuya?

—Creo que me pone los cuernos.

—Siempre pesa, por mucho que se modernicen las costumbres. Pero lo peor es que, cuando se separan, encima se lo llevan todo. A mí me dejó con lo puesto: los trajes y los cuernos. Y ahora vivo solo, en un apartamento del edificio donde estoy de administrador. Bueno, en realidad no vivo solo. Tengo una cría de orangután conmigo... —miró hacia los lados—, no se lo digas a nadie. La gente, ¿sabes?, no comprende por qué tengo un orangután en mi casa. Y es como un niño. Además, con el pelo rojo, igual que yo. Casi un hijo...

Jaime reparó en que Celso y Machuca se habían retirado del mostrador y ahora se sentaban a una mesa, con un grupo de cinco mujeres. El gallego les hacía señas para que se unieran a ellos.

—Vamos allá —dijo Fernando empujándole en el hombro—, ésos ya tienen las perdices en el morral.

Siguió con desgana al pelirrojo. Celso inició las presentaciones. Ellas tendían la mano mientras decían su nombre y Jaime las estrechaba con desgana. De súbito, una de las mujeres se levantó apresurada, rodeó la mesa, llegó hasta él y le abrazó sin mediar palabra. Sintió dos manos delicadas apretando su espalda. Luego, ella se apartó y le miró a los ojos. «Jaime, Jaime Arbal, ¿no te acuerdas?» Fue la voz de la mujer, más que su rostro, lo que de pronto le arrojó todo el perfume del pasado sobre el alma. Cayó sobre Jaime una lluvia de sensaciones de vehemencia juvenil. Le pareció que su borrachera desaparecía en los vapores del tiempo. Olía a cálidos estíos, a tormentas de septiembre, a grasa de bicicletas, a sudor poderoso de hembra adolescente. Era Laura, la niña de aquellos veranos interminables en la sierra madrileña. Su voz sonaba como entonces, rescatada incólume del tiempo. Pero los años habían borrado la tersa piel, los labios recogidos en un coqueto mohín sobre la barbilla redonda y las mejillas que marcaban dos dulces hoyitos. Ahora, dos bolsas de papel arrugado colgaban junto a las comisuras de su boca quebrada en un rictus desesperanzado, y la mirada verde de entonces se perdía tras un océano entristecido.

Ella le tomaba la mano y le llevaba a sentarse a su lado. ¡Cuánto había soñado con aquella mano que apenas pudo rozar un par de veces treinta años atrás y con aquel abrazo que nunca logró! Los dedos fríos de Laura no soltaban los suyos. Hablaba sin parar. Primero con las otras mujeres. «Es un viejo amor adolescente», decía. ¿Un viejo amor?, se preguntaba Jaime. Nunca lo habría sospechado. Luego se volvió hacia él y, en unos instantes, resumió su vida: estaba separada, tenía dos hijos, vivía de la pensión que le pasaba su antiguo marido, hacía trabajos ocasionales en una empresa de decoración, menos mal que se había quedado con el piso..., siempre fue ama de casa, ahora descubría sus verdaderos valores, su vocación oculta, aunque quizá ya era un poco tarde. «Tantos años perdidos...» ¿Y él? «No me he separado aún, pero casi.» Oía a su lado las conversaciones de los otros. Apuró los restos de su cubalibre y, al momento, apareció un nuevo vaso lleno delante de él. Bebió con urgencia. La borrachera crecía otra vez. Todos parecían hablar al mismo tiempo. La voz sonora del pelirrojo pedía discreción a una de las mujeres mientras le relataba la historia del orangután. Celso mantenía una audaz conversación con otra de las hembras: «A nuestra edad no es cosa de perder el tiempo», decía, «hay que ir al grano». Y la otra: «Yo estoy harta de los hombres que alardean y luego no cumplen». Y Celso: «Eso es porque sólo conoces intelectuales». Y Laura a Jaime: «¿Recuerdas aquel día en el jardín de mi casa, en la hora de la siesta..., solos tú y yo? Fue muy excitante, me hubiera gustado que me besaras. Todavía recuerdo el olor de los pinos y el griterío de las chicharras. Las chicharras me excitan desde entonces. Chrrri, chrrri... No te atreviste a besarme». No oía a Machuca, alejado de él en el otro extremo de la mesa y enredado sabe Dios en qué charla con una rubia de poderosos pechos.

Laura le besó en los labios después de decirle algo que no entendió. Su lengua era fría y escurridiza, con sabor a tabaco negro.

Pretextó algo al poco rato, ante la mirada derrotada de Laura. Ella se levantó, no obstante, y volvió a apretar su cuerpo contra el de Jaime. Notó los blandos pechos de la mujer, dos mórbidas materias carnosas que el abrazo parecía diluir. Cuando ella volvió a buscar sus labios, Jaime eludió su lengua. «Siempre estoy aquí los viernes y los sábados, ven alguna vez», dijo con voz cansada. Jaime prometió hacerlo, pero los ojos de Laura no le creyeron. «Ése es un intelectual», oyó decir a Celso cuando ya se iba.

Machuca le alcanzó en la puerta.

—¿Ibas a dejarme tirado? No tengo coche.

—Te vi muy atareado con la rubia.

—Al cuerno con ella.

Salieron y Drácula les sonrió bajo el rostro mustio de la luna.

Eran cerca de las tres de la madrugada y Jaime no acertaba a saber si estaba borracho o simplemente acometido por una fatiga cósmica. Al pasar junto a un agujero del alcantarillado, le llegó a los oídos un ruido semejante a un croar de ranas.

—¿Crees que vivirán ranas ahí abajo? —preguntó a Machuca.

—Supongo que serán ratas —respondió el periodista.

—Suena a ranas.

—Ratas —afirmó rotundo el otro.

Siguieron camino. La luna se había empequeñecido, alejada hacia los rincones del cielo, y no transmitía ahora una imagen de anciana decrépita, sino la de una niña enferma, feúcha y desvalida.

—No me has contado qué pasó con tu visita al travestí —preguntó Machuca cuando alcanzaron el automóvil.

—No me lo recuerdes, todavía me asalta el olor de la carne quemada. Un colega suyo me ha dicho que no fue un accidente y que intentaron matarle por un asunto de drogas. Si quieres la exclusiva, te la doy.

—No, gracias. Soy editorialista, el reporterismo no me interesa.

—Suponía que los periodistas trabajáis sobre la verdad.

—Tal vez cuando somos jóvenes. Luego comprendemos que la verdad es una palabra salvaje. A mí no me interesa la verdad, sólo me dedico a opinar.

—Calla, me pones malo.

—Pues no bebas tanto coñac y pregunta menos. Es más sano abstenerse de beber y de saber.

—¿Y no escribes sobre lo que crees que es la verdad?

Rió el periodista antes de responder:

—¿Conoces a Pessoa? En un verso dijo algo así: un periodista de *The Times* se sentó borracho a la mesa y escribió un editorial, suponiendo con inocencia que iba a tener influencia en el mundo. ¡Y santo cielo!, tal vez la haya tenido... ¿Comprendes la cuestión? Eso es el periodismo.

—Me animas a no leer ni un solo periódico más en mi vida.

—El mundo sería más digno si nadie los leyera. Pero prefiero que se lean, para no morirme de hambre.

Machuca vivía en una urbanización de chalés a las afueras de la ciudad. No había tráfico en aquella madrugada de ásperas soledades y apenas tardaron quince minutos en llegar. Al detenerse frente a la puerta de la casa, los faros del automóvil iluminaron a un perro de patas largas y hocico puntiagudo que hurgaba en el contenedor de la basura. Los ojos del animal, mirando hacia el coche, brillaron amarillos, como dos llamaradas de arrogancia salvaje. Permaneció unos instantes así, y luego se alejó hacia la oscuridad con pasos largos, sin apariencia de miedo.

—¿No morderá ese perro? —preguntó Jaime.

—No es un perro, es un lobo.

—Tú estás chiflado.

—Dime entonces de qué raza era.

—¿Pero qué puede hacer un lobo por aquí?

—Hay exceso de población en la sierra desde que se los ha declarado especie protegida. Y como no tienen mucho que comer en el monte, porque ya nadie cría ovejas, bajan a los basureros. Sólo buscan las basuras, aquí no hay problemas para las caperucitas.

Machuca se despidió. Y a Jaime le pareció escuchar en la lejanía el aullido del lobo solitario, como un lamento patético y desolado. Se sintió hermanado a él.

Viajó de nuevo hacia Madrid, envuelto por vaporosas sensaciones de nostalgia y amargura, que regresaban desde un pasado vivido entre la felicidad y el desconsuelo. Laura había surgido del tiempo devolviéndole la lozanía de aquellos días en los que disfrutaba de largos veranos, en la naturaleza libre de la sierra, junto a una familia, la suya, que durante el estío parecía darse una tregua en sus rencores y sus odios. Pero con Laura había llegado también la certeza de lo efímero, de la belleza derrotada y la juventud huida antes de que hubiera tenido tiempo de disfrutarlas. Sus sentimientos adolescentes le envolvían otra vez: la esperanza de amor, el miedo al fracaso, la fe en el mundo, la certeza ocasional de poder cumplir sus sueños y la inseguridad en sí mismo. Aquellos años se habían hundido en la nada, pero el Jaime Arbal de entonces revivía otra vez, como si despertase de un hondo letargo. Quizás somos los de siempre, se dijo, por más que apliquemos todos nuestros esfuerzos en adormecer cuanto el corazón nos exige. Su fe en el mundo y la esperanza de realizar sus sueños escapaban ahora muy lejos de su alma.

Llegó a casa poco después de las tres y media. Los celos bombearon de nuevo en su corazón al recordar la ausencia de Carmen durante todo el día, pero le alivió percibir en el salón el rastro de su perfume y distinguir su bolso sobre el sofá. Fue al cuarto de baño y se mojó la cara y el cuello. Al orinar, vio las bragas negras de Carmen tiradas junto al bidé. Las tomó y olfateó entre sus encajes. Era olor a ella, a secreción de mujer, no a semen. Volvió a dejarlas en el suelo y regresó al salón.

Se sentía tranquilo y relajado, liberado de celos. Encendió un cigarrillo y saboreó el gusto del tabaco. La fatiga de su cuerpo era tan poderosa que parecía dominar sobre su borrachera. Al fondo, en un rincón, su mirada se topó con la maleta que Carmen le había obligado a subir la noche anterior. Tendría que volver a bajarla al día siguiente.

Se desnudó por completo y arrojó la ropa a un sillón. Era una costumbre suya que Carmen detestaba, y tal vez por ello la repetía una y otra vez, como una forma de rebeldía. Apagó la luz, recorrió el pasillo a tientas y entró en el dormitorio. Se tendió en su lado de la cama y guardó silencio, vuelto hacia donde reposaba Carmen. Percibía su calor, el desvaído olor de su perfume, y podía oír su respiración acompasada. Después de todo, pensó, era dulce estar con ella. Recordó las tetas blandas de Laura y añoró los pechos firmes de su esposa. Se contentaría con que todo el resto de su vida transcurriese así, como ahora, al lado de su mujer, impregnado por una leve sensación de difusa felicidad. Y deseó que la ternura antigua de Carmen regresara incontaminada desde el pasado.

Poco después, el sonoro bramido de una ventosidad estalló entre las sábanas, del lado de su esposa, y la cama se inundó de un templado olor a confitura de gusanos y a mercado de pescado en el trópico africano. Se giró y enterró la nariz entre los pliegues de la almohada. Quiso responder y acertó a expulsar un tímido eructo que le trajo a la boca el sabor acerbo de un cóctel de coñac y de bilis primorosamente preparado por sus sabias tripas. Y en lugar de iniciar un recuento de ovejas, como mandan los cánones, le vino a la cabeza un verso en latín que había aprendido en el bachillerato y cuya traducción ya no recordaba: «*Arma virumque cano...*». Y se hundió en el sueño.

Capítulo IV

«Desconcertar, colocar trampas que dispersen las evidencias, que dispersen el orden de las cosas y el orden de lo real, que dispersen el orden del deseo.»

JEAN BAUDRILLARD, *El otro por sí mismo*

Disfrutaba, debajo de la ducha, del agua caliente que se escurría por su piel con trémula sensualidad. Después, ante el espejo, se secó, enrolló la toalla alrededor de su cintura y roció su pecho de colonia. Salió descalzo al pasillo y entró en la cocina. Olía a tostadas y a café. Carmen se volvió sonriente al notar su presencia. Vestía una ligera bata de algodón, de color azul pálido, y sus formas se marcaban duras y apetecibles debajo de la tela. Jaime se sirvió una taza de café.

Ella se acercó desde atrás. Pegó su cuerpo al de él y su mano apartó con delicadeza la toalla y tomó su sexo. Jaime la dejó hacer durante unos segundos, sin moverse. Carmen le acariciaba y le transmitía el calor de su cuerpo contra la espalda desnuda.

Él se giró al poco y la besó en la boca. Tiró de la bata hacia abajo y dejó al aire sus hombros y sus pechos. Los palpó mientras ella tocaba su sexo con suaves movimientos de los dedos, y dejaba escapar dulces gemidos de sus labios.

La llevó hasta el dormitorio. Cayeron desnudos en la cama. Un tibio olor de océanos ondeaba sobre el lecho. La boca de Jaime se llenó de un recio sabor de algas marinas.

Pero todo pareció hundirse en el fondo de la nada, en la oscuridad de un sideral agujero negro, cuando su mente comenzó a percibir que flotaba en un sueño. Regresaba con lentitud a una realidad confusa, mientras pugnaba por recuperar las imágenes que escapaban veloces de su cerebro, los olores y los sabores que huían, el tacto cálido de la piel de su mujer, la humedad caliente de los besos. El sueño, sin embargo, cabalgaba hacia el olvido irremediable.

Y ahora, los viscosos reptiles de la resaca se arrastraban en el interior de su cabeza entre silbidos, mientras por su lengua trepaba un agrio sabor a herrumbre de vinagre. A su alrededor crecía un aroma de sudor de bacalao y de vestuario de jugadores de rugby.

No obstante, su cuerpo se empeñaba en sobrevivir y sus ojos lograron abrirse, zafándose de las pinzas que parecían sujetar sus párpados. Trató de extraer saliva de los pozos resecos de su boca y limpiar su paladar. Las papilas guardaban el gusto de cadáveres añejos.

Pensó que, ahora, bien podría ser un pez en lugar de un hombre. Después de todo, los peces constituían la raza de seres más absurda y estulta de cuantas pueblan la Tierra, más aún que hormigas y abejas. Pero convino pronto en que era un hombre, pues el hombre supera en estupidez a cualquier pez, sea cual fuere su género. Los peces, al menos, dedican lo mejor de sus energías a comer al pez más chico y evitar ser comidos por el más grande, tarea tan necesaria como idiota por lo que tiene de redundante, pero no más idiota y redundante que el humano empeño por recuperar sueños amables.

Se escurrió de la cama como una sardina moribunda y abandonó el dormitorio. Cruzó junto a la cocina, donde le pareció escuchar el ajetreo de Carmen, y alcanzó el cuarto de baño. Bajo la ducha caliente, los reptiles se diluían en su cerebro, cesaban los silbidos. Su boca se abría y cerraba para recibir y escupir el agua. Ahora parecía de nuevo posible recuperar el sueño, gozando de una sensación de seguridad bajo las aguas afables. ¿Estaría Carmen esperándole para tomar su sexo y acariciarlo? Albergó la esperanza de que así fuera. «Dios es grande», musitó.

Se perfumó y peinó. Salió de la ducha con la toalla enrollada a la cintura. Entró en la cocina. No olía a café ni a tostadas, y Carmen no llevaba encima la ceñida bata de algodón, sino unos pantalones de pana y un jersey oscuro.

—Podías ventilar el dormitorio —dijo al verle—, huele a destilería. Si enciendo una cerilla, estallamos.

Carmen se cubría la parte superior del labio con una capa de crema blanca, la pasta que usaba desde años atrás para teñir de rubio la presencia engorrosa de una fina pelusa bigotera, y se recogía el pelo en media docena de rulos. No sonreía, al contrario que en el sueño, sino que procuraba mantener inmóviles los labios y evitar que el emplasto se resquebrajara.

—¿Te acuerdas de que esta tarde tenemos boda? —dijo arrastrando las palabras desde su boca tersa.

—Siempre me acuerdo de todo lo que odio —respondió Jaime.

Ella le daba otra vez la espalda.

—Odias todo lo que tiene que ver conmigo.

—¿Todas las bodas tienen que ver contigo?

—Hablo de mis amigos, de mi gente...

—La mayor parte de tus amigos, de tu familia y de tu gente me desprecian.

—Nunca dejarás de ser un acomplejado.

Jaime se dio la vuelta y salió de la cocina, camino del dormitorio. Se sentía sin fuerzas para pelear. Otra vez le vino a la memoria, de improviso, el verso latino: «*Arma virumque cano...*».

A mediodía, sentados frente al televisor, comían dos pizzas napolitanas encargadas por teléfono. El noticiario hablaba de la crisis política de Rusia y un corresponsal, con fuerte acento catalán, aseguraba que el presidente se enfrentaba a la peor primavera de su carrera política: «... cabe pensar de que se convoquen elecciones presidenciales anticipadas», concluyó.

—No puedo evitar mis simpatías por Rusia —dijo Carmen mientras sujetaba con un dedo un trozo de pasta blanda que se escurría por la comisura derecha de sus labios—. Debe ser por los viejos tiempos, cuando la Unión Soviética era nuestra utopía.

—Nunca fue la mía —respondió Jaime regateando con las palabras, en el interior de su boca, a un pedazo de anchoa mojado con tomate.

Al término de las noticias, Carmen comenzó a cambiar los canales ayudándose del mando a distancia. Volaron imágenes dispersas por la pantalla: matanzas en Kosovo, motocicletas, baloncestistas, dibujos animados representando una tribu de gatos, bustos parlantes, manadas de cebras, arriesgados saltadores de ala delta, un cómico que imitaba al Papa largando una oración desde la supuesta balconada del Vaticano, un desfile de modelos masculinos, dos lanchas motoras persiguiéndose bajo el puente de San Francisco, la reina besando niños en un orfanato... Carmen detuvo unos segundos la imagen en un strip-tease femenino. Comentó:

—Muslos de celulitis, ¿lo ves?

Cambió de cadena y volvió a la tribu de gatos. A Jaime sólo le había dado tiempo a fijarse en los pechos de la mujer, por cierto firmes y grandes.

Los felinos desfilaban al ritmo de una estúpida marcha de aire militar. Jaime miró a Carmen: los rulos seguían formando sobre su cabeza una suerte de tarta de canutillos.

—Te estuve llamando ayer durante todo el día y la noche —dijo Jaime.

—Cené con Nuria.

—¿Solas?

—No vino Emilio Aznar, si es eso lo que te preocupa. ¿Y tú, dónde anduviste?

—Por la tarde tuve que ir al hospital de La Victoria, a ver a un travestí que se ha quemado las tetas.

—Ya veo que te relacionas con gente interesante.

—Es mi trabajo, no mi vocación.

—El dormitorio apestaba esta mañana.

—Tú me recibiste en la cama con uno de los pedos más infames que te recuerdo.

—Váyase un hedor por el otro.

Carmen había comenzado a prepararse una raya de cocaína. Machacó los terroncitos blancos y luego extendió sobre la pulida superficie de la mesa la línea de polvo. Se acercó una paja hueca a la nariz y aspiró con fuerza siguiendo la dirección de la raya. El polvo blanco desapareció de la mesa en el interior de su nariz. Después, se mojó un dedo con la lengua, lo paseó sobre los restos de cocaína y lo introdujo en la boca, chupándolo con lentitud y esmero.

Jaime encendió un cigarrillo. Luego miró a los ojos a su mujer.

—A veces no sé por qué seguimos juntos —dijo.

—Supongo que porque hay que estar con alguien —respondió ella.

—Es una triste razón.

Carmen se encogió de hombros. Jaime aspiró una larga bocanada de humo.

—¿Quieres que hagamos el amor? —preguntó a su mujer.

—Tengo los rulos puestos, y es tarde... Voy a arreglarme —añadió mientras se levantaba.

Antes de salir de la sala, dirigió la vista hacia la maleta que habían subido dos noches atrás.

—Hay que tirar ese trasto.

—¿Ya no es fascinante?

—Esta casa parece una pocilga: siempre los ceniceros sucios, tu ropa tirada por ahí...

—Y tu maleta.

—De acuerdo, pero hay que tirarla. Procura estar arreglado para las cuatro, la boda es a las cuatro y media.

Se dirigió hacia la puerta.

—Espera —dijo Jaime—. ¿Te acuerdas qué es aquello de «*Arma virumque cano...*»?

—«*... Troiae qui primus ab oris Italiam fato profugus...*» —siguió Carmen el verso latino—. Es el comienzo de la *Eneida,* de Virgilio, cualquiera sabe eso.

—Tal vez tus amigos, yo no. ¿Y qué quiere decir?

—Significa algo así como «canto a los ejércitos y al hombre que perseguido por el destino llegó el primero desde Troya...», ¿por qué lo preguntas?

—Es que lo llevo desde anoche metido en la cabeza.

—Entre travestís y latinajos, vas a volverte loco un día de éstos —dijo ella al tiempo que salía.

Jaime apagó el televisor y volvió a sentarse. Encendió otro cigarrillo con la colilla del anterior. Se sirvió más café. Recordó entonces que había prometido a su hermana ir a visitar a su padre antes de que terminara el mes. Con fastidio, se acercó al teléfono y marcó el número después de buscarlo en la agenda.

Íntimamente, albergaba la esperanza de que Adela no contestase a la llamada. No tenía gana ninguna de ir a visitar a su padre a la residencia de ancianos donde estaba internado. Nunca se había llevado bien con el viejo. La fría relación con su familia tan sólo había durado mientras vivió su madre, muerta diez años antes. No veía a su hermana desde hacía al menos tres años, y apenas hablaban por teléfono más allá de la llamada de cortesía de las Navidades. Ella se había casado con un rico fabricante de embutidos y vivía en un lujoso chalé de las afueras de la ciudad, una casa que Jaime jamás había pisado. Adela corría con los gastos de la residencia del padre, mientras él había asumido el compromiso de visitarle cada dos o tres meses.

La voz de Adela saltaba ya en sus oídos.

—¿Cómo está papá? —preguntó Jaime después de cumplir el ritual de saludos.

—Como siempre —respondía su hermana—: Caprichoso, malhumorado y egoísta. Pero bien de salud.

—Iré a verle mañana. A las cuatro y media o cinco, más o menos.

Jaime dedicó besos a los niños de Adela antes de colgar.

Más que boda, parecía carnaval aquella salida de los novios a la puerta de los juzgados de la calle de Pradillo, tras una breve ceremonia en el interior: ella, Ángela Cifuentes, cuarentona, dos matrimonios fracasados en el talego, un velito transparente cayendo desde el sombrero de terciopelo rojo que escondía a medias su cara de virgen sueca embadurnada de colorete rosáceo, traje de chaqueta gris perlado con cuello de nutria, florón malva en el hombro, ramillete de camelias en la mano y sonrisa de ya me llevo el tercero al huerto; y él, Lucas Mejías, cincuentón, segundo matrimonio, pajarita púrpura, traje azul oscuro, rosita de la Orden de la Legión Francesa en el ojal de la solapa, pelillos trigueros que peleaban sin éxito por frenar su irremediable calvatrueno, rostro de piel cerúlea, bigotillo de azafrán y sonrisa de fauno cansado. Al lado de su mujer, y rodeado por otros invitados a los que no conocía, Jaime permaneció con las manos en los bolsillos mientras los congregados aplaudían a la pareja y un hortera bombardeaba a los novios con lluvias de arroz. Ángela y Lucas entraron en el coche con gesto de mala uva, el ramo de camelias cayó al suelo y hubo revoloteo de faldas, en carrera y a por las flores, de tres o cuatro cuarentonas. «Casarse es una gilipollez», dijo casi al oído de Jaime una larguirucha mujer de cara caballuna. Y Jaime asintió con gesto grave.

Ángela y Carmen habían sido compañeras de estudios en la universidad y ambas habían militado con ardor, durante los años de la dictadura, en un partido político de izquierdas. Ángela y su nuevo marido eran socios de bufete desde mucho tiempo atrás y ejercieron, al principio de su carrera, como abogados especializados en asuntos laborales en defensa del currante. Luego, supieron transformarse con sagacidad en togados expertos en suspensión de pagos de empresas en quiebra. Del esclavo al patrón no hay más que un salto, del soñador al descreído sólo un paso, y en su nueva ocupación Ángela y Lucas lograron fortuna, mientras se casaban y descasaban hasta que decidieron unir sus vidas. Eran parte de esa generación de españoles criada en el mito de la revolución, crecida en la lucha contra la dictadura de Franco y transformada, camino del fin del milenio y en olor de democracia triunfante, en una suerte de clase intelectual encumbrada y enriquecida por mor de su desencanto revolucionario, que sustentaba su estética en un ingenioso progresismo escéptico y en un villano fatalismo idealista. Ángela y Lucas pertenecían con todo merecimiento a la generación más egocéntrica y renegada que ha dado el siglo XX español.

La fiesta del bodorrio se celebraba en casa de Ángela, un espacioso piso de un barrio residencial del centro de Madrid, rehabilitado con refinamiento, de amplios salones que acogían toda clase de cachivaches y antiguallas, óleos de diversas épocas y acuarelas decimonónicas, cortinajes y moquetas, anaqueles repletos de libros de todas las edades, espejos embozados en marcos de bronce *art déco,* divanes y butacas de raso y terciopelo, lámparas de cien lágrimas, vitrinas con cristalerías de Bohemia, arquemisas de roble y bargueños de castaño, veladores de nogal atiborrados de figuras de marfil y ceniceros de plata. La presencia del dinero y del buen gusto refulgía en todos los rincones de la casa, con el lugar de cada objeto medido al detalle bajo una apariencia de descuido. Jaime creía percibir en aquella casa, sin embargo, un rancio aroma a ensalada de bolitas de alcanfor y flan de naftalina.

Un centenar largo de invitados llenaba los salones, los pasillos e, incluso, la espaciosa cocina. Carmen había desaparecido de su lado y Jaime se encontró frente a un óleo de medianas proporciones colocado sobre la repisa de una chimenea francesa que Ángela mostraba ufana a un grupo de invitados. «Es un pintor poco conocido de la Escuela Madrileña, pero muy valorado por los entendidos», decía la recién desposada, «el mejor regalo de bodas que podían hacernos, yo soy una fanática de la pintura». Surgieron juicios de indudable buen criterio entre los espectadores que rodeaban a Ángela frente al cuadro: «El tratamiento del color es de una inteligencia muy sutil», dijo uno; «hay algo de Rembrandt en ese genial claroscuro», añadió otro; «es muy bueno, parece una fotografía», guaseó un tercero provocando un cacareo de risas. Sobre el hombro de Jaime asomó el belfo de la mujer caballo. Le habló al oído: «Seguro que Ángela lo ha puesto ya a su nombre, a los dos maridos anteriores les dejó sin una pluma». Jaime sonrió con gesto de forzada complicidad. Antes de que pudiera responder, la mujer volvió grupas y se alejó casi al trote hacia otra sala.

Iban y venían copas de alcoholes diversos y bandejas de canapés servidas por tres camareros ataviados con medias blancas, calzón negro, roja casaca y peluca albina de juez británico. Como siempre que acudía a una fiesta del círculo de amistades de su esposa, Jaime se sentía desplazado. No era uno de ellos, no había sabido dibujar con oportunidad y tino su biografía: no entendió la hora de la revolución y también había cogido con retraso el tranvía de la riqueza. Era una especie de extranjero caído para su desdicha en un país amable que a él, sin embargo, le resultaba hostil y acerbo. «Es muy *kitsch* eso de los camareros con casaca, un acierto», decía un melenudo encorbatado a la satisfecha Ángela. «Me gusta cultivar un punto la horterada», contestaba la novia, «da un toque de originalidad informal a la vida». El melenudo sonrió condescendiente: «Un acierto, eres genial, ponme en tu lista si te falla Lucas». Ella le besó en la mejilla, cerca de la comisura de los labios: «Estás en uno de los primeros puestos». Él añadió: «¿Hay que pasar antes por el juzgado?». Y Ángela le pellizcó la barbilla: «Yo siempre pruebo el material antes de ir al matadero, no desesperes». Luego, guiñó un ojo a Jaime y él se notó atacado por una ola de sonrojos.

La mano de Carmen se posó en su brazo, se cerró como un garfio alrededor de su muñeca y le arrastró hacia otro lugar de la sala. Jaime se encontró junto a un grupo de gente que formaba círculo en las cercanías de una balconada por donde entraba la luz desfallecida de la tarde. Desde la calle llegaba un olor carnoso de geranios.

Carmen le presentó a los integrantes del grupo. Estrechó manos blandas de hombres y besó carrillos pringosos de mujeres. Saludó a la antigua esposa de Lucas, una alta mujerona de aire agreste, y al primer marido de Ángela, un escritor de moda llamado Carlos Cárdenas, que parecía ser la principal atracción de aquel círculo de invitados.

Cárdenas explicaba algo sobre la novela que estaba escribiendo:

—Intento indagar sobre la neurosis generacional, sobre el fracaso de nuestras expectativas y el límite de nuestros ideales. El talento, creo, residiría en poder explicar eso en una gran novela, una especie de metáfora genial.

La antigua mujer de Lucas asentía con gesto de admiración y Cárdenas se animaba a seguir ante el silencio respetuoso de los otros:

—El problema es el tiempo, ésa es la gran cuestión —añadió.

—¿Te refieres al tempo literario? —preguntó Carmen.

—No —suspiró condescendiente el escritor—, la cuestión es que no tengo casi tiempo. Ahora llega el verano y debo preparar las conferencias para las universidades. También un viaje a Houston que organiza el Ministerio de Cultura para que algunos escritores expliquemos a los estudiantes americanos lo que es la nueva narrativa española. En octubre es la Feria del Libro de Francfort y hay varias jornadas donde tenemos que estar presentes novelistas de la generación de los ochenta. Dicen por Europa que vivimos un Siglo de Plata de nuestras letras, quizá sea exagerado, no sé. Y en fin, *La Nación* me ha encargado un relato largo para este verano... Luego, los artículos, conferencias ocasionales, jurado en algunos premios literarios... No te queda casi tiempo para ti.

—Un agobio, vamos —apuntó comprensiva la antigua mujer de Lucas.

Un tipo grueso, de cara ancha, papada prominente y cocochas de bebedor sin remedio, se acercó al grupo con un vaso de whisky en la mano. Apretó uno de los hombros de Cárdenas con su mano libre. «Acabo de llegar, ¿qué tal, genio de moda?» El escritor le dio dos pescozones cariñosos en el cogote: «¿Cómo vas, maestro?». Los dos se enfrascaron, ante el público que los rodeaba, en una discusión donde alternaban los halagos mutuos con ponzoñosas pullas que volaban entre ambos como dardos vivos. Se insultaban y se elogiaban sin alterar el tono de la voz ni mover la sonrisa de los labios. Jaime se sentía fascinado ante aquel alarde de maligno ingenio, ante aquella exhibición de depurada cultura social de hondo rango hispano. El recién llegado resultó ser una afamado crítico literario.

—Si el Caballero Audaz levantara la cabeza —decía el crítico a Cárdenas—, le entraría un ataque de celos al leer tus novelas. Pero si resucitara Clarín, te enviaría a un correccional.

—¿No fue Clarín quien dijo que en el alma de todo crítico hay un eunuco? Naturalmente no me refiero a ti, maestro —respondió Cárdenas.

—Tenemos que ser exigentes con vosotros, querido, por bien de la literatura. Por cierto, que el Premio de la Crítica de este año parece que va a ganarlo Juanito Zapata.

Jaime vio enrojecer levemente las mejillas del escritor.

—Sé que tiene buenos amigos en el jurado —respondió Cárdenas—. Entre otros, tú.

—*Nunca el destino* es una novela de talento.

—Es una mediocre imitación de la novela francesa de posguerra.

—Tal vez el año que viene te lleves tú el premio.

Cárdenas tosió:

—Se han publicado este año mejores novelas que la de Zapata.

Se amplió la sonrisa del crítico:

—Ya sé que os odiáis.

—Me deja frío. Sencillamente no me gusta su literatura.

—He oído decir que a él la tuya tampoco.

Cárdenas dudó. Luego añadió:

—Siempre me asombra la pasión que ponéis los críticos en aplaudir las obras de artificio. ¿Os acompleja el talento? Estáis fuera de la vida.

Y entonces el novelista giró los ojos hacia Jaime, como pidiendo su asentimiento ante el juicio que acababa de hacer. Jaime se sintió turbado. Cárdenas no apartaba la mirada de él, como un náufrago que, hundido su barco, busca un madero donde sujetarse. Y un instante después, con brusquedad, le preguntó:

—¿Tú qué opinas?

—Si... —musitó.

Todos los ojos de aquel círculo de hombres y mujeres se habían vuelto hacia él, esperando que siguiera. Habló sin pensar:

—He visto lobos en las calles de Madrid...

—¿Cómo? —chilló el crítico con voz de flauta desafinada.

—Eso, lobos... —agregó Jaime.

Se produjo un revuelo semejante al que se genera en una pecera cuando uno mete la mano para atrapar un pez. Sonrisas, gestos de asombro, todo se mezcló en un breve instante de desconcierto. Después, alguien dijo una frase ingeniosa y se alzó un coro de carcajadas. Jaime sentía arder sus mejillas mientras notaba en el costado los codazos de Carmen. El escritor y el crítico volvieron a su particular justa, ante la expectación admirada de los demás. «El problema literario, el de siempre, es lograr un lenguaje original; lo demás son pamplinas, incluidas las opiniones de ciertos críticos», decía Cárdenas. «El problema no es otro que tener talento: tener o no tener, ésa es la cuestión. Y el talento escasea», sentenciaba el crítico.

Al poco rato, Carmen tiraba de su brazo, con disimulo y energía, para apartarlo del grupo. Se alejaron.

—Has hecho el ridículo —dijo su esposa en voz baja mientras dibujaba una sonrisa artificial.

—Bah..., no me interesa la literatura.

—Cárdenas pensará que eres un gilipollas.

—Si me consideras gilipollas, podrías ahorrarme tus bodas.

—Estás de psiquiatra.

—¿No crees lo del lobo?

—Vuélvete loco si quieres, pero no me pongas en ridículo.

Carmen, enfurecida, se alejó de él a paso rápido. Se sintió desorientado, y se imaginó a sí mismo como una hormiga cuando la coges con los dedos y la tiras unos centímetros más allá de la fila donde caminaba siguiendo a sus compañeras, tan atareada en sujetar la pata del saltamontes que todo el hormiguero había despedazado después de asesinarlo y que ahora transportaban, a pedazos, víscera a víscera y cacho de carne a cacho de carne, hacia sus profundas despensas de la Tierra. Perra vida.

Tomó una copa de whisky de la bandeja que le ofrecía un camarero. Al hombre le corrían hilos de sudor por el rostro, bajando desde el interior de la peluca blanca.

—Incómodo el disfraz, ¿no? —dijo Jaime.

—No se imagina la cantidad de tonterías que tengo que hacer al cabo del año para medio comer —respondió el otro.

Bebió de un trago el contenido del vaso.

—Tome otro —dijo el camarero, que no se había movido de su lado. Jaime aceptó y el hombre se alejó con pasos cansinos, sosteniendo la bandeja repleta de bebidas.

A su lado, de súbito, asomó la figura desgarbada de la mujer caballo.

—¿Te has fijado en la cantidad de antiguos maridos y antiguas esposas que hay en esta boda? —preguntó ella.

—Apenas conozco a nadie —contestó Jaime.

—Están los dos primeros esposos de Ángela y la antigua mujer de Lucas. Y hay muchos más: mujeres que andan con su ligue de turno mientras su ex marido se sienta en un sillón cercano intentando ligar a una vieja amiga de su ex mujer. Un cisco de amores cruzados y cornamentas volando por los aires.

—¿Eres de la panda?

—Estudié con Ángela, y con tu mujer. Soy Paula Ruiz. ¿No te ha hablado de mí?

—Claro.

—¿Tú invitarías a tu boda al antiguo marido de tu mujer?

—Creo que me pasaría la ceremonia imaginándome a los dos en la cama.

—A lo mejor ése es el morbo. Tal vez les calienta.

Paula se alejó al galope y desapareció de su vista doblando la curva del pasillo.

Jaime encontró una butaca vacía en la sala contigua. Al lado, en una silla arrimada a una mesita, un niño de diez u once años jugaba con un rompecabezas. Vestía un traje gris de pantalón corto y corbatín de rayas azules y blancas. Era un niño de mirada inteligente.

—Hola —le dijo—. ¿Cómo te llamas?

—Lucas.

—¿Qué tal la fiesta? Veo que no hay otros chavales de tu edad.

—Eso es lo de menos; lo peor es que todos me dicen las mismas gilipolleces que tú: hola, cómo te llamas, qué tal la fiesta, no hay niños de tu edad... Te ahorraré preguntar otras: tengo once años y soy hijo del novio de esta boda. Y te daré alguna información gratuita: mi madre odia a mi padre pero ha venido a ver si liga con ese escritor de moda que fue marido de mi nueva madrastra; y el rompecabezas que tengo en la mano es una estupidez, pero tiene la ventaja de que, cuando lo terminas, aparece una tía desnuda con un coño como una maceta y dos tetas como dos sandías.

El niño miraba a Jaime con fijeza, directo a los ojos.

—Bueno... —respondió Jaime señalando el rompecabezas—, no sabía que existían juegos de esa clase para chavales.

—Se lo mangué a mi padre del escritorio, tiene un cajón lleno de pornografía. Supongo que lo utilizará para masturbarse cuando se aburre del trabajo y no le apetece meterse con una tía en la cama.

—Eres un crío muy maduro, te han educado muy bien.

—Estudio en un colegio de esos donde se ocupan de que te conviertas en un adulto lo más pronto posible. Ya sé que Dios no existe y estoy advertido de los riesgos del sida. También conozco con claridad mi definición sexual, porque me excitan las tetas de las mujeres, y eso que todavía no eyaculo. Creo en la maldad intrínseca del hombre, en la falsedad de la amistad y en el fraude del amor. A mí ya me han quitado la infancia.

El niño volvió la vista hacia su juego y siguió colocando piezas. Jaime le contemplaba fascinado e incrédulo. Se levantó justo en el momento en que el pequeño Lucas terminaba de armar el rompecabezas.

—¿Te vas? —dijo el niño alzando los ojos—, ¿no quieres verle el coño a la tía?

—Ya he visto en mi vida unos cuantos, hijo.

—No hay un coño igual a otro, según mi experiencia.

—Cuando crezcas te parecerán siempre el mismo, porque se usan de igual forma —respondió Jaime.

—Eso es lo único original que he oído en todo el día.

Siguieron horas de estupidez y soledad. Jaime le había caído simpático al sudoroso camarero, y tragaba sin cesar el alcohol y los canapés que el hombre le ponía delante. Cambiaba de grupos, escuchando conversaciones que no le interesaban en absoluto, y pasaba de una sala a otra, incapaz de saber muy bien qué hacer, seguido por aquel camarero que era como un cariñoso sabueso. En la cocina se fumaba marihuana y su olor dulzón caldeaba el aire. Alguien se sentó al piano y una veintena de hombres y mujeres corearon con entusiasmo antiguas canciones revolucionarias, con los rostros conmovidos por una nostalgia infinita de tanta causa perdida. Buscaba a su mujer y no la encontraba. Empezaba a abrumarle su soledad.

Distinguió entonces la figura de Carmen, escurriéndose hacia el fondo de un largo pasillo y seguida por un hombre. Le pareció que era Emilio Aznar. Pero dudó: no le había visto en ningún momento, ni en los juzgados ni en la fiesta. Puede que hubiera llegado tarde. Ahora tal vez iban a prepararse una raya de coca o a echar un polvo urgente en algún dormitorio. Pensó en ir tras ellos, pero se contuvo, pensando que no podría soportar la vergüenza si los sorprendía haciendo el amor.

Decidió escapar de allí sin despedirse. No había a su alrededor nadie a quien pudiera hablar, a quien escuchar, ni a quien amar. Llegaba a la puerta de la calle cuando una mano le detuvo sujetándole el hombro. Era el novelista Cárdenas, que exhibía un avanzado estado de borrachera.

—¿Estás seguro de que hay lobos en las calles de Madrid? —preguntó con voz temblona.

—Desde luego —respondió.

—Es un buen tema para una historia.

—También hay lechuzas y ranas.

—La verdad es que salgo poco —reflexionó el otro un instante—. Necesito un tema para la historia de verano de *La Nación*. Eso de los animales parece bueno. Podrías ayudarme...

—Llámame un día —cortó Jaime, y salió y cerró la puerta a sus espaldas.

Sintió una sensación de alivio parecida a la que te acomete cuando abandonas un vagón de metro atestado de gente. Respiró hondo y bajó despacio las escaleras camino de la calle. ¿Sería Aznar el hombre que iba con Carmen en busca de algún rincón oculto de la casa? Al demonio con ella. Prefirió olvidarla. Pensó que, detrás de él, en el interior de aquella mansión, quedaba flotando un olor a tortilla de chinches y pisto de polillas.

Fuera, corría un aire fresco y libre. Paula Ruiz, la equina fémina, esperaba apoyada en un automóvil aparcado frente al portón.

—¿Te vas? —preguntó la mujer.

—Está claro que sí —respondió Jaime.

—Llévame contigo, te lo ruego.

—Otro día, lo siento.

—Los hombres sois una raza miserable...

—En eso aciertas.

Jaime escuchó los insultos que la mujer le enviaba, como relinchos desabridos, mientras se alejaba calle abajo. Se sentía satisfecho de haber sabido decir no, algo poco frecuente en su vida. Alcanzó su coche, lo arrancó después de tres intentos y condujo hacia el centro de la ciudad. Diez minutos más tarde, inició la subida de la ancha avenida de la Gran Vía. A esa hora, pasadas las dos de la madrugada, apenas circulaban vehículos por la arteria medular de Madrid.

Le pareció que entraba, de pronto, en un planeta extraño. Había fogatas en las aceras de la Gran Vía y a las llamas se arrimaban negros africanos, negros caribes, asiáticos, indios sudamericanos y magrebíes. Las sombras difusas de hombres y mujeres asomaban en las esquinas de las calles laterales. El humo de las hogueras flotaba en el aire, se quebraba bajo los golpes de la brisa y formaba remolinos oscuros delante del parabrisas de su automóvil. En la lejanía se escuchaban los aullidos de un vehículo policial y, más cerca, junto a un fuego, tronaba en un radiocasete la música reggae de Bob Marley: *«Na-na-na-na-na, we're the survivors; yes, the black survival»*.

Más arriba, en la plaza del Callao, las violentas luces naranjas y azules de los coches de policía iluminaban el cielo de la noche madrileña. Una veintena de agentes se movían entre medio centenar de hombres y mujeres de color: los obligaban a apoyarse contra las paredes, espatarrados y con los brazos en alto, o a tirarse al suelo con los miembros extendidos. Se oían gritos y órdenes, y ruidos de armas automáticas al montarse y desmontarse; refulgía el metal de pistolas y escopetas; sonaban los chasquidos de las esposas al apresar las muñecas de los detenidos, y se alzaba un clamor de protestas en hassanía y swahili, en cantonés y tagalo. Olía a selvas perdidas, a vendavales rotos de desierto, junglas derrotadas y tigres rendidos. Jaime intentó detener el coche, pero un policía de uniforme azul, pistola en mano y chaqueta antibalas, le conminó con gestos terminantes a que siguiera su camino. Se preguntó para qué demonios necesitaba aquel guardia un chaleco blindado ante una tribu de gentes aterradas que se apoyaban con humildad en las paredes y se tendían temblorosos sobre el suelo hostil de la ciudad, de la urbe culta, centenaria, liberal y tolerante.

Un poco más adelante, hubo de detenerse en un semáforo. Nuevas sombras móviles deambulaban de un lado a otro. Y de súbito surgieron dos mujeres al lado izquierdo del coche. Una le mostraba las tetas mientras la otra se levantaba la falda y exhibía su sexo al aire, cubierto de un espeso vello negro.

—Las dos por tres talegos —decía la primera de ellas, alzándose los pechos con las manos.

Arrancó cuando el disco cambió a verde. Un ciervo cruzó asustado delante de sus faros, saltó ágil sobre la acera y corrió a ocultarse tras la esquina de la calle de Valverde, en dirección al oscuro reino puteril de las calles traseras. ¿Quedarían parcelas de foresta entre los lupanares, habría aún pequeños bosques en la trastienda de los prostíbulos?

Más abajo, camino de Cibeles, tres tanquetas de la policía cerraban la avenida y dejaban un estrecho paso a los ocasionales automóviles que, como el de Jaime, transitaban por la ciudad en la hora tardía y osaban atravesar el confín de los ámbitos oscuros. Agentes armados de escopetas cortas fumaban y charlaban cerca de los vehículos blindados. El lugar parecía la frontera de una urbe sitiada, la linde final del reino de los muertos, el borde de los Infiernos vigilado con celo por los ángeles del Bien, por los aguerridos centinelas del Paraíso. Uno de los guardias se inclinó para observar a Jaime mientras el coche pasaba con lentitud junto al control policial. Quizás sentía curiosidad por saber quién era aquel infeliz demente que se aventuraba sólo en las regiones desapacibles de la noche.

Jaime dejó atrás las tanquetas, abandonó el Averno, entró en el Edén y emprendió el camino de regreso a su casa. Se preguntó si estaría delirando y todo cuanto había visto no era más que un una ciudad imaginaria, la consecuencia dislocada de su atroz borrachera.

Su Averno de soledad estaba allí, en el silencio de los objetos reconocibles, en el color deshabitado de un espacio donde no había voces, en el vacío de vida, en los desiertos del amor y del odio. En aquella hora incluso le habría parecido amable escuchar el bronco golpe de un disparo dirigido a su entrecejo.

Se sentó en el sofá de siempre, frente al cuadro de tantos años, junto a la mesa de centenares de días, encima de la alfombra de decenas de semanas. Encendió un cigarrillo de su marca de toda la vida, expulsó el humo como solía hacerlo en toda ocasión: primero una bocanada larga y, luego, un pequeño resto por la nariz, y sacudió con vigor la ceniza y las pavesas chispeantes en uno de los ceniceros de plata. La rutina puede ser más amarga que un dolor que te asalta de improviso, se dijo, y pensó que aquél era el mejor de los momentos para recibir una mala noticia. Habría abrazado con alivio a su asesino.

Sus ojos se posaron sobre la maleta, el único objeto extraño de aquella sala. Agradeció su presencia. Y decidió abrirla.

Fotografías, papeles diversos, algunos objetos de escaso valor y unos pocos libros se recogían desordenados en su interior. Encima de todo ello, un sobre sin cerrar, desechado tal vez a última hora, contenía unos pocos documentos: el carné de identidad de un tal Juan Banderas, un viejo certificado matrimonial, una cartilla de una sociedad médica y seis o siete pasaportes de diversas edades del mismo Juan Banderas. Jaime pensó que aquel sobre conformaba el retrato de una existencia y que el hombre, llegado a su límite, puede resumir su paso por la Tierra en el pequeño espacio donde caben unos cuantos documentos. Bastan unos pocos datos, se dijo: la identificación de los padres, un domicilio, una fotografía, un lugar y fecha de nacimiento, los pasaportes, el acta de matrimonio, el libro de familia donde se anotan los hijos, el catálogo de las enfermedades en un informe médico y, en fin, el certificado de defunción.

Juan Banderas había nacido en Madrid el 16 de julio de 1920. El carné de identidad, caducado dos años antes, señalaba como su domicilio la misma finca donde vivía Jaime, pero el rostro del anciano que aparecía en la foto del documento no le recordó a nadie del vecindario.

Los diversos pasaportes, desde el primero emitido en los años cuarenta hasta el último, todavía válido por un año más, exhibían en sus fotografías la sucesión de las edades en los rasgos de un mismo hombre, desde el joven de aire recio del primer documento, al viejo quizá sorprendido ante el fogonazo del flas de la máquina en la imagen del último pasaporte. La profesión de ingeniero de minas figuraba en el apartado profesional de los documentos. Los pasaportes revelaban que aquel hombre había sido un gran viajero, pues los sellos rebosaban en las hojas interiores, a excepción del documento postrero, dramáticamente vacío.

El matrimonio de Juan Banderas se había celebrado en Madrid, el 5 de septiembre de 1955, en la iglesia parroquial de San Sebastián, en la calle de Atocha. Su mujer se llamaba María Ayúcar, nacida en San Sebastián (Guipúzcoa) el 25 de mayo de 1935. Así pues, Banderas se había casado siendo un hombre maduro, con una mujer bastante más joven que él.

Dejó a un lado el sobre con los documentos y revolvió entre las fotos. Podía haber más de un centenar y gran parte estaban reveladas en blanco y negro. Banderas aparecía en un par de docenas de ellas, pero la mayoría retrataban paisajes y gentes de lugares diversos del planeta. Casi todas tenían escrito en el reverso la fecha y una anotación del lugar donde habían sido tomadas. Había una serie de Bombay que mostraba con crudeza rostros de vagabundos, la desesperada mirada de mendigos mutilados, gestos luminosos de los niños y abatimiento inerme en el retrato de los ancianos. No eran buenas imágenes, Banderas no era un gran fotógrafo, pero sus fotos parecían dotadas de un calor personal, de un punto de vista muy vivo. Había otras series, en desorden, de selvas y desiertos. Mucho había trotado el tal Banderas, se dijo Jaime. En aquellas donde aparecía retratado, su rostro se mostraba enigmático, como si buscara esconder su propia naturaleza.

Gentes, paisajes del trópico, regiones montañosas, veranos calurosos y días de nieve entristecida..., y Juan Banderas en la borda de un barco contemplando el ancho océano, o en un todoterreno detenido en una senda de la selva, o a caballo en un paisaje de montañas lunares bajo el cielo desnudo.

Apartó las fotos y rescató los libros de entre los papeles. Eran cinco ejemplares, ediciones baratas de bolsillo impresas con letra menuda y en papel de baja calidad. Los dos primeros, antiguos tratados de ingeniería, que Jaime hojeó con rapidez y dejó a un lado. Los títulos de los otros tres, sin embargo, despertaron su curiosidad. Eran *Don Quijote de la Mancha*, la *Odisea* y un tomo con las tragedias y los sonetos de William Shakespeare. Uno por uno, fue abriéndolos. Estaban profusamente subrayados y deteriorados a fuerza de ser leídos. Quizá su poco peso y su escaso volumen permitían a Banderas llevarlos en la maleta para cualquier largo viaje.

Dejó los libros y tomó un grueso manojo de cartas, puede que una treintena, sujetas por una cinta de tela color rojo. Lo desató. Todos los sobres iban dirigidos a María Ayúcar y los sellos revelaban su envío desde muy diversos lugares del mundo: Uganda, Ecuador, India, Grecia, Egipto... Jaime sacó las cuartillas de un sobre mientras depositaba las otras cartas en el suelo, a su lado, con un gesto inconsciente de cuidado y delicadeza.

Había sido enviada desde Bombay y estaba fechada en abril de 1961, sin precisión de día. Jaime hizo el cálculo: Banderas se encontraba entonces a punto de cumplir cuarenta y un años, mientras su mujer iba camino de los veintiséis. Regresó al sofá y empezó a leer.

Banderas comenzaba relatando a su esposa sus últimas jornadas de trabajo. Había acompañado a los geólogos de la compañía francesa que le contrataba en sus expediciones por la jungla, en busca de posibles yacimientos de petróleo. La búsqueda, al parecer, no había tenido éxito y Banderas sospechaba que, en breve, se abandonaría la región y habría de regresar a París. Luego, se extendía a propósito de la huella que la India le había dejado. «Todo parece esencial en estas tierras remotas, en cualquier lugar encuentras la sensación de que el ser profundo de las cosas y de los seres se te revela, disfrazado en diversas apariencias. Ocurre, por ejemplo, en los atardeceres de estos días pasados en la espesura de los bosques tropicales. No te diré que son atardeceres bellos o magníficos. Yo los llamaría, mejor, substanciales. Son como la revelación de que nuestra naturaleza es mínima, poco enjundiosa, sujeta al capricho de fuerzas mucho mayores y enérgicas.»

Banderas se refería luego, en su carta, a la ciudad de Bombay. Calificaba su miseria como «la más aberrante que ojos humanos pueden contemplar». Después, hablaba de los mendigos, y se extendía en describir a uno de ellos, un tullido que pedía limosna en la puerta de su hotel: «Ayer me detuve a darle unas monedas. Es un hombre mutilado de las dos piernas que exhibe sus muñones para despertar tu piedad. Pero al darme las gracias, reparé en el brillo especial que había en sus ojos. Era una mirada que, en otras ocasiones, he encontrado ya en este país, y en la que alumbra una luz de orgullo rebelde. No es, sin embargo, la rebeldía de quien se plantea actuar para cambiar su condición, sino una forma de irredentismo esencial, una lucha pasiva por afirmar el valor individual frente al mundo ajeno y aniquilador. Ese hombre pregonaba con su físico mutilado todo lo que de excesivo tiene el drama humano, la violencia y el odio con que la existencia puede llegar a tratarnos, pero su mirada exigía la justicia del ser, imponía una verdad de insurrección metafísica. Me turbó sentirme en presencia de un rebelde del espíritu que se resiste a aceptar su suerte con resignación. Eso leí en su mirada. Y pensé que lo más noble de la naturaleza humana es la capacidad de algunos hombres para mantener vivo su orgullo de ser, su osadía, su coraje».

La carta concluía con varios párrafos en los que Banderas reiteraba su amor por María. «Creo que podría tocarte, acariciarte, si levantase las manos ahora mismo. Recuerdo aquel verso de Shakespeare: "Cuando más se cierran mis ojos, es cuando mejor ven, pues todo el día se posan sobre cosas sin mérito". Por eso tengo que terminar, porque soy incapaz de seguir escribiendo ante mis impulsos de tocarte entre las sombras. Y te envío todo mi amor, el más intenso de todos los sentimientos que conozco. Tuyo: Juan.»

Jaime plegó las hojas de la carta y la colocó junto a las otras. Curioseó luego en las fechas de algunas de ellas. Reparó en que estaban ordenadas de forma cronológica. La primera, fechada en Atenas, había sido escrita en noviembre de 1958; la última correspondía a febrero de 1984 y había sido enviada desde el desierto argelino. Las contó: en total eran veintisiete.

Permaneció unos instantes con la mirada colgada del vacío. Tenía una extraña y absurda sensación: que Juan Banderas cobraba la entidad de un ser vivo y cercano, alguien que le hablaba en lugar de escribir.

Era tarde y ahora percibía su inmenso cansancio. Celosamente, guardó en la maleta el manojo de cartas y los libros, y la cerró con cuidado.

Se acostó y, en pocos minutos, dormía. Quedó envuelto por sueños cálidos. Pero se despertó cuando, de madrugada, sintió el cuerpo de su mujer al meterse en la cama, impregnado de olor a tabaco y alcohol. Ella le tocó el hombro:

—¿Estás despierto, Jaime?

—Hummm —respondió.

Carmen encendió la lámpara de su mesilla y Jaime cerró los ojos para protegerse de la luz, vuelto de espaldas a su esposa, en un vano intento por regresar a sus sueños.

—¿Qué haces? —protestó—, ¿estás borracha?

—Ha sido horrible. Paula, mi amiga Paula...

En la bruma de sus pensamientos, Jaime acertó a dibujar el rostro difuminado de la mujer caballo.

—La hemos encontrado muerta entre dos coches, frente al portal de Ángela. Se cortó las venas.

Jaime mantuvo los ojos cerrados. Dijo:

—¿Y qué podemos hacer tú y yo a estas horas?

Carmen guardó silencio un instante. Luego habló:

—No tienes alma.

—No hay nada que hacer contra la muerte —respondió Jaime sin cambiar de posición.

Carmen masculló algún insulto, se levantó y salió con ruido del dormitorio. Jaime no logró regresar a un sueño profundo y entró en un azaroso duermevela. El rostro dolorido de la mujer caballo, suplicándole que la llevara con él, se cruzaba con la imagen, a lomos de una mula, del joven y orgulloso Juan Banderas. Sobre la dispersión del mundo de lo real, sobre el barro y la mierda de la vida, sobre la perplejidad en que le sumía aquella muerte, Banderas parecía ocupar un trono de nobleza. Y Jaime, pese a todo, persistió en su firme voluntad de mantener los ojos cerrados, olvidar a la fémina equina que había tenido el coraje de matarse y dejar para siempre la contemplación de tantas cosas sin mérito.

Capítulo V

«Oh, memoria, enemiga mortal de mi descanso.»
MIGUEL DE CERVANTES, *Don Quijote*

Los hombres y los caballos son viejos compañeros. La historia ha unido a las dos razas en innumerables aventuras, juntas han escrito grandes hazañas y, montado el uno sobre el otro, han sufrido no pocos desastres. Es harto difícil separar sus biografías, aunque al hombre le cumple siempre aparecer a lomos del noble bruto mientras que éste debe resignarse desde antiguo a galopar llevando encima un loco empeñado en emprender absurdas gestas y conquistar Dios sabe qué gloria, casi siempre asesinando a sus semejantes. Tal vez las cosas habrían ido mucho mejor para el mundo si el caballo hubiese sido jinete y el hombre montura.

Unidos pero no hermanados, hombre y caballo deben resolver algún día ese viejo pleito sobre quién tiene más derecho a ocupar la airosa silla y quién merece la humillación de ser montado. Por lo pronto, hay que convenir en que la diferencia fundamental entre las dos razas es que, mientras la equina progresa sin cesar, la humana se encuentra en vías de degeneración irreversible. Para quien piense lo contrario, ahí va una evidencia: cuando un caballo es hermoso y veloz, se le destina al más noble de los oficios, cual es el de semental dedicado a cubrir las yeguas más bonitas para conseguir una descendencia de animales fuertes, veloces y bellos. En cambio, si un hombre nace agraciado, inteligente y honesto, se intenta destruirle a toda costa. Los hombres guapos, honrados y lúcidos son tratados por lo general como una minoría racial destinada al pogromo.

En suma, la raza humana no progresa porque casi todos nacemos de progenitores innobles, feos y poco tocados por el don de la inteligencia. Debajo de nuestra silla, sin embargo, la raza equina gana cada siglo en cualidades y virtudes, y si Dios quiere, logrará algún día con merecimiento dejar de ser montura y pasar a ser jinete. Es nuestra esperanza que, para entonces, los mejores hombres sean destinados al oficio de sementales, y queden los otros para arrastrar arados y tirar de la carreta. Arre.

Jaime Arbal pensaba que su padre también poseía los tradicionales atributos de la raza humana: inmoralidad, estulticia y fealdad. Y pensaba que, en buena ley, él no debería ser mucho mejor que su padre. Cavilaba así aquel mediodía de domingo, al levantarse después de largas horas en la cama cual vetusto rocín, con la penosa perspectiva de tener que acudir a las cuatro y media a visitar al viejo, interno en una residencia para la tercera edad de una localidad cercana a Madrid. Al recordarlo, su estómago se pobló de un sabor a inmundicia, a catecismos quemados, biblias embarradas y corazones infantiles mordidos por el asombro.

Carmen estaba sentada en el salón. Tenía profundas ojeras y el rostro desencajado. Le miró desde el fondo de su naufragio.

—¿Hay café? —preguntó Jaime.

—No puedo creerlo —contestó Carmen—. ¿Has podido dormir después de lo de Paula?

—Nunca la había visto antes, pero lo siento.

Carmen volvió la cara y miró hacia la ventana.

—Me desconciertas... Sí, he preparado café, hay todo el que quieras.

Jaime se sirvió una taza en la cocina, lo bebió de un trago y regresó al salón. Carmen no se había movido.

—Los primeros invitados que salieron de la casa la encontraron justo delante de la puerta —dijo ella—, caída entre dos coches. Usó un cuchillo de cocina de Ángela... Cuando bajé, ya se la habían llevado en ambulancia. Era una de mis más antiguas y buenas amigas...

Los ojos de Carmen se humedecieron.

—Es horroroso... —añadió—: ¿A qué hora te fuiste?, ¿no la viste en la calle?

Jaime se encogió de hombros.

—No la vi. Me fui después de que te perdieras en el fondo de la casa con un tío. ¿Era Emilio Aznar?

—Ésa es una pregunta mezquina.

—Yo no conocía a Paula.

Jaime se levantó.

—En fin, debo irme. Tengo cita con mi padre en el asilo.

—Hoy me gustaría que te quedaras conmigo —dijo ella, y luego levantó los ojos empapados hacia él.

—Lo siento, el viejo me espera. Además, ¿de qué puede servirte alguien como yo? Ayer me considerabas ridículo.

Carmen miró hacia la ventana.

—El viejo es muy puntual y quisquilloso —concluyó Jaime.

El día lucía luminoso y el aire era fresco. Quedaban en el suelo rastros de un chaparrón de madrugada. Caminó por la calle de Sainz de Baranda, en busca de su automóvil. A menudo olvidaba el lugar exacto donde lo había dejado la noche anterior y muchas mañanas se prometía, mientras daba vueltas por las calles de su barrio, construirse algún género de rutina mental que le permitiera recordarlo. Pero nunca lo lograba.

Apenas había gente en la calle aquel mediodía de domingo. Pasó junto a un vagabundo que se afanaba en hurgar en el interior de un contenedor de basuras, bajo la atenta vigilancia de dos urracas encaramadas en las ramas de una acacia próxima. Jaime buscó la mirada del mendigo y el otro le devolvió un gesto de temor. Era un hombre frágil, el rostro hinchado y rojo de los alcohólicos terminales. Pensó que aquel indigente era cualquier cosa menos un insurrecto del espíritu, el reverso del tullido de Bombay del que hablaba Banderas en su carta.

Un sol azafranado brillaba con vigor en el cielo terso y tocado por una luz plomiza. En las acacias comenzaban a brotar hojas menudas. Un bando de mirlos azabaches cruzó sobre Jaime. Alzó la cabeza y, más allá, en la lejanía del espacio, distinguió dos buitres que planeaban en la altura formando círculos perfectos sobre algún gigantesco basurero de los que ceñían el sur cansado de Madrid.

Encontró su coche un par de manzanas más allá de su casa, puso rumbo al nordeste y pronto se encontró en la autopista. Verdeaban los campos, palpitaba el aire primaveral impregnado de vida invisible. Bajó la ventanilla y llenó sus pulmones de olor a pulpa de mujer, amapolas desnudas y pechos jugosos de manzanas.

Recordó a Paula, su desolada figura en la noche, su voz que suplicaba para que la llevase con él. No percibía en su corazón conciencia alguna de culpa, porque nadie, en las urbes desoladas, está obligado a llevarse a nadie a la jineta. Él mismo podría matarse cualquier día y no por ello sería otro el culpable. Después de todo, el suicidio es un acto supremo de libertad. Además, el viento de la primavera despertaba sus ganas de vivir. Olvidó a Paula.

Marchaba solo en dirección al norte, mientras que, en el carril contrario de la autovía, el tráfico se iba haciendo más intenso, con toda probabilidad los primeros domingueros que volvían de gastar el fin de semana en su chalé adosado de la sierra, después de hartarse a paellas, barbacoas, corte de césped, desbroce de matorrales, discusiones con la esposa, bofetones a los niños, cabreos con el vecino de la parcela de al lado porque ladra el perro, aburridas partidas de brisca con la suegra y borrachera solitaria del sábado noche frente a la chimenea mientras la mujer bufaba en la cocina harta de lavar platos, la suegra roncaba en el sofá frente a la televisión encendida y los niños alborotaban incansables en el pasillo. Jaime calculó que encontraría un buen atasco a su regreso.

Pensó en su padre, después del breve espejismo de felicidad animal que le había traído el perfume de los campos, y otra vez le asaltó el hervor de la amargura. Recitó la letanía de los minerales para calmar su ánimo revuelto: «Axinita, azabache, azufre, azurita, barita, basalto...». Respiró, tomó fuerzas y continuó: «Berilo, biotita, blenda, bórax...». Pero no era capaz de dormir su desazón.

A su derecha dejaba ahora un cementerio de automóviles. Siempre le provocaba una sensación de pánico el paisaje de los vehículos derruidos y amontonados los unos sobre los otros, las bocas abiertas de sus motores inservibles, puertas arrancadas, chapas comidas por el óxido, ruedas desgajadas y techos acuchillados en canal. Semejaban ser una dolorosa visión de la ruina de la Historia, la imagen posible de un planeta despoblado de hombres, los restos de una civilización desaparecida para siempre de la faz del mundo. ¿Vendrían otra vez los dinosaurios a ocupar nuestro lugar, a darnos el relevo en los tronos de la Tierra?

Tomó el desvío de Guadalix, dejó el pueblo a su izquierda y continuó a lo largo de una carretera estrecha que ascendía sombreada por rudos pinos. La proximidad del encuentro con su padre aceleraba su pulso. Volvía el recuerdo de los días aciagos, la infancia repleta de terrores, la angustia de la adolescencia infeliz, los infiernos prometidos que frenaban las poderosas llamadas del sexo, la sordidez de una familia donde latían los odios nunca olvidados, la madre envilecida por la desidia y la sumisión, el padre orgulloso de la fuerza de su autoridad en el hogar, su único reino en este mundo, la madriguera donde él era el amo y los otros los siervos, la guarida donde podía olvidar la tristeza de su condición de empleado de oficina sujeto al capricho de la voluntad de decenas de jefes y superiores; las falsas Navidades donde había que ser obligadamente feliz, los castigos, las siniestras sombras de los curas del colegio planeando sobre sus vanas esperanzas infantiles, los aterradores ataques de ira de su padre, los llantos de su madre, la lejanía de una hermana a la que no alcanzaba a comprender, y sobre todo, su inmensa soledad frente a la hostilidad del mundo más cercano. Jaime se preguntó por qué seguía adelante en lugar de darse la vuelta y regresar a la ciudad, olvidando para siempre a aquel hombre que había dibujado su niñez como un agrio cuadro.

El coche atravesó las grandes verjas abiertas de la residencia, viajó unos minutos entre las praderas de bien cortado césped, junto a las hileras de briosos tulipanes morados, rojos y amarillos, y se detuvo ante el pórtico que conformaban media docena de columnas dóricas talladas en mármol.

Se registró en recepción y una apresurada señorita uniformada de blanco le condujo casi al trote a una estancia en la parte trasera del edificio. El enorme salón parecía un invernadero, con una imponente cristalera cerrando parte del techo y todo el extremo del fondo de la estancia, detrás de la cual se abría un pródigo jardín. El ambiente era húmedo y tibio, y olía a yerbas jóvenes y flores enamoradas.

Calculó que al menos habrían transcurrido tres o cuatro meses desde la última visita a su padre. Y le pareció que había envejecido cuando le vio llegar del brazo de una enfermera, el caminar lento, arrastrando con suavidad unos pequeños pies que viajaban enfundados en pantuflas de cuadros. Era delgado, corto de estatura. Pero su mirada vivaracha compensaba la falta de vitalidad que emanaba de su cuerpo.

Acudió a su encuentro y le besó en la mejilla. Notó su piel áspera y fría, con la consistencia de una patata enferma.

—Hola, papá —dijo.

El viejo respondió con un leve gruñido y se dejó conducir por la enfermera a una de las butacas próximas a la cristalera. Jaime se sentó a su lado.

—Cuando se vaya, apriete el botón rojo de la mesa y vendré a buscarle —dijo la mujer a Jaime mientras se alejaba.

Jaime contempló al viejo que se sentaba junto a él. Se dio cuenta de que no tenía nada que decirle.

—¿Cómo estás, papá?

—Te importa un bledo cómo esté, hace tres meses que no vienes.

—Ando muy liado, mi empresa no va bien.

—Si una empresa no marcha, hay más tiempo libre para sus empleados... No inventes pretextos.

Jaime buscó en sus bolsillos. Sacó un cigarrillo y lo encendió.

—Te he preguntado que cómo estabas —insistió.

—A la vista está, me queda poco.

—No tienes mal aspecto.

—Estás ciego o no quieres ver.

Los ojos azules del anciano brillaron un instante antes de añadir:

—Todo ha pasado muy aprisa.

—¿El qué?

—La vida.

—Te queda cuerda.

—Lo que me queda es mierda..., y soledad. Es chistoso: lo más real, ahora, es la nada delante de mí... Puedo ver la nada.

—Estás en una buena residencia.

—Es un lugar para solitarios rodeados de plantas, una morgue vegetal. A todos los que estamos aquí nos han echado de su lado los hijos.

Vaciló antes de seguir:

—Muchas veces me pregunto cuál es el mal que os he hecho.

—Papá, yo no podría ocuparme de ti. Tengo trabajo, Carmen trabaja también.

—Todo puede arreglarse cuando se quiere arreglar. Lo duro es ver pasar vacíos los días a tu lado —hizo una pausa—. Pero ya sé cómo voy a morir: del cerebro, ya lo verás. La muerte me cogerá preparado. Lo malo de la muerte es cuando te coge de improviso. La muerte no es lo peor..., lo peor es la sorpresa.

Una lágrima humedecía el ojo derecho del anciano. Jaime sintió que le detestaba más todavía viéndole así, a punto de llorar. Pero logró contener sus deseos de levantarse y desaparecer sin siquiera decir adiós. Tendió un pañuelo al viejo.

—Toma, límpiate —dijo en tono seco.

Quedaron en silencio, mientras Jaime fumaba y miraba hacia los jardines. Se había quedado sin nada que decir. El sol, afuera, echaba una luz vivificadora sobre el césped.

—De niño eras distinto —dijo el viejo.

Jaime volvió el rostro. Sonrió irónico:

—No me hagas recordar cómo fue mi infancia, por favor —dijo Jaime bajando la vista.

Posó los ojos sobre las puntas de sus zapatos. Una sensación de náusea crecía en su paladar.

—Piensa en lo que es morir solo —dijo el viejo—, podría sucederte a ti también.

Jaime respiró hondo. En su corazón batía un cóctel de ácidos y dolorosos sabores.

—¿Quieres que te envíe algo —acertó a preguntar—, necesitas cualquier cosa?

—Afecto —contestó el padre.

—Habrás hecho amigos.

—Los viejos sólo hacemos enemigos.

—Aquí el aire es limpio y libre.

—Vivo encerrado y voy a morir, ¿es que no lo entiendes?

Se despidió cuando la luz del sol comenzaba a desfallecer sobre los jardines. Otra vez besó la mejilla seca y fría de su padre y apenas murmurando formuló la vaga promesa de una pronta visita. Vio alejarse al viejo ayudado por la enfermera, el cuerpo inclinado y los pasos renqueantes. Deseó correr tras él y abrazarle. Pero un fuerte sentimiento de rechazo le impidió moverse. Se despreció a sí mismo al tiempo que despreciaba a su padre. El viejo era ruin y él era mezquino. Pensó que, al dejar de amar a alguien de tu sangre, comienzas a amarte menos a ti mismo. Tuvo la certeza de que aquélla era la última vez que vería a su padre vivo.

Anochecía. Jaime viajaba, a marcha muy lenta, entre la riada de vehículos que regresaban a Madrid. Su corazón se desmoronaba mientras hacía esfuerzos por recuperar el ánimo. Le asaltaban sus recuerdos infantiles, cuando apenas levantaba un metro del suelo y su padre parecía, ante él, un gigantesco animal dañino que gritaba con voz poderosa produciéndole un terror abisal. Pero pensaba al mismo tiempo que no amar a tu padre era algo así como poner en duda la realidad de los puntos cardinales, no creer en el norte y en el sur, negar que el sol sale en el Oriente y va a morir al otro extremo de la Tierra. Notó escurrirse las lágrimas por sus mejillas. Se secó con el dorso de la mano. Le escocían los ojos y los vehículos que marchaban delante y a su lado se volvían borrosos. Sorbió fuerte con sus narices sin lograr detener las lágrimas. Lloraba como no recordaba haberlo hecho desde que era un niño.

A su derecha, distinguió el vibrante cartel de neón azul que anunciaba un tugurio de carretera. Cedió a su primer impulso, torció el volante y condujo su coche hacia la explanada de tierra que llevaba a la puerta del Club Oasis. Era un cuadrado barracón de ladrillos y cemento cuya única pretenciosidad residía en la luz intensa del neón. Apagó el motor, logró detener el llanto y se secó las lágrimas con el mismo pañuelo que había dejado a su padre para secar las suyas. Cuando descendió del automóvil y entró en el local, guardaba la angustiosa sensación de que la vida se deshacía a su alrededor.

El escozor del humo cegaba el aire de aquella sala choricesca y guarrildalba, iluminada por una luz cochinera bajo el techo achantado. Una veintena de personas se acodaban en el mostrador, sumadas la beoda clientela masculina y el cutrerío de media docena de putas. Desde una esquina del local, la máquina de discos golpeaba los oídos con berreo de sevillanas. Olía a axilas rancias, extracto de zahúrdas y gonorreas de posguerra. El Club Oasis era un lupanar que atesoraba con histórico celo las mejores esencias de la hidalga Castilla.

Le consoló, sin embargo, el calor que emanaba de aquel barrizal humano. Se dijo que era preferible tomar una cerveza rodeado por unos cuantos desechos de la humanidad que llorar a solas en el interior de un coche, atrapado en la caravana de otros cientos de coches que servían de refugio a cientos de hombres y mujeres que tal vez lloraban también.

Uno de aquellos desechos se acercó hasta él sonriendo. La mujer pasaría de largo los cincuenta años, era baja de estatura, y tenía un rostro ajado y embadurnado por un maquillaje cadaverino sobre el que refulgía el pecatil rojo de los labios y el negro funerando de unas pestañas postizas. La minifalda rosa apenas llegaba a cubrir las bragas, que asomaban su punta encarnada en el sobreconejo, en tanto que la blusa, de mortecina tela amarilla, dejaba al aire una buena parte de las tetas pellejudas. Las rodillas de la prostituta parecían haber sido esculpidas en un desorden de huesos mal formados, mientras que el hueco que se abría entre los senos semejaba ser el cauce pedriscoso de un río seco.

—¿Invitas a una copa? —dijo a Jaime al tiempo que le pellizcaba la mejilla derecha.

—Iba a pedir una cerveza para mí. ¿Quieres otra?

—Mi bebida es el bourbon.

Se arrimaron al mostrador. Un camarero de camisa grasindonga les sirvió las bebidas.

—Me llamo Sheila —dijo la ramera al tiempo que alzaba su vaso indicando un brindis.

—Sheila... —dijo Jaime después de dar un largo trago a morro de la botella de cerveza—, es un nombre elegante.

—Suena bonito. ¿Y yo, te parezco bonita?

Sheila se había apartado un paso hacia atrás y, con la mano apoyada en la cintura, sacaba pecho, con riesgo de que los botones de la blusa saltaran como proyectiles hacia las narices de Jaime. Se aproximó.

—Si quieres, vamos dentro y te hago algunas cosas cachondas. Por dos mil quinientas te dejo el cuerpo apañao.

—No he venido a buscar sexo.

La prostituta le miró confundida.

—¿Y a qué se puede venir a un sitio como éste?

—Sirven cerveza y eso basta.

—Hay muchos sitios mejores que esta cochiquera para tomar una cerveza.

—Hay gente.

—La hay mejor en otros lugares.

Luego, Sheila añadió con tristeza:

—Se acaba el día y sólo me ha caído un cliente a media tarde. Tengo dos chavales, son como palomas, y hay que darles de comer.

Jaime se echó mano al bolsillo.

—¿Cuánto dices que era?...

—Dos talegos y medio.

Jaime contó el dinero.

—Toma, como si lo hubiésemos echado.

La otra miraba, ya en su mano, los dos billetes y las cinco monedas de cien pesetas.

—Eres un tío fenómeno.

—Tu tiempo vale dinero, es lo justo.

—Si lo prefieres, te hago un francés. A mí me gusta dar cuando me dan.

—No hace falta.

—¿Y una paja? Soy maestra en el arte. Me enseñó el oficio mi tía, en un cine de sesión continua. Yo tenía dieciocho años, va a hacer casi treinta —se reía Sheila—. Entonces te daban doscientas pelas por paja... Te aseguro que soy una verdadera artista.

—No, de veras que no.

—Entonces te invito yo a una cerveza, ahora tengo pelas.

Sheila pidió las bebidas. Luego, tomó la mano de Jaime y tiró de él, apartándole del mostrador.

—Vamos a sentarnos en un sitio más tranquilo —dijo.

Atravesaron una puerta cerrada por un pesado cortinón rojo y pasaron a la trastienda. Era una estancia cuadrada, con una pequeña pista de baile en el centro, rodeada por varias mesas bajas que cercaban taburetes tapizados de plástico azul. Bombillas intermitentes enviaban desde el techo brochazos de luz celeste y anaranjada. Al fondo de la sala, una pantalla de televisión ofrecía imágenes de un filme pornográfico. Bramaba la música en rumbas gitanas y una pareja bailaba con escaso garbo en el centro del círculo: él, un hombre de pelo ensortijado, barrigudo, que lucía grandes manchas de sudor a la altura de las axilas; y ella, una gruesa mujer de pelo teñido de rubio, dotada de dos vigorosos pechos que emergían desde el escote intentando trepar hasta su garganta para estrangularla. Jaime reconoció en el tipo al crítico literario que había debatido con el escritor Cárdenas durante la infame boda del día anterior. El ilustre intelectual, en plena borrachera y salido como un babuino, no estaba para fijarse en nadie.

Sheila le empujó a sentarse en uno de los taburetes y ella se acomodó enfrente.

—No me has dicho tu nombre —dijo la ramera.

—Jaime.

—Me gusta. Mi nombre verdadero es Feliciana. Pero suena muy mal para mi oficio.

Ella se inclinó sobre la mesita, dejando que se abriese el escote para mostrar casi por entero sus senos.

—¿De dónde venías?

—De ver a mi padre. Vive en una residencia cerca de aquí.

—¿Está enfermo?

—Sólo viejo.

—Tampoco es buena cosa ser viejo, aunque la vejez nos hace importantes. No sé por qué, pero es así.

—Yo detesto a mi padre.

—Yo no conocí al mío. Mi madre no sabía quién era.

—Cuando le veo, el alma se me cruje.

—¿Tú fuiste al colegio?

—Claro.

—A mí me hubiera gustado que se me rompiese el alma con tal de poder ir al colegio y tener un padre a quien detestar. Mis hijos sí van al colegio. Y echo todos los polvos que sean necesarios para que vayan al colegio y coman. ¿Eras buen estudiante?

—No.

—Mis hijos van a ser buenos estudiantes, aunque tengan que serlo a hostias.

Jaime miró los ojos de Sheila. Se estremeció ante su brillo animal, su fulgor orgulloso. Así debían de ser los del mendigo de Bombay de que hablaba Banderas en su carta.

—Creo que mi mujer me engaña con otro —dijo sin pensar.

—Lo siento —respondió la prostituta tomándole la mano.

Jaime no podía despegar ahora su mirada de la de ella. Sheila era de pronto como un imán. Olía a establos de primavera y a rosas de alcantarilla.

—Creo... —Jaime dudó.

—... que te apetece que pasemos a una habitación —añadió la mujer.

Asintió. Ella se levantó sin soltar la mano de Jaime y él la siguió con docilidad. Entraron en un cuarto, una habitación sencilla, con un ventanuco cerrado al fondo, sin más muebles que una gran cama en el centro, y un grabado barato en una de las paredes, en el que se veía a un airoso caballo blanco galopando sobre un campo de trigo y montado por un gañán con cara de bruto. La luz de la estancia brillaba en un cansino azul.

—Túmbate —dijo Sheila.

Sheila se tendió a su lado, soltó el cinturón de Jaime, bajó la cremallera de su bragueta e introdujo la mano en el interior del pantalón.

—Verás como te gusta —susurró en su oído.

Pero al cabo de un rato Sheila desistía. Retiró la mano.

—Parece que no soy tan buena.

—Quizás me estoy haciendo viejo —dijo Jaime mientras se incorporaba y arreglaba sus ropas.

—O estás enamorado.

Cuando Jaime salía del local, unos minutos después, en el aire de la noche flotaba un olor a cagarrutas de palomar castellano.

Condujo el coche hasta integrarse en la marea de domingueros. El tráfico había amainado y los vehículos viajaban más aprisa. Percibía en su cuerpo el aroma de Sheila, su perfume de flores decrépitas.

Entró en Madrid y la luz desparramada de las farolas ambarinas inundó el interior de su coche con una luminosidad irreal. Más arriba, se adivinaba la presencia de un cielo lúgubre como el vientre de un marrajo. Olía a promesa de tormentas. Se preguntó si Carmen estaría en casa o habría salido en busca de Aznar para alegrarse el cuerpo y olvidar la muerte de la mujer caballo. Le abrumaba de pronto Madrid, la noche tenebrosa, el espacio oscuro que gravitaba sobre las luces urbanas. Le agobiaban la vida desquiciada y un mundo sin otro orden lógico que el de la tristeza.

Ella estaba en casa. Lo supo nada más abrir la puerta, al percibir el olor dulzón de la marihuana que llegaba desde el salón hasta el vestíbulo. Carmen se sentaba delante del televisor y jugaba con el mando a distancia, cambiando sin cesar de un canal a otro. Había una botella de whisky sobre la mesa y un vaso medio lleno a su lado. El humo del tabaco flotaba bajo la lámpara. Le miró con gesto bovino y un atisbo de sonrisa. Vestía un jersey ligero de color rosa, unos viejos jeans y estaba descalza.

—Hay sopa caliente en la cocina —dijo ella.

—No tengo hambre —contestó al tiempo que arrojaba sus zapatos a un lado y se sentaba junto a ella—. ¿Cómo estás?

Tomó la mano de su esposa, la acarició y ella le dejó hacer. El contacto de la piel de Carmen era cálido y suave.

—Cómo voy a estar, después de lo de Paula... —respondió ella encogiéndose de hombros. Luego, miró de nuevo hacia el televisor, volvió a manipular el mando a distancia y sonrió:

—Mira, es divertido, un argumento mejor que el de las películas: ahora un locutor anuncia una guerra y, zas, das al botón y el Pato

Donald corriendo detrás de sus sobrinos, y zas, un tío jugando al golf... zas, zas, zas... ¿No es fascinante? Es estupendo que hayan puesto antena parabólica en la casa. Hay más de veinte canales. Mira: a ese tío que habla en inglés le van a ejecutar mañana en la silla eléctrica en Texas, y zas, un ballet en Viena, y zas, un debate político... Creo que la vida es algo parecido a esto, un desorden absoluto. ¿No te parece?

—Podría ser —contestó Jaime mientras encendía un cigarrillo con la mano libre y mantenía la otra unida a la de Carmen.

—¿Cómo está tu padre? —preguntó ella sin cesar de cambiar los canales del televisor.

—Muy viejo.

—Estuviste mucho tiempo con él...

—Paré en un bar en el camino de regreso. No esperaba encontrarte aquí.

Ella dejó el mando sobre la mesa y volvió el rostro hacia Jaime. Sus ojos parecían envueltos por una tibia cortina de humedad.

—¿Hacemos el amor? —dijo Carmen.

Jaime sintió como si una ola de calor trepase por sus piernas y se instalara en su vientre.

—Claro —respondió.

Ella le besó en los labios con blandura y luego hundió la lengua en su boca. Era una lengua lozana y voluptuosa, despertaba la sensualidad dormida de Jaime, anegaba la fatiga de su alma, parecía abrir uno por uno todos los poros de su cuerpo. A tientas, dejó el cigarrillo en un cenicero. Apretó con sus manos los hombros de Carmen, después las deslizó hasta su cintura, buscó debajo del jersey, acarició la piel temblorosa. Entre sus lenguas se movió un dulce gemido.

Al poco, Carmen se retiró del beso y sus ojos miraron muy cerca en los de Jaime.

—Te quiero —dijo él mientras sus manos buscaban los pechos de ella bajo el jersey. Carmen le dejó hacer unos instantes y luego se retiró.

—Espera —dijo casi murmurando—, mejor en la cama.

Se levantó, apagó el televisor con el mando a distancia y dio un sorbo del vaso de whisky.

—Voy a lavarme, te espero allí —dijo mientras rodeaba el sofá y revolvía el pelo de Jaime con la mano al cruzar detrás de él.

Se quedó solo, la mirada perdida, sus pensamientos intentando calcular el tiempo que hacía que no se acostaban juntos. Tal vez dos semanas, o quizás tres.

Oyó a Carmen cerrar el cuarto de baño y, unos minutos más tarde, el ruido al volver a abrirlo. Se levantó, recorrió el pasillo, y a través de la puerta entreabierta del dormitorio, vio en penumbra el cuerpo desnudo de su mujer deslizándose en el interior de la cama. Entró en el baño, logró a duras penas orinar, pugnando contra la vigorosa erección. Se quitó las ropas y las dejó apoyadas en el borde de la bañera. Se lavó en el bidé.

Luego, ya en el dormitorio, se abrió camino entre las sábanas, y ella le recibió húmeda y caliente, buscando su boca y acariciando su pelo y sus hombros. De su garganta surgía un murmullo gorgojeante, un telúrico lamento de voluptuosidad.

Después, olía a pleamares, a vientres oceánicos, a playas salvajes batidas por la marea, a sargazos y algas muertas. Permanecieron juntos, sin hablar, abrazados en los restos de la sensualidad aplacada, las bocas inundadas por un regusto de lava de volcanes.

Más tarde, ella pareció dormirse, su respiración se hizo cadenciosa. Él la besó en un hombro y Carmen respondió con un murmullo apenas audible. Jaime buscó la bata en el armario, se la echó encima y salió cerrando la puerta con cuidado. Había olvidado todo cuanto podía convocarle a la tristeza y era blandamente feliz.

Olía aún a marihuana en el salón, un dulce aroma a pastos de anís. Buscó con la mirada la maleta de Juan Banderas. Esperó un poco, contemplándola como quien observa a un ser vivo capaz de moverse por sí solo.

Después, se acercó hasta la valija, cogió el paquete de cartas y tomó la primera, escrita en Grecia en noviembre de 1958. La letra de Banderas parecía más menuda y cuidada que en la carta enviada desde Bombay.

Banderas comenzaba con varios párrafos amorosos y continuaba con una explicación breve sobre el trabajo del que se ocupaba por aquellos días. Iba a diario desde Atenas a los astilleros del puerto de El Pireo, para revisar el acabado de las bodegas de un barco petrolero que su compañía había encargado construir a una naviera griega. Quedaban quince días para la fecha prevista de botadura del carguero y Banderas tenía ya muy poco que hacer. A propósito de la ciudad, escribía: «El otoño ateniense es muy hermoso. La brisa llega húmeda y salada desde el cercano Egeo y hay un dulce aroma de yerbas muertas flotando en el aire. En los días claros, el espacio es cristalino, abierto a un cielo inmenso, y los colores de noviembre visten la ciudad de un tono melancólico».

Banderas contaba que había comprado traducciones en inglés de libros de mitología griega y de las tragedias. Leía mucho y acudía con frecuencia a pasear entre las ruinas de la Acrópolis. Decía: «A fuerza de leer y de evocar aquellos lejanos siglos, a fuerza de acudir a ver los templos y admirar los restos de aquellas edades, he desarrollado una extraña pasión por lo simbólico. Todo parece aquí significar algo, como sucedía en la mitología y en las tragedias que escribieron Sófocles, Esquilo y Eurípides. Y yo mismo me encuentro intentando adivinar el sentido de las cosas y los acontecimientos cotidianos, como si todo escondiera en el mundo un significado profundamente lógico. Es una vana pretensión, lo sé, pero sin duda embellece la vida».

Banderas hablaba después de un viaje en automóvil durante un fin de semana por el sur del país, a visitar los restos del palacio de Micenas. «Como ya sabes», escribía, «mi imaginación es demasiado veloz y los libros que amo despiertan en mí un entusiasmo ilimitado; pero frente a aquella inmensa llanura, al lado de palacio, junto a los bosquecillos de olivos y bajo el cielo limpio del otoño templado, me creía capaz de escuchar los lamentos de Agamenón herido, los gritos de venganza del joven Orestes, la voz de Clitemnestra, de Egisto, de Electra... Durante más de una hora, pensé en los signos de la fatalidad, la fuerza irreductible del destino y la soledad del hombre enfrentado a todo ello. Recordé lo que dice Esquilo en su *Prometeo,* la ley suprema según la cual tan sólo se llega a la sabiduría a través del dolor. Creo que ésa es la médula de lo trágico. Y no es otro el sentido de la vida de los héroes griegos, de Orestes, de Edipo y, desde luego, de mi favorito Odiseo. Probablemente sigue siendo el sentido de la vida de todos nosotros».

La carta finalizaba con un largo párrafo: «No quiero cansarte con más divagaciones de mi espíritu. La soledad tiene eso: crea obsesiones que nos hacen soñar tal vez un poco más de lo conveniente. Pero veo mi estancia en Grecia como algo muy valioso. Releo, una y otra vez, aquello que más me impresiona de las obras trágicas. Y he llegado a creer que, frente a un mundo sumido en el caos, aquí latió un grandioso intento por encontrar un orden moral y un orden lógico a la vida. Quizá fue un empeño inútil, un clamor noble y patético como el de Don Quijote. Pero tal vez el orden existe después de todo, tal vez dentro del desorden sobrevive un impulso moral, una norma, una razón, algo que no es gratuito. En todo caso, pienso que sólo podemos vivir en la exigencia de su búsqueda. Te quiere y te añora tu Juan».

Jaime devolvió las cartas a su lugar; buscó entre los libros y tomó la *Odisea*. Pensó que debía dar las gracias a Carmen por haberle forzado a subir la valija a casa. Ya no pensaba desprenderse de ella. Las cartas hacían crecer en su interior una sensación de orgullo, como si fuera el dueño de un hermoso secreto. Abrió el libro y comenzó a leer: «Háblame, oh Musa, de aquel varón de multiforme ingenio que, después de destruir la sagrada ciudad de Troya, peregrinó errante durante muchos años por diversos países, visitó las ciudades y conoció las costumbres de muchos hombres, y padeció grandes tareas mientras navegaba a través del anchuroso océano...».

Apartó los ojos del libro tras esas primeras líneas y reflexionó sobre la extraña emoción que le producían. Podían ser el símbolo de la vida de muchos hombres, quizás de él mismo: peregrinar errante y sufrir penalidades sin cuento para conocerlo todo. Siguió leyendo hasta bien entrada la madrugada.

Capítulo VI

> «El animal conoce lo que le es necesario y cuánto; por el contrario el hombre no conoce lo que le es necesario.»
>
> DEMÓCRITO

La fatiga del madrugón, la semana por delante, el empleo que detestas y un mundo desabrido que te espera en la calle como un puñal, convierten los lunes en el mejor espejo de la desesperanza. ¿Cómo puede haber una especie animal tan necia como para idear la organización del tiempo en una sucesión de angustias que se inician en lunes? Dan ese día, cada semana, ganas de morir, sólo con pensar en las jornadas que aún restan para llegar alegre al sábado siguiente.

Excepción hecha del hombre, nada parecido le sucede a bicho alguno en esta puñetera tierra. No hay ningún otro animal que sepa cuánto vale un día, ni que entienda el precio de una hora ni examine el valor de meses y semanas; ni que cumpla años o haya oído hablar de siglos y milenios. De la medusa al delfín, del ratón al elefante, de la mosca al aguilucho, sea oceánico, telúrico o aéreo, el animal vive sin lunes y no gasta un duro en psicoanálisis.

No obstante, aquel lunes Jaime Arbal sentía su ánimo alegre, pese a marchar errante en el atasco del tráfico, peregrino en un círculo mezquino de soledades, mejillón con cáscara de automóvil, enfrentado a un áspero destino en tanto navegaba en su coche por el anchuroso océano de la babel ignominiosa. Miraba a las mujeres y casi todas le parecían bellas y calientes. Había recuperado su altivez de macho y guardaba en su olfato el excitante olor a sal pringosa de la carne de Carmen. Se creía dotado de un multiforme ingenio, tocado por el favor de un dios que le impelía a superarse, a conocer, a vivir con dignidad y a sacar favor del sufrimiento. Se veía cual Odiseo, experto en ardides, victorioso en la barriga de la pecaminosa Troya y a punto de prenderle fuego. Además, tenía a su Penélope durmiendo en casa a pierna suelta.

Y tenía ganas de joder, qué diablos, pues dicen bien quienes afirman que joder es como rascar, cuestión de comenzar. A pesar de que era temprano, que olía a gasolina, que delante le esperaban un lunes de perros, un martes de agobios, un miércoles de angustias, un jueves de desánimos, un viernes de apatías y un *weekend* de incertidumbres; a pesar de que el mundo no le prometía nada que pudiera mejorar su vida; a pesar del trabajo que detestaba, los amigos que no tenía, los compañeros que ignoraba y los jefes que humillaban su orgullo; a pesar de todo, ya digo, tenía ganas de joder. Y puesto que fornicar alegra el alma y adormece el desánimo, porque la entrepierna nos da siempre las mejores alegrías de la existencia, podía decirse aquella mañana de sucio mayo urbano que Jaime Arbal era insensible al dolor como no lo había sido durante las últimas semanas. Creía circular por desiertos de aire limpicierto, atravesando oasis y riocharcos perfumados de hierbabuena, transitando al lado de carromatos donde viajaban hembras rebosantes de sensualidad y que deliraban imaginando el tamaño de su vergarroca.

Llegó al trabajo en el momento en que el reloj de control daba las nueve y cruzó el vestíbulo hacia los ascensores. Por un instante, creyó sentir un acerbo olor a rabo de rata frito en aceite de soja y a cucaracha agridulce vuelta y vuelta en salsa de bambú. De modo que decidió combatir al destino y buscó en su memoria el recuerdo del aroma de sexo de mujer mientras subía en el ascensor.

Marisa, sentada frente a la pantalla del ordenador vecino al suyo, sonrió cuando Jaime pasó a su lado y él apretó su brazo en un imprevisto impulso de sensualidad perversa.

—¿Qué tal? —preguntó con voz de macho cabrío al tiempo que se situaba frente a su ordenador.

—Coñazo de lunes. ¿Y tú?

—No es el peor lunes de mi vida —contestó Jaime.

—Eso es que vienes bien follado —añadió la muchacha.

Marisa vestía una minifalda de cuero negro que dejaba ver una buena parte de sus muslos. Bajo la blusa roja se marcaban dos pechos no tan grandes como para chocar con ellos al cruzarse en una puerta ni tan pequeños como para no intentar rozarse con ellos al cruzar por una puerta. Pensó que le gustaría acostarse con ella, sobre todo aquella mañana de lunes airoso. Y luego se reprochó sus pensamientos, al recordar a Carmen y la estupenda noche de amor. Pero convino de inmediato en que era estúpido plantearse un problema de fidelidad. Después de todo, lo más probable es que ella estuviese viviendo una aventura con Emilio Aznar. ¿Qué lealtad le debía? Allí delante estaban unos muslos rotundos que le gustaría abrir y unos pechos prometedores que deseaba besar. Él era un macho ávido de hembras y, en un absurdo lunes, todo es posible, se dijo.

El timbre de su teléfono cortó de un tajo sus débiles intentos por bucear en las tripas del ordenador. La secretaria de Ramos le convocaba al despacho de su jefe.

—Voy a ver al jefe —dijo Jaime a la chica—. ¿Te apetece que luego tomemos un café?

—Dabuten —respondió Marisa.

Salió con pasos de pavo envanecido.

Ramos le esperaba de pie, las manos cogidas a los rojos tirantes, el estómago emergiendo sobre la cintura del pantalón como un romo mascarón de proa y, pese a la hora temprana, con un veguero de buen tamaño pillado entre los dientes.

—Tienes buenos pulmones —dijo a su jefe señalando hacia el puro.

Ramos tomó la chaqueta del perchero y comenzó a ponérsela.

—Vamos con la jefa, quiere verte.

—¿Bajo por mi chaqueta? —preguntó Jaime, ahora desconcertado.

—No hace falta, sin chaqueta das la impresión de ser un trabajador ejemplar.

Ramos dejó el cigarro sobre el cenicero.

—La señora Hoffman no aguanta el tabaco.

Tomó a Jaime del brazo y le condujo pasillo adelante, hasta los ascensores.

—¿Y para qué quiere verme? —preguntó Jaime.

—Por lo del travestí. Leyó tu informe y a mí me parece bien cómo ha quedado el asunto, pero la Hoffman no está de acuerdo. Creo que quiere que veas a ese otro travestí, el que te dijo que fue un intento de asesinato. Ahora nos dirá.

—Ese maricón sólo busca dinero.

—Puede que tengas razón —siguió Ramos mientras subían envueltos por la música de un piano de Chopin—, pero los alemanes son muy exactos, ya sabes, cabezas cuadradas.

Comenzaron a recorrer el largo pasillo enmoquetado en rojo, junto a puertas de roble que formaban una ordenada y cerrada guardia de misteriosos despachos a su paso.

—De todas formas, yo no soy un policía —añadió Jaime en voz baja, con el mismo tono que hablaría en el interior de una iglesia.

—Pues tendrás que hacer de policía si quieres progresar en la empresa.

—No busco progresar, sólo sobrevivir.

—No seas idiota.

Ramos se adelantó para entrar primero en el despacho. Las dos secretarias los miraron con altanería. Una de ellas tomó un teléfono, marcó dos dígitos, habló brevemente y señaló luego la puerta. «Pasen», dijo desdeñosa, «la señora Hoffman les espera». Jaime pensó que no hay nadie tan opresor como un esclavo satisfecho.

Olía a yerbas silvestres, a zarzamoras y grosellas en aquella estancia de grandes proporciones que cerraba un amplio ventanal desde el que se dominaba un extenso paisaje urbano, cerrado al fondo por la dentadura arisca de la sierra del Guadarrama. La habitación era luminosa, vestida de mobiliario antiguo, una biblioteca con algunos tomos encuadernados en piel oscura en el lado derecho y un enorme cuadro adornando la pared de la izquierda, en el que una mujer de formas rotundas corría desnuda, perseguida por un feroz minotauro, la cabeza del toro enarbolando dos terribles cuernos y el cuerpo atlético de hombre luciendo una primorosa verga. La señora Hoffman, siguiendo la mirada de Jaime, se posó en el óleo.

—Es de la escuela de Rubens —dijo tragándose la erre—, un cuadro anónimo, pero muy valioso.

No se había levantado. Ocupaba un gigantesco sillón al otro lado de la ancha mesa de despacho y de espaldas al ventanal. Era la primera vez que Jaime veía a la jefa alemana. Vestía una chaqueta oscura y camisa roja, cruzada casi a la altura del pecho por un grueso collar de perlas grises, y se recogía el pelo negro en un alto moño sujeto por un alfiler dorado. Jaime calculó unos cuarenta años a aquel rostro largo que calzaba gafas de montura chapada en oro.

—Siéntense, por favor —dijo.

Jaime notó que el sillón de la Hoffman alcanzaba una altura levemente superior a los que ellos ocupaban. Se sintió turbado. Y deseó que el minotauro saliera en ese instante mismo del cuadro y violara a la Hoffman sin más, allí mismo, sobre la mesa. No la defendería, desde luego.

—He leído su informe —añadió dirigiendo su mirada directamente a los ojos de Jaime—. Está bien, pero no es bastante. Tiene que hablar con el transexual, hay que estar seguros de que fue un accidente. Porque si se trata de un asesinato, no hay que pagar. ¿Tiene la dirección de esa..., de ese hombre?

Jaime se tanteó el pecho, buscando los bolsillos de su olvidada chaqueta. Enrojeció.

—Tengo su tarjeta en mi despacho.

La Hoffman movió la cabeza hacia los lados. Luego señaló un mazo de carpetas de archivo que reposaban en la mesa.

—¿Ve todos estos dossieres? Son pólizas de otros veintidós transexuales que tienen asegurados los pechos con la compañía. Cada uno por cinco millones de pesetas y todos de silicona. Eso quiere decir que, si siguen quemándoselos, la compañía tendrá que desembolsar ciento diez millones de pesetas.

—Un capital —dijo Ramos.

La mujer se levantó, se acercó al ventanal y contempló en silencio el paisaje durante un corto instante. Jaime miró su culo redondo y pensó que aquella jaca tudesca tenía un buen polvo.

—Esto es muy raro... —continuó la Hoffman volviéndose hacia ellos—. Hay cosas de su país que no acabo de entender, y perdonen si ofendo su patriotismo.

—Qué nos va a contar a los nacionales —dijo Ramos.

—Yo llevo sólo tres meses en la empresa —siguió la mujer—, y no entiendo nada de lo que pasa aquí.

—Habla usted muy bien español, señora —se atrevió a decir Jaime.

—Mi madre es española y yo soy licenciada en español por la Universidad de Hamburgo —respondió ella con voz rotunda—. Pero en la universidad enseñan lengua, no la psicología de los pueblos. No les voy a detallar los seguros que nos hemos encontrado en esta empresa después de comprarla, ustedes ya los conocen. Esa historia de las ocas malayas..., por ejemplo.

—Y de cocodrilos australianos, terció Jaime.

Ella le miró con ojos de acero antes de seguir:

—No sé si todo lo que sucede aquí tiene que ver con la psicología de la gente de su país o si es ésta una empresa enloquecida... España me confunde mucho.

La Hoffman se recostó en su sillón.

—Les contaré lo que me ha sucedido este fin de semana. Soy divorciada y vivo con una hija de veinte años, las dos amamos la naturaleza. Muchos fines de semana salimos al campo. Ahora la primavera es hermosa y cálida, muy distinta a como es en mi país. El otro día viajábamos las dos por una autovía, en la provincia de Segovia. Y de pronto saltó un gamo a la carretera. No pude frenar a tiempo y atropellé al pobre animal. Cuando bajamos, tenía dos patas rotas.

—Pobre bicho —intervino Ramos.

—Mi hija y yo estábamos apenadísimas. Y comenzamos a hacer señas a los coches que pasaban. ¿Qué pueden hacer dos alemanas en España con un animal herido?

—Eso, parar a otro coche.

—Pues ninguno se detenía y allí estábamos las dos, al lado de la carretera, con el gamo herido a nuestros pies. Al fin, paró una furgoneta y bajó un hombre con un mono azul, un fontanero o algo así. Le explicamos lo que había sucedido y él, después de escucharnos un momento, comenzó a preguntarnos: «¿Pero ustedes lo quieren?». Nosotras insistíamos en que había que llevarlo a un hospital. Y él seguía repitiendo lo mismo: «¿Pero quieren el bicho o no lo quieren?». Al final, dijo que muy bien, que él se ocupaba. Y cogió al gamo y lo echó en la parte de atrás del vehículo, sin cuidado ninguno, y se marchó dándonos las gracias.

—Sí que es raro —convino con seriedad Ramos.

—Y eso no es todo —siguió la Hoffman—. Mi hija y yo fuimos al pueblo más cercano y buscamos el cuartel de la Guardia Civil. Nos recibió un sargento, le contamos lo que había pasado y él empezó a decirnos que el Estado no podía pagar los desperfectos de un coche si había chocado con un animal salvaje. Nosotras insistíamos en que lo que nos interesaba era salvar la vida del animal. El sargento nos leyó una ley que dice que los desperfectos de tráfico sólo los paga el Estado cuando son causados por un agujero en la carretera o un poste de la luz que ha caído, cosas así, pero no por un animal salvaje. Insistimos en que no pretendíamos que nos pagasen. Y ya por fin, el sargento cayó en la cuenta. «¿Pero dónde está el gamo?», preguntó. Le explicamos otra vez que se lo había llevado el hombre de la furgoneta. Y entonces el sargento se puso de pie y dijo: «¡Pero qué hijoputa el tío!». Era un maleducado. Nos despidió diciendo que tenía mucho trabajo y poco tiempo para enredarse en cosas de animales. ¿Creen ustedes que se habrán comido al gamo?

—Nunca se sabe —señaló Ramos con gravedad.

La Hoffman le miró un instante, severa, y luego volvió a colocarse las gafas.

—Ya imagino... En fin —giró los ojos hacia Jaime—, va usted a ver al transexual y que le cuente su versión. Es muy importante que sepamos lo que está sucediendo, aunque no sé si podré entender alguna vez cualquier cosa que suceda en este país... —miró otra vez hacia Ramos—. Si ese Pamela pide dinero por la información y usted cree que es de interés, pague.

Al salir, Jaime dirigió una mirada cómplice al minotauro. «Adiós, campeón», dijo mentalmente.

Hubieron de contener las risas, una vez que quedaron solos en el pasillo.

—La mejor receta para guisar el gamo es el estofado a la fontanera, concluyó Ramos.

Las piernas de Marisa seguían fantásticas y en su sitio.

—¿Qué quería el jefe? —le preguntó.

—Nos llamó la Hoffman.

—¿Y cómo es?

—Parece una institutriz.

—¿Y ese café que prometías? —añadió Marisa.

Jaime recorrió con los ojos el cuerpo de la muchacha y los posó al fin sobre los muslos.

—Espera a que haga una llamada de teléfono y bajamos —respondió.

El timbre sonó seis o siete veces antes de que la voz cazallera de Pamela respondiera al otro lado.

—Éstas no son horas humanas. ¿Quién has dicho que eres?

—El del seguro, el del seguro de su amiga Vanessa..., nos vimos el otro día en el hospital.

—¿Qué quieres a estas horas, guapo?

—Llamo por lo que me dijo de Vanessa.

—Yo por las mañanas no tengo el coño pa ruidos. Y todo lo que diga vale pelas.

—Hay pelas. ¿Cuándo puedo verla?

—Por la noche; pero cobro por taxímetro: a ocho mil la hora.

—Caro lo pone.

—¿Seis mil?

—De acuerdo.

—Quedamos a las once y media, en un bar de esa calle donde hay tantos gimnasios: se llama Coslada, ¿te centras? El bar es el Azul.

Colgó y miró a su izquierda. Le pareció que la falda de Marisa se había desplazado unos pocos centímetros hacia lo alto.

—El café va a estar frío cuando bajemos —dijo la muchacha.

Entraron en Paradiso. Marisa trepó a un taburete y se acodó en la barra. Su falda pareció resistir a la escalada y quedó más arriba que nunca.

—Es cachondo este bar, sólo hay hombres —dijo la muchacha.

—Según las horas.

—¿No será de maricones?

—Alguno se colará de vez en cuando, supongo.

—Tú no eres. Se te nota por la forma como miras a las mujeres.

Jaime percibió que sus orejas y sus mejillas se calentaban.

—No te cortes, hombre —siguió Marisa—. Hoy te has dado un homenaje mirándome el cuerpo.

Le ardía el rostro. Su piel había enrojecido como la casaca de un cazador de zorros inglés.

—¿Quieres follar? —preguntó ella de sopetón.

Sintió como si le echaran de pronto un camión de arena sobre los hombros.

—Claro —respondió abrumado.

—Pues yo también tengo ganas —agregó ella.

Jaime tragó saliva. No sabía qué decir.

—¿Ves qué fácil? —continuó Marisa—. No hay que cortarse. Si uno quiere follar con alguien, pues adelante y preguntando.

—Claro.

—Yo sabía desde hace tiempo que querías follarme. Y a mí me apeteces.

Miró hacia las piernas de la muchacha. La falda había vuelto a subir. Ahora, entre los muslos, bajo el vértice de las medias, asomaba un mínimo triángulo de tela oscura.

—Negras —dijo ella—, a juego con el sostén. Ya sé que a los tíos os excita lo negro, es más pecaminoso.

Jaime enrojeció de nuevo. Llegaban los cafés y el bollo de Marisa. Ella se alzó sobre el taburete y estiró la falda hacia abajo.

Quedaron unos instantes en silencio, mientras la muchacha mojaba trozos de tortel en el café y él sorbía café de su taza.

—Si quieres —dijo Marisa al acabar el bollo—, esta tarde puedes buscar algún sitio donde follar. Después de las cinco estoy libre hasta las ocho, la hora que llega mi marido a casa.

—Claro.

—Me apeteces un huevo, tío. Pero si puedes, no busques hotel. Prefiero que le pidas a alguien un apartamento. A mí lo de los hoteles no me gusta mucho, es menos humano, más frío. Y además siempre hay cuadros de caballos en las paredes.

—No me había fijado.

—A lo mejor los ponen por cachondeo —Marisa dejó escapar una risotada—. Imagínate si un tío se pone con la merienda al aire al lado de un caballo. No hay humano que resista la comparación.

—Vale, sin caballos —dijo Jaime.

Marisa rió otra vez.

—Estás algo cortado, ¿no? Es que eres de otra generación. En la mía vamos más al grano.

Jaime tenía la boca seca. Se sentía aturdido.

—No sabía que estuvieras casada —acertó a decir.

—Desde hace dos años. Mi marido es un desastre, ¿sabes?, un rapidillo picha boba, y eso que mide casi uno noventa y está cuadrado. Si se me cruza un tío que me va, no voy a andarme con remilgos. Sólo se vive una vez.

—¿Y él lo sabe?

—¿Tú estás loco? Más vale que ni sospeche. Me daría una buena tunda. Y a lo mejor él hace lo mismo cuando se le cruza una tía.

—¿Y no te importa que vaya con otras?

—Si me entero, le saco los ojos. Estaríamos buenos.

—Claro.

Marisa bajó del taburete y, en pie junto al mostrador, bebió el último sorbo de café.

—No me hables esta tarde de mi marido, ¿vale? Me puede entrar la frigidez.

En el despacho, sentado frente al ordenador, Jaime no era ya un Odiseo ansioso de incendiar ciudades, despanzurrar enemigos y despatarrar hembras para entretenerse en el viaje de regreso a casa. El olor a cerezas marchitas del despacho contribuía muy poco a levantar su ánimo. Pensó en entregar a Marisa al minotauro furioso del óleo de la Hoffman.

Ella salió a comer poco antes de las dos. Cuando se quedó solo, Jaime telefoneó a casa. No hubo respuesta. Llamó al bufete de Carmen, pero la secretaria le informó que había salido «a unas gestiones» y que probablemente no volvería en todo el día. Le habría confortado hablar con su esposa. Le relajaba pensar en ella. ¿Por qué se habría metido en el follón de Marisa? «Soy un estúpido imprevisible», convino hablando consigo mismo. Pensó que, con Carmen, tal vez podría conseguir emular al minotauro, incluso con los cuernos puestos.

Notaba extraños sudores recorriéndole el cuerpo. Otra vez la tonta cantinela de los minerales regresaba a su cerebro, mientras el ascensor descendía y recogía en cada planta nuevos empleados que se apretaban los unos a los otros con cara de sufridos galeotes. «Bornita, burnonita, calcedonia, calcita, calcolita, calcopirita...»

Pepe le puso delante una caña de cerveza. Acodado en el mostrador, Jaime giró la vista hacia la sala contigua. Distinguió a Fernando Batalla, que se sentaba en una mesa junto a los empleados de una cercana oficina bancaria.

Bebió un largo trago de la cerveza, encendió un cigarrillo y se dirigió al encuentro del pelirrojo. Saludó a los otros, al tiempo que apoyaba la mano en el hombro de Fernando.

—Querría hablar contigo un momento.

Fueron hacia el mostrador.

—Tengo un problema —dijo Jaime—, si pudieras echar una mano... El caso es que me ha salido una chavala..., una chavala joven.

—Eso no es un problema, eso es un milagro.

—En cierta manera.

—A mí no me sale una chavala desde el Pleistoceno. ¿Y qué ayuda quieres?

—Pues...

—Si necesitas artillería, la mía está gastada —rió el pelirrojo—. Cuando yo era joven, raro era que no echase dos seguidos cada vez que me encamaba. Decía como en las películas de submarinos: «¡Fuego el uno!». Y casi al momento: «¡Fuego el dos!». Ahora, cuando echo un polvo, de ciento a viento, digo antes de arrancarme: «¡Fuego al cero!».

Fernando se rió mientras golpeaba con su manaza el hombro de Jaime.

—Venga, desembucha —añadió.

—Pensaba que, tal vez, tenías algún apartamento para alquilar esta tarde.

—Te dejo mi apartamento y ya está.

—Eso me parece un abuso —agregó Jaime.

El pelirrojo había sacado el llavero del bolsillo.

—¡Quita, hombre! Si es de la empresa, hay pocas cosas mías dentro. Toma —le tendió una llave—. Es ahí al lado, en el edificio número 37. Quinta planta, apartamento 505. ¿A qué hora irás?

—A las cinco; a eso de las siete o antes ya habré despachado..., supongo.

—Si no estoy luego, le dejas la llave a Pepe. Y ya sabes, a la mujer y a la lechuga, por la cintura.

Fernando bebió de su vaso. Luego, de súbito, se le iluminó el rostro.

—¡Coño, muy importante! ¡El orangután!... Creo que ya te dije, hay un orangután que vive conmigo. Es inofensivo, no te preocupes. Está encerrado en su cuarto, al final del pasillo, en una especie de trastero. Con que no le abráis la puerta, vale; le asustan los desconocidos.

—Espero que no se escape.

—Hombre, igual te sacaba de un apuro, ya sabes cómo son los monos... —concluyó Fernando riendo—. Y ánimo y a triunfar, que no hay nada como disfrutar de los milagros.

Regresó a la oficina después de comer un plato de verdura y un guiso de carne. Marisa no había llegado aún. Marcó el teléfono de su casa. Carmen no contestaba. En el bufete le respondió el contestador. Dejó un recado. Luego se aplicó a sus tareas de archivo.

Cuando Marisa llegó, trabajaron el uno junto al otro en silencio. Ella le enviaba en ocasiones lánguidas miradas y Jaime sentía un extraño sudor que no llegaba a mojarle, como si la humedad se volcase hacia el interior de su carne y no hacia afuera. Ojalá fuese fiebre, se dijo. Pero su frente estaba tan fría como su mano, no había remedio.

A las cinco sonó el dulce timbre que tapaba durante un cuarto de minuto el hilo musical y que era recibido con un general alborozo en todas las plantas del edificio de la compañía. Marisa empujó hacia atrás la silla, recostó el cuerpo sobre el respaldo, estiró los brazos hacia lo alto, los pechos se marcaron rotundos bajo la blusa y la falda pareció querer trepar cuerpo arriba camino de la garganta. Pero se detuvo a medio muslo, justo cuando la muchacha volvía sus ojos melosos hacia Jaime para decir:

—Es estupendo no tener que ir a coger el metro y cambiarlo por un buen revolcón, ¿no crees?

A Jaime le parecía que la vida podía ser cualquier cosa menos estupenda ahora que eran las cinco y tres minutos y descendían en un ascensor cargado de empleados con cara de dementes y donde olía a escabeche de axilas ibéricas y a babuchas de mahometano. El mundo le convocaba a cualquier cosa menos al erotismo. Y sin embargo, Marisa, de espaldas a él, le arrimaba las nalgas contra el vientre y las movía con ritmo. ¿Qué esperaba encontrar? «Fuego al cero», se dijo con una sensación profunda de tristeza, soportando sobre sus hombros la carga ineludible del destino.

Al alcanzar la calle, no se sintió mejor. Ahora estaba completamente seguro de que la aventura iba a concluir con un aparatoso fracaso. ¿Cómo podría sentarse todas las semanas siguientes junto a aquella mujer después de lo que, sin duda, iba a suceder dentro de poco? Mejor dicho: de lo que no iba a suceder. Marisa le parecía fea, corta de estatura, culibaja, hortera en el vestir, grosera de modales, vulgar en su lenguaje, tosca y necia.

Llegaron al número 37 de la calle, un poco más allá de Paradiso. Jaime apretó el botón de la planta 5 y entonces Marisa le rodeó el cuello con los brazos y le besó en la boca. Su lengua era pequeña y segregaba un sabor dulzón. Tenía una consistencia reptílica y una acritud limonera. Jaime la dejaba hacer mientras Marisa se afanaba en rebuscar en el interior de su boca como quien persigue un chicle.

El ascensor se detuvo y las puertas automáticas se abrieron. Marisa se soltó del abrazo. Jaime, fugazmente, se miró en el espejo y vio el rostro de los condenados al garrote vil de los antiguos grabados. Recorrieron el largo pasillo en penumbra que flanqueaban puertas oscuras, con el número correspondiente encima, como si de las celdas de un presidio se tratase. Avanzaban sobre la alfombra, sin ruido, envueltos por un aroma a cera templada, crisantemos de camposanto y ceniza de crematorio. A Jaime le zumbaban los oídos, como si desde el fondo de su cerebro surgiesen los compases imprecisos de un réquiem. Y el ritmo de su antiguo rezo se instalaba en su memoria: «Calcosina, caliza compacta, caliza fosilífera, caliza litográfica, caliza oolítica, caliza psicolítica, caolinita...». Los números de las puertas del lado derecho de la galería corrían implacables en orden inverso, como la cuenta atrás previa al lanzamiento de un torpedo: 511, 509, 507... ¡505! Jaime se detuvo ante su patíbulo. Marisa le miraba sonriendo y sacaba la lengua moviéndola hacia él, como una cobra a punto de morder. Introdujo con torpeza el llavín en la cerradura, con la esperanza loca de que, al abrir, les atropellara una estampida de cebras africanas. En su lugar, asomó el espacio vacío del vestíbulo.

Olía a moho, un perfume de hojas podridas, plantas carnívoras y flores envenenadas. Debía ser aroma de mono, pensó Jaime, pero a Marisa parecía no importarle en absoluto el denso ambiente. Avanzaron por el pasillo. A la derecha, en la primera habitación que apareció a su paso, asomó un gran lecho cubierto por una colcha color marrón. Había una mesilla al lado con una lamparita. Y en la pared, sobre la cabecera de la cama, un enorme cuadro en el que aparecía dibujado un caballo negro con los arreos puestos y sin jinete.

—¡Joder, un caballo! —exclamó la muchacha riendo.

—Si quieres nos vamos —dijo Jaime.

—No, cielo, me importa un rábano; ya he cogido onda y cuando cojo onda no hay quien me pare. ¿Sabes dónde está el baño?

—Supongo que por ahí, al fondo.

—Espérame, no te escapes, vuelvo enseguida —agregó ella con mirada seductora.

Se alejó contoneándose, marcando con brío los vaivenes del culo. Jaime dio unos pasos, llegó a la cama, se sentó en el borde y encendió un cigarrillo. Dirigió su triste mirada hacia la pintura. Le gustaría montar el caballo y echar a correr al galope, lejos de allí. Pero su cabeza estaba ya colocada dentro del garrote vil y Marisa regresaría en breve para dar el primer giro de la manivela.

Se acordó del orangután justo en el instante en que se oyó el primer grito histérico de Marisa llegando desde el fondo del apartamento. Al primero, siguieron otros berridos, más sonoros, más pavorosos e incontrolados. Jaime se puso en pie y salió al pasillo, en el momento en que ella llegaba corriendo, con los ojos fuera de las órbitas, las bragas en la mano, el brazo alzado delante de su rostro y chillando como una mona:

—¡Me ha mordido, me ha mordido!...

Jaime se sintió feliz y asustado al mismo tiempo, prendido por el desconcierto y percibiendo crecer dentro de sí una rara sensación de alivio. Ella se abrazó a él, girando sin cesar el rostro hacia sus espaldas, sin soltarle, presa de la histeria.

—¡Allí, allí! ¡Es una fiera, me ha mordido!

En el umbral de la última habitación, por encima de la cabeza de Marisa, Jaime distinguió un animal de pelo rojizo, brazos largos que llegaban casi hasta el suelo y patas corvadas. Los miraba mientras gruñía. Era bajo de estatura y no parecía tener intención de avanzar hacia ellos, sino tan sólo de proteger su territorio.

—¡Me ha mordido, me ha mordido! —repetía Marisa.

Jaime miró su muñeca. Apenas era un rasguño, un largo arañazo superficial con una línea de sangre.

—No es nada —dijo.

—¡Puede haber infección! ¡Y sida, sida!... ¡Ay, madre mía, el sida!

Lloraba.

—Ponte las bragas y vámonos.

La llevó hacia la puerta y se despidió con una mirada del caballo del cuadro. Desde el fondo del pasillo, el orangután contemplaba su huida sin cesar de gruñir. Sintió cariño por aquel animal venido desde las selvas malayas como un ángel de la guarda.

Tomaron un taxi.

—Al hospital de La Victoria, a Urgencias —ordenó al conductor. Luego se dirigió a Marisa:

—No te preocupes, tengo un amigo allí.

—Hay que llamar a mi marido, tienes que llamarle —Marisa hablaba entre pucheros—. Le dices que me ha mordido un perro en la calle y que venga al hospital a buscarme, que eres un compañero de trabajo. Apunta el teléfono de su oficina.

Le dictó el número.

—¿Crees que se infectará? —preguntaba la muchacha con voz lastimera.

—Apenas es un rasguño.

—¿Y el sida, no tendría sida el bicho? Dicen que el sida viene de los monos.

—De los monos de África; pero éste era un mono malayo.

Marisa se abrazó a él y ocultó la cabeza cerca de su hombro. Jaime le acarició el pelo.

Dejó a Marisa en la sala de Urgencias, sentada junto a una familia de gitanos, y él se fue a ocupar sitio en la cola de registro. Se preguntaba cómo iba a arreglárselas para que atendieran a Marisa por algo tan estúpido como un leve arañazo. Cuando le llegó el turno, pidió que avisaran a Justo López. Unos minutos después, su amigo asomó desde el pasillo interior.

—¡Coño, Jaime, otra vez por aquí!

Se estrecharon las manos.

—¿Vienes a ver a tu travestí? Pues llegas tarde, se murió ayer.

—No lo sabía.

—A última hora de la noche.

—Ya..., pero no venía por eso. Es por una amiga, una compañera de trabajo. La ha mordido un mono.

—Coño, ¿un mono? Lo tuyo no es normal, chico.

Jaime bajó la voz:

—Escucha, lo del mono queda entre nosotros. Es que tengo que llamar al marido. Y explícale a un marido que a su mujer la ha mordido un mono estando con un compañero de trabajo.

—Yo me mosquearía.

—Por eso; ¿lo dejamos en perro?

Justo le tomó del brazo y regresaron a la sala.

—Éste es Justo —presentó Jaime—, el amigo del que te hablé. Ella es Marisa.

Justo observó la herida.

—Anda, vente conmigo y no se hable más —Justo la tomaba ahora del brazo—. Tú, Jaime, te esperas aquí, enseguida le ponemos la antirrábica y queda cojonuda.

Marisa se volvió:

—Telefonea a mi marido, y no olvides que fue un perro.

Buscó una cabina y llamó. La voz del otro parecía surgir de la cueva de un dinosaurio. Era un tipo parco en palabras que ni siquiera preguntó cómo narices le había mordido un perro a su mujer. Se contentó con decir al final de las explicaciones de Jaime: «En veinte minutos estoy allí».

Y exactamente veinte minutos después, cuando Marisa no había regresado aún, Jaime vio entrar en la sala a un macho enorme, bien trajeado, de piernas sólidas como columnas romanas y hombros vigorosos como capiteles de un templo minoico, justo el tipo de hombre que le quitaría a uno las ganas de tirarse a su esposa. Jaime apostó consigo mismo a que aquél era el marido. ¿Por qué las tías tan putas tienen maridos tan grandes?, se preguntó. Le tranquilizó pensar en el perro. El gigante miraba alrededor suyo, con el gesto de un boxeador desorientado. Jaime decidió no presentarse. ¿Y si el otro preguntaba, y él improvisaba una explicación y luego Marisa le contaba algo distinto? ¿Y si a aquel mastodonte se le ocurría investigar la raza del perro que había mordido a su esposa?

Goliat se dirigió a la cola de recepción. Y en ese instante apareció Marisa acompañada por Justo, con una venda rodeando su muñeca. Se abrazó a aquel templo pétreo, a aquella humanidad granítica capaz de aplastar la cabeza de cualquiera que osase ponerle los cuernos con su mujer.

Jaime se acercó.

—Éste es Jaime Arbal —dijo Marisa a su marido—. Se ha portado de putísima madre y me ha traído al hospital. Y él es Justo, me ha puesto la antirrábica.

El hotentote estrechó con vigor las dos manos trémulas que Justo y Jaime le tendían.

—¿Qué clase de perro era? —preguntó el cíclope dirigiéndose a su mujer.

La respuesta de Jaime saltó como un timbre de alarma antes de que Marisa pudiera decir nada:

—Un callejero, un mil leches de ésos. Le tiró un bocado de improviso. Era negro con pintas blancas.

—Yo apenas me di cuenta de cómo era el perro. Me asusté tanto... —dijo Marisa componiendo un gesto de niña enferma necesitada de mimo.

—Humm —murmuró el ogro posando los ojos sobre Jaime—. Está bien, vámonos a casa.

Se la llevó casi en volandas, despidiéndose de Justo y Jaime con un movimiento de la barbilla. Ella, brincando para seguir los pasos del titán, volvió el rostro, ya cerca de la puerta:

—Explícalo en la oficina mañana, Jaime...

El feroz polifemo y la ninfa herida desaparecieron de su vista y Jaime suspiró. El golpe en el hombro que le propinó Justo le devolvió a una realidad más amable.

—Vamos a tomar un café y me cuentas lo del mono —dijo su amigo.

—Tengo prisa, Justo.

—Ni prisas ni pollas: si no invitas a café, la próxima vez que vengas aquí con uno de esos asuntos tuyos te echa una mano tu padre.

Jaime se encogió de hombros y siguió con mansedumbre a Justo.

—Como quieras —dijo mirando su reloj. Eran las seis en punto.

—¡Coño, la historia del mono promete! Seguro que estabas follándotela y vino el mono, te montó por detrás y... ¡Joder, eres homérico!

—Eso precisamente: homérico —respondió Jaime sumiso.

Capítulo VII

«El orden cósmico más bello es algo así como desperdicios tirados a voleo.»

HERÁCLITO

Siempre se ha dado por supuesto que los monos pertenecen a una raza menos evolucionada que la humana, que son nuestros lejanos parientes, mucho más brutos y torpes, y dueños de un cerebro incapacitado para el raciocinio. Cierto es que el simio memoriza enseñanzas, aprende a ayudarse de instrumentos y utiliza formas primitivas de lenguaje, y que en algunos aspectos de su actividad mejora al hombre, como en el rascado y la masturbación, artes placenteras en las que destaca sobre cuantas especies pueblan la Tierra por su aplicado esmero y depurada técnica. No obstante, los humanos insistimos en considerarlo nuestro primo pobre y solemos tratarlo con desdén y cierta mala uva. Repetimos la misma cantinela: aprende, pero no piensa; es capaz de partir nueces con una piedra, pero su cerebro no evoluciona; se comunica con gestos y gruñidos, mas no alcanza a alumbrar reflexiones lógicas; tiene memoria, pero no posee conciencia moral. Es un irracional, en suma.

Concedámosle, sin embargo, el beneficio de la duda. ¿No reflexiona o es que no quiere reflexionar? ¿No posee un pensamiento lógico o es que lo considera inútil? ¿No alberga una conciencia moral o acaso la moral lo asusta? Tal vez lee los periódicos a hurtadillas y está espantado ante la capacidad para el asesinato que poseen sus racionales parientes humanos.

Recordando al orangután de Fernando, Jaime Arbal se sentía lleno de agradecimiento mientras regresaba en un taxi desde el hospital hacia Paradiso. Le haría un regalo, un vídeo de Walt Disney, por ejemplo. Eran cerca de las siete y necesitaba una copa. Quería llamar a Carmen y le abrumaba pensar en la cita de la noche con Pamela. Le gustaría irse directamente a casa y dormir a pierna suelta.

—¿Algún familiar en el hospital? —preguntó el taxista mirando por el retrovisor.

—Una amiga.

—¿Un caso de cáncer? Estos días hay mucho cáncer de mama.

—No, la mordió un mono.

—Es natural. Los animales andan cabreados en primavera, a un primo mío le mordió el otro día una culebra en las escaleras del metro de la Puerta del Sol, tenga cuidado si va por allí. Hay muchas culebras, dicen que han visto incluso cobras. Pero mi primo tuvo suerte, la serpiente no era venenosa y la cosa no pasó del susto.

—El mono tampoco era venenoso.

—Los monos son ignorantes, desconocen el dicho: en los meses sin erre no te arrimes a las mujeres.

—No debió de darse cuenta de que ya estamos en mayo.

—Es que los monos son inferiores, no tienen idea del tiempo y carecen de pensamiento lógico —concluyó el taxista.

Paradiso estaba atestado de hombres, varias partidas de mus se jugaban en las mesas de la sala y el humazo del tabaco flotaba junto al techo como un nubarrón tormentoso. La máquina tragaperras atronaba con una jota aragonesa soltando monedas y el cura danzaba a su lado dándole a los botones, feliz de haber logrado premio. A su lado, sentado en su pequeño banco de limpiabotas, Capricho le miraba con cara de cuervo enfurecido, envidioso de la suerte del ministro del Señor.

Machuca jugaba una partida en un velador de un rincón. Jaime le hizo señas, pero el otro no le vio, afanado en envites y revites. Se arrimó al mostrador y se acomodó en el extremo.

Pidió un cubalibre de coñac a Pepe, tomó el teléfono y marcó el número de casa. Alentaba la esperanza de que Carmen hubiera llegado. Le propondría salir a cenar. Oía los largos timbrazos, nervioso como un adolescente que busca una cita amorosa.

No hubo respuesta. Colgó y llamó al bufete. La secretaria le pidió que aguardase unos segundos y luego oyó la voz de su esposa:

—¿Qué tal el día? —dijo ella.

—Nada noble. A una compañera de la empresa la mordió un perro y tuve que llevarla al hospital.

—Qué cosas más extrañas pasan a tu alrededor.

—Había pensado que cenásemos juntos.

—Tengo una cena de trabajo.

—¿Hombre o mujer?

—Te digo que es trabajo —insistió Carmen.

—Yo también llegaré tarde, tengo una cita a las once y media.

—Es una hora extraña.

—Cuestión de trabajo —dijo Jaime con voz firme.

—¿Hombre o mujer? —ironizó ella.

—Ni hombre ni mujer: un travestí.

—Déjate de coñas. En fin..., estoy ocupada.

—Espera. He pensado todo el día en lo de ayer, fue estupendo.

—¿Lo de ayer?

—Hicimos el amor, ¿lo has olvidado?

Carmen guardó silencio un instante. Luego dijo:

—Jaime, este mediodía he ido al entierro de Paula. Tengo el alma rota. Cuando sucede una cosa así, tan brutal y tan inesperada, siempre piensas que podías haber hecho algo, qué sé yo, tal vez necesitaba hablar, tal vez necesitaba algo de cariño. Paula había sido una gran amiga mía... ¿Has olvidado a Paula?

—La mujer caballo...

—Eso es una gracia macabra.

—Lo siento, no quise decirlo.

—Ah..., el sábado tenemos cena. He citado en casa a algunos amigos, si no tienes inconveniente.

—¿Quiénes?

—Unos cuantos amigos. Y vendrá Carlos Cárdenas, el escritor. Le tienes fascinado con esa historia de que hay lobos en Madrid.

Se despidieron. Jaime dio un largo trago al cubalibre. ¿Quién sería esa noche el pretendiente favorito de su puta Penélope?

Vio acercarse a Capricho, cojitranco, la joroba cabalgando su cuerpo entristecido bajo las ropas de luto, inclinado por el peso de la voluminosa caja de limpiabotas. Pensó que era un consuelo ver a alguien en peor situación que la suya. Una vida de sabandija, se dijo contemplando al corcoveta. Aceptó su sugerencia de limpiarle los zapatos.

—Por cierto —le dijo a Capricho—, no miré si tocó el cupón de los ciegos que me vendiste el otro día.

—No me acuerdo el día que lo compró, don Jaime. Pero no se moleste en recordar, no he dado ningún premio. En realidad no lo doy nunca. En cambio, ya ve —y señaló hacia atrás—, al cura le han salido diez talegos en la máquina tragaperras, tiene a Dios de su parte.

—Eres un pesimista, Capricho.

—Soy realista. La suerte llama a la suerte y la desgracia a la desgracia. Y yo soy una desgracia andando.

—¿Y por qué sigues vivo? —preguntó Jaime, arrepintiéndose al instante de lo que había dicho.

El otro alzó los ojos desde el suelo.

—Hombre, don Jaime, no me joda, y con perdón. Sólo me faltaba eso, palmarla. Y además, tengo dos hijos. Son guapos, han salido a su madre, ninguno gibao. Debo vivir mientras me necesiten y darles estudios.

—Perdona. No sabía que estabas casado.

—Estuve, ahora soy viudo. Ella se tiró al metro.

—Lo siento.

—No lo sienta. La saqué de puta para hacerla una mujer decente, pero no se le olvidó el oficio. Me hizo sufrir mucho. Un día le pegué una paliza y una semana después se tiró a las vías. Me alivió, no crea. No hay nada peor que una esposa puta, se lo digo yo, don Jaime. Es peor que la giba, porque a la chepa te acostumbras, se te hace el cuerpo a ella, pero los cuernos pesan mucho en el alma y entristecen los hogares.

Vio entrar a Fernando poco después de que Capricho terminara de limpiarle los zapatos.

—¿Qué tal, campeón? —preguntó el pelirrojo palmeándole el hombro.

—Un desastre —contestó Jaime mientras le tendía la llave del apartamento.

—¿Gatillazo?

—Peor que eso. A la tía la mordió el mono y tuve que llevarla al hospital.

—¡No jodas, vaya lío!

—Tranquilo, fue sólo un arañazo. Tengo un amigo en el hospital, dijimos que la había mordido un perro callejero y en eso quedó la cosa.

—¡La hostia! Pero si Abigail no ataca nunca a nadie.

—Ah, ¿es hembra?

—No; macho.

—Abigail es nombre femenino, creo.

—Pero es bonito. Lo oí en una serie de televisión... ¡Qué putada!..., si Abigail no puede abrir la puerta de su cuarto.

Jaime le explicó lo sucedido.

—Se te jodió el polvo —dijo Fernando.

—Iba derecho al gatillazo, Abigail me hizo un favor.

—Es que a estas edades ya no somos los mismos. Y además, hay tíos y tíos. Mira a Celso, el gallego, ése no para, por más años que tenga. Corre detrás de las hembras como el mudo de los Hermanos Marx. Yo creo que le gustan las mujeres incluso por las mañanas.

—¿Quieres una copa? —preguntó Jaime.

—No, voy a subir a ver cómo está Abigail. Es muy sensible. Cada vez que tiene un disgusto, se pone nervioso y le entra cagalera. Y oye, cuando quieras el apartamento, no tienes más que pedirlo. Pero acuérdate del mono... —se rió ahora el pelirrojo—, salvo que quieras escapar.

Se unió a Machuca. Jugaron una partida de mus como compañeros contra los de la oficina bancaria y perdieron la ronda de copas. Machuca propuso una nueva partida con unas tapas y una botella de vino como apuesta. Perdieron los del banco. Uno era pequeño de estatura, rubio, adornado de un mostacho enorme y ojos azules y vivarachos. Se llamaba Víctor. El otro, el jefe de la sucursal, tenía un rostro redondo y pulido, con gafas de gruesos cristales de miope. Su nombre era Esteban y acababa de regresar de un viaje de vacaciones por Brasil.

—Me he traído un loro —contaba—; está prohibido, pero lo pasé en una bolsa de mano. Casi se ahoga. Voy a ver si le enseño a decir algunas frases, por lo visto aprenden rápido. Por ejemplo, a pedir café con leche y churros. Me lo traigo aquí por las mañanas, a la hora de desayunar, él pide por mí y yo me ahorro palabras.

Más tarde, ya solos, Jaime convenció a Machuca para que le acompañara a la cita con Pamela. Eran casi las doce menos cuarto cuando llegaban al Azul.

Media docena de transexuales se sentaban en taburetes junto al largo mostrador, apenas iluminado por pequeñas bombillas azules que derramaban su fría luz desde el techo. Cuando Machuca y Jaime entraron, seis miradas cayeron sobre ellos como el granizo en primavera. Jaime se sintió turbado, la oscuridad de la estancia no le permitía distinguir si Pamela se encontraba allí o no.

Pero un brazo se alzó al fondo de la barra.

—Ahí le tienes —dijo a Machuca empujándole.

El transexual vestía una minifalda estrecha de color negro y una blusa de satén amarillo. Dos opulentos pechos asomaban bajo los botones desabrochados.

—Llegas tarde, monada —dijo la ronca voz de Pamela.

Se había levantado y le besó en las mejillas, buscando las comisuras de sus labios.

—Éste es un amigo, Luis Machuca. De confianza —dijo Jaime al transexual.

—Ya sabes —añadió Pamela—, cobro a ocho mil pelas hora. El taxímetro está en marcha y tienes quince minutos menos.

—Me rebajaste a seis mil cuando negociamos.

—Que sean seis mil, soy mujer de palabra. Pero ya sólo te quedan tres cuartos de hora. Dame el dinero.

Jaime le entregó los billetes. Luego, le tendió un recibo y un bolígrafo.

—¿Te importa firmarme? Me lo exigen en la empresa.

—Como quieras. Yo no me llamo Pamela en ningún documento, así que ahí te va un Pamela y que reclamen al Vaticano.

—Cuéntame eso del intento de asesinato.

—A Vanessa la querían matar, seguro. Vanessa estaba colgada de la coca, se metía casi un gramo diario y eso es mucho dinero. Así que estaba empeñada hasta las patas con los Chumbos, un clan gitano que se dedica a pasar droga. Vanessa les debía mogollón de pelas. La amenazaron y ella les pidió tiempo. Le dieron un plazo. No lo cumplió y entonces le quemaron las tetas, pobre mía...

—¿Sabes que ha muerto? —preguntó Jaime.

Pamela abrió los ojos, dijo «¿muerta?», y se tapó el rostro con las manos. Luego, comenzó a sollozar. «Canallas, canallas...», decía. Al cabo de unos minutos, tomó un pañuelo de su bolso y se secó el barrillo y los surcos de pintura que tiznaban sus mejillas.

—Son unos cerdos... Pero hay más, te diré cosas que no pensaba decirte. Vanessa era amante de un político importante, muy importante. Él le daba mucho dinero. Vanessa me contó que el tío estaba asustado y que a veces la amenazaba. Yo creo que Vanessa le hacía un poquito de chantaje. No sé si eso tiene que ver con lo del asesinato, pero también huele mal.

—Suena a guión de cine.

—En el mundo pasan cosas que ni los mejores guionistas se imaginarían. Mi vida, por ejemplo, da para cien películas.

—¿Cómo se llama el político?

—Esa información vale veinte mil duros, monada.

—¿Y cómo sé que es cierto eso que me cuentas de los Chumbos?

—Si no te lo crees, no tienes más que ir al mercado de Maravillas, ahí en Bravo Murillo, cualquier día de diario. En el soportal ponen tienda unas gitanas, las Carmona. José Carmona, el jefe de la familia, siempre está allí, cerca de ellas. Está enfrentado a los Chumbos y por unos cuantos talegos te cuenta lo que tú quieras.

El transexual sacó un cigarrillo del bolso, lo puso en una larga boquilla, lo encendió y echó el humo al rostro de Jaime.

—No hay más que contar —miró su reloj—. Sobra un huevo de tiempo. Si quieres un polvo en los lavabos, te hago un buen precio.

—Deja —respondió Jaime.

—Tú tampoco estás mal —Pamela miraba a Machuca—, ¿eres también inspector de seguros?

—Soy periodista.

—¡Joder! —bramó Pamela con voz de oso—. ¡A ver dónde va a terminar esta historia! Yo no quiero líos con la prensa.

—No te asustes —respondió Machuca—, estoy fuera del horario de trabajo y además sólo escribo editoriales, opiniones. Nunca informo de nada.

—Vaya chollo de oficio. Eso es lo que hacemos los españoles a todas horas, y gratis: opinar y opinar. Te cambio el trabajo.

—Gracias, no me gusta tu oficio.

—Pues a mí sí me gusta opinar. Tengo estupendas opiniones sobre casi todo.

Salieron y Machuca insistió en tomar una copa más. Jaime aceptó, pensando que, después de todo, Carmen cenaba fuera y se encontraría solo en casa. Guió su vetusto coche rumbo a Gipsy's.

Drácula les regaló una solemne reverencia mientras les abría la puerta. En la sala olía a calzoncillos anhelantes y a bragas empapadas de ansiedad. La rojiza cabellera de Fernando refulgía como un abedul de otoño bajo la lámpara de cristal. Estaba con Celso y los dos intentaban trabar conversación con un grupo de cincuentonas que bebían en la mesa de al lado.

—¡Carayo, a tiempo llegáis! —saludó Celso.

—¿Lo dices por ellas? —dijo Machuca señalando a las mujeres.

—Quita de ahí —añadió—, ésas son material de derribo.

La mirada de una de las hembras cruzó como un flechazo envenenado el aire repleto de humaredas de cigarrillos y fue a clavarse en el corazón del gallego. Pero él no pareció inmutarse.

—Tenemos safari —dijo Celso volviendo el rostro hacia Jaime—, y me hace falta tu coche.

—¿Has bebido más de la cuenta? —apuntó Machuca.

—Carayo de Cristo, por mi madre que vamos de caza, a un Safari Park que está por el río Alberche, más abajo de Navalcarnero. El dueño es un marqués.

—Tú deliras —dijo Jaime.

—Hablo en serio. Es a treinta kilómetros, aquí al lado como quien dice. Conozco a unos cazadores, tíos locos de esos que no sueñan más que con darle al gatillo, de esos que dejarían a su mujer por un conejo, y no lo digo en plan de metáfora... Pues eso: andan obsesionados con el capricho de los trofeos. Les gustaría ir a cazar a África, pero como no tienen pelas porque trabajan en la construcción, pues de vez en cuando se van a un Safari Park y cobran alguna pieza para disecar la cabeza y colgarla en casa. Hoy van de cebras.

—Conmigo no cuentes —dijo Jaime.

—Si no hay peligro, hombre, llevan silenciador en los rifles y el guardia es cómplice suyo.

—¿Y a ti qué se te ha perdido en eso?

—Carayo —dijo Celso—, es mi negocio. Yo les pago las balas y el alquiler del todoterreno; ellos, a cambio, me dan las pieles cuando decapitan al bicho. Hago bolsos, ¿comprendes? A las tías les encantan los bolsos de cebra, cocodrilo, ciervo...

—No pienso ir —dijo Jaime.

—Yo sí —dijo Machuca divertido.

—Carayo, tienes que venir —insistió Celso—. En mi coche no cabemos más que dos y apurados, porque lo tengo lleno de bolsos. Y Fernando tiene su buga en el taller. Me hacen falta dos vehículos para la mercancía.

—Mi coche es una tartana. Y el maletero, una caja de cerillas.

—Con que ande, vale.

—Yo no voy —repitió Jaime.

—Nos jodes la noche —intervino ahora Fernando— y me debes lo del apartamento. Yo es que, de pequeño, quería ser explorador, tengo alma de aventurero.

Cedió al fin a los ruegos de los otros. Celso pagó las copas y salieron. Machuca se fue con el gallego y Fernando acompañó en su coche a Jaime. Y emprendieron viaje en caravana rumbo al oeste de Madrid. La luna brillaba en el cielo como una hogaza de pan viejo.

Jaime sentía ahora todo el cansancio de la jornada pesando sobre sus hombros y su corazón. Si hacía balance de lo que había sucedido desde que se levantó, podía pensar que había transcurrido un siglo. ¿Cuántas vidas diferentes había vivido durante todas aquellas horas? Fue Odiseo por la mañana, un vulgar currante poco después, y más tarde, sucesivamente, un torpe casanova, un burlador de maridos ciclópeos, un rastreador de putos y ahora un imbécil marchando de cacería. Recordó a Carmen y le invadió la pena. Alzó los ojos hacia la luna que corría sobre el automóvil: era como un huevo frito despanzurrado contra el barrigón opaco de la noche.

—¿Qué tal Abigail? —preguntó a Fernando.

—Lo que me esperaba: tenía una diarrea de mil demonios. Le he dado una pastilla que le corta el chorro y le deja dormido. Hasta mañana a mediodía no despierta.

—No sabes cómo lo siento.

—Son cosas naturales de la vida.

Pararon en un destartalado bar de carretera, poco después de la una y media. En el mostrador, esperaban dos tipos ataviados con uniforme de camuflaje. Celso hizo unas vagas presentaciones.

—Mucha gente traes —dijo uno de ellos, el más joven, un muchachón de rostro adusto con nariz de boxeador.

—Son de confianza.

—El pelirrojo tendrá que ponerse una gorra si no queremos que se espanten las cebras —añadió el otro—. Es un cante con esa pelambrera, parece que lleva una botella de butano por peluca. ¿Es peluca, tío?

—Ya te gustaría a ti tener los cojones que tenemos los pelirrojos —respondió Fernando.

—Ah, ¿sí?, ¿y cómo son?

—Coloraos, gordos y pegaos al culo, como los tigres. ¿Quieres verlos?

—Enséñalos, venga.

—Anda con cuidado. A un tío que se parecía a ti y que quería verme los cojones le pegué el otro día un bocao en la barriga y me lo llevé arrastrando con los dientes desde la Puerta del Sol a Cibeles. ¿Sabes dónde te digo, paleto?

—¿De dónde has sacado a este chulo de mierda? —preguntó el cazador a Celso.

El gallego calmó al poco el amago de bronca y salieron tras apurar sus copas. Fernando aceptó calzarse una gorra verde. Se apretaron en un todoterreno de aire arruinado y, unos kilómetros más adelante, el vehículo dejó atrás la carretera y se adentró por sendas abiertas entre los campos negros de la noche. Más que expedición de caza, parecían pandilla de asesinos a sueldo, cargados como iban de sogas, fusiles, cajas de munición, cuchillos de desollar y grandes tenazas.

—¿De qué va la cosa? —preguntaba Machuca a Celso, casi gritando para hacerse oír sobre el ruido poderoso y despendolado del motor.

—Los bichos son confiados y están acostumbrados a los turistas —respondió el otro—. Buscamos la manada. Si está lejos de la verja, uno salta dentro y las echa hacia nosotros tirándoles bombas fétidas. Y fácil: tiro a la cabeza, a quemarropa y sin ruido. Hay que guardar mucho silencio, sobre todo para que no se mosqueen los leones que hay en otro cercado y se líen a rugir. Luego, cuando tengamos liquidadas las cebras, abrimos un hueco en la verja y, con cuerdas, las arrastramos hacia el coche.

—¿Cuántas vamos a cazar?

—Con tres hay bastante, por lo menos me salen una docena de bolsos y algunos monederos de los retales.

—Espero que no se escape un león —dijo Machuca.

—Si aparece uno —intervino el cazador más joven—, le echamos al pelirrojo para que se entretenga merendando criadillas.

—¡Vete a mamársela a tu padre! —gritó Fernando.

Veinte minutos después, los faros del todoterreno alumbraban una alta alambrada. Descendieron del vehículo provistos de linternas, caminaron unos metros y los dos cazadores comenzaron a preparar sus armas y a disponer sogas y tenazas. Lejos, se distinguían sombras móviles que buscaban el refugio de la oscuridad.

El más joven se echó luego una bolsa al hombro y unas tenazas al bolsillo, gateó con presteza por el alambre y, una vez en lo alto, cortó las puntas que remataban el borde de la valla. Bajó después al otro lado y se esfumó en la noche.

—Espero que se haya equivocado y entre en el cercado de los leones —dijo Fernando.

—Silencio —conminó con energía y en voz baja el otro cazador.

Apagaron las linternas y permanecieron callados. Súbitamente, el viento les trajo un fuerte olor a síntesis de mierda y extracto de ventosidades. Jaime pensó que el cazador joven debía haber arrojado una bomba fétida del tamaño de un obús.

Hubo ruido de cascos, algún relincho asqueado y la manada, bajo la luz de la luna, se acercó hasta la alambrada. El cazador de más edad encendió entonces su linterna. Jaime vio los rostros sorprendidos de las cebras, las orejas en punta, los ojos atemorizados, las crines erizadas. Eran, tal vez, una decena larga de animales, pero no le dio tiempo a contarlas. Sonó el golpe seco y apagado del disparo y uno de los equinos cayó como un saco lleno de piedras delante de la valla. Alcanzado de lleno en la cabeza, no tuvo tiempo para el último rebuzno. Sus compañeros huyeron despavoridos.

—Una —dijo satisfecho el cazador.

Se repitió dos veces la misma operación: olor a zurullos planetarios, carrera de cebras, linternazo, cañón de la escopeta metido entre la alambrada y bicho abatido. «¡Tres!», dijo al fin, levantándose, el satisfecho cazador. Todas las linternas se encendieron. Del otro lado, se acercaba el joven arrastrando con él un vendaval de mierda.

Celso y el tirador abrieron a mordiscos de tenaza un gran hueco en la valla. Luego, entre todos ataron los cadáveres de las cebras y los arrastraron hasta el todoterreno. Más trabajoso fue meter uno en el maletero y alzar, con ayuda de poleas, los otros dos a la baca del vehículo. Comenzaron a oírse los rugidos de un león en la noche castellana.

—¿Y dejamos eso así? —preguntó Machuca—. Las otras cebras se pueden escapar por el agujero de la verja.

—Eso es problema del marqués —dijo el cazador más viejo.

Apretado en el último de los asientos contra el cuerpo de Fernando, Jaime intentaba limpiarse las manos de sangre con el pañuelo. Notó que tenía también empapado el lado derecho de la chaqueta. ¡Qué diablos hacía él allí! El morro de la cebra del maletero se apoyaba en el respaldo de su asiento, entre su cabeza y la del pelirrojo, babeando salivas y mucosidades. Olía a caballerizas celestiales, a cuadras saturninas y boñigas atómicas.

—¡Joder, qué viajecito! —exclamó al tiempo que arrancaba el coche.

—Pues no te lamentes —se burló Celso—, es peor cuando toca cacería de bisontes.

—No me pillas en otra, ni lo sueñes —contestó.

—¡Carayo, qué gran noche! —clamó el gallego satisfecho.

Eran las tres pasadas cuando alcanzaron de nuevo el bar de la carretera. Los cazadores cargaron los maleteros y los asientos traseros del coche de Jaime con fardos de pieles ya curtidas. El Renault se pobló de un infame olor a morgue de mamíferos. Los dos automóviles emprendieron regreso a Madrid.

—Llevo la chaqueta perdida de sangre —dijo Jaime.

—Me he quedado con ganas de darle lo suyo a ese paleto —respondió Fernando.

—Tenía pinta de ser un tipo muy fuerte —respondió Jaime.

—Desde que se inventaron las patadas en los cojones se acabaron los hombres fuertes. Soy un experto kojonoteka, una lucha que inventaron en mi barrio.

Siguiendo al coche de Celso, rodearon la ciudad por la circunvalación del sur, alumbrados por una luz de mermelada que caía sobre el asfalto desde las farolas. En un pequeño almacén de un barrio de las afueras, desembarcaron la olorosa mercancía.

—Si queréis —propuso Celso cuando terminaron—, nos vamos a una casa de masajes a lavarnos y luego a que nos la chupen las putas, invito yo.

—Tú te puedes ir donde quieras; yo me voy a casa, ya tengo bastante ración por hoy —repuso Jaime.

Debía aún llevar a Machuca. Aquel maldito día no parecía terminar nunca. Miró su reloj al dejar al periodista en la puerta de su chalé: eran casi las cinco. Vio la sombra del lobo huir del cubo de basura. La luna se escapaba hacia las hondonadas de la noche, menuda y amarilla como una mandarina.

Cuando al fin llegó a su casa, fue a la cocina y dejó sus ropas junto a la lavadora. Necesitaba ducharse. El olor de los cadáveres se agarraba a su cuerpo con la fuerza de una ventosa. Pero decidió tomarse una última copa de coñac, había perdido el sueño. El bolso de Carmen estaba sobre el sofá. Miró en su interior: la agenda, las pinturas, su perfume, el monedero, la cartera con los documentos..., no guardaba nada extraño. Sacó el frasquito de colonia y se roció el pecho y las piernas. Pero el dulce aroma se ahogó, casi de inmediato, bajo el hedor de cebras asesinadas.

Se acercó a la maleta y tomó la *Odisea*. Leyó hasta el final del Canto VII, la entrada de Odiseo en el palacio de Alcinoo, rey de Feacia y padre de Nausicaa. Le impresionaba la imagen de desolación, y al mismo tiempo de fuerza, que el héroe mostraba al llegar solo, sin nada en las manos, huyendo de la muerte, derrotado por la dureza del mundo, hasta las playas de una tierra desconocida. «No soy semejante», decía Odiseo al rey Alcinoo, «ni en cuerpo ni en naturaleza a los dioses inmortales que dominan el anchuroso cielo, sino a los hombres mortales: puedo equipararme por mis sufrimientos a los varones de quienes sepáis que han soportado más desgracias y contaría males aún mayores que los suyos si os dijese cuánto he padecido por la voluntad de los dioses».

Cerró el libro. Dio el último sorbo de coñac. Pensó que, acaso, la vida de los hombres de todas las épocas había transcurrido enfrentada a un mundo hostil, repleta de aconteceres sin sentido y abrumada por la soledad. La suya podía ser muy parecida a la de Odiseo. Pero sin grandeza.

Se duchó y regresó al salón. Eran cerca de las siete y la claridad del amanecer atravesaba las tablillas de las persianas del ventanal. Apagó las luces y se tendió en el sofá.

Cayó en un profundo sueño instantes después. Se vio a sí mismo ataviado con un manto griego. Salía de Paradiso, rodeado de hombres que le seguían con fervor. Estaban Machuca, Celso, el pelirrojo Fernando, Pepe el camarero, Capricho, el cura del tragaperras, los dos empleados del banco y, conforme avanzaba hacia el paseo de la Castellana, nuevas gentes se unían: Marisa, Pamela, Ramos, la señora Hoffman, su mujer caminando del brazo de Emilio Aznar, el novelista Cárdenas, empleados de su oficina, el enfermero Justo, los dos cazadores, tropas de gitanos y moros, una multitud cada vez mayor, una crecida de miles de seres humanos que descendía hasta Cibeles y luego, con él a la cabeza, marchaba Alcalá arriba hasta llegar a la Puerta del Sol. Allí, trepó a la torre del reloj mientras la muchedumbre, abajo, le aclamaba. Puesto en pie sobre el tejado, iba a decirles algo. Pero de súbito una lengua enorme de agua, llegada desde un océano próximo, invadía la plaza, ahogaba a las gentes y cubría las casas. El oleaje crecía hasta tocar sus pies. Solo allí, en el islote del tejado, el mar le rodeaba, era un piélago infinito. Un golpe de viento le arrebató las ropas y quedó desnudo bajo el sol. El furioso océano amenazaba con saltar sobre él. No había naves ni tablones que pudieran servirle como salvavidas para eludir su próxima muerte. El cielo era un gigantesco espacio vacío de color verdoso, y ni los dioses ni los ángeles venían en su ayuda. Pero no sentía miedo, sino que un fatalismo majestuoso se apoderaba de su alma y le confortaba.

Le despertó la voz de Carmen. «¿A qué diablos huele aquí?», preguntaba con irritación. Mientras intentaba abrir los ojos, Jaime oyó el ruido bronco de las persianas al subirse y luego un soplo de aire limpio y fresco le acarició el cuerpo y avivó su sangre. «Hay café en la cocina», dijo la voz recia de su esposa. Se levantó justo en el momento en que sonaba en el vestíbulo el estrépito de un soberano portazo.

Capítulo VIII

> «Decidme: ¿nadie puede quitarme de la frente del triste sueño?»
>
> FRIEDRICH HÖLDERLIN
>
> *Lamentaciones de Menón por Diótima*

Vive el hombre obsesionado con aves y felinos. Admira en los primeros la altanería y en los segundos el valor, la elegancia de los unos y el majestuoso desdén de los otros. Dibujó el humano desde antiguo rostros de águilas y leones en sus escudos y pabellones de guerra, y con frecuencia se ha ufanado de ser discreto como una pantera, de haber alcanzado las honduras más lejanas de los cielos a semejanza del cóndor, y de ser noctámbulo como las lechuzas, fiero como los leopardos, bello como un tigre, cantarín cual jilguero y más astuto que un lince.

Pero adornado por tanta polvareda de vanidades, el hombre no ha logrado todavía volar como la más humilde de las moscas ni saltar de tejado en tejado con la majestuosidad de un piojoso zapirón de barrio. Le cagan las palomas y le bufan los mininos. ¿En verdad es la humana una raza tan portentosa como su vanagloria afirma?

Los días que siguieron, el alma de Jaime Arbal volaba como una libélula sobre imaginarios campos de girasoles, mientras sus pensamientos se enmierdaban un poco menos en las mezquinas realidades humanas, enroscado sobre sí mismo cual gato que sestea en el sofá. Había leído nuevas cartas de Banderas y continuado con las aventuras de Odiseo. Había viajado con Banderas al Yucatán y con Odiseo a la isla del cíclope Polifemo. Vivía con la cabeza poblada de selvas y de océanos.

Trabajaba a diario en el archivo, en la soledad del despacho, mientras Marisa seguía recluida en casa por prescripción médica. En la pantalla de su ordenador circulaban decenas de informes sobre insólitas pólizas de seguros, relatados con un lenguaje vulgar y aburrido, repletos de datos sin sentido que el redactor muy bien podría haberse ahorrado. Su memoria, entretanto, recordaba palabras de Banderas al tiempo que imaginaba su rostro retratado en el de Odiseo, a bordo de la nave capitana, engañando al cíclope Polifemo para salvar la vida, retando el poder del dios Poseidón y arrastrado luego por la tormenta, a la deriva, perdido el rumbo y añorando su lejana patria. Vivía la vida de Banderas y de Odiseo, intentaba huir de la miseria cotidiana aferrándose a dos existencias que no le pertenecían. Ello le confortaba. Cuando recorría las calles de la ciudad, sus ojos escrutaban el cielo y admiraban el vuelo de las aves, y su andar decidido imitaba el acolchado caminar de los felinos. Su alma navegaba en ensoñaciones mientras menguaba la sordidez del mundo.

El informe que preparó para Ramos sobre su encuentro con el transexual pasó a la señora Hoffman; la señora Hoffman reflexionó, calibró, sopesó ventajas e inconvenientes, juzgó al fin lo más adecuado para La Gran Felicidad, S. A., y Jaime recibió el encargo de seguir adelante con la investigación. Debía ir a ver a Carmona y pagarle, si así lo exigía el gitano, a cambio de información sobre el clan de los Chumbos, y la Hoffman daba también el visto bueno a las cien mil pesetas que Pamela exigía por revelar el nombre del importante político que había sido amante de Vanessa.

—Los alemanes han decidido ir al fondo del asunto —le dijo Ramos— y ya sabes cómo son cuando se les mete algo en su cuadrada cabeza.

—¿Estás seguro de que tienen la cabeza cuadrada?

—Eso se sabe desde que el mundo es mundo.

Llamó aquella tarde a Pamela.

—No doy nombres de nadie por teléfono, monada —dijo el transexual.

Quedaron en verse el lunes a la hora del café, en casa de Pamela. El asunto le daba náuseas, le apartaba del paisaje de ensueños que Odiseo y Banderas trazaban en su mente. ¿Qué era su vida, contemplando su cutre realidad cotidiana, si la comparaba con la de Juan Banderas? «Ayer, en el anochecer de la selva», decía en una carta, «vi un instante de belleza incomparable: cuando la luz se desplomó, el cielo pareció sangrar, mientras el aire podía casi palparse, era como una lengua caliente que lamiera los manglares y el río». ¿Y qué existencia de aventuras y emociones podía compararse a la del astuto Odiseo? «¡Cíclope!», gritó el héroe a Polifemo. «Mi nombre es Nadie, y Nadie me llaman mi padre, mi madre y todos mis compañeros.» Burla majestuosa aquella del hombre mortal frente al cíclope hijo de los dioses.

Llegó el sábado. Jaime se había levantado temprano, procurando no hacer ruido y no despertar a Carmen, que dormía tranquila a su lado. Se duchó, se vistió y salió a la calle. La primavera proclamaba orgullosa su victoria y el aire traía aromas de polen, de yerbas ruborosas, de tallos jóvenes y flores timoratas. Su sangre rebullía con la consistencia del chocolate caliente.

Compró el periódico y se sentó en la terraza de un chiringuito del bulevar cercano, al sol, dejando que el primer calor del día le acariciase la piel del rostro. Pidió un café y se relajó en la silla, cerrando los ojos, dejándose envolver por la sensualidad de la primavera.

Luego hojeó el periódico. Siempre comenzaba a leerlo por las páginas de programación televisiva, pero ninguna de las películas programadas para el fin de semana le apetecía. Tal vez viese un Western que anunciaban para el domingo.

Pasó sin leer la sección deportiva y continuó hasta los sucesos. Le llamó la atención una noticia: «Un joven de veintidós años, identificado como S. M. J., apareció ayer ahorcado en su habitación de la residencia de estudiantes Ramón Gómez de la Serna, en la Ciudad Universitaria de Madrid. El presunto suicida, natural de Badajoz, había dejado una breve misiva en su mesa de trabajo en la que decía así: "Cuando al fin descubrí que este mundo de mezquindades, de miserias y de traiciones, el mundo que yo tanto había despreciado, era también mi propio mundo, comencé a comprenderlo y amarlo. Pero no pude soportar el peso de una verdad tan desmedida"».

Saltó a la primera página. El titular principal se refería a la corrupción política. Dobló el periódico y se levantó. Pensó que él hubiera elegido otro: el del joven suicida universitario, desde luego. «... el peso de una verdad tan desmedida», repitió para sí.

En su casa, el aroma a café invadía el vestíbulo y la sala llegando desde la cocina. La voz aguda de Carmen entonaba en el cuarto de baño *La donna è mobile,* con no mucha fortuna. Se asomó. Los ojos de ella le miraron desde el espejo. Carmen enredaba su pelo en una docena de bucles sujetos a una docena de rulos. Bajo el ligero camisón de seda rosa se marcaban los recios pezones y la curva de los pechos. Aquella cabeza convertida en un campo de minas y alambradas, montada sobre un cuerpo magnífico y deseable, daba a Carmen una apariencia insólita. Alargó la mano y tocó el culo de su mujer.

Ella dejó de cantar y se retiró a un lado.

—Estáte quieto, ¿no ves que ando ocupada?

—Tienes un culo muy duro, un buen culo.

—Déjalo tranquilo. ¿Por qué no te tomas una tila y te calmas?

—Antes te negabas menos.

—Tal vez te lo montabas mejor.

Desistió y decidió resistir contra las paladas de tristeza que, una vez más, el mundo trataba de echarle encima. Fue a la cocina, se sirvió un café, pasó al salón, se sentó en el sofá, colocó los pies sobre la mesa y abrió de nuevo el periódico.

Carmen apareció un poco después. Se había echado una bata sobre el camisón y rodeado la cabeza con un pañuelo.

—Podías bajar los pies de la mesa —dijo.

Jaime obedeció.

—Y no estaría de más que me echaras una mano para preparar la fiesta —añadió.

—La maldita fiesta... ¿Quiénes vienen?

—Los conoces a casi todos.

—¿Emilio Aznar?

—No voy a dejar de invitarle por tus estúpidos celos.

—Espero que hoy no te pierdas con él por algún cuarto.

—Vete al cuerno.

—Me temo que ya estoy.

Carmen hizo un gesto aburrido con la mano y se dio la vuelta. Pero se detuvo antes de salir y señaló hacia el rincón donde se arrimaba la maleta de Banderas.

—Tendremos que tirar eso.

—Ni hablar. Ahora la maleta me interesa a mí.

—Ahí no puede estar.

—Dame una razón.

—Pues primera razón: esta noche vienen amigos míos a cenar y no quiero que haya trastos tirados por ahí. Y segunda: si haces memoria, esta casa es mía, me la dejó mi padre. ¿Te hace falta una tercera?

Los ojos de ella brillaban con un rastro de cólera. Jaime sostuvo su mirada unos instantes. Era una de esas ocasiones en que con gusto la mandaría a la mierda. Pero siempre reaccionaba con pavor ante el furor de su mujer. Conocía ese brillo en sus ojos, era como el instante que precede a una tormenta de todos los demonios. Y sabía que, después de una discusión acalorada, ella saldría vencedora y él humillado. Así que, como casi siempre, rindió sus armas sin parlamento y sin condiciones. Bajó la vista.

—La quitaré de ahí...

Ella salió sin añadir palabra. Jaime esperó unos instantes, hasta que oyó el zumbido del secador de pelo llegando desde el cuarto de baño. Se acercó entonces a la maleta, la empujó hasta el pasillo, entró en el dormitorio y la ocultó en el armario donde guardaba su ropa.

Comieron juntos una lasaña que ella encargó por teléfono. Después, Carmen regresó al cuarto de baño y él encendió el televisor. Buscó con el mando a distancia entre los canales y dejó la imagen en un partido de fútbol del campeonato inglés. Se tumbó en el sofá. Diez minutos más tarde se quedó dormido, entre murmullo de goles, crujido de patadas al contrario, pelotazos sonoros en los saques de esquina y berridos y cánticos del civilizado público británico.

A eso de las seis, le despertó el trajín de Carmen organizando una mesa con bebidas y otra con cubiertos y platos. Se unió a ella en la tarea y, sin hablar, en un ir y venir de la sala a la cocina y de la cocina a la sala, armaron la merendola con canapés, tortillas, mediasnoches, ensaladas, muslitos de pollo frío y pasteles. A las siete, Carmen volvió a retirarse al cuarto de baño. A las ocho y diez, asomó de nuevo con el porte de una deseable princesa, la cabeza engalanada por un cuidado peinado, el rostro terso y joven bajo una fina capa de maquillaje, los labios ardiendo en un vivo carmín, y un vestido negro de generoso escote que dejaba al aire ese jodido lunar que le hubiera gustado conocer a él sólo y conservar como un secreto tesoro. ¿Cuántos hombres, además de él, lo habrían besado?

Sonreía. Giró sobre sí misma ante la mirada de él.

—¿Estoy bien? —preguntó sin abandonar su sonrisa.

—Estupenda, supongo que Emilio Aznar se quedará encantado.

—Eres un coñazo, Jaime —respondió ella mudando la sonrisa en gesto de cabreo.

La pesadumbre del día avanzaba sobre Jaime como una marea incontenible. A las nueve comenzaron a llegar invitados joviales que aportaban botellas de vino y cava y bandejas con tartas y pasteles. A las nueve y veinte asomó al otro lado de la puerta Emilio Aznar. Dio dos melosos besos a Carmen mientras se apretaba a su cuerpo hasta rozarle los pechos. «Estás preciosa», dijo separándose de ella, con las manos aún apoyadas en sus hombros y mirando con desvergüenza hacia su escote. Luego, pasó al lado de Jaime, le sonrió y le dio un golpe afectuoso en el hombro. «¿Qué tal?» Jaime le devolvió una sonrisa vampírica, al tiempo que pensaba que no hubiera estado de más soltarle una cornada. A eso de las diez, se habían ya reunido una quincena de personas. El son de la música y el griterío de las conversaciones convertían el salón en una especie de palomar histerizado. Mechones de humo de tabaco se meneaban con la cadencia de un oleaje en el aire de la estancia.

Jaime bebía su segundo cubalibre de coñac y fumaba cigarrillos sin descanso. Veía a Carmen ir de un lado a otro del salón, ofreciendo canapés y sirviendo copas. De cuando en cuando, ella le dirigía un mirada feroz. Jaime sabía muy bien lo que quería indicar: que no ayudaba a atender a los invitados. Pero no pensaba hacerlo. Y además, tenía decidido emborracharse, pillar una melopea monumental, hasta caerse, dejando a su mujer en evidencia ante la tropa de crápulas fantoches. Aunque bien pensado, se dijo, una buena curda no debía extrañar mucho a gentes como aquellas, tan habituadas a cogerlas de todos los colores, meonas y lloronas, exaltadas y mortales, pedorras y plastosas. Es difícil impresionar a la gentuza, convino.

Carlos Cárdenas se acercó hasta él.

—Puede que me tomes el pelo con esa historia del lobo, pero en cualquier caso es una historia apasionante.

—Es verdadera como la vida misma.

—Tu mujer dice que eres un hombre muy observador.

—No sabía que me dedicara piropos por ahí.

—Las mujeres suelen presumir de sus maridos.

—En el hogar disfrutan torturándolos.

—¿Y eso del lobo..., cómo es la cosa? Pienso escribir sobre ello el relato de verano de *La Nación*. Y quiero hacerlo pronto, luego voy a andar escaso de tiempo, tengo un torbellino de compromisos... Cuéntame.

—Lo he visto dos veces, baja a comer en los cubos de basura de una de esas urbanizaciones del norte de Madrid.

—Lo había oído decir de los jabalíes, pero de lobos nada.

—Supongo que es menos trabajoso pillar la ración en un basurero.

—¿Y qué más?

—Del lobo, nada. Pero no es el único animal que he visto. Madrid está lleno de ellos. Hay ciervos en la Gran Vía y buitres sobrevolando la ciudad. Y conozco dos tipos que cazan cebras en un pueblo de las afueras.

—Te estás quedando conmigo.

—Cree lo que quieras. Y a un tipo le mordió el otro día una culebra en el metro de Sol, me lo contó un taxista.

—Suena delirante.

—Si no lo crees, te saco una noche de paseo a la calle a buscar animales.

—Te tomo la palabra, gracias.

Cárdenas anotó el teléfono de su oficina y quedó en llamarle. Y se despistó con el pretexto de ir a buscar una copa.

Carmen se acercó. Su mirada le fulminaba.

—Eres un cerdo —le susurró cerca del oído—, podías ocuparte un poco de los invitados.

—Ésta es tu casa, no la mía, como bien me recordaste hoy —respondió sonriente—. En todo caso puedes pedirle ayuda a Emilio Aznar, así estaréis más juntos.

Carmen bufó como un gato iracundo y se alejó hacia otro lado. «Vuelve a por otra cuando quieras», dijo Jaime mentalmente.

Siguió bebiendo, el alcohol trepaba más hondo en su cerebro, henchía de audacia su corazón. Se acercó a un grupo de tres hombres, dos abogados amigos de Carmen y un tipo con aire de roedor que su mujer le había presentado como alto ejecutivo de un banco importante.

—Tener escrúpulos es una debilidad —decía la rata bancaria.

—A mí me resultaría imposible jugar con el dinero ajeno —señalaba uno de los tiburoniles abogados—, creo que el peso de esa responsabilidad sería excesivo.

Reía el financiero mostrando sus dientes superiores en forma de dos palas:

—¿Y qué me dices de vuestro oficio? La gran falacia de la ley reside en que un criminal puede librarse de la cárcel gracias a los trucos legales de un avispado letrado.

Jaime se alejó y siguió bebiendo, yendo de un lado a otro. Pensó que echaba de menos a la mujer caballo, ella habría puesto el exacto y amargo contrapunto a aquella general mamarrachada.

Carmen había cesado de ocuparse de la gente. La vio beber copa tras copa, fumar marihuana, reír con cara de beoda bobalicona, esnifar cocaína sobre la mesa de cristal. Bailó luego un ritmo de salsa con Emilio, en el rincón cercano a la ventana. De cuando en cuando, para sujetarse tras un mal paso, se abrazaba al cuerpo del otro, y él la recibía apretándose contra sus pechos. Carmen ya no buscaba a Jaime para alancearle con la furia de su mirada. Sus ojos se concentraban en Emilio. Mejor para los tres, pensó por un momento, pero al instante sintió la cólera trepar por sus venas y alcanzar sus mejillas. ¿Y si iba hasta ellos y tumbaba a aquel hijo de puta de un puñetazo y le daba luego dos guantadas a la zorra de su esposa? Desistió: ni siquiera la bravura que le proporcionaba el coñac era capaz de imponerse al temor que sentía hacia Carmen. Estaba borracho, pero era un cobarde borracho.

La gente buscaba rincones donde sentarse para fumar porros, esnifar y beber sin límite. El salón parecía un campo arrasado después del paso de un ejército invasor, una tierra saqueada. Botellas, vasos vacíos, servilletas arrugadas, restos de comida y cubiertos sin dueño se repartían por las mesas en desorden, dibujando un paisaje desolador. Y Jaime seguía bebiendo sin tregua, dispuesto a consumar su ya tremenda melopea. Olía a empalagosos campos rifeños, a destilerías clandestinas y a mazmorras medievales.

Mucho más tarde, reparó en que Carmen había desaparecido del salón. Tampoco estaba Emilio Aznar. Con paso incierto, salió de la estancia y recorrió el pasillo. No había nadie en el cuarto de baño. Siguió adelante y se detuvo ante la puerta cerrada de su dormitorio. Dudó con la mano apoyada sobre el pomo. Oyó entonces unos suspiros de mujer al otro lado y la voz de un hombre que hablaba en tono muy quedo. Luego, la mujer rió. Era la risa beoda de Carmen. «Chissst», pedía él. Al poco, se escuchó el jadear del hombre. Ella gemía ahora. Sin duda se la estaba tirando. Jaime retiró la mano del tirador de la puerta y se alejó como un viejo león derrotado por un felino más joven y hermoso, como un águila envilecida y con las alas rotas.

Entró de nuevo en el salón. Se sentó en el sofá, al lado de una pareja que se abrazaba y besaba con impudor animal. No parecían reparar en su presencia, dispuestos tal vez, a desnudarse en cualquier momento y echar un polvo allí mismo. Bebió dos cubalibres de coñac con ansia y urgencia. La habitación comenzó a dar vueltas sobre su cabeza, como si el techo fuese el aspa de un helicóptero.

A duras penas logró levantarse. Hubo de apoyar la mano en el culo de la mujer para conseguirlo. «Hay para dos, si quieres», le oyó decir con voz de borracha. Llegó como pudo al cuarto de baño. Cerró a sus espaldas, se arrodilló y volcó la cabeza sobre el inodoro. Vomitó hasta notar que le dolían los ojos, como si quisieran saltar fuera de sus órbitas. Luego, se sentó, y permaneció así, al lado de la taza, sin ganas ni intención de moverse de allí.

Llamaron tres o cuatro veces a la puerta, pero no respondió. Más tarde, quizá media hora después, la voz de Carmen le conminaba a abrir. Parecía histérica. Oyó también a Emilio Aznar. Entonces se puso en pie y miró hacia los lados buscando un arma. Encontró tan sólo la escobilla de limpieza del váter. La tomó y la hundió entre los restos de la vomitona que flotaban dentro de la taza. Abrió la puerta. Encontró ante él los ojos iracundos de Carmen y la mirada asustada de Emilio.

—¡Hijoputa! —gritó al tiempo que lanzaba el primer escobillazo contra el rostro del hombre, acertándole de pleno. El otro dio un paso hacia atrás. Carmen se interpuso entre los dos, tratando de sujetarle. «¡Estás loco!», gritaba. Jaime lanzó un puñetazo por encima del hombro de su esposa, pero no acertó a alcanzar a Emilio. Intentó zafarse de ella y lanzar un segundo guantazo. El otro escapó del cuarto. Jaime apartó a Carmen con un violento empellón. «¡Puta», gritó, «déjame en paz!». Ella huyó hacia la salida y Jaime volvió a encerrarse.

Una hora más tarde, su cólera se había dormido y los dislocados mecanismos de su organismo parecían querer reajustarse. Decidió salir.

No había nadie en el salón. Olía fuerte a licor y tabaco, a sidrería asturiana en tarde de borrachera y a lupanar de feria extremeña. Las luces estaban apagadas. Encendió una lámpara de pie. La sala era un desorden de almohadones, sillas desperdigadas, platos con restos de comida y cubiertos sucios.

Se quitó toda la ropa y la arrojó en un sillón. La primera luz desfallecida de la mañana asomaba a través del ventanal. A tientas, caminó por el pasillo y entró en el dormitorio. Se tendió en su lado de costumbre. Pensó que, si afinaba el olfato, podría sentir el olor a semen del otro macho, mezclado con el olor ácido de su propia hembra. ¿Qué hacían los felinos en casos así, recibían el mensaje olfativo y se iban con la música a otra parte, comprendían por instinto y aceptaban resignados que su hembra había sido conquistada por otro macho más poderoso que él?

Notó removerse a su lado el cuerpo de Carmen. Luego, oyó su voz:

—Me has jodido la fiesta.

—Y tú te has jodido a ese hijoputa.

—Apestas a alcohol y a vómito.

—Apesto a cuerno quemado.

—Me voy, no aguanto tu olor.

El portazo le levantó un agudo dolor de cabeza. Permaneció unos minutos echado sobre la cama. Luego, se levantó, caminó unos pasos hasta un rincón del cuarto y orinó contra la pared, cerca de la mesilla de noche de Carmen. ¿No era eso lo que hacían los orgullosos tigres para marcar sus dominios? Sacudió de su sexo los últimos restos de orín, se dio la vuelta y, planeando como una orgullosa ave de presa, con los brazos abiertos, saltó de cabeza al lecho. Allí, cayó en pocos minutos en un sueño hondo, alejándose de aquel mundo poblado de tantas verdades desmedidas.

Capítulo IX

> «Al regresar a mi casa, sobre el abismo de mis cinco sentidos...»
>
> WILLIAM BLAKE
>
> *Las bodas del cielo y del infierno*

Animal extraordinario es la rana, digno de todo elogio y de merecida admiración. Carente de vanaglorias y dotado de gallarda discreción, demuestra que se puede vivir en este mundo sin necesidad de tener pelo como los mamíferos, plumas como las aves, escamas tal que los reptiles y ni siquiera pelusilla de mosca. Luce la rana una piel tersa, escurridiza y acuosa; no se despeina al fornicar, no precisa del afeitado matinal que esclaviza al hombre ni gasta las horas en modelar sus cabellos a semejanza de la coqueta hembra humana. Brinca con la gracia de los saltamontes y nada entre dos aguas con los dos ojillos mirando al cielo. Elegante y pelona, concilia como nadie lo bello con lo útil.

Pero su más alta cualidad es de rango moral. La rana jamás intenta establecer con sus semejantes otra relación que no sea cumplir funciones de apareamiento. Ni pide amor ni da amistad, desdeña ese pertinaz esfuerzo humano por acercarse al otro y, en consecuencia, se ahorra la amargura de comprender que, por lo general, no somos más que extraños para el vecino, extranjeros ante el hermano, enemigos del cónyuge y extraterrestres en la consideración de los vecinos del barrio próximo. Si el hombre aprendiera de la rana, no sufriría el desconsuelo del amor ni la humillación de los cuernos.

La mañana del domingo, la piel de Jaime tenía una consistencia viscosa y escurridiza, su cerebro humeaba como un cenicero repleto de colillas y su alma atufaba cual garrafón de coñac. Era un Sagrado Corazón atravesado de puñales y un cuerpo de San Sebastián saeteado por los cuatro costados. A su alrededor olía a cuernos de bisonte americano, a costras de sangre seca en las puntas de una corona de espinas, bilis de ciervo viejo engañado por su hembra, semen de ejércitos enemigos y un rastro de perfume de morlaco entre las sábanas.

Tardó en revivir bajo la ducha. El sudor acerbo de su cuerpo se resistía a huir de los escondidos refugios de sus poros. Era como si le cubriera la piel una gelatinosa capa de aceite, una mucosidad lubricante. Se sentía anfibio. De modo que no se afeitó.

Salió a comer y tomó un bocadillo de calamares fritos y un par de cervezas frías. De regreso a casa, se tendió en el sofá delante del aparato de televisión. Se preguntaba dónde estaría Carmen en ese mismo instante. Pensó que era incapaz de imaginar una vida sin su esposa, ¿pero eso significaba que tendría que acostumbrarse a compartirla con otro hombre? No podía resignarse a ser un cornudo. Y menos todavía, un cornudo consentido.

Buscó en la televisión, ayudándose del mando a distancia, cualquier cosa que le distrajera de su desconcierto, y detuvo el recorrido de canales en un Western. Era la historia de dos hermanos que se odiaban. Siguió el hilo de la película unos minutos, antes de quedarse medio frito. En el duermevela escuchaba disparos y cabalgadas, retazos dispersos de diálogos amorosos. Abrió un ojo en el momento en que una vigorosa música anunciaba el final de la película. Vio asomar el *the end* sobre la imagen de un guapo chico que abrazaba a una muchacha hermosa y el ocaso de las praderas poniendo tras ellos una tarta de colores anaranjados.

Abrió el ventanal para que el aire nuevo y ahora frío entrase a correr por las habitaciones. Recogió vasos, platos, ceniceros y restos de comida. Desde la ventana le llegaba un aroma lejano de tormentas y yerbas empapadas, la promesa de una vida libre y plena de emociones. Pensó que le gustaría hacer un largo viaje a un país lejano. Tal vez a las lejanas selvas de que hablaba Banderas en sus cartas.

El sol perdía fuerza, la luz huía de los tejados y la claridad del cielo se diluía bajo la tristeza de una luminosidad opaca.

El teléfono sonó alrededor de las siete y media.

—No iré a dormir —dijo la voz de Carmen sin que mediara saludo alguno.

Jaime no sabía bien qué responder.

—Anoche te oí —acertó a decir al fin.

—Estaba borracha...

Hubo un silencio. Jaime se sentía presa de una angustia cósmica.

—Puedo perdonarlo, si no vuelves a verle.

—Jaime..., quiero que nos separemos.

Sintió que sabía, desde meses atrás, que algún día iba a escuchar esas palabras en la voz de su esposa. Un boquete pareció abrirse en su estómago y sintió que una parte de su ser volaba lejos de él. Su cerebro era un pedazo de piedra.

—¿Crees que una relación como la nuestra merece la pena? —añadió ella.

Jaime percibía ahora en su interior un leve brote de cólera.

—Ahórrate decirme que el piso es tuyo y que tengo que irme.

—Puedes estar ahí mientras encuentras un lugar adonde ir.

—¿Eso es todo?

—¿Qué esperas que diga?

Su cólera se había aplacado.

—Pero..., supongo que tendremos que hablar, digo yo.

—Pero no en casa.

—¿Dónde?

Ella dudó y él sugirió una cafetería en la plaza de Alonso Martínez, un lugar que frecuentaban años atrás, cuando eran muy jóvenes. Carmen aceptó con desgana. Quedaron para el día siguiente a las siete y media. Y ella colgó sin darle tiempo a decir nada más.

Solo allí, en la penumbra del atardecer, bajo el aire frío y húmedo que entraba desde el ventanal, Jaime paseó la vista por los muebles, los cuadros, las sillas, todos los objetos que a duras penas iluminaba la luz desfallecida. Su derrota se consumaba. Pensó que la realidad sólo se hace soportable si se la mira como ficción.

Pero lo que ahora contemplaba y sucedía era abrumadoramente verdadero. Una vez más, como casi siempre en su vida, el mundo le daba mucho menos de cuanto su alma necesitaba, le arrebataba lo poco que poseía, le exigía más de lo que era capaz de dar y le forzaba a resistir hasta donde él no había supuesto nunca.

Se levantó, tomó la botella de coñac del mueble bar y libó a morro un primer trago. El estómago chilló como una inocente rana aplastada por un pisotón humano. Pero decidió seguir, a pesar incluso de sus sensaciones de asco.

Llovió toda la noche y Jaime bebió sin cesar. No alcanzó a dormir siquiera un par de horas, y flotó a lomos del alcohol, arrullado por la lluvia. A eso de las seis y media de la mañana, se duchó, tomó dos cafés muy cargados y se echó a la calle.

La tormenta había cesado y el día despertaba con timidez. En O'Donnell, un edificio oscuro se recortaba nítido y preciso, cercado por la orla malva de la madrugada. Más adelante, un caserón de mármol brillaba bajo el cielo azul turquesa. Se apagaron las luminarias de la noche cuando el sol brincó rotundo sobre el escenario del espacio, como un joven bailarín deseoso de triunfo. Pero el frío y la humedad de la lluvia reciente continuaban agarrados a la piel del aire. Era uno de esos amaneceres madrileños en que el frío se resiste a ser vencido por el sol, que combate con furia para derrotarlo. Y ninguno de los dos vence. Y el resultado de esa pugna vesánica es un cielo iracundo, afilado por una luz irracional.

Conducía su automóvil, sin excesivos agobios de tráfico, a través de las calles que despertaban. Pero el agobio surgía una y otra vez en su atribulado corazón y de nuevo le abrazaba una congoja cósmica. El mundo está organizado para la tristeza, caviló. Y volvió a su memoria la antigua letanía mineral: «Berilo, biotita, blenda, bomba volcánica, bórax...».

A las siete y media, entró en el desierto despacho de su oficina, encendió la luz y puso en marcha el ordenador. Se concentró con avidez en el trabajo de archivo, inmerso otra vez en decenas de historias absurdas.

A las nueve menos diez bajó a Paradiso.

—¿Lo de siempre, don Jaime? —preguntó el solícito Pepe.

Asintió, deseoso de volcar el relato de sus desdichas en los oídos del camarero. Pero una vez más se contuvo.

Permaneció casi una hora acodado en el mostrador, delante del café vacío y fumando un cigarrillo detrás de otro. Entraban y salían apresurados empleados y empleadas de las oficinas cercanas. Sin duda era un buen negocio dar de desayunar a tanto corazón roto, se dijo. Veía a las mujeres, en grupos de dos, de tres y hasta de cuatro, devorar tostadas con mantequilla como si fueran atacadas por súbitas oleadas de bulimia.

Dos muchachas que ocupaban los taburetes próximos al suyo pidieron a Pepe «dos cafelitos y dos curasanes». Se volvió hacia ellas y preguntó:

—¿Y por qué no toman también unas cocretas y unas almóndigas?

Le miraron a la par. Una de ellas respondió:

—¿Y por qué no se mete usted un dedo en el escotro y lo chupa luego con frución?

Rieron ante su mirada desconcertada.

Cuando regresó al despacho, Marisa ocupaba su lugar habitual y trabajaba frente a su pantalla de ordenador. La minifalda mostraba sus muslos tan jugosos como siempre. Le sonreía.

—Todo salió bien —le dijo—. Estuviste cojonudo. Y mi marido ni se ha mosqueado... Ah, que te ha llamado un par de veces la secretaria de Ramos. Ha dicho que subas a verle cuanto antes.

Jaime se levantó y dudó mirando a su alrededor, como si buscara algún objeto perdido. Marisa habló otra vez cuando él se dirigía hacia la puerta:

—Todavía tenemos algo pendiente...

Jaime pensó que ojalá hubiera sido venenosa la mordedura del mono.

Ramos fumaba un largo veguero y el olor a tabaco quemado se mezclaba con aromas de melocotones marinos y campos de almizcle.

—Hay que estar algo chiflado para llegar al trabajo antes de la hora —dijo Ramos—. Me lo ha contado el conserje. Eso sólo lo hacen los japoneses y los alemanes. Tal vez por eso perdieron la guerra, porque llegaron demasiado pronto a la batalla.

—No siento deseos de combatir.

—Anda, siéntate.

Obedeció.

—Tienes contenta a la jefa. Como buena alemana —siguió Ramos—, ha revisado todas las pólizas de protección de las tetas de los otros travestís y parece que se corresponden a fechas muy próximas a la que se aseguró Vanessa. Además, ha hecho sus averiguaciones, supongo que tiene contactos con la policía. Por lo visto, varios de los travestís asegurados están fichados como camellos de cocaína.

—O sea, que todos se han asegurado por miedo a que se las quemen los Chumbos.

—Digo yo que será eso... Así que la Hoffman te ha firmado una gratificación. La tienes en caja. Ahora quiere que dejes el trabajo de archivo y te concentres en este asunto. ¿Cuándo vuelves a ver al travestí que te sopla la información?

—Esta tarde.

—¿Y al gitano del mercado?

—Pensaba ir mañana por la mañana.

Ramos se levantó, rodeó la mesa y se acercó hasta él. Le golpeó el hombro con afecto.

—Todo lo que tienes que hacer es averiguar cosas sencillas. Es una buena oportunidad para ti, tal vez puedas ascender..., y los ascensos traen dinero.

—Eso no me vendría mal, me acabo de separar de mi mujer.

—¿Que te has separado? Hum. La gente está loca, estáis todos como chivas... Si hay una tía de por medio, coño, a callar y a follar. Y si son ganas de joder en general, iros de putas. Pero romper con la mujer es una gilipollez, sobre todo para irse con una nueva.

—No es nada de eso.

—¿Te ha puesto los cuernos?

—Ni soñarlo —respondió Jaime con energía.

—Si es eso, sacúdela de hostias.

Ramos hizo una pausa:

—A lo que íbamos: que te concentres en el asunto de los travestís. Durante unos días, ni siquiera hace falta que fiches, la Hoffman te deja horario libre. Y si el hilo sigue y necesitas más dinero para informantes, me lo dices.

Ramos chupó fuerte del cigarro y exhaló el humo con deleite. Miró la brasa mientras emprendía un corto paseo hacia la ventana.

—Los alemanes son otra gente —dijo—, quieren todo en orden. Ya sabes: cabezas cuadradas.

Se despidió de Ramos. Tomó el ascensor, pensando que la nueva situación volvía algo más liviano el mar de desesperanza que batía contra su alma. Entró en el archivo y apagó el ordenador.

—¿Qué quería Ramos? —preguntó Marisa.

—Me ha dicho que deje este agujero.

—Qué cabrón, estás de suerte.

Ella se había girado en su asiento y ofrecía su pechamen como un cesto de frutas, con los brazos cruzados bajo las tetas. Jaime escapó del despacho y huyó pasillo adelante. Imaginó que Marisa podría salir tras él, montada en el caballo del cuadro que adornaba el apartamento del pelirrojo, al galope, exigiéndole una cita concreta.

—Bornita, burnonita, calcedonia, calcita... —recitaba mientras descendía por la escalera.

Fue al departamento de caja y recogió el dinero: las cien mil pesetas para Pamela, veinticinco mil para el gitano y treinta mil de gratificación para él. El día había comenzado bien, se dijo, tal vez era un buen presagio.

Salió a la calle, con el corazón jadeante y el cerebro incapacitado para entender la lógica del mundo. No sabía bien adónde ir. Así que, sin pensarlo, atracó en Paradiso.

Fernando bebía una cerveza temprana acodado en el mostrador. Se arrimó a él y pidió un café.

—¿Estás de resaca? —preguntó Jaime.

—Una de las buenas —respondió Fernando—. Ya sabes, Celso..., no hay quien le frene. Ayer me llevó a una degustación de putas. Había más de cuarenta, era como un garaje de tías en pelotas. Y por lo menos estábamos unos veinte tíos dando vueltas por allí y haciendo marranadas sin parar. Hasta las cinco de la mañana me tuvo el mamón de Celso allí metido. Tengo el capullo en carne viva.

—Me hace falta un apartamento —dijo Jaime de súbito.

—¿Para otro gatillazo?

—Para vivir: me separo de mi mujer. Pensaba si habría alguno libre en el bloque que administras.

—Ahora no quedan. Pero si te urge mucho, en mi casa hay un dormitorio libre.

—Hombre, es abusar.

—Podemos hacer una cosa: me pagas un alquiler por la habitación, así no te sientes incómodo. ¿Te parece bien veinte mil al mes?

—Es un regalo.

—Pues hecho, chaval.

En el almuerzo se les unió Machuca. Luego, el pelirrojo se despidió con un «cada mochuelo a su olivo» y Jaime y el periodista jugaron una partida de mus contra Víctor y Esteban, los empleados de la oficina bancaria. Perdieron café y copa.

—No puedo echar la revancha —se excusó Jaime con los otros—, tengo una cita.

Arremetía el calor del verano precoz. El cielo se tendía sucio, cubierto por una capa espesa de nubes grisáceas. Pero no olía a tormenta próxima, sino a violines atacados por la carcoma, rosas muertas y cagarrutas de ruiseñor. Había obras para la construcción de un paso subterráneo en el cruce donde comenzaba la calle de Costa Rica, y Jaime se vio obligado a conducir su coche con lentitud entre los quejidos de las grúas y el tableteo de las taladradoras.

Girando por desvíos provisionales y rodeado por bloques de hormigón, le pareció que se hundía en un mundo fantasmal de ruidos y polvaredas. Encerrado en el automóvil, una soledad arisca le envolvía y una opresiva claustrofobia parecía apoderarse de sus pulmones. «Calcolita, calcopirita, calcosina», recitó para sí. Un grupo de ratas perseguidas por un gato rubio cruzó a la carrera la calzada delante de su coche. «Caliza compacta, caliza fosilífera...» Ahora el polvo blanco se hacía más denso y se preguntó si, de súbito, no habría caído en el interior de un sueño enloquecido. «Caliza litográfica, caliza oolícita, caliza pisolítica.» Crecía el fragor de aquellas máquinas que acuchillaban la tierra con rudos e impíos golpes. Posados sobre una alta grúa, dos cuervos contemplaban el afanoso trabajo de los hombres que hendían el suelo para abrir el ancho túnel. El ambiente se hacía más cegador e irrespirable conforme avanzaba. El polvo calizo rodeaba su destartalado Renault. Olía a campos marchitos, a ríos muertos, a tierra subyugada y a océanos podridos. Sintió deseos de gritar que él se llamaba Nadie y burlarse de cuanto humano, monstruo o animal saliera a su encuentro. Pero le atenazaba un inmenso temor al pensar que, tal vez, estaba hundiéndose de forma irremediable en una salvaje hondonada del planeta.

De pronto, la obra quedó atrás, la calle se ensanchó, se durmieron los ruidos, se aclaró la atmósfera y distinguió a lo lejos el perfil de una arboleda sobre un cerro de caderas verdosas.

—¡Caolinita y carbón! —gritó aliviado mientras bajaba la ventanilla del coche y dejaba entrar el aire cálido de la tarde. Pisó a fondo el acelerador de su coche y cruzó con furor bajo el primer semáforo rojo que encontró en su camino.

No había ascensor en aquel edificio sombrío, de fachada chata y mezquina, que cubría un esquinazo de la calle de Cartagena. Ascendió los escalones casi a tientas, sujetándose a un pasamanos pringoso de madera descascarillada. Olía a orines viejos de gato, o quizá de leopardo, tal era la intensidad del tufo. En el techo de un rellano se distinguían las sombras de una familia de murciélagos que colgaban bocabajo, meciéndose en un gozoso vaivén o disfrutando de la siesta. Anchas telarañas, tejidas como sombrillas de encaje, cerraban los ventanucos por donde entraba de soslayo la luz atemorizada de la tarde.

Pamela le abrió escasos segundos después de que hiciera sonar el timbre de la puerta. Su imagen le turbó por un instante. El transexual recogía su pelo negro en múltiples rulos de colores y su rostro aparecía embadurnado al completo por una capa de crema ebúrnea y cadavérica. Vestía una blusa roja muy escotada y los pechos asomaban hasta casi dejar al aire las areolas de los pezones. Calzaba pantalones cortos de tela vaquera y se empinaba sobre unas zapatillas deportivas de gruesas suelas. Sus piernas depiladas marcaban los recios músculos de macho por encima de las rodillas.

—Pasa, te estaba esperando —clamó la voz hombruna de Pamela.

Le guió hasta un saloncito en el que a duras penas cabían un sofá, un sillón, un mesa camilla, tres sillas y una cómoda donde se encajaba un televisor encendido. En ese instante dialogaban en la pantalla un hombre y una mujer. Sobre la mesa humeaba un jarra de café, al lado de dos tazas vacías y un azucarero a rebosar. Pendían de las paredes un par de cuadros, reproducciones baratas de sendas pinturas de Picasso. Tres fotografías alineadas sobre un estante del aparador aportaban el único aliento personal a aquella estancia desgalichada: un matrimonio con aire de paletos endomingados, un hombre canoso y un guapo muchacho vestido de soldado. Pamela siguió el curso de la mirada de Jaime.

—Ésos son mis padres —dijo señalando la primera foto—, el otro es un novio que tuve hasta hace poco, un hombre importante, no creas. Y el chico soy yo misma cuando hice la mili. ¿A que era una monada?

—Supongo que no te sería muy agradable la mili.

—No creas, todo lo contrario, allí me dieron por el culo por primera vez. Fue un sargento que era como una mula de bruto y más maricón que un palomo cojo. Luego me lié con un capitán que venía de la Legión, de la parte de Melilla: se ve que le cogió gusto con los moros, que dicen que son especialistas, y le habían dejado el culo como un bebedero de patos.

El transexual sirvió café. «Sabes que a ella no puedo amarla, que sólo puedo amarte a ti, Ángela Mirella», decía el hombre en la pantalla del televisor con ojos acuosos, «pero ella me atrae con una fuerza animal, mi sangre hierve al verla». La cámara giraba hacia la mujer, por cuyas mejillas se escurrían dos ríos de lágrimas. «Si quieres mi cuerpo», decía, «tómalo ahora mismo, Jonathan Ramón, pero no regreses con ella, no soportaría vivir con ese peso». Él se mesaba los cabellos y volvía a la carga: «No podría perdonarme nunca que me entregases tu virginidad antes de arrodillarnos delante de Dios, juntos en el altar, Ángela Mirella». Y ella, con procelosas cataratas surgiendo sin pausa de los lacrimales, respondía: «Prefiero el peso del pecado, Jonathan Ramón, prefiero recibir sumisa el castigo de Dios antes que verte con ella». Y él: «No sabes hasta dónde llega mi sufrimiento, es una carga insoportable para mi corazón, Ángela Mirella». Y ella: «Prefiero condenarme al fuego eterno antes que verte con otra, Jonathan Ramón: tómame y hazme tuya».

Pamela seguía mirando hacia las fotos:

—Mis padres no comprendieron lo mío. No quieren saber nada de mí. Lo mismo el resto de la familia. Pero yo les quiero mucho a todos.

Volvió el rostro hacia Jaime:

—Ni siquiera por Navidad ni por mi cumpleaños o por mi santo tengo noticias suyas. Soy de un pueblo de Toledo, ¿sabes?, y todos viven allí: mis padres, dos hermanos mayores, una hermana menor, y una pila de primos y de tíos —hizo una pausa—. La vida es muy injusta: o renuncias a ser quien eres o tu propia gente te vuelve la espalda. ¿Tú lo ves justo? Como dice ése —y señaló al actor que parloteaba en el televisor—: Es una carga insoportable para el corazón... Pero, ¡uy!, te estoy contando mi vida. Como tienes esa cara de buena persona, dan ganas de confesarse contigo. ¿Nunca pensaste en ser cura? Te quedaría bien... ¿Has traído la guita?

Jaime se palpó el bolsillo.

—Aquí la tengo, pero primero me tienes que dar el nombre del político que andaba con Vanessa.

—Enseña las pelas.

Jaime sacó los billetes del bolsillo y los contó delante de los ojos ávidos del transexual.

—No sólo te voy a decir su nombre —siguió Pamela—, sino algunas cosas más. Es Lucio Martín Novoa, el presidente del Congreso de Diputados. Vaya bomba, ¿no?

—Estás de coña..., ése tiene varios hijos.

—No te imaginas la cantidad de hombres casados y con hijos que vienen a buscar a chicas como yo. Ese Martín Novoa, por ejemplo, fue amante de Vanessa mucho tiempo, algo así como un cliente fijo. No el único, claro. Vanessa vivía de esto, como yo, y la desgracia es que sólo te puedes echar uno fijo si te retira y te pone piso. Pero la gente como Martín Novoa le tiene mucho miedo al escándalo. ¿Me das la guita ya?

Jaime le entregó los billetes.

—Y ahora, agárrate a la silla —continuó Pamela—: Vanessa le pasaba cocaína a Novoa, la compraba a los Chumbos y se la pasaba a Novoa... Y sigue agarrado: le pasaba mucha coca, demasiada para un solo hombre. Digamos que Vanessa era el camello de Novoa, y Novoa, por su parte, el camello de un montón de políticos.

—¿Qué políticos?

—De eso no tengo ni idea... Vanessa también le pasaba coca a un par de periodistas, uno es muy famoso, sale en la televisión.

—¿Quién es?

—Eso sí que no te lo digo, es cliente mío... Bueno, y eso es todo, saca tus conclusiones.

—¿Cuáles son las tuyas?

—Vaya Perry Meison que estás hecho, cielo. Es muy facilito: a Vanessa le quemaron las tetas los Chumbos porque les debía una pasta gansa. ¿Y por qué les debía pasta? Porque Novoa dejó de pagarla. ¿Y por qué dejó de pagarla?, ¿no sería que sabía demasiado, como dicen en la películas?...

Pamela se levantó.

—Ya no digo más —añadió con una mano puesta sobre la cintura mientras daba un zapatazo en el suelo.

Jaime apuró su taza de café y se puso en pie.

—Es probable que te pueda conseguir más dinero a cambio del nombre del periodista —dijo.

—Eso tengo que pensarlo, en mi oficio hay que ser discreto con los clientes, no puedes fallarles en la confianza —respondió el transexual.

—Con lo que decidas me llamas.

En la pantalla de la televisión, Ángela Mirella y Jonathan Ramón jadeaban morreándose con ansia, gimiendo al unísono en pleno inicio de la horrible iniquidad. El plano de la cámara se abría y podían verse sus cuerpos pecadores cayendo con lentitud sobre el sofá. Jonathan Ramón recorría el cuerpo de Ángela Mirella como un pulpo libidinoso y ella le manoseaba la espalda y el pelo, entregada como una virgen necia a la varonil lascivia. Sería razonable que un pavoroso infierno se abriera al pie de aquel par de gilipollas, pensó Jaime.

—Si quieres ver cómo termina la telenovela, te puedes quedar —dijo Pamela—. Pero me conozco el paño, y antes de que el maromo le saque las tetas a la jai, cortan y hasta mañana. Siempre te dejan con la miel en la boca.

—¿Tú tienes aseguradas las tetas en mi compañía?

—¡Qué va! Pero unas cuantas que conozco de mi oficio sí que tienen la póliza con vosotros. ¿Es que me quieres asegurar a mí?

Jaime abrió la puerta y cruzó al rellano de la escalera. Oyó la voz de Pamela a sus espaldas:

—A tu compañía le va a costar una pasta como a los Chumbos les dé por quemar tetas para cobrarse las deudas. Y oye, si quiero verte, ¿qué hago?

Jaime le tendió una tarjeta y añadió:

—Pero casi es mejor que preguntes por mí en un bar que hay al lado de la oficina. Se llama Paradiso.

Jaime bajó con prisas las escaleras, rodeado por la olorosa penumbra, percibiendo sobre su cabeza el vuelo sutil de los murciélagos y temeroso de enredarse las piernas en la telaraña de una hambrienta tarántula.

Eran las cinco. Sentía enormes deseos de lavarse el cuerpo entero, como si su piel estuviese cubierta de pronto por una mucosidad viscosa, una especie de grasa de rana.

Fue a su casa y se dio una larga ducha, embadurnándose con jabón cuanto alcanzaba y disfrutando luego de la dulzura del agua tibia. Cuando sintió que su piel volvía a su estado natural, se secó, se enfundó un albornoz y se calzó las pantuflas.

Su casa le parecía un lugar amable y la idea de tener que irse se le hacía dura e irreal. Tenía una hora por delante y no deseaba continuar mareando la mollera y caer presa del pesimismo que sentía crecer en su alma. Buscó la maleta y regresó al salón con el manojo de cartas. Abrió la siguiente, escrita en noviembre de 1960 desde Uganda. Banderas trabajaba entonces para una compañía petrolífera inglesa, encargado del montaje de unos depósitos de almacenamiento. Describía con emotivas palabras la belleza de los grandes lagos, de las Montañas de la Luna y las selvas fronterizas con el Congo belga. Más adelante contaba que, días antes de escribir la carta, los guardias del campamento habían cazado un león, un gran macho de melena negra que merodeaba en las cercanías durante las noches y que había matado varias vacas en una aldea vecina. «Cuando vi el cadáver del felino», escribía, «no pude dejar de admirar su magnífico porte, los músculos graníticos, las temibles mandíbulas y garras. El león es una máquina perfecta de matar, ha sido diseñado para asesinar y no siente ningún género de piedad al hacerlo. Provoca la muerte sin vacilaciones, inexorable y riguroso en su tarea. Es todo lo contrario del hombre, que mata en ocasiones en contra de su propia moral, que en otras asesina por odio o por ambición, e incluso por amor, y a veces (eso es lo más terrible) simplemente como consecuencia de un proceso lógico, nunca porque en su naturaleza palpite ese impulso atávico que conduce a los animales depredadores. Me pregunto qué es más terrible, si la naturalidad en el asesinato o la lógica del crimen. El hombre es un animal extraño en la Naturaleza y, a la postre, el mundo es para él un lugar inhóspito. Pienso, por ello, que la suprema misión de los hombres en este mundo es la resistencia al horror, el rechazo del crimen, la negación de la naturalidad del asesinato. Nuestra obligación es ennoblecer el mundo, combatir a Caín, oponer una ley al pecado original, una ley que debe nacer, sobre todo, de una profunda vitalidad ética. Ya ves, querida mía, cómo mi cerebro sigue siendo ese puchero que no para de hervir dándole vueltas a todo. Disculpa si me extiendo demasiado en tanta divagación, pero no hay otra persona en el mundo con quien pueda compartir mis pensamientos».

Desde el otro lado del ventanal llegaban cantos de pájaros escondidos. Jaime sintió el deseo de partir de inmediato hacia las selvas más remotas, en busca de una libertad que de pronto añoraba. ¿Puede tenerse nostalgia de lo que no se conoce?

Capítulo X

> «Ay, cuando se tiene añoranza de la tierra firme, como si allí hubiese habido mayor libertad... y ya no hay tierra firme.»
>
> FRIEDRICH NIETZSCHE, *El Gay Saber*

Buscando un parentesco imposible con los monos, los científicos y biólogos más notables de nuestro siglo no han reparado en que hay otro animal mucho más parecido al humano, aunque a primera vista aparente estar tan alejado del hombre como el caracol de Dios. Se trata del ornitorrinco australiano, un presuntuoso y feo bicho que pretende hacer posible todo cuanto la lógica niega. Es un mamífero y, sin embargo, pone huevos. Tiene pelo sobre el cuerpo, pero gasta pico y pies de pato. ¿Hay algo más humano que intentar ser lo que no se puede ser? Ya lo dijo Albert Camus, que era sabio pensador: «El hombre es la única criatura que se niega a ser lo que es». El gran escritor no reparó en la existencia del ornitorrinco australiano. En ese caso, le hubiera dedicado un libro que podría haber titulado *El ornitorrinco rebelde*.

Jaime Arbal guardaba todavía en su alma el rescoldo de un sueño imposible, intentaba creer que las cosas podrían ser de otra manera mientras conducía su automóvil al encuentro de su esposa. Alentaba la esperanza de llegar a un arreglo, o al menos lograr un aplazamiento de la separación. Era como un mamífero de mente dislocada que intenta poner huevos y nadar como los patos.

La delgada tarde caía con frescura bajo el cielo rotundo y carnoso de Madrid. Corría una brisa juvenil por encima del polvo mohoso del día y los residuos volátiles de los carburantes, sobre el hervor de los miles de cerebros desquiciados que poblaban las calles, cada cual imaginando que podría llegar a ser de un momento a otro todo aquello que ninguno de entre todos ellos alcanzaría a ser nunca. Si hay Dios, a fe que no se perderá ni un solo día, tronchado de risa, el espectáculo del insensato circo humano, la feria de las mamarrachadas y de los despropósitos, el desvariado carnaval de tanto demente suelto y cabalgando sobre sus sueños por las calles de la esperpéntica ciudad donde nadie quiere ser lo que es. Dios tiene que ser por fuerza un sádico jocoso y feliz, un cachondo peligroso capaz de matar a su padre con tal de hacer un chiste.

Entró en la cafetería unos minutos antes de la hora acordada. Nada parecía haber cambiado demasiado en aquel local donde antaño, en tiempos más felices, Carmen y él acudían a besarse con ardor y hacer planes de futuro delante de dos tazas de café. Reconoció también al camarero que acudió a servirle: la misma encorvada espalda, la mirada perdida, el gesto huidizo, el aire de alguien escapado sin remedio de su ser. Su pelo se había tornado más blanco y más escaso, la edad iba dejando un rastro de fragilidad sobre su cuerpo. Pero la ausencia de entonces palpitaba todavía en la figura de aquel hombre de aire desterrado. Jaime pensó que la tristeza nunca envejece, en tanto la alegría es una diosa alada que espera la primera oportunidad para volar muy lejos.

Vio entrar a Carmen. Vestía un pantalón oscuro y una chaqueta ligera de color crema sobre una blusa de seda tostada. Le pareció, en la distancia, una hermosa y atractiva mujer. Se levantó cuando ella llegó a su lado y aproximó los labios para besarla, pero ella movió levemente el rostro y ofreció su mejilla. Rozó la piel tersa y fresca de su esposa, que desprendía un delicado aroma de lilas. Ella se sentó frente a él y pidió un café al camarero de mirada remota.

Y a poco de comenzar a hablar, Jaime sintió que se hundía en un universo irreal, como si contemplara desde la memoria una historia del pasado o asistiera a la proyección de un filme en el que él mismo era parte de la ficción. Escuchaba a Carmen como si ella se hubiese alejado muchos metros de él y una campana invisible recogiera los sonidos para devolverlos luego a sus oídos. «No, no estoy enamorada de Emilio», decía, envuelta en un breve eco, la voz de su esposa, «no estoy enamorada de nadie». Su propia voz entraba luego en el interior de la campana y resonaba metálica y ajena: «No entiendo lo que pasa, así no puede acabar, de pronto, sin más explicaciones». Ella no cedía: «Necesito estar sola, eso es todo. No quiero vivir con nadie, pienso en la soledad y eso me serena, pienso en mi vida de ahora y me deprimo. Lo siento». Volvía la voz de Jaime: «Podemos darnos un tiempo de reflexión». ¿Por qué no se le ocurría algo más original que decir y recurría a ideas y frases vulgares oídas tantas miles de veces en tantas miles de películas? La cabeza de Carmen se movía negando, inclinada sobre la taza de café: «Lo siento... Puedes quedarte el tiempo que quieras en el piso, hasta que encuentres algo. Llámame a casa de Nuria cuando te vayas, estaré allí por el momento. Pero no me telefonees para otra cosa, necesito pensar y estar sola. Es un periodo de mi vida, no sé cómo explicártelo..., no quiero que se me escapen los años, quiero sujetar el tiempo. Es probable que no lo entiendas. Lo siento». ¿Por qué tampoco ella lograba decir algo original, en lugar de aquello de retener el tiempo, leído seguramente en alguna novela?, ¿por qué falsificaba la realidad en vez de decirle que estaba liada con otro? Le acometía una sensación intensa de desamparo: «Fuera de ti y de mí, sólo me imagino el vacío», dijo su voz. «Lo siento», repitió la de ella, y aquel «lo siento» empezó a multiplicarse en su cerebro como un eco interminable.

Dijo algo más, pero la voz de Carmen sonó ahora real y determinada:

—Deja ya de soltar topicazos de telenovela. Me voy.

Se encontró en pie, andando tras ella casi a la carrera, como si el argumento del filme exigiera ahora una persecución en un paisaje callejero. «Puedo llevarte en el coche a donde quieras», dijo ya en la calle. «Prefiero ir en metro», respondió ella. Caminaba deprisa. Jaime deseaba sujetarle el brazo, retenerla. Pero ella escapaba sin remedio, huía implacable del presente vertiginoso. «Adiós», le oyó decir como un rumor lejano, mientras descendía las escalinatas del suburbano, envuelta en una neblina anaranjada.

Carnotita, casiterita, celestita, cerusita, cianita y cinabrio. Un aroma de coliflor guisada inundaba la plazuela de Santa Bárbara. La tarde desfallecía y una sucia mucosidad pringaba el cielo de Madrid. Caminaba bajo los castaños de Indias como un escarabajo humillado, la barbilla hundida en el pecho, las manos en los bolsillos, el paso lento y el alma tronchada como el tallo de una amapola, mientras las jóvenes hojas de los árboles revoloteaban movidas por el viento, enviando un aplauso burlón en honor de sus cuernos. Ella quería estar sola y pensar, había dicho, ¿pero quién podía creerse tal camelo? Ahora iba tal vez en busca de los brazos de Emilio, mientras el despiadado Dios se ocupaba de que el mundo celebrase con jolgorio y sadismo la consumación de su derrota.

Entró en una cervecería repleta de gente y de ruidos. Olía a gambas asesinadas, a pulpos descuartizados, anchoas ahogadas bajo montañas de sal, cangrejos sorprendidos por una muerte prematura y calamares que gritaban su agonía en las sartenes. Cincita, circón, clorita. Se abrió hueco en el mostrador, como un toro herido que busca la protección inútil de las tablas, a golpe de codo, sin prestar oídos a las protestas de un parroquiano que le recriminaba su mala educación. Aquel tipo se jugaba una cornada mortal, pensó, la postrera y letal puñalada del animal resabiado y herido. Pidió una jarra de cerveza, oyendo su voz pastosa arrastrarse con el sonido del cuerpo de un caracol. La bebió en un par de tragos y ordenó una nueva jarra. Luego otra, y una más. Su estómago comenzó a protestar, borboteando como un barril espumeante. Coral, cordierita, corindón, corneana, creta. Y regresó a la calle.

Así iba Jaime Arbal, bajo la noche turbia, incapaz ahora de soñarse como un hombre distinto, abrumado por la realidad del engaño, mediocre empleado en un trabajo que detestaba, infeliz habitante de la ciudad desalmada donde los hombres sobreviven bajo el aire podrido y el peso sideral de la tristeza, un desconsolado mamífero que marchaba con torpeza sobre sus pies de pato, modesto gasterópodo de existencia sin mérito cuyo único orgullo se consumía en el odio a su padre, esclavo del coñac y del tabaco, dueño de nada de valor salvo su orgullo herido, habitante común del acerbo mundo reservado a todos los hombres comunes.

Caminaba en dirección a la Gran Vía, pero unas cuantas manzanas más adelante torció por un estrecho callejón donde olía a cadáver. Tres cornejas devoraban el cuerpo casi putrefacto de un perro. Volaron espantadas cuando Jaime cruzó a su lado y se perdieron en la oscuridad de los tejados. Criosoberilio, crisocola, crisolito. Le pareció ver alzarse, del interior de un negro y alto cubo de basura, la cabeza amenazadora de una cobra, el cuello hinchado en dos alerones repletos de veneno y la lengua móvil y silbante apuntando hacia sus ojos. Cambió de acera y apretó el paso.

Al poco, alcanzó la plaza de Chueca. Los tambores sonaban en el centro de aquella explanada donde ardía una hoguera. Y un son primario, una suerte de himno devoto dedicado tal vez a un dios impío, se elevaba hacia las tinieblas del cielo. Los negros no le dirigieron más que un par de miradas de soslayo cuando se aproximó. Jaime se detuvo junto a ellos, hipnotizado por los cantos y las llamas. Luego, sacó el paquete de cigarrillos y encendió uno. Tragó fuerte el humo del tabaco. Un africano le pidió por señas un pitillo. Jaime le tendió el paquete, que pasó de mano en mano entre los hombres que cantaban. Cuando quedó vacío, lo arrojaron al fuego.

Seguían los himnos. Otro africano ofreció una botella de licor a Jaime. Bebió a morro. Ardieron sus tripas, pero sintió que era el primer gesto de humana solidaridad que recibía en mucho tiempo, y bebió un segundo trago. Ahora los hombres daban palmas y movían los pies a un ritmo quedo. Los imitó, se unió al palmeo y al vaivén de los cuerpos en la danza cadenciosa. Olía a yerba húmeda y a establo, a humana algarabía y corazones amables, a ríos primaverales repletos de helechos muertos, a tierra mojada y caliente, a brisa fresca y vivificadora, a eternidad y a África.

Danzó y bebió en las horas que siguieron. A veces, lágrimas con sabor a mar bajaban por sus mejillas y empapaban sus labios. Rió y dio palmas con brío. Se unió a uno de los cánticos con gritos desmadejados, poniendo su propia letra a la cantinela que los otros recitaban en una lengua extraña: «Crocidolita-ta-ta-ta, crocoísa-sa-sa-sa-sa, croooomita, cromitaaaaa!».

La hoguera consumía los últimos restos de leña quemada y las pavesas volaban como insectos en llamas, empujadas por el viento de la noche madrileña. Con pasos fatigados, los africanos comenzaron a dispersarse. Se perdían en la noche, en pequeños grupos, silenciosos y entristecidos. Uno de ellos, el que le había ofrecido la botella, le dio un palmetazo en el hombro. Se quedó solo, sentado delante de los rescoldos. Tenía ganas de fumar. Su cerebro recorría un laberinto de pensamientos sin sentido y, en su alma arrasada, la borrachera diluía el rigor de los sentimientos amargos. Le oprimía el cuello de la camisa. Se liberó de la corbata y la arrojó a las brasas de la hoguera.

Luego, desanduvo el camino que le había llevado hasta allí. En el callejón, las cornejas se espantaron poco antes de que llegara a su altura. Propinó una patada al espinazo del cadáver del can y se acercó al cubo donde la cobra había asomado su cabeza amenazadora. Metió la mano en el apestoso recipiente y revolvió entre las bolsas. Sus dedos se mancharon de restos de ensalada podrida. Siguió hundiendo la mano hasta que el brazo se enterró en el interior del cubo de basura. Esperaba de un momento a otro la mordedura letal. Pero nada sucedió. Cuando al cabo de unos segundos retiró el brazo y dio dos pasos torpes hacia atrás, vio a una anciana decrépita que le miraba con gesto de mala leche. «Si ha terminado, es mi turno», dijo ella. «Hay que joderse, que te hagan ahora competencia los señoritos, adónde vamos a ir a parar.» Jaime preguntó con voz dudosa: «¿No ha visto una serpiente que había aquí antes?». La anciana se acercó: «Eres un gilipollas, se la habrá comido algún colega».

Se alejó, mientras la mujer se aproximaba al cubo y comenzaba a sacar bolsas de detritos y a inspeccionarlas una por una. Caminó dando bandazos, cambiando de acera una y otra vez cuando sus pies trompicaban en ridículas carreritas con las que pretendía mantener el equilibrio.

En Hortaleza entró en el primer bar que vio abierto. Pidió un café doble y un coñac. Fue al baño, meó y se lavó las manos con abundancia de jabón. Luego, sacó un paquete de cigarrillos de la máquina de tabaco. «Su tabaco, gracias», dijo la grabación de una voz femenina desde el trasto. Jaime se inclinó en una gentil reverencia: «De nada, señorita». Luego, se apoyó en el mostrador y bebió el café sorbo a sorbo y el coñac de un trago. El camarero, al otro lado de la barra, fumaba mirando con desgana hacia la pantalla de un televisor encajado cerca del techo. Jaime le pidió lumbre y el otro acercó la llama del mechero hasta su cigarrillo. «La señorita», dijo Jaime al empleado, señalando por encima del hombro hacia la máquina del tabaco, «es muy amable». El otro permaneció en silencio. «La buena educación escase», añadió Jaime, «habrá visto que he respondido como un caballero, ¿o no?». El camarero asintió con la cabeza antes de contestar: «Es usted el tercer tío que le hace una reverencia a la máquina en la última media hora. A mí me la suda, con tal de que no le den una patada al aparato...».

Salió, aún más borracho, con riesgo de tropezar y estrellarse contra el suelo en un mal paso. Cruzó Hortaleza, sin hacer caso de los bocinazos de un automóvil que frenó con un berrido de neumáticos histéricos a pocos metros de distancia de él. Lanzó al coche un corte de mangas y siguió su camino a través de las callejuelas.

La plaza de San Ildefonso ofrecía el aspecto de un campo donde acaba de concluir una batalla. Media docena de vagabundos dormían tirados en el suelo, junto al paredón de la iglesia, cubiertos con mantas, alineados como los cadáveres de un ejército vencido que nadie tiene prisa en sepultar. En los portales, se sentaban mendigos que consumían a morro, pasándolos de mano en mano, litronas de cerveza y cartones de vino peleón. El suelo de la plaza aparecía decorado por un tapiz de cristales, los restos de cien botellas rotas. Alguien había volcado en el centro de la explanada varios cubos de basura, y dos perros y una cuadrilla de gatos pugnaban por hacerse con los restos de comida. En una esquina dos viejas putas mostraban sus muslos y sus tetas, aguardando la imposible clientela bajo el fulgor calabaza de una farola. Guiñaba sus luces naranjas el neón de un *sex shop* en la otra esquina y, a su vera, una música desgañitada salía del interior de un mezquino local. Hacia allí dirigió sus pasos Jaime Arbal, el alma navegando en un mar de desolaciones y el cerebro chapoteando en un estanque de alcohol. Olía a cisternas de vino ácido y a sangre derramada en nombre de causas tan justas como inútiles.

Entró en la taberna, un recinto estrecho y alargado, con el mostrador vacío de clientes. La solitaria empleada que se sentaba al otro lado no volvió siquiera el rostro para mirarle, absorta en el grueso porro de marihuana que fumaba con parsimonia, inhalando el humo, conteniéndolo un instante en sus pulmones y arrojándolo después contra la brasa para avivarla y contemplar el breve resplandor con sus ojos vacunos.

La música y los gritos del cantante surgían de una oscura puerta del fondo, que se abría sobre una escalinata camino del subsuelo. Jaime Arbal descendió apoyando su mano en la pared. Bajó los peldaños de la tenebrosa escalera mientras crecían los ladridos de la guitarra y los aullidos del cantor. Y asomó a la sala justo en el instante en que un desaforado guitarrazo y un berrido de bestia ponían punto final a la canción.

Era una estancia rectangular, de unos cincuenta metros cuadrados, alumbrada por la cutre luz de una docena de desnudas bombillas, rojas, amarillas y azules, aplicadas en lo alto de las paredes. Una veintena de personas asistían al infame concierto, sentadas sobre barriles metálicos de cerveza y en bancos alzados sobre ladrillos, o arrimadas a las paredes del gorrino local. Olía a vinagre viejo y a crematorios de hachís. El escenario, que no era tal, sino tan sólo un espacio libre de espectadores al fondo de la sala, lo ocupaban un tipo con una guitarra y el cantante. Detrás de ellos una pantalla de vídeo sin sonido mostraba imágenes en color de un concierto multitudinario de rock al aire libre.

La gente aplaudía ahora al dúo de artistas y celebraba con júbilo el fin de la canción. «Bravo, Rocky», «eres grande, Rocky», «qué cojones tienes, Rocky», «otra, Rocky». Rocky era un tipo esmirriado con aire de roedor famélico. Cubría su cabeza con una gorra de cuero negro de estilo Lenin, calada hasta casi las cejas, que dejaba asomar por los lados dos conejiles orejones, y vestía una ajada chupa, también de cuero negro, abierta para mostrar un pecho hundido y blanquecino, entre cuyas tetillas se escurría una mata de pelo entristecido. Los jeans, de una talla mayor a la que correspondía a tan magra figura, se sujetaban a duras penas debajo de la redonda barriguita que cercaba el negro ombligo, y caían desmoronados sobre los zapatos, que eran como dos navíos a punto del desguace. Rocky sonreía, con el micrófono en una mano y alzando la otra con el puño cerrado. «¡No hay tregua, Rocky!», gritaba un borracho de lamentable pinta que se sentaba sobre un barril, con una pierna enyesada tirada hacia adelante y dos muletas entre los brazos. Al lado del mísero y austero juglar, el guitarrista parecía sacado de un carnaval de indigentes: pelo de grandes bucles teñidos de rubio chillón, chaleco rojo con lentejuelas doradas que dejaba al aire pecho y brazos cubiertos de tatuajes, pantalón casi blanco, ceñido y marcando generoso paquete genital, y los pies calzados por ruinosas zapatillas de tenis sin cordones. Afinaba la guitarra, ajustaba los tonos del destartalado amplificador y daba ocasionales tragos de una botella de vino barato que recogía del suelo.

Mientras la guitarra llenaba de nuevo el local de graznidos desaforados y discordantes, Rocky dio dos pasos adelante, y con su mirada ojiprieta recorrió los rostros de los espectadores mientras se llevaba el micrófono a los labios. Inició su parlamento:

—Éste es el seminario del blues, el cuartel general del blues, y yo soy Rocky, su profeta.

Renacían los bravos y los hurras. El borracho lanzaba de nuevo su grito de guerra: «¡No hay tregua!». Y Rocky levantaba el puño, retando al mundo con su cuerpo encorvado.

—Imaginaos que un día, en cualquier calle, un policía os pega un tiro —soltó el divo con voz ratuna—, y luego, cuando estás boqueando, se acerca el madero con la pistola humeante y te dice: «Perdona, me he equivocado». ¿Lo imagináis, eh, lo imagináis?

«¡Canta, Rocky, canta de una vez, coño, y déjate de rollos!», clamaba un espectador. Y de nuevo el borracho: «¡No hay tregua!». Y silbidos y aplausos, ruido de una botella al romperse, gritos y aullidos sin sentido.

—¿Lo imagináis, eh, lo imagináis? —insistió una vez más el cantor.

«Eres un miserias, Rocky, canta de una vez», repitió el espectador. Al fin, el cantor se volvió a su acompañante y le hizo un gesto con la barbilla. Las cuerdas rompieron a ladrar y el espacio se pobló de gañidos. Rocky sacó una armónica del bolsillo de su chupa y comenzó a pasear de un lado a otro del escenario con pasos apresurados, mientras la armónica berreaba notas sin tino que querían imitar el ritmo de un blues, en tanto que los compases de la guitarra parecían recorrer los caminos de otro hemisferio musical. Después, Rocky se detuvo, irguió cuanto daba de sí su desmañada figura y comenzó a cantar sobre aquel fondo de bufidos incoherentes de la guitarra:

No me engañarás
aunque llames a mi puerta
con un diamante azul.
Noo, noo, noooooo,
yeah, nena, beibi,

con un diamante azul.
Llamaron a mi puerta,
y luego me esposaron
con un diamante azul.
Noo, noo, noooooo,
yeah, nena, beibi,
no me engañarás.

Siguió otro paseo frenético de Rocky a lomos de su armónica, sobre los chirridos de la desbocada guitarra, entre aplausos, silbidos y bravos, gritos de no hay tregua, la voz que le tildaba de *miserias* y botellas que se hacían añicos al chocar contra el suelo. Rocky cerró la canción con un estribillo que corearon una decena de voces dislocadas:

Me sabía a chantaje,
me sabía a chantaje,
uuuuuuh, uuuuuuuuh.
me sabía,
me sabía, yeah,
oh oh beibiiiii,
me sabía a chantaje.

El acorde final cayó cual trueno del fin del mundo en los oídos de Jaime. Resonaron los aplausos y el griterío se alzó como en un gallinero de aves contagiadas por un súbito y colectivo ataque de pánico. Rocky permanecía erguido, luchando por su dignidad y contra su ridículo cuerpo, el puño levantado en lo alto de su brazo tieso. «¡Revolución!», clamó una voz. «¡No hay tregua!», repitió el de la escayola. «¡Viva la república y muera la monarquía!», bramó otro. Se apagaron los golletazos sonoros de la guitarra y la música saltó a la pantalla de vídeo sobre la imagen enfermiza de Lou Reed. Pareció que la paz regresaba sobre la Tierra después de la sacudida de un pavoroso terremoto.

La turba se dispersó. Unos subieron en busca de bebidas a la sala superior de la taberna y otros corrieron a orinar al váter que se abría en un extremo de la sala de conciertos, mientras los restantes se arremolinaban alrededor de Rocky y el guitarrista, brindando con litronas, botellas de vino peleón y cartones de caldos químicos. Con las piernas doloridas y un súbito cansancio recorriendo su cuerpo, Jaime se sentó al lado del borracho de la pata rota. «¿Me das un pito?», pidió el otro. Jaime sacó el paquete y le pasó el cigarrillo.

—No hay tregua —dijo Jaime.

Los ojos saltones del cojo se posaron en los suyos.

—Hay que cambiar el color de la bandera —dijo.

—¿Por la republicana? —preguntó Jaime.

—A la republicana que la den por culo —respondió el otro—. Es que el amarillo de la bandera no es el verdadero, el amarillo tiene que ser más fuerte, como el color de los buzones. Los buzones son la patria, España está en los buzones. Cuando cambiemos el amarillo, vendrá la verdadera libertad, se acabarán el fascismo y el comunismo y los terroristas entregarán sus armas. No hay tregua.

—No hay tregua.

—Abajo las libras esterlinas y los dólares. ¿Invitas a una copa?

—No tengo ganas de subir a buscarla.

—Eso es lo peor, el egoísmo. ¿Sabes qué es lo que deseo más en el mundo? Una hogaza de pan caliente de Brihuega. Una vez estuve en Brihuega y comí la mejor hogaza de pan caliente que he comido en mi vida. Me llevó mi madre, yo era un niño. El amor es una hogaza de pan caliente de Brihuega, mi madre me lo enseñó, es mi recuerdo más feliz, mi madre me quería mucho... Sube a por el vino, joder. ¿O prefieres que te rompa el palo en la cabeza?

El cojo tomó una de las muletas de su regazo y le amenazó con gesto de fiera hambrienta. Jaime sacó fuerzas de donde no las tenía y se levantó.

—Ya voy —dijo.

—Que sea vino de cartón —ordenó el otro con la muleta en la mano y apuntando hacia Jaime.

Se acercó al grupo que rodeaba a Rocky. Los ojos ratoniles del juglar se movían de rostro en rostro. Sostenía en la mano un vaso alto y repleto de ginebra garrafera.

—Rocky, eres grande —dijo Jaime tendiéndole la mano.

Encontró una mano frágil, reptilera y fofa.

—¿Y tú, quién eres? —preguntó Rocky.

—Un periodista —respondió Jaime sin pensar.

Rocky estiró el cuerpo.

—Eres el primer periodista que veo en mi vida. ¿Quieres una entrevista?

—Sólo pretendo felicitarte.

—No jodas —dijo uno de los que rodeaban al cantor—, no me digas que te ha gustado este miserias.

—Calla, joder —cortó Rocky, y luego se volvió hacia Jaime—. ¿Y en qué periódico trabajas?

—En *La Nación* —respondió Jaime a bote pronto.

—Nunca lo he leído, pero no importa. Anda, vamos allí al fondo.

Le arrastró tirándole del brazo y juntos se sentaron sobre dos barriles metálicos de cerveza.

—A mí lo que me hace falta es un apoyo para dar el salto. ¿De verdad no quieres la entrevista?

—Es que he venido por casualidad —contestó Jaime—, y además estoy borracho. Vuelvo otro día y charlamos.

—Yo canto aquí los lunes y martes. Vente mañana.

—Mejor el otro lunes, mañana entrevisto a un político.

—Hecho, el lunes. ¿De verdad te ha gustao cómo canto? Eres la primera persona importante que me lo dice en mi vida.

—Yo no soy importante.

—El lunes me traigo un guitarrista guay. Éste de hoy es un ruinas. Es una jodienda lo de los guitarristas, nunca vienen afinaos, se pasan un buen rato afinando cuando tú ya estás preparao. Porque yo siempre vengo afinao, soy un profesional. Lo único que me hace falta es un poco de apoyo. El artista está solo hasta que le descubren. No quiero ser toda mi vida un perro de taberna.

—Tú eres un genio, Rocky.

—Yo canto las cosas de la vida, eso es el blues. A los guitarristas les importa un carajo lo que cantas. No tienen sensibilidad. Pero yo soy un artista. Y un artista inventa. Yo he inventado el agro-blues, no has oído mis mejores temas.

—Estaba bien lo del Diamante Azul.

—Eso es para los urbanos, hay que hacer concesiones. Pero lo mío es el agro-blues. Yo canto sobre el campo, porque soy de Albacete. Mi mejor tema es uno que llamo *Cada oveja con su pareja.*

—¿Es de amor?

—Es sobre la explotación de los pastores por los caciques de los latifundios. Lo canto golpeando con una garrota en el suelo, es una metáfora del pastoreo, ¿comprendes? El estribillo dice así, escucha: «Ooooh, beibe, yeaaah», canturreó Rocky, mientras se acompañaba palmeando el barril, «tiembla cacique, cacique de mierda. Oooooh, yeaaah, te cortaré la oreja. Seremos felices, beibi, beibi, cada oveja, cada oveja, cada oveja con su pareja, yeaaaaaah». ¿Qué te parece, demasiado duro? Lleva también un solo de armónica.

Jaime sintió la llegada de un leve mareo. Se levantó.

—Muy bueno —respondió—, el lunes vuelvo.

—Cantaré auténtico agro-blues. ¿Traerás fotógrafo?

—Claro, nunca voy sin él.

—Y, dime, ¿cómo te llamas?

—Luis Machuca —respondió Jaime.

—Machuca..., Luis Machuca, de *La Nación*. Vale, me acuerdo.

Subió la escalera y se abrió paso entre el gentío que ahora se apretaba junto al mostrador. Olía a sobacos de búfalo y entrepiernas de burra.

Regresó a la plaza de Santa Bárbara. Mierda, había olvidado dónde aparcó el coche. Intentó hacer memoria, pero su cerebro era un caldero disparatado. Dio vueltas a la plaza durante media hora y luego recorrió las calles adyacentes. Al fin, encontró el arruinado automóvil en un esquinazo. Antes de abrir la puerta y entrar, golpeó el techo del decrépito Renault:

—Viejo amigo, fiel como un buen perro que nunca te abandona.

Pensó que debería ponerle un nombre a su automóvil, como se hace con los animales domésticos. Subió, logró arrancar el motor después de varios intentos y notó que el volante se escapaba de sus manos cuando intentaba moverlo. Pudo al fin echar a andar.

—Llévame a casa, amigo —dijo al vehículo—, eres un buen perro de carretera.

Patinaba el coche, más que rodar, por la ciudad dormida. «Es bueno tener un lugar donde ir», decía Jaime en voz alta, «es necesario llegar a un lugar donde te compadezcan».

Ignoró semáforos en rojo, cruzó direcciones prohibidas y alcanzó por milagro su barrio. Aparcó sobre una acera, con medio culo del coche asomando sobre la calzada, y salió a trompicones del vehículo. Después, dio otro par de golpes afectuosos sobre el techo del coche: «Espérame aquí, vuelvo pronto, cariño», dijo. Y caminó dando bandazos por la calle desierta.

Sentía su cuerpo derrumbarse. Pero encontró el portal, acertó con la cerradura ayudado por la suerte, logró llegar al ascensor sujetándose en las paredes, respiró hondo mientras el trasto subía envuelto en un rumor de llantos y lamentos y salió al rellano.

Al llegar a su casa fue directo al dormitorio y trepó a la cama. Añoró días inciertos en los que alguien, no recordaba quién, tal vez Carmen o quizás su madre, venía a su lado para socorrerle y desnudarle. Pero consiguió desprenderse de la ropa. Y posó sus labios, cumpliendo el más antiguo de los ritos amorosos, sobre el ser más amable de la Tierra para cualquier borracho: la dulce y blanda almohada.

Capítulo XI

«¡Oh cuánto inadvertido el hombre yerra,
que en tierra teme que caerá la vida,
y no ve que en viviendo cayó en tierra.»

FRANCISCO DE QUEVEDO, *Sonetos*

Animal extraordinario entre cuantos pueblan la Tierra es el murciélago. Sobre todas las cualidades que atesora, que son muchas y diversas, asombra su agudo realismo. Pues ¿qué otra virtud puede empujarlo a volar siendo mamífero, abandonar su escondrijo tan sólo en horas de anochecida, poseer enormes orejas, y holgazanear durante el día colgando bocabajo? El murciélago debe conocer que no hay ley superior en esta perra vida que aquella que la crueldad impone, dicta el asesinato, determina la maldad y alimenta la mentira. Por todo ello sale de noche para no ser visto y evitar peligros, y ha aprendido a volar para huir con presteza y garantías de éxito a la menor señal de peligro. Tiene orejas que oyen desde lejos al criminal que se aproxima y un sistema de alerta, una especie de radar natural, que le advierte la cercanía de quienquiera que aceche en procura de su ruina. En cuanto a descansar cabeza abajo, es sólo cuestión de estética: puesto del revés, el mundo ha de ser por fuerza mucho más bello.

Sediento y con un guirigay de paisajes, de rostros y de ruidos danzando en su cerebro, Jaime Arbal surgió de las gargantas de la nada. Tetas de silicona que sonaban como tambores, selvas ugandesas, Marisa en pelotas, ríos salvajes, cada oveja con su pareja, Carmen encerrada en una máquina de tabaco, su coche con los faros unidos en un único ojo de Polifemo, Odiseo transformado en Rocky, el brillo de un diamante azul, Ramos con la chepa de Capricho y un lobo aullando en la puerta del Congreso de Diputados rodeado por el atasco imponente del tráfico. Niebla sucia, la Hoffman que salía de un cubo de basura convertida en serpiente venenosa, Pamela que jugaba al mus con Machuca, el orangután Abigail tocándole los cojones a Emilio Aznar, y Justo oficiando de enfermero de una cebra moribunda. Celso con un loro en el hombro, los empleados del banco empeñados en la faena de comerse un corzo crudo, Fernando que le daba tirones de pelos al escritor Cárdenas y Juan Banderas tomando una copa con su padre en un bar de putas de carretera. La mujer caballo del brazo del borracho cojo y el propio Jaime transmutado en un perro de taberna, un can que se arrastraba bajo las mesas buscando sin tregua restos de alcohol entre las botellas rotas.

La mente humana se ha acostumbrado a organizar el caos y, al poco, Jaime logró retomar las piezas del rompecabezas, colocándolas en su sitio preciso. Le hizo falta, antes de eso, alcanzar el reloj, mirar la esfera fosforescente que marcaba las diez y media, levantarse, ir a la ducha, beber un café frío de una jarra que encontró en la nevera y fumarse un par de cigarrillos. Era un día legañudo, mojado y frío, impregnado de una niebla aceitosa que se dejaba caer sobre la ciudad cual denigrante pringue.

Salió a la calle. En una de las varillas del limpiaparabrisas habían dejado el papel de una multa, ahora húmedo y blandón. Lo arrugó y arrojó al suelo. Mientras viajaba hacia la oficina, su memoria evocó los acontecimientos del día anterior. Otra vez el recuerdo de Carmen le pegó una cuchillada en el corazón. La pena se apoderó por unos instantes de su ánimo, pero se esforzó por sobrevivir y al poco logró olvidar a su esposa.

Se encerró en su despacho para redactar el informe sobre las revelaciones de Pamela. Había escrito unas pocas líneas cuando oyó el ruido de la puerta. Por encima de la pantalla del ordenador, distinguió el rostro de Marisa.

—¿Puedo entrar? —preguntó con voz empalagosa.

—Claro —respondió Jaime.

Marisa caminaba hacia él con movimientos sinuosos.

—He estado muy ocupado estos días... —acertó a decir.

La muchacha llegó hasta él. Le rodeó el cuello con los brazos y le hundió la lengua lagartijera en la boca. Jaime se retiró y señaló la puerta.

—Puede entrar alguien...

—Tenemos algo pendiente —respondió Marisa.

—Ayer me he separado de mi mujer —se le ocurrió decir.

—Yo no hablaba de vivir juntos. Pero eres el hombre que más me gusta, eres cálido y dulce.

—Tengo que buscar piso... —agregó Jaime mientras comenzaba a andar hacia la puerta. Ella le seguía, con el cuerpo casi pegado al suyo.

—No tardes en encontrarlo.

Jaime alcanzó el picaporte.

—De momento voy a irme donde el mono —dijo mientras abría.

—Donde el mono ni hablar.

Bajó a eso de las dos a Paradiso, después de entregar su informe a la secretaria de Ramos. Fernando se acodaba en el mostrador y se arrimó a él.

—¿Sigue en pie la oferta de tu piso? —preguntó después de estrecharle la mano.

—Claro, te vienes cuando quieras.

—Mañana mismo.

Celso apareció al rato. Le dio un pescozón. «Carayo, ya sé que te han puesto los cuernos», dijo con afecto. Jaime sintió ganas de cornear allí mismo al gallego.

Machuca llegó cerca de las tres. Los cuatro tomaron unas rondas de cerveza y luego Celso y el pelirrojo se despidieron. Comió con el periodista y le contó cuanto le había revelado Pamela.

—Es un asunto de primera página —concluyó Jaime.

—Yo soy un periodista de páginas interiores —respondió Machuca.

—Lo que te cuento es una bomba.

—Las bombas pueden explotar y a mí me han pillado toda mi vida las explosiones. Cuanto más lejos de la primera página, mejor.

—A la tarde voy a ir a ver a los Chumbos. Vente conmigo.

—Ni lo sueñes.

Se unieron a los empleados de la sucursal bancaria para la partida de mus. Esteban llegaba eufórico; le brillaban los ojitos, vivarachos, detrás de los gruesos cristales de las gafas.

—El loro ya dice «café» —anunció.

—Eso sí que es una gran noticia, en realidad un notición —dijo Machuca mirando con chufla a Jaime.

—Grabé en una cinta la palabra, como cien veces, y se la he estado poniendo sin cesar al lado de la jaula. Anoche, de pronto, cuando íbamos a acostarnos mi mujer y yo, oímos su voz ronca: «Café, café». Casi me desmayo de emoción. Es un triunfo. Mi esposa está que bufa, no quiere al pájaro, dice que ensucia mucho; pero la pueden dar por ahí, que el loro se queda en casa.

—Los animales acompañan mucho —señaló Jaime.

—Son más humanos —sentenció Esteban.

Jugaron la partida y luego la revancha, y en ambas ocasiones ganaron Machuca y Jaime. El periodista rezumaba buen humor. «Cuando juegas como hoy», dijo a Jaime, golpeando con afecto su hombro, «no hay quien nos pare».

Jaime le convenció para que le acompañara a ver a los Chumbos. «Es por no ir solo, hombre, si es casi un trámite. Me lo debes por la partida de mus.» Subieron al puerco automóvil y avanzaron bajo el chirimiri, sobre el asfalto pringón de un Madrid atiborrado de vehículos, de autocares cargados de niños histéricos que regresaban de la jornada escolar, de autobuses donde se vislumbraban los rostros apenados de jóvenes hermosas tras los cristales surcados por lágrimas de agua, de camionetas de reparto de mercancías, de ruidosos velomotores cabalgados por briosos mensajeros. El coche de Jaime se caló después de echarse a un lado para dar paso a una bravía ambulancia. Le costó arrancarlo de nuevo, mientras los automóviles de atrás la emprendían a bocinazos.

—Ya va siendo hora de que cambies este trasto, se te va a caer un día a pedazos —dijo Machuca.

—Es la única cosa que es mía de verdad. Creo que voy a ponerle un nombre: ¿te gusta Rocky?

—¿Rocky? Vaya casualidad. Esta mañana me ha dejado tres recados en el periódico un tipo que se llama Rocky. Es cantante de blues, dice, y está empeñado en que me conoce y que le he prometido una entrevista... No he conocido un solo Rocky en toda mi vida y hoy ya llevo dos: tu coche y el loco.

—Mi coche no canta blues.

—Sólo le faltaba cantar a esta mierda.

Atronaban las bocinas en el aire. Nubes pardas con forma de boñigas volaban sobre el cielo zarrapastroso de la ciudad, por debajo del manto grisáceo y adusto del espacio.

—Me han dicho que te has separado de tu mujer —comentó Machuca mientras permanecían detenidos detrás de una larga hilera de coches.

—Me ha dejado.

—¿Estás jodido?

—Como un gorrión que se ha caído del nido.

Tras unos segundos de silencio, Jaime añadió:

—Nunca me has dicho si estás casado.

—Porque nunca me lo has preguntado —respondió Machuca—. Hace años que me separé. Tengo tres hijos, viven con ella. Todavía me cuestan dinero.

Guardaron silencio. La calle de Bravo Murillo rebullía de gentes que marchaban aprisa de un lado para otro, como si no supieran muy bien adónde ir, encogidas bajo el cielo mohoso y el aire grasiento. Jaime aparcó de mala manera en una calle lateral.

El portalón del Mercado de Maravillas semejaba el momento de saqueo de un rico hormiguero por un ejército enemigo: las hormigas entraban con bolsones vacíos y salían con ellos repletos o arrastrando carritos llenos de comida. En el lado izquierdo del ancho vestíbulo, un tenderete construido con tablones exhibía toda suerte de piezas de lencería femenina, refajos como armaduras para yeguas percheronas, sostenes para tetas de vaca helvética y bragas para hipopótamos.

—¿Qué comerá la gente de este barrio? —preguntó Machuca.

Una gitana generosa de carnes, ataviada con un llamativo traje rojo, collares de varias vueltas alrededor del cuello y pesados pendientes de pedrería colgando de los orejones, sostenía con las dos manos unas bragazas negras adornadas de vistosos encajes.

—¡Pa tapar el bosque, guapas, pa tapar el bosque! —pregonaba junto al tenderete, ofreciendo la prenda a las mujeres que cruzaban delante.

A su lado, un gitano menudo, de cara hosca y labios acuchillados entre los que sobresalían dos mondadientes, permanecía apoyado en la pared y jugaba con el bastón, dibujando en el suelo de baldosas imaginarias figuras. Jaime se acercó.

—Busco al Carmona —dijo.

El otro recorrió con mirada indiferente el rostro de Jaime.

—Con él hablas —respondió al poco—. ¿Qué se te ofrece, jambo?

—Necesito hablar con los Chumbos y me han dicho que tú sabes cómo dar con ellos.

—Ésos no son amigos míos. ¿Quién te ha hablado de mí?

—Pamela..., el travestí.

—Ya, la maricona. No quiero nada con jambos, ni con mariconas.

—Pamela me dijo que, si había dinero, me llevarías con ellos.

—¿Cuánto dinero?

—Tres mil duros —ofreció Jaime.

—Es poco.

—¿Cinco mil duros?

—Valen. Pero te dejo en el sitio y me abro. Los Chumbos son mala gente.

Jaime le tendió los billetes. Carmona contó y luego hizo un gesto de despedida a la gitanona. Ella agitó las bragas dirigiéndose a Jaime:

—Mira qué bonitas son, vienen de Francia.

Carmona se sentó a su lado en el coche y Machuca detrás. El gitano apuntó con el dedo Bravo Murillo arriba, hacia el norte. Viajaban con lentitud, bajo el cielo achocolatado y el aire sudoroso. En las aceras, la multitud se movía con un ritmo de pleamar. Olía a carne enferma.

—¿Y para qué quieres ver tú a los Chumbos? —preguntó Carmona dejando escapar sus palabras, como un silbido, entre los dos palillos.

—Por el travestí ese que se quemó las tetas.

—Te metes en mal sitio, jambo, los Chumbos no se andan con bromas.

Machuca se removió en su asiento:

—¿Por qué no lo dejamos? —dijo.

—Hombre, ya que estamos... —respondió mirando al rostro de su amigo desde el espejo retrovisor.

—Tu compadre tiene mejor juicio que tú —intervino el gitano.

—Ya he pagado, ¿no? —dijo Jaime echando un ojo a Carmona.

—Da la vuelta y vamos a tomar unas copas —insistió Machuca.

—Si quieres, paro y te bajas —dijo Jaime.

Un raro sentimiento de euforia, en el que se mezclaban el miedo y el orgullo, se despertaba en el espíritu de Jaime. Pensó en Odiseo. Él no habría cedido. ¿Qué es el peligro, después de todo, salvo una sensación?, se preguntó. El recuerdo de la última carta de Juan Banderas le vino después a la memoria. Aquellos hombres a cuyo encuentro iba eran, probablemente, unos asesinos. Él no podía castigarlos, desde luego; pero tal vez ayudaría en esa tarea superior que, según Banderas, consistía en construir una moral contra el asesinato. Crecía la arrogancia en su alma mientras viajaba, sentía que se había situado del lado de Banderas y de Odiseo. Y ello le llenaba de satisfacción. Por vez primera en mucho tiempo, Jaime Arbal apreciaba a Jaime Arbal.

Cruzaron la plaza de Castilla y siguieron hacia el norte. Entraron poco después en una barriada de casas humildes y se internaron en una angosta calle que se iba estrechando conforme avanzaban. Un poco más adelante, el asfalto desapareció y siguieron por un sendero de tierra. Viajaron brincando entre baches y chapoteando sobre charcos del agua dejada por la llovizna. Cerraba el camino un pequeño poblado de chabolas, chaparras viviendas de paredes alzadas con maderos, planchas de materiales plásticos, ocasionales muros de ladrillo y techos de uralita o de latón. Entre las destartaladas casuchas, aparcaban automóviles dignos de figurar en un museo de la cochambre. Abarrotando los espacios entre las viviendas y las pequeñas explanadas, se alineaban en desorden toda suerte de chatarras y cachivaches: astrosos frigoríficos, vetustas lavadoras con las tripas al aire, desahuciados fregaderos de metal, prehistóricas máquinas de coser, mondas tazas de váter, lirondos bidés, lavabos desportillados, motores inservibles y decenas de bicicletas rotas, las unas sin manillar, las otras sin el sillín, muchas carentes de ruedas y todas sin excepción desprovistas de pedales. Una niebla marrana caía sobre los tejados de las chabolas mientras recomenzaba el mugroso chirimiri. Olía a cloacas cartageneras, alcantarillas murcianas y al dulce y universal aroma de la mierda made in Levante.

Carmona indicó a Jaime que se detuviera.

—Yo me quedo, jambo, trato cumplido por mi parte.

Los tres bajaron del coche.

—¿Cómo doy con ellos? —preguntó Jaime.

—Pregunta a cualquiera —añadió el gitano—, el patriarca se llama Diego el Chumbo. Será raro que no le encuentres.

Carmona dio la vuelta y se alejó a paso rápido, desandando el camino.

—Esto no me gusta un pelo —dijo Machuca.

—Es sólo un trámite, hombre. Veo al patriarca, le pregunto que si conocía a Vanessa, me dice cualquier cosa, le doy las gracias y nos vamos. Y luego hago mi informe.

Echó a andar mientras sentía que un siglo de humillaciones caía desde sus hombros al suelo.

Machuca le siguió, murmurando algo que Jaime no alcanzó a entender. Entraron en la infame ciudadela. Unos niños corrieron a esconderse en una casucha. La gente se asomaba a las puertas de sus viviendas conforme avanzaban. El olor de la basura se volvía agobiante. Jaime pensó que Machuca y él podían recordar a esos exploradores blancos de las películas cuando entran en una aldea de africanos adictos a la carne de explorador. Faltaban las escopetas, el fiel guía indígena y la nerviosa chica. Tampoco había rumores de tam-tam para recibirlos.

Se acercaron a una mujer que, bajo un cobertizo de latón, lavaba ropa en un ancho barreño.

—Perdone, señora, busco al patriarca Diego el Chumbo.

La mujer alzó los ojos y miró a los forasteros de arriba abajo. Le colgaban las vacunas tetas bajo una ajada camisola, libres de sostén, y los rotundos pezones se marcaban contra la tela. El largo pelo azabache caía en largos rizos sobre sus hombros. Su mirada brillaba como un oasis de hermosura rodeada por la rugosa geografía de una piel desahuciada.

Les indicó con la mano el fondo de la calleja. Y sin decir palabra, se agachó de nuevo sobre el balde y siguió su tarea, mientras los pechos se movían sin control, como boyas agitadas por el océano.

Los exploradores alcanzaron una plazuela de formas irregulares. En el lado izquierdo, un ostentoso automóvil Mercedes de color plateado brillaba en la puerta de una casuca de ladrillo cubierta de teja roja. La vivienda parecía un palacio si se la comparaba con las otras que habían dejado atrás.

Se quedaron allí quietos, sin saber bien qué hacer, esperando que alguien apareciera. ¿Habría un gran caldero en alguna parte, listo ya con las cebollas, las patatas y el aliño para preparar un sabroso estofado de hombre blanco? Jaime percibía los fuertes latidos del corazón contra su pecho y un recio bombeo de sangre instalado en sus sienes.

De improviso, la puerta de la casa se abrió. Cinco jóvenes salieron y caminaron con parsimonia hacia ellos. Andaban con seguridad y desdén, dueños de su territorio. Llegaron a su altura y los rodearon sin decir palabra. Instantes después, un hombre de abultado estómago, espeso bigote negro, sombrero de ala corta, chaleco rojo bajo la chaqueta gris y un bastón con puño de marfil en la mano izquierda, apareció en el umbral. Avanzó solemne y se detuvo ante los dos extraños. Miró a Machuca y luego a Jaime, directamente a los ojos. Jaime bajó la vista: la mano del hombre, sembrada de gruesos anillos de oro, se movía nerviosa sobre el puño del bastón.

—¿Qué buscáis aquí, payos, sois de la policía? —dijo mientras con la otra mano se estiraba los bordes del chaleco.

Jaime sintió que todo el pavor del mundo se arrojaba ahora sobre él.

—No —dijo con voz debilitada—, nada de policías. Soy agente de seguros, en realidad inspector de una compañía de seguros.

—¿Quieres venderme una póliza? Si es eso, ya te puedes ir largando.

—No es por un seguro...

—¿Cómo te llamas?

Respondió sin pensarlo:

—Me llamo Jaime..., Jaime Nadie.

Machuca intervino al punto:

—No le haga caso, está gilipollas, ha bebido un par de copas de más. Se llama Jaime Arbal.

—¿Y qué queréis? —dijo el hombre mientras su mano se movía impaciente sobre el bastón.

—Busco a Diego el Chumbo —respondió Jaime.

—Yo soy. Por el Santo Padre celestial, di de una vez qué quieres.

—Sólo saber si conocía a Vanessa.

—No he oído hablar de ninguna Vanessa.

—Bueno, pues ya está. Nos vamos —respondió Jaime.

—¿De qué Vanessa me hablas? —preguntó el Chumbo con voz terminante.

—Un travestí al que le quemaron las tetas, o que se las quemó, eso, un accidente, yo qué sé, y bueno, las tenía aseguradas en mi compañía, y claro, la compañía quiere saber... Y en fin, ya está, eso es todo, usted no le conocía y asunto concluido.

Jaime dio un paso hacia atrás.

—Un momento —dijo el patriarca—, no se puede ir usted sin una despedida apropiada. Yo soy hombre de educación, payo, y usted no parece tener ninguna.

—Lo mismo opino yo, señor —añadió Machuca—. Le ruego que nos disculpe..., nos vamos.

—De irse, nada —ordenó el Chumbo.

Hizo luego un gesto a uno de los muchachos y en la mano del joven asomó una pistola.

—De rodillas, los dos de rodillas y con las manos a la espalda —conminó el patriarca.

Obedecieron. Y al instante, los otros cuatro muchachos se aproximaron, abrieron las braguetas de sus pantalones, sacaron las pichas y comenzaron a orinar sobre ellos. Jaime inclinó la cabeza mientras sentía empaparse de líquido caliente su pelo y sus hombros. «La madre que nos parió», decía la voz mustia de Machuca. Jaime soltó sus manos de la espalda e intentó cubrirse el rostro, pero la voz del patriarca restalló otra vez:

—¡Las manos detrás, payo!

La ceremonia de la humillación siguió hasta que a ninguno de los jóvenes le quedó una sola gota de orina en la vejiga. Cuando la última meada cesó, se oyó otra vez la voz de Diego el Chumbo:

—Y ahora, pa fuera. Que no os vea otra vez por aquí, payos hijeputas, si no queréis comer mierda.

Escaparon como almas llevadas por el diablo de la explanada. Un perrucho los persiguió y desde algunas puertas les llovieron cáscaras de naranja y mondas de patatas. Empapados, con el alma avinagrada y abatida, los dos hombres oían gritos e insultos entre la niebla sucia mientras ganaban la salida del poblado y corrían sobre los charcos de agua turbia y el lodo oscurecido.

Alcanzaron el coche y subieron a toda prisa. Nervioso, Jaime no lograba arrancar mientras Machuca le urgía: «¡Vamos, vamos, joder, dale otra vez!, ¿estás gilipollas?». Al fin el motor se puso en marcha con un sonido de cacerolas rotas y Jaime condujo camino arriba, el automóvil saltando como una torpe liebre sobre los baches y soltando a su paso salivazos de barro negro. Les llovían frutas, verduras, escupitajos, baldes de agua, abucheos, blasfemias y maldiciones. Trotaba el auto sorteando perros que ladraban y gatos que gruñían, niños que sacaban la chorrina y orinaban hacia ellos, mujeres que lanzaban cortes de mangas y gritaban sortilegios para desearles plagas del fin del mundo y mal de ojo hasta la muerte, ancianos aireando el bastón y jóvenes ariscos que se tocaban los cojones a dos manos. Huían los orgullosos hombres blancos con el rabo entre las piernas y perseguidos por el furor de las razas irreductibles.

Llegaron a la calle asfaltada y subieron hasta desembocar en la avenida principal.

Jaime suspiró, aliviado, al tiempo que oía decir a Machuca:

—Llévame a casa.

Avergonzados y en silencio, se unieron al poco a la larga caravana de automóviles que marchaba hacia los barrios del norte de la ciudad, envueltos por el olor de la orina, con las ventanillas abiertas para dejar que entrase el aire cochino de la tarde. Un cortinón de bruma canalla ocultaba a la vista las montañas del Guadarrama.

Llegaron al fin a casa de Machuca. Jaime no aceptó la invitación del periodista a entrar y darse una ducha urgente.

—El mundo es una mierda —dijo mientras el otro descendía del coche.

—Siempre ha sido una mierda —respondió Machuca y ganó a paso rápido la distancia que le separaba de la puerta.

Regresó por la M-30 a cuanta velocidad lograba alcanzar su decrépito automóvil, apestando a madriguera de felino. Pero otra vez cayó atrapado en la telaraña del tráfico y, mientras avanzaba a marcha lenta entre furibundos utilitarios, camionetas cabreadas, taxis iracundos y furgonetas coléricas, se preguntó si cosas parecidas les sucedían a los héroes clásicos tras perder una batalla. Tal vez exista grandeza en la derrota, pero en la suya nada encontraba salvo una cutre humillación. «El mundo es cualquier cosa menos literario», se dijo. ¿Dónde quedaba la profunda vitalidad ética de que hablaba Banderas? En su chaqueta empapada y en sus pelos pringosos. Mierda de vida ruin, asco de sórdida existencia. Debería devolver a la basura las cartas y los libros de Banderas. «Hay que construir una moral contra el asesinato», recordó que escribía Banderas. Más bien, pensó ahora, habría que intentar levantar una empalizada que nos protegiera del mundo mezquino.

Tardó en llegar a su casa. Dejó el coche donde pudo y galopó hacia el portal. En el ascensor se desprendió de la chaqueta y desabrochó los botones de su camisa. Ya en el interior del apartamento, corrió a meterse bajo la ducha. El agua tibia le envolvió. Suspiró con alivio. Se enjabonó una y otra vez, y durante casi media hora permaneció debajo de aquel chorro liberador.

Después, paseó como un felino agonizante de una habitación a otra, como si buscara en alguna de ellas un refugio cálido, un rastro del amor huido de su lado. Se vio a sí mismo como aquellos viejos leones de la antigua Casa de Fieras del parque del Retiro, los costrosos felinos que recorrían en círculo la estrecha jaula, siempre cubriendo el mismo itinerario con los mismos pasos, las mandíbulas abiertas, los ojos encendidos que miraban más allá de la chiquillería añorando sabanas, el músculo blando, el orgullo domeñado, el salvaje vigor escapado de sus garras y sus colmillos, la libertad perdida para siempre. Temía romperse por dentro, e intentaba luchar a duras penas contra la inmensa ola de amargura que subía desde su alma queriendo tragárselo. Sentía unos urgentes deseos de llorar.

Sacó un par de bolsas del altillo de un armario y comenzó a echar dentro su ropa, en desorden, sin apenas doblarla. Siguió luego recorriendo la casa, mirando todos aquellos objetos que habían rodeado su existencia anodina durante tantos años. No sentía que ninguno le perteneciera, no encontraba razón para llevarse con él nada de cuanto encerraba aquel hogar desmoronado. Pensó que todos los objetos que acompañan la vida de un hombre no constituyen más que una montaña de banalidades. Contempló las fotos enmarcadas, los cuadros, los adornos de plata y de marfil, las decenas de chucherías que se amontonaban aquí y allá como los trofeos de dos existencias sin importancia. En una estantería, se alineaban los álbumes de fotos. Allí dentro estaban los retratos de abuelos, padres, hermanos, tíos, primos, Jaime en distintas edades, Carmen niña y Carmen mujer, los amigos, los paisajes, las bodas, los bautizos, los veranos y los inviernos, juntos los dos ante el oleaje del mar o con un fondo de montañas. Sabía que una tristeza esencial le devoraría si los abría, de modo que, en contra de su primer impulso, no alzó la mano para tomarlos. «La vida está organizada para la tristeza», concluyó por enésima vez en los últimos días. Ya no deseaba llorar, sino tan sólo escapar de la angustia que el mundo proponía a su alrededor.

Tomó el teléfono, marcó el número de Nuria y ésta respondió al segundo timbrazo. Intercambiaron un par de saludos corteses. Preguntó por Carmen, pero Nuria le contestó que no estaba en ese momento. «Dile tan sólo que mañana tendrá la casa libre, que me iré temprano y que echaré mi llave en el buzón», dijo. Colgó.

Dejó los dos bolsones con su ropa en el salón. Abrió el ventanal. Entraron broncos el sonido y el aroma de un chaparrón de primavera. La tormenta limpiaba el cielo sucio de Madrid. Apagó las luces, se sentó en el sofá y encendió un cigarrillo. La mustia luminosidad del atardecer dejó la habitación en penumbra. Su alma trataba de serenarse mientras sus sentidos percibían el sonoro canto de la lluvia y el recio olor de la tierra empapada. Se escuchaban truenos lejanos. El aire proponía viajes sin destino concreto, un interminable paseo por los caminos del mundo, sin rumbo, sin el propósito de instalarse en ningún sitio. La naturaleza le sugería aceptar una esperanza difusa, como si prometiera una eternidad dichosa para las almas vagabundas.

Cuando anocheció y la lluvia cesó de caer, encendió las luces. Se sirvió un coñac con Coca-Cola. Recordó que no había recogido sus útiles de aseo. «Nadie puede ir a ninguna parte sin el cepillo de dientes, ni siquiera los trotamundos, eso sale en todas las películas», se dijo con burlona amargura. Fue al cuarto de baño y volvió abrazado a su albornoz, que, convertido en improvisado saco, recogía desodorantes, colonias, pasta dentífrica, cuchillas de afeitar, frascos de aftershave, el peine, tijeras de uñas, las zapatillas de baño, un par de toallas y el cepillo de dientes. Un vagabundo no puede viajar desnudo por los caminos infinitos de la Tierra, convino, aunque eso nunca salga en las películas ni en los libros. Acomodó como pudo toda su impedimenta en las dos bolsas, y volvió a sentarse delante del cubalibre.

Sabía que faltaba decidir qué hacer con la maleta de Banderas. Con toda intención, había dejado el asunto para el final. Una hora antes, quería abandonarla de nuevo junto al contenedor de basura. Pero ahora vacilaba.

Al rato, fue hasta el dormitorio, sacó la valija de debajo de la cama y la arrastró por el pasillo hasta el salón. La dejó cerca del sofá, frente a él, encendió un nuevo cigarrillo y siguió bebiendo sin dejar de contemplarla.

Y comenzó a sentir que, si la abandonaba, algo suyo se iría con ella. Allí dentro había una pequeña parte de su ser, aunque no alcanzaba a discernir el qué y por qué razón. La figura de Banderas cobró en su mente una entidad viva. Si lo intentaba, podría incluso percibir su voz. Recordó también que no había concluido la lectura de la *Odisea* y que dejó al héroe mientras se alejaba de la isla de los cíclopes burlándose de un Polifemo mutilado. Pero la imagen reciente de Diego el Chumbo le vino de inmediato a la memoria y apagó las luces de su imaginación. Él no había podido reírse del gitano como Odiseo lo hizo del gigante. No venció a su cíclope particular, sino que escapó del apuro con el rabo entre las piernas, cual gato escaldado, o más bien orinado. No obstante, la culpa no era de Banderas ni de Odiseo, sino tan sólo suya. Jaime Nadie..., valiente gilipollez.

Decidió que se llevaría una parte de cuanto contenía aquella maleta, lo que más le importaba. La abrió y tomó el epistolario. Escogió algunas fotos. Apartó también los documentos que trazaban la biografía de Banderas. Lo mismo hizo con los libros. Luego, cerró la maleta y guardó cuanto había seleccionado en una de las bolsas, salvo el manojo de cartas. Con ellas en la mano, regresó al sofá. Desató la cinta con mimo y siguió el orden en el que venía leyendo desde días atrás. La séptima estaba fechada en diciembre de 1960 y había sido enviada desde la isla de Zanzíbar.

Se hundió en la lectura escuchando la voz de Banderas, que ahora hablaba de paisajes marinos, del calor del trópico, del olor a la flor tostada del clavo y a la canela molida, de los faluchos de vela latina que surcaban el Índico, de los rosados atardeceres, del mar perlado, los palacios de piedra de coral construidos por los sultanes, la vieja ciudad y el zoco, historias de esclavos y de piratas, luchas sucesorias, viajes de exploradores hacia el interior de África desde la isla, Burton y Speke, Livingstone y Stanley, princesas y tesoros escondidos, barcos y combates navales, Simbad el Marino y Marco Polo. Era una larga carta que mezclaba sensaciones, historias del pasado y bellas descripciones. «Los habitantes de la isla», escribía Banderas, «son hospitalarios y amables, y la palabra que más se escucha en la isla es *karibu,* que significa bienvenido en swahili. ¿Es un pueblo tan generoso como aparenta ser, es genuino el aire de Utopía que impregna Zanzíbar? Quiero creer que sí. Muchas veces, cuando recorro las callejuelas de la Ciudad de Piedra, la vieja ciudad amurallada, y oigo decir a mi paso *karibu* y veo las sonrisas de sus gentes, me pregunto cuáles serán los pecados que suelen cometer los hombres que habitan esta risueña isla. Me gustaría creer en el buen salvaje, pero no puedo, a pesar de la apariencia feliz de los zanzibareños».

Seguían varios párrafos amorosos dirigidos a su esposa. Luego, Banderas, como era su costumbre en casi todas las cartas, reflexionaba sobre cuanto había visto y leído. Jaime pensó que en aquel hombre latía un incesante empeño por darle un sentido a la vida. ¿Lo habría logrado al final de sus días? «Este lugar», concluía la carta, «como todos los que parecen guardar un resto vivo de lo que pudo ser la Arcadia feliz, puede que en su intimidad sea turbio y ruin, como casi todas nuestras ciudades y la mayoría de las almas que las habitan. Pero insisto en imaginar que el mundo no fue siempre así ni tendrá por qué ser así hasta el fin de los tiempos. No, mientras sobrevivan el aliento de la dignidad, el perfume de la nobleza en algunas pocas almas, el vigor de unos cuantos para luchar contra la mezquindad del espíritu y la voluntad de resistencia del hombre libre. En esta isla intento sentir que se renueva mi espíritu, trato de que se fortalezca mi convicción de que algunos hombres debemos combatir cada día contra el lado oscuro de nuestra alma y nuestra historia, sobreponiéndonos al ridículo de nuestras derrotas y al temor de nuestra mísera soledad».

Jaime dejó la carta sobre sus rodillas. Sabía ahora que no podría desprenderse del epistolario de Banderas, del puñado de viejas fotografías y caducos documentos, de los tres libros que constituían la única biblioteca del último equipaje de un hombre, de la magra y hermosa herencia que la fortuna había dejado para él junto a un cubo de basura.

Se levantó y se vistió. Tomó luego la maleta y la abandonó en el portal, junto a los contenedores repletos de detritos, y echó a andar en dirección al parque del Retiro. Caminaba ahora con pasos más firmes, casi altanero, sobre el asfalto empapado de lluvia reciente. Nadie diría que Jaime Arbal era un hombre al que, pocas horas antes, le habían meado encima.

Y, además, olía de pronto a mar, a perfumes salinos, aromas de mareas y de algas, cálidos océanos, a clavo y canela, y el aire traía la nostalgia alegre de lo intangible. Entró en el parque, desierto en aquella hora, caminando sobre senderos de tierra preñada por la lluvia, oliendo a promesas de sensualidad. Corría un vientecillo fresco y las estrellas madrugadoras zurcían el cielo ennegrecido.

Llegó al gran estanque, oscuro bajo las luces tímidas de las farolas. Se apoyó en la baranda de metal, mirando al agua. La brisa lozana levantaba breves chispazos luminosos de la superficie, como luciérnagas que tiritasen de frío mientras nadaban en la laguna.

No había reparado en que, unos metros a su izquierda, otro hombre se acodaba en la baranda, contemplando el juego de luces del estanque. Oyó una tos y se volvió. Se miraron entre las sombras, sin distinguir el uno el rostro del otro. Dijo Jaime:

—¿Quién va?

El otro respondió:

—Anopluros, apterigotas, coleópteros, dermápteros, dictiópteros y dípteros.

Jaime pensó en responder «cuarcita, cuarzo, cuprita y diabasa». Pero se contentó con dejar escapar de sus labios un gruñido.

El desconocido añadió:

—Efemerópteros, embiópteros, estrepsípteros, hemípteros e himenópteros.

Y Jaime contestó ahora:

—Diamante, diópsido, dioptasa, diorita y distena.

Y el hombre siguió:

—Isópteros, lepidópteros y mecópteros.

—No tengo dónde caerme muerto —dijo Jaime.

—Ni yo dónde levantarme vivo —respondió el otro.

Se dio luego la vuelta y se alejó con premura, temiendo ahora que el hombre se acercase y le mostrase un rostro igual al suyo. Desanduvo el camino hacia su casa. La fragancia eterna del mar se mezclaba con una tufarada de corazones atrapados por la pesadumbre.

Capítulo XII

«La soledad llueve en horas indecisas; cuando, hacia el amanecer, se vuelven nuevas las calles.»
RAINER MARIA RILKE, *Libro de imágenes*

Era tarde cuando se acostó para tratar de dormir y entró en un incómodo duermevela, atenazado por sus obsesiones, sin lograr hundirse en la plenitud del sueño. Mucho antes del alba ya se había duchado. Se lavó los dientes con uno de los cepillos de Carmen y tomó un café recalentado en el microondas. Le produjo una honda sensación de vértigo pensar que era su último café en aquella casa. Y se sirvió otro. Lavó después todos los platos y cubiertos que se amontonaban en la pila y, acometido por una súbita energía, barrió la casa entera y aseó el baño. Y finalizó su voluntariosa tarea rociando las habitaciones y el pasillo con un esprai de aroma de pinos. Así quería entregarle la casa a Carmen, reluciente y perfumada.

Ante aquel espejo en el que se miraba por última vez, vio su rostro demacrado y marchito. Pensó que, a veces, el corazón se lee en nuestro semblante y caviló que, tal y como transcurría su existencia, dentro de poco tiempo sería todavía más feo. A pesar de todo, percibía aún un remoto rescoldo de cariño hacia Carmen. ¿Por qué no dejarle una nota de amor? ¿Y cómo hacerlo? Él no era muy diestro con la pluma, no sabía expresarse. Su palabra era ruda, su verbo chato, sus adjetivos como adoquines y su discurso desmañado. En los últimos años, tan sólo había redactado informes de lenguaje molido por el uso para los jefes de la compañía. Pensó que le gustaría dejar un hermoso verso de despedida en la almohada del dormitorio.

Le asaltó una idea, una buena idea. Regresó a la sala, abrió la bolsa donde había guardado las cartas, los recuerdos y los libros de Banderas, y tomó el grueso tomo que reunía las obras de William Shakespeare. Buscó en los sonetos. Leyó por encima, tratando de encontrar el más adecuado. Y al fin dio con uno. Cogió pluma y papel y copió, sin cambiar una palabra, dos versos del poema: «En la propia fuerza de mi amor desfallezco, bajo el excesivo peso de mi propio amor». Puso su firma debajo, fue al dormitorio y dejó la nota en el lado de la cama donde dormía Carmen.

Llevó las bolsas a la calle y las dejó junto al cubo de basura. Luego, regresó al interior del edificio y se acercó a los buzones. Leyó su propio nombre y el de su mujer: Jaime Arbal, Carmen Ruiz, 4.º Centro. Echó las llaves a través de la ranura. Era el final. ¿Qué nuevas desventuras le esperaban? Se encogió de hombros, resignado: la vida no era literaria, sino mezquina, por más que Homero y Banderas se empeñasen en lo contrario y él lo creyese en ocasiones, como se cree en los espejismos cuando transitas desiertos. Además, carecía del ingenio del héroe Odiseo para abrirse camino en el mundo hostil. Afuera, en la calle, sólo aguardaba un chabacano Madrid habitado por millones de almas tan vulgares como la suya. Pensó que, si lograra desterrar algún día de su lado la banalidad, podría al menos vivir en la satisfacción de la grandeza. Vaya destino el suyo, sufrir el peso de la soledad y el desamor sin tener un vate que inmortalizara su ruina. Felino entre basuras, murciélago en un desván, perro de taberna, cuervo en campo de batalla y nunca héroe valeroso y sufriente. Era hijo de un dios lisiado o de un diablo tísico. El mundo le había negado el privilegio de una vida singular y noble.

Iba a marcharse cuando, evocando de nuevo a Banderas, recordó que nunca había mirado en los otros buzones para buscar su nombre. Y sí, allí estaba el pequeño cartel: arriba, leyéndose bajo una tachadura de bolígrafo, podían leerse los nombres de Luis Banderas y María Teresa Rivas, en el 5.º Derecha. ¿Era una heladora confirmación de su muerte?

Salió a la calle cargado con las dos bolsas y, al pasar junto a unos grandes contenedores de basura, un gato negro saltó del interior de uno de ellos y huyó calle abajo. «Hijo de puta», insultó Jaime mentalmente. No creía en los signos de la mala suerte, pero odiaba a los gatos, cualquiera que fuese su color. Les envidiaba su alto sentido de la perfección y pensaba que eran armónicos, exactos en sus movimientos, ágiles y elegantes. No obstante, le parecían seres calculadamente melosos, dotados de una blanda seguridad que empleaban a su conveniencia, indiferentes, egoístas, incapaces de amor, altivos y convencidos de atesorar una incuestionable superioridad sobre las otras razas que poblaban la Tierra, incluida la humana. Odiaba a los gatos y los temía. Le daban miedo sus ojos, ojos que traspasaban tu propia mirada cuando se posaban en ella, que la rompían como si fuera un papel transparente y frágil. Pensaba que los gatos eran seres tan bellos como terribles. Siempre que se cruzaban en su camino, Jaime los evitaba, se hacía a un lado y luego les enviaba un insulto inaudible.

Las luces del alumbrado clavaban nerviosos navajazos en la noche de la ciudad. Colocó su equipaje en el maletero del coche y se acomodó en su asiento. Descendió hacia el este. En la hora temprana, sin despuntar el día, las calles asomaban desiertas. Cayó en la cuenta de que no tenía adónde ir. Y, sin pensarlo, continuó unos cientos de metros y arrimó el coche a la acera, junto a un puente bajo el que cruzaba la M-30. Bajó del auto y se asomó a la baranda, sobre la gran autopista de circunvalación que se extendía como un anillo protector alrededor del corazón de la ciudad. Las farolas iluminaban la espaciosa avenida y le daban la apariencia de una ancha pista de aterrizaje. Ocasionales vehículos cruzaban raudos en una y otra dirección, dejando detrás una estela de luz y el aullido desesperado de sus motores. Olía a ríos de acetona y cataratas de amoniaco.

Acodado en el pretil, fue percibiendo la llegada del amanecer como si le envolviera con lentitud una capa pringosa, primero anaranjada, rosácea luego, un vaho que traía la consistencia de una gasa invisible. Y un paulatino y ronco rumor comenzó a alzarse en la distancia, desde el sur y desde el norte, desde el este y el oeste. Era un sonido parecido a la inesperada crecida de un río, al trueno lejano que anuncia la tormenta, al tifón desatado en la lejanía del mar que se aproxima para arrasar las tierras habitadas. Sintió que su ánimo se encogía mientras el fragor retumbaba contra la barriga del cielo.

Y entonces los vio. Por centenares, tal vez por miles, anhelantes de aire, saliendo de sus guaridas y empujados por la urgencia, aparecieron los coches. Surgían de todas partes, atestando los carriles de la M-30 y cuantas calles bajaban a morir en la autovía. Parecían un ejército invasor llegado de una remota galaxia hasta la Tierra. Guiadas por dementes furiosos, las enloquecidas máquinas poblaban cualquier rincón, alzaban un gruñido agónico desde las gargantas de la urbe, hinchando el aire y profanando la faz del mundo. La mayoría de los automóviles lucían sus faros encendidos y los faros parecían posarse sobre él, con una mirada parecida a la de los gatos. Las luces hurgaban en su alma y desnudaban su corazón. Se sintió inerme encima de la tormenta. Quiso gritar, pero su voz no respondió. Y regresó con urgencia a su automóvil, bloqueó las puertas y subió el cristal de la ventanilla. Encerrado en su última guarida, lloró desconsolado durante largos minutos. Recordaba a Carmen.

Llegó a las ocho y media a la oficina, al tiempo que un sol calabazuno llenaba los bordes del cielo con un resplandor de huevo espachurrado. Olía a caballos sudorosos, ejércitos en cólera y sexo de soldaderas.

Entró en Paradiso después de dudar un instante ante la puerta de La Gran Felicidad, S. A. Era el primer cliente. Pepe sacaba brillo con un trapo a una fila de vasos, con su sonrisa jovial luciendo al otro lado del mostrador, fresco como una ensalada de escarola. Sintió deseos de decirle que aquella mañana llegaba como un hombre sin brújula, perdido en el océano de la ciudad, temeroso del futuro, amargado por el pasado, único testigo de la bárbara invasión de vehículos que conquistaba las calles de Madrid en aquel instante.

—¿A qué hora suele venir por las mañanas don Fernando? —preguntó a Pepe.

—A eso de las diez o diez y media —respondió el otro mientras trajinaba en la cafetera.

Desayunó, salió de Paradiso y cruzó bajo el solemne pórtico de La Gran Felicidad, S. A., cual gorrino al matadero. Entró en su despacho y se dispuso a preparar el informe sobre la desdichada visita al poblado de los Chumbos. Al abrir el cajón de su mesa, vio una pequeña caja envuelta en papel de regalo. Lo desenvolvió y asomó un estuche forrado en tela roja, en forma de corazón. Dentro había un condón de color púrpura cuya punta representaba la cabeza de un gallo, con una rotunda cresta de blandas gomas. Lo acompañaba una nota: «La gallina quiere un gallo. M.». Arrojó con fastidio el estuche al fondo del cajón.

Encendió el ordenador y comenzó a escribir el encabezamiento: «Informe que presenta el inspector Jaime Arbal...». Se detuvo. Le sonaba a inmensa mamarrachada. ¿Por qué no intentar contarlo en verso? O al menos, ¿por qué no podía relatar cuanto le había sucedido, tal y como se lo pidiera el cuerpo? Por ejemplo, escribir algo así: «Señora Hoffman: huelo a meadas desde ayer porque los gitanos me orinaron encima, estoy harto de entrevistar travestís, mi sueldo es una mierda, mi mujer me ha dejado y no tengo casa, los Chumbos me estropearon un traje y alguien tiene que pagármelo, hago un trabajo que detesto, odio a mi padre. No me acuerdo apenas de mi hermana, mis amigos no soportan que les cuente mis desdichas, carezco de talento, veo animales extraños en la ciudad y la mayoría son incomestibles, me rodean seres vacilantes e indefensos como yo, soy un alma mediocre que vive en una ciudad arruinada... y encima, mi mujer va y me pone los cuernos». Pero siguió adelante con su informe en el lenguaje plano de costumbre. Concluyó: «Por mi parte, no considero que haya mucho más que investigar. Estoy plenamente convencido de que las quemaduras de los pechos del asegurado, y su posterior fallecimiento, fueron causados por un accidente doméstico. Creo que si a la dirección le queda alguna duda, debe poner el asunto en manos de la policía». ¿Le dejaría en paz, de una vez por todas, la puñetera Hoffman?

Al tiempo que el ordenador imprimía el texto, le llegó a los oídos, desde el pasillo, un jolgorio de gritos y carcajadas. Sentir la risa en el interior de las oficinas de La Gran Felicidad, S. A., era tan raro y singular como lo es encontrar un español que pueda explicar dónde está una calle sin ayudarse de las manos. De modo que se levantó, ganó la puerta y salió afuera, en espera de darse de bruces con algún extraordinario acontecimiento.

Y era en verdad excepcional lo que sucedía. Repleta de empleados, la galería semejaba una verbena antes que una empresa de seguros. La causa era un infeliz murciélago. Hombres y mujeres corrían siguiendo al bicho, que aleteaba de un lado a otro desorientado, y con toda probabilidad muerto de miedo. Cuando el quiróptero llegaba a un extremo del pasillo, seguido por la tropa jubilosa, daba un quiebro en el aire y regresaba hacia el otro extremo. El gentío aullaba entonces alborozado y volvía a la carrera en pos del volador. Si el animal emprendía vuelo rasante, muchos se agachaban prendidos en súbitos ataques de pánico y algunos escapaban a encerrarse en los despachos. Alguien sugirió tirarle una prenda de ropa oscura, pues se afirmaba entre el vocerío que los murciélagos acuden en busca de refugio hacia las sombras. Y de ese modo se armó un nuevo guirigay de chaquetas y rebecas lanzadas al aire, como si el personal celebrase el triunfo clamoroso de un torero. El animal decidió luego cambiar su itinerario y, al llegar al fondo del pasillo, voló fuera, alcanzó el vestíbulo, y continuó pegado al techo de la escalera elevándose hacia los pisos más altos. Galoparon secretarias, chupatintas, jefecillos, subdirectores y gerentes detrás de él, amontonándose en rellanos y escalones. De las plantas más bajas llegaba un ruidoso refuerzo de conserjes, camareros, chóferes, telefonistas, mensajeros y guardianes, todos en algarabía de risotadas y opiniones a voz en grito. Alguien dijo que el murciélago no era tal, sino vampiro, y un coro de voces entonó el estribillo de un canto: «Drácula, Drácula, Dra, cha-cha-cha». El empavorecido bicharraco alcanzó el último piso y, ya sin escape, comenzó a dar vueltas en círculo arrimado al techo. Y entonces, mientras la muchedumbre ganaba los tramos finales de la escalera, la negra figura de la Hoffman, el gesto severo bajo las gafas redondas y el moño coronando su mollera al modo de los guerreros japoneses, apareció arriba. Su sola presencia detuvo la carrera de la enloquecida multitud. Hubo un frenazo general y todos quedaron allí atascados, en los peldaños de la escalinata. ¿Cuántos? Más de cien, a buen seguro. Se hizo el silencio mientras la Hoffman alzaba la cabeza y contemplaba por unos instantes, con ternura, el vuelo del asustado animalillo. Su rostro se ensombreció de nuevo cuando volvió a mirar a la turbamulta de súbditos. Tronó su voz de mando:

—¡Abran todas las ventanas!

Y decenas de sumisos y eficientes empleados se apresuraron a librar los pestillos y empujar las hojas de cuanto ventanuco o balconada encontraron a mano. Luego, la Hoffman, olvidándose de ellos, se dirigió al murciélago y comenzó a mover los brazos, como un marinero enarbolando banderolas, y a dar saltitos debajo del animal mientras le gritaba en alemán cosas que muy pocos o casi nadie lograba comprender, incluido el bichejo. Duró la escena varios minutos, el pueblo llano, mudo e hipnotizado al pie de la temida emperatriz, ella esforzándose por hacer comprender al feo animalejo que debía salir por una ventana y lograr su libertad; y el quiróptero empeñado en dar vueltas y vueltas sin sentido. Como era de temer, el mareo acometió al fin al aterrado ser, su radar se desajustó, y después de darse de hocicos un par de veces contra las paredes, cayó a tierra blandamente, con las alas desbaratadas. La Hoffman, entonces, dejó escapar un grito lastimero y corrió hacia él. Lo tomó con cuidado del suelo con las manos, formando una especie de blanda cuna, y lo levantó. Sonriente, comenzó a acariciarlo mientras le susurraba, arrimada a uno de sus orejones, vaya usted a saber qué cosas en lengua tudesca. Al fin, sin soltar el murciélago, mudó la sonrisa en gesto de cabreo y se volvió hacia el gentío que la contemplaba:

—¡Todos a trabajar!

Sin un solo signo de rebelión, ni un murmullo de protesta, ni una vislumbre de desacuerdo, la humillada corte descendió la escalera en silencio y tornó cada cual a su faena, mientras la Hoffman, murmurando mimos y con el murciélago acunado entre sus manos, regresaba a su despacho y reclamaba de inmediato la presencia del médico de la empresa.

Una hora más tarde, pasadas ya las once de la mañana, Jaime bajó a Paradiso. El local estaba atestado en esa hora de clientela y entre la multitud destacaba el vocerío de un grupo de mujeres devoradoras de cruasanes, pincas, suizos, berlinesas, cristinas y torteles; hembras anhelantes de tostadas, mermeladas, torrijas, churros y mantequillas; féminas deseosas de cafés con leche, manchados, cortados, largos de café, cortos de leche, americanos, solos y descremados; mozas ávidas de zumos y montaditos, y una de ellas, la más gruesa, que exigía sobres de sacarina para un imposible combate contra el estallido de los muslos y el esplendor de la celulitis. Olía a tetas de vaca ramoneando en montañas suizas y a tahonas burguesas rebosantes de panes y ensaimadas. Pepe iba y venía de la máquina de café al mostrador, del mostrador a la cocina, de la cocina al mostrador y del mostrador a la máquina. Sudaba ahora y su sonrisa parecía una mueca clavada en los labios a golpe de martillo. Mientras hacía pausas obligadas para colocar nuevas tazas bajo los chorros donde goteaba el café, enfrentado al trasto bufador que expulsaba resoplidos y vapores, parecía un fogonero metiendo presión a la locomotora. Sobre su cogote llovían peticiones a voz en grito de bizcochos, magdalenas, milhojas, tartaletas de manzana, tortas de nata, churros y porras, lazos y bayonesas, caracolas y pañuelos; botellines de agua mineral, agua del grifo, otro pedacito de hielo, ponme un sobrecito más de sacarina, échame otra gotita de leche del tiempo y, ay, Pepe, que te has olvidado del tenedor, dónde tendrás la cabeza esta mañana, majo. Y Pepe alternando sorderas incurables con sonrisas de ahí te pudras, tía.

Fernando se acercó a Jaime al descubrirle. Sin lugar donde acomodarse en la barra, se arrimaron a un hueco libre entre la máquina tragaperras y la del tabaco. El sacerdote de la larga sotana había dejado su sombrero sobre el armatoste, quizás como conjuro para atraer la buena suerte, y echaba sin parar monedas de cien pesetas, apretando botones con afán, entre breves compases de música de pianola que escapaban del tragaperras y voces ocasionales de una grabación que, al esfumarse un premio en forma irremisible, se lamentaba: «Ooohhh, noooo».

—Me ha dicho Pepe que preguntabas por mí —dijo Fernando alzando su voz entre la algarabía de músicas, lamentos y exigencias de bollos y cafés.

—Quería saber si ya puedo instalarme en tu casa.

—Ahora mismo, chico —respondió el pelirrojo.

Se dirigieron hacia la puerta, al tiempo que el cura, después de echar su última moneda en la máquina tragaperras, daba un sonoro puñetazo al artilugio y clamaba: «¡La madre que te parió!».

Cargando con las bolsas, entraron en el portal. El pelirrojo hablaba del orangután:

—Abigail es muy sumiso, verás con qué facilidad os hacéis el uno al otro. Es como un niño, aunque mira como un adulto y a veces me parece que es más inteligente que yo, cosa por otra parte nada difícil. Incluso ha aprendido a cagar y mear en la taza. Le llevo al váter un par de veces al día, porque los animales son muy regulares en sus necesidades y, ¿sabes?, cagan el doble que los humanos pero mean la mitad.

—¿También le limpias?

—Los monos cagan sin dejar ni rastro. Si te fijas en su ano, verás que es como una ventosa. Se abre, caga duro y luego se pliega sobre sí mismo. Es parecido al humano, pero más eficaz. Claro, otra cosa es si les entra una diarrea...

Fernando abrió la puerta del apartamento y avanzó prendiendo luces a su paso. Atravesaron el pasillo y, de reojo, a su derecha, Jaime atisbó en el interior de una habitación la ancha cama donde estuvo a punto de acostarse con Marisa. Vio el cuadro del caballo y, por un instante, sintió miedo de que el equino le reconociera y le saludase con un relincho burlón.

La sala de estar, oscura y de medianas proporciones, contenía el mobiliario justo para salir del paso en alquiler barato: sofá de plástico, vitrina de conglomerado, mesa de formica con cuatro sillas alrededor y un televisor de escasas pulgadas.

Al otro lado del pasillo estaban el cuarto de baño y la cocina. Y un poco más allá, la que iba a ser su habitación. No era muy grande. Tenía dos camas, separadas por una mesa de noche con lamparilla, un armario empotrado y una cómoda. Frente a la puerta, se abría un ventanuco que daba a un angosto patio interior.

—En el armario hay sábanas —dijo el pelirrojo—. El piso no tiene mucha luz, pero la planta baja da a la trasera de un bar y por las noches oyes el tintineo de los vasos y el rumor de las conversaciones. Eso es muy humano.

Jaime dejó las bolsas sobre una de las camas. Sacó dinero y tendió al pelirrojo cuatro billetes de cinco mil pesetas.

—No corre prisa, hombre —dijo el otro mientras los tomaba y los guardaba en uno de sus bolsillos. Le entregó una copia de la llave del piso y otra del portal.

—Por cierto —dijo el pelirrojo—, que me tengo que ir un par de días fuera de Madrid. Y hay que darle de comer a Abigail. No es problema, sólo tienes que coger comida de la que le tengo preparada en la nevera y calentarla en el microondas. Le das por la mañana y a la noche y ya va listo.

Le mostró la cocina, la comida del mono y le condujo luego a la alcoba de Abigail, un trastero que cerraba el fondo del pasillo y en el que apenas entraba el tímido fulgor del día desde un ventanuco. Sobre una colchoneta extendida en el suelo, el mono reposaba junto a una docena de pelotas de goma y varios trastos de madera, restos de juguetes infantiles. El orangután ocultaba sus ojos tras unas gafas de plástico de montura amarilla y lentes ahumadas. En una pequeña radio sonaba el ritmo suave de un blues.

—Bueno, éste es Abigail —dijo Fernando—. Y éste es Jaime —añadió dirigiéndose al mono.

El animal dejó escapar una especie de suspiro apenas audible.

—Encantado —respondió Jaime.

—Ahora, hace falta que le toques para que te acepte —añadió el pelirrojo.

—¿Y si me muerde?

—No te morderá, está tranquilo.

Fernando quitó las gafas al primate, le acarició la cabeza y luego tomó con la suya la mano de Jaime y le dirigió para que, a su vez, acariciara al simio. Abigail no se alteró. Suspiró mientras posaba una mirada de ternura infinita sobre el intruso.

—Ahora ya podéis ser amigos —sentenció Fernando.

—¿Nunca sale de su habitación?

—Cuando estoy en casa, le llevo conmigo al salón y vemos juntos la televisión. Tú puedes hacer lo que quieras, aquí dentro él está a su gusto. Es un orangután casero.

—¿Y lo del váter?

—Basta con que le dejes la puerta del trastero abierta después de cada comida y abras la del baño. Yo le llevo porque le gusta que le acompañen mientras caga. Es igual que los niños. ¿A ti no te gustaba cagar de la mano de tu madre cuando eras un crío?

—No me acuerdo.

Jaime se quedó solo en la casa minutos después. Deshizo sus maletas y ordenó su ropa en el armario. Guardó en el cajón de la mesilla las cartas de Banderas, sus documentos y sus fotos. Colocó los libros en una de las baldas de la cómoda. En otra, depositó una fotografía de Banderas en la que aparecía cabalgando una mula sobre un paisaje de selva. Miró su reloj. Las manillas se acercaban a las doce del mediodía.

Abrió el ventanuco y se asomó al patio. Sintió su angustia renovarse al ver aquel espacio sucio y desangelado que se hundía hacia un abismo inquietante. Sin duda era un lugar idóneo para suicidarse. Quizás eso era lo que debería hacer ahora mismo. Desde abajo llegaba un ruido de vasos y de voces.

Se tendió en la cama más cercana a la puerta. Decidió no volver a la oficina hasta poco antes del almuerzo. Permaneció unos minutos paseando los ojos por su nueva guarida y no logró aceptar la idea de que aquella iba a ser su casa durante los próximos días, quién sabe si semanas o meses. Luego se levantó y tomó la *Odisea* de la estantería. Se encaminó al salón. Y, sentado junto a la mesa, continuó la lectura donde la había dejado.

Homero relataba ahora el encuentro del héroe con el dios Eolo, la curiosidad que le perdió cuando decidió fisgar en el interior del odre de los vientos, su paso por las tierras de los monstruosos lestrigones y la llegada al reino de Circe. También Odiseo había pensado en suicidarse cuando le acometió la angustia: «... y yo medité si debería tirarme de la nave y morir en el océano, o sufrirlo todo en silencio y permanecer entre los vivos». Había decidido, sin embargo, seguir en su lucha, aunque su destino se volviera aún más incierto e ignorase hacia qué rumbo debía dirigir su nave.

Jaime se sentía hipnotizado ante lo que leía. Aquellas peripecias le parecían una metáfora de su dolorida existencia. También él había pensado en matarse, pero seguía viviendo por alguna oscura razón. Y a semejanza de Odiseo, se encontraba perdido, sin saber su lugar exacto en el áspero mundo. ¿Qué hacer? Muchas veces se lo había preguntado. De hecho, intentaba de forma más o menos consciente cavilar sobre su futuro. Y lo hacía con parecido sentimiento fatalista al que alentaba en el héroe del libro: convencido de lograr poco o casi nada. ¿No era acaso heroico, o quizás tan sólo una locura, seguir adelante cuando todo parecía volverse en contra tuya? Los piropos de la diosa Circe animaban al héroe del libro: «Alienta en tu pecho un ánimo indomable, eres sin duda ese Odiseo de multiforme ingenio». Bueno, pensó Jaime, a él le faltaba ingenio, pero su espíritu bien podría ser calificado de cazurro. Retiró un instante los ojos del libro y recitó en voz alta: «Alienta en tu pecho un ánimo indomable, eres sin duda Jaime Arbal».

Corrió de la mano del héroe en sus siguientes viajes mientras buscaba el camino de Ítaca. También él alentaba la esperanza de regresar a casa, se dijo. ¿Y era ésa suficiente razón para seguir viviendo? Su ánimo se encendía. Asistió a los encuentros de Odiseo, en el Infierno, con los espíritus de su madre, de Edipo y de los héroes caídos en Troya. Estuvo con él al lado del sediento Tántalo y del esforzado Sísifo. ¿Así era la vida, intentar beber y no probar el agua, como le sucedía a Tántalo, o tratar de llevar una piedra a lo alto de la montaña, como intentaba el esforzado Sísifo, y que el pedrusco ruede una y otra vez abajo cuando ya estás llegando? ¿No sería su vida como la de aquella pareja de desgraciados?

Se embarcó después con Odiseo hacia otros rumbos, en el ligero bajel que se hacía a la mar «empujado al principio por los remos y más adelante por el próspero viento». Se sentía, casi, capaz de ver los paisajes y la vida que mostraba aquella historia. Nunca había sido un gran lector, en realidad apenas había leído literatura en toda su vida. Por eso le dejaba perplejo percibir esa súbita felicidad que produce a los hombres hundirse en la narración de un libro y perder por unas horas la conciencia de sí mismos.

Lo cerró. ¿Era Tántalo o era Sísifo? Bueno, a él nunca se le ocurriría ponerse a subir pedruscos a lo alto de un cerro. Lo de Tántalo resultaba más preocupante: estar con el agua al cuello muerto de sed y que, al tratar de beber, el agua se baje y su boca no llegue a alcanzar el líquido. Vaya fenomenal putada.

Se asomó de nuevo al ventanuco de su habitación antes de irse. Bien pudiera ser la boca del Infierno aquel lúgubre hueco: el tintineo de vasos tal vez no era otra cosa que un ruido de pucheros lleno de condenados en plena cocción; y las voces humanas, puede que nada más que los lamentos de los pecadores. Ahora no le parecía un buen lugar para tirarse de cabeza.

Con el alma deambulando entre las dudas, mitad Tántalo y mitad Odiseo, Jaime Arbal entró de nuevo en su despacho a eso de la una. Tomó el teléfono, habló con la secretaria de Ramos y pidió una entrevista con su jefe para esa misma tarde.

Las cuitas del mendigo Tántalo le habían dado sed, de modo que se escurrió por los pasillos de La Gran Felicidad, S. A., como un prófugo, intentando no encontrarse en el camino con Marisa y ávido de tomarse unas cuantas cañas de cerveza antes del almuerzo.

Poco después, comió solo en Paradiso, arrimado al mostrador y sentado en un taburete. Luego, delante de un café y una copa de coñac, consumió otra media hora aguardando vanamente a que Machuca asomara por la puerta del bar.

Sí aparecieron, sin embargo, los dos empleados del banco, Víctor y Esteban, que se unieron a café y copa, anhelantes también de que Machuca llegara para poder jugar la cotidiana partida de mus. El atribulado Esteban pasaba malas horas a causa del asunto del loro.

—Mi mujer está llevando las cosas a un punto límite. No quiere ni verlo y se pone a chillar cuando me encuentra al lado de la jaula rogándole al loro: «Vamos, César, cariño, churros, churros, churros». Y me ha amenazado: o el pájaro o ella. Y cuando yo le digo que el pájaro, se pone todavía peor. Tengo miedo de que cualquier día me lo envenene. Está histérica perdida.

—Te tiene acojonado, jefe —se burló Víctor.

—César es mi alegría, me salva, me recuerda la única aventura de mi vida. Lo de decir café ya lo borda. Y el otro día dijo «chu..., chu...», dos veces. Está a punto de arrancarse. En cuanto consiga el «rros» lo traigo para que los pida aquí.

Jaime se despidió, resignado ante la ausencia de Machuca. Los otros quedaron en la barra de Paradiso, enzarzados en disparatadas teorías sobre las relaciones entre los pájaros y las hembras humanas.

A solas en su despacho, se sentó con los pies encima de la mesa, dispuesto a perder inútilmente el tiempo hasta que se hiciera la hora de subir a ver a Ramos. Pero no habían transcurrido unos pocos minutos cuando oyó dos golpes en la puerta y, a renglón seguido, el ruido del picaporte al moverse. Marisa cruzó el umbral en tanto que Jaime, asustado, se erguía en la butaca. Sintió deseos de gritar a la muchacha que se fuera y que le dejase en paz, pero recordó su virilidad humillada y retuvo la lengua.

—Tengo que hablar contigo —dijo ella mientras se sentaba de medio lado en el borde de la mesa. Jaime se sintió atenazado por el terror.

—He estado muy liado —acertó a decir.

—¿Has visto el regalo que te dejé en el cajón? —preguntó ella.

Jaime recordó el preservativo de cabeza de gallo. Y tembló su alma.

Marisa rió:

—Era una broma, hombre. Pero tenemos algo pendiente.

Comenzó a acercarse a Jaime, escurriendo el culo sobre la superficie pulida de la mesa.

—¿O es que no quieres nada conmigo? —preguntó.

—Estoy en un mal momento.

—Ya sé que te has separado. ¿No te gusto?

Jaime percibía un olor a mar pringoso, a playas alfombradas de algas muertas, a cadáveres de ostras pasadas de fecha, a plagas de cangrejos sin caparazón y a grasazas portuarias. Ella llegó a su altura, se dejó caer y quedó sentada sobre sus rodillas; pasó al instante sus brazos por detrás de su cuello y enterró la boca en la de Jaime. Otra vez aquella lagartija fría con pretensiones de lengua comenzó a buscar la suya con furor. Olía a hembra Neanderthal acometida por la urgencia de la procreación.

Se zafó con brusquedad del beso.

—Estoy enamorado de mi mujer —dijo.

Y en ese momento la puerta se abrió.

—Perdón.

Fue lo único que logró decir la atónita secretaria de Ramos, asomada a la puerta. Marisa rebotó de las rodillas de Jaime y comenzó a abotonarse la blusa. Él no acertó a moverse; tan sólo llevó el dorso de su mano hasta los labios. La otra los miraba en silencio.

Transcurrieron espesos segundos que pesaban cual pedrusco de Sísifo. Al fin, la mujer recobró su aplomo y habló:

—El señor Ramos ha llegado antes de lo previsto y quiere que suba a verle ahora —dijo a Jaime. Y se dio la vuelta y salió cerrando la puerta a sus espaldas.

—Buena la hemos hecho —dijo Jaime.

—Joder, todo el mundo va a enterarse de esto —contestó Marisa—. ¿Y por qué la tía puta no te ha dado el recado por teléfono? Corre, sube, explícale cualquier cosa. A ver si puedes pararlo... Aunque sea, échale un polvo a ese loro, a ver si la contentas y se calla. ¡Qué cabronada!, la que me puede caer. ¡Corre y arréglalo!

—Ya voy, coño —contestó Jaime al tiempo que salía atusándose el pelo y colocando en su lugar el nudo de la corbata.

Tomó el ascensor. Maldita Marisa, pensó; puñetera tía, no habían pasado de unos cuantos besos y ya le echaba la bronca. Como todas. A la mierda con ella y a la mierda con el mundo. Compadeció la miserable existencia que debía llevar el cornudo de su marido, compartiendo su vida con aquella fiera. Una torre de músculos jamás podrá vencer a una enana cabreada.

La secretaria estaba sentada detrás de su mesa, en el antedespacho de Ramos. Mantenía la vista baja, los ojos ocultos tras unos lentes de gruesos cristales. Era una mujer desgarbada y fea, escasa de carnes y provista de una imponente nariz en forma de martillo, o sea, pensó Jaime, el prototipo de bruja amargada que ni inventada para la ocasión. Cayó en la cuenta de que nunca, en todos los años pasados, había cruzado con ella otras palabras que no fueran saludos de cortesía.

Carraspeó. La mujer alzó la cabeza.

—No es lo que imagina... —dijo Jaime.

—Ah —respondió ella en tono burlón—, ¿no se trata de acoso sexual en el trabajo...?

—Desde luego que no.

Ella sonrió y las esperanzas de Jaime renacieron.

—Yo llevo años esperando que alguien me acose sexualmente en esta oficina. Pero con este cuerpo... —señaló luego la puerta que se cerraba a sus espaldas—. El jefe está esperando. No se preocupe, soy tan muda como cegata.

Los ojos miopes de aquella mujer eran muy bellos, pensó Jaime mientras cruzaba a su lado y dejaba caer un golpecillo afectuoso en el hombro de la secretaria. Pensó que debería enviarle unas flores.

—Leí tu informe —dijo Ramos mientras hacía girar entre sus labios un lustroso habano.

—Pues si lo has leído, no te extrañe que quiera verte. Por lo menos la empresa me debería pagar el traje que me han meado.

—Pasaré una nota para que te lo paguen. ¿Algo más?

—Que estoy hasta los huevos de este asunto.

—Jaime..., tienes contentos a los jefes, las cosas van a irte bien por este camino. Sé de unos cuantos compañeros tuyos que se pondrían bajo un chorro de pis todo el tiempo que hiciera falta con tal de prosperar.

—La tapicería de mi coche echa tufo a urinario público.

—Ya has llorado lo que tenías que llorar. ¿Quieres algo más?

—Sí: que cerréis el asunto de los travestís y me envíes otra vez al archivo.

Ramos levantó los ojos hacia arriba, como quien mira al cielo en busca de comprensión divina.

—La Hoffman es quien manda. Pero me huele que no va a rendirse, hay muchos travestís con las tetas aseguradas, y estos alemanes son como los perros de presa, no sueltan las mandíbulas hasta que no tienen segura la pieza. Cabezas cuadradas.

—Mejor cabezas redondas, porque siempre vuelven al mismo sitio. Que busquen a otro inspector que quiera prosperar y le guste que le meen.

—Ya te calmarás.

Jaime se levantó, aprovechando que sonaba el teléfono en la mesa de Ramos, y ganó la puerta. Sonrió a la secretaria al pasar a su lado. Iba a salir al pasillo cuando la voz de Ramos sonó a sus espaldas.

—Espera, Clouseau.

Se volvió.

—Dice la Hoffman que subamos, aguarda que coja la chaqueta.

Por el ancho ventanal entraba la mustia luz de una tarde fatigada. La Hoffman tendió la mano a Jaime y, enérgica, indicó a los dos que se sentaran frente a ella.

Jaime reparó en que, en un extremo de la mesa, en una especie de cuna fabricada con pañuelos de papel, descansaba el murciélago. Sus orejones asomaban entre los pliegues blancos y suaves de la celulosa. La Hoffman siguió la mirada de Jaime.

—Tiene un ala herida, pero se curará. ¿Vieron lo que sucedió esta mañana?

Jaime y Ramos asintieron.

—Un pobre animal como éste, perdido, asustado, y todo el mundo corriendo detrás de él sin parar de gritar y reírse. ¿Qué querían, matarlo?

—Yo creo que era algo que rompía la rutina —acertó a decir Jaime—. A más murciélagos, menos trabajo.

—¿Pero cómo puede divertir el terror de un animal? Claro, que todo se explica si se piensa en las corridas de toros. Ustedes no serán partidarios de las corridas...

—Desde luego que no, señora —dijo Ramos.

—Menos mal que hay gente civilizada en esta empresa. Y espero que su ejemplo se extienda. Este fin de semana fui otra vez al campo con mi hija. Paramos en un pueblo muy bonito de la sierra, no muy lejos de Madrid. Un pueblo con casas de piedra y tejados de pizarra, precioso. ¿Pero qué dirán que sucedió?

—Cualquier cosa es posible en España —dijo Ramos.

—Íbamos paseando y, al pasar al lado de un corral, vimos a un hombre con un burro. El burro estaba cargado con leña de tal modo que se le doblaba el espinazo. No podía echar a andar. Y el hombre la emprendió a palos con el animal sin cesar de gritarle: «Arre, borrico, arre, borrico». ¡Qué crueldad!

—Horrible —señaló Ramos.

—Es inadmisible que pasen cosas así en un país que está en la Unión Europea. Le amenazamos con ir a la Guardia Civil y denunciarle. Y el hombre nos gritó: «¡Pues vayan ahora mismo, no sea que les dé también de palos a ustedes dos, par de tontas!». Es inadmisible.

—¿Y fueron a la Guardia Civil...? —preguntó Ramos.

—Eso fue lo peor. Mi hija y yo estábamos muy irritadas, lo reconozco, y queríamos hacer una denuncia en toda regla. Nos recibió un sargento, en un cuartel de un pueblo de al lado, y le contamos lo del burro. Y entonces el sargento dijo que no se podía multar a nadie por pegar a un burro, que eso no venía ni en la Constitución ni en el Código Penal. Nosotros le contestamos que, en ese caso, eran una constitución y un código hechos para un país de bárbaros. Y el sargento entonces respondió que es menor delito apalear burros que incinerar judíos. ¿Creen posible que se digan cosas así en un país civilizado y miembro de la Unión Europea?

—Es un penoso asunto —contestó Ramos.

—Como es lógico, hemos denunciado los hechos en nuestra embajada, habrá una protesta formal en el Ministerio del Interior, una cosa así no puede quedar impune, es vejatorio.

—Inaudito —concluyó Ramos sujetándose con las dos manos el abultado vientre.

La Hoffman suspiró. Miró al murciélago con lástima. Luego volvió los ojos hacia Jaime.

—Su informe es muy satisfactorio. Voy a proponer que le aumenten el sueldo y un pequeño ascenso.

—Muy agradecido —dijo Jaime.

—Pero la investigación debe seguir —añadió la Hoffman con voz helada—. Los intereses de la compañía son fuertes en este caso y hay que llegar al final.

Jaime la miró abatido.

—Lo primero que debe hacer —siguió ella— es pedir una entrevista con el presidente de las Cortes en nombre de la empresa.

—No me la concederá.

—La pediré yo por usted. Ya le comunicaremos la hora y el día de la cita. Conoce usted poco a los políticos.

—¿Y qué le digo?

—Le explica claramente lo que sabemos. Y le garantiza que, por respeto a su cargo, la compañía no va a hacer nada ni a dar publicidad a todo esto, que cerraremos el caso como si fuera un accidente. Es, por decirlo así, una cuestión de relaciones públicas.

—Le confieso, señora, que a estas alturas ya no sé si soy un inspector de seguros o un policía.

—Haga lo que le digo.

Ya en el pasillo, Ramos dejó escapar una sonora risotada. Luego, le golpeó el hombro.

—Enhorabuena, Jaime. Ascenso y más dinero.

—¿Y qué coño le digo yo al presidente de las Cortes?

Ramos seguía riendo:

—Hay que joderse con las historias de la tía y sus paseos por el campo con la hija.

Se detuvo y dio un pase taurino con la mano derecha, componiendo un gesto altivo y torero, el barrigón echado hacia adelante y la cabeza inclinada a un lado.

—¡Olé! —se dijo a sí mismo al concluir el imaginario muletazo—. Si la Hoffman supiera que tengo abono para la Feria de San Isidro desde hace veinte años y que no me pierdo una corrida...

Jaime bajó a Paradiso mediada ya la tarde. La clientela amiga de copas y naipes comenzaba a llenar el local. Vio a Marisa al fondo, sentada junto a una mesa, una isla femenina en un mar de hombres. Tenía delante una copa de coñac.

Se acercó y se sentó a su lado.

—Puedes estar tranquila —dijo al tiempo que se acomodaba—. La secretaria de Ramos no dirá nada.

Marisa guardó silencio. Luego, acercó su mano a la de Jaime, apretó un momento sus dedos, y volvió a soltarla.

—Perdona mi malhumor, perdí los nervios.

—Olvídalo.

—Parece que está escrito que siempre nos suceda algo raro.

Jaime carraspeó antes de hablar:

—Vivo unos días difíciles, no es mi mejor momento para nada, para relacionarme amorosamente con nadie.

Ella le miraba con fijeza a los ojos, sin soltarle la mano.

—No me gustaría que te hicieses una idea falsa de mí —dijo la muchacha—. Soy romántica y sigo creyendo que la vida es como en las películas. No busco el sexo porque sí. Busco el amor, creo.

—¿Y tu marido?

—Nunca tiene una palabra dulce conmigo y es torpe y urgente en el sexo. Él, sin embargo, está seguro de ser un gran amante, y sólo porque tiene gana de hacerlo a todas horas.

—¿Por qué no le dejas?

Ella le miró con tristeza.

—Soy cobarde. Él, a su manera, me quiere y me cuida. Temo la soledad.

—Eres hermosa.

—¿Te enamorarías de mí?

—Creo que estoy enamorado de mi mujer.

—Me gustaría emborracharme contigo.

—Ahora mismo, si te apetece. Toda mi vida me he emborrachado con cualquiera que quisiera hacerlo.

Marisa se había levantado y le miraba con los ojos húmedos. Ahora a Jaime le parecían hermosos y doloridos. Y sintió en su interior el destello de un ramalazo de cariño hacia aquella muchacha desarbolada. Ella dirigió la vista hacia la puerta, luego la volvió hacia él, le acarició la mejilla levemente y musitó: «Gracias por escucharme». Y se alejó hacia la salida, sorteando mesas de ávidos hombres, atrayendo hacia su prieto culo las miradas lascivas de tipos que desprendían aromas a verga de caballería.

Capricho se acercaba a él.

—¿No quiere lotería, don Jaime? —preguntó.

—La Tierra está poblada de seres infelices, Capricho.

—Me lo va a decir usted a mí, don Jaime.

—El hombre es un animal extraño en la naturaleza —prosiguió— y el mundo para él es un lugar inhóspito.

—No sé qué quiere decir inhóspito, pero suena mal —dijo Capricho.

—Quiere decir inhabitable.

—Lo inhabitable es la miseria —respondió el limpiabotas.

—El problema esencial es que pedimos más amor del que se nos da —añadió Jaime.

—Pues como yo pidiera mucho amor, iba servido con el cuerpo que tengo —repuso Capricho alzando la giba.

—Nuestra obligación es ennoblecer el mundo, ¿no te parece? —apuntó Jaime.

—Eso está muy bien visto, don Jaime, y da gusto hablar con personas preparadas como usted. Pero ésos son problemas de la gente que tiene la vida resuelta. Porque lo que nos pasa a los pobres es que, si no hay dinero, no hay pensamiento, y sin capital no se puede ennoblecer nada, con todos los respetos a sus muchos saberes, don Jaime.

Pasaban las ocho de la tarde cuando Luis Machuca asomó en Paradiso. Mostraba un rostro fatigado, con bolsas abultadas y oscuras bajo los ojos. Se arrimó al mostrador.

—Eres como un aparecido. ¿Dónde te has metido todo el día? —preguntó Jaime.

—Dormí mal.

—Sigues jodido por lo de ayer.

Machuca se encogió de hombros:

—Nunca me ha sido fácil olvidar.

—La culpa fue mía.

Machuca le golpeó en el hombro, sonriéndole con fatiga:

—Soy mayorcito para decidir adónde voy.

El periodista pidió un whisky doble. Buscaron una mesa donde sentarse, al fondo del local, detrás del espeso cortinón del tabaco.

—El problema es el orgullo, el puñetero orgullo —siguió Machuca.

—El orgullo es lo que nos mantiene en pie —respondió Jaime.

—El orgullo es falso. ¿De qué podemos alardear la mayoría de nosotros? De necios solamente.

—Estás muy negativo.

—Me jode mi propia imagen ante los demás: un periodista que vive de las ideas, que defiende ideales..., bah. Estamos montados sobre la mentira, sobre lo que nos imaginamos que somos, no sobre lo que somos en realidad.

—Sólo podemos sobrevivir aferrados a los símbolos —dijo Jaime.

—¿Eso es idea tuya?

—Supongo que sí.

—Me sorprendes.

—Se me ha ocurrido de pronto.

—Ten cuidado, los símbolos llevan siempre al desastre —añadió Machuca—. El mundo está mal organizado: tú hubieras sido un gran periodista y yo un feliz chupatintas.

Guardaron silencio unos instantes. Machuca apuró de un largo trago el resto de whisky que quedaba en su vaso. Luego sonrió mirando los pedacitos de hielo de la copa y movió la cabeza hacia los lados.

—Dejemos esa historia. Ya dijo Shakespeare que los cuentos tristes son mejor para el invierno, y ahora es primavera.

—¿Lees a Shakespeare? —preguntó Jaime.

—Con Shakespeare descubres que, desde siglos atrás, siempre viene pasando lo mismo en el mundo.

—Yo también lo leo —dijo Jaime.

—No te conocía inclinaciones literarias.

—En realidad he empezado hace poco. He ojeado sus sonetos.

—Lee su teatro, aprenderás mucho.

—¿A vivir sin imaginar?

—A ver el mundo tal como es, un lugar muy poco amable.

—Déjalo ya, Luis.

—Entonces vamos a emborracharnos.

—Es la segunda vez que me lo proponen hoy.

—¿Y tienes algo en contra?

—Nada en absoluto.

Siguieron bebiendo hasta que Paradiso cerró. Luego, continuaron en Gipsy's. Eran casi las tres de la mañana cuando salieron en busca de un taxi para Machuca. Vieron acercarse uno desde la lejanía. Machuca, tambaleante, le hizo señas agitando los brazos. Antes de que el vehículo llegase a su altura, Jaime preguntó:

—Si ahora se te apareciese un genio, uno de esos de las botellas, ¿qué le pedirías?

—Vaya gilipolleces que se te ocurren a estas horas.

—¡Qué le pedirías, cojones! —insistió.

—Ser un hombre valiente —respondió mientras subía al coche.

Jaime caminó a trompicones hasta el portal de su casa. Al lado del contenedor de basura, dos palomas blancas se hartaban de cenar picoteando en el cadáver de una rata. Al verle, echaron a volar y se perdieron calle arriba, sorteando las farolas con ágiles piruetas. Pensó si la borrachera le estaría haciendo ver visiones o si su juicio se habría dislocado definitivamente. «Tal vez las palomas blancas son una especie carroñera», se dijo. Abrió la puerta, subió con pasos dudosos los tres escalones que le separaban del rellano del ascensor y dio al botón de la luz.

La extravagante jornada parecía no tener fin. Allí, cerca de la puerta metálica del elevador, había una mujer que le miraba. La súbita visión no le infundió temor. Pensó que se estaba acostumbrando a todo lo extraordinario y que la capacidad de sorpresa se había esfumado de su alma. La mujer lucía un llamativo vestido rojo de raso, rematado por un dadivoso escote del que sobresalían casi al completo dos marciales pechos que formaban guardia a ambos lados de un hondo canal. Calzaba zapatos rojos de alto y fino tacón. Su pelo rubio brillaba bajo la mustia luz del vestíbulo y su tez era blanca como la cal. Embadurnada de polvos, carmines y pinturas, en vano empeño por burlar las puñaladas de la edad, parecía un ser escapado de un filme de Fellini.

—Hola, guapo —dijo mientras él abría el ascensor, y entró delante bailando el culo con un desangelado ritmo de samba.

—Yo voy al quinto —dijo Jaime con voz de bayeta de cocina.

—Hay que ver la cara que tienes de sabandeño, mozo.

Jaime apretó el botón y el elevador voló hacia lo alto.

—Si lo hacemos en tu casa —dijo ella al arrancar— son cinco mil, todo lo que queda de noche. Si prefieres en el ascensor, mil pelas cada viaje de ida y vuelta, de abajo arriba y de arriba abajo, hasta que termines.

Llegaron al quinto. Ella sujetó la puerta con la mano.

—Estoy medio borracho —dijo Jaime— y no tengo ganas de nada. Ni siquiera sé si eres una mujer o un extraterrestre.

—Soy mujer humana y me llamo Jennifer.

—¿No hay en Madrid alguna puta que se llame Lola, o Mari Carmen, o simplemente Pili?

—Te puedo hacer una rebaja.

Jaime echó a andar pasillo adelante. Oyó a sus espaldas los pasos de la mujer.

—Hago mamadas estupendas —decía.

Jaime se detuvo ante la entrada de su apartamento. Jennifer le contemplaba con ojos de turbia neblina.

—Es que no tengo para comer mañana —dijo ella.

Jaime buscó la llave.

—Por mil pesetas, entro y te hago lo que me pidas —insistió Jennifer.

—No puede ser, hay un mono ahí dentro.

—¿Te follas un mono?

—¡No digas gilipolleces!

—En mi oficio se conoce gente muy personal.

Jaime buscó en los bolsillos, sacó un billete de dos mil pesetas y se lo dio a la prostituta.

—Toma y vete a dormir.

La otra sonreía con una mueca grotesca.

—Vivo en el séptimo, en el 710. El piso lo pago a primeros de mes, con lo que voy guardando, y me quedo casi a cero. De lo que me has dado, aparto mil pesetas para el alquiler del mes que viene.

—Encantado, Jennifer: me voy a dormirla.

—¿Y tú, cómo te llamas?

—Rocky —respondió Jaime antes de cerrar.

Recorrió el pasillo en la oscuridad, apoyándose en las paredes. Bajo la puerta del cuarto del fondo, se distinguía una línea de luz. Volvió a recordar al mono. Y después de entrar en su cuarto, arrojar la chaqueta sobre la cama y quitarse los zapatos, regresó al pasillo y abrió el trastero.

Abigail estaba sentado en el suelo. Sus bellos y grandes ojos, tiernos e inteligentes, miraron a Jaime. Le tendió la mano y el mono se levantó sobre sus patas combadas. Tiró del hombre hacia el pasillo. Y le condujo hasta la cocina.

—Ya veo que no has cenado —dijo Jaime.

Sacó la cazuela con la comida del simio, sirvió una generosa ración en un plato y lo calentó un par de minutos en el microondas. Abigail le contemplaba con gesto cálido y sumiso.

Observó al pequeño orangután mientras comía. Era pulcro y calmo. Escogía con los dedos pequeñas porciones y se las llevaba a la boca con delicadeza. Masticaba mirándole con ojos agradecidos, sin abrir los labios.

Cuando Abigail terminó, Jaime dejó el plato en la pila, tomó al mono de la mano y lo llevó al pasillo. Pero el primate se detuvo en la puerta del baño, sin soltar la mano del hombre.

—Ya sé —dijo Jaime.

Abrió la puerta y prendió la luz. Abigail subió con presteza al retrete y se acomodó en la taza con las patas colgando, agarrado aún a la mano del hombre. Siguió mirándole mientras su rostro se contraía levemente. Luego, sonaron dos pedos y, a renglón seguido, se oyó el ruido de un objeto pesado al caer al agua del váter. Abigail suspiró. Después, dos pedos más, nuevo chapuzón y el mono saltó de la taza al suelo. Jaime tiró de la cadena y regresó al pasillo con el simio siguiéndole mansamente.

—Bueno, compañero —se despidió—, que tengas felices sueños.

Desnudo al fin, Jaime se echó a la cama, ocultándose entre las sábanas. El barco modorro de su mente navegó unos instantes entre el oleaje del alcohol. Luego, vencido por la fatiga, con el cerebro repleto de visiones mutantes, nadando en un cosmos que se transformaba en caos, fue hundiéndose en la suavidad de un mar tranquilo. A caballo aún entre la realidad y el sueño, toda aquella imaginería de seres que se agolpaban sin orden en su memoria, aquella evanescente barahúnda de rostros que bullían dentro de su cerebro aletargado, se le antojaba el retrato más exacto del mundo.

Capítulo XIII

«Hay ecos de pisadas en la memoria.»
T. S. ELIOT, *Cuatro cuartetos*

El mundo que habitamos, mudable y variopinto, dicen las Escrituras que fue invento de Dios. Antes de aquella hora de la Creación, puede imaginarse que Dios andaba ocupado en otras faenas, tal vez metido en alquimia, entre redomas, pucheros y crisoles, manoseando barros y mercurios, y dándole al mineral con el martillo. No hay noticia en los libros sagrados acerca del momento en que se hartó de polvos y alambiques, y aburrido de sortilegios, lumbres y lavaderos, decidió ocuparse de cuestiones menos fatigosas. El hecho es que, quizá frustrado por no haber logrado fabricar oro, decidió inventar el mundo.

Sin duda se envaneció con su obra, pues en tanto iban saliendo seres y más seres de su calenturienta mollera, veía que «todo era bueno», como afirma el libro del Génesis. Sin embargo, no es fácil de entender en qué son buenas las víboras, los escorpiones, las ortigas, el frío, la fatiga del calor, los terremotos, el huracán, los hijoputas, la enojosa mosca, la pobreza, el desamor y los arrancamoños.

Peor fue lo del hombre. Lo hizo a su imagen y semejanza, según cuentan, lo cual dice bastante poco en honor de Dios, puesto que, en su infinita sabiduría, es de suponer que barruntaba ya el destrozo que iba a organizar el hombre alrededor de él. A lo mejor Dios es sadomasoquista, o quizás es que no se aclara.

Y poco claro asomó el mundo para Jaime Arbal aquel jueves de pleno mayo con olor a polen en que, después de tomar un café con churros en Paradiso, entró en su oficina pasadas las diez de la mañana. Iba el hombre mohíno y cabizbajo, atacado de ruinas y con el alma hecha un guiñapo. No tenía fuerzas siquiera para alentar el impulso de la rabia ante el peso de sus míseras desdichas. Marchaba a paso calmo hacia La Gran Felicidad, S. A., cual pingajo humano que sube la escalera del patíbulo.

En el contestador automático había un recado de Carmen. La sangre trepó a sus sienes. Llamó a su casa y no obtuvo respuesta. Luego al bufete. Tras el obligado paso por el filtro de la secretaria, la voz de Carmen se escuchó en el auricular:

—Llevo desde ayer buscándote, y toda la mañana de hoy. Tu padre ha muerto..., lo siento.

Su memoria se vació y un abismo se abrió de súbito debajo de la mesa.

Carmen hablaba:

—El viejo murió ayer a media tarde, un derrame cerebral, fue una dulce muerte. El entierro es a las seis; ahora están velando el cadáver en la capilla de la residencia. ¿Quieres que te acompañe?

Jaime dudó.

—No te preocupes. Iré solo, los entierros son desagradables.

—Llámame si te hace falta hablar. Lo digo en serio, sé que es un momento duro.

—Tal vez.

—Por cierto: no me envíes más versos de Shakespeare.

—Ah, sí... Fue una tontería.

Colgó y extendió las manos sobre la mesa, inclinado hacia adelante, y se preguntó qué era lo que debía sentir ahora. No pensaba, sino que aguardaba atento la llegada de la tristeza y del llanto, y tal vez de una difusa sensación de culpabilidad. Estaba vacío y frío, con la muerte sentada frente a él, porque ya sabía que la muerte asoma bronca delante de los hombres cuando los padres mueren y que hasta entonces no es más que una realidad ajena, algo que sucede por el mundo adelante y que no puede caer sobre uno. Miraba con fijeza la silla desocupada al otro lado de la mesa. Imaginó que la muerte sólo podría aparecérsele con el rostro de un gato de ojos insensibles que miraba en sus propios ojos, traspasando el iris y contemplando lo más hondo de su alma.

Pero la pena y las lágrimas no llegaban. Llamó al despacho de Ramos y comunicó a la secretaria que debía irse al entierro de su padre. Se levantó para marcharse, pero sonaba el teléfono. Era Ramos.

—Oye, chico, que lo siento. ¿A qué hora y dónde es el entierro?

—Estas cosas es mejor pasarlas solo.

—Tómate dos o tres días libres.

Iba a salir cuando otra vez sonó el timbre del teléfono. El transexual Pamela le hablaba con voz histérica:

—¡Una llamada, una llamada de amenaza! —gritaba—. Esto me pasa por hablar con gente como tú.

—¿Qué amenaza?

—¡Los Chumbos!, ¿quién va a ser? Me han dicho que me van a cortar lo que tenga de picha. Y ésos lo hacen, ¡ay! Tienes que venir, tienes que salvarme. Me cortarán la picha o me quemarán las tetas. La culpa es tuya.

—Pamela, tengo prisa. Voy a un entierro.

—¿Otra de las nuestras?

—No, mi padre.

La brisa primaveral en la carretera traía aromas de sexo adolescente, olores de besos cálidos y un perfume de yerbas que incitaba a vivir. Pero el interior de la capilla de la residencia de ancianos atufaba a medicamentos rancios, desinfectantes caducos, sangre envejecida y esprais matacucarachas. Sobre el altarcillo, la imagen de madera de un Cristo crucificado presidía la pequeña sala donde se alineaban una decena de bancos. El ataúd abierto había sido colocado en un estrado, junto al ara. Desde la puerta, Jaime veía asomar por los bordes del féretro la nariz marmórea de su padre y un pedazo de frente de harinosa blancura.

Su hermana, su cuñado y sus dos sobrinos ocupaban parte del primer banco. Detrás de ellos, se encorvaba la espalda de la hermana de su padre, la tía Eulalia, sentada al lado de su hijo, el primo Tomás, militar de profesión, que pasaba el brazo sobre el hombro de la anciana. Todos vestían de negro, a excepción de los niños, ataviados con sendos jerseicitos de color vino tinto, corbatita oscura, pantalón cortado por la rodilla y calcetines blancos. Jaime miró ahora su propia corbata: era de un rojo chillón con lunares azules, muy apropiada para un funeral verbenero.

Besó a las mujeres y a los niños y estrechó las manos de los hombres. Tomó asiento al lado de su hermana Adela.

—Me he enterado ahora —se excusó—. Fue muy rápido, ¿no?

—Una especie de infarto cerebral. No sufrió.

—Me dijo el otro día que iba a morir así, no le creía tan inteligente —añadió Jaime.

Jaime se levantó y se acercó al ataúd. El cuerpo amortajado dejaba asomar tan sólo las manos, enlazadas sobre el vientre, y el óvalo del rostro: un trozo de frente, los ojos cerrados, la nariz afilada, las mejillas hundidas, los delgados labios y la barbilla en punta. A Jaime le pareció ahora muy pequeño aquel hombre que le costaba reconocer, un cuerpo mínimo, casi como el de un niño. Tal vez la muerte nos devuelve a la niñez, pensó. Puso su mano sobre la frente del muerto y le pareció tocar una materia mineral.

No sentía ni dolor ni extrañeza, nada que pudiera definir o reconocer con exactitud. Volvió al lado de Adela y ella le cogió la mano. El contacto de su piel tampoco le produjo ninguna sensación de calor. Miró de reojo a los niños: parecían esculpidos en piedra, quietos allí en el asiento, mirando hacia el féretro, con el rostro repetido de los mellizos. Parecían demasiado educados para los ocho o nueve años que debían de tener. Tal vez el rostro granítico y adusto de su cuñado Julio explicaba la sumisión de los pequeños.

Salieron a comer por turnos. Jaime acompañó a Adela. Pidió un bocadillo y una cerveza y se sentó con su hermana junto a una balconada que daba a los jardines. Por uno de los ventanales entraba libre el aire de la sierra, impregnado de aroma de jaras y de pinos. Abajo, una fuente lanzaba un chorro de agua alegre y sonora sobre el estanque. El viento movía las hojas de un bosquecillo de castaños donde cantaban pájaros escondidos. Más allá, en una explanada rodeada de parterres, una decena de ancianos, vestidos con chándales deportivos, hacían gimnasia sueca dirigidos por un monitor a golpe de silbato.

—Este lugar es apacible —dijo Jaime.

—Todo ha pasado muy deprisa —dijo Adela—. Todavía ayer mismo papá y mamá vivían y tú y yo éramos unos niños.

Jaime se encogió de hombros mientras encendía un cigarrillo.

—Ahora ya nos toca a nosotros.

—No hables así.

—Si no quieres verlo...

Guardaron silencio unos instantes.

—¿Cómo te van las cosas? —preguntó Adela.

Jaime hizo un gesto vago con la mano.

—He visto muy guapos a tus hijos. Parecen obedientes. Y Julio tiene buen aspecto.

—Le marchan los negocios... Y no te preocupes, nosotros corremos con todos los gastos del entierro.

—Llevo una mala racha.

—Si tienes un apuro serio, siempre puedes ir a trabajar con Julio, él estaría encantado...

Jaime se echó hacia atrás en el asiento, le relajaban el sonido de la fuente y el canto de los pájaros.

—Deberíamos vernos alguna vez —siguió Adela—. Ven un día a comer a casa. Somos la única familia..., tú y yo. Ven y tráete a Carmen.

—Nos hemos separado.

La tropilla de ancianos había concluido su gimnasia. Exhaustos, enfundados en sus ridículos chándales de colores vivos, regresaban con lentitud, en doble fila, hacia la residencia, precedidos por el marcial monitor.

A las cinco y media entró en la capilla un sacerdote vestido con casulla dorada y acompañado de un monaguillo. Rezó un responso ante el cadáver y luego estrechó las manos de los familiares y se alejó hacia la puerta, dando paso a los empleados de la funeraria, cuatro hombres vestidos con trajes oscuros y corbatas negras.

—¿Quieren despedirle antes de cerrar? —preguntó uno de ellos.

Su primo Tomás ayudó a la tía Eulalia a alzarse para depositar un beso en la escurrida mejilla del cadáver. Adela dejó una caricia en la frente del muerto y Julio apretó sus manos.

Luego la tapa del féretro se abatió. Jaime vio por última vez el rostro cerúleo de su padre. Y una cuchillada invisible cruzó de pronto el espacio de la capilla y le rozó la cara marcándole para siempre.

Los tres automóviles siguieron al coche fúnebre en comitiva, dejando atrás la residencia y tomando de nuevo la carretera. Jaime viajaba a lomos del desconcierto. Y una caótica sucesión de sentimientos locos bullía espesa en su interior, cual guiso de patatas en puchero. Percibía cómo llegaba, desde algún lugar del remoto antaño, un áspero regusto habitado por imágenes de otro tiempo, como si el pasado quisiera resucitar de pronto, agolpándose en su memoria, trayendo los rostros perdidos y las voces de los muertos. Las imágenes se amontonaban en su memoria, como sacadas de un filme antiguo en blanco y negro: la casa donde vivió en su infancia, su barrio, el colegio, las sórdidas procesiones de Semana Santa, las Navidades felices de los primeros años, las figuritas del Belén, la interminable Noche de Reyes anhelando ver los regalos..., y los parientes desaparecidos, las abuelas, las tías, un primo que había muerto atropellado por un automóvil cuando era niño, los amigos olvidados, fiestas de cumpleaños, tristeza en los ojos de su madre, músicas, canciones, y risas y riñas y llantos. Su cerebro intentaba ordenar las piezas de aquella gran destrucción, de todo cuanto estaba irremediablemente ido. Y envuelto por el cúmulo de visiones desbocadas, al recordar la última imagen de su padre cuando se cerraba el ataúd, ya no le odió, sino que notó despertarse en su corazón un sentimiento de piedad. Recordó lo que el viejo le había dicho días antes: «Tú también morirás solo». Y lamentó no haber sido entonces capaz de abrazarle.

Iba el último en la escasa caravana mortuoria. Por un momento, cuando el cortejo se desvió de la carretera, pensó en tomar la dirección de la flecha donde se leía, en grandes letras blancas sobre un fondo azul, el nombre de Madrid. Pero siguió a los otros vehículos.

La fila de coches se detuvo y aparcó ante las puertas del cementerio. Los empleados de la funeraria bajaron la caja de la furgoneta. Su cuñado Julio desplazó a uno de ellos con ademán firme y cargó sobre el hombro un extremo del ataúd. Jaime se situó junto a su hermana y los niños, y el pequeño grupo siguió el camino flanqueado de tumbas, cruces de mármol, lápidas adornadas con relieves de flores y de ángeles, nombres y más nombres cincelados en losas y en estelas, pequeñas fotos de los rostros de los muertos enmarcados en hornacinas, estatuas de vírgenes y santos formando guardia eterna a los lados del sendero. Marchaba la magra comitiva atravesando el escenario implacable de la hecatombe humana, de todo cuanto ha regresado al polvo y fue de carne, atónita ante el escenario de su destino y sin comprender la magnitud de sus pecados. Los pies rechinaban sobre la tierra alisada del camino, mientras el viento que bajaba mugiendo desde la sierra traía olor de gardenias y cipreses.

Junto a un sepulcro asomó la cabeza de un gato al que el cortejo acababa de interrumpir la siesta. Los ojos de Jaime se cruzaron con los del felino. Jaime se agachó, tomó una piedra y la arrojó contra el animal. No logró alcanzarlo, pero el minino se alejó de la tumba con el rabo en alto, sin temor, bufando y mostrándole el agujero del culo.

—¿Qué haces? —preguntó Adela.

—Los gatos son colegas de la muerte.

Llegaron al alto muro que cerraba el recinto del camposanto. Allí, arrimadas al paredón, se alzaban las filas de nichos, como un archivo del desastre, grandes bargueños de cemento repletos de cadáveres podridos, gusaneras herméticas, polvo quc un día alentó odios y deseos.

A una altura considerable, el nicho destinado a su padre estaba abierto, una boca oscura de ladrillos rojizos que esperaba en breve tragarse el ataúd con el cadáver dentro. Salió otro sacerdote de alguna escondida madriguera y rezó en tono aburrido una breve oración, en pie junto al ataúd. Luego, los dos enterradores que aguardaban al lado de los nichos tomaron la caja con esfuerzo, ayudados por un empleado de la funeraria, la alzaron sobre sus cabezas e intentaron meterla en el estrecho agujero. Y, de súbito, uno de ellos perdió pie, soltó las manos y el féretro se balanceó hacia un lado. El otro sepulturero y el funerario lucharon por sujetar la caja, pero el ataúd se golpeó contra el muro. La tapa se abrió y Jaime pudo ver de nuevo el rostro pétreo de su padre. Incapaces de resistir el peso del sarcófago, los esforzados funcionarios no lograron impedir que se inclinase hacia abajo. El cadáver se alzó levemente de su acolchado camastro de raso blanco y pareció que fuese a escapar de la caja. Prestos, Jaime y el enterrador que había provocado el incidente con su tropiezo, corrieron a ayudar a los dos hombres. Jaime oyó a uno de los niños reír a su espalda y, de inmediato, el chasquido sonoro de un bofetón y un ay infantil.

De nuevo en tierra, los sepultureros recolocaron en su sitio al muerto, clavaron otra vez la caja y se remedió el percance. El ataúd pasó al fin por el oscuro pasadizo del nicho. Luego uno de los sepultureros comenzó a tapar con ladrillos la boca del agujero. «La placa de mármol será colocada mañana», anunció el otro a los familiares. Julio dejó un billete de cinco mil pesetas en la mano del enterrador.

Regresaron a la entrada de la necrópolis. La tarde comenzaba a languidecer, pese a que restaban todavía unas pocas horas de sol. La tía Eulalia hizo unos pucheros cuando Jaime se acercó a besarla. «Qué triste es morir», se lamentó entre hipos. Su primo Tomás le tendió la mano blanda:

—Ya sólo nos vemos en los entierros —le dijo—. ¡Qué pena! Antes, por lo menos, había bautizos, cumpleaños y comuniones. La vida... En el siguiente reemplazo vamos uno de nosotros.

Julio le dio un vigoroso apretón de manos que le dejó los dedos doloridos. Besó a los niños: uno de ellos tenía aún huellas de lágrimas en las mejillas y el carrillo enrojecido por el bofetón del padre. Adela le abrazó.

—Espero tu llamada —dijo.

En la carretera olía a gasolina y a flores, a tomillo y aceite industrial. Viajaba cercado por la soledad del mundo.

Entró en el apartamentro y se sentó bajo la mustia luz de la lámpara del techo. Miró su reloj: las siete y media. La ventana daba a un patio interior y apenas entraba en el cuarto un rastro de la luz del día. Llegaba desde abajo la música difuminada de un piano.

Sintió deseos de beber algo y fue a la cocina. En la alacena encontró una botella mediada de whisky y se sirvió un vaso. Abrió la nevera para buscar hielo y su vista se topó con el cazo de la comida de Abigail. Vaya, había olvidado al mono. Preparó un cuenco en el microondas y lo llevó al trastero.

El simio comió con apetito. Jaime le abrió la puerta del retrete y regresó a la sala. Abigail asomó al poco, trepó a la mesa y se acomodó frente a él, mirándole a los ojos, como si esperase el inicio de una conversación. Jaime bebió un trago de whisky. El líquido entró amargo y recio por su garganta. Pensó que Fernando tenía razón, que aquel animal transmitía una cálida sensación de humanidad.

—Abigail —comenzó a hablarle al mono—, los humanos somos gente estúpida, harías mal en reconocernos como tus amos. Ignoramos casi todo sobre nuestros sentimientos. Supongo que vosotros también tenéis los vuestros, pero probablemente sabéis cómo manejarlos. ¿Recuerdas si tu padre y tu madre han muerto? Los míos sí han muerto. Y me he quedado vacío.

Los ojos del simio se movieron. Jaime encendió un cigarrillo, bebió más whisky y continuó:

—La vida es una porquería. Mi padre era violento, recuerdo sus gritos, los bofetones, el odio que había en su alma de hombre frustrado. Hablaba de la Guerra Civil, de su heroísmo en el combate, de su entrada victoriosa en Madrid con las tropas de Franco, y de su decepción en la paz, de la vida miserable que le había tocado vivir después de su enorme sacrificio. Mi casa era un puchero de odios.

Hizo una pausa. Abigail suspiró conmiserativo.

—Mi infancia fue una mierda, amigo. Mi padre me la quitó. Después la juventud..., un tiempo de esperanza cuando apareció Carmen. Todavía recuerdo el primer día que la vi, cómo vestía, su pelo, su sonrisa tímida y fugaz. Era bella y dulce, la primera persona que sentí que me comprendía. Ella estudiaba Derecho y yo Ciencias Físicas.

Apagó el cigarrillo y apuró los restos del whisky. Siguió:

—No fui capaz de terminar la carrera. Carmen sí, y formó un bufete con algunos compañeros de curso mientras yo comencé a trabajar en una compañía de seguros. Nos casamos. Pero..., en algún momento sucedió algo. Comenzamos a distanciarnos. Ella se sentía atraída por la vida, ¿cómo decirte?..., por otra clase de vida en la que yo no tenía sitio.

Comenzaban a brotar lágrimas de sus ojos y a escurrirse con suavidad por sus mejillas.

—No sé, cada vez se agriaba más nuestra relación, hacíamos menos el amor, ya apenas salíamos juntos, yo eludía acudir a sus cenas y a sus fiestas. Es duro contártelo, pero el caso es que comenzó a ponerme los cuernos con ese tipo, Emilio Aznar, un ridículo y cursi abogadillo al que ella admira. Y hace unos días ella me dejó y ayer murió mi padre y ahora estoy vacío y roto...

Abigail le miraba con ternura. Jaime interrumpió su parlamento y estalló en sollozos. Durante unos minutos, lloró y lloró, dejando que los lamentos escaparan libres y broncos de sus labios. Sus narices se inundaron. Y en ese momento el primate alargó la mano y la posó sobre la del hombre.

Permanecieron un rato así, con las manos enlazadas, mientras Jaime lloraba a lágrima torrencial y moco desbocado. Después, desahogado de llantos, fue al baño, se lavó la cara, se limpió la nariz sonándose con vehemencia y empapó de agua su cabeza. Regresó al salón, tomó el vaso y volvió a la cocina para servirse un nuevo whisky. El pequeño orangután continuaba sentado en la mesa, mirándole, y su presencia cálida confortaba el ánimo de Jaime.

—Perdona —dijo mientras tomaba asiento—, esto no suelo hacerlo nunca, ni siquiera cuando estoy solo, conque delante de alguien... La vida es una mierda, amigo, desde la infancia hasta la muerte. Si hay Dios, por fuerza ha de ser un sádico.

Intentó pensar en algo que le aliviara. Y recordó a Banderas y Odiseo.

—¿Tú crees, Abigail, que merece la pena sobreponerse y emprender una lucha orgullosa para afirmar la propia dignidad? Yo no sé qué decir. Tal vez lo mejor sea dejarse llevar por la vida, a donde te empuje, y no pensar jamás en nada.

Alzó el vaso ante los ojos del mono, a modo de brindis, y lo vació de un trago.

—De todas formas, cuando hay dudas, lo mejor es bajarse al Paradiso y ponerse ciego de cubalibres de coñac. Eso es lo que voy a hacer ahora mismo. Te invitaría con gusto, pero no sé si Fernando te permite tomar alcohol.

Al salir del portal, la luz de la tarde vacilaba. Otra vez las dos palomas blancas volaron del contenedor de basuras y una de ellas dejó caer algo del pico. Jaime vio que era el hueso casi mondo de una pequeña chuleta de cordero.

El bar le pareció a esa hora un lugar repleto de corazones abrasados por el patetismo, de soledades unidas en la algarabía de órdagos y conversaciones desquiciadas, un páramo de tristeza habitado por fantasmas, bajo la humareda del tabaco que flotaba sobre la nada como un nubarrón de barriga amarillenta.

Pepe se acercó desde el otro lado del mostrador, con la mano tendida.

—Le acompaño en el sentimiento, don Jaime —dijo con mirada contrita.

—Gracias, Pepe.

Le puso delante, sin preguntarle, un cubalibre de coñac.

—Esta copa la paga la casa, don Jaime, como ayuda para alivio de su dolor —añadió el camarero—. Y por cierto, ha venido a preguntar por usted una mujer..., bueno un hombre mujer.

—Ya sé. ¿Qué quería?

—Saber adónde vive.

—¿Y se lo dijistes?

—Bueno, sí. ¿Hice mal?

—Da lo mismo.

Sintió luego un golpe en el hombro. Capricho, el limpiabotas, cumplía a su vez el rito:

—Mi sentido pésame, don Jaime.

—Gracias, Capricho.

—Es la vida —dijo Pepe, acodado en la barra frente a él.

—Cierto, la vida —respondió Jaime.

—No podemos evitar lo que está escrito —añadió Capricho.

—A todos nos llega —siguió Pepe.

—Más temprano que tarde —concluyó el jorobado limpiabotas.

Jaime los miró a los dos, y proclamó recordando sus lecturas:

—Pero hay que resistir, es necesario oponer una lucha orgullosa a la tristeza del destino.

—Qué verdad es ésa, don Jaime —convino Pepe.

—El hombre debe luchar por ser el envés de lo terrible, aunque la empresa sea vana —agregó Jaime.

—Usted que lo diga, don Jaime —replicó el camarero moviendo la cabeza en signo de asentimiento.

El jorobado preguntó:

—¿Qué es un envés, don Jaime?

—El revés de las cosas, más o menos —respondió.

Bebió otro par de cubalibres de coñac, solo, acodado en el mostrador. Percibía el alcohol entrando en su cerebro como un río desbocado que anegaba su pena y embotaba su lógica.

Esteban, el empleado bancario, apareció al poco. Venía solo, sin su inseparable Víctor. Se acomodó a su lado y le golpeó la espalda.

—Ya sé lo de tu padre, me lo dijo Machuca a mediodía. Es la vida, qué se le va a hacer —añadió el otro.

—No veo razón para que siempre sea así la vida —dijo Jaime.

—Eres el primer optimista que me encuentro después de que su padre se haya muerto. Yo, sin embargo, ando hoy en plena depresión y no se me ha muerto nadie. Mi mujer está loca, quiere echar al loro de casa. Y eso que César ya dice «café con churros», es muy aplicado.

—Enhorabuena.

—Pues la cabrona de mi mujer no lo valora en absoluto. Hemos llegado a una situación límite. He tenido que encerrar a César en un cuarto bajo llave, tengo miedo de que la bruja me lo mate mientras estoy fuera... Mi casa es un incendio. Y si me largo con el loro, ella me puede acusar de abandono de hogar y quedarse con el piso, ya he consultado a un abogado.

—Regálaselo a un amigo que te lo deje ver de vez en cuando. Dáselo a Víctor.

—Víctor odia los animales. Y si el animal es mío, todavía le odia más.

—Creí que erais buenos amigos.

—Trabajamos juntos y jugamos al mus de pareja, pero nos odiamos. Todas las parejas humanas se odian. Víctor me odia porque soy su jefe, y yo le odio porque él me odia. ¿Tú no odias a nadie?

—Odio a los gatos.

—Pues yo pienso que todos los animales tendrían que aprender a hablar y los hombres a callarse. Te digo yo que, dentro de unos años y tal y como va la vida, lo que más apreciaremos en las personas será el silencio. Habrá honores y condecoraciones para los mudos.

Jaime hizo señas a Pepe para que le sirviera otro cubalibre. Esteban pidió un whisky. Luego el bancario preguntó:

—¿No sabrás de nadie que quiera un loro? Alguien de confianza que me deje verlo de vez en cuando.

—Preguntaré por ahí.

No miró la hora cuando salió de Paradiso. Caminó con pasos inseguros hacia el cercano edificio de apartamentos. Pensó que, si caía vencido por la borrachera, las palomas blancas podrían venir a devorarle. No era un mal destino para su carne, acabar en la barriga de un ave en lugar de descender al polvo. Al aproximarse al portal de la casa, distinguió entre las sombras una figura sentada.

Se acercó, la figura se puso en pie y Jaime vio dibujarse las facciones del transexual Pamela. Tenía dos bolsones a sus pies.

—¿Pero qué coño haces aquí? —gritó Jaime.

Pamela llevaba una larga falda que dejaba al aire tan sólo los tobillos y los zapatones de tacón alto. Su estatura sobrepasaba la de Jaime, y ahora le parecía también mucho más fuerte. A la luz de una farola próxima, el carmín de sus labios brillaba en un recio escarlata.

—¿Qué haces aquí? —repitió ante el silencio del otro.

—Pues lo que tengo que hacer. Los Chumbos me han llamado por teléfono y me han amenazado. Y yo no me quedo en casa esperando a que me corten la picha.

—Lárgate.

—No tengo adónde ir y la culpa es tuya, tú les contaste que yo te había informado sobre ellos. De aquí no me muevo.

—Vete a tu pueblo.

—Si aparezco por allí, me apedrean en la plaza y luego me ahogan en el pilón, se ve que no conoces a los de Toledo.

—Toledo me la suda... Que te vaya bien durmiendo al raso.

Subió los escalones hasta el portal.

—Me tienes que dar cobijo, por favor —dijo Pamela acercándose.

—Búscate un hotel.

—En los hoteles normales no admiten gente como yo.

—Ponte unos pantalones, quítate las pinturas de la cara y déjate la barba.

—¿Y qué hago con las tetas, me las como?

Pamela se acercó más y le puso la mano sobre el hombro.

—Estoy aterrada... Tú y tu compañía de seguros tenéis una responsabilidad en esto. Estás obligado a protegerme.

—Te has llevado una pasta, ¿no lo recuerdas?

—Por Dios, ayúdame, tengo mucho miedo. Sólo serán un día o dos, te lo prometo.

—No hay sitio.

Pamela comenzó a sollozar.

—Pero habrá un sofá, cualquier cosa, en el suelo me apaño con una manta. Todo menos que me corten la picha los Chumbos...

Jaime dio un traspié. Se sentía cansado, agobiado y perdido. Pamela le sujetó.

—Anda, que la llevas buena, hijo. ¿Subimos?

Jaime se encogió de hombros y abrió la puerta, permitiendo entrar al transexual.

—Por cierto —añadió Pamela tomando las bolsas y siguiéndole hasta el vestíbulo—, que no te he dado el pésame por lo de tu padre. Te acompaño al sentimiento.

—Vale, pero no me digas eso de que es la vida.

Jaime prendió la luz del vestíbulo. Y allí, junto al ascensor, asomó la sonrisa de Jennifer, la prostituta del séptimo.

—Hola —saludaba jovial.

El transexual y la ramera se miraron. Cruzaron dardos invisibles en el aire.

—Jennifer, una amiga de la casa; Pamela, un compañero de trabajo —presentó Jaime.

Bajaba el ascensor.

—Vaya vecindario el tuyo, hijo —señaló Pamela.

—Aquí las vecinas tenemos tetas de las buenas, no de goma —respondió Jennifer.

—Pues a tu edad deben llegarte a los pies —agregó el transexual.

—Donde a ti te llega el pito —contestó la puta.

Jaime había abierto la puerta del ascensor.

—¿Qué —dijo—, os matáis aquí mismo o lo hacéis en el ascensor?

Entraron ambas. Jaime quedó en medio, de espaldas al espejo, mientras el transexual y la ramera se daban frente obervándose con furor.

—¿Ya cierras la tienda? —preguntó Jaime a Jennifer.

—No he ganado un duro y a esta hora no creo que venga ya nadie —respondió ella.

Jaime echó mano al bolsillo y dio a Jennifer un billete de mil pesetas.

—Gracias —musitó la mujer—. No te digo que si quieres que te haga algo porque ya veo que vas por otro lado..., y volvió los ojos hacia Pamela.

—Lo nuestro es amistad, trabajamos juntos —dijo el transexual.

Llegaron al quinto. Pamela salió primero dejando escapar un bufido. Jennifer siguió su rumbo a las alturas.

—¿Y ese vejestorio quién es? —preguntó el transexual.

—Una puta de acensor.

—Mira que hay gente rara en el mundo —concluyó Pamela.

Entraban en el apartamento.

—Creo que he dejado al mono suelto —dijo Jaime.

—¿Qué mono? —preguntó el otro.

—Abigail, la mascota del dueño de la casa.

—Qué aficiones tiene la gente.

La luz del salón estaba encendida y el simio descansaba en uno de los sillones.

—Tócale para que coja confianza —dijo Jaime al transexual.

—¡Ni loca toco yo a un bicho así!

—Puedes dormir en el sofá —señaló el mueble—. Ahí fuera están el baño y la cocina, creo que hay comida en la nevera. Y que descanses, yo me voy a la cama.

—¿Y qué pasa con el mono?

—Ahora me lo llevo, hombre.

Jaime dejó en el trastero a Abigail y, ya en su cuarto, cayó dormido casi de inmediato, abatido como un árbol al que tumbase un rayo.

Le despertó el ruido de la música pateando en su cerebro. Miró su reloj. Eran las diez y media de la mañana, y sin embargo le parecía que acababa de dormirse. Le dolía la cabeza.

Se puso los calzoncillos y salió al pasillo. De la cocina llegaba un embriagador aroma de café. Pamela, vestida con un camisón largo y el pelo recogido en una cola de caballo, preparaba tostadas meneando el culo a ritmo de reggae. Se volvió al notar su presencia.

—Uy, qué bien te sientan esos calzoncillos —dijo.

—¡Baja la radio, coño! —gritó Jaime.

—Claro, cariño, no te agobies —el sonido se atenuó—. ¿Y qué va a desayunar mi hombre esta hermosa mañana de primavera?

—Hígados de maricón si no te callas ahora mismo.

Capítulo XIV

«No es piedad, es envidia lo que nos despierta el héroe clásico.»

E. M. CIORAN, *La tentación de existir*

Aquel viernes, y a pesar de la libranza que le proporcionaba el oportuno luto, Jaime Arbal no se sentía con fuerzas para echarse a la calle y sufrir el acoso de sus ponzoñosos semejantes. Cierto es que no le gustaban en absoluto las trazas del mundo, pero tampoco imaginaba medio alguno para cambiarlo. Apostaba esa mañana por el bando fatalista de los humillados como Machuca.

Pamela se mostraba ávida de conversación y él la huía, yendo de la cocina a la sala y de la sala a la cocina, con el transexual pegado a sus talones y chorreando verbos, pronombres y adjetivos. Así que decidió encerrarse en su dormitorio y continuar con la lectura de la *Odisea*. Se tendió en la cama, prendió la luz de la lámpara de la mesilla y, rodeado por una blanda música que llegaba desde la ventana del patio, se dejó arrastrar por la narración de las peripecias de Odiseo. Siguió al héroe hasta la isla de las Sirenas, visitó las vacadas del Sol y asistió al festín de los hambrientos e inconscientes marineros; cruzó a bordo de la nave un mar enfurecido y naufragó. Oyó a Odiseo lamentarse entre las olas: «Estoy solo»; y también sus voces de ánimo cuando, arrebatado por el océano, se dijo a sí mismo: «¡Aguanta, corazón!». Convino con Odiseo que «la tierra no cría animal alguno inferior al hombre entre cuantos respiran y se mueven sobre el suelo», algo que Jaime ya sospechaba antes de la lectura del libro. Descansó en la isla de Ogigia, junto a la ninfa Calipso, visitó Feacia, admiró la belleza de Nausicaa, llegó a Ítaca, presenció la matanza de los pretendientes de Penélope y la victoria final del héroe y, poco antes de las dos, febril y satisfecho, daba por cumplida la lectura del libro.

Respiró hondo, sorprendido de su propia capacidad de ensoñación: se había olvidado de sí mismo mientras leía, había vivido con tal intensidad la narración que incluso creyó formar parte del relato, como un testigo de la aventura. Y del brazo de Homero, concluida la historia, había saltado otra vez al bando de los soñadores, desdeñando las filas amargas de los hombres comunes. Ahora sentía que olvidar a Carmen podía convertirse en una tarea necesaria y en una conquista de su propia voluntad. Intuía que tal vez la literatura podría ayudarle, y que, en el proceso del olvido, crecería su confianza en querer ser alguien digno por primera vez en toda su vida.

Desde el otro lado de la puerta llegaba un apetitoso olor a guiso de tomate y cebolla. Salió al pasillo empujado por la gazuza. Se asomó al salón: sobre el mantel se enfrentaban dos servicios de platos y cubiertos, separados por un jarrón con flores rojas y una botella de vino tinto. Oyó a Pamela gritar desde la cocina: «¡Macarrones con tomate!». Y se sentó en una de las sillas, ajeno a todo menos al hambre.

—Habrás visto que soy una cocinera de excepción —decía Pamela más tarde, sentada ante él, con un hilo de salsa rojiza escurriéndose hacia la barbilla desde la comisura izquierda de sus labios.

—¿Te enseñó tu madre? —preguntó Jaime.

—Ésa sólo me enseñó a sufrir en silencio, que es mala enseñanza cuando el mundo se te pone torcido. En Toledo no hay cocina, cielo, allí todo el fuego lo gastan haciendo espadas para los turistas. Toledo es casi tan aburrido como nacer en Alemania.

Suspiró con ruido el transexual y retomó su historia después de dar un sorbo a su vaso de vino:

—La cocina la aprendí en Cataluña. ¿No te he contado que viví un tiempo en Barcelona, cuando terminé la mili? Allí comencé a hacer la calle. Estaba muy bien en Barcelona, tenía todo el negocio que quería. Venían barcos con americanos, cada negro de esos gigantones... Ganaba mucho dinero entonces.

—¿Y por qué te viniste?

—Me enamoré de un madrileño. Era juez de renombre. Me puso piso unos meses y me retiró. Luego se cansó de mí, me dejó por otra y aquí me quedé, otra vez haciendo la calle. Y además, aunque Barcelona me gustaba, los catalanes no tanto. Todo el día regateando el precio de los polvos, una fatiga, cariño. Los clientes madrileños son más cochinos, pero miran menos la pela. Váyase lo uno por lo otro.

Tras una pausa, Pamela añadió:

—Pero en la cocina, no hay como Cataluña. Ya verás ahora la crema catalana que he preparado, te vas a chupar los dedos.

Tomaron café después del postre.

—¿Qué has pensado hacer?, aquí no te puedes quedar —dijo Jaime.

—No he pensado nada todavía —respondió el transexual.

—El domingo vuelve Fernando y no quiero que te encuentre en el salón.

—¿Te avergüenzas de mí, tesoro? —Pamela sonreía tocándose el cabello—. Igual hablo con él...

—Ni se te ocurra.

—A mi piso no vuelvo ni a recoger mis cosas, los Chumbos saben dónde vivo. Pero..., se me ocurre ahora: ¿y por qué no alquilamos un apartamento a medias? A mí no me importa guisar para los dos. Tú sales ganando, ¿qué te parece?

—No entra en mis planes vivir con un travestí...

—Eres un racista.

—El domingo te largas por la mañana temprano, antes de que aparezca Fernando por la puerta.

—No sabía que te importase tanto el qué dirán.

Tras recoger la mesa, Pamela encendió el televisor. «Es por el serial, ya sabes; ayer me lo perdí y está más emocionante que nunca», dijo. Otra vez asomaron a la pantalla los rostros de Ángela Mirella y Jonathan Ramón, declamando melonadas con acento sudamericano. «¿Pero se la ha tirado ya o no?», preguntó Jaime. «No seas grosero», respondió Pamela, «Jonathan Ramón es un caballero y respeta la pureza de Ángela Mirella, la quiere llevar virgen al altar». Jaime objetó: «Pues, si mal no recuerdo, él se acuesta con otra mientras tanto». Pamela hizo un mohín despectivo: «Es que es hombre y tiene sus instintos masculinos; los hombres, cuando están una temporada sin meterla, se vuelven locos, te lo digo por experiencia. Pero él la ama, eso es lo importante». Jaime movió la cabeza: «No sabía que los travestís le dierais tanta importancia al virgo». El transexual le miró con furor: «Yo tengo mi romanticismo, ¿o que te crees, que el corazón es sólo cosa de señoritos?».

Jaime se levantó y salió de la sala mientras Jonathan Ramón suplicaba en el televisor: «Debes comprenderme, Ángela Mirella, eres tú a quien amo sobre todas las cosas, ella es sólo el demonio que tira de mi carne hacia el pecado». Por la mejilla izquierda de Pamela se escurría una lágrima de solidaria conmiseración.

Se encerró en su dormitorio y, tumbado en la cama, encendió un pitillo. Regresó el recuerdo de Carmen. Jaime pensó en la *Odisea*. En cierta manera, las peripecias del héroe podían ser un símbolo de cuanto ahora le sucedía a él. A su alrededor, la vida le parecía un océano de destrucción. No se resignaba a perder a Carmen por más que, en ocasiones, pensaba que debía olvidarla. Mierda con el tal Aznar. Imaginó que debería matarlo, como hizo el héroe con los pretendientes de Penélope al volver a Ítaca. Pero ese tipo de acciones no eran muy adecuadas en estos tiempos, y no por falta de ganas.

De todas formas, detrás del rechazo de Carmen hacia él latía un cierto desdén. De no existir Aznar, lo más probable es que asomase otro parecido. A ella le fascinaba un mundo del que Jaime no formaba parte. Él era, para su esposa, un inferior en su consideración intelectual y social.

A eso de las cinco, volvió a la sala. En la penumbra, con el televisor ya apagado, Pamela roncaba tendido en el sofá, los enormes pies descalzos apoyados sobre uno de los reposabrazos.

Zarandeó el hombro del transexual.

—¿Qué te pasa, me quieres echar? —dijo Pamela incorporándose.

—Vete a la cocina.

Salió Pamela y Jaime marcó el número del bufete de Carmen. Jaime suspiró aliviado cuando la secretaria le informó que Carmen estaba en su despacho.

Su voz sonó dulce y timbrada.

—¿Cómo te sientes después del entierro? —preguntaba ella.

—Me hablaste de vernos si me hacía falta, ¿puedes mañana por la tarde?

Ella guardó silencio un breve instante.

—Mejor por la mañana —respondió al fin.

—La hora del aperitivo es buena —propuso Jaime—. ¿En el kiosco de siempre, junto al estanque, a las doce y media?

Ella tardó un poco responder:

—... En el kiosco —respondió Carmen, y colgó.

Jaime reflexionaba, queriendo entender sus sentimientos de una vez por todas. El kiosco del estanque era un lugar que poblaba de recuerdos su memoria. Aquellos años sensuales y suaves, cuando salían de casa a media mañana, compraban un periódico para cada uno, recorrían las sendas del parque con el aroma de las flores empapando el aire y se sentaban frente al lago, muy cerca el uno del otro, tomando cervezas frías, patatas fritas y boquerones en vinagre. Luego, muchas veces, regresaban a casa y, antes de comer, hacían el amor, la sangre hirviendo bajo la piel que quemaba. Recordaba aquel tiempo y su corazón ardía.

Aún era muy temprano para ir a cualquier parte. Y además no había pensado ir a ningún sitio, en todo caso bajar un rato a última hora a Paradiso.

—¿Puedo entrar ya? —la voz de Pamela sonó a su espalda. Se volvió: el transexual asomaba el rostro por el hueco de la puerta entreabierta.

—Qué feo eres —dijo Jaime.

—Y tú qué desagradable —respondió Pamela al tiempo que pasaba a la sala—. Vivir contigo debe ser un infierno, guapo.

El transexual se sentó en el sofá.

—Esta noche tengo que hacer la carrera —dijo luego—. No ando muy bien de dinero.

—Haz lo que tú quieras, pero no se te ocurra traerte a casa a ningún maromo, que os pongo a los dos de patas en la calle.

—Qué borde eres, no lo había pensado. Iré al parque del Oeste.

—¿Te los tiras entre los árboles?

—No, les apaño dentro de los coches. Es más guarro y pagan menos, pero en caso de apuro siempre es una solución. ¿Con quién has hablado, cariño?, ¿tienes novia?

—Olvídame.

—Oye —siguió Pamela con voz melosa—, necesitaré una llave por si llego tarde.

—No hay más que una llave, lo siento.

—Puedo hacer una copia.

—Ni lo sueñes.

—¿No sabes lo que es la piedad?

—Está bien —sacó el llavín del bolsillo y se lo tendió—. Haz la copia y me dejas la mía abajo, en el Paradiso. Se la das al camarero del mostrador, se llama Pepe.

—Gracias, cielo —dijo el transexual al tiempo que se levantaba y, sin dar tiempo a que Jaime se retirase a un lado, le estampaba un beso en la mejilla.

—¡Vete a tomar por culo! —le gritó Jaime llevándose la mano a la cara mientras el otro, riendo, corría hacia la puerta.

—Hoy no toca el culo, hoy voy de pajas —contestó el transexual cerrando la puerta a sus espaldas.

Jaime se ocupó de Abigail y regresó llevándolo con él al cuarto de estar. El mono trepó a la mesa.

—Hoy no es mal día, amigo —dijo al mono, que contemplaba al hombre con delicada atención—. ¡Cómo es el mundo, Abigail!: un día te acuchilla y el siguiente te sonríe; un día lloras y al otro te sientes alegre sin saber por qué. No hay quien lo entienda. Pero alienta en mi pecho un ánimo indomable, eso lo he leído hoy y me gusta.

Se sirvió un whisky en la cocina, regresó al salón y encendió de nuevo el televisor. Abigail descendió de la mesa y se acomodó a su lado en el sofá, con el cuerpo arrimado al suyo. Vieron una película, un disparatado filme de los Hermanos Marx que hizo reír a Jaime hasta casi llorar. Abigail gruñía en ocasiones y mostraba los dientes, sin que el hombre fuera capaz de adivinar si aquello era signo de cabreo o una simiesca carcajada.

Lucía aún esplendorosa la tarde cuando, a eso de las siete y media, salió a la calle. Recordó entonces que había dejado el coche aparcado en un estrecho callejón cercano y caviló que no sería mala cosa acomodarlo un poco más cerca de casa. Así que cruzó Alberto Alcocer y se encaminó en la dirección contraria a Paradiso.

Otra vez los hados se torcían. Allí delante, con la apariencia del cadáver de un herbívoro abandonado en la sabana y con los huesos mondos al sol, su destartalado Renault reposaba la metálica carrocería sobre el suelo, desprovisto de las cuatro ruedas y sin las placas de la matrícula. «¡Joder!», clamó Jaime. Después de contemplar el automóvil durante un par de minutos, con el gesto desolado y el ánimo entumecido, levantó el capó: varios cables sueltos apuntaban hacia los cuatro puntos cardinales y no estaba la batería. Observó el motor: carecía de delco y de otras cuantas piezas. Más que robo, parecía desguace. Entró en el coche y se sentó en el lugar del conductor, con las manos apoyadas en el volante. También se habían llevado la radio. Intentó calcular cuánto dinero podría costarle remediar el desastre, pero su cerebro navegó entre cifras improbables: no tenía otro seguro que el de daños a terceros y arreglar aquel cascajo podría suponerle casi tanto como comprar un coche de segunda mano. Suspiró y acarició el volante. Era la irremediable despedida de un viejo camarada de soledades.

Salió del auto y regresó hacia Paradiso. Se sentía otra vez náufrago en el mundo. Y como siempre, sus peripecias carecían de grandeza: a él no le había derrotado el mar y debía su infortunio tan sólo a unos vulgares descuideros. Perra vida mezquina, sin asomo de majestuosidad ni siquiera en el infortunio.

«¡Aguanta, corazón!», se dijo con guasa. Y entró resignado en Paradiso, cual héroe arrojado por el mar a las playas de una próspera isla.

Como era de esperar, no le aguardaban allí ni bellas princesas enamoradas ni cálidas diosas protectoras que asomaran sus ojos de lechuza desde las estanterías repletas de bebidas alcohólicas. La hombruna clientela de ludópatas convulsos cumplía con disciplina espartana su horario de borrachera, el giboso Capricho recorría mesas y taburetes ofreciendo décimos de lotería y lustre de calzado, y el impoluto Pepe alistaba whiskys, gintonics, cubatas, bladimeris, cócteles, copazos de coñac y toda suerte de matahígados y rompepáncreas. Jaime paseó la vista por la sala y no encontró a Machuca. Sí vio, sin embargo, en una mesa del rincón, al bancario Esteban, inclinado y con aire humilde sobre un vaso de whisky. Hacia él dirigió sus pasos.

El otro le saludó alzando el vaso delante de sus gafas de miope.

—¿Qué haces aquí un viernes por la tarde? —preguntó Jaime.

—Estoy en una situación límite —respondió Esteban.

Y, agachándose, arrastró de debajo de la mesa, a la vista de Jaime, una jaula de metal. Dentro, un pequeño loro de plumaje verde y cabeza amarilla saltó desde el comedero al columpio y volvió la cara hacia él.

—O el loro o ella, eso es lo que ha dicho mi mujer —añadió el bancario.

—¡Café con churros! —gritó el ave.

—Cállate, César —ordenó Esteban mientras volvía a esconder la jaula debajo de la mesa.

—El pobre loro no sabe el destino que le aguarda —agregó.

—¿Y qué has decidido?

—No puedo irme de casa. Tengo que deshacerme de César, ¿pero quién va a querer un loro en Madrid? He pensado en dejarlo en un árbol. Lo malo es que podría morir de frío.

—Ahora es primavera.

—Entonces se lo comería un gato.

—Disécalo.

—No jodas.

El camarero se acercó y Jaime pidió un cubalibre de coñac.

—Si tuviera un par de días de margen... —añadió el bancario.

Jaime hizo una seña a Capricho, que vendía lotería en una mesa cercana, y le indicó que le limpiara los zapatos.

El corcoveta comenzó a poner crema sobre los pies de Jaime y en ese instante reparó en la presencia del ave bajo la mesa.

—¡Coño, un loro! —exclamó asombrado—. ¿Es suyo, don Jaime?

—No, es de don Esteban.

—¡Qué bicharraco tan feo! —dijo el gibao.

—Tú sí que eres feo —terció Esteban.

—Será..., pero ya me he hecho a ello, estoy curtido.

—Tendrías que ser más educado, no cuesta trabajo. Pero con esa lengua que tienes, la cagas.

—Será por eso que no me saca nadie de paseo —respondió Capricho.

Cuando el jorobado concluyó su faena y se alejó en busca de otros clientes, Esteban continuó el relato de sus amarguras:

—De todos modos, volviendo a lo de disecarlo..., la verdad es que no tengo ánimo para matarlo. Yo no estoy educado para el asesinato.

Una súbita luz pareció surgir del fondo de sus ojos miopes.

—Oye, ¿y por qué no me lo guardas en tu casa una sola noche? Mañana le encuentro un dueño y me lo llevo.

—Los loros ensucian.

—Sólo cuando comen pipas de girasol. Es una noche nada más, y me va la vida en esto.

Bebieron una nueva ronda. Jaime estaba decidido a resistir. «Un día, sólo un día», suplicaba Esteban. Un cuarto de hora más tarde, Jaime tenía a su cargo el loro y el bancario le tendía la mano, agradecido:

—Ah, come fruta.

—Si no apareces mañana, se lo dejo en un árbol a los gatos.

—No faltaré... Te diré un secreto, pero no se lo cuentes a nadie: cuando arregle lo de César, pienso dejar de hablar a la gente. He decidido que sólo lo haré con los animales. Son más humanos. Y además, nunca en mi vida me he encontrado con nadie a quien le interesara lo que opino. Soy un tipo sin interés ninguno para el prójimo.

Se levantó de la silla, alzó el mantel, se agachó y murmuró algo dirigido al ave. Luego, se alejó camino de la puerta. Bajo la mesa, se escuchaba un rumor de pajariles aleteos y suspiros lorunos.

La algarabía del bar iba camino de su ocaso. Algunas mesas se habían vaciado y en el mostrador no quedaban parroquianos. Le atraía la presencia cálida de Pepe el camarero. Con andar cansino, Jaime se levantó, tomó la jaula y buscó el extremo de la barra, arrimado a la pared, su lugar favorito en Paradiso.

Pepe le tendía la llave que había prestado a Pamela.

—¿Lo de siempre, don Jaime?

Observaba al camarero preparar la bebida y se preguntaba si sentiría curiosidad por el asunto de la llave y del transexual. Pero el rostro de Pepe no exhibía, mientras le acercaba el cubalibre, ninguna traza de extrañeza o curiosidad. Así es que, como suelen hacer los clientes habituales y solitarios de los bares amables, Jaime habló el primero:

—Es un familiar —dijo—, un primo mío de Toledo. En todas las familias hay ovejas negras.

—Qué me va a decir a mí, don Jaime. Yo tengo un cuñado descuidero de coches. Ha estado en el trullo varias veces.

—A mi coche lo acaban de dejar sin las ruedas, sin radio y sin no sé cuántas piezas del motor.

—Mi cuñado está fuera de Madrid —dijo Pepe alterado—, puedo asegurarle que él no ha sido.

—¡Café con churros! —interrumpió el loro desde debajo del mostrador.

—Pepe, ¿puedes prestarme una servilleta para tapar la jaula? Me parece que al bicho le da por hablar si ve luz —dijo Jaime.

—Ya veo que le ha colocado el loro don Esteban. Tráigalo mañana a desayunar, habrá churros.

Machuca llegó pasadas las nueve y media. Pidió un whisky y se acomodó a su lado.

—¿Cómo va tu recuperada soltería? —preguntó distraído.

—Todo patas arriba: vivo en casa de Fernando, tengo alojado al travestí del otro día, y me han desguazado el coche y dejado un loro en depósito, el loro de Esteban —señaló al suelo—, o sea: nada extraordinario y todo alucinante.

Rió Machuca.

—Eres como un imán para las extravagancias.

—¿A ti no te pasa nunca nada extraño? —preguntó Jaime.

—A veces. Por ejemplo, ese tipo que te dije, ese Rocky, un cantante, ya te conté..., no cesa de llamarme al periódico insistiendo en que he quedado en hacerle una entrevista el lunes.

—Si quieres, le hago yo la entrevista y te la paso para que la publiques.

—¡Qué idiotez! ¿Por qué razón?

—Me da lástima la gente.

—A ti te faltan bastantes atributos para ser feliz, eres un caso perdido.

—¿Qué me falta?

—Por ejemplo, la maldad.

—¿Es que no crees en nada?

—Sí: en la hipocresía, por ejemplo. Y creo, sobre todo, que la mayoría de los hombres tienen un aspecto exterior que no se corresponde para nada con su alma, que detrás de las sonrisas de casi todos se esconden cuchillos afilados.

—A mí me parece, sin embargo, que una buena parte de la gente vive existencias tristes. La compasión es necesaria.

—Yo no la doy ni la necesito, porque yo mismo no me compadezco de mí.

—¿Tan mala opinión tienes de los hombres?

—Déjalo, me jode la trascendencia a estas horas y en viernes. Prefiero emborracharme.

—Yo no tengo ganas. Hoy me gustaría creer que el mundo es un lugar noble y creo que hay que intentar rescatar una conciencia moral entre tanta basura como nos rodea.

—Vas a la ruina con ese rollo de la conciencia, Jaime. Los que la tienen no prosperan, y los que carecen de ella se enriquecen. Echa una ojeada a tu alrededor.

—Me voy a casa.

—He visto a Celso entrar en el Gipsy's. ¿No te animas a la penúltima copa?

—No quiero emborracharme hoy.

—Iré un rato con el gallego. Es un tipo divertido... Y un consejo: sigue leyendo a Shakespeare, lee sus obras de teatro: aprenderás algo sobre el alma de los hombres. Algunas cosas que te he dicho ahora las he aprendido en sus libros y las he repetido de memoria.

Jaime miró de nuevo su reloj: las diez y veinte. Sosteniendo la jaula, caminó hacia su casa. Al llegar al portal, volaron asustadas las palomas carnívoras.

Dentro del piso había luz. Sentado en el sofá del salón, el transexual Pamela lloraba desmadejado ante la mirada caritativa de Abigail, que se sentaba en el borde de la mesa con las patitas colgando.

Jaime dejó la jaula en el suelo. Pamela alzó el rostro y le miró desolado: dos gruesos ríos de pintura disuelta en lágrimas descendían por los desfiladeros de sus mejillas. El gesto atribulado del transexual le hizo desistir de gastar una broma. Puso su mano sobre el hombro de Pamela y el transexual colocó la suya sobre la de Jaime y la apretó.

—Ha sido horrible —dijo Pamela entre sollozos.

Jaime se sentó a su lado. Desde la mesa, Abigail contemplaba conmiserativo la luctuosa escena.

—Cuéntame, hombre, ¿qué ha pasado?

—No me gusta la verdad, no me gusta la verdad... —siguió el transexual sin cesar de llorar.

—Eso sucede a menudo.

Pamela buscó un pañuelo en el bolso, se sonó con ruido las narices, paseó la tela por los ojos, la frente, los carrillos y la mandíbula, y comenzó a hablar entre sorbidos de mucosidades y pucheros de desconsuelo:

—He visto a Juan, a mi Juan... —se sonó otra vez las narices—. Llegué al parque del Oeste y tuve suerte, logré un cliente nada más llegar. La cosa fue rápida, venía más salido que un mono..., con perdón —añadió mirando a Abigail—. Luego pasó un buen rato sin que se parase nadie. Pensaba irme ya, pero cuando anochecía otro coche se detuvo cerca de donde yo estaba. El tipo bajó... Y era Juan, mi Juan. ¡Ay!, todo el pasado se me vino encima.

—¿Pero quién es Juan?

—Mi gran amor. Aquel hombre por el que me vine de Barcelona..., el juez. Y se ha casado. Ante él, me vi como lo que soy, una puta condenada al sida o a la sífilis.

—Vamos, Pamela, no es para tanto.

—Quería una mamada. Yo, que tantas le había hecho, y gratis, siempre por amor... Todo era vulgar y sórdido. Intenté huir, irme de allí. Pero algo me retenía, quizás demostrarle que no me importaba nada..., no sé. Le dije que era caro. Y él me puso en la mano veinticinco mil pesetas.

—Consuélate.

—Tenía un perrazo atado en el asiento trasero, un dóberman de esos que son como fieras. Le pregunté si tenía miedo de las putas. Me contestó que lo llevaba para protegerse. «¿Protegerte de quién?», le pregunté. «Es un buen perro», dijo, «te protege de todo, del mundo entero si se lo pides», contestó. Luego me contó que se había casado con una estudiante de Derecho y que era muy feliz. Era todo absurdo y feo al mismo tiempo. Se la mamé mientras el perro gruñía detrás y él decía que me echaba de menos, que nadie se lo había hecho como yo. Me tuve que aguantar las ganas de acuchillar al perro y de darle un mordisco a Juan en el capullo..., pero es un juez y eso puede traer disgustos a una pobre puta. Cuando terminó, le tiré a la cara las veintinco mil pesetas, le llamé canalla y me bajé del coche. Él se guardó el dinero y gritó: «¡Tú te lo pierdes, gilipollas!», y el dóberman empezó a ladrarme como una fiera.

Pamela volvió a llorar.

—Cálmate, hombre; te prepararé una tila o un poleo —dijo Jaime.

—No hace falta, ya me he desahogado... Se ha casado —se lamentó de nuevo el transexual—. Es el sino de las putas: puedes engañar a miles de hombres, pero al final siempre hay uno que te engaña a ti.

—Pensé que tu oficio no te desagradaba.

—Cuando eres como yo, ni carne ni pescado, sólo tienes salida de puta o de artista. Y yo no sé cantar y bailo como una burra loca.

—Podrías buscarte un trabajo, camarera o algo por el estilo.

—Nadie quiere a la gente como yo, nosotras no tenemos trabajo, somos la peste de la sociedad porque no somos nada, ni hombre ni mujer... ¡Ay, Jaime! —suspiró hondo—, no me gusta la verdad. Prefiero que me engañen todo lo que quieran, a saber sólo un poco. La verdad duele.

Jaime preparó un poleo y una copa al transexual. Ya calmado, Pamela reparó en el bulto de la jaula que tapaba el mantel.

—¿Qué es eso?

—Otro inquilino —dijo Jaime.

Se levantó y retiró la tela.

—¡Coño, un loro! —exclamó Pamela.

—Se llama César.

—Joder, Jaime, vas a convertir esta casa en un zoológico.

Abigail había bajado con agilidad de la mesa y comenzó a pasear, curioso, alrededor de la jaula. El loro giraba en el interior, siguiendo los movimientos del primate.

—Parece que se conocieran —dijo Pamela—, puede que sean de la misma selva, yo hago igual que el mono cuando me encuentro a uno de Toledo.

Abigail gruñó suavemente y el pájaro respondió con un leve berrido. Ninguno de los dos parecía asustado. El mono continuaba sus paseos en círculo y el ave se volvía sobre sí misma sin cesar de mirarlo, torciendo en ocasiones el cuello, como si quisiera estudiar al mamífero desde diversos ángulos. Gruñó de nuevo el mono y respondió de inmediato el loro.

—Se van a hacer amigos —dijo Pamela.

—Eso parece. ¿Sabes si hay fruta en casa? —preguntó Jaime.

—Creo que algunos plátanos.

—Le daremos plátanos.

Tras cumplir sus obligaciones con Abigail y llevarlo a dormir al trastero, Jaime se preparó un bocadillo. Pamela se encerró un largo rato en el baño para tomar una ducha, y regresó después al salón, con pantalón corto y zapatillas de tenis. Llevaba el pelo recogido con un moño y la barba le punteaba las mejillas.

Jaime dejó al transexual a solas frente al televisor y fue a su dormitorio. Desnudo, se enterró entre las sábanas y pensó que, una vez más, el mundo le había propuesto un sinfín de cutrerías. Repasó mentalmente la vulgaridad de aquella jornada de su vida que habían llenado un loro, un bancario entristecido, un desdichado transexual, un amigo pesimista y un coche destrozado. Recordó su cita con Carmen. ¿Para qué quería verla? Ahora no le animaba la idea de encontrarse con ella.

Pensó en las cartas de Banderas, pero haciendo caso del consejo de Machuca tomó el libro de Shakespeare y lo abrió al azar. Dio con *Julio César* y comenzó la lectura de aquellas palabras precisas y sonoras que le arrastraban a seguir sin pausa el hilo de la tragedia. No se detuvo hasta concluir la obra. Y antes de cerrar el libro, declamó en la soledad de su cuarto unas palabras de César: «Así sucede en el mundo: está bien provisto de hombres, y los hombres son de carne y hueso, y vacilantes».

Capítulo XV

«Es vano luchar; dejadme perecer joven, vivir como he vivido y amar como he amado.»

LORD BYRON, *Estrofas al Po*

Berreó el ave en la amanecida del sábado, demandando café con churros, y Jaime Arbal despertó sobresaltado de un dulce sueño poblado de besos de hembras amables. Oyó las protestas del transexual en el salón mientras el loro no cesaba en sus exigencias y en sus gritos. Escuchó los gruñidos coléricos de Abigail en el trastero, enfurecido con su madrugador colega selvático. Y maldijo la hora en que aceptó llevarse consigo aquel animal humanizado, aquel civilizado pajarraco que había aprendido el arte de la palabra humana.

Durante las horas que siguieron al madrugón, consumió cafés, fumó cigarrillos a mansalva, dio el desayuno a Abigail y un nuevo plátano a César, bajó a comprar el periódico, tomó otro café en el solitario mostrador de Paradiso, regresó al apartamento, escuchó a Pamela cantar a voz en grito un fandango debajo de la ducha y, harto ya de paseos leoninos de habitación en habitación, se echó a la calle en la mañana de sol vacilante y tibio. Se preguntaba quién sería el demente que había diseñado para él aquel destino de hombre sin hogar, ocupado en investigar maricones con las tetas achicharradas y políticos que ejercían de camellos de cocaína, y que guardaba un loro desquiciado en una casa ajena, daba cobijo a un transexual atemorizado y llevaba cada noche a cagar a un mono al cuarto de baño. La ciudad, sin tráfico en la hora temprana, tenía el aspecto de una ciudad abandonada por sus habitantes, escapados en busca de geografías más dignas.

Era muy pronto aún para la cita con Carmen. De modo que caminó por la urbe casi desierta, asaltado en ocasiones por el olor a café y cruasanes calientes que emanaba de las cafeterías madrugadoras, el aroma del pan cocido de las tahonas, el hedor a carne muerta de los contenedores de basura y la densa tufarada a fritura reciente de las churrerías. Marchaba en dirección al sur de la ciudad, con los nervios a flor de piel. En una plazuela de la calle de Serrano, unos gitanos preparaban el escenario para su actuación callejera, el tradicional número de la cabra trepando la escalera al son de pasodoble de un cornetín: uno de los hombres afinaba la trompeta mientras otro alistaba la escalera y el tercero sujetaba de un ronzal al bicho, que mordisqueaba yerbajos en el alcorque de una acacia. Era un macho cabrío próximo a la jubilación, de pelaje negro y panza gris, ruda cuerna, rala barba puntiaguda y un donoso paquete testicular colgando bajo el garboso rabo. En lo alto de un cercano edificio de apartamentos, una pareja de buitres alimoches contemplaba al apetitoso mamífero, ignorantes de que, con toda probabilidad, aquel macho acabaría antes hecho trocitos para chicha de olla gitana que abandonado cual carroña en las callejuelas de Madrid.

Al arrimo de la acera, bajo los imponentes edificios de anchas cristaleras teñidas de colores alegres, nuestro hombre marchaba herido por el más imprevisible y vehemente de los dioses: la soledad. Moría un milenio y otro nuevo se alzaba en el horizonte próximo. Pero Jaime Arbal no estaba para pensar en calendarios.

Unos cientos de metros más adelante, reparó de pronto en que no se veía a nadie en parte alguna, ni autos, ni gentes, y ni siquiera cabras y alimoches. La ciudad parecía ahora un pavoroso animal dormido, un océano inmenso que, a pesar de su apariencia tranquila, no dejaba de transmitir un aire agreste y amenazador. Al llegar a la Avenida de América, decidió tomar el metro y huir de las calles inhóspitas. Descendió atemorizado las escaleras como quien atraviesa la garganta de un dragón, sacó un billete de la máquina automática, cruzó desiertas galerías donde únicamente escuchaba el eco de sus propios pasos y se encontró solo en un andén vacío azotado por el aullido de los vientos subterráneos. Se asomó al borde, sobre las vías. Oyó unos leves gritos histéricos, como llantos infantiles, y alcanzó a ver un grupo de cinco o seis ratas que corrían hacia los sórdidos agujeros de la tierra, huyendo de su presencia. Miró hacia ambos lados: los túneles abrían un tenebroso espacio entre el andén y la lejanas luces de la estación siguiente. Brillaban los raíles en el interior de las lúgubres bóvedas y alcanzaba a distinguirse el trémulo vuelo ocasional de algunos murciélagos, súbitas formas urgentes que cruzaban ante los espacios de luz como moscardones sobre el sol del ocaso. Por ninguna parte aparecían los faros de una locomotora que anunciara la llegada próxima de su tren.

Oyó pasos al otro extremo del andén. Le batía el corazón con mayor fuerza. ¿Pero de qué podía sentir miedo en una mañana tranquila de un fin de semana madrileño? Vio luego aparecer la figura de un hombre, que quedó allí quieto, mirando hacia él, apartado y tal vez temeroso a su vez de la presencia de otro ser humano.

Se tranquilizó cuando estuvo seguro de que el extraño no vendría hacia él. Y pensó que, si en lugar de ver a un semejante en un andén vacío del suburbano, hubiese encontrado a otro hombre en un inmenso desierto, o en la jungla, o en un barco solitario en medio del océano, habría gritado de alegría.

Llegó el tren. Jaime entró en el vagón y suspiró aliviado al ver otras tres personas en el interior, sentadas, eso sí, todo lo dejadas que les era posible las unas de las otras. Buscó acomodo en una de las filas de asientos vacíos. El tren se puso en marcha, la estación corrió delante de su vista, entraron en la boca del túnel y el vagón voló ceñido por la oscuridad. Dirigió fugaces miradas a sus compañeros de viaje. A su izquierda, un joven larguirucho movía la cabeza hacia los lados, siguiendo el inaudible ritmo de una música que llegaba a sus orejones a través de unos cascos conectados a un pequeño transistor. En el extremo de la derecha, una señora de aire anticuado y moño recogido en el altozano de su coronilla, sujetaba sobre su regazo, con ambas manos, como si sintiera miedo de que alguien quisiera arrebatársela, una bolsa de plástico marcada con el anagrama de una tienda de moda femenina. El más próximo, casi frente a él, era un hombre de mediana edad, bien trajeado, con gafas, corbata de tonos discretos, paraguas sobre cuyo puño reposaba una de sus manos, gabardina al brazo y un aire de blandón asesino inglés. ¿Para qué narices llevaba un tío paraguas y gabardina un día de primavera sin barruntos de lluvia próxima? O estaba algo chiflado o, en efecto, era un asesino inglés, convino Jaime.

El tren asomó a la luz y se detuvo en la estación de Núñez de Balboa. Nadie descendió. Pitó la locomotora y, antes de que las puertas cerraran, entró en el vagón, dando un ágil salto, una mujer joven. Se quedó en pie, agarrándose de una de las barras laterales. Cubría su cabeza con un desgastado pañuelo color carmesí y un blusón azul celeste caía suelto hasta la mitad de su falda negra, cubriendo a duras penas su barriga de hembra cumplidamente preñada. En la otra mano sujetaba un pesado bolsón de recia tela. «Ya tenemos función», oyó Jaime decir al asesino.

El tren ganó velocidad y penetró de nuevo en las tinieblas del túnel. La mujer alzó la cabeza, miró hacia el techo del vagón, sus ojos parecieron quedarse por un instante en blanco y comenzó a declamar con voz poderosa:

—Atroz es la miseria, señoras y señores, y quisiera Dios que no me viese yo en la necesidad de requerir su audiencia. Bien desearía yo que el viaje de ustedes, amables damas y caballeros, transcurriera sin sobresaltos y llegase a buen término. Pero el hambre acucia y la miseria me rodea. Heme aquí, embarazada de seis meses, mi marido postrado en cama con una enfermedad incurable y sin cobrar el paro, y dos hijos en un internado de caridad. No suplico su lástima, sino su hombría de bien. No demando sus lágrimas, porque basta con las mías para inundar el mundo. No quiero provocar su tristeza, sino su solidaridad. ¿Tendrían un poco de dinero para aliviar mis penas?

Concluido su discurso, se dirigió a la mujer del extremo, que dejó unas monedas en la mano de la indigente. Se detuvo luego ante Jaime y le miró a los ojos con un insuperable gesto de desolación, y Jaime le dio veinte duros. El asesino inglés negó moviendo la cabeza hacia los lados con energía. Y el joven orejudo ni la miró, enfrascado en el ritmo íntimo de su música.

El vagón alcanzó la estación de Príncipe de Vergara. En el momento en que las puertas se abrían, la mujer gritó:

—¡Dios bendiga a los generosos y a la mierda los tacaños! —y saltó del vagón y entró en el siguiente.

—¡Caradura! —bufó el criminal británico. Y se volvió hacia Jaime. Tenía una voz femenina y pastosa:

—La llevo viendo más de un año en este trayecto y siempre está encinta de seis meses y con el marido incurable. Y ni ella acaba de parir ni el marido se muere.

—Gentes así deberían ser eliminadas —respondió Jaime, y el otro le miró un instante con asombro y luego añadió con voz más firme:

—He pensado más de una vez en asesinarla, no crea.

Jaime bajó en la siguiente parada, en la estación de Ibiza, y salió a la calle cuando las manecillas de su reloj pasaban de las diez y media. Todavía le quedaban dos horas por delante antes de encontrarse con Carmen. Soberbios, frondosos y galanos, los árboles asomaban sus figuras rebosantes de hojas y de flores por encima de las verjas que cercaban el parque del Retiro. No dudó y cruzó al interior del espacioso jardín por la primera puerta que encontró a su paso. Sus narices se inundaron del olor dulce de la yerba y el carnoso aroma de las lilas y las glicinias.

Llegó al estanque y lo rodeó por el lado norte. Alcanzó una explanada junto al agua y se entretuvo ojeando las corbatas de seda que unos muchachos filipinos vendían a trescientas pesetas la pieza. Cerca, un grupo de indios andinos probaba la megafonía, preparando un concierto de flautas, guitarras y tambores.

Dobló a la izquierda y siguió el paseo que corría junto al lago en su lado oriental. En dos filas, dejando un estrecho paso en medio para paseantes y curiosos, se alineaban los tenderetes de vendedores ambulantes y artesanos de baratillo, artistas de medio pelo y magos de tres al cuarto. Aquí ofrecían caramelos y palomitas de maíz, y enfrente pulseras, pañuelos y gorras de béisbol; allí globos, bolas chinas y muñecas rusas, y más allá monederos, camisetas y baratijas.

Una fila de pequeños puestos, rematados invariablemente por sombrillas, agrupaba al gremio de los astrólogos, brujos, videntes y quiromantes, por lo general gente de cierta edad con aire de haber escapado de un museo de la decrepitud. En un acuerdo colectivo para no provocar disputas comerciales y competencias desleales, los precios eran los mismos en cada uno de los puestos: personalidad, 500 pesetas; lectura de mano, 2.000 pesetas; videncia sobre foto, 4.000; tarot profundo, 2.000; carta astral, 1.000; bola de cristal, 4.000. El Doctor Tristán se especializaba en manos y, a su lado, la Gran Maga Diamantina era la experta en bola de cristal. En cuanto al Profesor Franchot, «titulado en Berlín y Minnessota», se presentaba en un cartel como «gran investigador en dudas amorosas, problemas laborales, complejos de personalidad, incapacidades sociales, embrollos financieros y todo tipo de inconvenientes propios de la condición humana».

A la sombra de un plátano, una muchacha hacía trenzas, otra realizaba complicados peinados afro y una tercera taladraba orejas: «Higiene y confianza, dos meses de garantía», pregonaba su lema. Un mimo, detenido sobre un pedestal, simulaba ser la estatua de un aviador, inmóvil, embadurnado de pintura dorada, capaz de permanecer así durante horas, sin mover un dedo para rascarse ni dejar caer un párpado para aliviar el ojo. En el alto escenario de un guiñol, Caperucita Roja y el Lobo Feroz mantenían un encendido debate sobre el hambre, en un diálogo de profundas reflexiones filosóficas, para pasmo de los niños que se sentaban en el suelo contemplando la función. Un vendedor de barquillos, ataviado de castizo madrileño, pregonaba su mercancía recitando un verso: «Al rico barquillo de fina harina, para el nene y la niña». Un funambulista había atado su cable de un banco a una farola y, vestido con un mono rojo, se entrenaba en los primeros pasos antes de acometer sus portentosos ejercicios. Bajo una pancarta en la que se anunciaba el «Movimiento Mundial contra la Desfachatez Política» (MMDP), dos hombres recababan firmas para pedir el recorte de salarios de los diputados del parlamento. Y cerca, un profeta barbudo aireaba una antorcha sobre la cabeza mientras pregonaba: «Lo he visto todo, conozco el alma del rico, del pobre y del pasota; en mi cabeza cabe el mundo; yo traigo la verdad, enseño el misterio de la vida y revelo el lugar donde se esconde el corazón de la maldad». Todo ello, según anunció luego, por la irrisoria cantidad de mil pesetas.

Jaime paseó de un lado a otro, observó a los artistas, escuchó discursos y proclamas, aplaudió actuaciones, pidió precios a los vendedores y regateó caridades a los mendigos. Acabó comprando a un negro senegalés un pañuelo de seda malva, adornado de flores rosáceas, por doscientas cincuenta pesetas. Cuando miró de nuevo su reloj, eran ya las doce menos cuarto.

Decidió dirigirse al chiringuito donde había citado a Carmen, en el lado sur del estanque, y caminó junto a un bosquecillo de hermosos castaños de Indias. Al fondo, mayestática y gallarda, la estatua ecuestre del rey Alfonso XII miraba hacia la charca con la añoranza de quien fue señor de todo y a la postre trocó la vida por el bronce.

La apariencia del humilde kiosco de bebidas no había cambiado al paso de los años. Era una sencilla construcción cuadrada de ladrillo rojo y teja árabe, con una ancha terraza arrimada al agua en la que se alineaban mesas y sillas de metal pintadas en un fogoso verde. Los castaños sombreaban el lugar. Un par de vetustos camareros uniformados de chaqueta blanca y corbatín negro atendían a la clientela con paso renqueante y fatigada gentileza.

Jaime pidió el enésimo café del día y abrió su segundo paquete de cigarrillos. Estaba nervioso, anhelante ante el próximo encuentro. Los recuerdos más dulces regresaban ahora, en la impaciencia de la espera, y le calentaban el alma. Aquel día en que ella le citó con un pretexto que Jaime ya había olvidado. Tenían veinte años y acababan de ingresar en la universidad, ella en Derecho y él en Físicas. Se vieron en una cafetería, delante de dos refrescos, y hablaron durante horas sin atreverse a enlazar las manos. Jaime podía reproducir con exactitud en su memoria el rostro de ella en aquel instante irrepetible de su vida, sus labios gruesos y húmedos, su piel tersa y dorada, sus ojos acuosos, y su propia actitud atropellada. Deseaba besarla y sólo se atrevía a hablar y hablar. Olía muy cerca, emanando del cuerpo de Carmen, un aroma ignorado que sus sentidos, sin embargo, identificaban como una llamada inconfundible. Luego, al anochecer cálido de principos del verano, Jaime la acompañó a su casa. Se habían abierto las flores nocturnas y el aire era denso, impregnado de aromas carnosos. Se despedía de ella, y no se atrevía a declarar su amor ni a tomar su mano ni a intentar siquiera un leve beso. Y entonces, cuando rendido por su propio pudor iba a darse la vuelta y marcharse, Carmen se acercó a él y le besó en los labios. Fue un beso fugaz. Luego Carmen corrió hacia la puerta de su casa. Pero el rastro de los labios de ella, su sabor tan poderoso como breve, habían permanecido durante años prendidos en la boca de Jaime, como una marca de fuego.

Miró su reloj: ya faltaba muy poco y sabía que ella era siempre puntual. Fumaba con ansiedad. Y se entretuvo en contemplar el juego de dos petirrojos que se perseguían volando de rama en rama en una acacia próxima.

La vio llegar, moviéndose entre las sombras que proyectaban sobre la senda densas matas de bambúes. Vestía jeans azules y blusa roja, su pelo se movía bajo la brisa enviando al aire vivos chispazos dorados. Llevaba gafas oscuras, un pequeño bolso en la mano y se movía con suave melosidad. Bombeó con brío su corazón contra la coraza del pecho. Y percibió una sensación de fragilidad en las rodillas cuando se levantó para saludarla.

Carmen se quitó las gafas y le besó en las mejillas. Ardía la piel en el rostro de Jaime. Luego se sentó frente a él, se recostó sobre el respaldo de la silla e hizo un pequeño mohín de desagrado.

—Creo que nunca llegué a decirte que odio las sillas de metal —señaló ella al tiempo que se inclinaba de nuevo hacia adelante.

—Nunca lo dijiste —respondió él.

Ella había dejado las gafas y el bolso sobre la mesa. Sus ojos claros, cercados de suaves ojeras, miraron los de Jaime y él sintió un leve escalofrío.

—¿Llevas mucho tiempo esperando? —preguntó Carmen.

—Me he levantado demasiado pronto.

Y entonces le tendió el pañuelo de seda que había comprado un rato antes.

—Un regalo —dijo.

Ella lo tomó, lo observó un instante y lo guardó en el bolso.

—Gracias —contestó dibujando en sus labios una vaga sonrisa.

Se acercaba el camarero.

—¿Cerveza, boquerones en vinagre y patatas fritas..., como en los viejos tiempos? —preguntó Jaime.

Ella volvió a colocarse las gafas, ocultando su mirada.

—Me acabo casi de levantar. Tomaré un café muy cargado.

Jaime pidió otro para él.

—¿Te has recuperado de lo de tu padre? —preguntó Carmen.

—La verdad es que nunca le quise, ya lo sabes.

A paso lento, con manos temblorosas y amenazando con echarles encima el contenido de las tazas, el camarero regresó a la mesa y depositó encima dos humeantes cafés.

Carmen echó el azúcar en la taza y meneó la cucharilla. Volvió a colocarse las gafas.

—No entiendo para qué me has llamado.

—Quería verte otra vez.

—¿Para qué?

—La verdad es que no lo sé muy bien. ¿Sigues con ese Aznar?

—Por favor... Eso es cosa mía, Jaime.

—No es justo que no me expliques por qué has terminado conmigo.

Carmen se desprendió de nuevo de las gafas. Le miró.

—¿Lo de Emilio?... El asunto es más hondo... No me gusta la vida que llevo y quiero cambiarlo todo. Tengo casi cincuenta años, y todos los días pasan de la misma forma, la vida se desgasta dentro de mí y los años se van sin que nada suceda, los rostros de la gente que conozco envejecen y con ellos se va mi juventud. Siento que, dentro de unos minutos, podría ser una mujer vieja cuya existencia ha volado en unas pocas horas. Si ahora mismo estuviese con alguien a quien no conociera y me preguntara por mi biografía, podría contársela en un par de palabras.

—No puedes detener el tiempo.

—Sólo intento hacerlo más intenso.

—Inténtalo... —suspiró Jaime—, pero no veo por qué estoy de más. Si reflexiono, me sucede lo mismo que a ti.

—También me gustaría dejar el bufete.

—¿Para hacer qué?

—Tal vez irme una temporada al extranjero, a América Latina quizás, a algún lugar joven de la Tierra... Y además, no sé decirlo.

—Dilo.

—Ya no te amo.

Jaime la miró a los ojos, la miró un largo rato en silencio. Ella, turbada, se colocó de nuevo las gafas oscuras.

—De acuerdo..., ya me has dado una razón. Era lo justo.

Ella se levantó:

—Tengo que irme... Siento todo lo que ha sucedido, de veras.

Jaime permaneció sentado.

—¿Hace mucho que dejaste de quererme?

—Meses.

—Es una crueldad prolongar la agonía de los otros, hacer que me sintiera despreciado tantos días, humillarme una y otra vez.

—No quería hacerte daño.

—Esa frase es digna de una telenovela, Carmen, ninguno de tus cultos amigos la diría.

—Tengo que irme, sólo quería saber cómo estabas después de lo de tu padre.

—Pues ya lo sabes.

Carmen dijo «adiós» y se alejó entre los bambúes. Jaime la siguió con la vista y la desnudó mientras ella se perdía al fondo del sendero: veía sus nalgas redondas moviéndose en un sensual bamboleo bajo los ajustados pantalones, su espalda blanca y delicada, sus hombros altos y algo huesudos, la esbelta nuca bajo la media melena rubia que peinaba en anchos bucles. Después, su figura se esfumó en un recodo del camino.

De nuevo el mundo se había derrumbado a su alrededor y se sentía como un absurdo superviviente en el escenario de una catástrofe, un tipo sentado sobre cascotes en una ciudad arrasada por un apocalíptico bombardeo. No era capaz siquiera de calcular si sentía dolor. Debería sentirlo, desde luego. Rió en breves carcajadas: tanta desdicha le daba risa.

Absorto, seguía mirando hacia la senda que había engullido a Carmen instantes atrás. Y no reparó en la presencia de la gitana hasta que la mujer le tocó en el brazo. Tendría unos sesenta años, cuerpo magro y cara huesuda, y vestía de luto desde los zapatos a la cinta del moño. Le tendía una ramita de romero y trataba de tomar su mano.

—Las rayas de la mano por quinientas pesetas, señorito.

—No tengo interés por saber lo que me espera.

—En sus ojos veo ya la buena fortuna.

—Dios te guarde la vista.

—Trescientas y no se hable más, señorito.

—Te vas a asustar si la lees.

Le dejó hacer y la otra emprendió su letanía:

—Tienes la vida empatá, un poco de mal de ojo de alguien que te ha enviao. Vivirás un puñao de años y tendrás dinero. El amor te costará disgustos, pero al final vendrá a ti entregao. Tu suerte es retorneá y hermosa por la gracia del Santísimo Sacramento. ¿Qué te ha parecío, señorito?

—No has tenido mucho tino en eso de la vida empatá. Llevo años perdiendo por goleada.

Se levantó, dio las monedas a la mujer e hizo una seña al camarero pidiendo la cuenta. Luego se alejó siguiendo el camino que había traído Carmen.

Recorrió de regreso el paseo que le había llevado hasta allí. La multitud se arremolinaba junto a los tenderetes que rodeaban el estanque y él se sentía más solo que nunca entre el gentío. Descendió hacia la Puerta de Alcalá por el paseo que flanqueaban imponentes álamos blancos y espesos matorrales de boj. Bramaban a su espalda los tambores y las guitarras de la orquesta de indios andinos y percibía su ánimo abrumado de perplejidades. El sol había roto todo rastro de neblina y lucía cegador sobre el cielo terso. Hacía calor. Olía a yerbas mojadas y a corazones atacados por un virus maligno. La primavera proponía una existencia blanda y sensual. Pero Jaime Arbal caminaba sosteniendo a duras penas el peso de su ridículo infortunio.

No tenía ningún deseo de regresar a su casa. No se veía con fuerzas para consolar a un transexual, escuchar los gritos de un loro desquiciado y hacer de niñera de un tierno orangután. Se dejó ir Alcalá adelante, en dirección a Cibeles. Antes de llegar a la plaza, entró en la cervecería de Correos y bebió con ansiedad tres jarras de cerveza muy fría. Luego, cruzó de acera y siguió su caminata por el paseo del Prado.

La cola de turistas que aguardaban su turno para entrar en el Museo del Prado corría en la explanada de la puerta lateral, pasaba junto a la estatua de Goya, rodeaba los jardines de la cuestecilla y ascendía calle arriba hasta casi alcanzar la iglesia de los Jerónimos. Jaime se detuvo un momento cerca de la estatua. Le pareció que una extraña y patética soledad invadía los recodos y los pliegues de la piedra tallada. Reparó luego en que decenas de cagarrutas secas de palomas chorreaban sobre los duros hombros del artista. Jaime conocía sus pinturas tan sólo a través de las láminas y grabados de los libros, jamás en su vida había entrado en el museo. Pero al ver de tal suerte aquella gloria nacional, aquella pétrea réplica de la grandeza creadora, convertida por descuido y ante los ojos de todos en letrina de palomar, se preguntó qué país era aquel donde uno de sus hijos más nobles podía ser cagado impunemente por un guarro pajarraco.

Pasó al otro lado de la avenida. Una hilera de novicias ataviadas con túnicas y tocas blancas, precedidas por dos monjas de hábitos negros, se cruzaron en su camino, desfilando a paso lento rumbo a la cercana iglesia de Jesús de Medinaceli. Sus voces cristalinas poblaban el aire con un canto mariano: «El trece de mayo en Cova de Iría, bajó de los cielos la Virgen María. Ave, ave, ave María; ave, ave, ave María».

Se dejó ir, con el ánimo desmadejado, siguiendo la marcha de aquella avanzadilla de los ejércitos de Dios y subió tras las religiosas calle arriba, camino de la iglesia. La cola de fieles que esperaban turno para dejar flores a los pies del sagrado Cristo a quien se consagraba el templo se alargaba más de doscientos metros desde la puerta, doblando el esquinazo y descendiendo por una callejuela lateral. El gentío se apretaba junto a la entrada, sosteniendo ramos de gardenias y claveles, luciendo escapularios y rosarios, portando velones y candelas, cajas con santos ambulantes, humeantes inciensarios y cruces adornadas con margaritas. Había allí beatas de hábitos morados y rodillas encallecidas en mil reclinatorios, paralíticos en sillas de ruedas, cojos y mancos, limosneros, gentes medio lelas y tontos al cien por cien, gitanas que vendían flores, ciegos y hermanas de la Caridad, y una turbamulta de buscones, tarambanas y zascandiles. Olía a sahumerios, a cera quemada y calzoncillo de sacristán. El siglo de Quevedo parecía renacer en aquella manzana madrileña.

La multitud abrió espacio, respetuosa, para dejar paso a la patrulla monjil y allá que entraron novicias y madres veteranas invadidas de celestial ardor y elevando su cántico con redoblada devoción: «Ave, ave, ave María; ave, ave, ave María». Hubo aplausos, voces improvisadas que se unieron al himno con mediana fortuna, gritos y vivas al Señor y a su excelsa progenitora, insultos para Satanás y consignas contra la lujuria del mundo moderno. El inquisidor Torquemada hubiera sido paseado con entusiasmo, en un trono y bajo palio, por aquella tropa de fetichistas surgidos de pronto de las cavernas oscuras de la Historia.

En la acera de enfrente media docena de bares llenaban la caja a rebosar. Dios y el diablo se daban la mano con la complicidad de los viejos adversarios en aquella estrecha calle: una puerta era lúdica taberna y la siguiente meapílico comercio de santos y de cirios; en una corrían vinos y cervezas, ilustrados con tapas y frituras, y la contigua agotaba sus existencias de rosarios y crucifijos, estampas de santos varios y escapularios bendecidos por el Papa.

Jaime dirigió sus pasos hacia uno de los bares. La gente se apretujaba en el mostrador demandando a voz en grito cervezas y chatos de tinto, raciones de calamares y boquerones, pinchos de tortilla y platillos de callos, pulpo a la gallega y patatas bravas. Olía a cazuela inquisidora repleta de pescados y mariscos, a hoguera de tostar judíos travestís en sepias, a musulmanes abiertos en canal como caballas para asar vuelta y vuelta en la plancha justiciera al rojo vivo, a brujas rebozadas cual gambas con gabardina hirviendo en el aceite de la sartén de la penitencia.

Logró una cerveza y se acomodó en un rincón de la barra. Y, al alzar la copa para dar el primer trago, vio por encima del borde de cristal un rostro familiar que se aproximaba sonriente.

—¡Carayo, Jaime, qué casualidad! —bramó el gallego Celso llegando a su altura y dándole un palmetazo en el hombro.

—El mundo es un pañuelo —respondió Jaime.

—Y que lo digas, carayo. ¿Pero qué haces por aquí? —añadió Celso señalando en dirección a la puerta con gesto malicioso—, no pensaba que fueras parroquiano de sacristías.

—Voy de paso. No tenía ni idea de esta peregrinación.

—Tenemos que venir los de fuera a enseñaros Madrid.

—¿Y tú qué, a misa?

Celso se aproximó, bajó el tono de voz y casi susurró:

—Éste es uno de los mejores sitios para poner rabo, mejor que el metro. No sabes la cantidad de raberos que andan por aquí a la caza de beatonas. Y ellas bien que disfrutan mientras ofrecen una vela a Dios y el vientre al diablo. ¿Entras conmigo?

—No me gusta excitarme para nada.

—No seas lelo, carayo. Arrimas rabo, y si la beatona traga, descargas en lo que dura un Padrenuestro. A veces, cuando la meapilas es veterana, incluso te la menea por encima del pantalón mientras canta la Salve. Dios siempre ha sido un buen pretexto para pecar de balde. Anímate.

—Otro día. ¿Quieres una caña?

—Me la debes. Ya han entrado las monjas y tengo que coger sitio: hay mucha competencia ahora que empiezan con el rosario. Igual me paso luego por el Paradiso. ¿Estarás allí?

—Ni idea.

Bebió otra caña después de que Celso se marchara. Luego volvió a la calle. Intentaba no pensar en Carmen, le dolía su engaño, la llaga invisible de su humillación le quemaba por dentro. Y caminaba sin pretensión de llegar a ninguna parte, huyendo de un mundo que no le ofrecía nada. Su propia estimación se arrastraba por las calles de la ciudad como un animalejo herido. Si tuviera coraje para irse ahora..., volar a cualquier sitio, cambiar de nombre, falsificar la edad, inventar una nueva profesión, dejarse barba, cortarse el pelo al cero, olvidar a Jaime Arbal y regresar a la vida como un recién nacido.

Había alcanzado la plaza de Santa Ana. El lugar bullía de gente, una heterogénea multitud en la que se mezclaban jubilados jugando al ajedrez, camellos que ofrecían hachís a los transeúntes, vendedores ambulantes de baratijas, loteros, jóvenes turistas de mochila al hombro, un grupo de ancianos que hacían gimnasia china en el centro de la explanada, niños corriendo el aro y niñas saltando la comba, una vieja harapienta que echaba migas de pan a decenas de ruidosos gorriones, un maletilla que toreaba a la muleta ante la cuerna imaginaria de un gran morlaco, el organillero tocando a la manivela *La verbena de la Paloma* y una pareja de guardias municipales que recorría perezosa la plaza, buscando la sombra de los árboles, sin aparente interés por controlar ninguna suerte de venta ilegal.

Jaime cruzó la explanada con aire de sonámbulo y descendió por la selva de callejuelas en dirección a la Puerta del Sol. Las viejas tabernas eran muy numerosas en aquella desastrada región de la ciudad. Las putas ofrecían su carne a bajo precio en las esquinas, vigiladas de cerca por inequívocos chulos de aire agreste. Olía a gambas fritas en aceite de coño, a pan mohoso horneado en vagina y a sementera de mayonesas. De algún tugurio próximo, llegaba a la calle el sonido de una guitarra flamenca que daba entrada a la voz del cantaor: «Cada vez que me recuerdo que me tengo que morir, tiro la manta en el suelo y me jarto de dormir».

Alcanzó la Puerta del Sol. Se detuvo, miró a su alrededor y contempló los rostros de las gentes que pasaban a su lado. Pero no se sintió hermano de nadie, sino un huérfano arrojado del que había sido su hogar, un hombre desterrado y condenado al silencio. Y decidió regresar al apartamento de la calle Alberto Alcocer con una cósmica melancolía pesando sobre sus hombros.

Tomó el metro, en la línea de Ventas, para hacer transbordo en la estación de Príncipe de Vergara. Las hileras de asientos de su vagón iban ocupadas al completo y numerosos viajeros se apretaban en pie, manteniendo la compostura en difícil equilibrio. Durante el recorrido de las cuatro estaciones que le separaban de su primer destino, cuatro mendigos oradores subieron al compartimento proclamando la ruina de sus existencias deplorables: un joven drogadicto que quería huir para siempre de la droga, un ex presidiario de discurso agresivo que pedía una oportunidad para reformarse, un negro que demandaba solidaridad a los corazones españoles antirracistas y un artista en dificultades causadas por una enfermedad y que necesitaba dinero para comprarse una guitarra. Recordando a la mujer del viaje de la mañana, Jaime imaginó que el drogadicto pedía dinero para pincharse cuanto antes, el ex presidiario llevaba fuera de la cárcel varios años, el negro contaba con permiso de residencia en España desde mucho tiempo atrás y el artista no sabía darle a la guitarra ni para acompañar una ranchera. Tenían suerte de que no estuviese allí el tipo con cara de asesino inglés para desenmascarar su farsa.

Mudó de línea en Príncipe de Vergara. El nuevo vagón viajaba también atestado de gente. Quedaban cinco estaciones hasta alcanzar la suya, y el chorreo de mendicantes tocados por el don de la retórica continuó sin tregua. Esta vez desfilaron por la pasarela del suburbano un financiero arruinado a causa de su honradez al que los viajeros despidieron con una sonora pitada, una anciana madre olvidada por sus hijos que logró recoger un respetable puñado de monedas, un ex militar en paro al que alguien llamó «Rambito» moviendo a una monumental carcajada a todo el pasaje, una prostituta arrepentida que quería dar a su hija una vida digna, y un sidoso que casi provocó una masiva estampida de usuarios antes de que lo echaran de allí, a guantazos inmisericordes, cuatro jóvenes airados con aspecto de sanos jugadores de rugby.

Jaime ganó la calle, caminó en dirección al apartamento y se detuvo atónito ante el nuevo espectáculo que le ofrecía aquella jornada de sobresaltos. Varios coches de policía, tres camiones de bomberos y una ambulancia cortaban la circulación junto a la fachada de su edificio. Un cinturón de agentes contenía a las decenas de curiosos que se arremolinaban mirando hacia lo alto. Jaime alzó la vista. En una cornisa entre dos balcones, con la espalda pegada a la pared, a la altura del quinto piso, el bancario Esteban permanecía inmóvil, con la misma actitud que adoptan los suicidas de las películas minutos antes de arrojarse al vacío o de ser rescatados en el último momento por un noble bombero, un persuasivo policía o un héroe anónimo surgido entre el gentío. Con una mano, Esteban sujetaba una jaula, y en su interior, revoloteaba aterrado y perplejo el inocente César.

Capítulo XVI

«La ficción es historia, historia humana, o no es nada.»
JOSEPH CONRAD, *Notas de vida y letras*

Pugnó por abrirse paso entre la gente. De improviso, se topó con Capricho, que le saludó abriendo las manos para mostrar sus palmas, mientras la joroba daba un saltito sobre sus hombros, como si fuera un bicho de alguna especie parasitaria.

—¿Qué ha pasado? —preguntó al giboso.

—Ya lo ve usted, que don Esteban se ha subido a lo alto y que se quiere tirar. Bien mirado, clientes así dan prestigio a las tabernas.

—Ha debido salir desde el balcón de mi casa.

—Verlo para creerlo... Un hombre tan serio, tan preparado, con un carrerón en el banco, seguro que hasta sabe contabilidad. Y ahí le tiene, subido en la cornisa con un pajarraco.

—Está desquiciado desde hace días.

—Se veía venir que iba a hacer algo raro —concluyó Capricho.

Un policía, con un megáfono, conminaba a Esteban a desistir de su empeño. Su voz retumbaba sonora y levantaba ecos en el espacio de la calle. Tras el balcón del apartamento de Jaime, se distinguían las cabezas de dos agentes. Abajo, los bomberos comenzaban a preparar una amplia y gruesa lona de forma circular.

Jaime se abrió paso entre los curiosos. En primera fila, arrimada a los policías que formaban cordón, distinguió la corpulenta figura de Pamela. A su lado asomaba el cuerpo rechoncho de Jennifer, la prostituta de ascensor del edificio.

Llegó hasta ellas. Pamela vestía un pantalón corto que dejaba al aire sus potentes muslos. Se recogía el moño con una cinta de colores y el carmín de sus labios gritaba como un insurrecto desafío. Jennifer, empequeñecida ante el tamaño del transexual, ondeaba cual bandera española, con el pelo teñido de amarillo girasol y un vestido rojo cruzado de volantes que aleteaban trepando desde el borde de la falda hasta el escote.

Pamela hizo un intento de abrazarse a él, pero Jaime se retiró hacia atrás.

—¡Ay, cielo!, menos mal que has llegado. ¡Vaya susto que me ha dado ese desgraciado!

—¿Qué ha pasado?

—Se me presentó hace media hora en casa. Dijo que era el dueño del loro y que venía a recogerlo. Claro, le dejé entrar. Le vi que miraba para todos lados, como inspeccionando, pero no me mosqueé. Y de pronto, echó a correr al dormitorio delantero, abrió el balcón y allí que salió con el loro. ¡Ay, cielo!, ¡qué susto!, pensé que se iba a tirar y a descrismarse. Pero no acaba de saltar, debe de estar medio arrepentido.

—¿Cuánto hace que está ahí?

—Veinte minutos.

—¡Quia! —corrigió Jennifer—, pasa de la media hora. Lo malo es el vértigo: como mire hacia abajo, seguro que pierde el pie y se escacharra. Yo vi una vez a uno que se había caído de un balcón. Pero aquél iba solo, no llevaba loro, ni perro ni na de na.

—Tienes que hacer algo, cielo —dijo Pamela.

—Bueno estoy hoy, como para ocuparme de problemas ajenos.

—O le salvas tú o no le salva nadie —añadió Pamela, y de inmediato comenzó a llamar a voces al agente del megáfono:

—¡Comandante, mi comandante!

El policía miró al transexual y se aproximó hasta ellos.

—Mi comandante, éste es el inquilino del piso, y es amigo del presunto suicida.

—Ni ése es presunto ni yo soy comandante —gruñó el otro.

Luego, se volvió hacia Jaime.

—¿Conoce usted a ese gilipollas? —dijo señalando con el dedo hacia lo alto.

—Trabaja en un banco, es el director de la sucursal.

—Joder, en qué manos dejamos nuestro dinero —dijo el policía.

—El loro es suyo —añadió Jaime.

El policía se frotó la barbilla.

—Yo creo que no se va a tirar. Si no lo ha hecho nada más salir, ya hemos pasado la primera fase, que es la más peligrosa. Pero ahora debe andar en la fase del miedo. Y el peligro es que pase a la fase del vértigo y se nos caiga.

—Hay que ver, mi comandante, cómo lo tienen ustedes todo de estudiado, con sus fases y sus psicologías —intervino Pamela.

—¡Cállese! —gritó el policía al transexual—. Óigame —dijo de nuevo a Jaime—, debería usted asomarse al balcón y hacerle entrar en razón. Si lo logra, uno de nuestros agentes le agarra y le mete dentro. Es un especialista en escalar cornisas, la última fase la tenemos muy bien preparada.

—¿Y si le asusto?

—La lona está casi lista. Si se cae, lo hará en blando. Pero ésa es una hipótesis que llamamos límite.

—Subiré a ver qué puedo hacer —aceptó Jaime.

—¡Ay, mi héroe! —chilló Pamela al tiempo que le daba un sonoro beso en la mejilla.

—Vete a la mierda —dijo Jaime limpiándose la cara con el dorso de la mano.

—Suerte, Campeador —animó Jennifer.

Caminó tras el oficial. La puerta del apartamento estaba abierta y un buen número de agentes, algunos bomberos y un par de enfermeras poblaban el vestíbulo. Dentro del dormitorio de Fernando, dos guardias con uniforme de camuflaje se apostaban al lado del balcón, sin dejarse ver por Esteban. Jaime echó una ojeada al cuadro del caballo que adornaba la pared sobre la cama. El brioso equino siguió sus pasos con el ojo quieto.

Jaime inclinó el cuerpo sobre la baranda, sacó la cabeza y miró a la izquierda. A poco más de tres metros de distancia, subido en la cornisa de un ancho dos veces superior a la largura de sus pies, Esteban se pegaba a la pared cual insecto despanzurrado en parabrisas de automóvil, la cabeza alzada y mirando hacia la cúpula del cielo, los ojillos inmóviles detrás de sus gafas de culo de botella. Con la mano derecha sujetaba el asa de la jaula donde se agitaba César. Su corbata flameaba al aire como una banderola. Abajo se escuchaba el rumor del gentío como un oleaje marino.

—¡Esteban! —gritó—, ¡soy Jaime!

El bancario no movió siquiera un dedo. El loro, sin embargo, detuvo su agitado revoloteo por el estrecho espacio de la jaula, torció el cuello, observó a Jaime con mirada de neurótico asesino, dejó escapar un berrido y clamó:

—¡Café con churros!

Esteban movió ahora levemente la cabeza, intentando que sus ojos descendieran hacia el loro y evitando la visión del vacío.

—Me voy a matar —dijo.

—Ten juicio, hombre —dijo Jaime mientras inclinaba un poco más su cuerpo hacia la izquierda, sujetándose con fuerza a la baranda con ambas manos.

—Lo que digo —la voz de Esteban sonaba temblorosa— es que como mire para abajo, seguro que pierdo el pie y me escojono.

—¿Ya no te quieres tirar?

—Y una mierda... Lo que quiero es bajarme de aquí.

—Eso es hablar con sentido... Mira, aquí hay especialistas y te pueden ayudar.

—De ésos no me fío, son burócratas disfrazados de Rambo.

—Han venido para intentar salvarte.

—Ni hablar, trabajan por rutina, igual que hacemos en los bancos. Como les pagan cuatro perras, les da lo mismo ocho que ochenta. La burocracia lo ha envenenado todo, hasta la moral del trabajo.

—Abajo hay una lona.

—Yo no me tiro a la lona. Una vez me tiré a una piscina de cabeza y me pegué un planchazo que casi me dejo los huevos. Una y no más.

—Saben hacerlo, Esteban. Ahora les llamo...

—Y una mierda van a saber..., trabajan para el Estado, son burócratas. No les pagan horas extras y lo que quieren es irse a casa cuanto antes. Ayúdame tú, de ti sí me fío.

—No seas burro, ponte en sus manos.

—Ni hablar. Si no me sacas tú, de aquí no me muevo hasta que me caiga desmayado.

—Pero si yo no hago ejercicio desde hace veinte años.

—Yo he podido subirme aquí y eso que estoy cegato. ¿Tienes vértigo? Pues yo sí tengo y he subido, conque tú...

—¿Y por qué mejor no te tiras de una puta vez?

—Lo primero es que cojas la jaula. Yo levanto el brazo, tú sales y pones a salvo a César.

Esteban alzó la jaula, sin cesar de mirar hacia arriba, y César recomenzó su paranoico revoloteo. Jaime sintió que todo cuanto sucedía alrededor no era real, que formaba parte de un sueño absurdo. Un extraño viento venido desde la hondura de su infancia le invadió el ánimo, le acometió una especie de ansiedad por jugar, un deseo caliente de aventura. Trepó por la baranda, salió a la cornisa y comenzó a moverse hacia Esteban con la espalda pegada a la pared. No miraba hacia abajo, tan sólo a la jaula. En la calle crecía un griterío emocionado, pero él no llegaba a oírlo. Una especie de zumbido, o de música con sordina, se había instalado en el interior de sus oídos. El cielo luminoso refulgía encima de su cabeza. Volar debía de ser algo parecido a aquello, pensó.

Avanzó, extendió la mano izquierda, dio un pequeño impulso a su cuerpo y tocó la jaula. «¡Café con churros!», oyó clamar a César entre las brumas de la realidad o del sueño. Levantó la mano, rozó la piel fría de Esteban, agarró el asa de la gayola, y cuando el bancario la soltó, Jaime inició el camino de regreso.

Giró ahora levemente el cuello y miró a la derecha. La cabeza del oficial asomaba en el balcón. «¡Muy bien, muy bien!», le animó, «agárrese a mí, le ayudaré a saltar dentro». Pero Jaime se detuvo, cambió la jaula de la mano izquierda a la derecha, sintió el peso del objeto pender en el vacío y bambolearse, y vio pasar ante sus narices, sobre un fondo de tejados y de antenas de televisión, la figura verde del pajarraco, mudo y petrificado, incapaz siquiera de mirarle con su ojo asesino. «¿Qué, ya no quieres desayunar, imbécil?», dijo mentalmente. La mano del policía tomó el asa de la pajarera. Y Jaime respiró hondo alzando de nuevo los ojos hacia el cielo.

—Salte adentro —oyó decir al oficial.

—Voy a por él.

—Déjelo. Ahora, sin la jaula, la caída entraña menos peligro.

—No quiere saltar —dijo Jaime.

—¡Ni pa Dios salto yo! —gritó desde la izquierda Esteban.

—Ya caerá, déjele ahí —terció el policía.

—¡Joder, Jaime, no le hagas caso, es un burócrata! —gritó el bancario.

—¡Qué te zurzan, gilipollas! —respondió el oficial dirigiéndose al suicida.

Jaime comenzó a moverse de nuevo en dirección a Esteban, con el abismo abierto debajo de sus pies. Un tenso clamor se alzó desde la calle.

Se situó al lado de Esteban y le tomó la mano. El otro se agarró a él con dedos de hierro.

—Ahora nos vamos a ir despacio hacia la derecha, sin prisas —dijo Jaime—. Tú sigue mirando hacia arriba y no te separes un milímetro de la pared.

—Vale —contestó el bancario—, pero no me sueltes.

Se movieron lentamente mientras desde abajo llegaban voces de ánimo. Poco después alcanzaron el balcón.

—Ya estamos —dijo Jaime—. Yo entro primero, luego tú te acercas unos centímetros más y te ayudamos a entrar.

—Ni lo sueñes.

—Pero si ya estamos...

—Si me dejas solo, seguro que me mareo y me caigo.

—Qué difícil eres, hace un rato te querías tirar...

—He cambiado de idea, y como no me arranques la mano, yo no me suelto.

—Este tío está cada vez más zumbao, déjele —dijo el policía asomando a la derecha, a los pies de Jaime.

Jaime giró la cabeza.

—Si lo intento nos vamos los dos para abajo, se me ha agarrado como una lapa.

—La lona ya está lista —agregó el policía.

—¡Métase la lona por los cojones! —gritó Esteban.

—Ésta sí que es buena —añadió el oficial—, viene uno a salvar una vida y le cagan encima.

—Vamos, Esteban, tenemos que bajar de aquí —insistió Jaime.

—Que no me suelto, joder.

—César ya está dentro, te puedes reunir con él en un minuto —siguió Jaime.

—Que le den por culo al loro —dijo el otro.

—Véngase usted para dentro —dijo el policía a Jaime.

—No me suelta la mano, es como un cepo —respondió Jaime.

—Pues tírese usted con él, aquí no podemos estar todo el día, a mí no me pagan horas extras —contestó el policía.

—¿Lo ves? —intervino el bancario—, ¿no te dije que era un burócrata?

—¿Burócrata? —dijo el oficial—. Hay que joderse con el suicida, la que ha liado y encima insultando. Cuando bajes de ahí arriba te voy a poner calientes los morros, so mamón.

—Esteban, si no me dejas la mano libre... —dijo Jaime.

—Que no, leches.

—... déjame seguir... Gira el cuerpo hacia mí, me das la otra mano, pasas por delante..., y luego te ayudan a saltar dentro.

—Eso es muy arriesgado.

—Pues elige: o me sueltas la mano, o pasas por delante, o nos tiramos.

—¿Y no tienen escalera los bomberos?

Terció otra vez el policía:

—¿No prefieres un helicóptero? Mandan güevos con el maromo.

—Oiga, burócrata, que usted vive de mis impuestos —dijo Esteban.

—Y usted de los intereses que dejamos todos los españoles a los bancos —contestó el policía.

—Pues vaya a reclamar a su sindicato —siguió Esteban.

—Y usted pídale el helicóptero a su puta madre.

—¡Cojones! —gritó Jaime. Luego, con voz calma, se dirigió al bancario—. Esteban, ¿qué hacemos?

El otro dudó un instante:

—De acuerdo —dijo al fin—, paso por delante de ti.

Esteban comenzó a moverse con lentitud. Su brazo izquierdo asomó por detrás de su cuerpo y su mano se tendió en dirección a Jaime, quien a su vez movió la mano derecha en busca de la de Esteban. Se agarraron, en difícil escorzo sobre la cornisa. Luego el bancario siguió avanzando arrimado al cuerpo de Jaime. Sus rostros se unieron nariz con nariz, sus figuras se apretaron, sus respiraciones se integraron en solidaria comunión y Jaime vio que Esteban mantenía los ojos cerrados detrás de los gruesos cristales de las gafas.

—Así vas bien —se le ocurrió decir, casi rozando los labios del bancario.

Y entonces Esteban abrió los ojos, unos pequeños ojillos nerviosos que parecían haber recuperado de pronto toda la viveza arrebatada por la miopía. Miraban con fijeza, duros y firmes, rodeados de una película acuosa, dentro de los de Jaime. Pero apenas un instante después, comenzaron a moverse en círculos, como si emprendieran una danza enloquecida por todo el ancho de la órbita.

—Ay, Dios, que me mareo —musitó el bancario.

El cuerpo de Esteban se inclinó hacia atrás, vencido hacia el vacío. Jaime logró soltar la mano derecha, pero la izquierda seguía aferrada por los dedos del otro. Cuando por fin pudo desasirse, su equilibrio estaba irremediablemente perdido. Por debajo planeaba el cuerpo desbaratado de Esteban, con el corbatín girando en el aire como el aspa de una avioneta, mientras Jaime emprendía su propio vuelo acunado por el grito unánime de los espectadores.

Le vinieron a la memoria el bonito cuerpo de Carmen y el cadáver de su padre, recordó el día en que le mearon los Chumbos, se inquietó al pensar que tal vez caería sobre el cuerpo de Esteban y se partiría algún hueso, pensó en Odiseo y en Banderas, se dijo a sí mismo «aguanta, corazón» y sintió algo parecido a la náusea al recordar el rostro frío de la Hoffman, justo un instante antes de que su cuerpo chocara contra una materia dura, rebotase unos palmos hacia arriba y volviera a caer sobre la misma materia. Su cabeza parecía estar metida en una batidora o bajar rodando una montaña rusa y seguía saltando por su cuenta como una pelota. ¿Estaría muerto? No sentía el cuerpo, tan sólo percibía el baile frenético de su cerebro. Perdió el conocimiento.

De regreso a la realidad, se sintió rodeado de confusión. Alcanzó a preguntarse si no estaría muriéndose en ese momento. Oyó un grito que brotaba desde dentro de él, pero que sus labios no eran capaces de articular. Sintió la luz, la pesada luz del día pesando sobre sus párpados. Luego voces a su alrededor. Cuando abrió los ojos no sabía muy bien dónde se hallaba.

Estaba tendido en el suelo. Un hombre vestido de enfermero le atendía. A su lado, se apretaban el rostro caballuno de Pamela, la redonda cara de Jennifer y la dura jeta del oficial de policía. Intentó incorporarse, pero el brazo vigoroso del sanitario se apretó contra su pecho, tratando de mantenerle echado.

—Tranquilo, estése tranquilo —dijo el hombre.

Recuperó la plena conciencia de cuanto había sucedido antes de perder el sentido. Apartó la mano del otro y logró alzar medio cuerpo y quedar sentado.

—Estoy bien, no se preocupe —dijo.

Un atronador aplauso resonó entre la multitud que le rodeaba. Giró la cabeza: había decenas de personas congregadas en torno suyo y todas aplaudían. Oyó el grito de Pamela:

—¡Está vivo, está vivo! —y se inclinó hacia él y le plantó un besazo en la frente.

—¡Viva el Cid! —clamó Jennifer dirigiéndose al gentío.

—¿Le duele algo? —preguntó el enfermero.

Jaime se palpó las piernas y los brazos.

—Sólo estoy desorientado.

El otro le tomó el pulso, miró dentro de la órbita de sus ojos ayudándose de una pequeña linterna, aplicó el fonendoscopio a su pecho por encima de la camisa y, al fin, le ayudó a levantarse. Algunos hombres y mujeres se acercaron a estrecharle la mano, pero la policía actuó con presteza para protegerle de los achuchones, abriendo un círculo a su alrededor. Dando voces y emprendiéndola a codazos con los agentes que trataban de alejarlas, Pamela y Jennifer lograron permanecer a su lado.

—¡Oiga, que somos de la familia! —gritaba el transexual.

—Parece que está bien —le dijo el enfermero—, pero conviene que repose, se ha dado un fuerte golpe en la cabeza.

—¿Qué pasó con Esteban? —preguntó Jaime.

—Se ha roto un brazo, nada grave, y le han llevado al hospital —respondió el sanitario.

—Tendrá usted que prestar declaración —dijo el oficial, asomando tras el enfermero.

Pamela intervino:

—¿Y para qué tiene que declarar nada si usted lo ha visto todo, mi comandante?

—Lo exige la ley: ¡a usted no le ha dado nadie vela en este entierro! —bramó el policía.

—Vaya mamarrachada de leyes —dijo Pamela—, tener que declarar lo que todo el mundo ha visto. Así va España.

—El lunes por la mañana —siguió el policía dirigiéndose a Jaime—, a las once, le espero en la comisaría del distrito de Bravo Murillo. No falte. Pregunte por el oficial Manuel Sánchez... ¡Ah!, ¿y el jodío loro? —añadió.

—Me lo quedo —respondió Jaime.

—Pues lléveselo.

Pamela tomó con energía a Jaime por el brazo y echó a desfilar con paso firme hacia el portal de la casa.

—¡Eres un machote, un Cid! —dijo Jennifer colgándose de su otro brazo y llevando la jaula del loro en la mano libre—. En América hay todos los héroes que quieras: John Wayne, Robert Mitchum, Gregory Peck..., todos esos. En España sólo tenemos al Cid.

Jaime se preguntó si no estaría todavía inconsciente y si verse así, entre aquellos dos seres absurdos, no era un sueño loco. El trío traspasó casi a uña de caballo, y marcando el paso, el umbral del portal, con Jaime casi en volandas y el loro lanzando desde la jaula berridos desaforados.

Tomaron café en el apartamento y Jaime se sirvió un copazo de whisky seco. Pamela le dio un plátano a César y sacó del trastero a Abigail, que se unió de buena gana a la tertulia trepando a la mesa.

—¡Qué ilusión! —decía el transexual—, mañana seguro que sales en los periódicos, te han hecho fotos mientras estabas sin sentido. Y los periodistas me han preguntado sobre ti. No veas cómo te he puesto de valiente..., mi Tarzán.

Jaime se sentía aturdido.

—Hoy me he enterado de que te llamas Jaime y no Rocky, como me dijiste el día que te conocí —dijo Jennifer—. ¿Te burlabas de mí?

—Ni me acuerdo. ¿Y tú, acaso te llamas Jennifer?

—Mi verdadero nombre es Bibiana.

—Vaya destrozo —dijo Pamela.

—Es que en mi oficio hay que llamarse algo elegante. ¿Y tú, eres de verdad Pamela?

—Mi padre me puso José Antonio, como el Primo de Rivera aquel que fundó el fascismo. Si llega a saber que iba a salir maricón, me hubiera puesto Lenin, pa joder al comunismo.

—Me voy a tomar una copa por ahí, antes de que me volváis loco entre las dos —dijo Jaime levantándose.

Pamela se alzó de su asiento:

—¡Eso sí que no! Tienes que reposar. Te haré un caldito.

—¿Por qué no te metes en tus asuntos?

—Qué desagradable te pones, con lo que yo te admiro.

—Lía tus bártulos esta noche y lárgate mañana de aquí.

—Eres un desalmado. ¿Es que ni siquiera me has cogido un poco de cariño?

Abigail contemplaba desde la mesa a los ardorosos humanos y César gritó «café con churros».

—Si es por una emergencia, puedes venirte a casa, hay sitio de sobra —dijo Jennifer al transexual—. Y si llegamos a un acuerdo, podemos convivir juntas. Me caes bien.

—Ay, ¡eres mi salvación! —bramó Pamela, y corrió a dar un beso en el moflete a la prostituta.

—Mira por dónde ya puedes mudarte ahora mismo —dijo Jaime.

Súbitamente eufórica, canturreando mientras iba de un lado a otro y gritando de cuando en cuando «¡estoy salvada!», en menos de un cuarto de hora Pamela se pintó, peinó, maquilló, se vistió y dejó listas sus bolsas. Se acercó a Jaime con intención de darle un beso de despedida. Él se apartó.

—Quiero que sepas que, a pesar de tus malos modos, no te guardo rencor. Los héroes tenéis que ser rudos, como Charles Bronson.

—¿No os hace falta un loro para completar la familia? —añadió Jaime.

—Eso sí que no: para estar mal acompañada, ya estoy conmigo —dijo Jennifer.

Se quedó solo, aliviado. César recomenzó sus demandas de desayuno y Jaime lo calló echándole el mantel por encima de la jaula. Miró al mono, que le contemplaba con dulzura.

—Anda, ven —dijo al simio, y Abigail, obediente, descendió con parsimonia de la mesa y saltó a sentarse en el sofá, a su lado.

—La verdad —siguió Jaime— es que Fernando ha hecho una buena inversión contigo. Eres la persona más agradable que he encontrado en los últimos meses..., quién sabe si en años.

El primate le miraba con atención.

—Creo que te voy a echar de menos cuando me vaya de aquí.

Acarició la cabeza roja del mono. El animal entonó un meloso ronroneo.

—Ya te contaré la de hoy —siguió acariciando al simio—. Hay días que parece que los has soñado. En fin, me olvidaba de que no has cenado.

Sirvió comida en la cazuela de Abigail y, tras la cena del simio, regresaron al salón, sentándose de nuevo el uno junto al otro. Jaime apuró con lentitud su copa, se sirvió una más y prendió otro cigarrillo, mientras el primate arrimaba su cabeza al costado de Jaime en demanda de caricias.

Permanecieron así un rato, hombre y mono hermanados como jamás lo estuvieron desde que se perdió el famoso eslabón. Luego Jaime decidió bajarse a Paradiso.

—Me voy en busca del aire libre de las tabernas —dijo el humano al primate—. Te dejo puesta la televisión.

Iba llorando cuando salió, llorando sin sentir ninguna lástima de nadie ni de nada, llorando por llorar, llorando mientras pensaba que igual podría reír o dar gritos, o abrazar al primero que encontrase en su camino, o emprenderla a puñetazos con un desconocido. Se sentía capaz de amar para siempre a cualquiera que le brindara una sencilla frase amable o de acuchillar un rostro que le mirase con antipatía. No era el suyo un llanto amargo. Porque al tiempo que lloraba, se sentía dotado de un extraño vigor, seguro de sí. Era una extraña sensación sin lógica.

Entró en Paradiso y aquello fue un clamor. Varios parroquianos se acercaron a estrechar su mano, recibió palmetazos amigables en la espalda, frases de alabanza, invitaciones a copas y decenas de preguntas. Pepe, desde el mostrador, alzó los brazos sobre su cabeza y simuló un aplauso. Era como el soldado que, en una película, regresa a las trincheras después de una valerosa acción de guerra y todo el barracón celebra su heroísmo. Incluso el cura que jugaba en la tragaperras volvió el rostro hacia él y le envió una sonrisa de camaradería y tal vez secretas indulgencias. Se sintió en casa, envuelto por un calor familiar. Sólo Capricho, que cruzó a su lado camino de la puerta, hundido bajo el peso de su joroba, pareció despegarse del sentir general de la concurrencia: «Le hacía yo con más juicio, don Jaime», dijo de soslayo meneando la cabeza, y salió del bar.

Celso y Machuca estaban en la mesa del fondo, la que ocupaban casi todos los días como si fuera de abono.

—Ya me han contado —dijo el periodista cuando Jaime tomó asiento junto a ellos.

—Carayo, ¿es cierto lo que dicen? Vaya par de pelotas —añadió el gallego.

—¿Estabas bebido? —preguntó Machuca.

Jaime se encogió de hombros:

—Ahora es cuando me apetece beber.

Al poco, Jaime tenía delante un cubata de coñac.

—Dice Pepe que sus copas de hoy corren a cuenta de la casa —señaló el mozo.

Celso se enfrascó después en el relato de sus peripecias en la iglesia de Medinaceli. «Tuve suerte: había beatas calentorras y puse rabo hasta hartarme», decía. «A una se lo coloqué en el trasero y cuando fue a decir "kirieleisón", más que kirie le salió un gallo, algo así como "kikirieleisón".»

Cambiaron a Gipsy's un par de horas más tarde, cabalgando ya en el tobogán del alcohol. La mirada beoda de Celso persiguió jacas cuarentonas con la avidez incansable del hermano mudo de los Hermanos Marx. Machuca fue cayendo en el silencio de una borrachera pesada y melancólica, como si su cuerpo y su alma se hundiesen paulatinamente en una sideral fatiga. Jaime sentía su cerebro trepar hacia una sensación de vértigo, pero su cuerpo respondía con seguridad a las acometidas del alcohol.

—Tienes que llevarme a casa cuanto antes —le dijo Machuca, saliendo con esfuerzo de su cósmica galbana.

—Mi coche está desguazado —respondió Jaime.

—Llévale en el mío —terció el gallego—, no me hace falta. Puedes dejarme las llaves en Paradiso mañana. Yo me quedo aquí al refuego.

Salió de Gipsy's abrazado a Machuca, que a duras penas se sostenía apoyándose en él. El vampírico portero del local le ayudó a acomodar al periodista en el asiento del coche. Jaime arrancó el vehículo envuelto por un hedor a praderas africanas repletas de cadáveres de herbívoros: impalas sacrificados y devorados por manadas de leones, huesos de ñúes rebañados por familias de hienas, vísceras de gacelas zampadas por bandos tumultuosos de buitres y pellejos de búfalo podridos bajo el implacable sol de África. En el suelo y el asiento trasero del coche se amontonaban decenas de bolsos de señora fabricados con pieles de cebra. Abrió la ventanilla para que entrase el aire rebelde de la noche.

Machuca miraba hacia adelante, acomodado a su lado, los ojos como dos huevos sanguinolentos tras los gruesos cristales de las gafas. Jaime condujo con prisa, sin reparar en semáforos ni indicación ninguna de tráfico. Tomó la carretera de salida de Madrid, bajo las farolas de incierta luz amarilla.

Machuca roncaba cuando llegaron al silencioso barrio residencial de las afueras. Los ojos ambarinos del lobo brillaron entre las sombras del lado derecho de la casa. Jaime giró el volante, dio un breve pisotón al acelerador, conectó las luces largas y los faros alumbraron la escuálida figura del canino. A su lado, la súbita ráfaga luminosa dibujó una figura humana que, sentada, apoyaba la espalda en el contenedor de la basura.

Saltó el lobo hacia atrás y corrió a la oscuridad. El hombre se tapó el rostro con las manos para evitar ser deslumbrado. Jaime conectó las luces cortas, apagó el motor y bajó del vehículo. El tipo se levantó y comenzó a caminar hacia él. Raquítico y parvífico, se aproximaba doblando la cerviz sobre el mísero pecho.

—¿Es usted don Luis Machuca? —preguntó.

Alzó la cara, iluminado ahora de pleno por los faros del automóvil. Por la mente de Jaime desfilaron a la carrera nombres y seres, su memoria pugnó por situar aquel rostro, se amontonaron en su recuerdo noches y días de situaciones y paisajes insólitos, su cerebro luchó contra el caos y la turbia pesadez del alcohol.

Era Rocky, el cutre baladista de agro-blues del barrio de Malasaña.

Tendió la mano al músico y estrechó una materia blanda, húmeda y fría. Al tiempo, desde el interior del coche llegó el ruido de una airosa ventosidad.

—¿Qué llevas ahí? —preguntó Rocky—, ¿una caja de pedos?

—Ayúdame a meterlo en casa.

Jaime buscó las llaves del chalé en los bolsillos de su amigo. Cargaron con Machuca, que abrió los ojos, les miró con cara de aburrimiento sumo, dijo «quién es éste» sin esperar respuesta y se dejó llevar casi en volandas. A tientas, Jaime prendió la luz del vestíbulo, entró en un amplio salón, vio dos sillones de cuero y un sofá y decidió que era un buen lugar para dejar al periodista. Cubrían las paredes de la estancia extensos anaqueles repletos de libros y, en los huecos que dejaban las librerías, se exhibían grandes fotografías en blanco y negro de hombres semidesnudos en posiciones atléticas, musculados apolos de pieles tersas y brillantes, muchachos rubios y morenos, efebos blancos y negros, jóvenes de una hermosura casi imposible. Papeles, periódicos, libros y ceniceros poblaban la mesa redonda de cristal que ocupaba el centro de la sala.

—Vamos a echarlo ahí —ordenó Jaime señalando con la barbilla hacia el tresillo.

Machuca se desmoronó sobre el sofá y recomenzó su sinfonía de pedos y ronquidos. Jaime encendió un cigarrillo y, sin sentarse, echó una ojeada a los libros de la mesa. Entre ellos, reparó en *El rey Lear*. Se dirigió a Rocky:

—¿Y tú qué coño haces aquí?

—Es que te he estado llamando al periódico todos los días y, joder, como no te pones, he conseguido tu dirección y he venido a recordarte que mañana actúo y que habías quedado en venir a entrevistarme.

—Ando ocupado.

—Lo has jurado, ¿no? He fichado un buen guitarra, no uno de esos rascatripas con los que ando siempre. Me cobra siete talegos y no estoy para tirar siete talegos por la ventana.

—¿Cómo piensas volver a Madrid?

—Puedo dormir en cualquier sillón, y mañana por la mañana me cojo un autobús o me vuelvo a dedo —Rocky echó una mirada alrededor de la estancia—. Joder, esto está lleno de tíos cachas, no me digas que eres gay.

—Yo no soy gay, pero tú sí que eres un jeta, Rocky.

—Sólo soy un superviviente.

Jaime le tomó del brazo y lo empujó hacia la puerta.

—Tengo que volver a Madrid.

—¿A estas horas?

—Un asunto con una tía.

—Prefiero quedarme aquí con tu amigo..., ¿quién es?

—Mi hermano gemelo.

—Pues no se parece nada. ¿Es maricón?

Salieron del chalé y Jaime encaminó al cantante hacia el coche.

—Has espantao al perro cuando llegaste —dijo Rocky.

—No es un perro, es un lobo —corrigió Jaime.

—Estás igual de borracho que tu hermano. Era un chucho y más manso que una monja, comía en mi mano.

—Lo que no sé es cómo no te ha comido la mano, será porque os parecéis.

—¿Me estás llamando perro? Es igual, no me importa, tengo algo de perro.

Subieron al automóvil y Jaime enfiló hacia Madrid.

—¿Y a qué mierda huele aquí? —preguntó Rocky.

—A cebras muertas —respondió Jaime—. Las cazo en un Safari Park y luego hago bolsos.

—Tú te estás quedando conmigo.

Dejó a Rocky en la Gran Vía, después de jurar tres o cuatro veces que iría a verle actuar y a entrevistarle. Cuando entró en el apartamento, la luz de la sala estaba encendida. Abigail, tendido en el sofá, levantó la cabeza y le dirigió una mirada cansina y civilizada.

—Da gusto llegar a casa y que te estén esperando —dijo Jaime acariciando la cabeza del simio.

Capítulo XVII

> «Nosotros deberemos soportar el peso de estos tiempos tan tristes. Decir lo que nos dicte el corazón, no lo que deberíamos decir.»
>
> WILLIAM SHAKESPEARE, *El rey Lear*

Guarra es la mosca y no por ello menos admirable. Es cierto que gusta de la mierda y la basura, mas la adornan numerosos méritos. El humano común desdeña su nimiedad, y por ello es preciso salir de cuando en cuando en su defensa. La mosca es pesada, desde luego, pero late en su pecho un ánimo gentil. ¿Quién sino ella se prestará a acompañar nuestros últimos suspiros cuando, como será pronto lo normal, dejen tirado en medio de la calle nuestro cuerpo agonizante?, ¿quién regará nuestra mezquina carne muerta con huevos que engendrarán amables gusanos, nobles invertebrados siempre dispuestos a despojarnos de cuanto sobra a nuestra alma inmortal en la hora de emprender viaje al paraíso o al infierno?

Acompaña la mosca nuestra ingenua niñez, pues es cosa de mucha diversión para los niños arrancarle las alas y verla caminar desconcertada antes del postrero pisotón. Despanzurrarla es hazaña infantil, lo mismo que entretiene a chicos y grandes contemplarla prisionera en una tira de papel untada de liga.

Por todas estas vejaciones y muchas otras, la mosca es de natural vengativo. Chapotea en los vasos de leche, se ahoga en mieles y mantequillas, se caga en los jamones, hace ridícula la calva de los más insignes talentos, se burla de los vivos paseándose por sus bigotes en los instantes más solemnes, incluidos los infames velatorios, y hace mofa de los ilustres ejerciendo de mosca cojonera.

Y en fin, usando de su nombre, Shakespeare reveló la esencia de nuestra humilde condición humana: «Somos para los dioses lo que las moscas son para los niños: nos matan para su diversión».

Jaime Arbal iba y venía del sueño a la realidad, subía y bajaba de la conciencia a la fantasía, mientras el timbre de la puerta sonaba con irritante insistencia y su cerebro se agarraba desesperado a un paisaje de campos de girasoles por donde caminaba de la mano de su padre en tanto que, en una casa cercana, su madre preparaba un sabroso guiso de patatas con carne; y en aquel sueño su padre era un hombre sereno y comprensivo y su madre sonreía desde lejos, contemplando a los dos seres queridos en una armonía de amores que ni pensados por Walt Disney.

Berreaba el timbre sin tregua alguna. El sueño de Jaime hizo *the end,* se calzó los pantalones del pijama, tratando de orientar su cerebro en el espacio y de colocar su alma nuevamente en los brazos del tiempo. Hoy era domingo, ¿y quién demonios, en una mañana de domingo, era capaz de armar semejante algarabía con el timbre?

Pamela, por supuesto. Su rostro embadurnado de pinturas y carmines asomó con una sonrisa satisfecha al otro lado de la puerta, rodeado por la penumbra del pasillo.

—¿De qué puede reírse a estas horas alguien tan desdichado como tú? —se le ocurrió preguntar a modo de saludo.

El transexual no se inmutó:

—Te traigo dos regalos, cielo.

Y le tendió un paquete repleto de churros calientes y un mazo de periódicos.

—Sales en toda la prensa, eres el héroe del día. ¿Te preparo el desayuno mientras lees?

Le empujó a un lado con vigor y pasó al vestíbulo antes de obtener una respuesta.

Jaime dejó los periódicos sobre la mesa, quitó el mantel de la jaula del loro y César revoloteó y chilló asustado. *El Día, La Nación, El Globo...,* en todas las páginas de información local de los dominicales aparecía su foto repetida, firmada por una agencia de noticias, tendido en el suelo, inconsciente y con el enfermero al lado. Unos titulares se referían al intento de suicidio de Esteban y otros a su valerosa acción tratando de salvarle. La información de *La Nación* era la más exhaustiva y añadía un recuadro en el que se incluía una foto en primer plano de Pamela junto al desmayado Jaime.

Tembló antes de leer: «Según una vecina, la señorita Pamela Q., Jaime Arbal es un alto funcionario de una empresa de seguros dedicado a misteriosas tareas de investigación. El señor Arbal es muy conocido entre sus vecinos, según afirmó otra inquilina del inmueble, que se identificó con el nombre de Jennifer G., por su excepcional cortesía y su valor. "Es un campeador", dijo a este periodista, y añadió que ya había protagonizado otras hazañas en el barrio, sobre las que, sin embargo, eludió dar más detalles. La señorita Pamela Q. agregó en sus declaraciones que Arbal está dedicado últimamente a la investigación de un importante asunto de corrupción, en el que se mezclan turbios aspectos de sexo, política y droga. Ha sido, al parecer, amenazado de muerte en varias ocasiones y es perseguido por un clan gitano al que se supone dedicado al tráfico de estupefacientes. La citada vecina no descarta que los sucesos de ayer tengan relación con las investigaciones que lleva adelante estos días el señor Arbal».

¿Seguía soñando o todo aquello era cierto? Un poderoso aroma de café precedió a Pamela, que entraba ahora en la sala cual reinona satisfecha, llevando en las manos una bandeja con el desayuno.

Pamela organizó tazas y platos ante la mirada estupefacta de Jaime.

—Ya lo hemos conseguido —dijo el transexual con aire satisfecho mientras se llevaba un churro a la boca—, eres un hombre famoso.

—¿Pero de dónde coño has sacado que soy un alto funcionario de una empresa de seguros y que investigo un escándalo de corrupción y drogas? —bramó Jaime—. ¿Y a qué viene lo de los gitanos, quieres que me maten? Yo soy un currante de mierda dedicado a fisgar en la cutrería y un gilipollas al que no se le ocurrió otra cosa que meter un maricón en casa. ¿Y cómo es que no sale tu apellido y sí el mío?

—No olvides que estoy amenazada.

—O sea, que si hay hostias, todas para mí.

—Siéntate y desayuna, que se van a quedar fríos los churros. ¡Ah!..., y tengo que pedirte un favor.

—¿Además?

Se dejó caer en la silla, frente a Pamela, atónito, anonadado y todavía medio dormido.

—Entre todos estáis convirtiendo mi vida en un carnaval —dijo.

—Ya verás como en tu trabajo te ascienden después de esto.

—Me echarán a la calle en cuanto aparezca por allí.

—Esta mañana estás con el pie cambiado y con la depre puesta... Que digo que me tienes que hacer un favor. Necesito tu coche para hacer la mudanza. Me quedo en casa de Jennifer, compartiendo gastos de alquiler. Seremos vecinos, cielo.

—Mi coche está desguazado en una calle, sin ruedas y con el motor destrozado. Ayer tuve que usar el de un amigo.

—Pues cogemos el de tu amigo.

—Busca a un taxi para tu mudanza y déjame en paz de una vez.

Despidió a la brava al transexual, llevándole hasta la puerta casi a empellones y tomó un café. Después, paseó un rato por el pasillo, cual fiera enjaulada, pensando si no sería una buena idea tirar al loro por la ventana. El timbre del teléfono sonó desde el salón y se apresuró a cogerlo. La voz de Carmen le hablaba tan cercana que creía sentir su aliento:

—He leído los periódicos. ¿Cómo se te ocurrió hacer algo así?

—No lo sé.

—¿Y qué es esa historia de una banda de gitanos que te quiere matar?

—Exageración del periodista.

—Jaime..., ¿qué pasa, estás desesperado por lo nuestro?

—¿Por eso? No seas vanidosa, no me quitaría la vida por ti.

—Eso espero.

Carmen colgó sin esperar otra respuesta. Una oleada de tristeza le acometió el ánimo. Sentía un dolor casi físico en el pecho. El amor es una enfermedad de cura difícil.

Más tarde, ya calmado, buscó el paquete de cartas de Banderas y las esparció sobre la mesa. Abrió una al azar y comenzó a leer:

«El sentimiento del amor está por encima de todas las cosas», escribía Banderas a su esposa desde Egipto, «pues el amor es la única emoción que puede dotar a la vida de un impulso de felicidad, convirtiéndola en un territorio humano».

Siguió la lectura, olvidado de su vida y de cuanto le rodeaba ahora, tan sólo percibiendo la presencia muda de un pellizco de dolor.

Banderas hablaba, unos párrafos más adelante, sobre el arte, tras una visita a las Pirámides: «Ahora, cuando han muerto para el pensamiento y la Historia todos los dioses, sólo nos queda el arte, ya desnudo de símbolos y enfrentado a la más suprema de las tareas, dibujando la ley absoluta de la belleza, diseñando una nueva moral, con un impulso irrenunciable de unidad, más allá, como diría Nietzsche, de todo bien y todo mal. Si el arte nació para corregir los desatinos de la naturaleza y los desvaríos del hombre, hoy debemos exigirle más: que sea el corazón mismo del pensamiento redentor, que nutra de un sentido esencial a la existencia de la raza humana».

Banderas escribía sobre el Nilo y los faluchos de vela latina que recorrían su curso. «Nada hay, en cualquier barco, desde el más humilde al más grande trasatlántico», reflexionaba luego, «que no sea necesario; nada hay en ellos inútil o gratuito, ni siquiera la más leve curvatura de su casco; y cualquier instrumento cumple un cometido, todo cuanto contienen, hasta el más pequeño madero, forma parte de una misión. En un barco, la pretensión estética no existe y su diseño se determina en nombre de la utilidad, de la más diestra navegación o de la eficacia en las faenas de la pesca. Y quizás por ese noble pragmatismo, por ese afán de exactitud, pocas obras humanas son tan hermosas como una nave».

Jaime abrió después otra carta remitida desde Jerusalén. «Yo la veo», escribía, «como la más tenebrosa de todas las urbes, porque en ella o por ella se han matado los hombres en nombre de Dios y en nombre de sus creencias más hondas. Jerusalén está regada de sangre y maldecida por el asesinato. En Jerusalén, todos los antagonismos están legitimados, todos los odios tienen carta de ciudadanía. La fuerza esencial de Jerusalén es su vigor trágico, no su misticismo. Su historia es el relato del peor de los crímenes: el cometido en nombre de la verdad, que es siempre llevado a término por las manos de hombres piadosos».

Era cerca del mediodía cuando dejó las cartas y las ordenó con cuidado, rehaciendo el paquete. El día por delante era enteramente suyo.

Repasó en la memoria las cuestiones que había de resolver cuanto antes, y cayó en la cuenta de que, entre otras cosas, debía recoger de su coche abandonado la carpeta donde guardaba los papeles de propiedad y del seguro del vehículo.

Así que bajó a la calle. Bajo el vigoroso sol, una dulce brisa venía desde la sierra del Guadarrama y limpiaba el cielo. Olía a arroyos de adolescencia, a yerbas mojadas al pie de los manantiales, a sangre valentona palpitando en las venas de la tierra, a savia de árboles preñados y pujanza de flores en época de celo.

Cruzó bajo los corpachones de los feos edificios de color pardo y llegó al callejón. Allí estaba su viejo automóvil convertido para siempre en un herrumbroso cadáver.

Pero no estaba vacío.

Una mujer de avanzada edad, cubierta con un ligero abrigo, regaba una maceta de geranios rojos depositada sobre el capó del coche. A su lado, un hombre de cuerpo decrépito, chaqueta raída y sombrero desahuciado, organizaba cajas repletas de objetos diversos que iba colocando con escrupuloso orden en el maletero y el asiento trasero del vehículo. Jaime permaneció allí, quieto, sin saber qué hacer ni qué decir. Al fin logró hablar:

—Buenos días.

Agachado aún, el viejo contestó:

—Sí que son buenos.

Y la mujer agregó:

—Rompió la primavera.

—Soy el dueño del coche —dijo Jaime.

Ella dejó la regadera a un lado y el hombre se incorporó. Le miraron con temor. El anciano, se quitó el sombrero, dio dos pasos hacia adelante y le tendió la mano. Jaime estrechó aquel pedazo de carne blanda y áspera piel.

—Justino García, para servirle, bibliotecario jubilado. Ella es mi mujer, Carmina Sánchez, pianista sin pensión.

—Jaime Arbal, mucho gusto —acertó a responder.

—Perdone, creímos que el coche estaba abandonado —añadió Carmina.

—Lo está —respondió Jaime—, pero es que olvidé dentro la documentación.

—Ah, sus papeles —dijo el viejo, y renqueante volvió al coche, se asomó al interior y regresó con la carpeta en la mano—. No se preocupe, que no falta nada.

—Entonces... —siguió ella—, si está abandonado, podemos quedarnos a vivir aquí. Verá, nosotros...

Interrumpió el anciano:

—Hace ya más de cinco años que nos jubilamos. Llevábamos casi treinta ahorrando en un fondo de pensiones, pero hubo un desfalco, un banquero que se quedó con todo y arruinó a la gente. Vivíamos alquilados en un piso, pero tuvimos que dejarlo porque no podíamos pagar la renta. Entonces nos fuimos a vivir a nuestro coche... No fue mal al principio. Como funcionaba todavía, elegíamos cualquier lugar que nos gustaba, Madrid era nuestro. Pero luego se fundió el motor y nos quedamos ya aparcados para siempre. Después empezó a oxidarse y le entraba aire por todos lados. Decidimos aprovechar el buen tiempo para encontrar otro y en buen estado donde vivir algo mejor. Y dimos con el suyo...

—Es todo para ustedes —dijo Jaime.

—No sabe cómo se lo agradecemos —dijo la mujer.

—Si podemos servirle en algo... —añadió el hombre.

—Las flores alegran la vida —señaló ella el capó—. Por eso puse las macetas.

—Hagan lo que quieran con el coche —dijo Jaime, paralizado frente a la pareja.

—Antes, cuando podía tocar el piano, mi vida era más alegre —la anciana le mostró sus manos—, pero tengo artritis. Las flores me consuelan.

—Era una artista —añadió el viejo—. Daba gloria oírla. ¿No le gusta a usted la música?

—Tengo poco tiempo para escucharla —contestó.

—La música nos acerca a Dios —dijo la anciana—. Es una lástima que se hayan llevado la radio de su coche.

Jaime se alejó. Al llegar a la esquina, se volvió a mirar a los ancianos. Tal vez, el mejor retrato del amor era aquella pareja que alzaba su esperanza desde los territorios más sórdidos del mundo.

Salió del callejón y se sentó en el bordillo de la acera. El cielo lucía esplendoroso sobre su cabeza. Arriba, por encima de los ásperos edificios de la ciudad mezquina, una gaviota surcaba el espacio con vuelo elegante y recio. ¡Qué cruel y gratuita podía llegar a ser la puta Tierra! Le encolerizaba la miseria de aquella pareja de ancianos, su aire de insectos humillados y su ruina irremediable.

Ya en el apartamento, los berridos de César clamando por churros le produjeron una honda irritación. ¿Y qué coño iba a hacer con aquel estúpido pajarraco? Mierda de loro, mierda de vida compleja, mierda de mundo brutal que imponía sus normas salvajes, fuera de toda moral y toda lógica, quizá por el capricho de algún dios loco que se divertía tratando a los hombres como a moscas inocentes.

Sonaron timbrazos estridentes en la puerta. Se levantó cabreado, llegó al vestíbulo y abrió dando un fuerte tirón del picaporte. Risueñas, vestidas con sendos chándales, de color amarillo el de Jennifer y burdeos el de Pamela, como dos niñas que van a salir con papá al parque de atracciones, las dos putas asomaban sus disparejas figuras bajo la luz mezquina del pasillo.

—Bueno, ¿nos ayudas a la mudanza? —preguntó el transexual.

Jaime hizo ademán de cerrar la puerta en sus narices.

La manaza de Pamela cegó su intento.

—¿Ya se te ha cruzado otra vez el cable, cariño? —preguntó el transexual.

—Te he dicho que te busques un taxi y me dejes en paz —insistió.

—Te has vuelto imposible desde que sales en los periódicos. No tengo las economías para pagar taxis. Si no me llevas en el coche de tu amigo, no puedo hacer la mudanza.

Rindió una vez más sus armas y acompañó a aquel par de ruinas a trasladar las escasas pertenencias de Pamela al hogar de Jennifer. Cargó con bolsas y con cajas hasta que la espalda comenzó a dolerle. Y envuelto siempre por el olor a cebras muertas que despedía el coche de Celso, casi dos horas después, con los huesos molidos y los músculos derrumbados, escapó del abrazo agradecido que intentó darle Pamela, entró en su apartamento y se echó a dormir la siesta.

Se despertó poco antes de las cinco menos cuarto. Tenía toda la tarde por delante, pero no sabía qué hacer. A su mente vino el recuerdo de la pareja de ancianos que habitaban ahora su coche abandonado. Pensó que habían entrado en su alma como un flechazo de súbita ternura. Pero César clamó «café con churros» y cortó de un tajo sus emociones.

—Hoy estás en huelga de hambre, macho, aunque tú no lo sepas —dijo.

Decidió que leería algo. Tomó el libro con las obras de Shakespeare, buscó el índice y ojeó los títulos de los dramas. *El rey Lear* era el que más le apetecía. Comenzó a leer. Pronto, la ansiedad por seguir y seguir le dominó. Sin detenerse, caminó con Lear en pos de su locura, lamentó la ingenua honestidad de Albany, se espantó de la fría maldad de Edmundo y admiró la sensatez de Gloucester. Pero fue Edgar, al final del libro, quien le devolvió de nuevo a sus sensaciones de adolescente aturdido y extraviado. Y repitió para sí, varias veces, sus últimas palabras, las que cerraban aquella extraña y vigorosa tragedia: «Nosotros llevaremos el peso de estos tiempos tan tristes, diremos lo que nos dicte el corazón, no lo que deberíamos decir. Los viejos han soportado más. Nosotros, que poseemos juventud, nunca veremos tanto ni viviremos tanto tiempo».

Se levantó y salió a la calle. Un bando de moscas huyó del fétido contenedor: subieron hacia el cielo espantadas ante la presencia del hombre, se clavaron como una lluvia de perdigones en el espacio terso y vacío de nubes, y se perdieron de vista en las alturas, como si la ciudad asesina las hubiera devorado de pronto.

Sus pasos le llevaron al callejón donde quedó su coche desguazado. Carmina y Justino tomaban el último sol de la tarde sentados en sendas sillas de tijera, como dos pájaros viejos.

Le saludaron sonrientes.

—Es domingo... —dijo Jaime—, salí a dar una vuelta.

—Espere —dijo el viejo, y se asomó a la trasera del coche y sacó una silla de tijera.

—Hace una tarde estupenda —dijo la mujer—, un día de esos que te apetece ver el mar.

Jaime se sentó.

—El mar es musical —siguió Carmina—. Tiene ritmo y armonía, nunca se detiene, y es capaz de interpretar millones de melodías diferentes. Hay días, joven, en que llega a la ciudad un aire marino. ¿Sabe cómo se percibe? Es más carnoso, hueles la sal y el aire canta.

—«Hombre libre, siempre amarás el mar» —recitó el viejo—: Lo escribió un gran poeta.

—A él le gusta tanto la poesía como a mí la música —señaló Carmina.

—Mi mujer y yo nos hemos separado hace poco —dijo Jaime de pronto.

—Todo el mundo se separa en estos días de todo el mundo. Pero la soledad no es cosa buena —dijo la mujer.

La tarde seguía esplendorosa en los altos del cielo, y el sol se ocultaba ahora tras el corpachón de un voluminoso edificio de pisos.

—Se va el día —dijo el viejo alzando los ojos hacia arriba.

—Uno menos —añadió ella siguiendo su mirada.

Jaime asintió moviendo la cabeza. Decidió irse. Y se levantó con brusquedad.

—¿Tan pronto se marcha, joven? —preguntó Carmina.

—Es tarde —contestó.

Cierto, pensó, olía a océanos carnosos, a sudor de algas, a vientre de oleajes y sexo de caracolas. Ahora, ya en la avenida, el sol asomaba otra vez a su izquierda y echaba sus rayos dorados sobre el asfalto pintado de cobre. La brisa del sur traía rastros de calima meridional, perfumes difusos de naranjales levantinos y viñedos manchegos, lamentos salvajes de ariscas sierras sin árboles ni frutos, aires imprecisos de basureros de arrabal. El Madrid de la tarde de domingo era una urbe barragana, una fatigada babel sin voluntad de resistencia, presta a darse a cualquiera a bajo precio. Y Jaime Arbal, acometido por la nostalgia de todo lo que nunca había sido, caminaba hacia un hogar que no era el suyo, sobre los lomos de una ciudad de corazón apátrida.

Entró en un bar desconocido y pidió un café al solitario tabernero. El hombre murmuró algo ininteligible que sonó a protesta, dejó a un lado el trapo con el que secaba una fila de vasos, se frotó las manos contra la barriga y preparó el café. Y volvió a los vasos, ignorando la presencia de Jaime.

Sabía a rayos aquel mejunje de recio color negro. Dio un sorbo, lo dejó a un lado y encendió un cigarrillo. Pensaba en los hombres y pensaba en los libros que había leído. Los libros no se parecían a la vida, se dijo, sólo trataban inútilmente de explicarla. Si él intentase escribir sobre el mundo y sobre las gentes que le rodeaban, podría decir que conocía pocos seres bondadosos. Quizás aquel matrimonio que ocupaba su coche, tal vez Juan Banderas. Pero ¿y los otros? Había víctimas, como Pamela, Jennifer, Capricho, puede que el pelirrojo Fernando. Y pícaros, como el gallego Celso y su jefe Ramos. Podría describir a sus padres como gentes amargas. Y sin duda Esteban era un loco. Valdría decir de Carmen y de él mismo que sobrevivían como dos almas desorientadas y que Rocky y la Hoffman parecían llegados de otra galaxia, seres ajenos a la naturaleza, dos extravagancias planetarias. Machuca era un incurable pesimista. Pero ¿y los malos? Nadie se asemejaba al perverso Edmundo, de *El rey Lear*. No existía la maldad en el corazón de un hombre, sino que la maldad podía ser algo así como la suma de los errores de los hombres, añadida a un destino aciago del que todos participábamos. Tampoco podía decir que conociera a alguien cumplidamente malo.

Salió a la calle y se encaminó al apartamento.

Fernando había regresado y, en la cocina, daba de comer a Abigail.

—¿Y ese loro, qué coño hace ahí? —preguntó el pelirrojo.

Jaime le relató la historia del intento de suicidio, pero ahorró otros detalles de las últimas jornadas.

—Lo podemos tirar por la ventana —concluyó.

—No te preocupes, a mí no me molesta nadie. Por cierto, que te ha llamado Machuca hace un rato, tenía urgencia.

—Te invito a un trago en Paradiso.

El pelirrojo negó con un gesto mientras se dejaba caer, con aire fatigado, en el sofá.

—No tengo gana. Han sido dos días duros...

—¿Hay problemas? —preguntó Jaime.

—Hay el problema, el de siempre... Tengo una hija en Albacete. Hacía tiempo que no iba, más de medio año, su madre lo tiene todo amarrado desde la separación y apenas puedo ir a verla. Y cada vez que voy, regreso con gana de morirme. No sabes lo bueno que es no haber tenido hijos, como tú. Si tu mujer te pone los cuernos, la mandas a la mierda y listo. Lo malo son los hijos..., a ésos no puedes olvidarlos ni cambiarlos —suspiró el pelirrojo—. Dime una cosa, Jaime: si te hubieran dado a elegir entre venir o no venir al mundo, ¿qué habrías escogido?

—Venir —respondió sin pensar.

—Yo también, si fuera rico. Me gustaría ser rico, pero luego pienso que los ricos no me gustan. Son especiales, como una raza aparte. ¿Tú no te has dado cuenta de que nunca se les ve por la calle? A la calle sólo vamos los pobres.

—No sé distinguir ricos de pobres cuando me los cruzo.

—Lo que pasa es que no te fijas —dijo Fernando moviéndose otra vez hacia adelante y acompañando su discurso con gestos—. Los ricos siempre están morenos en invierno y entre ellos abundan los rubios. Se peinan con gomina, dejándose unos ricitos sueltos en el cogote. Y en la camisa, aquí, a la altura de la tetilla izquierda, siempre llevan el escudito de la marca, algo parecido al hierro de una ganadería. Así son ellos... Y a ellas, a las ricas, se les nota en que tienen el culito respingón y los ojos llenos de patas de gallo.

—Voy a ver si empiezo a fijarme —añadió Jaime.

—A mí no se me despintan.

Sonó el teléfono.

—Ése debe ser Machuca, cógelo tú —dijo Fernando recostándose.

El periodista hablaba nervioso y tenía urgencia en verle. No quiso decir lo que le acuciaba. Quedaron en encontrarse media hora más tarde en Paradiso.

—Voy a freír unos huevos y me pongo delante de la tele a tragarme toda la basura que echen —dijo Fernando levantándose con desgana—. ¿Sabes qué es lo peor de todo en esta puta vida?

—Casi todo es siempre lo peor.

—La soledad. Hace unos meses me compré un teléfono móvil para poder recibir llamadas en todos los sitios y hablar con gente. ¿Y sabes qué sucedió? Que no me llamaba nadie, y eso que tenía siempre cobertura y estaba a toda hora conectado. Me di de baja en quince días.

Suspiró el pelirrojo antes de añadir:

—Me voy a preparar los huevos. Por cierto, ¿el loro no cena?

—Creo que está a régimen.

Jaime decidió bajarse y esperar al periodista tomando una copa. Salió del apartamento envuelto en olor a fritura.

Lo peor no fue el golpe contra la pared que recibió en la espalda y la cabeza, sino lo inesperado y súbito del ataque. Su corazón bombeaba con poderosos latidos, amenazando con salirse de su pecho, y delante de sus narices brillaba la ancha hoja de una navaja. Detrás del acero había un rostro. Y más allá del rostro, las sombras de otros hombres.

La hoja se acercó y se posó en sus labios.

—Lo primero que te rajaremos será la lengua, payo —dijo una voz quebrada—, lo segundo la picha y lo tercero tu alma de bucardo hijueputa.

La otra mano del tipo le apretaba el pecho sosteniéndole contra la pared. Era una mano férrea. No intentó resistir y contuvo su impulso de levantar los brazos y apartar de sus labios la navaja.

—Esto es una advertencia, payo —siguió el otro—. Vamos en serio. Con nosotros no juega nadie, bujarrón de mierda, y si vuelves a meter las narices donde no te han llamado, lo vas a sentir. Estás advertío y es la última. Los Chumbos no avisan dos veces. Si sigues largando en los periódicos, te cortaremos la picha. ¿Has entendío?

Siguió quieto. La navaja se apartó unos centímetros de su rostro.

—Digo que si has entendío, payo...

—Sí... —acertó a musitar.

El hombre retiró el arma y también la mano que le apretaba el pecho. Pero un instante después, Jaime sintió un golpe feroz en el bajo vientre y un dolor intenso que le obligó a doblarse sobre sí mismo. Aulló mientras caía sentado. Y desde el suelo, abrumado por la fragilidad de su cuerpo y el poderoso ardor que invadía sus testículos tras el patadón, distinguió borrosamente las sombras de tres hombres que corrían hacia un coche.

Poco a poco, sus músculos comenzaron a despertar y el dolor disminuyó. Logró enderezarse. Se apoyó en la pared, tomó aire, se acarició con cuidado la entrepierna y sintió un pinchazo hondo que le hizo retirar la mano mientras de sus labios se escapaba otro grito. Intentó andar. Un paso, dos, tres..., el dolor se disipaba, pero sentía una especie de presencia dura en el interior de los genitales. Caminó despacio, apartándose del portal y en dirección a las luces de Paradiso.

Entró directo al baño y se encerró en el retrete. Con lentitud, se bajó los pantalones y los calzoncillos y fue palpándose la bolsa testicular. No había sangre. Pero el mínimo roce en los compañones despertaba de nuevo un intenso padecimiento. Permaneció unos minutos así y, poco a poco, logró que sus caricias fueran más continuas y que el dolor se aliviara. Salió del váter, se empapó el rostro y la cabeza en el lavabo y, algo recuperado, regresó a acomodarse en el rincón del mostrador. Pepe se acercó hasta él de inmediato.

—¿Le pasa algo, don Jaime?, tiene mala cara...

—Me acaban de dar una patada en los cojones —contestó.

—¿Pero quién...?

—No sé, estaba oscuro..., tres tipos.

—¿Le han robado?

—Dame un coñac.

Pepe le acercó la botella. Jaime echó el primer coñac al gollete y se sirvió otro. Intentó sentarse en el taburete. Lo logró mientras se escapaba un quejido de sus labios.

—Duele, ¿eh? —dijo Pepe.

—¿Nunca te han dado un golpe en los huevos?

—Es una cabronada esta ciudad —señaló Pepe—; si siguen así las cosas, no se va a poder salir a la calle. Como yo digo, con este gobierno no vamos a ninguna parte. ¿Está mejor?

—Yo qué sé.

Pepe le dejó en la soledad del rincón. Jaime encendió un cigarrillo y otro más cuando acabó el primero. Ahora sentía su testículo como si fuera una piedra dormida.

Entró Machuca y se acercó sonriente.

—¿La noche se promete dura?... —dijo señalando su copa.

—Ha empezado dura.

—¿Vamos a una mesa?

Descendió a duras penas del taburete, entre mugidos y ayes. Tomó con una mano la botella y con la otra la copa, y echó a andar con pasos inciertos.

—¿Pero qué te pasa? —preguntó Machuca.

—Que me han pegado un patadón en los huevos hace un rato.

—No jodas.

—No jodo, me han jodido.

Se sentaron en la mesa de costumbre y Jaime relató a su amigo el incidente, omitiendo que se trataba de una agresión de los Chumbos. Apuró la copa de coñac y se sirvió otra.

—Dime de una vez qué es eso que tenías tan urgente —dijo Jaime.

—Todo viene de tu heroísmo —respondió Machuca—. Después de que mi periódico publicase la noticia de que investigas un escándalo, se me ocurrió decirle al director que te conozco y me ha pedido la exclusiva.

—¿Vuelves al reporterismo? Pues olvídalo, no quiero saber nada de este lío. Y mañana mismo, en cuanto vea a mis jefes, me lo quito de encima.

—¿Se puede saber qué mosca te ha picado hoy?

—Una mosca cojonera, y nunca mejor dicho. ¿Quién te crees que me ha dado el golpe y amenazado además con cortarme la picha si sigo en este asunto? Pues uno de los que nos mearon en el barrio gitano..., los Chumbos. Yo me quito de en medio.

Jaime se sentía ahora cansado, atenazado por una fatiga sustancial, con el alma desarbolada y la mente camino del letargo.

—Bueno —dijo al fin el periodista abriendo las palmas de las manos sobre la mesa—, ¿no tienes nada que contarme?

—No sé nada nuevo, Luis —dijo Jaime—. Nadie puede probar que los Chumbos quemaran a Vanessa, ni que Vanessa fuera amante del presidente del Congreso, ni que éste pasase cocaína a los políticos... Y yo termino aquí, la compañía no me cubre los cojones. Investiga tú, aunque no creo que te den el Pulitzer por una historia tan cutre.

Siguieron allí un par de horas más. Jaime notaba su corazón encenderse. Estaban ebrios cuando Machuca, pasando la mano sobre la mesa, apretó el brazo de Jaime.

—Quería hablar contigo de otra cosa... —dijo—. El otro día, cuándo me llevaste a casa, había alguien más, ¿no?

—Un cantante, un tal Rocky.

—Ah, ese Rocky que me anda buscando todo el puto día para que vaya a un concierto suyo.

—Te metimos entre los dos en casa, no te tenías en pie.

—Supongo..., bueno, viste las fotos de la pared... Quiero que sepas... Me gustan los hombres, por eso me separé... Pero no me gusta que me gusten, ésa es mi tragedia.

—No me importan ese tipo de cosas —respondió Jaime.

Machuca retiró la mano e inclinó la barbilla. Luego, alzó la cabeza y miró a Jaime.

—¿Y ese Rocky, qué hacía allí?

—Te esperaba..., en realidad me esperaba a mí. Cree que yo soy tú y que tú eres mi hermano.

—Joder, qué lío.

—El lío lo armé yo. Y me tienes que hacer un favor: acompañarme mañana por la noche al concierto de Rocky.

—Sigo sin entenderlo.

—Hazlo por un amigo, ya te explicaré despacio. Y tienes que publicar luego una nota en tu periódico.

—Vaya gilipollez.

—Te propongo un trato: tú publicas una nota del concierto de Rocky, con foto incluida, y yo averiguo en mi empresa todo lo que pueda sobre el asunto de los Chumbos y te lo cuento punto por punto. ¿Trato hecho? —preguntó.

—Deja que hable con mi director —dijo el otro—, pero debes darme una buena historia.

—La tendrás, te lo prometo. La verdad es que ahora me gustaría vengarme.

Cuando se levantó, sintió como si llevara un saco colgando entre las piernas.

—Esta tarde pensaba que no hay nadie completamente malo —dijo Jaime ya en la calle—, que no existe la maldad. Pero ahora la certeza la tengo en los cojones.

Machuca se alejó a trompicones en busca de un taxi. Jaime caminó despacio hacia su portal. Pero antes de entrar, se apoyó en la pared, en el mismo lugar donde le habían asaltado. La borrachera no lograba vencer sus sensaciones de humillación. ¿Toda la vida así, toda su existencia aguantando los revolcones del mundo? Se veía a sí mismo como una maltrecha criatura digna de que le patearan los huevos una y otra vez.

Se apartó del portal y caminó despacio, casi arrastrando los pies, hasta el callejón de los ancianos. Se acercó a mirar por el cristal de uno de los lados. Carmina dormía arropada por una manta en un lado del asiento trasero mientras Justino, al otro extremo, leía un libro ayudándose con la luz de una pequeña linterna.

El viejo le vio. Se llevó un dedo a los labios demandando silencio, salió sin ruido del auto, tomó el brazo de Jaime y le apartó unos metros del vehículo.

—Ella tiene el sueño muy ligero —dijo con voz queda—. ¿Cómo por aquí?

—Estaba usted leyendo...

—Es una costumbre de muchos años, yo duermo poco. Es un libro de Baudelaire, *Las flores del mal,* uno de mis favoritos. Lo he leído muchas veces en mi vida, pero siempre me parece nuevo. Estaba con un verso, «El viaje...», ¿lo conoce?

—Apenas he leído nada en mi vida.

—Es hermoso —alzó los ojos al cielo, iluminado por la luz lejana de una farola—. «Los verdaderos viajeros son sólo los que parten por partir; corazones ligeros semejantes a los globos, que jamás se apartan de su destino y, sin saber por qué, siempre dicen: ¡marchemos!»

—¿Cree usted que existe el mal, el mal absoluto? —interrumpió Jaime.

—Nunca lo he pensado. ¿Qué le preocupa?

—Me preocupa el mal. ¿Existe?

—No sirve de nada averiguarlo, porque nada podemos hacer contra ello. ¿Ha bebido usted mucho esta noche?

—¿Y cree en la venganza?

—Yo creo en la dignidad.

—¿Y cuando te humillan, qué puedes hacer?

—Sólo cabe alejarse.

Le dolían otra vez los testículos.

—Váyase a dormirla —dijo Justino.

—Adiós —respondió Jaime, dando un golpecillo afectuoso en el brazo del anciano.

Emprendió el camino de regreso. Y sacando fuerzas de donde no las había, clamó:

—Eclogita, enargita, epidota, escapolitas y esfalerita.

Olía a mar de cacaherrumbre en el cielo gorrino de color puercoazabache bajo la mutilada luna que enviaba destellos platamierda. Imaginó que cruzaba delante de él un galope de caballos blancos, airosos y jóvenes, y que los relinchos llenaban el aire de la noche urbana, rebotaban en las mezquinas esquinas, alzaban ecos en los cubos rebosantes de detritos, y caían en el agua marrana, corriendo a bañarse en los estanques fecales de las alcantarillas pestilentes.

Apenas se tenía cuando llegó al portal. Jennifer estaba dentro, en la oscuridad del vestíbulo, el rostro embadurnado de blanco y el pelo rubio y alborotado, como una llamarada ardiendo en su cabeza.

La oyó decir: «Las personas inteligentes os autosuicidáis solos por vosotros mismos, lo tengo comprobado». Apoyándose en la puta, alcanzó el ascensor. Jennifer le ayudó a deslizarse por el pasillo, medio cuerpo echado contra la pared y el otro sostenido por la mujer. Logró abrir la puerta del apartamento, hizo gestos a Jennifer de que se quedara fuera, no escuchó su respuesta y fue derecho al baño.

De rodillas ante el retrete, vomitó largos chorros de coñac que le parecieron ríos. Cuando alzó la cara, todavía arrodillado, su boca se torcía hacia un lado mientras sus ojos, hundidos en un rojo profundo, parecían escapar de toda geometría, el uno camino de la frente y el otro rumbo a la barbilla, y los párpados cercados por carnosas sombras. Su piel color ceniza se encendía en la nariz en hosco carmesí y el pelo caía derrotado como un penacho de espigas quemadas por el sol.

Al fin se incorporó, se quitó con esfuerzo los pantalones y los calzoncillos, llenó el bidé de agua fría, se sentó y puso en remojo los testículos. Uno de ellos, el derecho, tenía casi el tamaño de un puño y lucía un recio color morado.

Capítulo XVIII

«Yo, que tantos hombres he sido, no he sido nunca.»
AGUSTÍN GARCÍA CALVO
Sermón del ser y del no ser

¡Ay, si alentásemos corazones ligeros semejantes a los globos, si aprendiéramos a partir por partir, a ser los eternos vagabundos de los viajes sin fin y sin destino! ¡Ah, si acatásemos los designios luminosos del azar y atendiéramos la voz alegre de nuestro corazón cuando nos dice «¡en marcha!»! ¡Ay, si cumpliésemos sin una sola duda el memorable mandato de Odiseo, de Don Quijote y del Capitán Acab!

Otro gallo nos cantara.

Deberíamos imitar a las aves más altivas, volar como felices alcatraces sobre los océanos libres, tal que pájaros cazadores elevándose a los cielos y navegando con sus alas mayestáticas para avistar los más umbríos rincones de la Tierra. Tendríamos que ser cóndores, cigüeñas, alimoches, aguiluchos, milanos, halcones y gaviotas.

Vagabundos eternos de corazones ligeros, almas de pájaro que vuela por volar, viajeros que marchan por el placer de ir en busca de aventuras y de hazañas, olvidados de dioses y desdeñosos de la fea vulgaridad del caracol, y nunca más soñando con ser lo que no eres, ni jamás anhelando vivir como no vives.

No hay muchas más alternativas con que aliviar el peso de la muerte. Y sin embargo nos quedamos, raza tediosa amiga de su propia mezquinad, dejando para las aves el privilegio del vuelo.

Valientes gilipollas.

Medio cojo, ultrajado, envilecido, en fase lunar de cabreo creciente y con un huevo del tamaño de un puño y del color de un sayo de nazareno vallisoletano en Semana Santa, Jaime Arbal se levantó temprano, se dio una ducha, bajó a la calle, desayunó en Paradiso y entró en La Gran Felicidad, S. A. pasadas las nueve y media de la mañana. Recibió parabienes del portero, palmadas de felicitación de los conserjes, apretones de manos de los jefecillos, cálidas miradas de las secretarias y jubilosas enhorabuenas de los chupatintas. Héroe por un día, salvador de suicidas, protagonista en los periódicos, sonrió con desgana ante tanto halago tratando de simular la cojera que le provocaba el dolor de huevos. Un héroe tiene derecho a exhibir sus heridas el día de su gloria, pero nunca si le han atinado en los cojones.

En el contestador tenía dos mensajes de un periodista de *El Día* que le pedía que le llamase con urgencia. Parecía que la alarma de una gran noticia había sonado. Decidió no responderle. Sonó el teléfono al momento de colgar. Era la secretaria de Ramos: «Ya he leído su hazaña», dijo. Oyó la voz de Ramos: «Superman, ¿te has vuelto majara? A la una nos espera la Hoffman, recógeme en mi despacho cinco minutos antes. Y no se te ocurra echar un vuelo mientras tanto». Llamó a Machuca, le despertó de sus sueños etílicos y le recordó que a la noche tenían cita para el concierto de Rocky. «Llévate una cámara de fotos», dijo al periodista, «aunque sea una de bolsillo». Refunfuñó el otro: «¿Pero es que además tengo que hacer de fotógrafo?».

A las once debía ir a la policía para prestar declaración sobre los acontecimientos del sábado. Quedaba tiempo aún. Mejor bajarse a tomar otro café a Paradiso. Sonó entonces de nuevo el teléfono.

Era Cárdenas, el escritor amigo de Carmen. Jaime se dejó convencer, ante el ruego insistente del otro, para que dieran juntos un garbeo nocturno en busca de animales urbanos. Quería penetrar en el mundo de Carmen, conocer las razones por las que su mujer le había dejado. ¿Qué tendría de atractivo aquel universo de cursis pretenciosos?

«Ya he empezado el relato, va a ser estupendo, pero necesito más ideas», decía Cárdenas. «El jueves sería un buen día», propuso Jaime eligiendo al azar. Cárdenas dudó: «El jueves es la fiesta del Rey con el mundo de la cultura, no puedo faltar». Jaime se cerró en banda: «Otro día es imposible, estoy muy ocupado». Y en ese punto surgió la idea insólita del escritor: «Tengo una invitación para la fiesta de un poeta colombiano que ha tenido que irse con urgencia a su país. Vente en su lugar y desde allí seguimos la expedición». «¿No son nominales las invitaciones? », preguntó. «No comprueban los nombres, los escritores no somos peligrosos para nadie, sólo para los otros escritores», dijo Cárdenas. «¿Y qué hago yo en un festejo así?», siguió Jaime. «Lo que todo el mundo: beber gratis y enterarte de quién no ha sido invitado», contestó el otro.

Aceptó la propuesta y acordaron en encontrarse a las siete del siguiente jueves en la explanada del palacio de Oriente.

No había otro cliente en Paradiso más que el sacerdote manipulando la tragaperras. «Dentro de un cuarto de hora llega la estampida de mujeres desayunadoras», le dijo Pepe con tristeza. «Dame un par de aspirinas con el café, haz el favor», pidió Jaime. Sonaba el tintineo de la máquina tragaperras negando premios y el cura se cagaba en todo lo cagable, desquiciado por su mala suerte. Luego, agotado su dinero, el sacerdote desistió con fastidio. Y se volvió hacia Jaime:

—Es un invento del Diablo —dijo señalando la máquina.

—Por eso no gana usted nunca —respondió Jaime.

—Será... —se lamentó el cura, alejándose entre aleteo de sotanas y olor de axilas de confesionario beatil.

Jaime apuró su café, salió y tomó un taxi en la puerta de Paradiso.

—A la comisaría de policía de Tetuán —ordenó.

—¿Un mal asunto con la bofia? —preguntó el taxista, un tipo pelirrojo de mediana edad, mirándole desde el espejo retrovisor.

—Una declaración sobre un intento de suicidio —contestó—, supongo que un mero trámite.

—No diga usted la verdad en ningún caso. Hay que mentir siempre, todo el mundo miente, nadie vive sobre la verdad. La verdad sólo lleva al suicidio, se lo digo yo.

—¿Es usted taxista o filósofo?

—En este oficio es básica una preparación cultural. Nunca sabes quién se va a sentar detrás y hay que estar preparado para cualquier eventualidad.

Caía un chaparrón de sol sobre Bravo Murillo, un calorón de todos los demonios. Una larga cola de gente salía desde el interior de la comisaría hasta la calle. Jaime intentó entrar y hubo voces de protesta.

La chulesca jeta de un policía tocado con un gorro de plato asomó en el quicio de la puerta:

—¿Qué pasa? —dijo.

—Me ha citado el oficial Manuel Sánchez, tengo que prestar una declaración. Mi nombre es Jaime Arbal; es por un intento de suicidio.

—Sígame —ordenó el guardia.

Se abrió paso entre los que se agolpaban en la puerta huyendo de los golpes del sol. Olía a sobacos africanos y a entrepiernas de hembras centroeuropeas.

Llegaron a un despacho amplio, de forma cuadrada, con una cristalera al fondo que daba a un ancho patio sombreado donde aparcaban un par de coches de la policía. El oficial se sentaba detrás de una mesa, a la derecha de la sala, y a su lado, frente a un ordenador, se acomodaba un agente rubito y barbilampiño. El oficial era un tipo de baja estatura, fibroso, aceitunado de tez y pelos lacios color tabaco.

Señaló la silla que había delante de la mesa.

—Siéntese.

Jaime decidió mentir.

—Nombre.

—Jaime Arbal.

El barbilampiño comenzó a darle al teclado del ordenador.

—Documento de identidad.

—50392901.

—Letra del NIF.

—¿Lo necesita?

—Yo no; pero el informe sí. Venga, la letra.

—Q de quintaesencia.

—Menos coñas. Estado civil.

—Casado..., por ahora.

—¿Qué quiere decir por ahora?

—Mi mujer está enferma de cáncer, es incurable. Puedo pasar a viudo cualquier día de éstos.

—Vaya, lo siento... ¿Oficio o profesión?

—Inspector de una empresa de seguros.

—¿Hijos?

—Ninguno reconocido. En mi juventud fui algo tarambana..., y nunca se sabe.

—Déjese de guasa. ¿Domicilio?

—No tengo, mi mujer me ha echado de casa.

—¿Pero no está moribunda?

—Pero antes me echó de casa. El cáncer le ha atacado al cerebro y desvaría desde hace años. Vivo provisionalmente en el apartamento donde entró el suicida para tirarse a la calle, en Alberto Alcocer 36.

—Muy bien —se volvió al barbilampiño—. ¿Lo tiene todo, Pérez?

—Sí, señor.

—Pasemos a los hechos. ¿Conoce usted al presunto suicida?

—¿Es presunto?

—Todo el mundo es presunto cuando interviene la policía y en tanto lo juzga el juez.

—Sólo le conozco de tomar unos vinos y jugar al mus de vez en cuando en un bar de al lado del apartamento.

—¿Por qué entró en la casa donde usted vive ahora?

—Para llevarse un loro que es suyo.

—¿Y por qué cree que intentó suicidarse?

—Está enamorado de una actriz. Y ella no le corresponde —respondió Jaime.

—No me extraña, con lo borde y lo feo que es el tío.

—El loro es un regalo que quería hacerle a la actriz y me lo dejó en depósito en el apartamento para que no lo viera su mujer y se mosqueara. Ese mismo día, el sábado, la actriz le mandó al cuerno. Y por eso decidió matarse, con el loro a cuestas.

—¿Cree usted que puede haber una persona presuntamente inductora?

—Hasta ahí no llego, oficial. En todo caso, el amor. Pero el amor no puede ser presunto, ¿no?

—No me toque los cojones que le abro un expediente.

Se oyó el fuerte ulular de una sirena, un soberano frenazo y, al otro lado de la cristalera, Jaime vio llegar un furgón policial. Se abrió la puerta corredera del vehículo y tres agentes vestidos de paisano descendieron, pistola en mano, y tras ellos, un magrebí esposado. A empellones, lo llevaron hacia las dependencias del otro lado de la explanada.

Uno de los policías de paisano entró en el despacho.

—¿Qué hay, López? —preguntó el oficial.

—Un moro que estaba vendiendo alfombras en el hospital de La Victoria.

—¿Tiene permiso de residencia?

—De residencia, sí; pero no de venta ambulante.

—Pues le confiscáis la mercancía, le dais un par de patadas en los cojones y lo ponéis en la calle.

López salió del despacho.

—A lo que íbamos —dijo el oficial girando de nuevo hacia Jaime—. Entonces, ¿sospecha usted de alguien?

—¿Qué tengo que sospechar?

—De un presunto inductor, joder.

—Ni puta idea, oficial, con todos mis respetos a su galones.

El policía dirigió el dedo a la nariz de Jaime:

—Aquí hay algo que me huele raro. Tengo un buen olfato para los asuntos turbios.

Tomó de la mesa un periódico y lo puso ante Jaime. Era un ejemplar de *La Nación* del domingo.

—¿Y esto, qué me dice de esto?

Los interrumpió el ulular de una nueva sirena, apareció en la explanada otro furgón, frenó con brusquedad y un grupo de policías bajó del vehículo con tres rameras esposadas. Uno de los agentes entró en el despacho.

—¿Qué pasa, García? —preguntó el oficial.

—Son putones, hacen la carrera en los bares de alrededor de los Nuevos Ministerios, a la hora del desayuno, cuando bajan los funcionarios a tomar café con churros. Les hacen pajas en los lavabos por dos mil pelas.

—Les dais un par de hostias y a la calle —ordenó el oficial.

Salió el agente.

—Bueno —dijo el oficial volviéndose hacia Jaime—, puede irse por hoy. Deje sus teléfonos a Pérez, le llamaremos. Es usted presunto, no lo olvide.

Llegaba un nuevo furgón y tres policías bajaban a un vagabundo esposado. Era un hombre de rostro entumecido y rojo de borracho terminal, barbas blancas rizadas y traje andrajoso. Uno de los agentes le sacudía collejas en el cogote. Jaime abandonó el despacho.

Presuntamente vengador de quién sabe qué afrenta, el sol de primavera, travestido en un sol de verano infernal, estampó contra las narices de Jaime Arbal, ya en la calle, un guantazo de fuego. Tomó un taxi unos metros más adelante.

—¿Algún problema con la bofia? —preguntó el conductor, un hombre moreno de aire lobuno.

—Sólo una declaración —respondió Jaime.

—Supongo que habrá mentido.

—Desde luego.

—La mentira nos salva del drama cotidiano del existir, concluyó el otro.

Al bajar del coche, dudó entre dirigirse a la oficina o entrar en Paradiso. No eran horas de tragos, pero tampoco sentía deseos de toparse con los mostachos del portero de su empresa. Y mientras dudaba, una muchacha pasó delante de Jaime y su corazón saltó, rugió, sudó y pegó puñetazos de amor en su cerebro.

Hacía muchos años que no le sucedía algo semejante. Un perfume de adolescencia irrumpió en sus narices. Era delgada, de piel marfileña y no muy alta. Vestía un pantalón negro ajustado, quizás de lino, y sus pies pequeños caminaban sobre unas sandalias de finas tiras de cuero negro. Bajo el liviano jersey amarillo de leve transparencia, ceñido, con cuello redondo y manga corta, el sostén negro abrazaba dos pechos garbosos y no muy grandes. El cabello azabache se estiraba en sus sienes, recogido bajo un sujetapelos naranja en la coronilla, y luego volaba libre y rizado derramándose sobre la espalda. Fina nariz, labios delgados, ojos verdosos y barbilla redonda. A Jaime le llovieron primaveras en el alma mientras la muchacha, caminando absorta en sus pensamientos, quizás sin mirar a nada salvo algún remoto paisaje del Edén, siguió su camino en dirección al paseo de La Habana. Él se quedó quieto, como hipnotizado ante aquella visión exacta de la hermosura, aquel cuerpo de andar meloso y sensual, el terso culín, la recta espalda y la negra crín, percibiendo en su olfato un perfume impreciso de violetas.

Suspiró bajo el rabioso sol de un mayo inopinadamente enfurecido. Y cuando ella se perdió en la lejanía, Jaime descendió como un marciano las escaleras de Paradiso.

Rezongaba el cura en la tragaperras y Pepe sacaba brillo con un paño a una fila de copas. Jaime le pidió un vaso de agua fría. Capricho se acercó a él desde un rincón del bar.

—¿Lotería, don Jaime?

—No creo en la suerte, Capricho.

—Ya iba siendo hora de que sentara usted la cabeza.

—¡Jodía máquina! —clamaba el sacerdote soltando manotazos a la tragaperras.

—No me escacharre el trasto, padre —conminó Pepe al ministro del Altísimo.

—Oye, Capricho —dijo Jaime después de dar un trago reparador al vaso de agua—, ¿tú crees en el amor a primera vista?

—Claro —dijo el limpiabotas alzando la giba—, es el único consuelo que nos queda a los feos, y más si somos pobres.

—Acabo de ver en la calle a una mujer esplendorosa. Sentí que se me encendía algo dentro.

—A mí eso me pasa todos los días por lo menos diez o doce veces. Más todavía con el sol de mayo, es cosa muy natural. Pero termina ahí, en un resplandor, no se ilusione.

—Hace años que no me sucedía algo parecido.

—Porque es usted un acérrimo. Eche un buen polvo cuanto antes. Ya verá como no le entran esos arrebatos de subirse a las cornisas.

Regresó a la calle. Eran las doce, pronto todavía para la cita con la Hoffman. Tiró avenida adelante, entró en una tienda de electrodomésticos y compró un radiocasete. Luego, en una floristería, se hizo con una maceta de jazmines. Volvió después a su oficina, agradeció a la ciencia el recio golpe del aire acondicionado y subió a su despacho. En la cinta del contestador del teléfono había otras tres llamadas del periodista de *El Día,* la última, con voz histérica, rogándole que le llamase cuanto antes y sugiriendo la posibilidad de un acuerdo económico. A las doce menos cinco fue a buscar a Ramos y juntos viajaron rumbo al piso superior, al nido supremo reservado en exclusiva para los altos jefes. Contra su costumbre, la Hoffman se levantó cuando los dos hombres entraron en el despacho y se dirigió a Jaime con la mano tendida. Le estrechó los dedos comprimiéndolos con fuerza, sacudiendo su mano con broncos balanceos de ritmo militar, *Deustchland Deustchland über alle.*

—Tengo que felicitarle, señor Arbal, es usted una persona excepcional. Lo que hizo el otro día fue muy meritorio.

La Hoffman se dio la vuelta y regresó con pasos marciales a su asiento. Ramos, en un movimiento rápido, se llevó el dedo índice a la sien e hizo el movimiento del tornillo. Jaime miró el culo de la alemana: lo vio redondo y prieto. Sin duda aquella mujer tenía un buen polvo. Capricho tenía razón, lo que necesitaba era follar cuanto antes.

—Siéntense, por favor —dijo la mujer.

Obedecieron con la sumisión propia de los pueblos oprimidos ante la ley de las razas opresoras.

—Muy meritorio —siguió la Hoffman—. Creo que no habría mucha gente en su país capaz de arriesgar la vida por salvar la de un animal. Lo que hizo por el loro, señor Arbal, tiene un enorme valor para mí.

—Ramos enrojeció desde la barbilla a la raíz de sus cabellos, temblaron su cuello y sus orejas y hubo de sujetarse las gafas para que no se escurrieran irremediablemente nariz abajo. Su estómago palpitó en súbitos estertores.

—Fue sólo un impulso —acertó a decir Jaime.

—Su modestia le ennoblece más aún. Y yo estoy conmovida.

La Hoffman se dirigió ahora a Ramos, encarnado como una remolacha y el cuerpo atacado por un telele incontenible:

—¿Le sucede algo?

—Debo ir al baño un momento —logró decir el otro con voz desfallecida.

Y salió escapado.

—El señor Ramos es un poco raro —dijo la Hoffman.

—Está en una edad difícil —respondió Jaime.

—Dígame, ¿cómo está el loro?

—Bien... lo tengo en mi casa. Al suicida... bueno, al presunto suicida, lo han internado en un psiquiátrico.

—Ah, además ha recogido al animal.

—Pero no puedo quedármelo mucho tiempo, la casa donde vivo ahora no es mía. Tengo que buscar alguien a quien dejárselo.

Sonó en ese momento el timbre del teléfono de la mesa de la Hoffman. «¿Sí?», dijo la mujer tomando el auricular. «Ya, ya, muy bien.» Colgó.

—Mi secretaria me comunica que el señor Ramos ha enfermado... Decía usted que tiene que acomodar al loro. Pues no lo dude: tráigamelo, yo me ocuparé de él.

—Desde luego, señora, esta misma tarde lo tendrá aquí.

—¿Y habla?

—Pide café con churros a todas horas.

—¿Cree que aprendería a decir algo más útil?

—César puede aprender cualquier cosa, es muy inteligente.

—César es un nombre muy bonito...

La Hoffman se levantó y caminó hacia el ventanal, de espaldas a Jaime. La ajustada falda oscura marcaba los bordes de las bragas contra el sólido trasero.

—Su país, señor Arbal, necesita un cambio profundo, casi una revolución cultural —dijo mirando hacia el paisaje de altos edificios y tejados abrasados por el sol.

Se volvió de nuevo. Bajo la blusa blanca apuntaron a Jaime dos vigorosos pitones. Caray con la Hoffman, se dijo. Ella percibió el destino exacto de la mirada del hombre, pero no se alteró.

—España es poco europea —respondió Jaime.

La Hoffman volvió a sentarse. Tras sus gafas redondas había unos hermosos ojos azules. A pesar de la dureza de la mandíbula y del firme dibujo de los labios, a Jaime le parecía ahora que aquella mujer destilaba una cierta sensualidad contenida. La imaginó dueña de unos pezones gruesos y oscuros, y de un sexo grande cercado de vello negro y quizás en ese momento humedecido.

Suspiró la Hoffman.

— Será... Y por eso me ha impresionado tanto lo que hizo usted el otro día por el loro. Me enorgullece tenerle en la empresa, señor Arbal. Me gustaría que un día aceptase cenar con mi hija y conmigo, a ella le encantaría conocerle. ¿Es usted casado?

—Separado...

—Yo también. ¿Le parece bien cenar el viernes?

—Será un gran honor.

—A las ocho y treinta, mi secretaria le dará la dirección.

La puerta se abrió y la cabeza de Ramos asomó en el quicio.

—Pase usted, Ramos —dijo la Hoffman.

Venía con el rostro demudado y los cabellos empapados de agua. Se sentó junto a Jaime.

—Tiene usted mal aspecto. ¿Es colitis? Si quiere, puedo recomendarle un medicamento que no falla.

—No se preocupe, señora, ya me alivié.

La Hoffman estiró los hombros hacia atrás. Cualquier rastro de dulzura en su actitud se esfumó como arrebatada por un golpe de viento.

—Vayamos a lo que nos ocupa —miró a Jaime con frialdad—. Mañana tiene usted el almuerzo con el presidente de las Cortes. Él prefiere una cita fuera del parlamento. Ya sabe: extrema cortesía con tan importante personaje y la garantía absoluta de que la compañía guardará toda la discreción en este feo asunto. Esa misma tarde me hace usted un informe confidencial y me lo trae personalmente. Mi secretaria le dará los datos de la cita.

—Sí, señora.

—Y hay algo que no puedo pasar por alto. No me gustó nada todo lo que apareció en el periódico, este asunto es de extrema confin... confidencialidad. Que la prensa se meta en estos asuntos puede traer graves inconvenientes, señor Arbal.

La Hoffman se levantó y Ramos y Jaime saltaron de sus sillones.

—Mañana espero su informe —añadió—. Déjeme el loro esta tarde en mi secretaría y, ya sabe —ahora su mirada se ablandó levemente—, el viernes a las ocho y treinta.

Salieron. Jaime tomó los datos que le ofrecía la secretaria y alcanzó junto a Ramos al pasillo.

—Estás muy pálido —dijo Jaime.

—Esta mujer va a conseguir que me estalle el apéndice de tanta risa.

Le torturaba el testículo cuando bajó a comer a Paradiso. Pensó que tendría que ir al hospital si el dolor crecía. Un mohíno Fernando y un atribulado Víctor, el compañero de trabajo de Esteban, consumían sendas ensaladas en una de las mesas del bar. Fue hasta ellos, tomó asiento entre los dos y pidió el menú del día sin consultar cuál era.

Víctor le contó que Esteban seguía en el psiquiátrico y que permanecería varios días allí en observación. En el banco donde trabajaba estaban considerando la posibilidad de echarle después de lo sucedido.

—El capitalismo no tiene alma —dijo Fernando con apesadumbrado fatalismo.

Cuando terminó de comer, Jaime se levantó de la mesa.

—Voy a buscar al loro —dijo—. Se lo queda mi jefa.

—Mejor para el bicho, se iba a morir de hambre si seguía a tu cuidado —dijo Fernando.

Al dejarlo en la secretaría de la Hoffman, César se despidió mirándole con su ojo asesino. Jaime le envió un corte de mangas.

Recogió en su despacho la radio y la maceta de jazmines que había comprado por la mañana, y volvió a la calle. Un enorme nubarrón tormentoso se movía con pesadez sobre la ciudad. Olía a carbón quemado. A duras penas, agobiado por el dolor del testículo, caminó en busca de Carmina y Justino.

Y entonces la vio de nuevo. Cruzaba la calle frente a él, en dirección a Príncipe de Vergara. La muchacha, envuelta por un halo de volátil hermosura, marchaba como un ser inocente entre las sombras mezquinas de la vida, indiferente al mundo acerbo y envilecido, la mata de pelo azabache al viento y los pies menudos sosteniendo su bella arquitectura de virgen armoniosa. Jaime se quedó quieto, la radio en una mano y la maceta en la otra, siguiendo con la mirada los pasos de aquella hermosa aparición. Sintió deseos de ir tras la muchacha, y emprender un viaje infinito de su mano, volverse ligero como las aves. Pero ella siguió su marcha y se perdió de vista.

La naturaleza decidió entonces ponerse de acuerdo con tan solemne instante y un pavoroso trueno resonó en los cielos e hizo temblar el aire. Vino un viento feroz de alguna parte que alborotó sus cabellos y agitó los jazmines de la maceta. Resonaban los toldos de los balcones como el velamen hinchado de un brioso navío. Olía a mar violento, a sal de olas rabiosas, a enfurecido océano.

Cuando distinguió al fondo de la calle su viejo automóvil, caían ya sobre él las gruesas gotas de una súbita tormenta de primavera. Bajo la lluvia, apretó el paso conteniendo los dolores del huevo, sujetando a duras penas la radio y la maceta. Al llegar, Carmina y Justino le abrieron la puerta trasera con premura y le ofrecieron hueco al lado de sus cuerpos, acurrucados entre paquetes. Debatiéndose en la estrechez del cubículo, apartando como podían cajas y bolsones, encontraron una toalla y Jaime pudo secarse manos y cabeza. Estaban allí dentro, como tres gorriones en su nido, mientras sobre el techo del vetusto automóvil resonaban cual coces inclementes los golpes de la lluvia.

Carmina se conmovió con los regalos y dio un beso en la mejilla de Jaime pasando la cabeza como pudo por delante del cuerpo de Justino. Aquel beso le trajo a Jaime un remoto rumor de sonajeros y un paisaje de sonrisas de infancia.

—Busca una música bonita —pidió Carmina a su marido.

El viejo manipuló en el aparato y la radio comenzó a emitir un pedorreo de interferencias. Al fin, limpia y lozana, quedó en el aire un son lozano de violines que aderezaba, en ocasiones, la exacta melodía de un piano, mientras en el techo del vehículo resonaban los impúdicos tambores de la tormenta.

Durante largos minutos, guardaron un religioso silencio. Jaime sintió diluirse el dolor de su testículo ante aquel insólito momento de paz en el hogareño calor del rijoso automóvil.

Cesó la melodía. La vieja tomó la mano de Jaime y la apretó levemente. La tormenta amainaba.

—Cuando escampe —dijo Carmina— pondré sus flores en el capó.

—¿Qué tal sus cuitas? —preguntó Justino.

Jaime se encogió de hombros:

—Mal —respondió.

—No se amargue, la amargura es la peor de las enfermedades, hay que aprender a combatirla día a día.

La lluvia había parado. Algún ocasional goterón restallaba de cuando en cuando sobre el techo, pero fuera del auto la luz intensa de la tarde regresaba plena de vigor.

—Ha terminado de llover —dijo Jaime—, debo irme.

Se alejó, renqueante en pleno ataque de dolor de huevo. La música creció a sus espaldas, llenando la cutre calleja de un espejismo de dulce emoción. El aire era fresco y aromático, impregnado de olor a yerba y tierra empapadas. La lluvia había desbaratado la calima y los edificios se recortaban nítidos sobre el cielo bruñido.

Crecía el dolor del testículo. Paró un taxi.

—Al hospital de La Victoria.

—¿Mala salud? —preguntó el conductor del vehículo.

—Me duele un huevo.

—Pues reposo y friegas con vinagre. Lo sé porque es el dolor típico del taxi. Como nos pasamos el día sentados sobre los cojones...

Jaime entró por el servicio de Urgencias. Tuvo suerte y encontró enseguida a Justo. En menos de media hora, salió de nuevo a la calle acompañado por su amigo, con el culo pinchado, el dolor esfumándose y una receta en la mano.

—Tienes los huevos de hierro —dijo Justo—. Ahora te pones una inyección todas las noches y te tomas dos o tres aspirinas diarias, y en algo más de una semana estarás como nuevo. Y, coño, a ver si vienes un día a invitarme a cenar, que sólo te acuerdas de los amigos en las desgracias.

—Ni te cuento las que llevo encima.

—¿Por qué no te animas a salir un viernes conmigo y unos colegas? Son los del servicio de ambulancias. Los viernes, cuando libran, nos pillamos una ambulancia y recorremos Madrid con la sirena a todo meter, saltándonos los discos, cogiendo todas las direcciones contrarias, como los kamikazes... Es una pasada. Te lo pasas teta y se te van todas las depresiones, el sábado estás como nuevo.

Quedaron en llamarse. Jaime pilló otro taxi. «¿Cosa de cáncer?», preguntó el taxista. «No», respondió Jaime, «he venido a ver a mi esposa, acabo de tener un hijo, un niño». «Enhorabuena», añadió el otro, «¿qué número hace?». «El trece», dijo Jaime. Después de un instante de silencio, el taxista agregó: «¿No cree que debería hacerse la vasectomía? Trece son muchas bocas». Jaime respondió rotundo: «Es que me gusta con locura follar, funciono de puta madre y no quiero ni que me la toquen». «Le comprendo, amigo», convino el taxista, «porque, además, a la mujer, si no la preñas, no la gozas». «Me lo va usted a decir a mí», concluyó Jaime.

Cuando descendió del coche, notó que el dolor del huevo había desaparecido casi por completo. No eran todavía las seis y media. Caminó hacia la farmacia, bajo el aire fresco, feliz de haberse librado de su cojera.

Media docena de clientes se agolpaban frente al mostrador. La farmacéutica, una mujer de mediana edad, tez pálida y pelo color de trigo, atendía con paciencia las explicaciones de una parroquiana entrada en años y empeñada en enumerarle con detalle el catálogo de sus males.

—Y es que lo peor es por la noche, me da aquí, en la vesícula —y al decirlo se apoyaba la mano en la cintura y componía un gesto de dolor—, como una especie de paralís. Y ya sé que me tengo que levantar al váter, con perdón —miró a su alrededor sonriente—, porque es que me voy por la patabajo.

Y entonces salió del fondo del establecimiento una joven dependienta. Jaime dejó de oír todos los sonidos del mundo que no fueran los de su propio corazón, latiendo ahora con la fuerza de una campana. Era la hermosa muchacha que, dos veces en el curso de aquel día, se había cruzado en la calle. Sus ojos verdes se posaban en el cliente de turno, pero parecían mirar sin ver, como si todo cuanto la rodease fuese ajeno a ella misma. En los oídos de Jaime se instaló una especie de zumbido. No podía despegar la vista de la muchacha.

La siguió de nuevo hipnotizado cuando entró al interior del local en busca de un medicamento. Su pelo refulgía sobre la bata blanca, como una ola negra y rizada que despidiera destellos plateados. Oyó a la farmacéutica, entre el rumor de voces, nombrarla «Beatriz». Y el eco rebotó en su alma como si rodara en una hondonada eterna: Beatriz, Beatriz, Beatriz...

Iban pasando los clientes, el siguiente era su turno, y la farmacéutica terminaba de atender a un hombre, mientras Beatriz regresaba al fondo del establecimiento. A su lado se encontraba un último parroquiano que había entrado un par de minutos antes que él.

—¿Quién va ahora? —preguntó la farmacéutica, mirando a los dos hombres que quedaban en el establecimiento.

—Él —dijo Jaime señalando con la barbilla al otro.

—No —dijo el hombre con voz cortante—, usted estaba antes.

—No importa, no tengo prisa.

—Yo tampoco.

—Es que tengo que pensar un poco —agregó Jaime—, creo que se me olvidó algo.

—Va usted —se resistió el hombre.

—Pónganse de acuerdo —intervino la sonriente farmacéutica. Jaime tomó fuerzas y lanzó su último ataque. Señaló con firmeza, apuntando con el dedo al parroquiano y dijo:

—¡Él!

Venció. El otro echó su receta sobre el mostrador y la mujer la tomó y entró al almacén, cruzándose con Beatriz, que regresaba.

Le miró ahora, los ojos verdes se clavaron en los suyos como dos tibios aguijones. En sus labios se dibujó una sonrisa cortés que derramó un jarro de miel sobre el alma de Jaime.

—¿Qué desea? —dijo la muchacha.

Era una voz cantarina y timbrada. En los oídos de Jaime sonó como los arroyos de sus veranos infantiles. El cuerpo de Beatriz despedía un intenso perfume de violetas.

Le dio la receta. Beatriz regresó al interior con un movimiento cadencioso de su cuerpo bajo la recta bata.

—Mamón —susurró a su oído el otro parroquiano.

—Pues despabila —contestó Jaime sin mirarle. Llegaba al mostrador la farmacéutica con el medicamento del hombre.

Pagó el tipo y se dio la vuelta. Jaime oyó el tintineo de la campanilla de la puerta y un bufido a sus espaldas.

Volvía Beatriz con una caja en la mano y la farmacéutica se perdía de nuevo en el almacén. Jaime y la muchacha quedaron solos.

—¿Algo más? —dijo ella, y su voz acarició otra vez el corazón de Jaime.

—Esparadrapo —pidió sin pensar.

Ella se agachó y abrió un cajón del interior del mostrador. Los ojos de Jaime vieron la línea del escote, la carne marfileña apretándose bajo la línea del borde de un sujetador negro.

Le miraba otra vez:

—¿Es todo? —preguntó.

—Aspirinas —dijo Jaime.

Beatriz se giró y tomó la cajita de la estantería trasera. Jaime admiró la suave curva de sus nalgas.

—¿Más? —insistió ella.

—Algodón, alcohol y cinco o seis jeringuillas.

Con presteza, la muchacha buscó los pedidos. Luego le miró interrogante, con cálidos ojos inocentes y desprovistos de cualquier sombra de ironía.

—Creo que es todo —dijo Jaime con voz insegura. Notaba arder sus mejillas.

—¿Ha traído la tarjeta de la Seguridad Social? —preguntó ella—, tengo que anotar su número en la receta.

Jaime se palpó los bolsillos.

—No..., creo que la he olvidado en casa.

—¿Vive usted cerca?

—Aquí al lado —respondió turbado.

—Tráigamela luego, o mañana.

La muchacha tecleó en el ordenador y le entregó el tique. Jaime pagó sin mirar y recogió la vuelta de la mano de Beatriz. Por un instante, los dedos de ella rozaron su piel. Jaime percibió su calor.

Beatriz se dio la vuelta y caminó con garbo hacia el interior.

Resonaban campanillas en sus oídos y se sentía entristecido cuando ganó la calle. Había nacido demasiado pronto, se dijo. Caminó sobre nubes, olvidado de todo, recuperando en su memoria la voz de Beatriz, fijando su perfume, reteniendo el paisaje de su mirada verde y su sonrisa luminosa.

Pasó junto a sus oficinas y dirigió un insulto soez al cartelón de La Gran Felicidad, S. A. Pensó ahora que tal vez estaba perdiendo el juicio. ¿Cómo podía enamorarse de una muchacha que tal vez no habría cumplido los veintidós o veintitrés años?

Fernando no estaba en la casa, tal vez en aquella hora ya había bajado a Paradiso. Abigail, sentado en la sala frente al televisor encendido, le recibió con un ronroneo meloso y luego se concentró en los dibujos animados que desfilaban en la pantalla, una panda de puñeteros ratones dedicados a putear a un gato histérico.

Se encerró en la soledad de su cuarto, se tendió en la cama con el mazo de cartas de Banderas y tomó una. Estaba escrita en Argel, en una breve estancia de paso en la ciudad. La fecha era el 24 de enero de 1983.

Banderas comenzaba, como casi siempre, expresando sus cálidas emociones hacia su esposa, María Ayúcar. Luego describía con tino el paisaje de la ciudad, «un aullido blanco y azul frente al mar». A Banderas le parecía una urbe difícil y dura, habitada por gentes sombrías, de turbio carácter, en nada hospitalarias y desconfiadas de los extranjeros. «Tal vez las terribles guerras que ha sufrido este pueblo, los hondos odios que palpitan en muchos de los corazones de estos hombres, han agriado sus almas», explicaba. El paisaje humano, para Banderas, envilecía el aire de Argel. «Pero es curioso», añadía unas líneas más adelante, «la belleza tiene tal fuerza aquí, posee un vigor de tal naturaleza, que sobrevive en la ruina de la amargura, en la destrucción de la fe de los hombres en los otros hombres. Nunca se puede aniquilar por completo la belleza, Argel me hace pensar que la belleza es un don indestructible, que surge de imprevisto entre el oleaje de la mezquindad. Y esa idea me hace afirmar, una vez más, mi fe en el mundo desesperanzado».

Jaime dejó la carta a un lado. ¿No era acaso lo mismo que hoy le había sucedido en el encuentro con Beatriz?, ¿no habían sido los ojos y la voz de aquella muchacha quienes le habían rescatado de la amargura de un día deplorable?

Dejó las cartas en la estantería. Pensó en bajar de nuevo a la farmacia y llevarle a Beatriz la tarjeta de la Seguridad Social, verla otra vez, oír su voz; pero decidió dejarlo para el siguiente día, conservar una emoción con la que mantener su alma encendida durante las próximas horas. Tomó papel y lápiz, acometido por una súbita urgencia, y garabateó un poema: las palabras surgieron de su corazón como si llevasen años allí aguardando a que él les abriese la puerta. Era un poema a Beatriz. «Eres como una isla abandonada y bella en el furioso océano del mundo. Eres un rostro surgido de los sueños, de la eternidad sin nombre. Eres cuanto una vez quise amar y no pude amar nunca. Eres mi yo imposible y arde sobre mi piel tu mirada infantil de verde azúcar.»

Lo leyó dos veces cuando lo consideró terminado. Pensó que no valía nada, que era un texto lleno de palabras vacías. Hizo pedazos el papel, los echó al cenicero y les prendió fuego.

Luego buscó el libro de Shakespeare. Era la hora de *Hamlet,* se dijo, y leyó con avidez hasta que, al mirar el reloj, se dio cuenta de que eran las nueve y cinco y que llegaba tarde a la cita con Machuca.

Fernando y el periodista bebían whisky en la mesa de costumbre. La clientela masculina rezumaba sudor de alcoholes, como de costumbre. Pero había en el ambiente algo que pesaba como una sensación imprecisa: Jaime lo percibió en la mirada desconcertada de Pepe.

—El cura de la tragaperras acaba de palmarla —dijo el pelirrojo—. Le dio un telele mientras se jugaba los cuartos y se quedó frito ahí mismo.

Pepe le acercaba un cuba libre de coñac.

—¿Ya le han contado, don Jaime? —dijo poniéndole el vaso delante—. Llevaba un par de horas jugando, nunca le vi echar tanto dinero. Y en esto, cuando más enfurecido estaba y más juraba, saltó el premio, veinticinco talegos. Gritó: «¡Parió la burra!». Y al segundo se puso rojo como la capa de un arzobispo; y luego más blanco que una hostia. Babeaba. Dijo: «Puta máquina», y la espichó. Y no quedó ahí la cosa: el jodío Capricho, mientras los demás intentábamos reanimar al cura, se puso a vaciar la máquina. Imagine usted, el cura boqueando y la tragaperras tilín tilín y con la voz esa de la tía que lleva dentro diciendo: «Premio, premio».

—Póngale un cartel al trasto —sugirió Machuca—: Cerrado por defunción.

Bebieron un par de rondas más.

—¿Nos vamos al local de Rocky? —dijo Jaime cuando su reloj marcaba las diez y cuarto.

—Antes de que te emborraches, ¿me quieres decir qué ganas con que esa ruina salga en el periódico? —preguntó Machuca.

—Cosas mías. Y por cierto, un periodista de *El Día* me ha llamado hoy cinco o seis veces.

—Recuerda que tienes un acuerdo conmigo.

—Y tú conmigo. Mañana almuerzo con el presidente del Congreso de los Diputados. En cuanto vea publicada la entrevista de Rocky, foto incluida, te cuento coma por coma todo cuanto sepa del asunto. ¿Has traído la cámara fotográfica?

Capítulo XIX

«En cierto sentido, la promesa portentosa de la Tierra reside en que hay cosas bellas, maravillosas y seductoras que, a causa de nuestra profesión, anhelamos entender.»

MITCHELL FEIGENBAUM

Dicen las viejas crónicas humanas que Noé llenó un arca con una pareja de cada especie de animal que poblaba el planeta y de ese modo logró salvar de la extinción a todas las criaturas creadas por Dios. El asunto carece de lógica, ya que hubiera necesitado de un trasatlántico del tamaño del *Queen Elisabeth* para semejante empresa. Y además, ¿para qué querría Dios salvar a nadie después de enviar semejante tormentón sobre la Tierra? Es difícil imaginar a Yahvé en el papel de salvador de las especies cuando lo que en realidad le gustaba era aniquilarlas a base de plagas y desdichas sin cuento.

Y más aún, ¿cómo iba a arreglárselas el memo de Noé para impedir que, en el interior del arca, los leones no se comieran a las gacelas, los lobos a los corderos y las serpientes a los conejos?

Pero demos por buena la historia. Llegados a puerto, aquí estamos, juntos y revueltos, humanos y peces y reptiles y pájaros e, incluso, insectos, unidos en el sucio destino de la muerte.

Fernando se alistó a la expedición informativa y poco antes de las once desembarcaban en la plaza de San Ildefonso, en el alma inmunda del orbe madrileño. Bullían de nobles descendientes de Noé las calles y plazuelas en aquella hora tardía del lunes primaveral. Junto a una iglesucha de fachada de ladrillos, un grupo de mendigos cocía mondongos de cordero en una cazuela a la lumbre. Media docena de hare-krishnas, de mondos cráneos y sayos azafranados, pasaron desfilando con su murga de flautines, tamborcillos y berreos ante la tropa de indigentes, y uno de ellos le arrojó un pegollón de tripas al pelón que marchaba delante, le acertó en la calva misma y la orquestina emprendió presta huida a la carrera alzándose los faldones. Sembraban las aceras restos de botellas de cerveza y jeringuillas usadas de drogotas sin remedio. En los bancos públicos dormitaban los borrachos su melopea y grupos de jóvenes se sentaban en el asfalto y las aceras fumando canutos de marihuana. Putas de recios muslos y tetas mantecosas cumplían su toreril paseíllo bajo las farolas. En el centro de la plaza, una cuadrilla de africanos rodeaba una hoguera y entonaba un son pleno de fuerza y ritmo.

—Esto es el fin del mundo —juzgó Fernando, abriendo los ojos como quien presiente el diluvio.

Rocky los recibió con una sonrisa desdentada, la gorra calada hasta las cejas, su mirada lobuna brillando cual rescoldo de rebeldía y un cartón de vino peleón en la mano.

—¿Quién es el fotógrafo? —preguntó.

Jaime señaló a Machuca:

—Mi hermano gemelo.

—Anda, el maricón borracho —dijo Rocky tendiéndole la mano.

La mirada desconcertada del periodista buscó los ojos de Jaime.

—Oye, sin faltar a nadie —intervino Fernando dando un paso adelante.

El sotanillo estaba atestado de clientela, fumetas y beodos en su mayoría. En la pantalla de vídeo discurrían, sin sonido, las escenas de un concierto de rock al aire libre, con Jimmy Hendrix en el escenario. Olía a humareda de batallas perdidas.

—¡Venga, Rocky, al ataque! —clamó con desgarro, desde el fondo del local, la voz de un borracho.

—¿Primero la actuación o primero la entrevista? —preguntó el cantante.

—Canta un par de temas y abrevia, que no tenemos toda la noche —dijo Machuca visiblemente molesto.

Rocky los acomodó en el lado izquierdo del escenario. A su lado, los váteres sin puertas les enviaban un recio aroma de orines.

Machuca se arrimó a Jaime y le habló al oído:

—¿Cómo sabe ese Rocky...?

—Me ayudó a meterte en tu casa el último día que te llevé borracho, vio las fotos.

Estalló el primer mamporro del tío de la guitarra, un calvorota vestido de motorista, enfundado en cuero de los pies a la garganta. Ladraba el instrumento desde los bafles.

—¿Dónde coño ha aprendido a tocar esa bestia? —preguntó Fernando.

Tras un sólo apasionado del guitarrista, que sonó a penitencia de acordes y escandalera de solfeos, Rocky se echó al ruedo con la armónica en la boca. Recorrió el escenario, soplando y aspirando con ansia, como si fuera a comérsela, yendo de aquí para allá en breves y nerviosas zancadas. «¡Ataca, Rocky, no hay tregua!», bramó un grito de guerra que reconoció Jaime de inmediato. Y Rocky, agarró el micrófono cual gañote y aulló:

Junta tu cuerpo al mío, nena,
oh, yeah,
nena, nena, yeah,
te follaré en la yerba, yeah,
como follan las vacas
en nuestra tierra.
Oh yeah,
túmbate nena,
oh, oh, oh, yeaaah.

El flash de la cámara de Machuca estalló un par de veces en las narices de Rocky. Gritaba el público voces de ánimo al artista mientras éste emprendía un nuevo solo de armónica sobre un fondo de guitarra machacada a puñetazos.

—¡Dios nos proteja! —clamó Fernando boquiabierto.

Concluido el primer tema, Rocky interpretó otra canción cuyo asunto era la despoblación del campo manchego, con un estribillo que rezaba así:

Y se van, y se van,
y han dejao el arao
pa coger el tranvía
mientras La Mancha se ha quedao vacía,
oh yeah, oh yeah,
se ha jodío La Mancha,
se jodió Dulcinea.

Luego, agarrado al micrófono como quien se sujeta a un árbol en un vendaval del fin del mundo, Rocky pidió un aplauso para los periodistas y de inmediato se alzó un coro de pitos y abucheos, y una lata vacía de cerveza voló desde una mano invisible a estrellarse contra la pared sobre la cabeza de Jaime.

—Yo creo que es mejor que nos larguemos —dijo Fernando.

Rocky se acercó al grupo.

—¿Qué, qué tal, os ha gustado? —preguntó con gesto de ocelote.

—Nunca he visto nada igual en mi vida —respondió el pelirrojo.

—Hoy no he hecho concesiones al público —añadió orgulloso el cantante—, canté lo mío, el agro-blues. Ya sé que son temas duros, pero un artista tiene que creer en él mismo.

—Eso sí que es verdad: te has pasado por el forro de los cojones cualquier tipo de sensibilidad —dijo Fernando—. El único fallo es que en España ya no queda un puto tranvía.

—Hombre, eso era metafórico —se justificó Rocky.

La turba de borrachos y fumetas rodeaba ahora al grupo. Un joven que parecía haberse fumado una cosecha entera de marihuana dio una colleja cariñosa en el cuello de Rocky: «Siempre serás un miserias, tío». La cara enrojecida de un borracho asomó en las narices mismas de Jaime: «¿Qué, se paga la prensa un cartón de vino? Aquí hay impuesto revolucionario, macho», dijo arrojándole a la cara una tufarada de destilerías de garrafa. Un drogota de rostro de cuervo tiraba de la chaqueta de Machuca: «Ayer me robaron la chupa, igualita que ésta, joder. ¿De dónde la has sacao, tío?». Fernando se enfrentaba a un beodo que le agobiaba pidiéndole tabaco: «¿Por qué no vas a fumarte el capullo de tu padre?», decía el pelirrojo apartándole a empellones. Olía a gresca en el ambiente.

—¿Y la entrevista? —dijo Rocky mirando a Jaime.

—Mejor nos vamos a otro sitio, aquí no se puede hablar de nada serio —respondió Jaime.

Salieron abriéndose paso entre la canalla. Ya en la calle, el drogota seguía agarrado a la chaqueta de Machuca. «Devuélveme mi chupa, joder», decía. Fernando le agarró con una mano por el cuello de la camisa y lo tiró dentro del local.

Bajaron a Fuencarral y atajaron por una callejuela hasta alcanzar Hortaleza. Olía a chaparrón inminente. Un perro los ladró al pasar junto un contenedor de basuras derrumbado en el suelo, donde el can se atracaba de cenar porquerías. Rocky se adelantó en una ridícula carrerita y le lanzó una patada. Huyó el bicho humillando el rabo.

—Odio a los perros —dijo chulesco el cantante—, pa perro, yo mismo.

—Ni que lo digas —convino el pelirrojo.

—Bueno, ¿y dónde coño vamos? —preguntó Machuca cuando dejaron atrás la plaza.

—Podemos ir a Paradiso, aún estará abierto —dijo Jaime.

—¿Tú crees que nos dejarán entrar con esta ruina? —preguntó Fernando señalando a Rocky.

—Perro, seré; pero no ruina —dijo el cantor.

Lograron un taxi. Fernando se sentó delante, junto al conductor, y Rocky quedó enterrado atrás, entre Jaime y Machuca. «¿No tendrá pulgas ese guarro?», preguntó el conductor, mirando por el retrovisor y señalando con un dedo al cantante. «Lo que jode de los de tu oficio es que sois todos unos bocazas», le dijo Fernando con voz airada. Calló el taxista, aceleró en la cuestecilla de Santa Bárbara, pegó un volantazo en la curva y voló Génova abajo camino del paseo de la Castellana. «¡Arréale al buga!», gritó Rocky entusiasmado. Luego se volvió a Jaime y sonrió entre el enrejado de sus dientes destruidos: «Me priva la velocidad». Gruñó Fernando mirando al conductor: «Como te saltes un semáforo en rojo, te desmonto los piños de un guantazo». El otro, impertérrito, siguió su desaforada carrera y, en siete u ocho minutos, los depositaba en la puerta de Paradiso.

—Ganas me dan de no pagarte la carrera —dijo el pelirrojo amenazante cuando el otro señaló, mudo, el contador.

El taxista metió la mano en la guantera, extrajo una pistola y colocó el cañón contra la sien del pelirrojo:

—O sueltas ahora mismo las pelas o te vuelo los sesos, bujarrón. Y como encuentre pulgas en el coche, vuelvo a buscaros y le pego tres tiros al cerdo que lleváis ahí atrás, ¿entendido?

Pagó Fernando sin rechistar, bajaron todos y el taxi, con un brusco acelerón que hizo rechinar las ruedas, se alejó calle arriba.

—Lo que más me gusta de Madrid es que cada día se parece más a las películas —dijo Rocky.

Caían los primeros goterones del insolente chubasco de un mayo enloquecido.

Fernando, frotándose la sien donde poco antes se había apretado el cañón de la pistola, dijo a Rocky:

—No sé si adoptarte o tirarte a un cubo de basura. Pareces un buen perro.

—Soy el mejor amigo del hombre, yo no traiciono a mis colegas. Si los colegas no nos ayudamos, el mundo será inhabitable.

—Ladró el perro y ladró bien —concluyó el pelirrojo.

Era un mayo de cielo vesánico, un rudo mayo, una loca primavera, un universo empeñado en parecerse a nadie, un mundo trastocado, tardes de pájaros que cantaban sin tregua a horas intempestivas, grillos de media siesta y luces africanas arrojadas por un sol chiflado que arrancaba brillos de mármol mediterráneo en las bruces de los edificios esteparios; era, en fin, un mayo que ni inventado para poner las ideas del revés y la razón patas arriba. Arrancó a llover de pronto a mares, jarreaban piélagos del cielo, caían chuzos de punta y chorreaban orines de un dios atacado de meorrea cuando la patrulla nocturna descendió las escaleras que conducían al hogareño bar Paradiso. En el mostrador, Pepe y Capricho parlamentaban en pacífica confraternización. Jaime entró el primero y fue derecho a la barra.

—¿Es tarde para unas copas, Pepe? —preguntó.

—Hay las que usted quiera, don Jaime. Le están esperando —añadió luego señalando hacia el fondo del local.

Miró hacia donde apuntaba el dedo del camarero. En el velador del último rincón, Jennifer y Pamela le saludaban alzando la mano, como dos apariciones surgidas de un sueño desquiciado.

La panda se acomodó en la barra mientras Jaime caminaba hacia la mesa donde se sentaban las dos putas. Tenían delante un par de copas y una botella de cava que flotaba en el agua de una cubeta.

—Ay, amor —dijo Pamela levantándose e intentando, sin fortuna, plantar dos besos en las mejillas de Jaime—, te he estado buscando. Es mi cumpleaños y quería invitarte a champán.

Pamela lucía un ajustado vestido color verde de esplendoroso escote. A su lado, la menuda Jennifer le sonreía modosa, envuelta en su briosa indumentaria de volantes rojos y gualdas.

—Vengo con gente —dijo Jaime señalando hacia atrás.

—Pues invítalos a todos —añadió el transexual.

—Anda, Mío Cid —animó Jennifer—, tengamos la noche loca.

Fernando se había acercado con Rocky pegado a sus talones. En el mostrador, Machuca se echaba al coleto un whisky como quien se ventila un vaso de agua.

—Aquí dos amigos y aquí dos amigas... —presentó Jaime.

—A ésta la conozco —dijo Fernando señalando a Jennifer.

—¿Qué tal, don Fernando? —saludó la puta.

—¿No haces la carrera esta noche? —preguntó el pelirrojo.

—Estoy de fiesta, es su cumpleaños —dijo Jennifer indicando a Pamela.

—Felicidades —dijo Fernando tendiéndole la mano.

El transexual rechazó la mano del pelirrojo y le estampó dos besazos en los carrillos.

Luego, miró a Rocky.

—¿Y ese bicho, de qué raza es? —preguntó.

—Calla, que tú eres más fea que un pollo mojado —respondió el cantante.

—¡Champán, traiga champán, mozo! —gritó Pamela enviando señas al mostrador.

Machuca se acercó con su segundo whisky en la mano.

—¡También está el periodista! No sabes lo que admiro yo a la prensa, monada —añadió el transexual besándole en las mejillas—. Hay que ver lo americano y gallardo que luces así, con el whisky en la mano.

Brindaron todos.

—¿Qué coño pasa con la entrevista? —terció Rocky mirando a Jaime.

—Éste te la hace ahora mismo —dijo Jaime, y apuntó a Machuca con el dedo.

—¿Pero no es fotógrafo?

—El periodista es él, se llama Luis Machuca. Yo me llamo Jaime.

—¿Te estás quedando conmigo?

—El día que fui a tu local andaba borracho y medio lelo. Pero la entrevista va a salir de todos modos.

—Vamos a otra mesa —intervino Machuca, llevándose del brazo a un Rocky en elevado grado de mosqueo.

Corrió una nueva ronda. A Jaime le crecía el dolor del testículo y a duras penas se acomodaba en la recia silla.

—¿Tú pones inyecciones? —preguntó Jaime al pelirrojo.

—De pensarlo me dan mareos.

—¿Alguien sabe? —añadió mirando alrededor.

Pamela levantó la mano como quien participa en un concurso de adivinanzas.

—En la mili hice el curso de enfermero.

—A mí me ha puesto un puñado —dijo Jennifer—. Es una artista, ni te enteras del pinchazo.

—Lo harías por ver culos —añadió Jaime.

—Yo separo el trabajo del vicio, el trabajo es lo primero —protestó el transexual.

—En el vicio puedes hacer lo que quieras, pero en el trabajo hay que ser perennes —sentenció Jennifer.

La compaña abandonó Paradiso pasadas las dos de la madrugada y decidieron seguir la juerga en casa de Jennifer. «Aunque sólo tengo anís del mono», dijo la puta. En desaforada carrera, bajo la recia lluvia y sorteando charcos, cubrieron la distancia que los separaba del edificio de apartamentos. Rocky, Machuca y Jennifer tomaron el primer ascensor rumbo al apartamento de la puta, al piso siete. En el segundo viaje, Pamela, el pelirrojo y Jaime treparon al quinto piso. Abrió Fernando la puerta de su apartamento, cruzaron el vestíbulo, alcanzaron el salón y, al encender la luz, la chaparra figura del orangután saltó del sofá al suelo.

—Buenas noches, Abigail —dijo Pamela con voz melosa.

—¿Le conoces? —exclamó Fernando.

—Es como un hermano para mí —contestó el transexual.

—Pamela durmió aquí un par de días —intervino Jaime—, mientras tú estabas fuera. Ya te explicaré...

—¿No tenías bastante con el loro? —preguntó el pelirrojo mientras tomaba al mono de la mano y lo conducía al excusado.

Pamela preparó la inyección en la cocina. Jaime se bajó los pantalones a la altura de la cadera y se apoyó en la mesa.

—Más abajo, cielo, no tengas vergüenza —dijo el transexual.

Obedeció. Sintió el frescor del alcohol y, de inmediato, un leve pinchazo.

—Pero qué culín más mono tiene mi rey —añadió Pamela al tiempo que le daba un azotillo en la nalga—. ¿A que no te ha dolido? Pues ya sabes, me avisas los días que te haga falta.

En el apartamento de Jennifer, la puta y Machuca bailaban el ritmo de salsa mientras Rocky, con una copa de anís en la mano, los miraba aburrido desde el sofá. Pamela clamó: «¡Me chiflan las fiestas!», y se unió presta al baile, zumbándole a las caderonas y dándoles por debajo manotazos a las tetas para que botaran hacia lo alto, cual pelotas de baloncesto. «¡Vamos, cielo, anímate!», gritó a Jaime, y él negó con un gesto de la mano y se sentó junto al sumiso Rocky. «¿No baila, don Fernando?», dijo Jennifer, moviéndose como un oleaje de patrióticas banderas rumbo al pelirrojo. Fernando se arrimó a los danzantes y comenzó un simulacro de baile que recordaba a un hosco oso, paso a un lado, pisotón al contrario, plantillazo para atrás, la música por allá y el plantígrado a lo suyo.

Concluido el baile, todos se sentaron. Pamela, desplazando a Rocky hacia un lado con un rudo empujón, se acomodó en el sofá y arrastró a Machuca a su izquierda, bien arrimado a su cuerpo, con la teta pegada al brazo del periodista. Siguió una ronda de copas que sirvió Fernando.

—Podíamos jugar a las cartas —dijo Jennifer—, ¿sabéis jugar a la canasta? Es un juego de señorones.

—Odio la canasta —respondió el periodista con voz de fango.

Cayó entonces un silencio sideral sobre todos. Nadie hablaba, nadie se movía de su sitio, tan sólo se oían ocasionales suspiros o el sorbo sonoro de alguien que bebía de su vaso. Jaime percibió que aquél era un instante de pavorosa soledad y paseó la vista por todos aquellos seres que sentía, al mismo tiempo, como ajenos y próximos, como lejanos y propios. Le llegó un viento de melancolía desde la niñez. Se acordó también de tantas agrias noches con Carmen, de los días vacíos, de las horas tediosas de su trabajo, de tanta existencia sin sentido. Y anheló huir de allí cuanto antes.

Pero rompiendo como el estallido de un eructo en plena misa mayor, la voz hombruna de Pamela quebró el silencio:

—¡Hay que bailar, cojones!

Se levantó el transexual, conectó de nuevo el radiocasete, saltó una balada al aparato y, de un tirón, Pamela levantó a Machuca del sofá y lo aplastó contra sus tetas, chic *to* chic, mejilla con mejilla, vientre a vientre, muslo frente a muslo y rabo contra rabo.

Jennifer no se hizo esperar y se acercó al pelirrojo:

—Don Fernando, si usted gusta...

Allí danzaban las dos parejas, ante la mirada de raposo de Rocky y el alma desolada de Jaime.

El cantante despegó la espalda del sofá, curvó el cuerpo hacia adelante, miró a Jaime con sus ojos de chucho mil leches y le dijo:

—Éstos van a follar: cuando la gente se entristece, siempre le da por joder, no falla. Por eso el mundo está lleno de gente triste: porque nacemos de polvos tristes.

—Déjale dormir en el sofá —dijo Fernando despegando la mejilla de Jennifer y señalando a Rocky.

—Agradecido, colega —respondió el cantante.

Bajaron. Eran más de las tres cuando Jaime se tumbó en la cama. Pero no tenía ganas de dormir. Creía sentir un olor de bosques desterrados y océanos perdidos. Tomó el libro de Shakespeare y siguió leyendo la tragedia de *Hamlet*. Y aquel recorrido por la honda tristeza del alma humana le atrapó con el vigor de una tenaza. Volvió al principio, retomó la lectura desde la primera línea, notó que le subyugaba con una fuerza muy superior a la de horas antes, cuando lo había abierto por primera vez. Pudo ver en las sombras de su imaginación el rostro de Hamlet, y sintió en carne propia el pesimismo abismal del héroe, su persecución fatalista e implacable de la muerte. Le oyó decir en sus oídos: «Cuán fatigado ya de todo, juzgo molestos, insípidos y vanos los placeres del mundo». Escuchó sus lamentos: «Hazte pedazos, corazón mío». Sintió la perplejidad de Hamlet hablándose a sí mismo: «¿Para qué conservo la memoria?». Y le abrumó el peso de su aciago diagnóstico: «La naturaleza está en desorden».

Concluyó la lectura y cerró el libro despacio. ¿Quién era Hamlet, quién era Odiseo?, ¿qué diablos era la literatura?, ¿de dónde surgían aquellos hombres imaginarios y al mismo tiempo tan vivos, aquellas existencias de ficción cuyos corazones palpitaban con tal fuerza? ¿Nacían de nuestras almas o eran ellos quienes las diseñaban para los escritores? ¿Era Hamlet un modelo para Machuca, y Odiseo un imán para Banderas? ¿O sucedía al contrario?: que almas como las de Machuca y Banderas servían de espejo para crear el símbolo. ¿Y él, quién era él, a quién correspondía el retrato de Jaime Arbal, a quién pertenecía su alma, qué emulaba, a qué héroe de ficción podría servir como modelo? Tal vez no era nada y nunca se parecería a nadie. Él luchaba una hora y se rendía la siguiente, creía entender el mundo por un instante y le vencía al momento la perplejidad, era feliz un minuto y la tristeza se derramaba en su alma en poco tiempo, valiente en una hora y cobarde al poco, Odiseo en la mañana y Hamlet en el atardecer..., carne loca de hombre infeliz, corazón de agua, razón sin ley y sin concierto. Su propia naturaleza era el desorden mismo.

No miró el reloj cuando salió de su cuarto. Cruzó junto al salón y percibió un tufo a perrera sucia. Salió a la calle y miró por encima de las farolas, intentando vanamente distinguir el brillo de alguna estrella en el cielo mohoso de la noche urbana. Trato de recitar su letanía mineral, dijo en alta voz «fluorita» y ya no pudo seguir: había olvidado el resto. Dibujó el rostro de Beatriz entre las sombras, mientras caminaba sin rumbo en las calles de la ciudad sin nadie. Ningún animal se cruzaba ahora a su paso, ni un sólo automóvil atravesaba el asfalto, como si cualquier rastro de vida quisiera escapar de él, como si su figura larga y abrumada provocase espanto. Por su mente turbada discurría, como una hilera interminable de palabras, el trastornado discurso: «¿Cuál es más digna acción del ánimo: sufrir los dardos penetrantes de la injusta fortuna u oponer los brazos a ese torrente de calamidades y darles fin con valerosa resistencia?».

Las primeras luces de la mañana descubrieron a Jaime Arbal entrando de nuevo en el portal del edificio de apartamentos, sudoroso y perplejo, como surgido del vientre de una pesadilla. Se tiró en la cama vestido y, cuando despertó, eran casi las diez y media.

Puso en orden su cabeza con un par de cafés. Asomó al salón: Rocky roncaba tendido en el sofá. Olía a zahúrdas, gavias, arbellones, vertederos, sentinas de mercante nigeriano, establos medievales, segaladas ibéricas, pocilgas rumanas, retretes japoneses y albañales mahometanos. Le entraron ganas de vomitar y escapó al baño, se dio una ducha, se vistió con traje y corbata y se largó zumbando del apartamento.

En el contestador telefónico de su despacho tenía un mensaje de Carmen. Marcó el número de su bufete. No estaba. Llamó a su casa y tampoco la encontró. Se sentó, con los pies sobre la mesa, y caviló que, ahora, apenas sentía emoción alguna al recordar a su mujer.

Pensaba en Beatriz desde que había despertado. Un anhelo impreciso le invadía el ánimo. Pero retrasaba el instante de acudir a verla otra vez, quería disfrutar de aquella sensación de inquietud esperanzada.

A las doce no podía más. Y cedió. Ganó la calle con una tembladera adolescente en las rodillas.

Tres clientes hacían cola frente al mostrador y la farmacéutica de pelo trigueño despachaba al primero. El hombre que estaba delante de él se volvió al oír la campanilla y Jaime reconoció al tipo con quien había pugnado el día antes por ganar el turno de Beatriz. Se miraron con furor. «Hoy no me la metes doblada, so mamón», murmuró el otro con voz de tigre en ayunas. Jaime pensó: «Vas listo, hermano».

Salió Beatriz del fondo del almacén y Jaime imaginó una lluvia de flores invisibles cayendo desde el cielo sobre el pelo y los hombros de la muchacha, se esfumó la tristeza y Hamlet se hundió en las brumas del pasado, difuminado bajo la nieblas de Dinamarca.

La voz de su rival, hablando casi en su oído, le devolvió a la realidad:

—No vas a jugármela —dijo el tipo.

El anterior cliente pagaba y se iba. Beatriz regresó dentro y la trigueña preguntó:

—¿Quién sigue?

Y el tipo, volviendo el dedo pulgar hacia Jaime, dijo:

—Éste.

Jaime compuso una sonrisa angelical.

—Beatriz me atiende —dijo.

—Bien —dijo la mujer dirigiéndose al otro—, ¿qué desea?

—Un antiácido, cualquiera me vale —contestó el tipo con voz de cafre enfurecido.

Sirvió el pedido la rubia tomándolo de un cajón del mostrador. Pagó el hombre y salió bufando su derrota.

Beatriz regresaba. Y le miró sonriendo.

—¿Ha traído la tarjeta de la Seguridad Social? —preguntó.

Respondió con voz desfallecida:

—Caray..., se me ha olvidado..., lo siento.

—Tráigala luego, y no se olvide —añadió la muchacha— ¿Quiere alguna otra cosa?

—Esparadrapo —contestó sin pensar.

—¿Más esparadrapo?

—Sí, lo perdí.

Beatriz se agachó. Jaime atisbó la línea de encajes de un sujetador blanco.

Pagó, salió a la calle y caminó unos metros. La figura de un hombre le cerró el paso. Era su rival de unos minutos antes. Jaime reparó en su aire recio y amenazador. Y parecía fuerte.

—Tenemos que hablar, mamón. Me tienes hasta los cojones —dijo el otro.

—Me importa un huevo tu estado de ánimo.

El tipo le agarró la solapa.

—Te voy a poner los morros como el culo de un mandril...

Pero antes de que le llegara el sopapo, otra sombra asomó al lado y tiró del hombre. La mano se soltó de su traje. Era Fernando.

—¿Quieres gresca, capullo? —decía el pelirrojo sujetando al tipo por el brazo.

—Usted no se meta —respondió el otro, atemorizado ante el amenazante corpachón de Fernando.

—Claro que me meto, mamarracho. Anda y lárgate antes de que te sacuda un par de soplamocos —añadió el pelirrojo dándole un empellón. El otro escapó al trote.

—¿Qué ha pasado? —preguntó el pelirrojo.

—Una discusión en la farmacia.

—Yo también voy a la farmacia. ¿Me esperas y tomamos un vino?

—Se me hace algo tarde —contestó Jaime.

—Hay una chica en la farmacia que es un primor.

—Beatriz.

—Ah, ¿te has fijado?

—Me he enamorado.

Fernando soltó una sonora carcajada.

—Medio barrio está enamorado de ella... Pero no te preocupes, en mi caso es platónico.

Había nuevos recados del periodista de *El Día* en el contestador del teléfono de su despacho. Le suplicaba que respondiese a sus llamadas, le rogaba diciendo que tenía un contrato de tres meses y se jugaba el puesto de trabajo, decía que era joven, que quería casarse y pagar la entrada de un piso, y concluía añadiendo que su novia esperaba un hijo.

Descolgó el teléfono y llamó a Carmen. «Está en un juicio, no volverá al bufete hasta la tarde», le informó la secretaria. De modo que se bajó a Paradiso, se reunió con Fernando y bebieron unos cuantos vasos de vino.

—Quién iba a decir lo de Machuca —dijo el pelirrojo—: Anoche se tiró al travestí. A mí se me arrancó la Jennifer. Pero di el gatillazo. Es que me entraba la risa viéndola de rojo y amarillo. Era como follarte a la bandera de la patria.

Capítulo XX

«El hombre es y será siempre un animal salvaje.»
CHARLES DARWIN
Los próximos diez millones de años

Dejó a Fernando poco antes de las dos y tomó un taxi en la puerta de Paradiso. Llegó al portal del restaurante, un discreto local en la calle de Bárbara de Braganza, quince minutos antes de la hora de la cita. Decidió hacer algo de tiempo dando un pequeño paseo y descendió hasta la Castellana. Bajo los árboles de copas reverdecidas por la lluvia nocturna, caminaban legiones de muchachas lozanas como mazorcas, bellas chavalas de carne dura y sexo tibio, hembras de pechos prietos y muslos dulces, las unas rubias y las otras morenas, y todas desprendiendo perfume de las alegres entrepiernas. Olía a pezones jugosos como pétalos de alga, a bragas de marisma, a vello púbico mojado en el océano y a vulvas en salazón. Se dio cuenta de que, en efecto, necesitaba echar un polvo cuanto antes, porque no reparó en la presencia de un solo hombre, y alguno habría a esa hora por la calle, digo.

Era uno de esos restaurantes con *maître* de mirada de halcón y hombros de cuervo, el tipo de empleado con rango que, enfundado en su esmoquin y la nuez de la garganta asomando como un pedrusco verde sobre el corbatín granate, te mira de abajo arriba, observa tu indumentaria, estudia tus zapatos, escruta tu rostro y los movimientos de tus manos, calibra tu dinero o tu gloria y, al segundo, sabe ya si debe someterse ante ti como un vasallo o tratarte a patadas en el alma. Delante de Jaime Arbal, optó por lo segundo, y en el vestíbulo que daba paso al salón de comidas, le cerró el paso con sonrisa de ave carroñera.

—Estoy citado con el señor Martín Novoa —dijo Jaime sin atreverse a avanzar.

—El señor presidente del Congreso de Diputados no ha llegado todavía. Puede esperarle aquí tomando un aperitivo —respondió el petimetre señalando el pequeño mostrador del vestíbulo.

—Preferiría sentarme en la mesa —contestó Jaime.

—El presidente suspende en ocasiones sus comidas por razones de trabajo. Mejor le espera aquí —dijo el otro con voz de corneja y presto a sacarle los ojos a picotazos.

Jaime se acodó el barra, como quien ocupa su lugar en la trinchera.

—¿Qué le pongo al señor? —dijo el córvido—, ¿tal vez un kir de champán?

—Un tinto de frasca.

Transcurrió media hora. Eran ya la tres y Jaime calculaba el precio de las cuatro copas de vino que se había bebido en ese tiempo. Su cerebro navegaba en una leve melopea. Percibía trepar por su estómago un hambre cainita.

La puerta se abrió un par de minutos más tarde y dos gorilones de mirada atrincherada tras las gafas oscuras, ancho pechamen y botón central de la chaqueta a punto de salir disparado como un tiro de revólver en una calle de Chicago, entraron en el vestíbulo. Pasearon sus miradas opacas por el entorno y se apartaron para dar paso a la redonda figura del ilustre Lucio Martín Novoa: cutrosa frente, blandorrina papada, peluchones agonizantes sobre el cráneo abalonado, ojos sapunos, boca terneril, brazuelos simiescos y manitas fofudas. Ni siquiera le dirigió un vistazo fugaz, aunque Jaime sospechó que había reparado al momento en su presencia y que sabía quién era.

Saltó el grajo desde el interior apenas unos segundos después, inclinó la negra chepa, sonrió con pajaril humildad ante el regio batracio y proclamó:

—Un gran placer, señor presidente.

Martín Novoa giró su cabeza de muñecón de feria y sus ojos color pardo caca se posaron sobre Jaime. Le tendió la mano y Jaime apretó levemente aquel pedazo de morcilla fría que destilaba una grasa pegajosa.

—¿Señor..., señor...? —dijo el presidente.

—Arbal, Jaime Arbal.

—Encantado, Arbal. Vamos dentro —ordenó Novoa.

El córvido los acompañó, revoloteando a su alrededor, ahuecando los negros alerones y dando brincos urraquiles sobre sus dos patitas. Era un local interior y no muy amplio, de luz avara y óleos con motivos de caza que adornaban las paredes forradas de tela color siena. Una docena de mesas, ceñidas de manteles blancos, despliegue de cristalería y cubiertos de refulgente alpaca de Shefield, se extendían en cuidado desorden a lo largo y ancho del comedor, dejando un generoso espacio entre ellas. No había dentro un solo cliente a esa hora.

Martín Novoa caminó con la lentitud de un buey con glosopeda hacia la mesa del último rincón, seguido por Jaime y por el grajo, mientras los guardaespaldas ocuparon el velador más cercano a la entrada. Se sentó el notable después de desprenderse de la chaqueta y colocarla en el respaldo de su silla.

—¿Un aperitivo, señor presidente? —cantó el cuervo.

—Tráigame un fino muy frío y unas aceitunitas para ir abriendo boca.

—¿Algo más para el señor? —agregó el pajarraco posando su mirada sobre Jaime.

—Seguiré con el vino —respondió.

Trajo la corneja las bebidas y dos cartas de menú que abrió ante los comensales por orden de rango, primero a Novoa y luego a Jaime Arbal.

—Hoy les recomiendo, fuera de carta, el rodaballo al horno con finas hierbas provenzales y una excelente raya a la pimienta negra. Hay también venado con puré de castañas gallegas y jabalí asado con vino del Rhin.

Y se alejó.

Martín Novoa se concentró en la carta un instante, la dejó al poco a un lado y dijo a Jaime:

—El foie gras de la casa es espléndido. Luego rodaballo. Y borgoña para beber. ¿Le parece bien?

Después de ordenar la comida a la urraca, el ilustre político posó la mano sobre el brazo de Jaime.

—Intuyo, querido amigo, que es usted una persona inteligente y que sabremos entendernos.

—Desde luego, señor Novoa. En realidad, todo es una formalidad. Mi empresa quería que yo le viera para ofrecerle todo tipo de garantías sobre nuestra discreción.

—No es su empresa quien pidió este encuentro, fui yo —dijo el otro apretando un poco más la presión de sus dedos.

Y Jaime Arbal imaginó que el brazo del otro se transformaba de pronto en una pitón, y que el cuerpo viscoso del reptil comenzaba a abrazarle con la pretensión de devorarle como aperitivo antes de proceder al suculento almuerzo.

Trató de tomar aire. A nadie le gusta almorzar sentado al lado de una serpiente, porque es bicho imprevisible, y Jaime se sentía incómodo, empequeñecido y cual presa de un implacable cazador. Y eso que Martín Novoa sonreía mientras un pedazo de foie de oca se escurría mezclado con una leve babilla por la comisura de sus labios de anfibio. Pensó que el otro había logrado su primer propósito: intimidarle. Sin duda estaba entregado. Pero aceptó sin problema su derrota.

—No se asuste, Arbal —dijo el otro como si leyera en sus pensamientos—, sé que los políticos no gozamos de buena fama. Pero tenemos una cierta ventaja sobre otras gentes: somos flexibles, sabemos escuchar, dar y tomar, negociar en suma. ¿Me comprende?

—Desde luego, señor Novoa.

Dio el otro un bocado al pedazo de pan untado de foie, tragó con ruido sin apenas masticar, pegó un sorbetón al vaso de vino de Borgoña, pringando a mogollón los bordes del cristal y continuó su discurso:

—Quizás sea cierto lo que afirma el tópico: que la mayoría de los políticos mentimos. Pero hay grados, créame. La mentira y la verdad tienen muchas caras, nada es plano en la vida, no existen el blanco y el negro. Y después de todo, siempre tendrá que haber gente que haga lo que es necesario hacer, mentir entre otras cosas. El mundo necesita de la mentira tanto como de la verdad.

—Desde luego.

—Siempre hay grados, ya le digo. Es cierto que muchos políticos mienten, pero hay otros que simplemente no dicen la verdad.

Rió Martín Novoa ante su alarde de ingenio y Jaime dibujó una forzada sonrisa en la comisura derecha de sus labios. Le pareció que la comisura izquierda estaba paralizada.

—Le digo todo eso —añadió ahora con gesto grave— para que comprenda que es un oficio difícil. Requiere una tensión suprema, como la cuerda de un arco cretense. Ningún hombre escapa a sus pasiones porque vivimos en el límite de la realidad. ¿Me comprende?

—Perfectamente, señor.

—Bien, Arbal, es usted un hombre inteligente.

El presidente rebañó con una miga de pan todo resto de foie que quedara en su plato. Señaló luego el de Jaime:

—Termínelo, hombre, es exquisito.

Jaime se metió el foie en la boca y lo engulló con rapidez.

Llegaba el camarero con una cazuela a lomos de un carrito en donde humeaban pedazos de rodaballo nadando en una aromática salsa verde. Desde atrás el *maître*-grajo observó con actitud de capataz la pericia del camarero al trinchar el pescado.

—¿Todo a su gusto, señor presidente? —preguntó la corneja, una vez cumplida la faena.

—Excelente, Lucas —respondió el notable.

El cuervo se alejó con torpes saltos, después de mirar a Jaime tal que un ave carroñera que contempla un hueso lirondo.

—De todas maneras —continuó Novoa mezclando las palabras con pedazos de pescado y escupiendo de cuando en cuando al plato algún mínimo pedazo de cartílago—, no tome todo esto como una declaración de hipocresía. Yo soy un hombre de izquierdas. En el horizonte siempre veo una sociedad más justa y más solidaria, y lucho por ella, créame. Pero las ideas no bastan y, en ocasiones, si nos aferramos en exceso a ellas, arruinan el mundo.

A Jaime se le enterró un cartílago entre dos dientes. Con la lengua, comenzó a combatir contra él.

—Además, el alma no tiene sangre —dijo el otro embriagado por su propio discurso—, y la sangre de los seres y la cosas reales, la carne de la vida y de los hombres, exige que en ocasiones debas sonreír a tu enemigo. Las ideas chocan siempre con la praxis.

Sonrió satisfecho mientras se metía dos dedos en la boca y hurgaba en busca de un cartílago. Jaime le imitó. Cual dos guarros, pugnaron ambos por liberarse del engorro de sus dientes, el uno frente al otro, y ahora sin hablar. Lo lograron casi al unísono.

—En fin —añadió aliviado Novoa—, el mundo, amigo Arbal, no es un territorio de santidad. Es una charca repleta de intereses y pugnas implacables. Los más débiles se ahogan en el agua turbia. Y los políticos debemos aprender a nadar aceptando ciertas leyes inevitables. Si yo le mostrara, amigo Arbal, toda la porquería que esconde el fétido universo del poder, sentiría usted vértigo. Pero me comprendería. Algunos tenemos que chapotear en las cloacas para que la belleza de los ideales sobreviva. ¿Lo entiende usted?

Jaime, cogido en pleno trago de borgoña, asintió moviendo los ojos con cara de simio adolescente en pleno pecado masturbatorio.

Novoa dio un sorbo sonoro a su vaso de vino, le miró directo a los ojos y preguntó mientras se limpiaba las babas con la servilleta:

—¿Qué opina? Diga algo.

—No sé —respondió Jaime—, todo cuanto dice es nuevo para mí, casi una revelación. ¿Qué hay de la conciencia?

Rió Novoa.

—La conciencia es la gran virtud de los perdedores. No se la recomiendo.

Cambió ahora el gesto y adoptó una actitud de seriedad:

—En todo caso, a usted la conciencia no le llevaría a ninguna parte, tan sólo a la ruina.

—¿Por qué? —preguntó Jaime armado de valor.

La mirada de rana de Novoa se tornó mineral.

—Porque es usted débil, porque no hay nada a sus espaldas salvo un empleo precario, porque presumo que no tiene mucho dinero y porque pueden hacerle mucho daño.

Vino el cuervo y se llevó los platos. Tomaron sendos flanes y luego café. Cuando llegaron los puros y las copas de armañac, Jaime se sentía ya nadando, junto a aquel hombre, en un mar de orines acometido por un oleaje de mierda.

Novoa dio un recio chupetón al veguero y expulsó el humo con deleite.

—Bueno, Arbal, dígame qué sabe.

—¿Qué sé, de qué?

—Del asunto que nos trae aquí: los transexuales, la coca, ya me entiende...

Trastabillando, y con verbo urgente e impreciso, contó a Novoa cuanto sabía: sus supuestos amores con Vanessa, la extraña muerte del transexual, el tráfico de cocaína, las amenazas de los Chumbos, los políticos y periodistas adictos a la coca. Añadió, sin interrumpir su parlamento, que su empresa le garantizaba una total discreción.

Novoa sonrió como un obispo venerable.

—Cuánta fantasía, cuánta insidia... Hay gente que lee el mundo como si fuera una novela. Comprenderá que nada de todo eso es cierto.

—Comprendo.

—Pero estas cuestiones son peligrosas. El riesgo de las democracias es que la deshonra está siempre a la puerta de los famosos y el honor de los hombres públicos debe probarse día tras día, como si todos viviésemos bajo sospecha. Es muy importante que la mentira no trascienda, porque la prensa puede convertirla en verdad. Cuanto me ha contado hoy, debe morir aquí. Por mi seguridad, desde luego, pero también por la suya.

—Mi empresa está de acuerdo.

—Su empresa, sí. Pero ¿y usted?

El cuello de Novoa se había hinchado. Con la barbilla erguida, las cejas alzadas y los ojos iluminados por una luz glauca, parecía una cobra a punto de escupir su letal veneno. Jaime adoptó la actitud de un perro apaleado.

—Yo soy un..., un don nadie.

—Nadie es don nadie, amigo mío, y usted menos aún —respondió Novoa sin cambiar el gesto.

—Yo me juego mi puesto de trabajo. Y en esto no me va nada.

El otro amainó: bajó la barbilla, relajó las cejas y desinfló el cuello. De cobra mudó en rana. Y sonrió de nuevo.

—Bien, pero podemos ir un poco más lejos.

La mano de Novoa volvió a posarse sobre su antebrazo. Jaime creyó percibir en su piel un inicio de tiritona.

—Usted, Arbal, no tiene un alma tan humilde como la que quiere mostrarme ahora. Se juega el trabajo, sí; pero en usted hay algo..., hay algo que me hace sospechar que eso no le importa demasiado. Es usted un hombre estético, ¿me equivoco?

—Se equivoca, desde luego, con todos mis respetos.

—Pongamos que me equivoco. Pero permítame que tome mis precauciones. Le voy a dar algún dato de interés. ¿Sabe cuántos de nuestros políticos toman cocaína? Más del cincuenta por ciento, y lo digo dejando un margen amplio contra la exageración. ¿Sabe cuántos directores de periódicos madrileños la consumen? Todos menos uno. ¿Y sabe quién es uno de los periodistas famosos que andaba enredado con los transexuales y en el tráfico de cocaína? Agustín Blázquez, el presentador del noticiario de televisión de la noche. ¿Y sabe cuántos periodistas conocidos se acuestan con prostitutas transexuales? Más de una veintena, yo conozco unos cuantos.

Novoa bebió un largo trago de armañac antes de seguir:

—Se preguntará por qué le cuento todo esto. Lo hago porque quiero que la mentira se comparta, no que caiga sólo sobre mis hombros. Y porque la prensa, si quiere olfatear, debe tener presente que está implicada en esta gran mentira.

—Yo no soy periodista.

—La prensa ya le busca para que cuente lo que supone que usted ha averiguado.

—No atiendo a los periodistas.

—Hay algo más que quiero decirle.

Hizo otra pausa y bebió de nuevo.

—Usted se juega mucho, entre otras cosas la vida —Jaime recordó a los Chumbos—. Pero debe ser consciente de que también puede ganar mucho. El silencio es una virtud. Y la virtud ha de ser premiada. Su empresa necesita algunos favores importantes de nuestro gobierno. Pongamos que en el paquete de los favores puede haber un lugar privilegiado para usted. Quien hace méritos merece ascensos y una sustancial subida de salario. ¿Le suena bien?

—Muy bien.

—Entonces nos hemos entendido a la perfección, Arbal.

Salieron juntos, con Novoa sujetando su brazo a la altura del codo. El cuervo los despidió en la puerta.

—Esperamos verle pronto, señor presidente —dijo con forzada humildad.

—Pronto, sí. Y si este buen amigo vuelve por aquí —añadió Novoa golpeando con afecto el hombro de Jaime—, que tenga siempre en su mesa una buena botella de Borgoña, la carga usted en mi cuenta.

—Desde luego, señor presidente —respondió el grajo destilando bilis.

Flanqueado por los dos gorilones, Novoa entró en su auto después de dirigir a Jaime una última sonrisa de pitón bien desayunado. Jaime contempló el negro coche mientras descendía hacia el paseo de la Castellana y doblaba luego a la derecha camino del Congreso de Diputados. Volvió la cabeza hacia el cuervo antes de salir:

—Adiós, corneja.

Llegó al apartamento pasadas las cinco. En el portal encontró a Pamela, que salía a toda prisa vestida de morado y volando sobre dos zapatones rosas de alto tacón.

—Ay, cariño, no tengo tiempo que perder —dijo el transexual después de un vano intento por largarle dos besazos—. Tengo mucho que contarte. Me ha llamado un cliente de viejos tiempos. Y estoy enamorada de alguien que tú sabes...

—¿Podrías ponerme otra inyección esta noche? —preguntó Jaime.

—En cuanto vuelva paso por tu piso.

Y se alejó braceando hacia un taxi que cruzaba en ese instante frente a ellos.

Rocky estaba en el salón, sentado junto a Abigail frente al televisor, y envuelto por el aroma anisado de la marihuana.

—¿Qué haces tú aquí a estas horas? —dijo Jaime.

—Hasta la noche no canto. Tu amigo me ha dicho que me puedo quedar unos días en el sofá mientras gano algo de guita y me busco una habitación.

Señaló al mono:

—Este tío es un colega. Le hablo y me parece que me entiende.

—Nunca he visto un perro que hiciera migas con un mono —dijo Jaime.

—Los animales somos imprevistos —sentenció el otro.

Jaime recogió su tarjeta de la Seguridad Social, regresó a la calle, y a paso rápido caminó rumbo a la farmacia. Sonó la campanilla de la puerta y la farmacéutica de pelo trigueño asomó desde el interior.

—¿Qué desea? —dijo.

—Ver a Beatriz.

—No está... Usted es el de la receta, ya recuerdo. ¿Ha traído la cartilla?

Jaime dudó, pero la rubia extendía la mano y él cedió. La mujer tomó los datos y devolvió el documento a Jaime.

Regresó sobre sus pasos, rumiando su desencanto. En la puerta de la oficina un hombre se le acercó. Era un tipo de aspecto desgalichado y calva disimulada, una especie de joven envejecido o un viejo juvenil.

—¿Señor Arbal? —preguntó.

Le tendía la mano blanda.

—Soy Fermín Morales, del periódico *El Día,* he estado llamándole.

—Ya sé..., pero no hay nada nuevo —dijo Jaime intentando seguir su camino.

—Espere, por favor, me juego el trabajo...

—Todos nos jugamos el trabajo cada día.

—Pero yo tengo que casarme, he preñado a mi novia.

—Yo no tengo novia.

—Cuénteme algo, cualquier cosa me sirve.

—Vale: un dato y listo, ¿de acuerdo?

El otro sacó un cuadernillo y un bolígrafo.

—Todos los directores de periódicos de Madrid son cocainómanos, menos uno. Y hay mucho periodista maricón.

—Hombre, no tiene por qué ofenderme —dijo el reportero.

—No va por usted, no se mosquee —respondió Jaime.

—¿Y no me dice más?

—Si es usted discreto, a lo mejor le cuento algo mañana o pasado. Y fisgue por donde le he dicho, la gloria del periodismo está en el olfato.

—El periodismo ha muerto —sentenció el otro.

—Veo que es usted un optimista.

—Lo que soy es un esclavo. ¿Puedo llamarle mañana?

—Inténtelo por la tarde.

Esquivó al periodista y entró en La Gran Felicidad, S. A. En el buzón del teléfono había una nueva llamada de Carmen. Otra vez recordó el rostro de su mujer como hundido en las brumas de la historia, en el abismo de un lejano pasado. Llamó al bufete y, tras el paso obligado por la secretaria, escuchó la voz de su esposa.

—Yo, veras... —dijo tras los saludos—, intentaré ser franca. Quiero el divorcio.

Jaime no respondió.

—Voy a casarme —añadió ella.

—Con Emilio Aznar, supongo.

A Jaime le pareció que alguien situado a sus espaldas le echaba de pronto una bandeja de hielo sobre los hombros y que el hielo se metía en su alma.

El silencio de ella contestaba a su pregunta.

—Eso ha sido mezquino, Carmen.

—Lo de Emilio ha surgido hace un par de días.

—Amor al primer casquete, muy romántico. ¿Cuándo quieres el divorcio?

—Cuanto antes.

—Pues prepara los papeles y llámame. ¿Tengo que pasarte una pensión?

—No seas irónico. Esto es muy duro para mí.

—Ya sé: preferirías que fuésemos amigos, que lo hiciésemos todo de una manera civilizada. ¿Ya estás en la rueda de matrimonios cruzados?

—Jaime, no te consiento...

—Llámame cuando tengas los papeles listos, o envíamelos para la firma. Adiós.

Colgó con furia. ¿Debería rascarse la cabeza a la altura de los cuernos?, fue lo primero que se dijo. Sentía, sin embargo, en el fondo de su alma, algo parecido a la indiferencia. Percibía alivio en su corazón. El amor era para él, de nuevo y como en la adolescencia, un territorio de anhelos inconcretos, abandonar la tierra firme y navegar a la deriva en un mar incierto. Le gustaba esa extraña emoción.

Y resultaba irreal, de pronto, verse así. Su pasado se desmoronaba y él permanecía en pie sin esperar mucho del futuro. ¿Por qué seguía? No poseía dinero, ni hogar, ni familia, ni proyectos ilusionadores. Ni siquiera tenía ocasión clara de echar un polvo ahora que la urgencia le ardía entre las piernas. Sus amigos eran sólo una insólita tropa de almas dislocadas. Pero aún resistía, por alguna ignorada razón resistía con un raro vigor al cerco de la pesadumbre.

Sintió un pinchazo en el huevo tumefacto y se cagó en todos los muertos de los Chumbos.

Sonó el teléfono. Era Ramos. «La Hoffman te está esperando. Quiere que subas tú solo. Mejor, porque si voy, me va a dar la risa.»

La Hoffman le recibió sentada en el sofá, con las piernas cruzadas y la estrecha falda descubriendo muslo, medio palmo más arriba de sus rodillas. Sobre su cabeza, el Minotauro de la escuela de Rubens corría empalmado detrás de la ninfa desnuda.

—Siéntese aquí —ordenó sonriente y señalando el sillón de su lado.

Jaime obedeció. Tenía buenas piernas la teutona, recias y curvadas en los sitios exactos donde deben curvarse las piernas. Pensó que desnuda podría ser parecida a la ninfa del cuadro. Reparó en que ella se había desprendido de la chaqueta y que el botón superior de su blusa blanca estaba abierto, dejando ver levemente el inicio de su duro tetamen. Llameaban los signos de la guerra a su alrededor, pensó mirando directo hacia los pechos de su jefa.

—Bueno, cuénteme usted cómo fue la comida. Estoy en ascuas —pidió la Hoffman.

«El que está en ascuas soy yo», se dijo Jaime antes de iniciar su informe. Punto por punto, relató su almuerzo con Martín Novoa, minucioso en los detalles, procurando evitar todo tipo de interpretaciones personales. Eludió hablar, sin embargo, de las promesas que el otro le había hecho sobre las compensaciones por su discreción. Mientras hablaba, tenía la sensación de que la Hoffman ya lo sabía todo, que los dos representaban en aquel momento una obra teatral tan tonta como innecesaria.

—El mundo está podrido —concluyó ella cuando Jaime terminó su relato.

—Desde luego —terció Jaime.

—Y sin embargo debería ser hermoso.

Ella suspiró, cambió el cruce de las piernas sin sujetarse la ceñida falda y Jaime distinguió el curso prieto de aquellos dos muslos que corrían, como el cañón de un río salvaje, hacia un recóndito y húmedo rincón selvático. Ella siguió:

—Pero debemos aceptar las normas del sucio mundo. Quién iba a decir que incluso un periodista tan respetado como Agustín Blázquez estaba mezclado en algo así... Su trabajo ha sido excelente, señor Arbal. Tiene garantizado un ascenso en la empresa y una subida muy importante de sueldo. Le doy mi palabra.

—No he hecho otra cosa que seguir sus instrucciones.

—¿Y no le parece excepcional que en España haya alguien que sepa seguir unas instrucciones?

Hubo nuevo cambio de posición en las piernas de la Hoffman y Jaime creyó oír el rugido del río y un chapoteo de vulvas en su desembocadura.

—A finales de este mes sabrá su nuevo destino. Y eso es todo.

Jaime hizo intención de levantarse.

—No, espere un momento —ordenó ella.

Se movió la Hoffman levemente hacia adelante y un pedazo de teta marmórea pareció querer salir en busca de la boca de Jaime. «Estoy más salido que un mono», se dijo. Y sintió un nuevo pinchazo en el testículo.

La mujer compuso una sonrisa infantil que le alcanzaba de oreja a oreja:

—Debo decirle que César se encuentra en perfecto estado. Ha aprendido una nueva palabra. Le he enseñado a decir *Achtung!*, «atención» en alemán. Lo pronuncia perfecto. Mi hija quiere enseñarle nuestro himno nacional.

—No sabía que los loros fuesen capaces de cantar.

—Quien habla, también canta... César es un pájaro inteligente y aplicado, creo que se siente feliz en casa.

—¿En qué nota que es feliz?

—Se nota en la mirada —dijo la Hoffman al tiempo que descruzaba las piernas.

—Ya —dijo Jaime mientras su propia mirada se enterraba entre los muslos de la mujer y su cerebro imaginaba los pliegues de la última madriguera peluda de la hembra.

—El viernes lo verá, se quedará asombrado del cambio de su mirada —concluyó la mujer levantándose y estirando la falda hacia abajo.

Jaime sintió deseos de agarrarle un puñado de nalga. La Hoffman se sentó de espaldas al gran ventanal y sus formas se diluyeron en el contraluz.

—Si no sucede nada nuevo, señor Arbal, el viernes en mi casa. Pero una última observación: la discreción debe ser absoluta en el asunto que nos ocupa. No lo olvide... Me refiero a lo del señor Novoa.

Echó una última ojeada al óleo antes de salir. Y pensó que le gustaría correr tras la Hoffman por el pasillo enmoquetado, ella desnuda y él, trasto en mano, dispuesto a sacudirle unos cuantos zurriagazos en cuanto la alcanzara.

No vio en Paradiso a ninguno de sus amigos, entre los clientes que bebían y jugaban con furor a las cartas, como si aquél fuera un garito californiano en plena fiebre del oro. Faltaban el pianista, las putas y los revólveres, pero el jaleo era digno de un Western.

Se acodó en el mostrador y bebió con lentitud su cuba libre, en espera de la llegada de alguien de la panda. Ninguno aparecía. Y después de todo, se dijo, ¿qué sentido tenía verlos? Pensaba en una conversación con Machuca y le aburría la perspectiva de encontrarle. Calculaba una ronda de copas con el gallego Celso y le abrumaba. Imaginaba una charla con Fernando y le entraba galbana. De modo que mejor estar sólo. Puta Carmen, le había engañado como a un chino.

A eso de las nueve y media estaba cumplidamente ebrio. Pero una rara claridad dominaba su espíritu, la abismal lucidez de los borrachos.

Pagó la cuenta y a paso lento salió de Paradiso, alcanzó la calle y llegó a su casa. Cojeaba otra vez atacado por el dolor de los cojones.

Cuando entró en el apartamento, olía a perro y a mono, pero ni Rocky ni Abigail estaban en el salón. Le alivió la soledad. Pensó luego que, tal vez, Fernando dormía en su cuarto y convino en que no era justo despertar a un amigo que te ha brindado su hospitalidad. Así que salió de puntillas. La habitación del pelirrojo, con la puerta abierta al pasillo, estaba vacía y a oscuras. Encendió la luz y miró el cuadro del caballo que adornaba el cabecero de la cama. Se puso firmes, como un soldado ante el oficial, y saludó llevándose la mano a la sien:

—Sin novedad, mi coronel —dijo mirando al equino—, sigo sin echar un puto polvo.

Caminaba de regreso al salón cuando sonó el timbre de la puerta. Giró sobre sí mismo, en ridículo salto, cual Rambo sorprendido por un vietnamita en espesa selva tropical. «El enemigo», dijo a media voz. Luego le dio risa y le entraron ganas de tumbarse en el suelo. Pero avanzó, imitando los pasos de un felino, y abrió la puerta de la calle. Pamela, malva y rosa, risueña y feliz, se apoyaba en el quicio.

—¿Dónde está el culito más precioso de Madrid? —dijo el transexual mientras le enviaba un beso a través del aire.

—Llegas a tiempo: tengo un dolor de huevos que me rompo.

—Lo que tienes es una trompa de cojones, hueles a garrafa de burdel de carretera.

Regresó al sofá, en tanto el transexual preparaba la inyección en la cocina. Con torpeza, se bajó los pantalones y los calzoncillos y se tendió de lado. Pamela regresó canturreando una copla antigua.

—Vamos allá —dijo el transexual sentándose junto a él—, un poco de alcohol, y ¡zas! ¿Duele? Ya entró todo el líquido. ¿A que no te has enterado?

—Estaba anestesiado —respondió Jaime.

—¿Quieres que te mire el huevo, cielo? —dijo Pamela.

—Ni sueñes con verme los cojones.

—Cuando hago de enfermero, soy enfermero; y cuando hago de puta, soy puta.

Dudó Jaime un momento, se dio la vuelta al fin, dando frente al transexual, y le mostró los testículos.

—¡Jesús! —clamó Pamela santiguándose—, parece que te hubieran dado una coz.

—Eso es lo que fue, una coz. ¿Tú crees que podré hacer el amor con el huevo en estas condiciones?

—Hummm, tendrás que hacer algo de circo. Lo mejor es que la pongas a cuatro patas y vayas por detrás. Así, el huevo te queda suelto, como colgando... Lo difícil es conseguir que, así de primeras y sin previos polvos, se te ponga la tía a cuatro patas.

—Es alemana.

—Entonces no habrá problema. Los alemanes se aburren mucho y les encantan las sorpresas.

—Es medio española.

—Mejor, porque entonces, además de aburrirse, sufre. Y si sufre, le encantará. Todo encaja.

—Adora los animales.

—Pues con más razón. Échale un polvo de perro.

Pamela se levantó.

—Tengo una sorpresa para ti. Bueno, dos sorpresas. Mientras dan las diez, te voy a preparar un cafelito para que se te pase la cogorza.

El transexual encendió el televisor un minuto antes de las diez. Un mensaje publicitario mostraba a un grupo de guapos chicos y espléndidas mozas haciendo el gilipollas en una playa, con latas de Coca-Cola surgiendo por todas partes. Terminó el anuncio y sonó la familiar sintonía del telediario. De inmediato, ocupando una larga mesa en un amplio estudio, apareció la figura del periodista Agustín Blázquez. La cámara le buscó y fijó su imagen en un plano medio. Blázquez sonrió con mirada seductora a la pantalla y comenzó a hablar.

—Ésa es mi primera sorpresa —dijo Pamela.

—Te lo estás follando.

—Es cliente mío desde hace tiempo y esta tarde estuve con él, después de meses sin verle.

—¿Por qué me cuentas esto? —preguntó Jaime.

—Porque eres mi mejor amigo —respondió Pamela—. ¿Te acuerdas el primer día que viniste a mi casa para pedirme información? Yo te hablé de dos periodistas famosos metidos en el embrollo de la coca. Blázquez es uno de ellos.

—¿Y el otro?

—Ése ya no cuenta, se ha ido de corresponsal al extranjero para quitarse de en medio.

Pamela habló ahora con voz de macho, olvidando afectar su tono:

—Esta tarde he visto a Blázquez. Me pagó, pero no quiso hacer el amor. Quería hablar. Y me estuvo tirando de la lengua sobre lo que sé a propósito de la cocaína, de Martín Novoa, de otra gente implicada... Y luego, como quien no quiere la cosa, me advirtió que debía guardar silencio. Vamos, que me amenazó con mucha elegancia. Al final, me prometió que recibiría una buena compensación económica si me portaba bien... El mundo está podrido.

—Eso lo he oído hoy varias veces.

—¿Has dejado de investigar?

—Mi empresa va a cerrar el caso.

—¿Vas a rendirte? Cariño, los héroes tenéis obligaciones con el mundo.

Jaime se levantó y dejó la taza de café en la mesa. Sentía escapar lejos los vapores de la melopea.

—¿Y la segunda sorpresa? —preguntó.

—Estoy enamorada de Luis. Es tan gallardo, tan amable, tímido, tierno, como un niño delicado. Y tiene unos pensamientos tan profundos. Ayer me dijo algo precioso: «El cuerpo es vulnerable cuando la mente es libre». No lo entiendo, pero es muy bonito.

—Digno de Lear.

—¿Ése quién es?

—Un amigo inglés de Machuca que escribe muy bien. Fue rey.

—Es fantástico enamorarse. Me ha contado toda su vida. Le gustaban los hombres pero le daba miedo, así que estaba hecho para alguien que, como yo, no es ni una cosa ni otra. ¿Tú crees que me retirará?

—No es muy valiente.

—Trataré de quitarle el miedo.

—No soy capaz de imaginar un amor entre vosotros.

—Luis y yo nos necesitamos: yo vivo una vida perversa y quisiera ser normal, y él es normal y quiere una vida perversa. Nos enamora la necesidad. Eres un lelo, cariño, nunca entenderás el amor; y así te va.

Jaime apagó el televisor. El rostro de Bláquez se fundió en un punto de luz, antes de que la pantalla quedara definitivamente cegada.

—Es hora de acostarse, tengo que madrugar.

—¿Vengo mañana a ponerte la inyección?

—Si haces el favor...

—Es hermoso que los amigos nos ayudemos, mi amor —concluyó Pamela, y le pellizcó el moflete.

Cuando quedó a solas, Jaime encendió de nuevo el televisor y contempló el rostro de Blázquez. Sentía que le detestaba, de la misma forma que sentía un profundo asco hacia Novoa. Contuvo sus impulsos de dar una patada en la pantalla. Desconectó el aparato y se fue a su cuarto.

Tomó las cartas de Banderas y se tendió en la cama. Leyó las tres últimas, las que cerraban la correspondencia de Banderas con su esposa. Las dos primeras, de julio y diciembre de 1983, habían sido escritas desde Timimoum, en el profundo desierto argelino, y la tercera, de febrero de 1984, desde Gardaia, más al norte. Entre la primera carta, de noviembre del 58, y la escrita en Gardaia, Jaime había dejado algunas otras sin leer. Pero no le preocupaba ninguna suerte de orden cronológico.

«Timimoun», relataba al comienzo de un breve texto de apenas dos hojas, «es cárdeno, como la piel de una leona, un pueblo de adobe terroso azotado por el viento del desierto, que levanta esteras de polvo y cubre el sol con su mano gris; un perdido lugar del mundo donde los hombres se mueven como formas fantasmagóricas y el tiempo parece haber sido disecado. Los animales, asnos, cabras y camellos en su mayoría, algún que otro perro famélico y unos pocos gatos de cuerpo escuálido, transitan por la ciudad polvorienta con la misma sórdida dignidad que los habitantes humanos. Hay una majestuosidad vibrante en el corazón de la miseria. Aquí, a todos los seres, hombres o animales, parece hermanarles la dura tarea del existir; aquí, la vida combate frente a frente con la nada y hace iguales a cuantos respiran fatigados este aire asfixiante y cegador».

La carta concluía explicando la naturaleza del trabajo de Banderas, una prospección petrolífera. Jaime la guardó en el sobre y abrió la segunda.

«Fuera de Timimoun», leyó, «el gran desierto ocre y rojo se tiende en dunas doradas que son como pasteles de dulce crema, y luego asoman robustos los roquedales, calvas montañas y pétreos murallones de ciclópeo tamaño, la cresta de una sierra fosilizada como el espinazo de un gigantesco pez del neolítico, montañas que parecen la desperdigada osamenta de un mundo maldito y exterminado por una divinidad vengadora. Es la exaltación absoluta del vacío y de la muerte, una belleza atroz que puede hacerse insoportable porque no habla a tus ojos, sino que parece dictar una oración fúnebre en tu alma.

»La soledad de este desierto tiene una poderosa fuerza estética. Pero la suya es una estética de la fatalidad y la supervivencia, la renuncia a cualquier mandato moral, la explosión del ascetismo sin norma. No hay otra ley, cuando el hombre se da de bruces con la nada, que la aceptación de una última estética sin duda inútil. Enfrentado al vacío, el hombre sólo puede aspirar a dibujar una belleza airosa de sí mismo, renunciando para siempre, con acerbo fatalismo, a cualquier explicación ética del mundo y de la vida. Ésa es la postrera razón de ser de este desierto abismal. Aquí, la suprema aspiración del hombre es alcanzar el sosiego de su propia desesperanza. Frente al abismo, sosegarse es ser libre».

Confundido por aquel aluvión de palabras, Jaime guardó la segunda carta y abrió la tercera. Era la más larga. Describía las cinco ciudades del M'zab, en especial Gardaia, y se extendía a propósito de la singularidad de la cultura y la religión de los mozabitas, enfrentados a un desierto miserable y baldío. «Este desierto, al contrario que en Timimoun, carece de vigor trágico, de la grandeza desesperada del sur. Las sierras se achatan, se tiñen de un desvaído color rosáceo, se humanizan ante la presencia de las ciudades. Los hombres oponen al vacío una esperanza ética, han construido una moral rigurosa bañada de un orgullo irredento. Me pregunto muchas veces cuál es la más noble empresa del corazón humano, si la aceptación fatalista y estética del destino o el vigor para oponerse a ella con una sólida convicción ética y un ardor resuelto. Timimoun y Gardaia son las dos caras de ese dilema del ser. Creo, sin embargo, que hay otra alternativa: la sagrada locura de los héroes. La grandeza no es la ciega fe de los creyentes ni el fatalismo de los corazones desterrados. La grandeza no consiste más que en intentar ser grande a sabiendas de que te espera la derrota. Supone enfrentarse en solitario al más grande dolor, avivando en tu alma tu más grande sueño, y consciente de lo imposible del empeño. En ese territorio cabalga majestuosa la larga y desgalichada figura de nuestro Don Quijote. Nos burlamos de él, nos reímos de su locura, pero nuestro corazón lo admira porque es el único que arriesga todo en nombre de esa grandeza, de esa imponente lógica desesperanzada. Por eso Don Quijote es el mejor entre todos los héroes.»

Fuera se oía ruido. Tal vez llegaba Fernando o quizás era Rocky. Jaime guardó las cartas y tomó de la estantería el libro de las aventuras de Don Quijote. Leyó con inocente entusiasmo, durante al menos un par de horas, hasta caer vencido por el sueño.

Capítulo XXI

«El pensar y el ser son una misma cosa.»
PARMÉNIDES

Mas la grandeza es un lujo de los humildes, en tanto que los poderosos no precisan para nada de tal banalidad. Los humildes, sin embargo, vivimos como ratas por más que nos veamos como dioses cuando levantamos vuelo. Por muy perfectas criaturas que nos creamos, nos aguarda una suerte perruna. Que se lo digan si no a los insectos, los más humildes seres de la Tierra, cuya miserable existencia transcurre presidida por un cósmico pavor.

Imagine el lector que es insecto y que se levanta cada mañana y se echa al mundo en busca de papeo. ¿Y qué le aguarda afuera? Centenares de gigantescos pájaros que se abalanzan sobre ti con el pico abierto para devorarte y bípedos lampiños que te aplastan con un enorme matamoscas o te echan un chorro de gas venenoso que te asfixia. ¡Qué terrorífica existencia!

De modo que eso de la grandeza no tiene un futuro claro. No es que el hombre viva igual que un insecto, pero su biografía, en la mayoría de los casos, viene a cumplir parecidas funciones: dar vueltas como un bobo alrededor de la luz, chapotear en la mierda y hurgar en las heridas de los otros. Claro está que, al final, todo esto viene a dar lo mismo, porque insectos aterrados y hombres anhelantes de grandeza siempre palman. Pero los primeros, al menos, poseen inteligencia práctica. Viven sin Dios y sin norma, sin lealtades ni creencias. No imaginan el futuro y olvidan el pasado de un minuto para otro. Y les importa un bledo la grandeza.

Aquella mañana de liviana y fresca brisa de un miércoles sin importancia en el devenir del tiempo, en aquella insectil y desgarbada ciudad que nadie imaginó en la Prehistoria y que la Historia llamó Madrid, en aquella urbe de la que la Posthistoria tal vez no tenga noticia, en aquel hormiguero palpitante y bajo el cielo acerado de la Nínive abrumada por tanto sueño imposible y tanto hijoputa destinado a destruirlos, Jaime Arbal se echó a la calle con el corazón cargado de grandeza. Tenía a Don Quijote en el cerebro, la resaca en la lengua y un día por delante sin citas ni obligaciones ineludibles. O sea, que era libre, porque ignoraba su futuro en forma irremediable, sentía su pasado como un tiempo colgado del vacío y no le daba vueltas a las evidencias del presente. Con gusto hubiera tirado la corbata en el interior de un cubo de basura y se habría largado a hacer las Américas. Pero la rutina le empujó a su oficina sin tiempo de poner orden en su cerebro. Antes de entrar, no obstante, cruzó de acera y compró el periódico en el quiosco de prensa.

Ya en su despacho, pasó las hojas de *La Nación* sin detenerse a leer siquiera los titulares, hasta que vio la figura arruinada de Rocky en una fotografía. La entrevista ocupaba un cuarto de página y concluía con este juicio que firmaban las siglas L. M.: «Rocky es la voz musical del alma perra de la ciudad. Hay que ir a escucharle para entender en toda su complejidad el corazón podrido de Madrid».

Tomó el teléfono y llamó a Machuca. La voz de su amigo resonó alegre al otro lado:

—¿Cumplí la promesa?

—No me gusta eso del corazón podrido y el alma perra.

—Ya verás como a Rocky sí le gusta.

Quedaron en encontrarse para el almuerzo. Luego, a solas con su propia voz y sin otro quehacer que esperar el ascenso prometido por la Hoffman para el lunes, Jaime recitó aquello de «dichosa edad y siglo dichoso aquel adonde saldrán a la luz las famosas hazañas mías, dignas de entallarse en bronces, esculpirse en mármoles y pintar en tablas para memoria en lo futuro». Qué tipo genial aquel que había escrito aquello, se dijo, capaz de inventar la figura de un loco y saber de antemano que el loco tendría estatuas por todas partes y cuadros por doquier, esculpidas y pintados por gentes que morirían cuerdas.

¿Y qué emoción guardaba el alma del tal Don Quijote para ser capaz de contaminarle a él de ternura y despertarle la sospecha de que la existencia, después de todo, podía no ser un asunto baladí?

Sin darle más vueltas al tarro y con una sensación imprecisa de felicidad, Jaime se largó a Paradiso en busca de café. Pensaba que, en cualquier momento, iría a la farmacia a ver a Beatriz. Dichosas mañanas estas en que te alumbran el alma luces de antaño, nostalgias de lo que apeteces, amores alegres; cálidas mañanas dignas de detenerse en el tiempo, pararse en mármoles, y dormirse en bronces y en tablas por los siglos de los siglos.

Acodado en el mostrador, Jaime tomó café y un par de churros. Pepe, en el otro extremo de la barra, leía un periódico deportivo. Capricho asomó al rato, surgiendo de los servicios como un insecto negro, una especie de dictióptero malformado cuya supervivencia parecía una suerte de milagro. Se detuvo a su lado:

—¿Hay que darle la enhorabuena, don Jaime? Se dice que le ascienden.

—¿Y tú qué sabes, Capricho?

—¿Para qué están los bares, si no es para enterarse de todo? Agárrese a su suerte, que para los miserias como usted, con que le venga de cara una vez en la vida ya es mucho.

—Si yo soy un miserias, ¿tú qué eres, Capricho?

—¿A usted qué le parezco?

—Hoy tienes aire de insecto.

—Si me dejaran elegir, sería saltamontes, don Jaime. Pero imagínese este cuerpo dando saltos... Lo mío es más bien de cucaracha.

—Eso es porque vistes de negro.

—No, es porque me arrastro debajo de todo el mundo esperando las migajas.

El limpiabotas se alejó renqueando y fue a sentarse en su banquetilla al pie de la máquina tragaperras, aguardando clientela, recogido sobre sí mismo cual escarabajo pelotero. Jaime pidió otro café a Pepe. Le desorientaba no tener nada que hacer hasta la cita de mediodía con Machuca, le extrañaba su libertad. Pensó en Beatriz. Miró su reloj: eran las diez y cuarto. Esperaría un poco. Podría darse una vuelta por la ciudad, sin rumbo y sin destino, sintiéndose liberado al lado de tanto miserable esclavo cargado de obligaciones. O plantarse en el bufete de Carmen y armarle un escándalo. Sería un jugosa venganza. Pero, bah, no tenía ganas de bronca. Decidió no recordarla en tanto no fuera necesario.

Andaba en éstas, dándole al magín, cuando le tocaron el hombro. Rocky le sonreía con fervor canino.

—Eres grande, tronco —le dijo.

—Has visto el periódico... ¿Y lo del alma perra?

—Por lo menos tengo mi estilo, la vida es tener tu estilo propio. Ya que no puedes tener otra cosa, pues ten estilo al menos... Me he comprado doce ejemplares del periódico. Le voy a mandar uno a mi madre.

—Ah, ¿tienes madre?

—Todo el mundo tiene madre, incluso yo: ¿qué te crees, que me caí de un árbol?

—No se me había ocurrido pensar que tuvieras madre.

—Cuando yo nací, se pasó un mes llorando. A lo mejor le da risa lo del periódico. Con una madre nunca se sabe.

—Quizás no le guste eso del alma perra.

—Ella me parió, sabe mejor que nadie quién soy. Le flipará la entrevista, a todas las madres les gusta que sus hijos triunfen en Madrid, aunque sea ladrando. Bueno, ¿me invitas a un café, tronco? Estoy sin blanca, me gasté todo lo que tenía en los periódicos. Eres grande, colega.

Jaime salió a la calle repleto de emociones, dejando a Rocky afanado en despedazar churros a mordiscos cual chacal desesperado de hambre, y tomó el camino de la farmacia. Realmente, se dijo, se sentía como un enamorado. Y la casi olvidada sensación que el amor provoca le reconciliaba con el mundo. Porque cualquier hombre sin amores, recordó sus últimas lecturas, es cual árbol sin hojas y sin fruto y cuerpo sin alma. ¡Cuánta razón tenía aquel Cervantes mientras escribía sobre el loco caballero! El nombre de Beatriz, además, le sonaba músico y peregrino y significativo, como a Don Quijote el de la sin par Dulcinea. Le alegraba el ánimo jugar con sus emociones.

Anduvo unos cuantos pasos y una extraña sensación le hizo detenerse de pronto. Miró a la acera de enfrente. Dos hombres le observaban, y al notar que Jaime había reparado en ellos, giraron con rapidez sobre sí mismos, echaron hacia su izquierda y se perdieron de vista en la siguiente esquina. Jaime se sintió confundido y su pulso se alteró: había creído reconocer en ellos a dos de los jóvenes salvajes del clan de los Chumbos.

Siguió su camino, menos eufórico y pensando que le habían fastidiado el día. Era como si un invisible duende maléfico y socarrón se empeñase a todas horas en joderle. ¿Alcanzaría alguna vez a disfrutar en plenitud una mañana plácida?

Pero olvidó a los Chumbos cuando, al entrar en la farmacia bajo el tilín de la campanilla, vio a Beatriz sola y sus ojos verdes se alzaron y miraron hacia él. El rostro de la muchacha se iluminó cruzado por una deslumbradora sonrisa blanca y roja. Se sintió aturdido y un zumbido de aleteos de cigarra se instaló en sus oídos. ¿Sonreiría de la misma forma a todos los clientes? Casi no la oyó cuando ella dijo:

—Buenos días.

Jaime se acercó al mostrador, hasta percibir el dulce aroma del perfume de violetas de Beatriz.

—Hola, ayer le traje a su compañera la cartilla de la Seguridad Social.

—Sí, ya lo sé —respondió la muchacha suavizando su sonrisa.

—La vida de la ciudad es muy ajetreada, se olvidan cosas a cada hora —añadió Jaime.

—A mí tampoco me gusta la ciudad —agregó ella, y el corazón de Jaime botó como una pelota de goma chocando contra su caja torácica.

—¿Y le gustan las flores? —preguntó él.

—Claro, no hay nadie a quien no le gusten —dijo ella con gesto divertido.

—Hay mucha gente a la que no le importan para nada las flores. Las flores nos gustan a quienes apenas tenemos nada. Y a los insectos.

Ella le miraba ahora sorprendida:

—En las revistas —dijo Beatriz—, cuando salen fotografías de gente rica, siempre hay flores en las mesas.

—Les gustan como adorno, pero no las aman.

—Nunca lo había pensado.

Se oyó el tintineo de la puerta y una mujer se colocó al lado de Jaime.

—En fin, ¿qué desea?, ¿más esparadrapo? —le preguntó Beatriz adoptando un tono burlón.

—Me sobra esparadrapo; déme aspirinas.

Beatriz se agachó y sacó el paquete de analgésico de uno de los cajones interiores. Se abrió su escote y Jaime distinguió la línea de un sujetador de color rosa. La muchacha envolvió en papel la pequeña caja, mientras Jaime admiraba los dulces movimientos de sus finos y preciosos dedos y deseaba que aquel instante no terminase nunca.

Salió y, a paso rápido, cruzó la avenida, llegó a la floristería, compró un ramillete de violetas y regresó a la farmacia. Dudó un instante en la puerta. Pero tomó aire y saltó al interior. Tres clientes esperaban ante el mostrador y la farmacéutica de pelo trigueño atendía en ese instante a uno de ellos.

Se quedó inmóvil detrás de una mujer, con las flores en la mano, abrumado de pronto por una honda timidez. Beatriz apareció entonces, llegando desde dentro del local. Le miró y sonrió al tiempo que comenzaba a envolver un medicamento.

—¿Olvidó algo? —le preguntó por encima del hombro de la parroquiana y dirigiendo ahora su mirada hacia el ramillete.

Jaime se vio a sí mismo ridículo y necio, quieto allí en posición de firmes, como un grotesco pretendiente, con las violetas bailando en su mano y ante una muchacha casi treinta años más joven que él.

—Bueno... —acertó a decir—, quería también algodón. Pero luego vuelvo.

Salió en estampida, perseguido por un torrente imaginario de carcajadas y abucheos, diciéndose a sí mismo que era un estúpido. ¿Por qué hacía cosas tan absurdas?

Tiró el ramo de violetas a un cubo de basura y subió al apartamento. Fernando, vestido tan sólo con unos calzoncillos estampados de flores rojas, preparaba café en la cocina. Rocky dormitaba en el salón.

—Anoche estuve donde la Jennifer —dijo el pelirrojo—, con una bruja amiga de Pamela. Nos echó las cartas. Tengo el futuro negro, a alguien muy querido le va a suceder algo grave. Estoy temblando por mi hija, casi no he podido dormir.

—Los adivinos son unos falsarios.

—Sí, pero por si acaso... La bruja va a volver esta noche a preparar un conjuro para mí. Me hará un precio de amigo.

Jaime se encerró luego en su cuarto y siguió la lectura de Cervantes. Y a eso de la una y media, algo fatigado, decidió bajarse a Paradiso.

Había clientela en la hora del aperitivo y olía fuerte a fritanga de calamares. Buscó el rincón amable del mostrador y pidió un vermú rojo. Sonó el pedorreo de la tragaperras y Jaime reparó en un joven curita, vestido con *clergyman,* que echaba monedas sin parar en el aparato.

—¿Hay relevo sacerdotal? —preguntó Jaime.

—Apareció esta mañana —respondió Pepe—. La maquinita del demonio atrae a la Iglesia. Si la carne de cura fuese comestible, una tragaperras sería el mejor reclamo. Como el cimbel con la paloma.

—¿También blasfema?

—Por ahora es muy discreto. Pero en cuanto coja confianza, me espero cualquier cosa. Todos los curas tienen una cuenta pendiente con Dios.

Machuca llegó poco después de las dos y cuarto. Llevaba gafas de cristales muy oscuros que ocultaban su mirada. Ocuparon la mesa de costumbre y pidieron el menú de precio fijo. Jaime le relató al periodista cuanto le había contado Martín Novoa. Añadió otros detalles: la decisión de la Hoffman de poner fin a la investigación, su ascenso próximo e, incluso, el encuentro de Pamela con Agustín Blázquez.

—¿Conoces a Blázquez? —preguntó al periodista.

—En mi oficio nos conocemos todos.

—¿Sabías que era homosexual?

—Toda la profesión lo sabe... —añadió el periodista—. Lo que no sabía es que Blázquez anduviese metido en lo de la coca.

—¿Qué tal tipo es?

—Un canalla, un trepador: si te pones en su camino, te acuchilla y se sube encima de tu cadáver para subir más alto. Presume de culto, creo que ha escrito un par de libros de esos que llaman de análisis político. Tiene grandes relaciones con gente poderosa: la cama da mucho juego en este país.

—Bueno, ya tienes la gran exclusiva.

—Sí, la exclusiva... —dijo Machuca con voz desganada.

—¿Qué pasa, no te sirve?

Machuca se encogió de hombros.

—Dudo que se publique, hay mucha gente importante de por medio.

—Tu director la pidió.

—La utilizará a su manera, supongo. La información es poder.

—Pues tiene que publicarse —dijo Jaime—. Me repugna que algunos poderosos vivan en la complicidad del crimen mientras todos los admiramos y aplaudimos. ¿Te das cuenta de que ya ha muerto una persona y pueden morir otras?

—El mundo está sucio desde que lo habita el hombre. Y la prensa está igual de enfangada que el resto de la sociedad. Ahórrate la escoba.

—¿Y dejar a los canallas que campen a sus anchas?

—La virtud siempre le pidió perdón al vicio —sentenció Machuca—. ¿Te suena? Otra vez Hamlet.

—Me quedo con Don Quijote.

—Estás enfermo de literatura.

—La literatura me hace fuerte. Tienes que publicar lo que te he contado.

—Veo el asunto feo..., lo huelo.

—Te llamaré esta tarde. Si no lo publicas tú, llamaré a los de *El Día:* andan detrás de mí.

—No seas ingenuo. Y vamos a cortar ya el rollo. ¿Crees que habrá gente para echar unas manos de mus?

—Mal vamos a entendernos de pareja con esas gafas negras. ¿Tienes problemas en la vista?

—Déjate de ironías. Llevo gafas porque no tengo ganas de que nadie me vea hoy la mirada. ¿Jugamos al mus o qué?

—Que le den por culo al mus —concluyó Jaime.

Regresó a casa después de despedirse de Machuca. Y se refugió en la lectura de *Don Quijote,* el chiflado caballero empeñado en luchar contra el barrizal del alma humana. Leyó durante horas tendido en la cama, sintiéndose cercano al personaje y testigo privilegiado de sus diálogos con Sancho y sus proclamas de valor y de hidalguía: «Porque vean vuestras mercedes cuán de importancia es haber caballeros andantes en el mundo, que desfagan los tuertos y agravios que en él se hacen por los insolentes y malos hombres que en él viven».

Pasadas las ocho llamó al periódico.

—Más sabe el diablo por viejo que por diablo, Jaime: no se publica ni una línea —dijo Machuca.

—Trabajas en una porquería de periódico.

—No hay más remedio, me da de comer.

—Te da de comer mierda.

—Es mejor la mierda que el hambre, y te dije que lo veía venir. ¿Nos vemos luego?

Colgó sin responder. Estaba furioso. Llamó a *El Día* y pidió que le pasaran con Fermín Morales. La voz del decrépito reportero tembló de emoción cuando Jaime le ofreció la información.

—Voy para su casa ahora mismo —dijo el otro.

—Hoy no —dijo Jaime—. Le espero mañana a eso de las once en el bar Paradiso, está al lado mismo de mi oficina. Por cierto, ¿su director toma coca?

—No diga eso por teléfono, por favor —se despidió el otro.

De repente, Jaime se sintió inmensamente solo, encerrado en su propia alma desterrada. Se veía a sí mismo como alguien extraño a todos cuantos le rodeaban. ¿Qué tenía en común con nadie ni con nada? En su soledad se decía que era parte de la raza de los hombres; pero no lograba contemplar a ninguno de ellos como su hermano. ¿A quién se parecía? Repasó mentalmente los nombres de sus familiares, muertos o vivos, y también los de sus amigos. Ninguno era su semejante. Pensó que ahora podría igualarse a un buitre o a un león, a una rata o una avispa. Tal vez era un insecto. Ni siquiera el recuerdo de Beatriz podía reconciliarle ahora con su propia especie.

Regresó a su cuarto y siguió leyendo. Pero apenas unos minutos después, sonó el timbre de la puerta.

—Ha llegado tu practicante —anunció Pamela entrando. Vestía de amarillo chillón, con un alto moño rematado en un lazo verde.

Mientras Jaime yacía bocabajo sobre el sofá, el transexual entró en el salón con meneo recio de caderas mientras canturreaba: *Bamboleo, bamboleo, porque la vida yo la he aprendido a vivir así...*

—Hoy tenemos sesión de magia en el piso de Jennifer —dijo mientras Jaime se subía los pantalones—. Viene una bruja muy famosa. Tráete a mi Luis y os echa las cartas a los dos.

—No estoy para magias.

—Esa bruja trabaja con muchos políticos. Y pásmate, cariño, entre otros con Martín Novoa. ¿Te interesa ahora?

—¿Y cómo conoces tú a gente tan importante? —preguntó Jaime.

—Puedo ser una perdida, pero hago favores de cuando en cuando. O mejor: los intercambio.

—¿Y qué te debe la bruja?

—Me debe clientes —respondió Pamela, y salió de la sala y del apartamento, dando un soberano portazo que puso a temblar las lámparas.

Jaime retornó al dormitorio en busca de Cervantes. Sonrió pensando en una insólita aventura. Le encantaría enviar a la cárcel a Novoa y a Blázquez, desfacer sus propios entuertos.

Capítulo XXII

«Los hombres siempre estarán locos y quienes piensan que pueden curarlos son los más locos de todos.»

VOLTAIRE, *Cartas*

Los más incontinentes soñadores entre la raza de los hombres forman la subespecie de los escritores. Quieren detener el tiempo y buscan entender la vida como un orden moral, dos inútiles empeños que tan sólo conducen al dolor y a la amargura. Su tesón es vesania, son los locos de nuestra era, como en otras edades lo fueron los andantes caballeros, los exploradores, los navegantes y los héroes.

Cierto es que no todos de cuantos se señalan como escritores lo son en verdad, y que abundan los ilustres pelagatos, tipos fingidos y tordillescos que suplantan el talento con trucos varios para darse lustre y ganar fortuna, falsarios de salón que escriben con plumas de avestruz y cuyo cerebro padece un permanente resfriado. No han aprendido la primera lección, la que Cervantes dejó bien clara: «Procurad que a la llana, con palabras significantes, honestas y bien colocadas, salga vuestra oración y periodo sonoro y festivo, pintando en todo lo que alcanzaréis y fuere posible vuestra intención; dando a entender vuestros conceptos sin intrincarlos ni oscurecerlos. Procurad también que, leyendo vuestra historia, el melancólico se mueva a risa, el risueño la acreciente, el simple no se enfade, el discreto se admire de la invención, el grave no la desprecie, ni el prudente deje de alabarla». Por desgracia, pululan en salones literarios muchos que tan sólo logran, con esfuerzo supremo, aburrir al melancólico, abrumar al risueño, acomplejar al sencillo, dormir al discreto, confundir al grave y desesperar al prudente. Oscurecen e intrincan la palabra, ocultan la intención si es que la tienen, y su torcido bla

bla bla degenera en verborrea de palabras que poco significan, yendo a resonar en el vacío como el eco de un rebuzno. Pero se hacen ricos en tiempos de ignorancia.

Jaime Arbal no tenía noticia alguna sobre la existencia de esta tropa de falsarios y, embargado por un torbellino de palabras significantes y sonoras, siguió la lectura de las andanzas de Don Quijote. Y a fe que hubiera dado fin al libro en aquella misma sentada si no hubiera sonado el timbre de la puerta a eso de la diez, dándose de bruces al abrirla con Pamela y Luis Machuca, el transexual amarrado del brazo del periodista cual ventosa sorbedora y el otro escondido, humilde y conejón, tras sus gafas oscuras. Jaime se negó a subir con ellos al principio, pero ambos le rogaron y él cedió a la postre, como casi siempre le pasaba cuando crecía la insistencia ajena. Y caminó tras la singular pareja rumbo al ascensor, maldiciendo la fragilidad de su ánimo y su liviana voluntad. «En el fondo», se dijo, «soy un puta».

La maga ya había llegado. A Jaime le sorprendió su aspecto. Madame Isabelle era una mujer de unos cincuenta años, muy bella aún, espigada de cuerpo, alto y delgado cuello, y dotada de una elegancia natural que la distinguía de todos cuantos allí se encontraban. Más que bruja, parecía un fruto hermoso colgado de un anciano árbol genealógico con raíces de siglos. Al lado de Jennifer, ataviada con un tablero de ajedrez, del pelirrojo Fernando, con su aspecto de vikingo condenado a galeras, y del gallego Celso, surgido de pronto de las humaredas del pasado, la maga cobraba un aire superior, como si la rodeara un dorado halo de nobleza entre tanta ruina. Ella era consciente de su supremacía, y sentada sola en el sofá, miraba a su alrededor con una sonrisa de ironía dibujada en los labios.

Celso se levantó de su silla al ver a Machuca y Jaime y les saludó con recios apretones de manos:

—Carayo, tenía ganas de veros, truhanes, ¿dónde os metisteis? Ya veo que os dio esotérica esta temporada —dijo mirando a Madame Isabelle.

Señaló a Pamela y añadió:

—Y este putón verbenero, ¿quién carayo es?

Bufó el transexual, pero antes de soltarle la oportuna coz dialéctica al gallego, se oyó la voz bien timbrada de la maga, una voz mineral que imponía respeto:

—Les ruego que tomen en serio esta reunión. Una grosería más y me voy.

—Si quiere ponemos a este sapo galaico de patitas en la calle —dijo Pamela señalando al gallego.

Celso reaccionó con tino:

—Disculpe usted, señora. Es que soy persona de rudos modos. Pero si alguien cree en la brujería, ése soy yo. Galicia es tierra de meigas. Alguna conocerá usted, ¿no?

—No trato con aficionadas pueblerinas —dijo la maga con gesto desdeñoso—, y si quiere usted quedarse, manténgase callado.

La exquisita dama se levantó con movimientos armoniosos y se dirigió a la mesa redonda del otro lado del salón. Su vaporoso vestido granate, surcado de misteriosos dibujos geométricos, flameó en la sala. Colocó una silla para ella, apartando las otras y dejando tan sólo una frente a la suya.

—Permanezcan todos donde están y guarden silencio, no consentiré una sola burla.

Su altivez imponía. Los otros se acomodaron en el sofá y en los sillones, acurrucados cual pájaros tras la tormenta. La maga se dirigió a Fernando:

—Usted, siéntese ahí —y señaló la silla vacía.

Madame Isabelle pidió una luz más tenue y Jennifer, con la urgencia de un conejillo nervioso, prendió una lámpara de pie y apagó la del techo. La maga se sentó, extendió ante ella, sobre la mesa, una hilera de canicas de cristal de colores, entornó los ojos y permaneció inmóvil y en silencio durante un par de minutos.

Al fin, con una voz profunda y ecos de abismo, Madame Isabelle comenzó a recitar una letanía que era como un zumbido.

Calló al rato, respiró hondo manteniendo los ojos cerrados, posó la palmas de sus manos sobre las bolitas y las movió en círculos alrededor la mesa. Abrió los ojos, miró en el fondo de los del pelirrojo Fernando, tomó sus manos y las colocó sobre las canicas.

—Muévalas.

Obedeció Fernando, pasmado y mudo.

—Y ahora —siguió la maga—, piense en el rostro de la persona que más ama y no hable.

El silencio de un par de minutos pesó tanto como un mal matrimonio sobre los corazones de los presentes.

Madame Isabelle se relajó, apoyó la espalda en la silla y concluyó:

—Ya está.

Hubo un movimiento general de descanso, como un suspiro que surgiera a coro de la boca de todos al esfumarse la tensión.

—¿Ya no hay peligro? —preguntó Fernando.

—Sólo falta un trámite —dijo la maga.

—¿Cuál? —añadió el pelirrojo con lo ojos muy abiertos.

—Mañana tendrá que acudir a la valla norte del cementerio de la Almudena. Allí encenderá usted dos velas rojas y escribirá en la pared, con un esprai rojo, estas palabras: «Deténte».

—¿Y se habrá terminado el peligro para mi hija?

—A su hija no le sucederá nada.

—Estaré allí, se lo juro —exclamó Fernando cruzando dos dedos sobre sus labios y chascándolos en un sonoro beso.

La maga se levantó.

—Señores, ha sido un placer —dijo.

La mujer atravesó el salón como una emperatriz romana que desfilase altanera ante el vulgo mezquino que arrojaba flores a su paso. Al pasar junto a Jaime, le dirigió una mirada cálida y dijo:

—Debería usted venir a verme.

Y siguió camino hacia la puerta, acompañada de Pamela.

Colgaba un silencio espeso sobre el salón cuando el transexual regresó y se sentó junto a Machuca, arrimando teta.

—Ha sido notorio —dijo Jennifer rompiendo a hablar.

—Ha sido una mamarrachada, carayo —intervino Celso—, las meigas de mi tierra se lo montan mejor: con bolas de cristal, escobas, más escenografía al caso, vamos. Son más poéticas. Ésta es una bruja del tres al cuarto. Lo que sí tiene es un buen culo.

—¿De dónde ha salido este espantajo, cariño? —preguntó Pamela a Machuca, señalando al gallego.

Sonó el timbre y Jennifer saltó como un escopetazo:

—¿Habrá olvidado algo la hechicera? —dijo trotando con pasitos cortos hacia el pasillo.

Era Rocky. Entró en la sala con andares de raposa husmeadora.

—Joder, me he cruzado en la puerta de la calle a una tía que se ha montado en un descapotable rojo de los que sólo ves en las revistas.

Jaime miraba ahora a todos los otros como si se hubiera subido a lomos de un tiempo detenido. Contempló su disparatada dignidad, le parecieron seres tiernos que se amarraban a un sueño de sí mismos, esperanzados en un dislocado empeño de felicidad.

—Yo me voy —dijo levantándose. Pamela salió tras él y le detuvo en el pasillo.

—Espera, cielo... ¿Has oído lo que te dijo Madame Isabelle? Debes ir a verla.

—No sé por qué.

—Jaime, escucha —insistió Pamela—. Lo del conjuro de Fernando era un pretexto, Madame Isabelle quería conocerte.

—Yo no tengo dinero para que me saquee.

—El dinero le sobra. Debes ir a verla, hazme caso.

—Déjame en paz.

Regresó al apartamento y se encerró en el dormitorio. Estaba inquieto, rodeado por la sensación de que algo invisible se tejía a su alrededor. Novoa, la Hoffman, Blázquez, la propia Pamela, los Chumbos y ahora la maga. Algo extraño sucedía, él era el centro de un asunto cuyo misterio le desbordaba.

O quizás imaginaba tan sólo.

Retomó la lectura del *Quijote*. Un par de horas después lo concluía. Le embargó una honda pena ante el lecho de muerte del bravo caballero y lamentó su postrera confesión: «Yo fui loco, y ya soy cuerdo...». Casi sentía deseos de llorar. Y admiró a quien había narrado las aventuras de un alma tan grande como la del flaco manchego: «Para mí sólo nació Don Quijote», escribía Cervantes, «y yo para él; él supo obrar y yo escribir». Jaime pensó que el gran caballero también había nacido para él.

Apagó la luz y entró a poco en el sueño. Cuando se despertó y prendió la lámpara para ver la hora en su reloj, eran las ocho y media de la mañana.

Fernando se había levantado y desayunaba en la cocina junto a Abigail. Jaime se sirvió un café.

—Casi no he podido dormir —dijo el pelirrojo—. Los nervios: a las once tengo que estar en el cementerio.

—No hagas caso de magas.

—Anoche se armó cuando te fuiste —añadió Fernando—. El cantamañanas de Celso siguió con sus coñas y borderías. Y tu amiga Pamela le soltó un puñetazo en el ojo y lo tiró patas arriba. El otro se lanzó luego como un tigre por ella, quería morderle los cojones. Vaya número. Tuvimos que separarlos entre todos. Poco más y viene la policía. A Celso se le puso el ojo como un balón. Hay que joderse con la Pamela esa: no la he visto sin bragas, pero debe tener unos huevos como el caballo de Espartero.

—Me sorprende, Pamela es muy pacífico.

—Pero maneja los puños como Cassius Clay.

Jaime se dio una larga ducha, se afeitó, se roció generosamente con un frasco de colonia de Fernando y salió de la casa. Subió a su oficina. La verdad es que no tenía mucho sentido ir allí, pero el hombre es animal de costumbres, y Jaime no sabía muy bien qué hacer cargado como iba con el peso de tanta libertad.

Se le ocurrió llamar a Carmen, pero se dijo de inmediato que para qué, ¿para insultarla? Calculó que podría regresar al apartamento y leer algunas cartas de Banderas. Pero desistió al punto. Aún palpitaban demasiado calientes en su alma las sensaciones que le había producido Don Quijote, y no quería mezclarlas con nada.

Salió a la calle, compró el periódico y regresó al despacho. Cuando alcanzó la última página, faltaban aún treinta minutos para la cita con el periodista de *El Día*. Pensó que no le quedaba más alternativa que bajarse a Paradiso y esperarle allí. Estaba ya en la puerta cuando sonó el teléfono. Era el escritor Cárdenas. «Te recuerdo que hemos quedado hoy para vernos en palacio y buscar animales por Madrid», dijo. «Lo había olvidado», respondió Jaime. «¡No fastidies: te conseguí la invitación del poeta colombiano para que entres a la recepción del Rey, y no me puedes dejar tirado con lo de los animales, tengo el relato comprometido!», bramó el otro. «Vale, iré», cedió Jaime. «A las siete en el patio de la Armería. Y con corbata y traje», insistió Cárdenas antes de colgar. «¿Y aquel tipo se llamaba a sí mismo escritor?», caviló Jaime recordando el *Quijote*. «¡Cuánto tipo fingido y tordillesco hay por el mundo!», concluyó.

Había un par de clientes en el mostrador de Paradiso, y de pie junto a la tragaperras, el joven sacerdote echaba monedas sin descanso, entre ruido de campanillas y ocasionales «¡oh, no!» de una voz femenina que salía del trasto cada vez que el ministro de Dios marraba el premio. Capricho pasó al lado de Jaime y susurró:

—El cura va bien encaminao, hoy ha dicho a la máquina «tus muertos». Le quedan pocos días para empezar a pringar santos.

Fermín Morales apareció con la puntualidad que se espera de cualquier miserias del periodismo que busca la exclusiva de su vida para ganar renombre. La media barba y el pelo desgreñado y grasiento le daban un aire gorrinil. Se sentaron en una mesa del fondo. Mientras Jaime hablaba, el otro tomaba notas y dejaba escapar frecuentes exclamaciones de admiración y sorpresa. A veces, le miraba con atención, dejando de escribir, y con el otro extremo del bolígrafo se hurgaba en la oreja con ahínco, para contemplar de inmediato el fruto cerúleo de su prospección. Jaime hizo votos mentalmente para que Morales no se sacara un zapato y le diera por rascarse el pie.

Cuando concluyó su parlamento, el reportero cerró el cuaderno y chupando el bolígrafo por el lado que había usado para sus excavaciones, dijo:

—Esto es un bombazo.

—¿Cree que lo publicarán?

—¡Cómo no! Ayer, al segundo de hablar con usted, subí a ver al director. Tiene un interés enorme.

—No estoy tan seguro de que se vaya a publicar.

—Mi director es un periodista de olfato, todo el mundo le tiene un gran respeto.., respeto y mucho miedo. Ayer me dedicó diez minutos. Cuando subí a verle, me escuchó unos instantes y luego, paseando, como ensimismado, me habló de Woodward y de Bernstein, ya sabe, los periodistas que destaparon el Watergate.

—Sí, Robert Redford y Dustin Hoffman.

—En serio, el director tiene en su despacho una foto dedicada por los dos. Me dijo que cualquier redactor de *El Día* está obligado a pensar que algún día será Woodward o Bernstein.

—Pues no le veo a usted pinta de Robert Redford...

—No se cachondee. Hay un lema en mi periódico: «La verdad siempre, caiga quien caiga». Aunque mi director, a veces, suele decir: «Y la mentira también, si conviene a nuestra verdad».

—¿Y usted está de acuerdo?

—Yo soy una asalariado. En estos tiempos, la mayoría de los periodistas sólo podemos creer en la pela. Las cosas no están para que te la juegues por la verdad. Haces lo que te dicen los jefes y punto. Si no, te ponen en la calle y llaman a otro más obediente. La verdad es peligrosa.

—Es una razón de peso.

Morales comenzó a rascarse la pringosa cabellera con el bolígrafo. Le llovían motas casposas sobre los hombros.

—Tengo que irme a preparar la información —dijo levantándose.

—Le llamaré esta tarde. Pero dígame, ¿su director toma coca?

—No me pregunte esas cosas, y menos por teléfono. Me juego el puesto de trabajo.

Jaime dio un par de golpes en el hombro a Morales, evitando estrecharle la mano, y regresó al mostrador mientras el otro salía de Paradiso con pasos de lagarto lisiado. El cura terminaba sus apuestas. Jaime atisbaba su rostro de perfil y veía la tez demudada del hombre. Cuando la última moneda provocó el último fatídico tilín en la máquina, el sacerdote hizo ademán de dar un meneo a la tragaperras, ante la mirada mosqueada de Pepe. Pero se contuvo con cristiana templanza. Luego, al volverse para salir, vio a Jaime, se sonrojó y dijo:

—Estas máquinas son infernales.

—A más de uno le han dado un disgusto —convino Jaime.

Salió el clérigo. Desde su humilde asiento junto al suelo, surgió la voz de Capricho:

—Antes, los curas eran gente. Ahora, ni yo mismo los envidio.

A la hora de comer, Celso y Machuca asomaron al bar y los tres se sentaron en su mesa habitual. El gallego lucía un círculo perfecto de color morado alrededor del ojo y la esclerótica surcada de pequeños hilos sanguinolentos.

—Si me encuentro a ese putón de Pamela, le rajo —dijo—. Me he pasado toda la mañana con un solomillo en el ojo.

—Te mereces todas las hostias que te den, por bocazas —dijo el periodista desde la trinchera de sus gafas oscuras.

Celso se enredó luego en un largo parlamento sobre sus negocios:

—Espero la semana que viene un cargamento de pieles de oso de Alaska que llega al puerto de Cartagena. Son de contrabando. Arriesgo, pero si no me cogen va a ser el pelotazo de mi vida. Creo que sacaré un beneficio del doscientos por cien. ¿Por qué no me acompañáis alguno a recogerlas? Doy buena comisión. A ti, Jaime, te vendría bien la pela.

El gallego se fue después de concluir su almuerzo. Cuando quedaron a solas, Jaime percibió que sentía una honda irritación hacia Machuca.

—¿Qué tal va lo tuyo con Pamela? —le preguntó de sopetón.

El periodista bajó la cabeza.

—No sé a qué viene eso... —respondió con voz desfallecida.

—¿Y qué tal van tus editoriales?

—No seas borde, somos amigos.

A eso de las seis, Jaime regresó a casa. Hurgó en su exiguo ropero, buscando una vestimenta adecuada para la recepción de palacio. Se enfundó su único traje oscuro y dudó entre la corbata granate y la verde. Optó por la primera. Antes de volver a la calle, descolgó el teléfono y marcó el número de *El Día*. La voz de Morales sonó con chirridos de naufragio en alta mar:

—Tenía usted razón —dijo—, no se publica nada. El periodismo ha muerto. Y lo peor es que mi novia será madre soltera.

—Eso es muy común en estos tiempos.

—Sus padres son del Opus Dei.

—Pues que aborte.

—Es que ella también es muy cristiana.

—¿Y cómo es que se le abrió de piernas, tan cristiana?

—También la Virgen María lo era y ahí la tiene, con un hijo y en los altares.

Salió a la calle y buscó taxi.

—Al palacio de Oriente.

—¿Es usted amigo del Rey? —preguntó zumbón el taxista, un hombre con el rostro surcado de arrugas, como el caparazón de una tortuga, y casi en edad de jubilarse.

—Soy su primo —dijo Jaime.

—Pues mire por dónde yo soy su tío abuelo.

—Entonces somos parientes.

—Yo soy de la rama Dampierre —dijo el operario.

—Yo vengo directo de los Borbones —añadió Jaime.

—Si lo dice por hacerse el importante, no va a lograr nada: le pienso cobrar la carrera en cualquier caso.

—Y qué quiere: si la naturaleza me hizo Borbón y a usted Dampierre, por algo sería.

—De todas maneras —añadió el taxista—, me quedo con lo de Dampierre, entre los Borbones hay más bobos de nacimiento.

—Porque somos más folladores y se nos pone cara de gusto, un aire así como de lelos: pero es por la satisfacción, no por el nivel intelectual. Además, entre los Dampierre se da más el alcoholismo —dijo Jaime.

—Pero la hemofilia es más borbónica.

—La epilepsia es muy Dampierre.

—Y la incontinencia anal de Borbón.

—¿Insinúa que nos gusta que nos den por detrás?

—No, sólo que controlan malamente las funciones del vientre.

Llegaron a palacio. Pagó Jaime y se despidió del taxista:

—¿Quiere algo para su Majestad?

—Dígale que los Dampierre nos hemos vuelto republicanos y que se ande con ojo.

Eran las siete menos cuarto. Pero en la explanada del patio de la Armería se agolpaban ya en manada, como ganado que llega a la puerta de corrales, muchas de las afamadas plumas del Parnaso español, amontonados en multitudinaria tropa poetas y dramaturgos, novelistas y editores, ministros y ministras de la ciencia y la cultura; académicos, diplomados y sabihondos; pensadores, articulistas y conferenciantes; aventajados ganadores de premios de novela, justas poéticas y juegos florales, confundidos todos con la numerosa y tan española compaña de pícaros y ganapanes colados de rondón. Lucían los honorables ternos de impecable corte y discreto color, y las hembras del ramo vaporosos vestidos de costosas sedas, tules, rasos y organdíes. Hervía el ingenio en aquellas robustas cabezas hasta el punto de que, fijándose un poco, casi podría distinguirse el vapor de tanta ebullición de inteligencias. España parecía aquella tarde la patria literaria del mundo.

Jaime husmeó entre el gentío. Le pareció curioso ver cuántos eran los que, entre el humano personal que allí se congregaba, adoptaban parecida postura: la cabeza alzada hasta donde el cuello daba de sí y girando de un lado a otro como un periscopio, oteando rostros y enviando saludos a diestro y siniestro. Hablaban con sus prójimos sin mirarles, paseando los ojos por encima de ellos hacia otros horizontes de gentes notorias. Querían ver y ser vistos. Porque quien no estuviera, se dijo Jaime, probablemente no era nadie. ¿Habría asistido alguna vez Cervantes a un sarao de semejante jaez?

Distinguió a Cárdenas en un grupo, con el cuello estirado y moviendo la cabeza de lado a lado. Sus miradas se encontraron y el escritor se acercó hasta él.

Cárdenas parecía nervioso, como si estuviera a punto de perder un tren.

—La jodimos —dijo el escritor—, el poeta colombiano ha aparecido y le he tenido que dar la invitación.

—Bueno, pues me largo —señaló Jaime encongiéndose de hombros.

—De todas maneras, yo había contado con el paseo nocturno. Podemos quedar luego.

—No sé si me apetecerá.

—Yo te espero, esto terminará a las diez. Inténtalo, hombre —insistió el escritor, dando un cachetillo cariñoso en la mejilla de Jaime y alzando luego el rostro por encima de su cabeza en busca del rostro de quién sabe quién.

Las puertas se abrieron y la talentuda avalancha entró en palacio. Nunca vieran los venerables muros de aquella patricia casa tal congregación de entendimientos portentosos. Chillaron las centenarias piedras de regocijo y es seguro que dinastías enteras de monarcas hubieran dado un brazo por ser el centro de tan sesuda ocasión. Callaron con respeto las viejas elegías y rebulló envidiosa en sus sepulcros la sangre de los poetas de antaño. Entraban los genios en turbamulta, con hambre de besamanos y ansia de copas gratis. Que el diablo nos lleve si no era aquélla una de la más altas ocasiones que vieron los siglos españoles, incluidas la batalla de Lepanto, la conquista del Nuevo Mundo y el gol de Zarra a Inglaterra.

Pero cuán tarugo es el vulgo: tres millones y medio de madrileños, allá afuera, siguieron a lo suyo, ignorantes de tan excelso acontecimiento. Y los ilustres, entretanto, al pesebre.

Capítulo XXIII

> «El día que los hombres dejen de tener miedo, volverán a escribir obras maestras, es decir, obras perdurables.»
>
> WILLIAM FAULKNER

Jaime se abrió paso en dirección contraria a la ola de talentos, apartando a codazos poetas laureados y pisando algún que otro pie de novelista insigne. Y en plena marcha contracorriente, se dio casi de bruces con Madame Isabelle. La maga le sonrió y, tomándole la mano, le apartó de la riada literaria.

—No esperaba encontrarle por aquí —dijo la mujer.

—Yo tampoco verla a usted. ¿Es escritora?

Ella rió. Su risa sonaba cantarina.

—No... Pero soy persona de confianza de la reina, la Señora tiene en alta consideración mis dotes de adivina.

Madame Isabelle miró un momento por encima del hombro de Jaime e hizo señas a alguien.

—Quiero que conozca a una persona —dijo.

Jaime volvió el rostro: Agustín Blázquez se acercaba con una ancha sonrisa televisiva.

La maga los presentó. El periodista tenía una mano blandurrona y huidiza. A Jaime le llamó la atención la tersura de la piel de su rostro, una piel que parecía estirada para lograr retener una juventud que huía.

—De modo que es usted el fisgón —dijo Blázquez ampliando su sonrisa—. No le imaginaba en un lugar como éste... He oído hablar mucho de usted.

—Y yo de usted.

—¿Y qué es lo que ha oído?

—Tonterías —dijo Jaime moviendo la mano delante de su rostro—, no vienen al caso. De todas formas, no las he tomado en cuenta, ni mi empresa tampoco.

El otro le palmeó condescendiente el hombro.

—Eso está muy bien, es usted un hombre inteligente.

Le tendió la mano y se largó subido en la ola de ingenios que fluía hacia la puerta de palacio.

Madame Isabelle miraba con intensidad a los ojos de Jaime.

—¿Por qué me lo ha presentado? —preguntó él.

—Es usted una persona que despierta preocupación.

—Yo soy alguien insignificante.

—Le hablaré con franqueza: usted sabe muchas cosas que no es conveniente que se aireen. Pueden salir nombres importantes mezclados con la porquería.

—No me diga que el mundo es un basurero porque ya lo he oído muchas veces.

—Pero es un basurero lleno de serpientes.

La maga le tomó la mano, mirándole unos instantes la palma. A Jaime le gustó el contacto cálido de su piel y pensó que era una mujer deseable. Y percibió de nuevo que andaba necesitado de sexo.

—Debería usted venir a mi consulta un día —siguió Madame Isabelle—. Me cae simpático, no le cobraría nada por arreglarle alguno de sus muchos problemas.

—Usted también me cae simpática. Pero yo no creo en lo extraordinario ni en los poderes ocultos.

—Lo extraordinario puede que no exista, pero existen los poderes extraordinarios. Digamos que existe una psicología superior, y que existen tendencias irracionales a la fatalidad.

—¿La suya es un psicología superior?

—Le pondré un ejemplo: yo sé que usted adopta una actitud de inofensivo hombrecillo. Pero piensa hacer algo, está tramando una especie..., una especie, digamos, de venganza. Y es fácil adivinar lo que va a suceder: se meterá en un buen lío y lo pasará mal. Porque usted es débil, y los débiles siempre pierden. ¿Ve qué fácil es adivinar? No es cuestión de echar cartas, mirar la posición de las estrellas, leer bolas de cristal y consultar horóscopos. Ése es el ropaje exterior que la mayoría de los clientes exigen. Es mucho más sencillo, porque todo puede leerse en los ojos de la gente mucho mejor que en sus manos.

—No me pronostica un futuro muy feliz.

—Usted, señor Arbal, es un alma solitaria y desdichada. Las cosas no le van bien. Para saberlo no hay que ser adivino. Es obvio que su situación económica y laboral no es muy boyante, y eso, entre otras cosas, hace difícil que le vaya bien en el amor.

—Pura lógica, Madame.

—Si a eso sumamos su carácter algo soñador, un aliento de dignidad que pugna por salir de usted, el drama está escrito de antemano.

—¿Trabaja así con todo el mundo?

—No imagina la cantidad de hombres importantes y las numerosas inteligencias de nuestro tiempo que se acercan por mi consulta.

—Eso es poder.

—Sobre todo es dinero. A mí me interesa el dinero, aunque reconozco que hay compañeros que van más allá, que se interesan por la política... La mayor parte de los hombres poderosos de este país reciben la visita de un mago al menos una vez cada mes.

—¿Cree que también los asesinos necesitan de los magos?

—Todo hombre es un asesino, señor Arbal. Usted mismo lo sería si se preparan las condiciones para empujarle al asesinato..., e incluso podría ser la víctima de un asesinato.

La maga se apartó de la verja. Abrió su pequeño bolso de mano recubierto de perlas negras y sacó una tarjeta.

—Llámeme. Podré ayudarle, no lo dude. Y hágame caso: usted no va a arreglar el mundo por sí solo. Le hace falta aprender a vivir.

—Es curioso que una maga ofrezca consejos prácticos.

—En este país, señor Arbal, el sentido común es pura magia.

Se alejó la dama y él la contempló mientras se hundía entre la multitud de genios. Movía con gracia su bonito cuerpo, parecía mucho más joven vista de espaldas.

Jaime se largó al poco de la plaza, ya vacía de ilustres e ilustrados. Daban las siete en algún reloj de un cercano campanario. Se quitó la corbata y la tiró a un cubo de basura. Soplaba un viento perfumado en aquel altozano de palacio que miraba a occidente. ¿Y ahora qué demonios hacía?, se preguntó.

Echó a andar sin rumbo bajo la tarde blanda y bella. Era un día de esos que despiertan ganas de vivir, con la primavera firmemente hincada en la carne del mundo. Pero a Jaime le despertaba ahora, más bien, ganas de desaparecer de la faz de la Tierra.

Alcanzó el viaducto que dominaba la calle de Segovia. Se acodó en el pretil y se asomó al vacío que se abría bajo el puente. Era un clásico lugar para los suicidas madrileños. Pensó que él mismo podría ahora convertirse en uno de ellos. Después de todo, ¿a quién le importaría su muerte?

Pero tampoco tenía muchas ganas de tirarse, así, por las buenas. En todo caso, se dijo, había maneras menos violentas de morir, llegado el caso. Miró hacia su izquierda y reparó que, al menos, otra docena de personas adoptaban su misma postura y miraban hacia abajo. Quizás todos pensaban en lo mismo, en su suicidio probable. Al bajar de nuevo los ojos hacia la calle que corría bajo el viaducto, reparó en que varios grupos de personas miraban hacia arriba, entre ellos uno formado por turistas japoneses, que disparaban sin cesar sus cámaras fotográficas en dirección de quienes se acodaban en el pretil. Se le ocurrió pensar si toda aquella gente no estaría esperando que le tocase la fortuna de presenciar un suicidio en lugar tan tradicional. En un grupo, un mamón les hacía ahora señas con el brazo, como si les llamara para que fueran hacia él, quizás invitándoles a saltar. Jaime le lanzó un corte de mangas, se dio la vuelta y desanduvo el camino hacia palacio.

El aire ascendía dulce desde los jardines de Sabatini. Alcanzó la plaza de España, cruzó entre los parterres, bajo los altos álamos, y se detuvo ante el monumento alzado en homenaje a Cervantes, ante las altas efigies broncíneas de Don Quijote a caballo y Sancho a borrico. «Yo sé quién soy», recordó las palabras del gallardo y loco caballero en un punto del relato. ¿Por qué le vendrían ahora a la memoria?

Descendió por la Cuesta de San Vicente y se detuvo en la parada del autobús Circular. La hora punta del tráfico había amainado. Cuando el vehículo paró ante él, Jaime subió, pagó el billete y se sentó en uno de los asientos traseros. Sólo había otros dos pasajeros a bordo: una monja anciana que rezaba el rosario y un tío que dormía su melopea derrumbado contra el cristal de una ventanilla.

De tal guisa, los tres dieron dos vueltas circulares a Madrid. En el camino, entraron y salieron nuevos pasajeros, mientras cruzaban junto a parques de hermosas arboledas y un buen número de hospitales, recorriendo callejuelas estrechas y amplias avenidas. A veces, el autobús se llenaba y otras viajaba casi vacío. Jaime se pensaba a sí mismo como un insecto cutre enloquecido por los sueños de varios poetas. Vaya vida. En una parada, subió un muchacho con aspecto de subnormal. Saludó a los pasajeros alzando los brazos, cual si fuera un deportista famoso, mientras la baba le colgaba del labio inferior. Y en la siguiente detención del recorrido, a mitad de la Ronda de Atocha, bajó corriendo del vehículo, cruzó la ancha calle por delante del autobús, sin mirar a los lados antes de hacerlo, y galopó entre automóviles que frenaban aterrados y largaban bocinazos de furor al enloquecido chaval. No murió de milagro. Cuando llegó a la acera contraria, alzó los brazos, mirando hacia el autobús que acababa de abandonar, y compuso con los dedos de sus dos manos sendas uves de victoria.

Jaime volvió a descender, casi tres horas más tarde, en el mismo lugar donde había subido. La monja y el borracho continuaron a bordo.

Caminó de nuevo rumbo a palacio. Alcanzó el patio de la Armería, justo cuando el Rey abandonaba palacio, seguido de su familia y, un paso más atrás, de varios asistentes civiles y militares con aire de sotas y caballos. Y tras ellos, en riada, marchaba la turbamulta de talentos en dislocada formación, derramándose sobre la calle. Vio a Cárdenas, que le hacía señas desde la cola de ingenios e ingeniosos.

—No creas que te has perdido nada. Y, de todos modos, gracias por venir —dijo el escritor dándole un golpecito en el hombro.

Era ya de noche. Cruzaron hacia la plaza de Oriente. La solitaria estatua de Felipe IV, a lomos del brioso corcel, miraba hacia palacio con envidia de su descendiente. Hay que ver en lo que queda un rey, se dijo Jaime.

—Bueno —añadió Cárdenas—, tú marcas el recorrido, supongo que encontraremos animales, ya he comprometido el relato con *La Nación*.

—Hace tiempo que no me fijo en bichos. Pero alguno habrá suelto por ahí. ¿Has traído coche?

—Lo tengo en un aparcamiento público.

Caminaron junto al teatro de la Ópera y siguieron bordeando su costado derecho. Salía olor a fritanga de pulpo achicharrado y aceitazo de sardinas viejas desde una tasca próxima.

—Me hace falta una copa —dijo Jaime.

—Si quieres, te invito a cenar.

—No tengo hambre, con una copa me basta.

Entraron en la taberna, un estrecho pasillo que se extendía a lo largo del mostrador. Dentro, atufaba el aroma a pescado arruinado. En la barra se alineaban unas cuantas almas solitarias, hombres de rostro enrojecido por alcoholes baratos, tiernos desperdicios humanos de las noches urbanas. Jaime pensó que aquella mezquina guarida tenía calor de hogar. Pidió un cubata de coñac y Cárdenas una caña de cerveza.

—Hay superpoblación de memos rondando por los círculos culturales —dijo el escritor—. En recepciones como la de hoy, muchos darían un dineral por encontrar una palabra ingeniosa, incluso a riesgo de destrozar la conversación más inteligente. Pero si no vas, no eres nadie, no existes.

—Yo creí que la literatura era otra cosa. Cervantes, Shakespeare..., gentes así.

—Cervantes y Shakespeare no son posibles en este tiempo.

Pagó Cárdenas y dejó una generosa propina en el mostrador. «¡Dinero que regalan!», gritó el camarero, echando las monedas a una lata y haciendo sonar un cencerro que colgaba de la pared.

Se hundieron en los subterráneos del aparcamiento y regresaron al mundo en el lujoso último modelo del novelista.

—¿Por dónde tiro? —preguntó Cárdenas.

—Da igual, echa para la Gran Vía. Donde menos se piense, puede saltar la liebre.

Recorrieron tres veces la avenida vertebral del viejo Madrid, de arriba abajo, de abajo arriba.

—Ni una liebre ni un conejo —dijo Jaime.

—¿Estás seguro de que no sueñas con los animales?

—Habrán emigrado a tierras más felices.

—¿Y qué hacemos? —preguntó el escritor.

—Podemos tomar otra copa en cualquier lado —sugirió Jaime.

—Ya me he tomado bastantes por hoy —respondió el escritor—. ¿Y el lobo?

—Con el lobo no hay problema. Pero hay que hacer unos cuantos kilómetros.

—Vamos hacia allí, tengo que verlo.

Siguieron calle de Santa Engracia arriba. Los camiones de basura recorrían la avenida vaciando contenedores y el aire atufaba a carroña y a morgue.

—Es raro no ver siquiera ratas o alguna que otra serpiente —comentó Jaime.

—Yo creo que tú vives dentro de una pesadilla —terció el escritor.

—No te digo que no.

Al cruzar María de Molina, distinguieron al fondo, a la altura de la plaza de Cuatro Caminos, luces airadas y movimientos de coches de policía. Un furgón de bomberos cruzó aullando a su lado.

—Habrá que desviarse, hay atasco —dijo Cárdenas.

—Yo iría derecho a ver qué pasa.

Rezongó el otro y le hizo caso. Ululaban sirenas cuando se acercaron a Cuatro Caminos y el juego de luces naranjas y azules de las lámparas dotaba al lugar de un aire de luminosa verbena de verano. Varios coches de bomberos cerraban en hilera la entrada a la glorieta. Algunas ambulancias se alineaban en el lado derecho de la calle. En el puente que cruzaba sobre la plaza, decenas de personas se asomaban a la baranda contemplando un espectáculo que ellos, desde el coche, no alcanzaban a ver. Un policía armado de un pequeño fusil automático les cerró el paso. Cárdenas se asomó a la ventanilla.

—Vuélvase para atrás y busque la salida por otro lado —dijo el guardia.

—¿Qué sucede?

—No estoy aquí para informar. Lárguense.

Cárdenas dio marcha atrás. «Puta noche», dijo entre dientes mientras maniobraba el automóvil.

—Apárcalo donde puedas y vamos a echar una ojeada —dijo Jaime.

Gruñó el escritor mientras arrimaba el coche en una esquina. Cuando bajaron, se oyó un clamor de voces humanas llegando desde la glorieta, confundido con el aullido pertinaz de las sirenas.

—¿Qué han gritado? —preguntó Cárdenas.

—Me ha sonado a un «olé».

Cruzaron por un callejón a la izquierda y salieron a Bravo Murillo. Nuevos coches de bomberos y furgones de policía cerraban el acceso. Otro vibrante «olé» vibró poderoso en el aire.

—Parece una corrida de toros —dijo Cárdenas.

Otro guardia los obligó a detenerse.

—Soy periodista —dijo Cárdenas—, tengo que ver qué está ocurriendo.

—Por mí como si es usted obispo, no se puede pasar.

—¿Qué sucede?

—No estoy autorizado para decir nada —dijo el otro con cazurrería—. Y ábranse de aquí cuanto antes.

Retumbó otro sonoro «olé» en la plaza. Cárdenas encogió los hombros con tristeza y se dio la vuelta, dispuesto a retirarse. Jaime vio entonces acercarse a un oficial a la espalda del guardia. Reconoció al oficial Sánchez.

—¿Qué pasa, Gómez? —preguntó el oficial al guardia y, al momento, reparó en la presencia de Jaime—. ¡Coño, usted por aquí!

—Pasábamos por pura casualidad —dijo Jaime—. Pero es usted como una aparición: el lunes pensaba ir a verle.

—Váyanse, estoy metido de pleno en una emergencia.

—Tengo que hablarle de una asunto de drogas y asesinatos. Le puede servir para ganar una medalla.

—No me venga con milongas, que con esas cosas no se juega.

—Le hablo en serio, es un caso muy grave.

El oficial se volvió al guardia y ordenó:

—A su puesto, Gómez... Venga, cuénteme —dijo luego a Jaime.

—Es un asunto que requiere tiempo para explicarlo —respondió Jaime señalando con la vista a Cárdenas.

—Pase a primera hora del lunes. Y ahora, váyanse, que tengo que atender este jaleo.

—¿Podemos echar una ojeada?

—No es un asunto que competa a los civiles.

—Lo que le voy a contar el lunes es por propia iniciativa, no estoy obligado a decir nada si no quiero.

Dudó el policía.

—Vale —dijo al fin—, vengan conmigo.

Le siguieron. Cárdenas caminaba junto a Jaime, dirigiéndole miradas de asombro. Había sacado una libreta del bolsillo y tomaba ocasionales notas.

Treparon tras Sánchez a un camión de bomberos. Y sentados sobre la manguera, quedaron pasmados ante el espectáculo que se ofrecía delante de ellos.

Todas las avenidas que confluían en Cuatro Caminos habían sido cerradas con coches de bomberos, furgones de policía y autobuses de transporte público, de tal suerte que la glorieta quedaba convertida en una burda e improvisada plaza de toros. Y coso taurino era, pues en el centro del irregular ruedo tres morlacos de imponente cornamenta retaban amenazadores a quienquiera que osara acercarse a ellos. Había dos hombres con capas que les citaban desde lejos, agitando trapo. Otros tres toros yacían muertos sobre charcos de su propia sangre en las cercanías de los vehículos. De las ventanillas de los furgones policiales asomaban agentes armados. En el puente que dominaba la glorieta desde la altura, los espectadores jaleaban a los voluntariosos capeadores.

—¡Diantre! —bramó el escritor.

—¿Qué ha sucedido, oficial? —preguntó Jaime.

—Los bichos venían encajonados en un camión, los llevaban a una feria de no sé qué pueblo. Y el camión se saltó un disco, se encontró con un autobús, frenó el chófer y giró con brusquedad para evitar el choque, volcó el camión y se escaparon los toros. Y aquí tiene la que se ha liado.

—Es una historia sensacional —dijo Cárdenas, afanado en tomar notas con la velocidad de un aprendiz de reportero.

—¡Es una putada! —clamó el policía—. Esos bichos han corneado a seis paisanos antes de que pudiésemos acordonar la glorieta, y una vieja que vendía flores está en la UVI. Como hay Dios que va a palmarla.

—¿Y ésos? —preguntó Jaime señalando a los de las capas.

—Son dos novilleros que se han ofrecido voluntarios. La cuestión es atraer a los toros a donde están los hombres armados y liquidarlos. Hay que tirar a bocajarro para no herir a nadie.

Atronó un griterío en el aire. Un toro se había arrancado y perseguía la capa de uno de los novilleros, que trasteaba con poca fortuna y escasa maña, intentando arrimar el animal a uno de los furgones. Los espectadores clamaban desde el puente: «¡Llévatelo a los medios, panoli!», decía una voz. «¡No metas pico, figurín!», gritaba otro.

—Yo creo que ese toro se cuela por la derecha —dijo Jaime.

—Usted no sabe nada; por donde se cuela es por la izquierda —intervino Sánchez.

—¿Entiende usted de toros?

—Nos ha jodío, me crié en Carabanchel, al lado de la antigua plaza. He mamado los toros desde niño —el policía señalaba ahora al novillero—. Si le cita por la izquierda, se le mete para adentro, y el tío es tan burro que lo saca otra vez a los medios en vez de llevarlo a tablas.

—Querrá usted decir a furgones.

Ahora, Sánchez se quitó la gorra y gritó al torero:

—¡Animal!, ¡toréalo por la derecha, embárcalo en el capote, que es tuyo!

El toro achuchaba al novillero. El otro voluntario salió en su ayuda y logró quitárselo de encima. Luego, mientras el primero se retiraba asustado, el segundo compuso la figura, tieso detrás de su capote, el trapo extendido delante de él, cubriéndole el cuerpo. Comenzó a andar hacia el animal a pasitos cortos.

—Va por chicuelinas, ya verá —dijo Sánchez.

Se arrancó el toro, y el novillero, desplazándose levemente a su izquierda, dejó el capote colgado ante los cuernos de la bestia y bailó junto a la tela cuando el toro pasaba bufando. «Olé», bramaron los del puente.

—¡Ole! —gritó el oficial con la gorra en la mano.

Se volvió a Jaime:

—¿No le dije que iba bien por la derecha? Si esto lo he mamado yo...

Tres nuevas chicuelinas alborotaron al personal hasta casi histerizarlo. Sánchez, puesto en pie, parecía dispuesto a saltar al coso y abrazar al novillero. Vibraban los olés, surgían los aplausos entusiastas. El novillero llevó al toro conducido en preciosos y ajustados pases hasta uno de los furgones. Y se alejó con pasos rápidos.

—¡No, coño, ahora no! —berreó Sánchez.

Pero nadie pareció oírle. Sonó una descarga de disparos y el toro se derrumbó, muerto al instante. Un oleaje de silbidos, abucheos y pitos descendió desde el puente.

—¡La jodimos! —dijo Sánchez sentándose sobre la gruesa manguera de los bomberos—, ese toro tenía faena.

—Esto es fantástico —comentó Cárdenas, sudoroso y sin dejar de tomar notas en su cuadernillo.

Un agente trepaba ahora al camión.

—¿Qué coño pasa, González?, ¿no ves que estoy ocupado? —dijo Sánchez.

—Llega el ministro del Interior.

—¿El ministro? Joder, qué oportuno —se dirigió ahora a Cárdenas y Jaime—. Lárguense de una vez, no vayan a meterme en un lío. Y usted —apuntó el dedo a la cara de Jaime—, ya lo sabe, el lunes en comisaría.

Obedecieron. Sánchez se alejó a paso rápido Bravo Murillo abajo, al encuentro de un enorme coche oscuro que llegaba rodeado de motoristas.

—Yo no me pierdo esto —dijo Cárdenas.

—Vamos arriba —sugirió Jaime.

Buscaron una calleja lateral y subieron por el puente hasta llegar al lugar que se asomaba encima de la glorieta. Atronaban los olés y sonaban las palmas. El segundo novillero toreaba con primor a otro morlaco.

—¡No lo acerques a esos asesinos! —gritó un espectador—. ¡Dale por verónicas!

—¡Hazte con él! —clamó otro.

Cárdenas parecía un niño, uniéndose en ocasiones al clamor de los espectadores y tomando notas febrilmente. Jaime comenzó a percibir, para su pesar, cómo regresaba el dolor de su maltrecho testículo. Enfrente, sobre el camión de bomberos que habían ocupado antes, Sánchez y el ministro jaleaban al novillero, el policía con la gorra en la mano y el ministro, en mangas de camisa, agitando un pañuelo al aire.

—Oye —dijo al escritor—, tenemos que irnos.

—Ni hablar —afirmó terminante Cárdenas—. Ésta sí que es una historia.

—Recuerda que tenemos que ver al lobo.

—Que le den por culo al lobo —respondió el otro agitado.

Media hora más tarde, los dos últimos toros habían muerto. Aullaban las sirenas, bailaban las luces de los coches policiales y de las ambulancias. El ministro y Sánchez, junto a uno de los animales baleados, felicitaban con calor al novillero. Jaime y Cárdenas se dirigieron al coche.

—Ha sido increíble, inefable, no te imaginas el favor que me has hecho —decía eufórico Cárdenas mientras conducía el automóvil en dirección al paseo de la Castellana—. Eso se merece una copa, invito yo. Voy a hacer un texto realista, sin adjetivos, muy en la línea de Carver.

Bebieron champán en la barra de un solitario bar que imitaba la decoración de un pub inglés.

—Debería salir más contigo, creo que encontraría tema para una novela estupenda —dijo Cárdenas.

—¿De dónde sueles sacar las historias que escribes?

—No lo entenderías por mucho que te lo explicase.

El ambiente melancólico del bar comenzó a apoderarse de ellos.

Cárdenas pidió otra botella de champán. El camarero les sirvió con cara de quien espera que se vayan los dos últimos borrachos a dormirla para poder cerrar de una puta vez.

Jaime paseó la vista por las estanterías. Reparó entonces en que algo se movía entre las botellas.

—¿Qué bicho es ése? —preguntó al camarero.

—¿Está ciego? —dijo el otro molesto—. Un camaleón. Y no le llame bicho, su nombre es Alfredo.

—Bueno, ahí tienes otro animal —dijo a Cárdenas.

—Ya tengo historia de sobra. Y oye —siguió Cárdenas—, que no te he felicitado por lo bien le vendiste la burra al policía con esa historia de drogas y de muertes.

—La historia es cierta, podrías escribirla en tu periódico —añadió Jaime, y de inmediato relató a Cárdenas, chorreando datos en desorden de copas de madrugada, la trama de aquel insólito episodio criminal en el que se veía mezclado.

—Eso no es literario —dijo el escritor con voz melancólica.

—Si eso no es literario, dime qué es la literatura.

—Yo soy sólo un escritor, lo que me cuentas es cosa de periodistas.

—Shakespeare habló del crimen.

—No es mi tema.

—Ya... Quería preguntarte algo, me debes un favor. ¿Cómo es Emilio Aznar?

—¿Aznar?..., un pinchauvas. ¿Te duele que te haya birlado la mujer?

—Sólo es curiosidad. Carmen me importa un bledo. Por mí, como si se ha tirado a veinte tíos antes de Aznar.

—Veinte no sé, pero hay unos cuantos que se la han pasado por la piedra los últimos años.

—¿Tú entre ellos?

—Qué más da... —sonreía cansino el otro—. Mejor nos vamos, es tarde. Te estoy muy agradecido, te enviaré un libro mío.

—No creo que tu literatura vaya a interesarme, hijo de puta —concluyó Jaime ante la mirada perpleja de Cárdenas.

Salió antes que el otro y tiró hacia el paseo de la Castellana. Paró un taxi.

—Pero si estamos al lado —dijo el taxista cuando Jaime le dio la dirección.

—No puedo andar.

—¿Ha bebido mucho?

—Unos tragos.

—No es bueno beber en demasía.

—Ni tampoco preguntar más de la cuenta.

Le costó quinientas pesetas recorrer el kilómetro escaso que le separaba de su casa. Pero las dio por bien empleadas ante el creciente y agudo dolor del testículo. Trepó los escalones del portal con dificultad y, mientras abría la cerradura con el llavín, notó una presencia en la calle. Giró el cuerpo. Unos metros más allá, cercanos al cartel apagado de Paradiso, dos hombres permanecían detenidos, mirando hacia él. Retirados de la luz de las farolas, sus figuras parecían presencias sombrías. Jaime supuso que se trataba de dos tipos del clan de los Chumbos.

Cerró con prisas a su espalda. No tenía el cuerpo para que le recalentaran los huevos. Sin encender la luz del vestíbulo, aguardó inquieto y mirando hacia atrás la llegada del ascensor. Por fortuna, los dos Chumbos no parecían tener intención de acercarse.

Llegó el ascensor, se abrieron las puertas y las luces del interior iluminaron el rostro risueño de Jennifer. Lucía un vestido rosa con las pecosas tetas asomando hasta casi mostrar los pezones.

—Me has dado un susto —dijo Jaime echando una última ojeada hacia el portal.

El elevador comenzó su ascenso.

—Hoy ha sido una noche guapa —añadió Jennifer—. Ha venido el comerciante catalán. Y me he ganado mil duros por una felationa de sube y baja.

—¿Está Pamela en casa? Me tiene que poner una inyección.

—Sí está; con un amigo tuyo.

Jaime recogió en su apartamento la inyección y subió en busca de Pamela.

—Ah, eres tú —el rostro del transexual asomó por la rendija de la puerta—. Espera que quite la cadena.

—¿Puedes pincharme?

—Claro, cielo, entra.

Sentado en una butaca del salón, con un vaso de whisky entre los dedos y la mirada oculta tras las gafas oscuras, Machuca le saludó con un gesto.

Se sentía violento, pensaba que debía decir algo a su amigo pero no acertaba a encontrar qué. Optó por sentarse en la butaca que daba frente a Machuca.

—¿Qué tal el día? —preguntó al fin.

—Bien —respondió el otro—, ¿y tú?

—Ajetreado.

Entraba Pamela con la jeringuilla coronada por una larga aguja y apuntando hacia arriba.

—¿Quieres una copa? —preguntó el transexual después de pincharle.

—No quiero interrumpir.

—No interrumpes nada —dijo Machuca.

—Tengo que decirte algo, Pamela —dijo Jaime sentándose.

El transexual le sirvió la bebida y se acomodó a su lado.

—Hoy estuve en la fiesta del Rey.

—¡Uy!, ¡qué maravilla, con el Rey!...

—Me encontré en la puerta de palacio a tu amiga la maga, Madame Isabelle, y me presentó a Blázquez. Tengo la sensación de que hay una especie de complot a mi alrededor.

—¡Qué peliculero eres, mi amor! —señaló el transexual.

—Ni peliculero ni hostias, Pamela. Y me huele que tú andas en el asunto, que sabes más de lo que me dices.

—Estás soñando, cielo.

Jaime apuró de un trago su whisky. Se levantó.

—Lo que quiero decirte —añadió— es que no me voy a quedar quieto, que no me voy a tragar toda esta basura. Y si los periodistas —señaló a Machuca— no piensan hacer nada, yo sí.

—No juegues al héroe, cariño —dijo Pamela—, esa gente no perdona.

—No es recomendable que los débiles se metan en los asuntos de los poderosos —terció Machuca.

—Estás más guapo callado —dijo Jaime al periodista.

Se levantó y se dirigió a la puerta. Pamela le seguía.

—Mañana será otro día, cariño...

—Mañana necesito una inyección a mediodía: tengo cena con mi jefa.

—Te voy a dejar nuevo para que le eches un buen polvo.

A solas, tendido sobre la cama y sin desvestirse, encendió un último cigarrillo. Pensaba en Carmen, y en todos los que habían puesto sobre su frente decenas de cuernos soberanos. ¡Cómo se habrían reído de él, cuántas humillaciones ignoradas! Ella era una hija de puta, el mundo era una mierda y España una pocilga. Creyó sentir a su alrededor un olor a panderetas oxidadas, a siguirillas herrumbrosas, a naranjas podridas y melones amargos; a sacerdotes embusteros, soldados cargados de derrotas y versos mojados cual bizcochos en aceite de hígado de bacalao; a moho de monarquías, a libros comidos por la polilla, a orgullo herido y almas apáticas. Se le antojaba que la Tierra era un mezquino y polvoriento corazón que bombeaba sangre rancia. Y sintió que no tenía patria.

Capítulo XXIV

«¿Está seguro de que la vida de un hombre comienza con su nacimiento?»

AMIN MAALUF

Las escalas de Levante

El anónimo autor del Génesis nos explicó que al principio creó Dios el Cielo y la Tierra; pero unos siglos más tarde, en su *Metamorfosis,* el poeta Ovidio le corrigió afirmando: «Antes de existir el mar, la Tierra y el Cielo, continentes de todo, existía el Caos». Puestos a elegir, yo me quedo con Ovidio, que tenía un talante más liberal.

Lo malo es que, en su discurso posterior, el poeta romano incluyó a Dios en el jaleo. Dios se puso a ordenar las cosas «y así el Caos dejó de ser». Y organizándose el mundo bajo la batuta divina, llegó el hombre, «un ser más perfecto, dotado de alma, que domina a los demás».

Y se armó entonces la de dios es cristo y la de sálvese quien pueda. Dice así el vate: «El pudor, la buena fe, la verdad, fueron desplazados del mundo por el fraude, la traición, la violencia y una avaricia insaciables». Y añade cosas como éstas: «Vivióse de la rapiña, la hospitalidad dejó de constituir un asilo seguro, el padre comenzó a repudiar a su prole y la piedad pasó a ser un mito».

O sea, que el responsable de cuanto ha sucedido no es otro que Dios, ese tipo que se ocupó de crear un orden tan frágil. Ya se quejaba John Milton, con amargura y cargado de razón, escribiendo así: «¿Acaso te pedí, Hacedor, que de mi barro hombre me hicieses o te solicité que de la oscuridad me arrancases?». De modo que hay que convenir, por lógica, que el gran enemigo del hombre es Dios, que hace y deshace cuando le viene en gana y sin consultarnos jamás. Y para escapar de él, no nos queda otro remedio que regresar al Caos. ¿Cómo hacerlo? La única alternativa que nos queda es pecar, pecar a toda hora, repasar la lista de los siete pecados capitales y cometerlos a destajo.

Atrapado por los siete pecados capitales, altivo a causa de sus recientes lecturas, deseoso de lograr una plaza orgullosa en el mundo, irritado de tanta vida cutre, con hambre de nobleza, envidioso de los hombres de corazón grande como Don Quijote, imbuido por la sensación de ser al fin portador de una misión, fatigado de tanta humillación y muerto de ganas de follar, Jaime Arbal se levantó aquella mañana de viernes prometiéndoselas, si no felices, al menos pecaminosas. Le ardía el capullo, le quemaba el corazón y le hervía el cerebro. Fernando cantaba a voz en grito en la ducha y Rocky dormía en el salón, envuelto en el tufo de su ignominiosa pestilencia. Abigail caminaba sin rumbo por el pasillo, de un lado a otro, esperando a que su dueño saliera del cuarto de baño y le preparase el desayuno. De modo que Jaime llevó al simio a la cocina, sacó un cuenco de comida de la nevera, lo calentó al fuego y, entretanto, cargó la cafetera. Mientras bullía la máquina, embriagando el aire con los primeros aromas del café, imaginó los pechos de la Hoffman, dos recias mamas a buen seguro, dos pechazos rematados de bruscos pezones. Tetas de teutona, en definitiva. Pensarlo le dio hambre, así que sacó unas galletas de la alacena y las atacó con el ansia de pecador incontinente.

Salió luego Fernando, como un tiro, del cuarto de baño, y se vistió a la carrera. «Tengo prisa. Ya te contaré el numerito de ayer en el cementerio. Se armó una buena», dijo mientras bebía un café con urgencia y trotaba luego, con broncas pisadas de oso, camino de la puerta.

Después de ducharse, Jaime se perfumó con la fuerte colonia de Fernando. Notaba su estado de ánimo revuelto, una sensación extraña en la que se mezclaban el cabreo y la euforia.

Por fortuna para los habitantes del mundo, la primavera lucía rutilante aquella mañana y olores a manantiales cristalinos y a berros jugosos y a tréboles lozanos bajaban desde la sierra madrileña sobre la ciudad, a lomos del aire norteño. Un buen día para enamorarse y para follar. Y también un buen día para darle una buena paliza a un sucio ser humano.

Caminó resuelto hacia la farmacia. Con energía abrió la puerta y fue a chocar de bruces con otro cuerpo que salía. «¡Ay!», exclamó asustada Beatriz, retirándose hacia un lado. Jaime se apartó también, turbado por el súbito y breve contacto de su pecho contra los senos de la muchacha.

—Perdone —acertó a decir.

—Qué susto —sonrió ella con las mejillas coloreadas.

Le quemaba el alma, no sólo por la contemplación del rostro encendido de la muchacha, sino por la sensación que aún permanecía en su tórax de aquel mínimo golpe de las duras tetas juveniles.

—¿Se va usted? —preguntó.

—La jefa está dentro, ella le atenderá.

Y Beatriz se alejó calle arriba, el prieto culín ondeando hacia los lados bajo los ajustados jeans de color claro, los hombros altos, la melena al viento, perseguida por un clamor de olorosos capullos de violeta.

Jaime la contempló mientras se iba, esperando vanamente que ella volviera el rostro. Adivinó entonces, como una revelación, que el amor crea un eufórica sensación de eternidad, que el amor es la alegre negación de la muerte, que el amor nos devuelve el niño que se ve a sí mismo como un ser inmortal, que el amor es la carne eterna del presente. Cuando la muchacha desapareció tras una curva de la calle, suspiró, su sangre recuperó su pulso efímero, y se dio la vuelta y regresó por donde había venido. El aire serrano, borracho de aroma de yerbas, avivaba la calentura de su alma.

Al pasar junto a la entrada de La Gran Felicidad, S. A. lamentó no tener un pedo a punto para ventosearlo contra las puertas acristaladas, ahuecando culo. Optó por cruzar la calle e ir en busca de Carmina y Justino.

Y allí estaban, en la acera, rodeados de bolsas y de bultos y macetas, tristes sobre sus viejas sillas de tijera, con las manos enlazadas, contemplando impotentes cómo una grúa del servicio municipal cargaba sobre sus lomos el auto que les había servido de vivienda durante los últimos días. Un agente de policía de tráfico tomaba notas en un cuadernillo junto a los operarios de la grúa. Jaime se dirigió colérico hacia él.

—¿Qué cojones hacen ustedes? —chilló—. ¡Este coche es mío!

—Ah, ¿sí? —dijo el otro—. ¿Y no sabe que es delito abandonar un coche en la calle? Déme su documentación.

—¿Quién le ha dicho que está abandonado? Lo aparqué aquí y la calle es libre.

—No me venga con milongas, que la calle es cualquier cosa menos libre. Y déme la documentación.

—No la llevo conmigo.

—Si no la lleva, se queda sin coche.

—¿Con qué derecho? —clamó Jaime.

—Con las leyes en la mano, majo. Es un coche abandonado y sin dueño conocido. Está escrito en el código penal..., o en el civil, yo qué sé. Es un delito de código.

Los operarios terminaban de amarrar el automóvil a la grúa.

—Esto es un abuso —insistió Jaime.

El guardia le dio la espalda y Jaime sintió deseos de soltarle un guantazo en la cabeza y tirarle al suelo la gorra de plato.

Justino se había levantado. Tomó el brazo de Jaime:

—Déjelo estar, no hay nada que hacer.

Se alejó el guardia unos pasos, subió a su moto y corrió tras la grúa, echando en las narices de Jaime y los ancianos un rastro de humaredas.

—Algo habrá que hacer —dijo Jaime dirigiéndose a Justino.

—Tendríamos que buscar otro automóvil, pero es fatigoso —señaló el anciano.

—De momento se vienen ustedes a mi casa —agregó Jaime.

—Podemos dejar la mayor parte del equipaje en un bar de aquí al lado, son buenas personas —dijo Justino.

Ayudado por el anciano, en tres viajes trasladó bultos, tiestos y maletas hasta la tasca cercana. Un grueso tabernero les cedió, cortés, espacio en el trastero, ofreció un café para levantar el ánimo y luego los despidió con afecto: «Dios proveerá», dijo a Justino estrechándole la mano.

Recogieron a Carmina de regreso y la anciana caminó entre los dos, asida de sus brazos. Iba a paso lento la melancólica tropa, Justino encorvado, ella ensimismada y Jaime, doblando la espalda para estar a su altura, con un bolsón de plástico en la mano izquierda en donde se contenían unas pocas ropas y los útiles de aseo de los viejos. Si un ángel caníbal enviado por Dios hubiera volado en ese instante sobre ellos, habría pensado que eran tres roedores enfermos y, desdeñoso, se habría alejado, renunciando a la cacería. No servían ni como carne estropajosa para un cocido de garbanzos, caminando bajo los tejados y las terrazas, en el dédalo de calles de la ciudad cercada por una bronca luz y un aire de acero. Ovidio se habría vuelto de espaldas nada más verlos.

Jaime acomodó a los viejos en su cuarto, les mostró baño y cocina y los presentó a Abigail. El mono se arrimó a la anciana y ronroneó feliz cuando ella le acarició el cráneo.

—¿Y usted, dónde dormirá? —preguntó Justino.

—Ya me arreglaré —dijo Jaime.

Salió del cuarto, llevándose al simio, y entró en el salón. Olía a circo romano, a sudor de gladiador, entrepierna de emperatriz, cagalera de cristiano moribundo, pachulí de patricia dama, sobaco de esclavo nubio, pies gorrinos de centurión y meorrea de leones. Jaime abrió la ventana, prendió las luces y sacudió el hombro de Rocky.

—¿Qué pasa..., qué quieres? —clamó el otro regresando de la nada a la vida con rostro apabullado.

—Levanta de una vez y date una buena ducha.

Obedeció perezoso el cantante y Jaime procedió a reordenar los muebles de la sala. Colocó los dos sillones frente a frente, a modo de cama, y echó sobre ellos la liviana manta del sofá que Rocky utilizaba para cubrirse. Fue luego a la cocina, se sirvió un café y esperó a que el perruno artista saliera del baño.

Rocky asomó unos minutos después, sujetando la toalla a la cintura, el magro pecho hundido y surcado de pelillos misérrimos, los cabellos mojados y cayendo sobre sus orejones y sus pies de palmípedo desmañado.

—¿Pero qué pasa, tío? —dijo—. No he dormido ni tres horas.

—Que te has quedado sin el sofá —respondió Jaime.

—¿Y voy a tener que dormir en los sillones? —preguntó Rocky.

—Hay nuevos huéspedes en mi cuarto.

—Vale —añadió Rocky sentándose con gesto fatigado—. ¿Me das un pitillo?

Jaime le tendió el paquete.

—Tengo el cuerpo destruido —siguió el cantor—. No valgo ni pa que me despiecen y usen mis órganos. A cualquiera que le pusieran un riñón mío, la espichaba en dos días. Y no te digo nada del corazón: se moriría de tristeza.

—Arréglatelas como puedas —agregó Jaime.

—Espera —dijo Rocky—. Me han contratado para actuar en un pueblo. Tío, la publicidad en prensa es definitiva. ¿Vas a venir? Pamela viene con el periodista, y la Jennifer también...

—Ya veré.

—Es que me hace falta un coche.

—Me he quedado sin coche.

—Joder, seguro que tú puedes conseguir uno, tienes amistades.

—Lo que tengo es un zoológico alrededor —contestó Jaime.

Bajó a comprar al supermercado, subió a dejar los alimentos al apartamento y, a eso de la una, volvió a la calle a tomar el aperitivo. Fernando descendía de un taxi en la puerta de Paradiso. Juntos, entraron en el bar.

—No veas la movida que he tenido ayer —dijo el pelirrojo—. Fui al cementerio, como me ordenó la maga, y me pilló la policía, una pareja de guindillas, mientras estaba pintando la valla con el esprái. Total, que esposado y a la comisaría. Y esta mañana, a prestar declaración al juez. Me esperan un juicio de faltas y una multa por atentado contra el patrimonio municipal. No tenía ni idea de que un cementerio podía ser considerado patrimonio. Me voy a la mercería —concluyó Fernando apurando la cerveza.

—¿Y qué tiene todo eso que ver con la mercería?

—Cuando tengo estrés o algún problema, voy a la mercería y pido botones. Los botones relajan mucho, se te olvidan todos los problemas. Y a veces echo también una ojeada a las puntillas y los bordados: son preciosos. Tengo un armario lleno de botones y puntillas.

Jaime recordó a Carmina y Justino.

—Ah, se me olvidaba: he llevado a casa a dos amigos míos; es un emergencia, son viejos.

Le explicó el asunto.

—Coño —dijo el pelirrojo cuando Jaime concluyó—, con la vida que llevas, te haría falta un edificio entero de pisos. Rocky, Pamela...

—A Rocky lo has alojado tú.

—¿Y Pamela, y el loro? —insistió Fernando.

—El loro lo he regalado. Pero los viejos están solos...

—Me voy a la mercería.

Salió. Jaime pidió a Pepe otra cerveza y un pincho de tortilla.

—Oye —dijo al camarero cuando éste se regresaba con el vaso chorreando espuma—, ¿tú sabes de algún coche barato que se venda por ahí? Cualquier cascajo me sirve, es una emergencia.

—¿Legal o ilegal? —preguntó Pepe con voz queda.

—Lo importante es que sea barato y que ande un poco.

—Sé de un chollo... —dijo Pepe bajando la voz—. Mi primo anda en negocios raros con eso de los coches, ya le dije. Y hay un mercedes. Creo que está bien de motor y de tapicería.

—El motor me da lo mismo, lo de la tapicería me parece de perlas. ¿Cuánto vale?

—Tirao de precio. Pero el asunto..., bueno, tiene miga.

—¿Qué miga?

—Vino de Marruecos, lo traía un contrabandista. Y al contrabandista lo frieron en un tiroteo y se murió en el coche.

—¿Está manchado de sangre?

—Está como los chorros del oro. Lo que pasa es que hay dos problemas.

—¿Cuáles?

—Uno, que huele a muerto. No se le va el olor ni con perfume francés.

—¿Y el otro problema?

—Que tiene matrícula falsa. El dueño llevaba droga, y cuando los colegas de mi primo lo encontraron, tiraron el cadáver al Manzanares y le pusieron una matrícula falsa al buga.

—No lo quiero para circular. ¿Cuánto vale?

—Igual se lo dan por unos cuarenta mil duros.

—Dile a tu primo que me interesa.

—Pase usted por aquí a la hora del aperitivo.

Al regresar al apartamento, su sentidos despertaron con un estupendo olor a guiso de la infancia. Fue a la cocina.

—Olla gitana —dijo la Carmina con voz alegre cuando vio entrar a Jaime. Rocky zascandileaba alrededor, mientras Justino hacía funciones de pinche.

Llegó Fernando con un paquete que Jaime imaginó repleto de botones y puntillas. Saludó cortés a los ancianos: «Están en su casa, no tengan problema», dijo. Los cinco se sentaron en la mesa del salón y Fernando descorchó una botella de vino manchego.

—Así que es usted cantante —preguntaba Justino a Rocky.

—Y compositor —respondió ufano el artista—. Ahora estoy preparando una canción a mi madre.

—Recordar a la madre es muy noble. ¿Y qué dice la canción?

—No la he terminado todavía. Pero va a titularse *Madre, te odio*. La primera estrofa dice: «Desde que pariste, yeah, bien me jodiste, madre, y una sonrisa nunca me diste, yeah...». No sé por qué, pero me libera mucho componer esta canción. Un colega me ha dicho que es froidiano. Y yo le digo que nada de eso, que es un blues.

—Cállate, animal —conminó Jaime.

Los ancianos se retiraron a descansar tras el almuerzo; Rocky se encerró en la cocina, rezongando mientras lavaba los platos; Fernando se fue a la calle, y Jaime quedó a solas en el salón. Pensaba en qué podría hacer las horas que le quedaban por delante antes de la cita con la Hoffman, cuando sonó el timbre de la puerta. Se topó con el rostro de Pamela.

—¡Practicante, llega el practicante! —clamó mientras entraba con andares rumbosos—. ¡Uy, qué bien huele! ¿No queda un plato para una enfermera hambrienta?

Pinchó a Jaime y luego le observó el huevo: «Parece que la hinchazón ha bajado», dijo el transexual, «pero lo tienes más negro que el alma de un pecador. Si te follas a tu jefa, procura hacerlo a oscuras, cielo: como te vea los cojones igual le da un pasmo».

Encendió el televisor cuando Pamela se marchó y zapeó buscando un canal que pudiera entretenerle. Se detuvo en un documental africano que seguía los afanes de una manada de elefantes. Paría la elefanta un elefantito muerto y otras elefantas venían a consolarla. Se peleaban dos machos y a uno se le rompía un colmillo. Andaban ellos en celo y les colgaban de las entrepiernas unos badajos que daba gloria verlos. Rondaban los leones a los pequeños elefantes, se cabreaban los machos, barritaban con furia y los leones huían en estampida...

Rocky entró en la sala y se sentó a su lado.

—¿Podrías bajar el sonido? —dijo con tristeza el cantante.

—¿Tienes manía a los elefantes?

—Los elefantes me la sudan. Pero tengo que componer, me ha venido la inspiración para la canción de la madre. Y necesito silencio.

Jaime se levantó y apagó la televisión.

—La vas a armar como se te ocurra estrenar esa canción.

—La madre es muy importante, todo el mundo tiene madre, es un tema que llega a la gente por cojones. Porque todos somos hijos, incluso tú y yo, que somos dos ruinas.

—Yo no soy una ruina.

—A mí me gustaría tener un hijo.

—Primero tendrías que conseguir que se te pusiera alguien debajo.

—La música es una mina pa follar, tronco, no tienes ni puta idea.

—La música tal vez; lo que tú haces..., no sé.

Decidió irse y salió a la calle. Aún le quedaban unas horas por delante y la Hoffman vivía cerca del parque de Berlín, tan sólo a tres o cuatro kilómetros del edificio de apartamentos. Pensó que podía ir andando y parar de camino en algún que otro bar. El cielo refulgía sereno y un aire dulce y tibio, viniendo ahora del sur, agitaba las jóvenes hojas de los árboles. En un coche aparcado en la acera de enfrente, dos hombres le miraban.

Descendió calle abajo, alcanzó la avenida Príncipe de Vergara y dobló a su derecha. La olla gitana le había dado sed, tenía ganas de beber algo. Entró en el primer bar que encontró en su camino, un oscuro recinto de largo mostrador. El camarero leía un periódico deportivo y, al fondo de la barra, una mujer bebía en solitario. La escasa luz que llegaba desde la puerta iluminaba su rostro, cercándolo con una orla de fulgente color calabaza.

Jaime Arbal se acomodó en un taburete y pidió un agua tónica. El camarero le sirvió en silencio y regresó a su lectura.

Con miradas breves y huidizas, estudió a la mujer. Tenía grandes ojos saltones, cercados de pintura oscura, pelo negro rizado, gruesas mejillas que se abultaban más aún debajo de las orejas y labios carnosos impregnados de hiriente carmín. Los dedos, rematados en largas uñas lacadas en un rojo frenético, abundaban en sortijas de oro y pedrería. Era difícil calcular su edad, tal vez cuarenta o quizás cincuenta años. Se sabía observada por él, pero parecía no importarle en absoluto, y su mirada navegaba más allá de los dos hombres que la acompañaban en el bar, más allá del recinto de luz mortecina, más allá de la calle y puede que más allá de la vida. Bebía a pequeños sorbos, hundiendo el borde del vaso entre los mullidos labios con un temblor de ansiedad. Cuando apuró el contenido, chistó al camarero y empujó el vaso hacia adelante. El otro alcanzó una botella de whisky de la estantería, sirvió a la mujer y, de nuevo, se ocupó en su periódico.

Jaime pensaba en tantos días y tantas noches de bares solitarios y gentes solitarias, de mujeres solas y hombres solos, de licores sin gloria consumidos por miles de litros en las cálidas tabernas de la ciudad arisca y gélida. Él mismo era uno más de aquella tropa, como la mujer, probablemente alcohólica y probablemente sin nadie en su vida, tal vez incluso sin amigos. Emborracharse solo representaba, a la postre, un rito amoroso, un acto de esperanza inútil. Las tabernas eran los mezquinos hogares por donde transitaban sombras humanas ávidas de calor para su corazón, el territorio de un último rastro de esperanza. El licor defendía el alma contra la amargura, cavaba una trinchera contra la angustia. Delante de la copa de todo borracho se alzaba el mundo adusto, mientras a sus espaldas se abría el abismo. El alcohol era el amargo cáliz redentor de los espíritus entristecidos. Un aguardiente de garrafa o un whisky barato dejaban en los labios un regusto tardío del amor perdido y un espejismo de orgullo.

Pidió otra tónica, y en el tiempo que tardó en beberla, la mujer consumió otro par de whiskies. Después, ella encendió con torpeza un cigarrillo, dio una larga chupada, lo retiró sujetándolo entre los dedos y el cigarrillo se escurrió y cayó al suelo. Dirigió una mirada cansina hacia abajo. Y sonrió para sí con gesto bobo, retiró el vaso a un lado y apoyó la cabeza sobre el mostrador. El camarero levantó los ojos del periódico y la miró.

—¿Cree que necesitará ayuda? —preguntó Jaime.

—Para nada. Estará durmiéndola un par de horas. Luego se despertará y se irá a su casa dando traspiés y bandazos. Son muchos años de lo mismo, amigo.

Y volvió a concentrarse en el periódico.

Jaime Arbal siguió su marcha por la ciudad. Se detuvo en otros dos bares y bebió tres gin-tonics. Sabía que no era bueno emborracharse en espera de una noche de sexo. Pero convino en que, después de todo, la Hoffman le importaba muy poco. Conocía bien la ambigüedad del alcohol, capaz de producir un efecto poderoso en favor del sexo o de arrastrarte a la derrota de un gatillazo irreversible. Un cara o cruz. Así que echaba la moneda al aire mientras ingería ginebra enredada entre ásperas burbujas de tónica. En su ánimo se alteraban momentos de contenida euforia e instantes de fútil depresión. Pensaba que era un hombre libre, más libre que nunca, invadido de ética y, al fin, consciente de poder jugar un papel en la vida. ¿Pero cuál?, se preguntaba luego. Y la perplejidad se apoderaba durante unos instantes de su corazón y se decía que él había nacido mal, que ni siquiera había sido capaz de algo tan sencillo como afirmar su matrimonio y tener un hijo. ¿Alguna vez quiso tener uno? No sabía contestarse. Pero ahora sospechaba que traer alguien al mundo constituía un deber esencial con la vida, un compromiso con la existencia. ¿Niño o niña, qué hubiera querido? Imaginó un ser ideal y sintió crecer un rastro de calor en su pecho. Y percibió un clamor de dolor en los rincones de su alma, pensando que, quizás, tener descendencia era el medio más eficaz para combatir el vacío, que un hijo podía crear la sensación de que tu vida no terminaba el día de tu muerte.

Y de nuevo, al minuto siguiente, el alcohol le devolvía el orgullo. Había aprendido, al menos, a decir no al mundo atroz de los corazones sucios y sórdidos. Ya no se veía como un don nadie, ya no era un pobre ser arrastrado por los otros y por las olas de mierda que azotaban el océano del mundo. Viajaba en los luminosos senderos abiertos por Odiseo y Don Quijote.

Y de pronto reparó en que había olvidado casi por completo a Carmen. Apenas le importaba ahora la afrenta de tanto cuerno. Aquella mujer, su rostro, su cuerpo, la sensación de su contacto, habían huido en el tiempo, hundiéndose en un espacio impreciso. Incluso le aburría recordarla. Y entretanto, la presencia de Beatriz seguía prendida en su corazón como una realidad caliente. Podía no pensar en ella, pero ella estaba allí. Intentaba no convocar su recuerdo, pero sentía el contacto fugaz de sus senos contra su pecho como si se tratara de una permanencia eterna. Hay que joderse con el amor, se dijo: nunca te deja solo, ni siquiera cuando estás en un bar delante de tu copa, muerto de soledad, ansioso de nuevos tragos, salido como un mono ante la perspectiva de un polvo próximo. Pensó que acostarse con la Hoffman escondía un principio de traición. Y sintió pavor ante la perspectiva de un fracaso sexual. Ahora sólo deseaba un amor amable y dulce.

A las ocho y media en punto de la tarde, alcanzaba el portal de la casa. Era un edificio moderno levantado detrás de la avenida Príncipe de Vergara y con balcones que se abrían sobre las arboledas del parque de Berlín. Inspiró aire tres veces seguidas, con potencia, esperando que aquel acto disolviera el alcohol que chapoteaba en su cerebro. Apretó después el timbre del portero automático. Se oyó una voz lejana: «¿Quién es?». Mojó sus labios con la lengua y respondió: «Jaime Arbal». Sonó un chasquido en el pestillo del portón y entró en el vestíbulo. Mientras el ascensor trepaba hacia el piso séptimo, ya no era capaz de adivinar si marchaba al encuentro de la Hoffman como una res camino del matadero o cual fiero casanova presto a rendir a vergazos a una hembra de carnes duras. Se miró en el espejo. Tenía unas ojeras pavorosas y el rostro enrojecido. Ajustó la corbata al cuello y tiró hacia abajo de los bordes de la chaqueta. Luego, se dijo que debía haber comprado unas flores o una botella de oporto. Y en ese instante el elevador se detuvo en un bronco frenazo, respondiendo con germana disciplina a una inaudible orden de alto ahí y quieto parao.

Tocó el timbre y respiró hondo otra vez. Rugieron los cerrojos y cadenas y la figura rosada de la Hoffman asomó ante Jaime. Llevaba un vestido vaporoso y suelto que marcaba dos rumbosos pezones sostenidos por el recio pechamen. Un tibio cosquilleo recorrió la entrepierna de Jaime. Tomó la mano de la mujer, se inclinó levemente y dejó un húmedo beso sobre el dorso.

—Es usted muy puntual. Pase, por favor.

La siguió hasta el salón, una doble estancia iluminada por luces indirectas, aquí y allá macetones con plantas tropicales y tiestecillos con flores, una pequeña alacena con libros incunables, mesitas redondas donde reinaban altos jarrones orientales y costosas cerámicas, un par de sofás y varios sillones. La sala se abría a una ancha terraza cubierta donde nuevas plantas conformaban un grato jardín bajo las luces tibias de dos farolas.

—Siéntese, por favor —dijo la Hoffman—. ¿Qué le apetece? ¿Un sherry, tal vez un vino del Rhin?

—Tomaré lo que usted, señora —contestó acomodándose en un extremo del mullido sofá.

—Vino del Rhin —resolvió ella.

La Hoffman le dio la espalda y Jaime siguió con mirada golosa el bamboleo del duro culo germánico.

Regresó al poco la hembra con una bandeja donde lucían dos altas copas de restallante cristal de bohemia y una esbelta botella de vino dorado. Se sentó a su lado y sirvió la bebida. Y alzó el vaso delante de sus narices:

—*Prosit* —dijo la germana—, por nosotros.

—*Prosit* —respondió Jaime.

El vino recorrió con frescor su garganta entumecida. Sintió que, de súbito, su borrachera se esfumaba. Pero sabía bien que no era tal, que tan sólo era su cultura de borracho lo que le permitía sentir que no estaba ebrio, cuando en realidad nadaba en el estanque de una estupenda cogorza.

La Hoffman se recostó en el sofá, sosteniendo la copa en la mano, y el cuero vacuno rechinó debajo de su cuerpo, como si el alma remota de la res dejase escapar un airado mugido de protesta.

—Antes de cenar, señor Arbal —dijo ella—, debo plantearle con la máxima brevedad una cuestión relacionada con el trabajo. Es una cuestión engorrosa —siguió la mujer después de dar un sorbo al vino—, pero el caso es que tenemos noticias de que se ha puesto usted en contacto con la prensa y pensamos que su indiscreción puede complicar las cosas, señor Arbal.

—Cosa de copas en los bares..., nada importante.

—Habíamos acordado que usted guardaría un estricto silencio.

—No sé qué decirle, aquí hay un malentendido...

—El lunes hablaremos en mi despacho. *Prosit* otra vez —dijo la Hoffman alzando de nuevo el vaso ante sus ojos.

—Bueno, *prosit* —respondió Jaime imitándola.

—Y ahora vamos a tutearnos. Puedes llamarme Ute, es mi nombre de pila, añadió la mujer.

—Ute...

—¿Te gusta mi vestido? —preguntó ella tomando con su mano libre el borde de la falda y alzándolo levemente mientras abombaba el pecho. Los teutones tetones apuntaron hacia Jaime con ferocidad taurina. Y el cuero vacuno del sofá rechinó excitado bajo el culo de la Hoffman.

—Me gusta más lo que hay dentro —respondió Jaime.

—*Achtung!* —bramó una voz desde la terraza y el corazón de Jaime pegó un brinco al tiempo que la mujer soltaba una carcajada.

—Es César, parece que quiere darte la bienvenida.

—Ah, el jodío loro...

—Es un maravilloso animal, está aprendiendo el himno de mi país. Mi hija se siente feliz con él.

—¿Está su hija en casa?

—Cenará con nosotros. Pero no te preocupes —sonrió melosa la Hoffman—, es muy discreta.

—*Achtung!* —gritó de nuevo César.

—¿Ya no pide café con churros? —preguntó Jaime.

—Quiero que se le quite esa costumbre —respondió la mujer mientras volvía a llenarle el vaso—. Los churros son horribles para el colesterol.

—¿Los loros tienen colesterol?

—Todos los animales tienen colesterol. Y poseen, además, una profunda sensibilidad. César, en concreto, creo que padece una carencia afectiva, un síndrome de orfandad. Por eso mi hija Ingrid y yo estamos volcadas en darle cariño. Hoy le toca dormir conmigo. ¿Te parece que te presente ahora a mi hija?

Jaime siguió a la Hoffman por el pasillo que salía a la derecha de la sala. Llegaron al fondo de la galería y ella abrió una puerta.

—Hola, Ingrid, querida —dijo.

Jaime asomó la cabeza y sus ojos asombrados se toparon con una espléndida muchacha rubia que hacía ejercicios de gimnasia sueca en pelotas vivas.

—Perdón —exclamó, y se retiró al pasillo.

—Entra y salúdala —dijo la Hoffman sonriendo—. En esta casa reina la naturalidad.

Jaime obedeció. Ingrid avanzó hacia él su cuerpo desnudo, dorado y portentoso, tetas duras de adolescente bien alimentada con cereales y carne de gorrino, muslos ceñidos de hembraza curtida en los gimnasios y desgrasada en duchas escocesas, rubicundos cabellos derramados sobre los hombros gentiles y un arbustón de trigo estropajoso estampado en el coño. La muchacha le besó en las dos mejillas, mientras Jaime mantenía el cuerpo combado, con temor de rozarla.

—Muy guapa —dijo Jaime turbado—, has salido a tu madre.

Ute le dirigió una sonrisa mientras Ingrid se desentendía de ellos y se ocupaba en dar saltos mortales.

Salieron y regresaron pasillo adelante, Jaime tras la germana marcando el mismo paso, sin saber ya si el borracho era él o si era el mundo entero quien estaba acometido de una soberana melopea.

Se sirvió vino y apuró el vaso de un trago cuando la Hoffman fue a la cocina. Se asomó a la terraza. Tres servicios de vajilla azulada cubrían la mesa redonda de cristal, iluminada por dos lamparitas en forma de vela. Desde el parque de Berlín llegaba un húmedo olor a sauces pujantes y un aroma embriagador a galán de noche.

—*Achtung!* —sonó en lo alto.

Alzó la vista y vio la jaula. El ojo de César le miraba frío y criminal.

—Eres un hijo de perra —dijo al bicho en voz baja.

—*Deutschland, Deutschland über alle...* —canturreó César.

—Tu puta madre —añadió Jaime.

—¡Café con churros! —gritó César.

—Cicuta es lo que yo te daría, mamón —concluyó Jaime.

La Hoffman llegaba con una bandeja donde humeaban las verduras.

—¿No estás bebiendo mucho? —preguntó—. Tal vez te sientes nervioso... —añadió con gesto pícaro—. Traeré otra botella. Siéntate en la silla del centro.

Y le dio un golpecito con el dedo en la punta de la nariz.

Cenaron verduras y codillo asado acariciados por el aire sensual de la noche y a la luz melancólica de las lamparillas. Ingrid se había engalanado con un liviano vestido azul de airoso escote. Jaime pensaba que la cambiaría con gusto por la madre si se diera el caso. Se acordó del estribillo de una antigua canción popular: «Son barbaridades, son barbaridades, acostarse con la hija y amanecer con la madre». Sin duda la Hoffman era la dueña incontestable de la situación.

—La filosofía de nuestra familia —decía Ute— es la naturalidad. Ingrid tiene diecisiete años, pero a los quince le di la libertad sexual y perdió la virginidad. Y en casa siempre estamos las dos desnudas. ¿No opinas que debe vivirse con naturalidad?

—Podíamos haber cenado los tres desnudos —dijo Jaime.

—En la cena, no: la cena es una ceremonia social que requiere etiqueta.

Jaime acabó la segunda botella a poco de atacar el plato de codillo.

—Trae otra botella del frigorífico, Ingrid —ordenó la Hoffman.

Cuando la muchacha salió, Ute posó su mano cálida sobre la de Jaime.

—¿No estarás bebiendo demasiado?

—Soy un bebedor aguerrido.

Regresó Ingrid y Jaime bebió un nuevo vaso de vino. *Achtung!*, berreó otra vez César, y Jaime le lanzó un invisible corte de mangas.

—Este fin de semana —seguía la Hoffman— Ingrid y yo queremos hacer una excursión a Palencia, vamos a visitar algunas iglesias románicas. ¿Por qué no vienes con nosotras?

—Mañana tengo un compromiso ineludible... Un amigo mío, un músico, actúa en un pueblo de las afueras de Madrid. Estrena nuevas composiciones.

—Nosotras adoramos la música —dijo Ute.

—Rocky estará encantado si venís.

—¡Fantástico! —bramó la Hoffman—. ¿Qué te parece, Ingrid?

—¿Es guapo tu amigo? —preguntó la muchacha.

—Es... distinto, muy particular.

—Atractivo —dijo Ingrid.

—Según se mire.

—Hecho —sentenció la Hoffman.

—¿Puedes llevar tu coche? —preguntó Jaime.

—Desde luego —dijo ella—. ¿A qué hora?

—Yo te llamo y acordamos la cita.

Tomaron café y Jaime arremetió contra la botella de aguardiente sueco que la Hoffman le colocó delante. Bebió tres copas seguidas ante la mirada atónita de la alemana.

Un poco más tarde, ella miró su reloj y se levantó.

—¿Vamos? —preguntó a Jaime.

Le temblaban las piernas cuando se alzó de la silla.

—¿Te importa coger la jaula del loro? —añadió Ute—, hoy le toca dormir conmigo.

—¿No podrías pasárselo esta noche a Ingrid?

—Imposible, los compromisos deben cumplirse.

Jurando mentalmente ante el riesgo de darse un monumental batacazo, acercó la silla, trepó y agarró la jaula. César le dirigió un berrido amenazador y la vampírica mirada de Boris Karloff. Y Jaime marchó detrás de la Hoffman, al mismo paso que su briosa jefa, bamboleando con brío la jaula y César revoloteando dentro cual histérico papagayo afectado por la pérdida de su centro de gravedad y en difícil equilibrio con su frágil estabilidad emocional atacada por síndromes de orfandad.

Esperó sentado en un taburete forrado de raso rojo, con la jaula al lado, acometido por un súbito tembleque, mientras la Hoffman pasaba al baño. César le contemplaba en silencio, su ojo de bestia carnicera posado en los de Jaime. Escuchaba, aterrado, ruidos salvajes de grifería.

Miró a su alrededor: paredes forradas de tela, armarios empotrados de vibrante caoba, luz indirecta y tenue escondida en un extremo del techo, y al fondo, frente a su imagen humillada, soberbia como el trono de un rey, más que cama, se extendía una cancha de tenis con colchón alto y grandes almohadones junto al dorado cabecero que cubría media pared. ¿Y si el repentino temor que le acometía ahora desembocaba en un gatillazo imponente? Por fortuna, ningún cuadro de caballos adornaba la estancia, sino antiguos grabados que representaban escenas de mitología clásica.

Salió la Hoffman envuelta en un sedoso salto de cama y cruzó junto a él como una sombra huidiza antes de refugiarse entre las sábanas del lecho. «Puedes pasar», dijo desde allí, señalando con la mano hacia el baño. «Me daré una ducha, si no te importa», respondió Jaime, pensando más en ganar tiempo que en desprenderse de la película de humedad pringosa que parecía envolver la piel de todo su cuerpo. «Tómate tu tiempo, amor», respondió ella, y la palabra amor sonó en los oídos de Jaime Arbal a la cañonería que precede a un aluvión de tanques sobre El Alamein.

Pasó al baño, se empelotó y colgó la ropa detrás de la puerta. Bajo el agua hirviente, sus pensamientos parecieron disolverse. Fue una larga ducha. Luego, al secarse, contempló con gesto piadoso su huevo hinchado y oscuro. «En fin», se dijo a sí mismo con muda voz lastimosa, «a cumplir».

Se anudó la toalla a la cintura y salió del baño. Olía a hojas de otoño y a flores marchitas.

—Podíamos apagar la luz —dijo al llegar a la altura de la cama.

La Hoffman apartó entonces las sábanas y le mostró su espléndido cuerpo desnudo: las tetas roqueñas, los enhiestos pezones sonrosados, la crespa pelambrera bermellona.

—¿No tienes curiosidad por verme?

—Soy tímido —respondió pensando en su huevo tumefacto.

—Como quieras, amor —respondió ella girando el cuerpo y apagando la luz.

Una tenebrosa oscuridad se derramó sobre la estancia. Jaime dejó caer la toalla y entró en el lecho. Tembló la piel de ella. Jaime procedió al magreo previo pertinente en estos casos: besó, mordisqueó y acarició. Brotaron gemidos mujeriles de los labios alemanes. Jaime esquivó los envites femeninos que buscaban su sexo. «Eres juguetón», musitó la Hoffman. Él respondió con nuevos besos que rodearon los pezones de la hembra. Crecieron los teutones suspiros en la germana boca con un ritmo acelerado. «Tómame», dijo ella con voz desfallecida. Y Jaime, recordando los consejos de Pamela y notando el trasto crecido y retador en su entrepierna, respondió: «Ponte a cuatro patas».

Y así, a lo perro, con el testículo tumefacto colgando en el vacío, comenzó a sacudir ibéricos vergazos a la rendida centroeuropea, entre aullidos tudescos capaces de espantar a un batallón de franceses. Llegaba ya el placer al coño de la fémina y el orgásmico berrido de la alemana resonó en el aposento. Allá voy, se dijo Jaime, orgulloso del resultado de su cañonería. Y en esto, una voz agrietada, crujiente y chillona, se alzó entre las sombras del dormitorio:

—*Deutschland, Deutschland, über alle...* —cantó el loro a voz en grito.

Y Jaime bramó en su descarga final, arrullado por el brioso himno que César repetía con insistencia y por el ario jadeo de la vencida hembra. Nunca una hispana eyaculación fue tan teutonamente celebrada.

Eran casi las doce y media cuando Jaime Arbal salió de la casa de la Hoffman. Se detuvo en el portal y encendió un cigarrillo. Seguía soplando viento del sur y olían con violencia las invisibles flores del galán de noche. Pensó en pasear por los jardines cercanos. Pero de pronto le acometió una imprecisa nostalgia. Recordó a Beatriz, recordó su mirada de azúcar verde, y sintió una punzada en el alma. Anhelaba de nuevo amar y ser amado con dulzura.

Paró un taxi y dio al chófer la dirección de la casa donde había nacido.

—Una noche fantástica —dijo el conductor después de arrancar—, parece verano. En noches como éstas lo que apetece es follar.

—De eso vengo, de echar un polvo —dijo Jaime.

—¿Disfrutó?

—No fue muy espectacular.

—¿Estaba buena?

—Dura y alemana, para más datos.

—Yo nunca me he follado una extranjera —agregó el operario—. Y no crea que es por falta de ganas. A mí me gustaría follarme una francesa, dicen que son muy putas en la cama.

—La cama no tiene que ver con el pasaporte —contestó Jaime.

—No lo crea, amigo. Mi señora, que es española, y además de Valladolid, folla como si estuviera bordando y nunca me la chupa. Se abre de patas y allá me las arregle yo. ¿Es usted casado?

—Separado.

—Quizás me busque una que me la chupe. Y me da igual que sea de Toledo o de Salamanca. He pensado en una de Murcia. ¿Cree que las murcianas la maman?

—Tengo entendido que las murcianas la chupan más que las de Valladolid.

—Algo tendrán que ver las nieblas frías del Pisuerga —dijo el otro.

—Y las huertas jugosas del Segura —concluyó Jaime.

Llegaron. Jaime pagó y descendió del auto, que arrancó y se perdió doblando la siguiente esquina.

Detenido en la acera, frente a la casa que le vio nacer, Jaime sintió que una tibia melancolía abrazaba su espíritu. Paseó la vista por la fachada y la detuvo en el cuarto piso. No había luces. Tal vez no estaba habitado o quizás los inquilinos dormían. Apoyó la espalda en la pared y encendió un cigarrillo. Permaneció allí casi diez minutos, la mirada detenida en las ventanas del que fue su primer hogar y envuelto por los vientos de la niñez. La calle y el número eran los mismos: Joaquín María López 20. Recordó una vez más a sus padres. Pensó que habían muerto infelices. Y descubrió, de pronto, que tal vez no haya nada tan terrible para un hombre como morir sabiendo que su vida fue infeliz.

Descendió calle abajo, en dirección a Guzmán el Bueno. Reconocía algunos comercios, otros habían cambiado de negocio. Ya no estaba en la esquina el puesto de dulces donde compraba canicas, cromos, chicles, cajitas redondas de jalea real, bolsas de pipas de girasol y chufas mojadas. Le acometió un difuso olor de castañas a la brasa. Un aire salado y húmedo parecía ahora brotar de la tierra, y a su alrededor todo se confundía, no sólo las casas, los automóviles aparcados, las farolas y los arbolillos en flor, sino también el pasado y el futuro, y su propio corazón atribulado, como si el mundo reclamase el derecho a disolverse en un océano de lágrimas. Y con la cabeza inclinada sobre el pecho, un cigarrillo humeando entre los labios y las manos enterradas en los bolsillos de la chaqueta, Jaime Arbal caminaba despacio, sin rumbo, en busca de la nada, con un alboroto lejano de voces y palabras prendido en sus oídos, como un ser desterrado, sintiéndose un hombre envejecido que avanza al encuentro de su destino triste.

Capítulo XXV

«Señor, vos habéis hecho este mundo
bajo la sombra de un sueño.»
RUDYARD KIPLING, *Himno a McAndrew*

Abra el discreto lector el Evangelio de San Juan, busque a Pilato en el capítulo 18 (37-38) y lea con atención lo que le dijo el Cristo al ilustre patricio romano: «Yo para esto he venido al mundo: para dar testimonio de la verdad. Y quien está con la verdad oye mi voz». Y preguntó Pilato: «¿Y qué es la verdad?». Y el Cristo se dio la vuelta y se largó sin responder, dejándonos a todos enredados con la duda por los siglos de los siglos.

De modo que decida cada cual qué verdad le acomoda. Y mientras no haya alguien con mejor ocurrencia, cierto parece a este humilde autor que la verdad suprema no es otra que la muerte: cualquier muerte, la más gratuita, la muerte casual, y la del ser más frágil, incluso la de una flor de primavera o una hoja de los árboles de otoño.

A Jaime Arbal le pareció que le sacaban del profundo seno de la más ignorada verdad cuando sintió su hombro agitado con rudeza. Su cerebro regresó al mundo desde la nada, cual recién nacido, pataleando entre confusas sensaciones. Tomó conciencia de que existía, recordó que dormía en un sofá, olió a su alrededor aromas de leonera, abrió los ojos y se encontró de bruces con el rostro adusto de la mismísima muerte: la jeta pálida y desahuciada de Rocky. Aquélla era una verdad más fea que cualquiera que hubiese podido decir el Cristo al bueno de Pilato.

—Colega, ¿encontraste un buga para el viaje? —dijo el cantante.

Jaime se incorporó:

—¿De qué cojones me hablas?

—Lo del coche, tío..., para la actuación.

—¿Qué hora es?

—Pasan ya de las once...

Jaime se sentó en el borde del sofá, se apretó las sienes con las dos manos. Sentía la lengua como un trapo de gusto ácido. Luego, volvió a mirar a Rocky.

—Si no hay coche, no hay actuación; es mi gran oportunidad, comprendes —añadió el otro.

—¿Terminaste la canción de tu madre?

—Claro, me ha quedado de puta madre, como corresponde y valga la redundancia... ¿Y el buga?

—Sí, joder, sí: encontré un coche.

—Eres grande, colega.

A las doce menos cuarto desayunaba un café doble en Paradiso. Pepe le informó: «Mi primo está al venir, trae el coche para que lo vea usted». Jaime saboreó sin prisas el café y fumó los primeros cigarrillos del día.

El primo de Pepe era un tipo desgarbado de cuerpo y piel verdosa, cabellos lastimosos cargados de mugre y una mirada vacuna que infundía pena. Jaime salió a la calle y allí, a la puerta del bar, ocupado por otro hombre de aspecto turbio, lucía plateado un anticuado Mercedes de buen tamaño. «El motor está guay», dijo el primo, «lo malo, ya le han dicho, es el olor del muerto».

Salió del coche el tipo turbio y Jaime y el primo asomaron la nariz. Una tufarada a fosa común después de un genocidio pareció saltar a la calle e inundarla. Jaime se echó para atrás. «Hay que joderse», dijo, «¿y no tiene arreglo?». El primo se encogió de hombros: «No sé, pero a todo se acostumbra uno». Luego agregó señalando al turbio: «Éste y yo ya nos hemos hecho a ello». El otro salió de su mutismo: «La muerte es cosa natural, no hay que espantarse». Jaime dudó ante la mirada agresiva del turbio. Añadió: «Lo rocían bien con algún ambientador y puede haber trato». El primo se encogió de hombros: «Quien paga manda, macho», dijo mirando a su colega. «Son doscientas mil», dijo el turbio con frialdad. Jaime negó con la cabeza: «Con ese olor tiene que haber una rebaja fuerte, y además el coche es ilegal y corro un riesgo», dijo. «¿Cuánto ofrece?», preguntó el primo. «Ciento cincuenta mil y me lo quedo, no subo un duro».

Hubo debate y, al fin, acuerdo sobre las ciento cincuenta mil. Jaime se maravilló ante su ignorada habilidad como regateador de precios. Quedaron en que los otros traerían el automóvil el lunes a las diez de la mañana, aireado y perfumado en lo posible. Luego, los dos fulanos se alejaron a bordo del Mercedes y Jaime se preguntó cómo iba a arreglárselas para que el lunes por la mañana le dieran en la empresa un anticipo sobre su sueldo. Quizás la Hoffman le echara una mano.

En el apartamento había una inusitada actividad. Carmina guisaba en la cocina una fabada que olía a gloria, Fernando y Justino jugaban al dominó en el salón, Abigail comía un plátano sentado en el sofá y Rocky era un manojo de nervios. El cantante le urgió a que arreglase cuanto antes lo del coche y Jaime telefoneó a la Hoffman. Quedaron en que vendría con Ingrid a recogerlos a las cinco y media.

Y así, a las cinco y veinticinco, la alegre Pamela, enfundada en un vestido de falda volandera pintado en grandes cuadros blancos y negros; la pizpireta Jennifer, injertada en un estrecho vestido en forma de tubo, de furioso color turquesa, que dejaba al aire la mitad de sus tetas, y un alboroto de cabellos leoninos bailando en su cráneo; un tímido Machuca, que buscaba refugio tras sus gafas oscuras; Fernando, trajeado de azul marino y corbata de flores amarillas; Rocky, con pantalón negro y una camisa de seda roja de grandes mangones, y en fin, Jaime Arbal, pensando que en mala hora se había apuntado a tan absurdo viaje con tan absurda tropa; así, ya digo, los expedicionarios se despidieron de Carmina y Justino, que desearon toda suerte de éxitos al cantante y diversión a la compañía. Abigail, desde el pasillo, contemplaba la salida de aquel catálogo de humana naturaleza con gesto grave de antropólogo. Y mientras todos bajaban en insólita fila la escalera camino de la calle, dijo Rocky ufano: «La fabada me ha puesto las tripas a punto para el triunfo». Jaime sintió deseos de largarle una colleja en el pescuezo: «Como se te escape un pedo en el coche, te bajo a gorrazos y te dejo en la carretera», advirtió.

En el portal los esperaba el guitarrista. Era un hombre alto, fuerte, completamente calvo, recias botas repletas de remaches, pantalón y chaqueta de cuero negro, y un aire inequívoco de asesino escapado de Alcatraz y dispuesto a comerle los hígados a cualquiera que le hiciese frente. «Es Jimmy», dijo Rocky señalándole. Hubo algunas voces de saludo y el de la guitarra, sin responder, paseó sus ojos de leopardo por los rostros que le rodeaban. «Podías dar las buenas tardes, pareces una fiera», le dijo Pamela. «No te molestes», añadió Rocky, «Jimmy no habla nunca con nadie». «¿Está amurriao?», inquirió Jennifer. «No, sólo que no habla nunca. Yo he intentao varias veces que se exprese, pero no hay quien pueda con él», repuso el cantante.

Eran las cinco y media germánicamente en punto cuando el llameante BMW de la Hoffman se detuvo ante el portal. «Joder, eso sí que es un buga», exclamó Rocky. «Ni un solo pedo, ya sabes», advirtió Jaime en la oreja del artista. La Hoffman y su hija descendieron del auto y saludaron uno por uno a los integrantes del grupo. Ute vestía unos jeans azules y chaquetilla corta a juego sobre una blusa negra; Ingrid calzaba una soberbia minifalda que dejaba al aire sus espléndidos muslos y una ceñida sudadera que marcaba como rocas sus magníficos senos. Todos admiraron el lujoso automóvil, e incluso Jimmy dejó escapar de sus labios algo parecido a un rugido.

Se organizó la caravana. El coche de la Hoffman iría delante, seguido del de Fernando, un viejo Seat de aspecto desdentado y caduca osamenta. Jaime se acomodó junto a Ute en el asiento delantero mientras Ingrid quedó atrás, en medio del desgalichado Rocky y el feroz guitarrista. Antes de partir hacia el pueblo de Villaviña, Jaime distinguió de nuevo el auto de los Chumbos aparcado en la acera de enfrente. Se preguntó si su vida transcurría como una comedia interminable o como un peligroso *thriller*. Se ajustó el cinturón de seguridad y miró a la Hoffman: ceñida también por la correa, sus dos picudas tetas apuntaban hacia el oeste.

Y hacia el oeste iban, carretera de Extremadura adelante. Apenas había tráfico y pronto dejaron atrás los últimos barrios de Madrid. El campo se abrió libre y generoso, con una línea dormida de montañas azules cercando el horizonte. Ute conducía despacio para no dejar atrás al cascajo del pelirrojo. Jaime bajó su ventanilla y el aire tibio y preñado de aromas lamió su piel y despabiló su olfato. Pensó en Beatriz de nuevo y una cálida mano invisible acarició su corazón. Dejaban la autopista ahora y tomaban una estrecha carretera comarcal. Las lluvias recientes habían pintado de flores silvestres las anchas tierras que se extendían alrededor cual colchones multicolores: brillaban los amarillos de los tojos, de las varas de oro, los dientes de león y los jaramagos; lucía el blancor de las aleluyas, los picagallinas, las orejas de ratón y las anémonas; vibraba sobre los campos el morado de las malvas, de los jacintos y las nomeolvides; temblaban sobre el suelo el rosa de las tijerillas y el verde de gualdas y llantenes. Y al tiempo, llegaba salvaje y dulce el aroma de la lavanda y del tomillo. Jaime cerró los ojos y se sintió durante unos instantes feliz, imaginando la mirada verde y azucarada de Beatriz.

El pueblo de Villaviña los recibió engalanado y metido de lleno en los festejos en honor de su santo patrón, un tal San Secundino. Guirnaldas y banderitas, con predominio de enseñas norteamericanas, adornaban balcones, farolas y portales. Múltiples cohetes estallaban en el aire y olía a pólvora quemada, a eras y pajares, a trigo joven, axila de labriego, churros calientes, vino recio de bota, perfume resudado de moza en flor, quisquillas en salazón y sangre seca de toro degollado. O sea: olía a fiesta castellanomanchega en pleno apogeo.

Aparcaron los coches en un callejón y todos juntos marcharon camino de la plaza principal, Rocky en cabeza de la estrafalaria patrulla, cual jefe indiscutido, y cerrando la fila el fiero guitarrista, con su instrumento cargado sobre el hombro. Conforme se aproximaban al centro del pueblo, crecía el gentío. Cruzaban frente a miradas atónitas, ocasionales carcajadas y frases burlonas. «Mirad ese adefesio teñido de rubio», dijo un chaval a su cuadrilla, señalando a Jennifer. Y Pamela, lanzándole un corte de mangas, respondió con rabia: «Somos los artistas, niño de mierda, ¿nunca has visto un artista?».

La plaza era espaciosa y bonita, cuadrada, cercada de soportales y con una gran farola de hierro forjado alzada en su centro. En uno de los lados, habían levantado un tinglado sostenido sobre tubos de acero y cerrado por un cortinón rojo, a modo de escenario para las actuaciones de la atardecida. Cuatro calles confluían como cuatro ríos en aquella hermosa explanada. En una de ellas, se elevaba hacia los cielos la airosa torre de la iglesia que remataba un pétreo campanario. En lo alto de la calle del otro extremo se distinguía la sólida arquitectura de un coso taurino. Una marea de gente bajaba ahora desde allí, siguiendo a dos novilleros y sus cuadrillas. Vibraban los olés y los aplausos a su paso y una orquestina de tres tambores, dos trompetas, acordeón y platillos completaba la marcha triunfal al son de un desabrido pasodoble. El desfile cruzó frente a Rocky y sus amigos. «Ay qué ricura es ese torerillo, qué polvillo le echaba», comentó Pamela a Jaime cuando uno de los diestros, un joven rubio con terno de alamares de plata sobre la seda malva, pasó en su cercanía. La gente se dispersó en bares y callejuelas mientras los diestros se perdieron en busca de sus vehículos. Y entonces descendió desde lo alto un carro tirado por cuatro mulas en cuya caja viajaban cuatro negros novillos asesinados y en montón, desorejados, desrabados, banderilleados y apuñalados, las cabezas colgando entre los barrotes, las lenguas fuera, espuma en las narices, ojos vidriosos y algún que otro cuerno partido por la mitad. La sangre goteaba por los costados del carro y dejaba detrás un reguero oscuro. Tras el carromato, un vendaval de chiquillos danzaba en jubilosa algarabía, y algunos se acercaban de cuando en cuando al vehículo y asestaban silbantes latigazos con varas de fresno sobre los corpachones de los animales muertos.

—¡Salvajes! —clamó la Hoffman.

Y un instante después, Ingrid dejó escapar un angustioso grito y cayó desmayada en brazos de Rocky, que a duras penas logró sostenerla antes de que corriese Fernando en su ayuda, evitando que la chica se dejase los morros en el suelo. «Joder, poco más y se nos descrisma», dijo Rocky aliviado.

Se acomodaron en la terraza de un bar, bajo los soportales. Ingrid, abanicada por Pamela, que hizo valer sus dotes de enfermero, despertó al poco. Le dieron a beber una cucharada de coñac y volvieron los colores al rostro de la muchacha. Jaime luchó por convencer a la Hoffman de que abandonase la idea de ir al cuartel de la Guardia Civil, donde pretendía poner una denuncia formal contra la barbarie ibérica por la exhibición pública de toros asesinados. Adujo cuantos argumentos le vinieron a la cabeza: que España es así y no hay quien pueda con ella, que la Guardia Civil es un cómplice histórico del salvajismo hispano, que tú sola no puedes cambiar el mundo, que los toros son como una religión y, joder, que nos van a echar a todos del pueblo y a palos si nos descuidamos, y que te dejes por una vez de rollos ecologistas en plena Castilla, que aquí se come la gente crudos a los pájaros y a veces sin desplumarlos siquiera. Al fin, malhumorada, Ute cedió y todos disfrutaron de las delicias del chocolate con picatostes, a excepción de Machuca, que se metió en el cuerpo los dos primeros whiskies de la tarde.

Rocky los abandonó un rato y fue en busca del alcalde para organizar la gala. Regresó media hora después para informarlos que su actuación sería a las diez de la noche, precedida y seguida por una orquesta de baile. Así que se encargaron frascas de áspero vino del país criado en tinajón, nuevos whiskies para Machuca, zumos de frutas para Ingrid, y chorizos y morcillas a la brasa para todos. A escondidas, Rocky y el guitarrista se fumaron un par de porros de marihuana seguidos de una generosa esnifada de cocaína. Los ojos del guitarra adquirieron un brillo montaraz.

La plaza se llenó de gente, gritos de niños y estallidos de petardos que las jodías criaturas tiraban a los pies de los desprevenidos. A eso de las ocho, se prendieron las luces del escenario y subieron cinco músicos vestidos de verde. Tras ellos, una mujer de esplendorosas carnes se aupó a la grada, ataviada con un corto vestido amarillo de brillos metálicos que dejaba al aire su aparatoso muslamen. Y el bailongo arrancó, con derroche de pasodobles, coplas, rancheras mexicanas, chachachás, canciones a la moda y ritmos tropicales. Ora pedía la cantante que lloviera café en el campo, ora aseguraba que si tú me dices ven lo dejo todo, ora me gustas mucho, tú, ora que si Adelita quisiera ser mi novia. Se formó un cisco de parejas apretadas que llenó la explanada. Pamela tiró de Machuca, ya medio borracho, y lo arrastró a bailar quieras que no. Jennifer se colgó de Fernando en un garboso pasodoble. Jaime hizo los honores a la Hoffman, que más que danzar parecía buscar sus pies para pisotearlos sin clemencia. Rocky se enganchó a Ingrid metiendo pierna hasta donde llegaba entre los muslos de la muchacha. El guitarrista, desde la mesa, libaba vino mirando al mundo con ojos de genocida serbio. Y venga con María de las Mercedes por qué te vas de Sevilla y mama qué será lo que tiene el negro y tengo un tractor amarillo que es lo que se lleva ahora y porompompón y que viva España y dale a tu cuerpo alegría Macarena, ¡ay!, Macarena, ¡aaah! Y olé.

A Jaime le dolían los pies, pero la fiebre bailadora de la Hoffman, que se había atizado media frasca de vino, no parecía tener fin. Cerca, salido como un mono, Rocky magreaba a su antojo a la dulce Ingrid, mientras que un poco más allá, tieso como un pavo, Fernando meneaba de un lado para otro a la frágil Jennifer, con riesgo de crujirla entre sus poderosos brazos. Entretanto, Pamela había desistido de seguir bailando con Machuca y con gesto aburrido, soplando vino, se sentaba entre el periodista, que se fundía un whisky detrás de otro, y el animal de la guitarra, que había encendido un nuevo porro. Y así el festejo transcurría a gusto de unos y tedio de otros, en espera de la hora de la actuación estelar de Rocky.

Paró la orquesta a eso de las diez, Rocky corrió hacia el escenario seguido por el guitarrista, y el resto del grupo regresó a sus asientos de la terraza. Jaime Arbal, entonces, con la melosa Hoffman arrimada a su hombro, medio borracha y sudando poro a poro, percibió en su alma el regreso de su inmensa soledad. Y también un hondo aburrimiento. Le pareció que la vida era siempre, a cada rato, una escena repetida, que cuantos le rodeaban, sus amigos y los centenares de seres desconocidos que llenaban la plaza, eran la misma gente multiplicada una y mil veces, hombres y mujeres que representaban a toda hora una invariable ceremonia y que podían llegar a tener un único rostro. Se preguntó qué narices estaba haciendo allí, por qué había ido a ese extraño lugar, cuál era la razón de la incipiente melopea que acometía su cerebro. Si pudiera elegir una vida, se dijo, quizás no sabría siquiera cuál escoger, tal era la escasez de imaginación que poseía.

Y entretanto, Ute Hoffman, cada vez más cercana y más audaz, le metía mano bajo la mesa buscando su entrepierna y arriba del escenario Rocky y la fiera probaban los altavoces y ajustaban el sonido. Una fila de sillas de tijera, alineada a la izquierda del escenario, congregaba a quienes parecían ser las autoridades locales: el cura con su sotana zahína, el teniente de la Guardia Civil con uniforme en verde y oro y tricornio de brillante charol, y a ambos lados de la España profunda e irredenta, orgullosos y en el más grande de sus días, el alcalde, los concejales y algunas señoronas de postín. Jaime recordó los contenidos de las canciones de Rocky y se temió lo peor. Subió un tipo trajeado de etiqueta al estrado y, tomando el micrófono, anunció al gran Rocky como representante de la música de vanguardia madrileña y celebrado gracias a su talento por la prensa de la capital. Jaime miró a Machuca y el periodista levantó su copa de whisky y soltó un eructo soberano. El presentador bajó del escenario, Rocky agarró el micrófono como quien coge un conejo por las patas antes de desnucarlo y en éstas sonó el primer guitarrazo del animal que le acompañaba, sonó como un trueno enfurecido, sonó como el primer estallido que anuncia la inminente tormenta, sonó como la gran ventosidad celestial que precede al fin del mundo. Jaime sintió deseos de taparse los ojos y permanecer así hasta que escampara.

Abrió Rocky el concierto con su *Diamante Azul,* después de presentar el tema con la cantinela de preguntarle al público eso de que tú qué harías, colega, si un policía te dispara y cuando estás agonizando añade «perdona, me he equivocado». El teniente de la Guardia Civil se movió en su silla, mirando a sus vecinos, visiblemente mosqueado. Rocky acometió la canción. Aquello sonaba a rayos en los oídos de Jaime, mientras intentaba sujetar la mano de Ute bajo la mesa, que no cesaba en su empeño de agarrarle el miembro mientras le babeaba el cuello. Fernando dijo: «Joder, nos van a sacar a pedradas de este pueblo». Jennifer y Pamela bailoteaban en las sillas siguiendo el imposible ritmo de la pieza, en tanto que Machuca parecía atacado por un irrefrenable ataque de risa. Ingrid, angelical y hermosa, miraba embobada hacia el audaz artista. Sonaba ahora un solo de armónica acompañada por ocasionales guitarrazos desaforados. Y la canción se aproximaba a su término con un nuevo berreo de Rocky.

Jaime esperaba una soberana pitada o al menos un espeso silencio de perplejidad entre el público cuando sonase el chimpún final. Pero los milagros existen. El último bramido de la guitarra cerró la canción y un clamor de aplausos y vivas surgió entre el gentío. Jaime pensó que tal vez estaba soñando. Pero no, las autoridades aplaudían a rabiar, en especial las señoronas y el cura. Fernando movió la cabeza hacia los lados: «En este pueblo todo el mundo está loco», dijo. Ingrid, Jennifer y Pamela se unían al entusiasmo de los aplausos. Ute, a lo suyo, metía la lengua en la oreja de Jaime y seguía trasteando en su entrepierna. Y Machuca, continuaba riendo sin descanso.

Aquello iba camino de un triunfo colosal. Las insólitas composiciones de Rocky provocaban ahora el histerismo de los más jóvenes. Cantó el artista aquello de la explotación del campo manchego por los terratenientes, y el alcalde, que debía ser socialista, y el cura, que tal vez había estudiado Teología de la Liberación, se levantaron de sus asientos para aplaudir, en tanto que el teniente no sabía muy bien a qué carta quedarse y palmeaba con timidez. Siguió un popurrí de canciones regionales con las letras cambiadas y obscenidades al por mayor, a ritmo de blues y adobado por infames guitarrazos. El cura frunció el ceño y al teniente casi se le cae el tricornio al suelo. Pero no había manera ya de parar el éxito. Y cuando después de casi una hora de concierto, Rocky, eufórico y con el público entregado, anunció el estreno, dedicado, especialmente para el pueblo de Villaviña, de un nuevo tema titulado *Madre, te odio,* creció el clamor entre la multitud y centenares de mecheros se alzaron sobre las cabezas del gentío para celebrar aquel himno imponente.

Cantaba Rocky:

Desde que pariste, madre,
bien me jodiste, yeah,
y una sonrisa, madre,
nunca me diste, yeah.
Dentro la cuna, madre,
siempre lloraba, yeah,
de darme hostias, madre,
tú no parabas, yeah.

Y el estribillo:

Madre, te odio,
ya no te quiero,
y te detesto
cual gato al perro.

No hubo estruendo de aplausos ni vocerío alborozado tan grandes en la historia de Villaviña como los que se alzaron tras el último acorde de la fiera que ponía fin al concierto. Rocky descendió casi a hombros del estrado, fue abrazado con calor por el alcalde y felicitado por los miembros del concejo, regañado con sonrisas condescendientes por el cura, saludado con un frío apretón de manos por el mosqueado teniente y besado por las ilustres damas, una de las cuales le dijo: «Si necesitas una madre, aquí me tienes, mozo». Una nube de jóvenes cayó sobre Rocky en demanda de autógrafos mientras los rumores de admiración seguían entre el público. El guitarrista sonreía por primera vez, quizás, en toda su vida, solicitado también por los cazadores de autógrafos. Le salían de los labios dos puntiagudos colmillos y dejaba escapar gruñidos de satisfacción. Jaime, perplejo, no reparó al principio en que Ute le había cazado al fin el trasto y procedía a darle vigorosos meneos. Logró librarse de la tenaza, sintiendo a su miembro en retirada más que en fase creciente. Fernando miraba hacia el escenario con ojos de quien ha visto un ovni y no se lo cree. Y Machuca, echado hacia atrás en su silla, acometido por movimientos convulsos, era atendido por Pamela y Jennifer, que le mojaban la cara con una servilleta. Ingrid, levantada, transportada a un mundo de ensueño, representaba la viva imagen de una muchacha en flor que acaba de descubrir por vez primera el amor.

Regresó la orquesta pachanguera al estrado y siguió el bailongo. Machuca, repuesto, procedió a darle de nuevo al whisky, Fernando alternó sus danzas con Pamela y Jennifer, y Jaime optó por bailar con la Hoffman para librarse en lo posible de sus magreos. Cerca, Rocky se comía a mordiscos a Ingrid y le metía la mano izquierda por debajo de la sudadera buscando teta. Villaviña hervía de vino y cachondeo. Olía a asno rebuznón, sexo agreste y alcohol de sidrería.

Eran las tres de la madrugada pasadas cuando la panda reemprendió el regreso a Madrid. Varias decenas de personas los acompañaron hasta los coches entre clamores. A Machuca hubo que meterle en el vehículo casi en brazos, tal era la monumentalidad de su cogorza. Se alejaron haciendo sonar los cláxones de los dos automóviles como un ejército triunfador.

Beoda, la Hoffman volaba de lado a lado de la estrecha carretera. Pero se negaba, rotunda y cazurra, a dejar conducir a Jaime. Atrás, el guitarrista roncaba como un león después de la oportuna merienda de cebras. Y Rocky, echado sobre Ingrid, jadeaba cual perro hambriento metiendo mano por todos los rincones y protuberancias del cuerpo de la muchacha. Antes de llegar a la ciudad, se la sentó encima, con las tetas al aire, y procedió a ventilársela entre gemidos germanos y alaridos castellanomanchegos, mientras el automóvil parecía un cochecillo de feria haciendo el látigo y Jaime pensaba que tal vez algún invisible Dios ario velaba por la vida de aquella loca borracha que conducía a su lado.

Entraron en la urbe vacía, bajo las luces cansinas de las farolas. Jaime perdió la cuenta de todos los semáforos que iba saltándose la Hoffman. Dobló el auto hacia Alberto Alcocer y al llegar a la altura de la casa, para completar la faena, la alemana cambió de carril y se subió en la acera, frente al portal, con el morro del coche dirigido hacia el edificio.

Los faros del automóvil apuntaron a dos seres pequeños que, sentados en la escalinata, acurrucados y temblando como crías de gorrión caídas de su nido, los miraban con rostro de terror supremo. Eran Carmina y Justino.

Jaime saltó del coche y corrió hacia ellos. Se inclinó a su lado, sintiendo su corazón batir de inquietud.

—¿Qué pasa, qué hacen aquí?

Carmina movía la cabeza de un lado a otro. Tenía las mejillas empapadas de lágrimas. Justino pasaba su frágil brazo por encima de la anciana. Tartamudeó al contestar:

—Fue de pronto... Entraron, eran tres. Nos despertaron, nos insultaron, nos obligaron a levantarnos... ¡Pobre Abigail!

La Hoffman, Ingrid y Rocky se habían acercado. Ahora llegaba el coche de Fernando.

—¿Siguen arriba? —preguntó Jaime.

—Hace ya un rato que se fueron... —dijo Justino.

—¡Ay, pobrecitos míos! —clamó Pamela mientras se sentaba al lado de Carmina y la besaba en la frente.

—¿Qué ha pasado? —preguntó Fernando.

—Creo que los Chumbos han venido a buscarme —dijo Jaime.

—Vamos arriba —ordenó el pelirrojo.

La puerta del apartamento estaba abierta y la luz del vestíbulo encendida. Entraron.

—¡Joder! —exclamó el Fernando.

—¡La ruina del fin del mundo! —bramó Rocky.

No había un solo objeto en su sitio ni un solo mueble en pie. Alfombraban el pasillo cuadros rotos y cristales despedazados, que se mezclaban con sillas patas abajo, almohadones rajados, botellas hechas trizas y latas de conserva estrelladas contra las paredes. A la derecha, en el dormitorio del pelirrojo, el colchón había sido retirado del somier y destripado a golpe de cuchillo. Al grabado del brioso caballo lo habían pataleado escrupulosamente y el equino parecía un animal moribundo, incapaz ya de humillar a nadie con su vigor de semental.

Caminaron entre los restos del saqueo, rumbo al salón. La luz estaba encendida. Y allí, entre sillones abiertos en canal, alboroto de sillas con las patas quebradas, la mesa tirada del revés en un rincón y toda suerte de cacharros destrozados; allí, en el centro de la sala, boca arriba, las patitas separadas, los brazos en cruz, la boca babeante, los ojos dulces y quietos mirando hacia lo alto y el pecho ensangrentado; allí, víctima muda del desastre, con un cuchillo de cocina clavado en el corazón, yacía el simio Abigail.

Un rugido cavernario brotó de la garganta de Fernando. Paralizados, los tres hombres miraban el cadáver del pequeño orangután. Transcurrieron largos segundos de desconcierto. Luego, el pelirrojo gritó:

—¡Noooo!

Y corrió hacia el mono, se arrodilló a su lado y abrazó el cuerpecín con delicadeza. Estalló al instante en un llanto incontenible en el que mezclaba sonoros ayes con palabras inconexas. Su corpachón parecía frágil, presto a romperse ante la acometida del dolor. Jaime y Rocky le contemplaron en silencio.

—¿Ha muerto totalmente? —preguntó Jennifer, que entraba precediendo al resto de la tropa.

Fue una triste noche la de aquel sábado de mayo de finales del milenio. Llevaron a los dos viejos al apartamento de arriba y entre Pamela, Jennifer, Rocky y Jaime arreglaron como pudieron el destrozo. La Hoffman y su hija regresaron a su casa después de dar los oportunos pésames a Fernando. Machuca, beodo todavía, se echó a dormirla en el cuarto de Abigail. El guitarrista se esfumó camino de los laberintos urbanos. Y el pelirrojo organizó el velatorio: el cadáver del simio sobre el sofá, envuelto en una sábana y con la jeta fuera. Fernando caía en ocasionales llantinas y se arrodillaba entonces ante el cuerpo yerto del animal y preguntaba en alta voz mirando al techo: «¿Habrá un paraíso para los monos, un más allá donde se reúnan sus almas?». Tales filosofías no impresionaban a Rocky, que se acercó a golpear con afecto el hombro de Fernando, en un intento vano de consuelo, y dijo rascándose su mezquina cabeza:

—Me gustaría cantarle algo de despedida al mono y que todos lo coreásemos. Pero los españoles no tenemos cultura musical para estos momentos y sólo sabemos cantar juntos cuando estamos borrachos. «Asturias patria querida» y cosas así. Y claro, eso no viene al caso.

—Si te arrancas a cantar te meto una hostia, Rocky —advirtió el pelirrojo antes de volver a sus lamentos.

Jaime organizó su dormitorio. Por fortuna, los Chumbos no habían tocado las cartas de Banderas ni se habían ocupado de los libros. Los asaltantes habían rajado, eso sí, los colchones de las camas, desperdigando todas sus ropas por el suelo de la habitación. Y no le quedaba un solo calzoncillo sin desgarrar. Tal vez, pensó, era un aviso para sus testículos.

A eso de las seis echó una cabezadita, tendiéndose vestido sobre la destrozada colchoneta. Un par de horas más tarde le despertó el olor del café recién colado. Tomó una ducha y se unió al velatorio del salón. Rocky descansaba en un sillón cojo y Fernando, más calmado, miraba con tristeza el tieso cadáver de Abigail. Desde el cuartucho del fondo, levantando un poderoso eco en el pasillo, llegaban los salvajes ronquidos de Machuca.

¿Y qué hacer con un mono muerto en domingo? La mirada asesina de Fernando disuadió a Rocky de insistir en su primera sugerencia: regalarlo a un restaurante chino. Tampoco aceptó el pelirrojo la propuesta de Pamela: sepultarlo en algún solar. «¿Dejarías a un amigo enterrado en un lugar que cualquier día pueden convertir en un edificio de pisos?», preguntó Fernando. Jennifer sugirió: «Lo mejor y más limpio es la incineración, ¿pero quién te incinera en Madrid a un mono asesinado? Para eso hay que tener influencias políticas».

Tras devanarse un rato las molleras y desechar unas cuantas ideas locas, convinieron en que lo mejor era acudir a un clínica veterinaria. Después de algunas llamadas telefónicas, el departamento de información del tanatorio les confirmó que sí, que tal empresa existía, aneja al servicio funerario, y que se ocupaba, por siete mil pesetas, de incinerar gatos y perros. «¿Y monos?», preguntó Jaime a la telefonista. «Ah, monos no sé, pero supongo que será lo mismo, porque arder deben arder igual: si hay pelo, van como una tea, mejor que los humanos». La mujer le facilitó una dirección, a menos de cuatro manzanas de su domicilio. «La mala pata», añadió, «es que con los animales no se trabaja los festivos».

—Va a empezar a oler —presagió Rocky—. Igual tenemos que colgarlo del balcón para que vaya aireándose.

Pamela sugirió meterlo en la nevera, retirando bandejas y alimentos. Y así lo hicieron y no sin cierto esfuerzo, pues el rigor mortis del bicho los obligó a colocarlo en pie, ocupando todo el espacio del frigorífico. Allí dentro quedó Abigail, envuelto en la sábana, sus ojos de cristal detenido mirando a los humanos con la ternura de un muñeco de peluche y la boca abierta que dejaba al aire sus vigorosos colmillos amarillentos.

El día transcurrió mohíno y zarrapastroso. Machuca, al fin, despertó de su melopea, y se largó con viento fresco, sin apenas despedirse, en busca de un taxi que lo llevara a casa. Jennifer y Pamela subieron a su apartamento para descansar y atender a los viejos. Rocky se tumbó en la cama de Fernando. Y el pelirrojo, negándose a dormir, pasó la jornada yendo y viniendo del frigorífico al salón y del salón al frigorífico. Sus lamentos ya no eran tan sonoros. Pero el peso de su melancolía era infinito y sus suspiros de tristeza cual canto de ballena viuda.

Jaime Arbal se refugió en su cuarto, y se echó sobre la cama destartalada con el manojo de cartas de Banderas a su lado. Sentía crecer la rabia en su corazón: rabia contra aquel muro invisible de poder que dirigía el curso de las cosas y que a él, a ellos, a los seres pequeños, los arrastraba en el desconcierto y en la ignorancia de las leyes finales que gobernaban sus vidas insignificantes. Quería una venganza, deseaba hacer daño, y no sólo a los Chumbos, sino también a Martín Novoa y al periodista Agustín Blázquez, y a todos cuantos se escondiesen en aquella red donde se mezclaban el poder, la droga y el crimen.

Tomó las cartas. Apenas le quedaban unas pocas por leer. Y le producía una leve sensación de melancolía pensar que pronto concluiría. Era como acercarse al final de un hermoso misterio que no deseaba ver finalmente desvelado.

Banderas escribía a su mujer desde Nueva York, donde participaba en un curso sobre nuevas tecnologías para la prospección de yacimientos de petróleo. Se extendía describiendo la vida en la ciudad: «Una urbe gigante, desalmada y brutal, en la que la gente sobrevive contra la mezquindad organizando cálidos microcosmos humanos. Ésa es la grandeza americana: la lucha cotidiana contra el desánimo». Más adelante, añadía: «La última frontera de la lucha del hombre es defenderse contra la desesperación y contra el caos. Las grandes urbes humanas son el retrato de la desolación y en ellas la verdad te asalta en cada esquina. Porque te muestran que el hombre no es un ser sin culpa y que nadie, ni siquiera los más nobles de nosotros, es virtuoso en forma inocente».

«La gran ciudad», continuaba, «ha sido durante siglos el espejo de la civilización, la utopía de una vida próspera y culta. El hombre urbano era, frente al hombre de aldea, un ser que había desarrollado una mayor preocupación por la moral y el progreso material y cultural. Su preocupación ética se agigantó, pero junto a su conciencia, creció también su astucia para el mal, su capacidad destructiva. Y lo peor de todo: el mal se banalizó, se hizo parte de la naturaleza. Porque en las grandes ciudades el hombre aprendió, lentamente y con naturalidad, a traicionar los grandes principios, a entender que las leyes estaban hechas para ser burladas o para ser impuestas con rigor a los más débiles. Y cuando se acepta algo así, se acepta al fin que el delito es también parte de la ley. Es la banalidad del crimen, la banalidad del Diablo».

«Ésa es la razón del caos», concluía Banderas, «y desde esa frontera, todo lo que somos es ya la bestia. Si se aceptan la naturalidad del mal y la inocencia del crimen, entonces caminamos derechos al abismo. Por eso aún necesitamos que la vida tenga un sentido, nos hacen falta una lógica y una estética capaces de salvar la libertad. Precisamos de nuevo de la ilusión moral. Nuestro destino es muy parecido al de Moisés, que nunca alcanzó a llegar a la tierra prometida, pero que jamás se desanimó caminando en su búsqueda. Podemos negar la fe, mas debemos seguir soñando, como Don Quijote, en la derrota del mal, en el fin del caos. Estamos obligados a caminar entre las sombras y a lomos de un sueño cuya realización es más que improbable».

Guardó las cartas. Salió del dormitorio y fue al cuarto de baño. Meó con ganas y con gusto. Luego, frente al espejo, contempló su rostro un largo rato. Se tapaba un ojo y observaba el brillo del que quedaba libre. El ojo derecho mantenía una luz dura y determinada, era el ojo de alguien que está decidido a la acción. El izquierdo, sin embargo, conservaba un fulgor triste, un rastro de perplejidad infantil.

Salió al pasillo, vio luz en la cocina y se asomó. De rodillas ante el frigorífico abierto, Fernando acariciaba la roja cabeza inmóvil de Abigail.

—Mañana me iré de tu casa —dijo Jaime.

El pelirrojo se levantó y cerró la puerta de la nevera.

—No tienes por qué irte.

—Cuando tenga dinero te pagaré todo este destrozo.

—No me debes nada. Lo que me gustaría es encontrar al que lo mató.

Dejó solo a Fernando y regresó a su cuarto. Ojeó otra vez *El rey Lear*. Era la tragedia de Shakespeare que más le impresionaba. «Nunca he sido valiente donde no he sido honrado», decía Albany. Y a Jaime Arbal le pareció que Albany le estaba hablando a él.

Luego, caviló sobre la venganza.

Capítulo XXVI

«Algo huele a podrido en Dinamarca.»
WILLIAM SHAKESPEARE, *Hamlet*

Jaime Arbal se levantó aquel lunes como un toro que sale abanto de toriles, dispuesto a cornear el mundo por todos los costados y barrer en lo posible el patio trasero de su patria ignominiosa. Brioso, desayunó un par de cafés en Paradiso y se hartó de churros calentitos. Entró luego en La Gran Felicidad S. A., pasadas las ocho y cuarto, perseguido por imaginarias trompetas de gloria que alegraban su ánimo. Había una carta en su mesa. La abrió y la primera ducha de agua fría del pérfido lunes cayó sobre su corazón. Era de Carmen: todo un memorándum de condiciones para el divorcio. Si le parecía bien, podía firmarlo. En caso contrario, que la llamase por teléfono para negociar los acuerdos pertinentes. Firmó a ciegas, metió el documento en un sobre y se lo echó al bolsillo. Las triunfales trompetas desafinaban levemente en sus oídos.

Regresó al apartamento. Fernando ya estaba vestido de luto, con Rocky a su lado y enfundado en su terno de cuero negro. Abigail, helado y rígido, yacía sobre el sofá envuelto en la sábana blanca. Antes de que salieran a la calle, sonó el timbre de la puerta: Pamela, tocada con una mantilla española color azul marino, y Jennifer, con un vestido fucsia oscuro abotonado hasta el cuello, esperaban en el pasillo, cada una con una flor amarilla en la mano.

Y así salió el cortejo del edificio de apartamentos: Fernando delante, el tieso Abigail sujeto bajo el sobaco derecho; detrás, Pamela amarrada del brazo de Jaime, y cerrando marcha Jennifer, prendida de Rocky y andando a buena marcha sobre sus cortas piernas. «Sarracenos, sarracenos», repetía una y otra vez la puta de ascensor, clamando contra los asesinos del mono.

Caminaron un par de manzanas. Llegados a la altura de un bar, Fernando se detuvo:

—Me tomaría un café —dijo a los otros—, me está dando una especie de mareo.

—Tenemos tiempo, no son las nueve —dijo Jaime.

—¿Y qué hacemos con Abigail? —preguntó el pelirrojo con gesto perplejo.

—Lo dejamos aquí al lado de la puerta —respondió Pamela.

Fernando depositó con mimo el cadáver del simio, boca arriba, bajo la cristalera donde se anunciaban raciones de calamares, fritanga de chorizos, torreznos de cerdo salmantino y bocadillos variados. Al entrar, los asaltó un espeso olor a grasaza, a chicharrones de barrio, a gallinejas rancias y zarajos de ruedo ibérico. Se abrieron hueco en el mostrador, entre grupos de obreros vestidos de mono azul que consumían anises de padre desconocido y brandis carentes de árbol genealógico. Pidieron café al tabernero, un tipo sin afeitar y mandil adornado con manchurrones. Y así, alineados en la barra, melancólicos, maldormidos y en silencio, comenzaron a sorber con esfuerzo el negro líquido hirviente que entraba en sus gargantas arañando como un gato.

Y en éstas entró un obrero en la taberna.

—¡Coño! —clamó—, ahí fuera han dejao un bicho muerto atao con un cacho de sábana.

Los cabellos de Fernando parecieron arder cuando, dejando la taza de café sobre el mostrador, bramó:

—¡No es un bicho, es un orangután! ¡Y es mío!

—Oiga, yo no quería faltarle —dijo el otro espantado ante el furor del pelirrojo.

Cabreado, el tabernero intervino.

—A mí no me deje orangutanes muertos delante del local, eso es ilegal.

Pagaron, salieron a la calle y reemprendieron la marcha. Dos manzanas más adelante, dieron con el edificio, un caserón de aire moderno y alta escalinata. Sortearon a la empleada que limpiaba con recios golpes de fregona las baldosas del vestíbulo y se detuvieron ante cuatro puertas de cristal, alineadas al fondo de la sala, de las que colgaban sus respectivos carteles: GESTIONES, ASUNTOS, INCIDENCIAS, ÓBITOS.

—Pa mí que es incidencias —dijo Rocky.

—Es óbitos, sin duda —corrigió Fernando.

—Lo de óbitos creo que es sólo para personas —apuntó Jaime.

Era ÓBITOS, no obstante. Un empleado de blanca bata los atendió tras el mostrador. Fernando rellenó los documentos que le tendió el otro y pagó las siete mil pesetas que demandaba el otro.

—Bueno, pues ya está... —dijo el funcionario— si hace el favor, me alcanza usted el cadáver.

El pelirrojo posó sobre el mostrador el cuerpo yerto de Abigail. Blandas lágrimas se escurrieron por sus mejillas picadas de viruela mientras acariciaba por última vez la cabeza del mono. El empleado le contemplaba con mirada mansurrona y sonrisa de beato.

—Lo siento —dijo Fernando sorbiéndose la nariz con ruido.

—Es natural —respondió el otro mientras agarraba el simio muerto y lo escondía al otro lado del mostrador—, se los quiere como a hijos. Yo aquí veo muchas lágrimas todos los días.

Jaime se despidió en la calle.

—Tengo que hacer algunas gestiones. Dentro de un rato —añadió dirigiéndose a Fernando— pasaré a recoger mis cosas y a los viejos. Ya he encontrado sitio para ellos.

—¿Y a mí me has encontrado sitio? —preguntó Rocky.

—Puedes proponerle matrimonio a Ingrid, tiene casa.

Jaime cruzó de acera mientras los otros regresaban por donde habían venido. Era una mañana cenicienta, templada, sin aire, con olor a brea y humaredas de turba.

Necesitaba ver a Beatriz con una urgencia adolescente y aceleró el paso. Pensaba que Beatriz era muy joven, mientras que él entraría en muy pocos años en el umbral de la vejez. Había, además, un cierto aroma de inmoralidad en ese amor sin tino, un viso de sucia pedofilia. Pero qué más da, se dijo, ¿quién puede echarle a un hombre a la cara, en tiempos tan tristes, soñar con un amor imposible? Necesitaba verla y oír su voz, sentía que era para él un golpe de aire limpio en el mezquino mundo.

Llegó a la farmacia. Resuelto, empujó la puerta. Sonó la campanilla. Se arrimó al mostrador. Desde el fondo del local se acercaba una muchacha que no era Beatriz. La dependienta, baja de estatura, regordeta, de pelo castaño, cara pecosa y gafas redondas, le sonrió con cortesía. Jaime dudó.

—¿Está Beatriz? —preguntó al fin.

—El viernes se le acabó el contrato y yo la he sustituido.

A Jaime le pareció que su corazón se hundía como una bola de plomo en un lago de aguas heladas. Tartamudeó:

—¿Y sabe dónde puedo encontrarla?

—Yo soy nueva, pero la jefa viene esta tarde. ¿Es usted amigo de ella?

Jaime enrojeció.

—Soy un pariente de Toledo.

Un tufo de alquitrán le golpeó en las narices cuando ganó la calle. Caminó con los hombros encogidos rumbo a la oficina. Apenas eran las nueve y media de la mañana del maldito lunes y ya el mundo le había sacudido cuatro guantazos en el alma. Se detuvo en el estanco, compró tabaco y un sello y echó en el buzón de la esquina la carta para Carmen, en la que aceptaba sus condiciones de divorcio. El cierre de aquel largo capítulo de su vida no le produjo ahora ninguna particular emoción, tan sólo frío.

Apenas llegaba a su despacho cuando sonó el timbre del teléfono. Era la secretaria de la Hoffman. La jefa le reclamaba con urgencia.

Tomó el ascensor y apretó el botón del último piso. Se ajustó el pene y los testículos dentro del calzoncillo en previsión de cualquier ataque alemán, sintió una punzada de leve dolor en el tumefacto compañón y recordó que debía comprarse con urgencia ropa interior, pues toda la que tenía se la habían destrozado los gitanos en el asalto al apartamento.

Acomodada tras la enorme mesa, de espaldas a la luz, la mujer se recortaba como una sombra severa y autoritaria. Jaime percibió de inmediato que quien le recibía ahora era su jefa, no su cachonda amante del viernes anterior.

—Siéntese —ordenó ella con voz acerada.

Obedeció sin pronunciar palabra.

—Lo que tengo que decirle, señor Arbal, es muy penoso. Ha hablado usted demasiado y hemos recibido informes muy graves sobre su conducta. Se le pidió discreción y aquí se paga a nuestros inspectores también por la lealtad.

—Ya le dije, señora, cosa de bares...

—No me engañe, señor Arbal. Sabemos cuanto usted ha dicho y hecho. Es un asunto de extrema gravedad.

La Hoffmann suspiró antes de seguir:

—Lo que quiero decirle, señor Arbal, es que está usted despedido.

Las palabras de la mujer se escurrieron por el cerebro de Jaime como un débil hilo de agua sobre una piedra dura. Pensó que, en el fondo de su alma, ya sabía que eso iba a suceder. Y sintió que no le importaba demasiado, que había algo de liberador en la tremenda noticia.

—¿Es todo, señora? —preguntó al tiempo que se levantaba de su silla.

—En caja tiene usted la liquidación. Lo he organizado de tal forma que pueda ser considerado despido improcedente, para que le den el máximo dinero posible. Es una concesión personal, no lo haría con ningún otro empleado.

—¿A cuánto sale el año de cárcel, quiero decir: de trabajo en esta empresa? —preguntó zumbón.

De nuevo en el despacho, se sentó unos instantes y miró alrededor, contemplando el espacio de lo que había sido durante años su madriguera de trabajo. O mejor, su celda de castigo. Abrió los cajones de la mesa. Apenas había nada que sintiese suyo. Se echó al bolsillo la libreta de teléfonos. También se guardó un par de bolígrafos. Después, descolgó el teléfono y llamó al despacho de Carmen. No estaba. «¿Algún recado?», preguntó con frialdad profesional la secretaria. «Dígale tan sólo que no me llame más a la oficina, que me han despedido», respondió Jaime.

Tomó el ascensor y apretó el botón de la planta que correspondía a los servicios de administración.

El cajero le miró con gesto compungido.

—No sabe cuánto lamento lo de su despido, señor Arbal.

Le tendió un recibo y un cheque. Escritas en el largo papelillo, lucían las cifras de un millón y medio de pesetas. Pensó que nunca había visto tanto dinero junto. Y se alegró.

—Lo quiero en efectivo, haga el favor.

El otro se rascó la cabeza.

—Yo no puedo tomar esa decisión.

—La señora Hoffman está de acuerdo.

Veinte minutos más tarde repartía en sus bolsillos millón y medio de pesetas. Apartó catorce billetes de diez mil y los guardó en el bolsillo interior de su chaqueta. En la calle olía a ceniceros repletos de colillas y a carbonilla de estaciones ferroviarias. Se dio la vuelta y, detenido en la acera, paseó la mirada, de abajo arriba y de arriba abajo, por la fachada del alto edificio de La Gran Felicidad, S. A. Se sintió como un hombre sin pasado ni destino: ni tenía mujer ni tenía trabajo ni tenía hogar. Todo perdido en unos pocos días. Era como llegar a un puerto y enrolarse en el primer barco que partiera hacia un destino ignorado: una hermosa sensación liberadora, un regusto tan abismal como el nacimiento, con punzada de dolor incluida.

Entró en Paradiso. El joven sacerdote jugaba, enfebrecido y sudoroso, en la máquina tragaperras. A su lado, Capricho, frío y científico, daba consejos al clérigo: «Pulse la ciruela, padre...; coño, no, la manzana no. Así no va usted a ninguna parte; en todo caso se irá a la mierda, con todos los respetos a su sagrado ministerio».

Jaime se apalancó en el extremo opuesto del mostrador. Pepe le arrimó un café. «Ése», dijo en voz baja señalando al cura, «nos va dar un disgusto el día menos pensado. Por ahora le salva que es joven. Pero está más rojo cada día que pasa. Ya sabe el dicho: cara colorada, muerte agazapada».

—¿Ha venido tu primo con el coche? —preguntó Jaime mirando su reloj.

—Estará al caer, déle usted un cuarto de hora —respondió el camarero.

Eran las diez y diez cuando el primo de Pepe y su turbio camarada cruzaron la puerta del local. Jaime se levantó.

—¿Está el coche?

—Ahí fuera lo tiene —dijo el primo.

Reluciente y grandullón, el Mercedes permanecía aparcado en un callejón trasero. El turbio abrió la puerta y Jaime asomó la nariz. Un tufo indefinido brotó del interior del auto.

—Hemos gastado una docena de ambientadores y rociado de alcohol por todos los rincones —dijo el primo.

A Jaime le vino a la memoria la imagen de un campo de exterminio nazi.

—¿Se lo queda o no? —dijo el turbio con mirada hosca.

Jaime echó mano al bolsillo y sacó el fajo de billetes.

—Sólo he podido conseguir ciento cuarenta mil.

—Quedamos en ciento cincuenta —dijo el otro.

—Esto es lo que tengo: lo toman o lo dejan.

—Es usted un hombre sin honor —agregó el tipo.

—¿Y los de su calaña lo tienen? —preguntó Jaime.

—Venga, qué más da —dijo el primo—. Por mí, vale.

Gruñó su compañero. Y asintió al fin.

Jaime les tendió los billetes. Los otros contaron. El primo le tendió la llave: «Pues hecho», dijo. El turbio señaló con el dedo hacia la nariz de Jaime: «Los míos tenemos palabra, no los señoritos de su clase». Jaime se encogió de hombros.

Regresó a Paradiso sonriente. Era agradable engañar a un ladrón, se dijo. Cuando entró de nuevo en el local, el curita bailaba un remedo de jota aragonesa mientras la máquina tragaperras entonaba notas disonantes y vomitaba una catarata de monedas de veinte duros desde su ruidoso estómago. «Veinte talegos, madre, veinte talegos», cantaba el cura. Y Capricho, a su lado, aplaudía sin ganas, mirando con furor hacia la máquina.

—¿Qué, todo bien? —preguntó Pepe a Jaime.

—Todo en orden —respondió—, ponme una caña.

—Habrá usted visto que mi primo es un caballero...

—El tipo de personas que tanto escasean en estos tiempos.

—Usted sabe conocer a la gente, don Jaime.

Abandonó Paradiso un rato después. Se asomó a la calle trasera a echar una ojeada al flamante automóvil. Sentía que su reciente adquisición le hacía más libre.

Se llegó hasta la mercería y compró cuatro pares de calzoncillos. Miró algunas corbatas, pero las apartó con satisfacción, seguro de que no volverían a hacerle falta nunca más en su vida. Después, se dirigió al apartamento.

Fernando, Rocky, Pamela y Jennifer seguían con aire de velatorio tomando café con tostadas. Jaime fue a su cuarto y empaquetó ropas y libros en su bolsa de viaje. Pensaba ahora que le gustaría marcharse de España para siempre. ¿Por qué no habría nacido sueco o australiano?

Retornó al salón con su equipaje a cuestas.

—¿No te importa decirles a los viejos que bajen? Nos vamos ya —dijo dirigiéndose al transexual.

Fue una emotiva despedida. Pamela le pringó las mejillas a besos: «Llámame en cuanto te instales, cielo, iré a verte donde estés, si quieres en citas clandestinas, para que no corras peligros». Jennifer le abrazó: «Lo peor de la vida son las despedidas cuando te vas, yo también iré a verte». Fernando estrechó su mano con vigor. Y Rocky dijo que se iba con ellos. «En el coche no te quedas», advirtió Jaime. «Ya, hombre, ya. Ahora tengo dinero y me puedo aviar unos días mientras me salen más contratos. Pero yo no me separo de ti, colega, necesitas protección».

A bordo del Mercedes, sentados atrás Carmina y Justino cual aristócratas decrépitos, y Rocky a su lado, hundido y mínimo en el ancho asiento, Jaime tomó la dirección de Tetuán. «Este coche huele a muerto, como si hubieran quemado a un tío asesinao», dijo el cantante. Jaime no se inmutó ante el comentario y siguió conduciendo despacio. «Tengo que hacer primero una gestión en comisaría», informó a los otros.

Aparcó en un callejón y se encaminó hacia la estación de policía. La cola de gentes que esperaban turno para renovar su carné de identidad casi doblaba la manzana. Se acercó a la puerta y se dirigió al agente que montaba la guardia.

—Vengo a ver al oficial Sánchez, me está esperando —dijo.

—Ya, usted es el chifleta que salvó al loro.

—¿Quiere hacer el favor de avisar a su jefe? No me dé el coñazo, que vengo de un entierro.

—¿Se ha muerto el loro? —preguntó el otro zumbón.

—Se ha muerto el mono.

—Payaso —dijo el agente dándose la vuelta e indicándole que le siguiera.

Orgulloso y seguro de sí, con la chaqueta del uniforme briosamente abotonada, Sánchez ocupaba su plaza de honor en el despacho del fondo.

—Le estaba esperando desde primera hora —dijo a Jaime señalándole el asiento que le daba frente.

—Estuve de entierro.

—¿Algún pariente?

—Un mono.

—Deje las coñas y vaya al grano directo que la policía no tenemos tiempo que perder.

Jaime encendió un cigarrillo.

—¿Recuerda lo que leyó en el periódico? —comenzó—, ¿todo aquello sobre una trama de drogas, política y sexo?

—Tengo memoria de policía.

—Pues allá va —dijo Jaime, y comenzó a relatar a Sánchez cuanto sabía del asunto, sin ahorrar detalle, salvo las implicaciones de Pamela, y exagerando sus informaciones en los puntos que pensaba podían resultar más escandalosos a los oídos del oficial. Le quedó una buena historia, coherente y dramática, aunque imaginaria en no poca medida. Cuando concluyó su parlamento, Sánchez se levantó y paseó unos momentos por la sala.

—Hummm —dijo al fin—, ese tipo de cosas se escapan a mi jurisdicción. Como yo digo siempre, al que se mete en política le dan por el culo.

—Hay algo que todavía no le he contado. Puede lograr un ascenso, oficial. Quién sabe si una medalla... Sé dónde tienen su almacén de cocaína los Chumbos. Calculo que guardan unos quinientos kilos.

—¡Joder! ¿Y usted cómo sabe eso?

—Si pilla usted un alijo de cocaína, no tiene por qué meterse en más políticas. Es una pura acción policial.

—¿Dónde está el almacén?

Jaime le describió el poblado gitano de Peña Grande y repitió:

—Le darán una medalla.

—Las medallas no se comen.

—Pero se lucen.

Sánchez apuntó con el dedo al rostro de Jaime y dijo con energía:

—Le hago a usted responsable.

Jaime regresó a la calle, ufano y nervioso.

—¿En qué barrio les apetece vivir? —preguntó a los ancianos mientras arrancaba el coche.

—Que elija ella —respondió Justino.

—Siempre me ha gustado el parque del Retiro —dijo Carmina.

—Pues no se hable más —contestó Jaime metiendo primera.

Sin excesivo tráfico en las calles, atravesó Madrid a buena marcha, hasta aparcar en una callejuela que desembocaba en la calle de Ibiza, a unos cien metros del parque. Un airecillo de melancolía cruzó su espíritu sabiendo que, no muy lejos, estaba la casa donde vivió durante tantos años con Carmen. Pero había decidido no someterse nunca más al desánimo y arrojó fuera de sí aquella triste sensación.

Los ancianos comenzaron a organizar su nueva vivienda. Carmina colocó sus dos macetas encima del techo del automóvil, y Justino repartió bolsas y sillas de tijera en el maletero y los asientos. Luego, buscó en el radiocasete hasta dejar en el aire una dulce música de Brahms. «Bueno, esto parece ya casi un hogar», dijo. Carmina se acercó a besarle en la mejilla: «Es usted un ángel, se merece la mejor de las suertes».

—¿Y tú y yo qué hacemos, colega? —preguntó Rocky golpeándole en el hombro.

—Yo voy a buscarme una pensión por aquí cerca; en cuanto a ti, tú mismo —respondió Jaime.

—Me voy contigo a la pensión.

Jaime se dirigió a los ancianos:

—Hoy les invito a comer, dentro de un rato estoy de vuelta —y echó a andar seguido de Rocky.

Encontraron alojamiento un par de manzanas más arriba, en la calle de Ibiza, y alquilaron dos habitaciones contiguas. Era uno de esos hoteles madrileños de estrecho y oscuro portal, ruda escalera, sórdido vestíbulo, patrona despeinada y en bata de buatiné, canija habitación y baño en el pasillo. A dos mil quinientas pesetas la noche, y en cuanto al desayuno, ahí te las apañes en una taberna. Cada cual acomodó sus cosas en su cuarto y unos minutos después se encontraron en la calle.

Se unieron a los viejos y almorzaron en una taberna cercana, una pequeña sala poblada de mesas cuadradas con manteles a cuadros rojos y blancos. Olía a aceite de mil frituras, tan madrileña la tasca.

Carmina almorzaba con una elegancia exquisita. Justino comía con apetito, inclinado sobre el plato y dando sorbetones a la sopa. Y Rocky, que debía estar con gana de coca, apenas probó bocado. Cuando Carmina le preguntó si no tenía hambre, el cantante respondió: «Los artistas no comen».

Concluido el almuerzo, regresaron al automóvil. Rocky se despidió hasta la noche y se largó al barrio de Malasaña a buscarse la vida. Mientras Carmina y Justino echaban la siesta reparadora en el confortable interior del Mercedes, Jaime se acercó a un supermercado y compró provisiones para los viejos. Luego echó a andar hacia el parque del Retiro.

Frente a la verja de los grandes jardines del corazón de Madrid, cruzaba una caravana electoral. Iban tres coches con grandes cartelones en lo alto desde los que sonreían a España los morros abultados y sensualones del presidente de Gobierno. Los altavoces arrojaban a los oídos de los transeúntes himnos y proclamas, eslóganes y promesas, vítores y propuestas para arreglar el país. Jaime vio en la sonrisa del gran líder, encorbatado, peripuesto, repeinado y pintando canas sobre un fondo azul, una actitud a mitad de camino entre la falsa bondad y la chulería insultante. Le parecía una boca de boa amenazadora y sólida, te quería salvar y te quería comer al mismo tiempo. Contempló la caravana mientras pasaba frente a él y recordó que, en unas pocas semanas, se celebraban elecciones generales. Pensó en Martín Novoa e imaginó montañas de cocaína. Pensó en los periódicos mentirosos, en los periodistas corruptos, y en las prostitutas y en los transexuales vendidos como carne barata. Pensó en la ciudad dislocada y mezquina, pensó en la miseria, en el hambre y en los seres desterrados. Pensó en su amable país, en la tierra feliz que auguraba aquella sonrisa carnívora del líder. Pensó en Justino y Carmina, pensó en los suicidas y en los locos, pensó en el desamor y en la violencia. Pensó en la muerte y en los sueños incumplidos. Pensó en la ternura de los niños que ignoran la infamia del futuro. Pensó en la sensualidad de las muchachas que esperan todo del amor. Y pensó en las riadas de humanos seres infelices que día a día subían y bajaban las calles, yendo de acá para allá sin tino y sin rumbo, como una gigantesca y palpitante desesperanza a la busca de una improbable vida mejor. El peso de estos tiempos tan tristes se derramó sobre sus hombros.

La caravana se perdió yendo hacia el norte y los himnos y las voces se apagaron. Jaime cruzó la calle y entró en el parque. Le asaltó un olor a yerba y agua. Bajo las ceñudas ramas de un nogal, una ardilla de pelaje rojizo le miraba sin miedo mientras se merendaba una galleta de chocolate. Le entraron ganas de darle una patada al bicho.

Capítulo XXVII

«Enseñar a vivir sin certezas, y al mismo tiempo a no ser paralizado por la duda, es quizás la principal tarea de la filosofía de nuestro tiempo.»
BERTRAND RUSSELL
Historia de la filosofía occidental

Jaime Arbal se levantó aquella mañana en armas. Durante la noche, solo en aquel cuarto miserable del hotelucho de la calle de Ibiza, medio en duermevela y medio atontado, se había soñado a sí mismo uniformado como oficial del Séptimo de Caballería, tipo Errol Flynn, regresando al fuerte con su guerrera azul cubierta de polvo tras una ardua batalla con los indios. Y allí, bajo la bandera de las barras y las estrellas, al sonar de los tambores, los violines y las trompetas, aparecía Beatriz, luminosa, bella, lozana y juvenil, tipo Joanne Dru, volando sobre un vestido largo de corpiño ceñido, y corriendo a abrazarle y besarle cálidamente en los labios. *The End*. Hollywood pesa mucho en nuestros corazones.

Bajó a la calle y buscó una taberna. Añoró Paradiso, sintió nostalgia de Pepe, de Capricho, de Fernando y de Machuca. Bebió con melancolía dos tazas de café, se zampó una tostada con mermelada y fumó tres cigarrillos seguidos. Su alma se animó recordando a Errol Flynn y Joanne Dru.

Salió de nuevo al aire y se arrinconó en una cabina de teléfono protegido por una marquesina azul. Eran casi las diez y media de la mañana. Marcó el número de Carmen. Sabía que, a esa hora, ella no estaba en casa. Pero no pretendía encontrarla, sino tan sólo dejar un mensaje en el contestador automático. La voz de Carmen sonó melodiosa en la grabación pidiéndole que diera su recado. Oyó el pitido. Carraspeó. Y habló, pronunciando con lentitud y precisión sus palabras: «Te he olvidado», dijo.

Caminó despistado hacia el parque del Retiro. Y de pronto, sin que supiera adivinar por qué, su espíritu se abrumó y sintió miedo. Era como asomarse a un precipicio y mirar el vacío, sin una valla delante con la que protegerse de la atracción del abismo. Se dijo: «No hay nadie en mi corazón». Y reparó en que Beatriz no era más que una pasión carente de salida, casi una perversión imaginada por un hombre que caminaba sin remedio a la vejez. ¿Eres viejo?, se preguntó mientras cruzaba la ancha avenida. Y no supo qué responderse cuando ya pasaba entre las esbeltas verjas de la entrada del parque, altivas lanzas de punta de cobre que hendían su desconsuelo.

Viéndose en un espejo imaginario como un ser patético, llegó al gran estanque. Apenas había gente en aquel martes sin mérito. Se acodó en la baranda, de espaldas a la estatua en bronce de Alfonso XII, y miró el ridículo océano domeñado que se tendía a sus pies. Eran aguas verdes y desmayadas, carentes de oleajes y libertad, un lago artificial y bobo. Un grupo de gaviotas sobrevolaban el pringoso mar. Jaime fijó en ellas su atención: planeaban en círculos perfectos; en ocasiones, caían en el agua como puñales asesinos. Y al salir, remontando vuelo con un formidable esfuerzo de sus alas poderosas, siempre llevaban una carpa dorada, por lo general de buen tamaño, apresada en el pico.

Sintió una envidia honda. ¿Por qué no ser como ellas, por qué no estar al margen, por qué no escapar, como su corazón le demandaba ahora, en busca de los océanos infinitos?

Deambuló entre los bosques solitarios, como un ser perdido. Se repetía una y otra vez: «No hay nadie en mi corazón». Pero luego pensaba que eso no era exacto, que más bien sucedía al contrario: «No estoy en el corazón de nadie». Sentía en ese instante una profunda necesidad de amor, de un amor privado y único, para él solo. Y pensó que la mayoría de los seres del mundo, hombres o animales, tenían su pareja, alguien con quien compartir un abrazo, una caricia o tan sólo unas pocas palabras para hablar del dolor y la esperanza.

No estaba para ninguna clase de empresa heroica. En todo caso, el cuerpo le pedía largarse con la música a otra parte, plantarse en el aeropuerto y tomar cualquier avión, elegir un destino gratuito, cambiar de nombre, cambiar de aspecto e, incluso, cambiar de sueños. Era preferible, pensó, ser tabernero en Australia que general Custer en un poblado de gitanos.

Así que, de nuevo encorvado, con la barbilla hundida, los hombros encogidos bajo el peso de su desconcierto, siguió vagando entre los árboles. Pudo andar más de tres horas de esta guisa, recorriendo el parque como un ser fantasmal desprovisto de naturaleza, sin raza y sin patria, sin fe y sin amor.

Cuando salió al fin de su indolencia, se dio cuenta que eran las dos de la tarde. Le pareció que regresaba de un sueño. Abandonó el Retiro, buscó una tasca, comió un bocadillo de jamón carnoso y medio crudo y se bebió una botella de vino barato. Tomó luego café y una copa de orujo seco y sintió su ánimo serenarse junto a la amistosa presencia del alcohol.

Y en fin, descendió luego los escalones del metro como quien cruza el Rubicón, o atraviesa el Jordán, o se dice a sí mismo que la suerte está echada, o quema los barcos en una playa mexicana, o le tira el puñal a los moros para que maten a tu hijo, o saca las dos pistolas cuando Sitting Bull y Crazy Horse vienen a degollarte con diez mil indios mamones y al galope, o grita que es preferible morir de pie que vivir de rodillas, o carga en Balaclava con su caballería ligera contra los cañones rusos, o se larga por la terrible estepa castellana al destierro con doce de los suyos, cuando quema el sol y el aire abrasa, polvo, sudor y hierro.

Un par de sidosos le pidieron dinero en el vagón y Jaime los mandó a la mierda. Se acercó luego una mujer que trataba de vender un macetón de azaleas mustias y la despidió a cajas destempladas. Un ciego le ofreció lotería y le despachó a gritos. Un moro le puso una alfombra con olor a cabra delante de los morros y él le amenazó con una hostia. Un anciano reprendió su grosería y él le sacó la lengua. Fue haciéndose el vacío a su alrededor. Reparó en que los otros viajeros evitaban mirarle. Cuando sorprendió los ojos de uno de ellos posándose en los suyos, le enseñó los dientes y el otro se cambió de asiento y buscó uno más lejano.

Asomó a la luz de un magnífico día en la plaza de Castilla. Al norte se tendían la montañas azules del Guadarrama y un aire potente traía aromas de pinares desde la sierra. Recordó los rostros del pasado y revivió las sensaciones de su infancia, de los frescos veranos y el rumor de los manantiales. Una apática tristeza se deslizaba de nuevo sobre su corazón.

Caminó hacia la comisaría de Tetuán. Preguntó al guardia de la puerta por el oficial Sánchez y esperó allí en pie, bajo el sol poderoso de la tarde.

Al poco, Sánchez salió y se situó frente a él, con las piernas abiertas y los brazos en jarras.

—¿Qué cojones quiere usted ahora?

Jaime tomó aire para darse fuerzas.

—He pensado que, si va usted a emprender una acción policial contra los Chumbos, me gustaría acompañarle.

—¡Joder! —clamó el otro—, ¡ésa sí que es buena!

—Bueno, ¿qué dice? —insistió Jaime.

—No sé si está usted loco o es un perfecto idiota. ¡Lárguese ahora mismo de aquí! Las acciones de la policía no necesitan de civiles.

Vencido y desarmado, Jaime se dio la vuelta, marchó encogido Bravo Murillo adelante y llamó al primer taxi que pasó a su lado. Indicó al chófer que le llevara a Alberto Alcocer. Cuando llegaron, le tendió un billete de cinco mil pesetas.

—Tendrá usted que darme suelto, el cliente anterior me robó a punta de cuchillo y no tengo un duro.

—¿Y no lo ha denunciado a la policía? —preguntó Jaime mientras buscaba monedas en su bolsillo.

—La policía se ha acostumbrado al delito.

Jaime contó el dinero.

—Hay un desbordamiento general de vicios —siguió el taxista—: Se vive de la rapiña, no hay asilos seguros y la piedad es un mito. Lo dijo Ovidio antaño y vale para hogaño.

—El mundo es un campo inculto y rudo, amigo —añadió Jaime mientras le tendía un puñado de monedas.

—Eso lo dijo Hamlet y acertó de pleno —concluyó el chófer.

Jaime entró en Paradiso. El atribulado Fernando estaba en la barra y Jaime se unió a él. Bebieron cubatas de coñac sin tregua alguna, atendidos por el gentil y pulcro Pepe.

—Vas a tener que largarte de tu apartamento —dijo Jaime—. Esos bárbaros Chumbos van a venir a por mí, seguro, y no repararán en darle a quien encuentren dentro. Recuerda lo de Abigail.

—Ojalá vengan, me gustaría llevarme alguno por delante.

Machuca se unió a ellos a eso de las siete y metió el acelerador al trago, empatándolos a copas en cosa de una hora. Jugaron a los chinos las siguientes rondas y a las diez navegaban todos ellos en un mar de alcohol. A Jaime se le disolvió en el olvido el encuentro con el oficial Sánchez.

Machuca sugirió seguirla en Gipsy's. Allí, al fondo del local, acodado en la barra, se acomodaba el gallego Celso, oteando horizontes de hembras cincuentonas. Hacia él caminaron tambaleantes los tres cofrades tabernarios.

Cayeron nuevas rondas de whiskies y cubatas. Las palabras dispersas y las ideas dislocadas se apelotonaban en el cerebro de Jaime. Entre brumas, oyó hablar al gallego de un próximo viaje a Cartagena para recoger una partida de pieles de oso llegadas de contrabando.

—Me la juego con los aduaneros, pero si les burlo me forro a ganar pelas —dijo.

—Yo estoy sin trabajo... —terció Jaime.

—Carayo, pues vente conmigo, necesito alguien de confianza para la operación. Te puedes ganar medio millón si todo sale bien. Ahora bien, si nos pillan..., que lo sepas, nos mandan al trullo.

—La cárcel me importa un bledo —dijo Jaime.

Celso le tendió su tarjeta.

—Llámame mañana.

Jaime se escapó del bar a eso de las doce de la noche, harto de copas y de charlas sin tino. Llamó un taxi y pidió al chófer que le dejara en la esquina de O'Donnell con Narváez.

—¿Sabe usted cuántas guerras no declaradas hay ahora mismo en el mundo? —preguntó el taxista—. Pues más de ciento cincuenta, lo he leído ayer en un periódico.

—La guerra es una barbaridad —dijo Jaime.

—En estos tiempos sí, antes era más heroica. Yo mismo, créame, hubiera estudiado con gusto para militar. Pero ya no hay guerras hermosas como las de Homero, se lo digo yo que me leo todo lo que se publica de la guerra en los periódicos. Y lógico, la guerra ha perdido prestigio. Yo he nacido tarde, al menos veintiocho siglos.

Llegaban a Narváez. Jaime pagó la carrera y se apeó. El taxista conectó su casete y se alejó a los sones imperiales del *Rule Britannia, Britannia on the waves.* Jaime caminó en dirección a la calle de Ibiza, aspirando fuerte el aire reparador de la tibia noche madrileña.

Alcanzó el callejón donde estaba su automóvil y se asomó a la ventanilla. Carmina y Justino dormían en el ancho asiento trasero, arrimados el uno al otro.

Siguió su marcha en dirección al hotelucho. Una buena parte de la borrachera se había esfumado ya de su cerebro. O eso creía al menos. Pensó en las guerras hermosas y en los millones de muertos sin gloria.

Cuando entró en su hotel era casi la una. Subió con fatiga la empinada y estrecha escalera, entró en su habitación y se derrumbó sobre la cama. Permaneció a oscuras un largo rato. Después, encendió la luz de la mesilla y miró a su alrededor. Aquel cuartucho bien podría ser una celda carcelaria. Recordó su próximo viaje a Cartagena. Si todo salía mal, como le sucedía casi siempre, ¿qué más le daba una cárcel que otra?

Se incorporó. Abrió su bolsa y amontonó sus ropas en desorden en el interior del pequeño armario. Dejó los libros sobre la silla. Y con el paquete de las cartas de Banderas en la mano, se sentó en la cama apoyando la espalda en el cabezal.

Sólo le quedaba por leer una de ellas. Estaba fechada en China, en mayo de 1982, y encerrada en un delicado sobre de papel de arroz de color rosado. La abrió, extendiéndola sobre sus piernas y leyó despacio, como quien cata un vino de gloriosa añada.

Banderas escribía sobre la Ciudad Prohibida de Pekín, la Gran Muralla y los antiguos palacios imperiales. «Cualquier visitante queda asombrado ante la briosa fuerza de estas construcciones de un tiempo pretérito. Son el resultado del megalómano capricho de emperadores que sólo respondían ante su Dios particular, tiranos que, para llevar a cabo sus monumentales obras, condenaban a centenares de miles de hombres a trabajos forzados, a la esclavitud durante toda su vida, gentes que murieron mientras la belleza crecía entre sus manos. Eran las víctimas de la crueldad terrible de monarcas sin moral, eran gentes sin nombre y sin biografía. Todo ese arte magnífico, admirable y conmovedor, está alzado sobre los sufrimientos infinitos de hombres de los que la historia no nos da ninguna referencia. La belleza inocente de estas piedras está contaminada por el crimen.»

«Pensar en todo eso me estremece», continuaba la carta. «Porque si la belleza creada por el hombre surge del crimen, de una voluntad tan bárbara como firme en su impunidad, ¿qué suerte de ética puede transmitirnos la contemplación de la belleza? Siento vértigo reflexionando todo esto, un vértigo esencial, una angustia tan profunda como irreparable.»

Juan Banderas concluía: «Y sin embargo, el impulso estético es la única tabla posible para la redención. En un tiempo de incertidumbres ante el futuro y de conciencia del fracaso de nuestras utopías, cuando la mayoría de las ideas se han revelado estériles, el hombre del siglo XXI será un hombre perplejo y mudo ante el horror si no sabe dotarse, al menos, de una esperanza estética».

Se desnudó tirando las ropas lejos de sí y entró en el lecho. Apagó la luz y abrió los ojos en la oscuridad. Buscó entre las tinieblas, mirando hacia la nada, el rostro de la belleza, la cara ovalada de Beatriz, su ebúrnea piel, su rizado cabello azabache, sus glaucos ojos de azúcar, su andar pausado y armonioso, su olor a violetas jóvenes.

Capítulo XXVIII

«Un millar de años más. Eso es cuanto el Homo Sapiens tiene ante sí.»

H. G. WELLS, *Diario*

Pensará el paciente lector, llegado a este tramo final y quizá sobrado de razón, que cuánta palabrería se escribió aquí a propósito de la felicidad animal y de la estulticia humana. El hombre ha aprendido a despreciarse a sí mismo y a desdeñar sus obras, en tanto ensalza al buen salvaje y considera al animal mejor dotado para organizarse y para vivir una existencia menos expuesta al azar y la tristeza. Pero creer y exaltar tales cosas, no sólo nos hace mirarnos con repugnancia, sino que nos libera de empresas éticas y nos hace proclives a inclinarnos ante la tiranía. Ya lo escribió el trotamundos Bruce Chatwin: «Cifrar las esperanzas en una vida más simple y ecuánime, liquidó las esperanzas de un mundo mejor».

¿Y qué nos queda a los hombres perplejos? Pues quizá tan sólo regresar a los infiernos, como el Dante y Odiseo, para iniciar de nuevo el camino del ascenso a los cielos. De momento, para empezar otra vez, es mejor que vayamos todos a la cárcel, purguemos allí nuestras culpas y aprendamos algo sobre el crimen.

Jaime Arbal se despertó aquel miércoles sudando alcoholes infernales. Eran casi las once. Antes de levantarse de la cama, repasó durante unos segundos su vida entera y no llegó a ninguna conclusión de utilidad. Salió al pasillo del hotelucho, orinó con deleite en el váter común, buscó la ducha y se quitó bajo el chorro de líquido caliente todo rastro de grasa tabernaria. Mientras los alfilerazos hirvientes del agua despertaban su cuerpo en una ambigua sensación de alivio y de dolor, planificó el día por delante. Antes que nada, un desayuno con varias tazas de café. Y luego, unas cuantas llamadas telefónicas.

Al salir del baño, encontró a Rocky, que se acercaba legañoso y dejando a sus espaldas un tufo tal que casi se palpaba.

—Hola, colega —dijo el cantante—. ¿Sabes que esa jodía nena alemana, la Ingrid, me ha pegao ladillas? Pa que te fíes de las razas superiores. Y son ladillas de la peor especie, unas que llaman luneras.

—Nunca oí hablar de distintas especies de ladillas.

—Pues sí, existen y son las más grandes. Las llaman luneras porque, cuando hay luna, te trepan desde los huevos por el cuerpo y te anidan en las cejas y en el pelo de la cabeza.

—Una buena ducha te ayudaría a quitártelas.

—Me estoy dando un unte que llaman aceite inglés, que dicen que es lo mejor para las luneras. Es incompatible con el agua. Dicen que los militares, que son muy puteros, tienen remedios mejores que el aceite inglés. Pero yo no conozco ninguno. ¿Tú tienes algún amigo en el ejército?

—Ninguno, lo siento... —Jaime siguió su camino hacia la habitación— Que tengas suerte. Te veré en unos días, me voy mañana a Cartagena.

—¿Quieres que me vaya contigo, colega? Necesitas protección.

—Es mejor que te quedes cuidando de tus luneras.

Entró en el mismo cutre bar del día anterior. Bebió tres cafés seguidos y fumó sin descanso. Después, desde una cabina telefónica, marcó el número de Celso. «¿No te arrepientes?», preguntó el gallego. «Desde luego que no», respondió Jaime. Celso le citó a las cuatro de la tarde del día siguiente en la puerta de Gipsy's. «En poco más de cuatro horas nos plantamos en Cartagena, la operación será el viernes por la mañana», concluyó el gallego.

Llamó luego a Fernando. «Buena tienes a la policía, amigo», le informó el pelirrojo. «El oficial Sánchez ha llamado tres veces. Está hecho un basilisco. Dice que todo lo que le soplaste era pura invención, que no había droga por ninguna parte en el poblado gitano. Te quiere matar, está que se sube por las paredes. Y supongo que los Chumbos esos te van a buscar. No debes aparecer por esta zona.» «El que corre ahora más peligro eres tú», dijo Jaime. «Tengo una pistola en casa, y si vienen, alguno va a pagar por lo de Abigail. Yo no soy de los que huyen, y además, no tengo en la vida mucho que perder. Sólo la vida.» «Te llamaré desde Cartagena», se despidió Jaime.

Marcó el número de Pamela. Con voz adormilada y resacosa, el transexual tardó unos segundos en salir de las brumas de su particular madrugón. «Ay, cielo», dijo al fin aflautando la voz, «¿dónde te has metido? Me tienes muy preocupada y necesito verte». «Te llamaba para decirte que me voy de Madrid», siguió Jaime. «¿Adónde?», inquirió el transexual. «Al sur, supongo», respondió. Se hizo luego un breve silencio. «Tengo que verte, cielo», dijo luego Pamela, «es urgente que te avise de los peligros que corres». «Ya me los imagino», contestó Jaime. «No, no te los imaginas...» Al fin, Jaime aceptó una cita ante la insistencia del transexual. Quedaron en encontrarse a las cuatro de la tarde en un café de la calle de Goya.

Eran las doce y diez. Deambuló sin rumbo, como un animal desorientado, por su nuevo barrio. Tomó algunas cervezas y llegó a la cafetería de la cita con Pamela sobrado de tiempo. Pidió un sándwich de jamón y queso y lo comió con buen apetito, acompañándolo de una botella de vino. Luego, se tomó dos tazas de café y tres copas de orujo seco. Eran las cuatro y cinco cuando el cuerpo saleroso del transexual, dándole a las caderas de un lado para otro y retando con su mirada de putón verbenero a la clientela masculina, cruzó las puertas de cristal. Lucía un vestido que parecía una botarga, la tela chillando en hirientes amarillos, feroces rojos, verdes criminales y morados de dolor por cristos muertos en la cruz. Tras ella, caminaba humilde Luis Machuca.

—No debes aparecer nunca más por la casa ni por Paradiso —le conminaba Pamela poco después—. Si te vas de Madrid, mejor que mejor. Y si te vas de España, perfecto. Yo que tú, cielo, incluso me iría del mundo. A mí ya me la han jurado, y me he ido a vivir con Luis —tomó la mano de Machuca con mimo y la besó—. Estoy pensando en volverme otra vez hombre para que no me reconozcan, pero no sé dónde iba a meterme las tetas. Y por cierto, tendrías que cambiarte de aspecto: teñirte el pelo, dejarte barba, lo que se te ocurra, cariño.

—Haz caso de lo que te dice —intervino Machuca con timidez.

—Siempre se agradecen los buenos consejos de los audaces periodistas —respondió Jaime.

—No ironices —dijo el otro.

—¿Eso es todo lo que tenías que decirme? —preguntó Jaime al transexual.

—No; hay alguien más que quiere verte —dijo Pamela, y miró hacia la puerta.

Madame Isabelle se acercaba con su bonita y leve sonrisa cruzándole el rostro.

Le ofreció la mano y Jaime la tomó, dudando si besarla o estrecharla y quedando a mitad de camino entre ambos propósitos. La serenidad y la belleza de aquella mujer le imponían.

—No me ha llamado usted —dijo ella.

—He estado muy ocupado.

—Ya sé que ha estado usted muy ocupado —añadió la maga—. ¿No me ofrece un café?

—Desde luego —respondió Jaime.

Pamela y Machuca se levantaban.

—Nosotros nos vamos —dijo el transexual—. Misión cumplida, Madame.

Se volvió a Jaime y le plantó un vigoroso ósculo en la mejilla:

—Cuídate, mocetón mío, y hazme caso, tíñete el pelo.

Machuca se despidió con un gesto, sin ofrecerle la mano.

—Ha organizado usted un buen lío —dijo la mujer mientras movía con sus dedos largos y ensortijados la cucharilla en el interior de la taza—, y hay mucha gente preocupada. Tendrá que ocultarse una temporada.

—Ya lo hago, Madame.

—Usted me agrada y no me gustaría que le hicieran daño. Y van a hacérselo si le encuentran.

La mujer dio un leve sorbo a su café.

—Ahora mismo es usted para unas cuantas personas una especie de bomba sin espoleta. No sólo por lo que sabe, sino porque está empeñado en contárselo a todo el mundo. Yo puedo conseguir que le olviden dentro de una temporada, tengo influencias, soy respetada.

—¿Y qué debo hacer yo?

—Tan sólo comprometerse conmigo, de palabra, que no volverá a intentar revolver la basura.

—¿Bastará con eso?

—A mí me creen.

—Le doy mi palabra, señora. De todas formas, nada de lo que he hecho ha servido para nada ni nada de lo que hiciese ahora serviría para nada.

—No crea: ha hecho mucho daño, más del que imagina.

—No sé cómo.

—Usted tan sólo conoce la punta del iceberg de un mundo más turbio de lo que podría nunca sospechar. No hay sólo prostitución, cocaína y un transexual asesinado. Hay fraudes multimillonarios, hay jueces pervertidos, banqueros ladrones, políticos corruptos y periodistas comprados. Hay partidos políticos empapados de porquería. Hay bandas asesinas, y no sólo de gitanos. Y hay mucho más todavía... En ese territorio, señor Arbal, se juega con fuego. Leerá pronto noticias de algunas dimisiones inesperadas, verá desaparecer algún rostro famoso de la televisión... En cierta forma, señor Arbal, ha ganado su batalla.

—Me encantaría haber terminado con la carrera política de Martín Novoa y con la estrella periodística de ese pretencioso Bláquez.

—Eso, tal vez, lo haya conseguido ya. Pero no sirve de mucho. Cuando unos tienen que irse, otros iguales a ellos toman el relevo. Ganó la batalla, pero no la guerra. ¿Tiene dónde esconderse?

—Me voy de Madrid durante unos días.

—Unos días no son bastantes, debe desaparecer algunos meses.

Los ojos dulces de la maga se hundieron en los suyos. Jaime se sintió desnudo, percibió que, si se rendía en algún momento a aquella mujer, ella podría llegar a hacer con él cuanto quisiera.

—Si no tiene dónde ir, puedo ofrecerle mi casa durante unas semanas mientras encontramos un buen lugar. Vivo sola... Y usted me gusta, se lo digo sin tapujos. Al menos es usted un hombre diferente.

Jaime respiró hondo.

—Usted cree en cosas —siguió ella—, lo cual es una debilidad en estos días. Pero resulta atrayente, porque también es una novedad en estos tiempos. ¿Acepta mi hospitalidad?

Jaime dudó un instante. Le gustaba aquella mujer, desde luego.

—Yo, señora, estoy enamorado...

Ella sonrió.

—¿También enamorado? Es usted un caso perdido.

Madame Isabelle apuró su café.

—En fin —dijo la maga levantándose del taburete—. ¿Tengo su palabra de que dejará este asunto?

—La tiene, Madame. También quisiera que no le sucediese nada a un amigo mío, el que vive en el apartamento donde me alojaba.

—Me ocuparé de eso, no se apure.

—Sólo querría saber una cosa más, Madame: ¿por qué a los hombres poderosos no les basta con el poder?

—Nunca aprenderá, Arbal... La búsqueda del poder es una locura y quienes lo alcanzan ya están locos. Han dejado muchos cadáveres detrás y no tienen un camino de regreso. La locura del poder hace a los hombres seres imprevisibles, tristes y dañinos.

Madame Isabelle le ofreció la mano, dejó que Jaime la besara y se alejó hacia la puerta, con un leve y sensual movimiento de sus bonitas caderas.

Eran las cinco cuando de nuevo caminaba en la ciudad sin tener adónde ir, sin saber qué hacer con su propia vida, vagando en la perra ciudad. Pasó junto a una mujeruca que, sentada en un pequeño taburete, a la puerta de una iglesia, ofrecía paquetes de cigarrillos y chicles en una caja abierta sobre sus rodillas. Una imagen del pasado le alcanzó el corazón: aquellos días de su adolescencia en que no tenía amigos y los sábados iba solo al cine y compraba a una cigarrera un paquete de tabaco rubio americano de contrabando, cada día una marca distinta, y fumaba un cigarrillo tras otro mientras hacía cola ante el cinematógrafo para adquirir entrada. Luego, en la oscuridad de la sala, rumiaba su tristeza mientras la pantalla le proponía otras vidas más llenas de pasión, tan diferentes a la suya. Añoraba un amor que no conocía, añoraba una existencia cargada de acción y de aventura, como las vidas del cine; añoraba incluso poder sentir algún día un gran dolor, un dolor sustancial diferente a su pequeña tristeza de muchacho solitario. Cuando concluía la película, regresaba a su casa andando y fumando. Daba vueltas y más vueltas por las calles de su barrio hasta que terminaba el último cigarrillo. Y entonces subía a su casa, cenaba algo, intentaba no escuchar las discusiones que casi a diario enfrentaban a su padre y su madre, y se iba a la cama para imaginar en las tinieblas que algo grande sucedía y que él era el protagonista de una historia heroica. Así vencía su abatimiento. Y se dormía cubierto por los besos de amor de una hermosa muchacha con el rostro de una actriz.

Ahora era lo mismo, sólo que su tristeza le dolía menos, como las heridas que han cicatrizado y dejan únicamente un leve picor en la piel como recuerdo.

Llegaba al portal del que había sido su hogar durante los años de matrimonio con Carmen. Dudó un instante, y ya resuelto, empujó el portón y entró en el vestíbulo.

Sonrió al ver que su nombre había desaparecido del cartelito de su buzón. Pero no buscaba eso. Miró en el de Banderas, que marcaba el piso quinto derecha. Se dirigió al ascensor, montó en el cascajo y viajó hacia lo alto, entre lamentos de ejes y cadenas.

Pulsó el timbre, que sonó al otro lado como un mugido. Oyó el silencio. Y luego unos pasos que se acercaban. La puerta se abrió. Un hombre bajo y moreno, de rostro hirsuto y cabellos escasos, vestido con desaliño y un cigarrillo a medio consumir entre los dedos de la mano derecha, le miró sin decir palabra.

—Soy el vecino de abajo, mi nombre es Jaime Arbal.

—¿Sí? —contestó el otro sin variar su actitud.

—En realidad no vivo ya aquí, pero he sido vecino de esta casa varios años. Verá..., ¿es usted familia de Juan Banderas?

—Era mi tío, murió hace unos cuantos meses.

—El caso es que un día encontré en el portal un paquete de cartas firmadas por él... Y, bueno...

—Puede echarlas al basurero otra vez.

—No es eso... Es que quiero decirle, bueno..., el caso es que las leí y me impresionaron profundamente.

—No es delito leer lo que se encuentra en la basura. Después de todo, estaban escritas por un loco.

—A mí me parecen las cartas de un hombre sensible e inteligente.

—No vivía en la Tierra, vivía en un mundo imaginario.

—Él viajó mucho...

—Sí, por su trabajo. Pero...

El hombre calló.

—¿Pero qué? —preguntó Jaime.

El otro se encogió de hombros.

—Mi tío envió esas cartas, durante años, a una mujer que murió dos meses después de casarse con él. Pero él seguía escribiéndola desde todos los rincones del mundo. Sus cartas se quedaban en esta casa sin que nadie las abriera. Cuando se jubiló y regresó a España, mi esposa y yo vinimos a vivir con él. Tras su muerte, abrimos su correspondencia. Pensamos que podía haber algo de interés en ellas. Y sólo contenían una ristra de pensamientos dementes escritos para alguien que había muerto muchos años atrás.

Jaime se apoyó en el quicio de la puerta.

—Entonces, ¿no le importa que me las quede?

—Puede hacer con ellas lo que quiera.

La puerta se cerró ante su mirada. Jaime bajó las escaleras como un boxeador alcanzado por un puñetazo en la mandíbula, su cerebro intentando recuperar el equilibrio y sus pies caminando sobre un territorio vaporoso, tal que K.O. El aire de la calle no le devolvió la conciencia de la realidad.

Sus pasos le llevaban calle de Ibiza abajo, en dirección al parque del Retiro. Desembocó en una redonda explanada solitaria rodeada de tilos de tronco negro y cabellera verde uva. Cuatro largos bancos de madera se arrimaban a los árboles que cercaban aquel espacio abierto en el bosquecillo. En el centro, una fuente arrojaba un airoso chorro de agua al aire. Olía a flores de potente perfume desde los arbustos de rosales diseminados entre los tilos y se escuchaba el canto de un jilguero. Y en uno de los bancos, en el extremo más lejano de donde se encontraba Jaime, se sentaba una muchacha de cabellos oscuros que caían alborotados sobre sus hombros, ocultando su rostro. Vestía un pantalón negro y una blusa también negra. Y leía un pequeño libro que sostenía entre las manos. El corazón de Jaime quiso escaparse y correr hacia ella.

Se sentó en el banco que daba frente al de la muchacha. Y ella alzó el rostro y su mirada verde convirtió el mundo, ante los ojos de Jaime, en un territorio de nieblas y de sombras fantasmales. Sintió que desaparecían los tilos, las flores y la fuente; dejó de escuchar el canto del jilguero; calló el viento, los aromas se esfumaron y el tiempo se detuvo en el corazón de Jaime. Y entonces ella sonrió para sí, dibujando dos hoyitos en sus mejillas, muy cerca de las comisuras de sus labios delgados. Su sonrisa encendió el aire y ardió en los ojos de Jaime.

Sin embargo, se trataba de un espejismo. La muchacha podía parecerse a Beatriz, pero no era ella. Tembloroso, Jaime se levantó y siguió su camino. Al pasar cerca de la chica, ella se pasó la mano blanca entre los rizos del pelo y su cabellera despidió, bajo la luz sesgada, destellos de bruñida plata.

Dos días más tarde, a media mañana, Jaime Arbal se apoyaba en la baranda del balcón del hotel mirando hacia el ancho y dulce Mediterráneo. Había llegado a Cartagena la noche anterior y, en unas cuantas horas, después de que anocheciera, él y Celso tratarían de pasar el cargamento de pieles burlando la aduana. El gallego había sobornado al jefe de puesto de la Guardia Civil, pero cualquier imprevisto podría trastocar sus planes. El asunto, pensaba Jaime, era casi un cara o cruz. Dentro de poco podía estar detenido y camino de la cárcel, o con sus reservas económicas multiplicadas en forma sensible. No le importaba el riesgo. Le gustaba estar fuera de la ley, eso le hacía sentirse libre. Para animarse y cobrar fuerzas, pensaba en Beatriz y en sus manos blancas enredándose entre los rizos de su cabello, en su sonrisa cuando se marcaban en sus mejillas los breves hoyitos, en su mirada verde y su dulce talle.

Era una mañana luminosa y de aire limpio, y los perfiles de la costa se marcaban rotundos y azules a levante y a poniente. El mar parecía respirar como un grueso y sudoroso animal, con un leve movimiento de ondas color turquesa. En la ancha urna del cielo, corrían hacia Oriente altivas nubes africanas, proyectando sombras desde su mayestática altura sobre el océano y la Tierra. Olía a primavera salvaje en un rincón perdido del Edén.

La noche anterior, él y Celso se habían emborrachado en un garito de putas cercano a los muelles. El gallego se fue con dos fulanas a la cama de una pensión de mala muerte y él regresó al hotel. Durmió con la ventana abierta, envuelto por el aire salino. Desayunó en la habitación huevos y café, con una pesadez resacosa agarrada a su cerebro y clavada en su alma.

No quería reflexionar sobre su vida desbaratada. Deseaba sólo sentir, dejar crecer la melancolía ante la belleza que proponía el paisaje y que alentaba el recuerdo de Beatriz. Pero pensaba a pesar de todo. Pensaba en Juan Banderas, en las nobles ideas de los locos, en el empeño de Shakespeare por explicar el alma de su raza, en la voluntad inquebrantable de Odiseo y el sueño pertinaz de Don Quijote. Intentaba comprender el sentido del clamor confuso que se alzaba ahora desde su propio espíritu. Y quería creer que todos ellos, los que escribían hermosos libros y los héroes imaginarios, habían hecho de él un hombre valiente. Pensó también que él, Jaime Arbal, no era al fin más que un hombre perplejo.

Las nubes mudables viajaban sobre el mar palpitante camino de otros milenios y puede que de otras galaxias. Se iban del mundo como si hubieran decidido olvidarlo para siempre, abandonando a los hombres a su suerte, dejando atrás, confusa y perdida, a una raza que quizás se extinguiría muy pronto, como una vez desaparecieron los dinosaurios y como se esfumaron otras especies animales de las que no tenemos noticia.

Era un presagio: pues tal vez nada quedará sobre la Tierra en recuerdo del paso de los hombres al cabo de unos miles de años, o sea, apenas un soplo de aire sobre el tiempo. Y es probable que ninguna otra raza del futuro se ocupe en buscar nuestros restos para llevarlos a sus museos, como nosotros hemos hecho con los huesos de los dinosaurios.

Si las futuras especies son algo inteligentes, si seres cuya existencia todavía no podemos imaginar logran construir una moral que huya del crimen sin vivir sobre una ciega fe, es posible que renuncien a entender una edad tal como fue la humana. Así debe ser en buena ley, a menos que nos salven nuestros sueños y alumbren nuestras sendas los poetas honestos. Y así queda propuesto en este libro. En el nombre del caos y del amor, amén.

Vale.

FIN

Madrid, 1993-1998

Este libro
se terminó de imprimir
en los Talleres Gráficos
de Palgraphic, S. A,
Humanes, Madrid (España)
en el mes de marzo de 1999

OTROS TÍTULOS PUBLICADOS EN ESTA COLECCIÓN:

NADA ES LO QUE PARECE
Carmen Posadas

VIDAS PARA LEERLAS
Guillermo Cabrera Infante

EL DIOS DORMIDO
Fanny Rubio

PEÓN DE REY
Pedro Jesús Fernández

YO ME PERDONO
Fietta Jarque

CIEN AÑOS DE CUENTOS
Antología de José María Merino

MUJERES
Isabel-Clara Simó

CUENTOS DE FÚTBOL 2
Varios autores

PASTORAL AMERICANA
Philip Roth

MUJERES AL ALBA
Varias autoras